『기인기사록(奇人奇事錄)』下

『기인기사록(奇人奇事錄)』下

송순기 저 / 고전독작가 간호윤 옮김

보고사

머리말

　『기인기사록』은 상·하 2권으로, 송순기(宋淳夔, 1892~1927)가 현토식 한문으로 편찬한 신문연재 구활자본 야담집이다.

　송순기는 총독부의 기관지인 '매일신보'에 1919년경 입사하여 21년 편집부 기자, 22년 논설부 기자를 거쳐 23년 4월 4일부터 논설부 주임으로 편집 겸 발행인이 되어 1927년 5월 11일까지 자리에 있었다. 그는 8년 정도를 신문기자로 있었던 셈이다.

　단속적인 자료이지만 송순기가 봉의산인(鳳儀山人)과 물재(勿齋), 혹은 '물재학인(勿齋學人)'이라는 필명을 사용하였으며, 1920년에서 1925년까지 문필활동을 한 유학자요, 신문기자를 지낸 근대적 지식인임을 현시하고 있다.

　송순기는 '매일신보'를 그만둔 1927년 9월 12일 36세로 병사하였다. 『기인기사록』이 '매일신보'에 연재된 신문연재야담이라는 특징, 야담작가 중 신문기자라는 독특한 이력은 여기에서 연유한다. 특히 '7자 대구의 켤레 제명'과 평어인 '외사씨 왈'은 이 야담집의 득의처이다. 『기인기사록』 상·하권은 총 107화로 상권(1921년)은 51화 203쪽, 하권(1923년)은 56화 195쪽이며 문창사에서 간행되었다. 서는 녹동(綠東) 최연택(崔演澤)이 잡았다.

　「기인기사」의 서를 잡은 녹동 최연택은 당시의 선각자였다.

　최연택은 『위인의 성』(윤치호 선생 교열, 백설원·최연택 공편, 문창사, 1922)과 편집 겸 발행자로 『죄악의 씨』(문창사, 1922), 그리고 저작 겸 발행인으로 『단소』(문창사, 1922) 등을 내었으며, '매일신보'에 「김태자전」(1914.6.10~

11.14)과 『송재총담』(1921) 등을 연재한 문인이다.

이 야담집은 그동안 낙장된 '상권'으로 미루어 '하권'이 있음을 추정할 뿐 그 실체를 찾을 수 없다가, 근자에 『기인기사록』 상·하권을 남윤수 교수가 소장하고 있는 것이 밝혀졌다. 이 책은 이 남윤수 교수의 소장본 중, 하권만을 번역하고 원문을 입력한 것이다.

상하권 중, 서둘러 『기인기사록』 하권만을 공간하는 것은 국내에 몇 권 없어서이다.

『기인기사록』이 1920년대 출간된 신연활자본임에도 불구하고 하권을 거의 찾아 볼 수 없는 이유는 『기인기사록』 하권이 일제강점기에 금서로 지목되어서인 듯하다.

『기인기사록』은 상하 두 권 중, 하권만 금서이며 그 이유는 '치안'이었다. 대략 일제하의 금서들은 '민족주의 사상, 사회주의 사상, 자유주의 사상' 등과 밀접한 관련인 것들이 대부분이다. 이를 그대로 받아들인다면 『기인기사록』 하권은 상권과는 다른 위의 사상들과 밀접한 연관을 맺고 있다고 미루어 생각할 수 있다. 하지만 두루 살핀 바, 상권과 하권을 뚜렷이 구별할 만한 차이는 별로 없다. 다만 일제와 우리의 역사적 관계를 고려할 때, 하권이 상권에 비하여 임진왜란 관련 화소가 두어 편 많은 정도이다.

그렇게 자료를 정리 중 김충선 이야기를 발견하였다. 그리고 필자의 생각으로는 이 김충선 이야기 때문에 『기인기사록』 하권이 금서가 된 것이 아닌가 한다.

그리고 '김충선이 항왜란 점에서 당연히 부닥뜨리는 일제와의 긴장성', '당시 지식인들이 모를 리 없을 것이라는 가설을 전제 삼아 역으로 추론'하는 등의 논의를 이어 '『기인기사록』 하권 소재 김충선 이야기는 그만큼 일제하 금서 이유에 용이하게 접근할 수 있다.'라고 결론지었다.

『기인기사록』상·하권의 화소는 다음과 같다.

『기인기사록』(상): 보은담:6, 피화담:5, 현부담:5화, 기인담:4, 연애담:4, 결연담:3, 명기담:3, 명장담:3, 이인담:3, 지인담:3, 취첩담:3, 고승담:2, 귀신담:2, 복수담:2, 예지담:2,

기타: 거유담, 경쟁담, 귀물담, 급제담, 명복담, 방사담, 보수담, 중매담, 징치담, 충복담, 개과담, 해원담.

『기인기사록』(하): 현부담:8, 열녀담:5, 명기담:4, 충신담:4, 효자담:4, 보은담:3, 성혼담:3, 이인담:3, 지인담:3, 취첩담:3, 효자담:3, 기인담:2, 급제담:2, 명관담:2, 연애담:2, 용력담:2, 중매담:2, 충비담:2,

기타: 결연담, 명당담, 명복담, 명부담, 몽조담, 실의담, 악한담, 예지담, 이인담, 중매담, 피화담, 호협담, 특이(아이를 대신 낳은 이야기), 남녀이합담, 항왜담

늘 책을 내며 머리말을 쓸 때면 이러저러한 사연들이 머릿속에 빼곡하다. 특히 이 책은 남윤수 교수님께서 격려차 후학에게 주신 덕분에 햇빛을 보게 되었다. 몇 년 전, 이 인연으로 『기인기사록』상·하권 모두를 함께 내자고 하였다. 그러나 시나브로 흐르는 세월 속에 출간은 늦어졌고 뜻 밖에도 남 교수님께서 몸이 불편해지셔서 부득이 저자 혼자 아쉬운 대로 『기인기사록』하권만 출간케 되었다. 이 자리를 빌려 남윤수 교수님의 쾌차를 빌며 『기인기사록』상권은 함께 출간하기를 기대한다.

빈말이 아니라 정녕 출판계가 몹시 힘들다. 보고사 김흥국 사장님과 책을 곱게 매만져준 권송이님께 '고맙습니다'라는 말을 정중히 올린다.

2014년 6월 3일
후두두 초여름 비가 지나던 날, 휴휴헌에서 간호윤 삼가 씀.

차례

기인기사록 下
奇人奇事錄

기인기사록 하편 서

속담에 "비록 좋은 술이 있으나 맛보지 아니하면 그 맛을 알지 못하고 비록 옥 덩이가 있더라도 다듬지 않으면 그것이 보배임을 알지 못한다." 라고 하였으니 이 말이 정녕이로구나. 생각하면 사람도 그러하니 세상에 비록 기이한 재주를 가진 선비나 위대한 사람이라도 그가 평소에 행한 일을 보지 않는다면 기이함을 알 수 없는 것이다.

아아! 유독 우리 조선에는 인물의 성대함이 예로부터 훌륭하였다. 군자·숙녀와 이름난 여인과 재주 있는 남자들의 기이한 일과 발자취를 볼 수 있는 것이, 여러 대가들의 기록에서 여러 번 나오니 그 비슷한 것들이 하나둘이 아니다.

그러나 이 기록이 세상에 돌아다니는 것은 거의 드문성싶다. 그러므로 훗날 사람들이 그 일을 견주어 살피거나 그 실상을 살필 수 없다. 세상에 어떤 이가 이를 수집하여 간행하려는 사람이 있지만도 대부분 그릇되었고, 또 없어져 소략하여 그 전체의 모양을 알기가 어려우니 안타깝다.

송물재 군은 이 시대의 역사가이다.

송 군은 널리 듣고는 기억을 잘하고 독실하게 학문을 닦아 지혜가 많은 것이 정평이 나 있다. 이 송 군이 신문 지상에 집필하여 이로써 우리나라의 기이한 사람과 기이한 일을 천하에 소개하려고 한 것이다. 이에 곧 널리 전에 들은 이야기를 채록하고 또 여러 대가의 잡설을 수집하여, 혹은 불필요한 글자나 글귀 따위를 지워 버리고 혹은 덧붙여서 자세히 설명하였으며, 혹은 양쪽의 좋은 점을 골라 뽑아 알맞게 조화시켜서 한 편을 만들고 이름을 『기인기사록』이라 하였다.

이 책은 단지 기이한 일과 기이한 이야기만이 아니다.

그중에는 남의 착한 행실을 드러내고 의로움에 감동한 일이 많이 있으니 세상 사람들을 가르치고 모범이 될 만하다.

어느 누가 대수롭지 않은 일들을 기록한 것이나 한가한 이야기로만 돌리겠는가.

1922년 음력 9월 2일 최연택이 쓰다.

奇人奇事錄下篇 序

語에 日 雖有美酒ㄴ 不嘗ᄒ면 不知其味ᄒ고 雖有璞玉이나 不琢ᄒ면 不知其爲寶라ᄒ니 信矣 斯言이여 惟人도 亦然하니 世雖奇士 偉人이라도 不觀其平日之所行이면 不知奇也ㅣ라 嗚呼라 惟我朝鮮人物之盛이 自古로 彬彬 可觀而君子淑女와 名媛才子之奇事異蹟이 雜出於諸家之記錄者ㅣ不一其 類ㄴ 然이나 此 記錄之行于世者ㅣ 幾希矣라 故로 後人이 不得以考其 事 而窺其 實ᄒ고 世或有蒐集 而刊行之者ㄴ 然이나 率多訛誤遺佚疎畧ᄒ야 難可以得其 全豹之一般ᄒ니 可勝惜리오 何幸宋君勿齊는 當時之一史家也ㅣ라 博聞强記ᄒ고 篤學多智는 世旣有定評 而君執筆於報壇也에 以我東之 奇人奇事로 將欲紹介於天下ᄒ야 於是에 乃博採舊聞ᄒ고 又 蒐集諸家之雜說ᄒ야 或刪削之ᄒ며 或敷洐之ᄒ며 或折衷之ᄒ야 以成篇ᄒ고 名之曰 奇人奇事錄이라ᄒ니 此書非特爲奇事奇譚也ㅣ라 多有彰善感義之事ᄒ야 使世人으로 可以敎可以法也ㅣ라 誰可以稗史閑話로 歸之也리요.

壬戌菊月初二日 崔演澤序

1. 정성을 드린 지 사흘째 날 황룡을 꿈꾸고, 죽은 날 당일 밤에 짐승을 타고 가다*

참판(參判) 이진항(李鎭恒, 1721~1787)[1]은 어릴 적부터 불우한 처지에 빠져 때를 만나지 못하였는데, 예로부터 전해오는 말이 '용꿈을 꾸면 반드시 과거에 급제한다.'는 말을 들었다. 이에 특별히 반 칸의 좁은 방을 깨끗이 치우고는 그 안에 들어가 지내며, 집안일의 상관과 손님의 드나듦을 일절 허락하지 않고 대소변을 보는 일 이외는 하루 종일토록 드나들지 않았다.

아침, 저녁밥도 창문으로 들고나게 하며 밤낮으로 생각하는 것이 오직 용뿐이었다. 그 모습과 뿔을 생각하며, 비늘과 어금니를 생각하였다. 심지어 용이 사는 것과 즐기는 바와 변화하는 것까지 마음으로 상상하며 속으로 손가락으로 그림까지 그리며 한순간도 끊어짐이 없었다. 이와 같이 한지 사흘에 이르러서 비로소 한 꿈을 얻었다.

한 마리 커다란 황룡을 붙잡아 오른쪽 팔로 휘감을 때, 용의 몸이 크고 힘이 장하여 기력을 모두 써서 간신히 옭아매고는 홀연히 놀라 깨어났다. 이에 크게 기뻐하며 이후로부터는 과거 시험의 글 제목에 합당한 '용(龍)'이 들어간 문자는 경사자전(經史子傳)의 온갖 글은 물론이고 모두 다 시나 글을 지어 수련(修練)하고 탁마(琢磨)하여 공을 쌓았다.

하루는 마침 정시(庭試, 조선 시대에, 나라에 경일이 있을 때 대궐 안에서 보이던 과거)를 보이라는 명이 있었다. 진항이 지전(紙廛, 종이가게)에 직접 가서 시

---

* 『청구야담』권15, 7의 몽황룡지성발소매(夢黃龍至誠發宵寐)'와 동일하나 『기인기사록』이 더욱 자세하다.

1) 본관은 전주로 태조의 아들 의안대군(宜安大君) 방석(芳碩)의 십대손이다. 자는 경백(經伯)으로 1753년(영조 29) 정시 문과 병과7에 급제, 참판을 지냈다.

험용 종이를 사는데 오른손은 소매 속에 감추고 왼손으로 종이 두루마기를 들추어 살펴 최고로 좋은 품질의 종이 한 장을 택하여 오른손으로 꺼내었다. 또 생각하기를 '형제는 같은 기를 타고 태어난 한 몸이니 아우의 시험 종이를 내가 어찌 고르지 아니하리오.' 하고 드디어 앞의 방법과 같이 왼손으로 들추고 오른손으로 꺼내어 두 장을 갖고 돌아왔다.

형제가 함께 시험장에 들어가 잠깐 있으니 성균관(成均館, 조선시대, 유교의 교육을 맡아보던 최고의 국립교육기관)의 관원이 어제(御題, 임금이 친히 보이던 과거의 글제)를 펼쳐 거니 '초룡주장(草龍珠帳)'2)이었다.

진항이 드디어 오른손으로 붓을 잡아 부체(賦體, 과문(科文)의 하나, 여섯 글자로 하나의 글귀를 만들어 지음)로 썩 써내려 글을 지어서는 형제가 시험지 두 권축을 차례로 제출하였다.

시험지를 모두 제출한 뒤에 급제한 사람 두세 명을 불렀으나 자기의 이름은 아직도 부르지 않는 지라 마음이 심히 초조했는데, 잠시 뒤에 그 아우3)의 이름도 불렀다. 속으로 생각하기를 '나는 비록 급제하지 못하였으나 아우가 이미 등제(登第)하였으니 또한 어찌 한스럽겠는가.'라고 하였다.

이윽고 또한 자기의 이름을 부르니, 방문 한 장에 쓰인 여섯 사람 중에 형제가 연이어 나란히 경월(卿月)4)의 반열에 올랐더라.

---

2) 정성을 다하여 용을 꿈꾸어, 벼슬하게 된다는 말. 이 말은 『유양잡조(酉陽雜俎)』에서 나왔다. "구구(具丘)의 남쪽에 포도곡(葡萄谷)이 있는데, 천보(天寶) 연간에 불문에 들어가 도를 닦던 담소(曇霄)가 여기에 왔다가 마른 넝쿨을 얻어서 자기 절로 돌아가 심었더니, 높이가 두어 길이나 자라서 그늘진 땅이 둘레가 10여 길이나 되었다. 그래서 쳐다보면 마치 휘장이나 차일과 같았고 그 주렁주렁한 열매들은 마치 자줏빛 구슬처럼 생겼으므로, 사람들이 이것을 초룡주장(草龍珠帳)이라 불렀다."

3) 이진형(李鎭衡, 1723~1781)으로 자는 평중(平仲), 호는 남곡(南谷), 시호는 충간(忠簡)으로 1753년(영조 29) 정시 문과 을과로 급제, 경기도 관찰사·대사헌 등을 역임했다.

4) 혹은 '월경(月卿)'이라고도 한다. 이 말은 『서경』「주서」 '홍범'의 "왕이 살펴야 할 것은 오직 해이고, 귀족과 대신은 오직 달이고, 낮은 관리는 오직 날을 살펴야 한다.(王省惟歲 卿士惟月 師尹惟日)"라고 한 데서 비롯되었다. 월경은 곧 조정의 귀족과 대신을 가리킨다.

진항이 만년에 그 자제를 대하면 늘 말하기를 '정성만 다하면 용꿈을 꾼다'고 하였다.

상국(相國)[5] 허목(許穆, 1595~1682)의 호는 미수(眉叟)인데 눈썹이 길어 눈을 지날 정도였기에 그렇게 불렸다. 나이가 열대여섯에 아직 아내를 얻지 못하였다. 상국 이원익(李元翼, 1547~1634)[6]이 길을 지나다가 미수의 얼굴을 보고 그 사람됨을 크게 기이하게 여겨 함께 집에 데리고 와서는 손녀의 혼인을 정하였다.

그의 부인이 그 문벌과 가세를 물으니, 원익이 대답하였다.

"문벌은 과히 미천하지 않으나 가세는 거덜 나 아주 가난하다오."

부인이 심히 불쾌하여 말했다.

"문벌도 빛나지 못하고 집안 형편도 심히 빈궁한데 어찌 데리고 와서 사위로 정하려 하십니까?"

그러자 원익이 말하였다.

"그 사람됨이 현명하고 또 언젠가는 크게 귀히 될 것이기에 이 사람을 사위로 삼는 것일세."

혼례 날에 부인이 그의 용모를 보니 얼굴이 검고 눈썹이 커서 아주 추루하여 더욱 마음속으로 불쾌하였다. 또 식사를 내오니 문득 일어나 직접 손으로 받으니 이로써 더욱 미심쩍었다. 그래 웃으며 그 까닭을 물으니 미수가 말했다.

"식사는 인생의 가장 중요한 것인데 어찌 앉아서 받겠습니까."

미수의 품성은 말수가 적어 묻지 않으면 말하지 않았다.

---

5) 영의정, 좌의정, 우의정을 통틀어 가리키는 말.
6) 자는 공려(公勵). 호는 오리(梧里). 1569년 문과에 급제하여 우의정, 영의정을 지냈다. 임진왜란 때 대동강 서쪽을 잘 방어하여 호성공신(扈聖功臣)이 되었으며 대동법을 시행하여 공부(貢賦)를 단일화 하였다. 저서에 『오리집』, 『오리일기』가 있다.

하루는 이공(李公)이 말하였다.

"생각해보니 네가 멀리 나가 노닐고자 하는 뜻이 있는 듯하구나. 내가 말을 빌려 행장을 보낼 테니, 네가 하고 싶은 대로 두루 노닐다가 돌아오너라."

미수가 집을 나간 지 석 달 만에 돌아오니 이공이 물었다.

"어떤 곳에 갔었느냐?"

미수가 대답했다.

"장여헌(張旅軒, 1554~1637)[7])과 아무 땅을 보았습니다."

공이 말하였다.

"반드시 얻은 바가 있을 것이다."

미수가 대답했다.

"한 권의 책을 받았습니다."

공이 말하였다.

"당연히 그럴 것이다."

이것에서 대개 두 사람이 다만 함께 지기(知己)였음을 알 수 있다.

그러나 집안사람들은 마땅치 않게 생각하여 심히 가볍게 여겨 깔보고 업신여길 뿐이었으나, 그 후 숙종(肅宗) 임금 때에 과연 지위가 우의정에 이르렀다.

그 뒤에 미수가 병이 위독하기 여러 날 전이었다.

곰도 아니오, 범도 아닌 기괴한 짐승이 그의 집 지붕에 와 누워서는 눈을 뜨니 불꽃이 충천하여, 인근 마을이 심히 놀라고 기괴하게 여겼다.

---

7) 장현광(張顯光)으로 본관 인동(仁同). 자 덕회(德晦). 호 여헌(旅軒). 학문적 권위를 인정한 산림(山林)에 꼽혔다. 과거에 뜻을 두지 않고 학문에 힘써 이황(李滉)의 문인들 사이에서 확고한 권위를 인정받았다. 유성룡(柳成龍) 등의 천거로 여러 차례 내외의 관직을 받았으나, 1602년(선조 35) 공조좌랑으로 부임하여 정부의 『주역(周易)』 교정사업에 참여하고 이듬해 잠깐 의성현령으로 부임한 것 외에는 모두 벼슬을 사양하였다.

그가 갑자기 죽던 날 어떤 사람이 조령(鳥嶺)[8]에서 미수를 만났는데, '기괴한 짐승을 타고 초립을 쓴 채로 종자가 고삐를 끌고 언뜻 지나가는데 모습이 평소와 다르지 않았다'고 하였다. 이것을 본 사람이 서울에 돌아와서 알아보니, 미수를 만난 날이 곧 그가 죽은 날이었다고 한다.

一. 致誠三日夢黃龍 易簀當夜騎異獸

李參判鎭恒이 少時에 落拓하야 遇치 못하얏는대 古來로 傳來하는 言이 龍을 夢하면 반다시 登科혼다는 言을 聞하고 이에 別로히 半間狹室를 修하고 其 中에 入處하야 家務의 相關과 賓客의 相通홈을 一切 許치 아니하고 便事의 外에는 終日토록 出入치 아니ᄒ며 朝夕의 飯을 또한 中으로 出納하야 晝宵에 思하는 바가 오즉 龍뿐이라 其 形體를 思하며 其 頭角을 思하며 其 鱗甲을 思하며 其 瓜牙를 思하며 甚至於 龍의 居하는 바와 嗜하는 바와 變化하는 바ᄭ지 心으로 想像하며 心으로 指畫하야 一瞬一息의 間도 間斷홈이 無하더니 加斯한 지 三日에 至하야 비로소 一夢을 得하얏는대 一大黃龍을 拏하야 右臂에 纏홀세 龍의 體가 大하고 力이 壯홈으로 氣力을 費히야 艱辛히 纏繞하고 忽然 驚覺혼지라 이에 大喜하야 此後로브터는 科題에 可合혼 龍의 文字는 經史子傳의 百家語를 勿論하고 모다 製述하야 修練琢磨의 功을 積하더니 一日은 맛침 庭試의 令이 有하거날 鎭恒이 紙廛에 親往하야 試紙를 買홀새 右手는 袖中에 藏하고 左手로 紙軸를 飜閱하야 最好品 一張을 擇혼 後에 이에 右手는 拔出하고 또 思하되 兄弟는 同氣一身이라 弟의 試紙를 俄가 엇지 擇치 안이 하리오 하고 드대여 前法과 如히 左手로 飜하야 右手로 拔하고 二張을 携歸하야 兄弟가 同히 場中에 入하니 少頃에 成均館員이 御題를 展掛홈에 草龍珠帳이라 하얏거날 鎭恒이 드대여 右賦體로 一筆揮成하야 兄弟 兩券을 次

8) 경상북도 문경시와 충청북도 괴산군 사이에 있는 고개. 흔히 새재 또는 문경새재라고 부른다.

第로 投呈하얏더니 其 出榜함에 及하야 爲首者 二三人을 呼하얏스되 自己의 名字는 尙히 出來치 안이 하는지라 心에 甚히 焦燥하더니 少焉에 其 弟의 名을 又 呼하거늘 自念하되 自己는 비록 得치 못하얏스나 弟가 旣히 登第하얏스니 坐한 엇지 恨하리오 하얏더니 이윽고 又 自己의 名을 呼하는지라 一榜 六人의 兄弟가 聯參하야 並히 卿月의 列에 登하얏더라 鎭恒이 晩年에 其 子弟를 對하면 常言하기를 誠만 致하면 龍을 夢한다하 니라

許相國穆의 號는 眉叟니 眉가 長하야 眼에 過함으로 號홈이더라 年이 十五六歲에 아즉 娶치 못하얏더니 李相國元翼[9]이 일즉 街路에 過하다가 眉叟의 相을 觀하고 其 爲人을 大奇하야 더부러 家에 歸하야 其 孫女의 婚을 定하얏는대 其 夫人이 其 門閥과 家勢를 問하니 元翼이 答하되 門閥 은 過히 微賤하지 아니하나 家勢는 甚히 貧寒하다하니 夫人이 甚히 不悅 하되 門地도 赫赫치 못하고 家計가 甚히 貧窮하거날 何를 取하야 婿를 定하려 하나잇가 元翼이 曰하되 其 爲人이 賢하고 又 他日에는 大貴홀 것임으로 此를 取하얏노라 밋合졸하는 日에 夫人이 其 容貌를 觀하니 面 이 黯하고 眉가 厖하야 貌가 極히 陋한지라 더욱 心中에 不快하더니 坐 食을 進함이 문득 起하야 自手로 受人하는지라 此로써 더욱 怪笑하며 其 故를 問하니 眉叟가 對를 하되 食은 人生의 最重혼 바이라 엇지 坐受하리 오 하얏더니 眉叟의 性이 沈默寡言하야 問치 아니하면 言치 아니 하더니 一日은 李公이 謂하되 揣컨대 汝가 遠游의 志가 有한 듯 하도다 我가 馬 를 貫하고 裝을 治하야 送홀터이니 汝의 所欲대로 周游하고 來하라 眉叟 가 出游한지 三月에 返하니 李公이 問하되 何處에 往하얏더뇨 眉叟가 對 하되 張旅軒과 밋 某地를 見하얏나이다 公이 曰하되 必然受혼 바 有홀지 로다 對하되 一冊을 授하더이다 公이 曰하되 宜然하리라 하얏는대 此는 大盖 兩人이 獨히 더부러 知己함이더라 그러나 家人은 不宜하게 思하야

9) 원문에는 '朴相國元翼'으로 되어 있다. 문맥으로 보아 바로 잡았다.

甚히 輪侮하더니 其 後 肅宗朝에 果然 位가 右議政에 至하니라 其 後 眉叟가 疾革하든 前數日에 熊도 아니오 彪도 안인 異獸가 其 屋上에 來臥하야 眼을 開홈에 火光이 衝天함으로 隣里가 甚히 驚異하더니 卒逝하던 夕에 人이 鳥嶺에셔 遇혼則 眉叟가 異獸를 騎하고 草笠을 着혼 從者가 韁을 牽하고 瞥眼에 過하는대 儀容이 平昔과 無異한지라 其人이 及其 京城에 返하야 探한 즉 逢遇하든 日이 卽 眉叟의 易[10]簀하던 일이더라.

---

10) 원문에는 '昜'으로 되어 있다. 문맥을 고려하여 '易'으로 바꿨다. 역책(易簀)은 학덕이 높은 사람의 죽음이나 임종을 이르는 말로 증자가 죽을 때를 당하여 삿자리를 바꾸었다는 데서 유래한다. 『예기』의 「단궁편(檀弓篇)」에 나온다.

2. 용기가 전군의 으뜸인 김덕령 매 맞아서 죽은 가련한 최후*

김덕령(金德齡, 1567~1596)의 자는 경수(景樹)이다.

광주(光州) 석저촌(石底村)[1] 사람이다. 용력이 절륜하여 능히 달리는 개를 뒤쫓아 따라 잡아 그 고기를 찢어 먹고, 말을 타고 한 칸 방에 달려 들어갔다가는 즉시 말을 돌려 뛰어 나오며, 누대의 지붕 위에서 누워 굴러 처마 끝으로부터 누대의 위쪽으로 떨어져 들어갈 정도였다.

덕령이 일찍이 대나무 숲에 사나운 호랑이가 있다는 소문을 들었다. 그래 숲에 가서 나무로 만든 연습용 화살촉으로 먼저 쏘니 호랑이가 입을 크게 벌리고 으르렁거리며 앞으로 다가왔다. 덕령이 창으로 이마를 뚫어 땅에 꽂으니 호랑이가 꼬리만 떨고 감히 움직이지 못하였다.

또 진주(晉州)의 한 목장에서 한 마리 거친 말이 도망쳐 빠져 나와 벼와 곡식을 짓밟아 높이 솟구쳐 오르는 것이 마치 나는 듯하니, 사람들이 능히 당해내지 못하였다. 덕령이 즉시 가서 말고삐를 잡고 올라타니 말이 아주 순종하였다.

그러나 어려서부터 학업을 닦아, 남을 높이고 스스로 낮추므로 사람들이 아는 이가 없었다. 그의 매형 김응회(金應會, 1555~1597)[2]도 또한 강개(慷慨)하고 뜻이 있는 선비였다.

---

* 『동야휘집』22의 '복화가휘추제악(覆畵訶揮椎除惡)'과 동일.
1) 충효의 고을이라 하여 충효리(忠孝里)라 불리었는데, 지금의 광주광역시 북구 충효동(忠孝洞)이다.
2) 본관은 언양(彦陽). 호는 청계(淸溪), 김덕령과는 우계(牛溪) 성혼(成渾)의 동문으로 창의하였다. 그는 특히 효행과 기개가 뛰어난 인물로 처남 김덕령과 함께 의장(義將)으로 꼽힌다. 벼슬은 별제(別提)를 지냈으며, 모자가 함께 순절하였다.

응회가 임진왜란 초에 덕령에게 의병을 일으키는 것을 여러 번 권하였으나 덕령은 어머니가 계셔서 사양하였다.

다음해 계사년(癸巳年, 1593년)에 어머니가 돌아가시자 평소 서로 뜻이 맞던 장사 최담령(崔聃齡)[3] 등과 함께 의롭게 병사를 일으킬 때였다. 호랑이 두 마리를 맨손으로 잡아 적진에 자랑하니 이에 위세를 떨치는 이름이 크게 진동하였다. 담양부사(潭陽府使) 이경린(李景麟)[4]과 장성 현령(長城縣令) 이귀(李貴, 1557~1633)[5]가 교장천달(交章薦達)[6]하여 "김덕령은 지혜로움이 공명과 같고 용맹은 관운장과 같습니다."라고 하였다.

이때(1594년) 태자가 전주에 행차[7]하여 김덕령을 불러 용력을 시험하시고 호익장군(虎翼將軍)[8]을 내리시고, 얼마 있지 않아 선조 임금께서 초승장군(超乘將軍)과 충용장군(忠勇將軍)이란 호를 내리시고 여러 도의 의병을 전부 덕령에게 속하게 하였다. 덕령은 허리 좌우로 백근 쌍철추를 차고 왕래하는 것이 나는 듯하고, 또 그 타고 있는 말이 하루에 천리를 감에 가는 곳마다 대적할 상대가 없었다. 왜적이 심히 두려워하여 감히 싸우지

---

3) 본관은 동주(東州), 자는 기수(耆叟), 호는 병암(屛巖). 전북 임실군 지사면에서 태어나 임진왜란이 일어나자 김덕령과 함께 격문을 띄워 의병을 일으키고, 스스로 김덕령의 부장이 되어 가재를 털어 병장기를 마련하고 동지를 모았다. 의병들을 남원에서 10여 일간 훈련시켜 진주로 향했는데 적이 야습하는 것을 오히려 대파하여 이령(二齡)장군이라는 명성을 크게 날렸다. 지사면 방계리의 주암서원에 배향되었다.
4) 전주 사람으로 세종의 아들인 임영대군의 고손임. 1567년 문과에 급제하고 가선대부에 올랐다.
5) 본관은 연안(延安), 자는 옥여(玉汝), 호는 묵재(默齋). 1592년 임진왜란에 삼도 소모관(三道召募官)·삼도선유관(三道宣諭官)으로 우마(牛馬)·군졸·군량 등을 모아 도체찰사 유성룡에게 공급하였으며, 음직으로 장성 현감·군기시 판관·김제 군수를 역임하였다. 선조 36년(1603) 정시 문과에 병과로 급제, 평산 부사로 있을 때 광해군의 난정(亂政)을 개탄하여 1623년 인조반정을 일으켜 정사공신(靖社功臣) 1등으로 연평부원군(延平府院君)에 봉해졌다.
6) 두 사람 이상이 연명하여 임금에게 상소하여 천거하는 것.
7) 광해분조(光海分朝)를 말함. 임진왜란으로 함경도까지 적이 침략하여 나라가 위급하게 되자 선조는 장차 요동으로 망명할 목적으로 의주방면으로 갈 때 평안도 박천에서 왕세자인 광해군으로 하여금 종묘사직을 받들고 본국에 머물도록 하였다. 이 때 조정을 갈라 의주의 행재소(行在所)를 '원조정(元朝廷)'이라 하고 세자가 있는 곳을 '분조(分朝)'라 하였다.
8) 『삼국지』의 장비 호를 빌려 온 것이다.

못하고는 석저장군(石底將軍)이라 부르니 대체로 돌밑(石底)에서 나온 것인 줄로 잘못 알고 있다.[9]

갑오년(甲午年, 1594년) 8월에 임금이 체찰사(體察使) 윤두수(尹斗壽, 1533~1601)에게 명하여 덕령을 감독하여 거제도(巨濟島)에 진병하게 할 때였다.

영남의 의병장 곽재우(郭再祐, 1552~1617)[10]가 물었다.

"장군이 바다를 건너 가 적을 물리칠 계책을 마련하셨습니까?"

덕령이 말하였다.

"아닙니다. 굴에 웅거하여 있는 적을 어찌 제압할 수 있겠습니까? 저도 이번 싸움의 자초지종을 알지 못하겠습니다."

곽재우가 탄식하며 말했다.

"일을 가히 알만하구나. 오늘의 일은 장군의 용맹을 시험하고자 함이구나. 장군의 이름이 천하에 가득함에 굳센 적이 움츠리고 물러난 것이거늘. 만에 하나 가볍게 나아가 약한 모습을 보이는 것은, 뒷갈망을 잘하는 계책이 아닐 것이다."

그러고는 도원수 권율(權慄, 1537~1599)[11]에게 급히 달려가서, 회군을 청하였으나 권율이 이를 따르지 않았다.

모든 장수가 부득이하여 배를 타고 병사들을 진군시켰다. 적은 성에

---

9) 석저장군이란 김덕령이 출생한 석저촌(지금의 충효동)의 이름을 따서 붙여진 칭호인데, 왜적들은 그것을 모르고 '돌밑(石底)에서 나온 장군'으로 오인하였다는 말이다.

10) 본관은 현풍(玄風), 자는 계수(季綬), 호는 망우당(忘憂堂). 곽재우는 경남 의령 출생으로 학문은 물론 무예에도 뛰어났다. 34세 때 문과에 장원 급제하였으나 그의 글이 임금의 뜻에 거슬렸다 하여 급제가 취소되자 벼슬을 포기하고 고향에서 낚시질을 하며 세월을 보냈다. 1592년 임진왜란이 일어나 여러 고을이 왜군에 의해 불타고 백성들이 처참하게 죽어 가는 것을 보고 울분을 참지 못해 의병을 일으켰다. 그때 그가 붉은 옷을 입고 왜병을 물리쳤다고 해서 '홍의장군'이라 불리었다.

11) 조선 중기의 문신·명장. 본관은 안동. 자는 언신(彦愼), 호는 만취당(晩翠堂)·모악(慕嶽). 금산군 이치싸움, 수원 독왕산성 전투, 행주대첩 등에서 승리했다. 임진왜란 7년 간 군대를 총지휘한 장군으로 전공을 세웠다.

올라가 항전하였는데 탄환이 비와 같이 쏟아졌다. 덕령이 계책이 없어 이에 병사들을 퇴각시키니, 이 때문에 여러 사람들의 신망을 잃었고 체찰사와 더욱 뜻이 맞지 않게 되었다.

이때에 군중에 마침 한 범죄자가 있어서 덕령이 이 사람을 즉시 처형하였더니, 덕령을 미워하는 자가 무고하였다.[12]

"덕령이 병사를 일으킨 지 3년에 조그마한 공을 세우지 못하고 오직 잔혹하게 살인을 일삼는다."

조정에서는 덕령을 잡아 가두었다가 이듬해에 석방하여 진중으로 돌아가게 하였다.

병신년(丙申年, 1596년) 가을에 충청도 홍산(鴻山)의 토적 이몽학(李夢鶴, ?~1596)[13]이 병사를 일으켜 반란을 일으켰다. 열흘이 못되어 여러 군이 함락되고 온 도(道)가 진동하였다. 도원수 권율이 덕령에게 명하여 병사를 이끌고 가 적과 싸우라고 하여, 덕령이 진주(晋州) 본진으로부터 운봉(雲峰)[14]으로 나아갔으나 호서(湖西)가 이미 평정되어 곧 진영으로 돌아왔다.

몽학의 군대를 토벌한 후에 얻은 문서에 덕령의 성명이 있었다.

---

12) 충청도 순찰사 종사관 신경행(辛景行, 1547~?)이라고 한다. 신경행의 본관은 영산(靈山). 자 도백(道伯), 호 조은(釣隱). 1573년(선조 6) 진사시(進士試)에 합격하고 4년 뒤 별시문과에 급제하였다. 여러 벼슬을 지내고 1596년 종사관(從事官)으로서 이몽학(李夢鶴)의 난을 평정하는 데 공을 세우고 1604년 청난공신(淸亂功臣)에 책록되고 영성군(靈城君)에 봉해졌으며 병마절도사에 이르렀다.

13) 본관은 전주. 왕실의 서얼출신이다. 아버지에게 쫓겨나 충청도·전라도 지방을 전전하다가 1592년 임진왜란이 일어나자 계속되는 전쟁과 흉년으로 민심이 흉흉함을 보고 모속관(募粟官) 한현(韓絢)과 함께 반란을 모의했다. 충청도 홍산(鴻山) 무량사(無量寺)에서 의병을 규합한다는 명목으로 장정을 모집하여 군사훈련을 실시하는 한편, 동갑계회(同甲契會)라는 비밀결사를 조직해 반란을 준비했다. 1596년 7월 홍산현을 습격해서 함락시켰다. 이어 정산(定山)·청양(靑陽)·대흥(大興)을 계속 함락시킨 뒤 홍주성을 공격했으나 관군에게 패하고, 자신의 부하들에게 죽음을 당했다.

14) 현재의 전라북도 남원시 운봉읍이다.

권율이 이를 아뢰니, 임금이 크게 놀라 말하였다.

"덕령의 용맹이 삼군(三軍)[15]에 으뜸이니 만일 붙잡지 못하면 어찌할꼬."

그러고는 승지(承旨) 서성(徐省, 1558~1631)[16]을 권율에게 파견하여 비밀로 유지(諭旨)를 내려 붙잡게 하였다.

권율도 왕의 명을 어길까 걱정하여 진주 목사 성윤문(成允文)[17]을 시켜서 덕령을 도모하라 하였다. 윤문이 군중의 일로 의논할 것이 있다 핑계를 댄 글을 써서 오기를 청하였다. 덕령이 홀로 오거늘 윤문이 그 손을 잡으며 말하였다.

"조정에서 장군을 잡으라 하였으니 이를 어찌하겠습니까."

덕령이 꿇어앉아 "임금의 명령을 어찌 어기리까."라 하고 스스로 결박을 당하여 서울로 압송되었다.

형벌과 심문이 여섯 차례에 정강이뼈가 부러졌지만 오히려 무릎걸음으로 움직이고 멈추는 것이 평소와 같았다. 조용히 범죄 사실을 묻는 것에 대해 말하였다.

"신이 만일 다른 뜻이 있었더라면, 어찌 당초에 원수(元帥)의 명을 따라 운봉(雲峰)에 갔겠습니까? 다만 신이 용서받을 수 없는 큰 죄가 있습니다. 계사년(1593년)에 어머님이 돌아가셨으니 3년상을 지켜야 하거늘 한 하늘을 이고 살수 없는 원수를 갚으려고 어머니에 대한 정을 끊었습니다. 그리고 옷을 바꿔 입고서는 검을 짚어 몸을 일으켜 여러 해 군대를 따라다녔으나 공을 이루지 못하였지요. 충성을 다하지 못하고 효성도 저버렸으니, 이것이 신의 죄이오이다."

---

15) 지난날, 군대의 중군과 좌익·우익을 통틀어 이르던 말.

16) 본관은 대구(大丘). 자는 현기(玄紀), 호는 약봉(藥峯). 대제학 서거정(徐居正)의 현손으로, 해(嶰)의 아들이다. 이이(李珥)·송익필(宋翼弼)의 문인이다.

17) 본관은 창녕(昌寧). 1591년 갑산부사로 부임하여 재직 중, 이듬해 임진왜란을 당하여 함경남도병마절도사 이영(李瑛)이 임해군(臨海君)·순화군(順和君) 두 왕자와 함께 왜적에게 잡혀가자 그 후임이 되었다. 광해조 때 훈련대장을 지냈고 1596년에 진주목사를 역임하였다.

덕령이 옥문을 출입할 때에는 그 용력을 걱정하여 큰 나무에 쇠줄로 묶고 에워싸서는 갔는데, 끝내는 쇠줄이 모두 끊어져버렸고 마침내 곤장으로 매를 맞다가 그 자리에서 죽었다.

훗날에 덕령의 억울함을 밝혀 원통함과 부끄러움을 씻고 병조판서를 내리고 시호를 충장(忠壯)이라 하였다.

덧붙이는 말(附言): 이 일이 기이한 일이라 할 것은 없으나 기이한 인물의 행적이므로 이를 특별히 게재한다.

二. 勇冠三軍金德齡 可憐最後杖下死

金德齡의 字는 景樹니 光州石底村人이라 勇力이 絶倫하야 能히 走狗를 追及하야 其 肉을 磔食하며 馬를 騎하고 一間房에 馳入하얏다가 卽히 回馬躍出하며 樓屋上에 臥轉하야 簷端으로브터 樓上에 墜入하며 일즉 竹林中에 猛虎가 有홈을 聞하고 林外에 往하야 樸頭로 先射홈이 虎가 口를 張하고 咆哮當前하거날 德齡이 槍으로 額을 穿하야 地에 揷着하니 虎가 尾만 搖하고 敢히 動치 못하얏스며 又 晋州牧場에 一惡馬가 逸出하야 禾穀을 蹂踐하며 超高如飛함이 人이 能히 前에 當치 못흐거늘 德齡이 卽 往하야 馬를 勒騎하니 馬가 甚馴하더라 그러나 自少로 學業을 修하야 謙恭自卑홈으로 人이 知하는 者無하더니 其 姊夫 金應會가 또한 慷慨有志한 士라 壬亂 初에 起兵倡義홈을 屢勸하되 德齡이 母在홈으로 辭하더니 翌年癸巳에 母가 歿하거늘 이에 平日에 相善하든 壯士 崔聘齡等으로 더브러 義를 仗하고 兵을 起홀새 兩虎를 手搏하야 敵陣에 誇賣하니 於是에 威名하얏더라 潭陽府使 李景麟과 長城縣令 李貴가 交章薦達하야 金德齡은 智가 孔明과 如하고 勇이 關雲長과 如하다 하얏는대 時에 太子가 全州에 御하스 召見試勇하시고 虎翼將軍을 拜하얏더니 未幾에 宣祖꾀셔 超乘將軍과 忠勇將軍의 號를 賜하시고 諸道의 義兵을 盡屬하니 德齡이 腰下左右에 百斤雙鐵椎를 佩하고 往來如飛하고 또 其 乘한 馬가 日行干

里함이 所向에 無敵하니 敵이 甚畏하야 敢히 交鋒치 못하며 石底將軍이
라 號하니 大盖 石底로 부터 出홈인줄노 誤認홈이더라 甲午八月에 上이
體察使尹斗壽에게 命하ᄉ 德齡을 督하야 巨濟에 進兵케할 시 嶺南義兵
將 郭再祐[18)]가 問하되 將軍이 海에 跨하야 敵을 破ᄒ 策을 得하얏나뇨 德
齡이 曰 否ㅣ라 據窟한 賊을 엇지 制하리오 我가 ᄯ한 此 役의 首末을
不知하노라 再佑 曰 噫ㅣ라 事를 可히 知하리로다 今日의 事가 將軍의
勇을 試코져 함이로다 將軍의 名이 天下에 滿홈이 勁敵이 退縮하거늘 萬
一 輕進하야 弱을 示하면 善後의 策이 안이라 하고 都元帥權慄에게 馳報
請還하니 慄이 此를 不從하는지라 諸將이 不得已하야 船을 乘하고 兵을
進하니 敵이 登城拒戰하야 彈丸이 雨와 如하거늘 德齡이 計가 無하야 이
에 退兵하니 此로 以하야 衆望을 失하고 體察使에게 더욱 相得치 못하얏
더라 是時軍中에셔 맛참 一人의 犯罪者가 有하거늘 德齡이 此를 卽 斬하
얏더니 忌하는 者가 誣告하되 德齡이 起兵한지 三年에 寸功을 建치 못하
고 오즉 殘酷殺人을 爲事한다 함으로 朝廷에서 拿因하얏다가 明年에 放
하야 還鎭케 하얏더라 丙申秋에 鴻山土賊 李夢鶴이 兵을 起하야 叛홈이
旬日內에 數郡이 陷落되고 全道가 震動하는지라 都元帥權慄이 德齡을
命하야 兵을 率하고 赴戰하라 하니 德齡이 晋州本鎭으로부터 雲峰에 進
한 즉 湖西가 旣히 平定한지라 이에 還鎭하얏더니 夢鶴을 滅홈 後에 文書
를 得홈 則 德齡의 姓名이 有한지라 慄이 此를 奏聞하얏더니 上이 大驚하
사 曰 德齡의 勇이 三軍에 冠하니 萬一 就捕치 아니하면 奈何할고 하시고
承旨徐渻[19)]을 權慄에게 遣하야 密諭捕捉케 하시니 慄이 ᄯ한 拒命될가
慮하야 晉州牧使 成允文[20)]으로 하야금 圖하라 하니 潤文이 軍務의 議를
托하고 書를 邀請함이 德齡이 單騎로 來하얏거날 潤文이 其 手를 執하며
曰 朝廷에서 將軍을 捕하라 하얏스니 此를 奈何할고 德齡이 跪하며 曰

---

18) 원문에는 '郭再佑'이라 하여 '郭再祐'로 바로 잡았다.

19) 원문에는 '徐眘'이라 하여 '徐渻'으로 바로 잡았다.

20) 원문에는 '晉州牧師 成潤文'이라 하여 '晉州牧使 成允文'으로 바로 잡았다.

上命을 엇지 敢히 違하리오 하고 스사로 縛에 就하야 京師로 押送되얏는 대 刑訊六次에 脛骨이 已折[21]하되 오히려 膝行하며 動止가 如常하야 從容히 拱招하되 臣이 萬一 異志가 有하얏을진대 엇지 當初에 元帥의 命을 承하야 雲峯에 至하얏스릿가 다만 臣이 罔赦의 罪가 有하니 癸巳에 慈母가 終堂흠이 三年의 哀를 忘하고 一天의 讐를 憤하야 割情變服하고 仗劍倔起하야 屢年토록 從軍하야 功을 成치 못하얏슴으로 忠을 盡치 못하고 孝에 反倔하얏스니 此가 臣의 罪로소이다 하얏더라 獄門을 出入할 時에 其 勇力을 慮하야 大木에 鐵索으로 縛緊하고 擁圍以行하더니 終에 鐵索이 盡絶하고 竟히 杖下에서 死하니라

其 後에 伸雪하야 兵曹判書를 贈하고 謐을 忠壯이라 하니라

附言 此가 奇事라 할 것은 無하나 奇人의 行蹟임을 特히 揭載하노라

---

21) 원문에는 '己折'이라 하여 '已折'로 바로 잡았다.

3. 살아생전 충의를 지킨 송상현 동해 부사, 죽은 뒤에 정령이 된 이경류 장군

김섬(金蟾, ?~1592)[1]은 함흥의 이름난 기생으로 동래부사 송상현(宋象賢, 1551~1592)[2]이 사랑하여 첩으로 삼았다.

선조 임금 임진왜란에 공이 동래를 지킬 때 적군이 대대적으로 이르렀다. 상현이 군민을 통솔하고 남문에서 독전하다가 성이 장차 함락되려하자, 글을 부채에 써서 노비를 시켜 아버지에게 전하게 하니 그 글은 이렇다.

외로운 성에 달무리 끼어있어	孤城月暈
펼쳐진 진을 베고 누웠습니다	列陣高枕
임금과 신하의 의리 중하오니	君臣義重
부자간 은혜 가벼이 되었군요	父子恩輕

글 짓기를 마치자 급히 조정에 나아갈 때 입는 조복을 가져다가 갑옷 위에 껴입고 단정히 앉아 움직이지 않았다. 적장 평조익(平調益)이 일찍이 통신사를 따라 조선에 왕래할 때에 상현의 정성스러운 대접을 여러 번 받은 자였다. 이 지경에 이르자 조익이 상현을 보고 눈짓으로 방벽의 으

---

1) 함흥(咸興) 기생으로 동래부사(東萊府使) 송상현(宋象賢)의 첩. 1592년(선조 25) 임진왜란으로 현재 부산 동래구 명륜동 소재의 동래성이 함락되고, 송상현이 전사하기 직전에 시중을 들다가 함께 순절하였다. 왜장 소요시토시(宗義智)는 송상현의 충절과 김섬의 순절에 탄복하여 글을 지어 제사를 지내기까지 하였다 한다.

2) 본관 여산(礪山). 자 덕구(德求). 호 천곡(泉谷)·한천(寒泉), 시호 충렬(忠烈). 1570년(선조 3) 진사에, 1576년 별시문과에 급제하여 경성판관 따위를 지냈다. 호조·예조·공조의 정랑 등을 거쳐 동래부사(東萊府使)가 되었다. 임진왜란이 일어나 왜적이 동래성에 육박하자 항전했으나 함락되게 되자 조복(朝服)을 갈아입고 단정히 앉은 채 적병에게 살해되었으며, 이때 그의 아비 부흥(復興)도 함께 순절했다. 충절에 탄복한 적장은 시를 지어 제사지내 주었다. 이조판서·찬성이 추증되고, 동래 안락서원(安樂書院)에 제향되었다.

승한 곳으로 화를 피하라 하였다. 상현이 응하지 아니하고 적장에게 붙잡히게 되었으나 굽히지 아니하고 '견융(犬戎)의 적(賊)'[3]이라고 꾸짖다가 마침내 해를 당하였다.

이때 김섬이 안쪽 관아에 있다가 상현이 조정에 나아갈 때 입는 예복을 가져가는 것을 보고 절개를 지켜 목숨을 버리려는 것을 알고, 즉시 여종 금춘(今春)과 함께 공의 처소에 가서 함께 화를 입으니, 적장이 의롭게 여겨 관을 구하여 상현과 합장하였다.

상현에게 또 다른 첩이 한 명 있으니 성이 이(李)씨였다.

성이 함락되기 하루 전에 서울로 보내 갔는데, 중도에서 부산이 함락됨을 들었다. 가슴을 치고 통곡하면서 말하였다.

"내가 여기에서 죽기보다 차라리 남편이 있는 곳으로 가서 죽을 것이다."

그러고 동래로 되돌아가다가 여종 만금(萬金)과 같이 적군에게 포로가 되어 바다를 건너게 되었다. 풍신수길(豊臣秀吉)이 여인으로 들이려 하였으나 이씨가 죽음으로써 거부하니, 수길이 의로이 여겨 그 뜻을 빼앗지 아니하고 관백(關白)[4]을 지낸 원씨(源氏, 겐지)[5]의 딸과 함께 같이 별채에서 거처하게 하였다.

난이 평정되고 일본과 조선이 화친한 후에야 절개를 온전히 지켜 귀국하였다.

이경류(李慶流, 1564~1592)[6]는 순안 군수 이경함(李慶涵, 1553~1627)[7]의 동

---

3) 중국 고대 섬서성에 살던 오랑캐의 이름.
4) 중세 일본의 관직명. 관백은 대장군(大將軍)이라 하기도 하고 대군(大君)이라 하기도 하였다. 원씨(源氏)는 관백으로 2백여 년 간 있었고 평수길(平秀吉)이 뒤를 이었다.
5) '미나모토(源)'라는 성을 가진 씨족을 통틀어 일컬을 때 겐지라고 한다.
6) 본관은 한산(韓山)으로 목은 이색의 8대손이다. 자는 장원(長源), 호는 반금(伴琴). 아버지는 좌참찬을 지낸 증(憎)이며, 어머니는 이몽원(李夢鼋)의 딸이다. 1591년(선조 24) 식년문과에 을과로 급제, 전적을 거쳐 예조좌랑이 되었다. 임진왜란이 발발하자 병조좌랑으로 출전하여

생이다.

임진란에 조방장(助防將)[8) 변기(邊璣)가 경함을 종사관으로 삼고자 하여 조정에 요청할 때였다. 경함을 경류로 이름을 잘못 써서 경류가 드디어 변기를 따라 경상우도(慶尙右道)에 출전하였다. 그러다 변기가 패하여 죽게 되자 경류는 말 한필에 의지해 순변사(巡邊使) 이일(李鎰, 1538~1610)[9)의 진영에 다다라 종사하다가, 상주(尙州)에서 진영이 패할 즈음 마침내 전사하였다. 나이는 겨우 스무 살이었다.[10)

이때 그의 형 경함이 순안 관아의 동헌에서 한가히 앉아 있었는데 홀연히 공중에서 곡성이 들렸다.

형을 부르면서 말하였다.

"형님 동생 경류가 왔습니다."

경함이 놀라 자세히 살펴보니 과연 그 동생 경류가 피를 뒤집어쓰고 왔거늘, 경함이 한편으론 놀랍고 한편으론 울면서 말하였다.

"네가 어찌 상처를 입고 이곳에 왔느냐."

경류가 대답했다.

"아우는 상주 싸움에 나섰다가 패하여 죽고 형님을 보기 위하여 왔습니다. 허나 군대의 위세가 몹시 성하여 형님 앞에 감히 가까이 가지 못하오니, 원컨대 군위(軍威)를 물리쳐 주셨으면 합니다."

상주에서 상주판관 권길(權吉)과 함께 전사하였다. 후에 홍문관부제학에 추증되었으며, 상주의 충신의사단(忠臣義士壇)에 제향되었다.

7) 자는 양원(養源), 호는 만사(晩沙). 광해군 때 폐모론에 반대하다가 삭직되었고 반정 후 한성부윤을 지냈다. 특히 주량이 대단했다 한다.

8) 부관에 해당하는 군관의 직책.

9) 자는 중경. 1558년 무과에 급제하여 1583년 호적 니탕개가 난을 일으켜 경원을 함락하자 경원부사가 되어 적을 격퇴했고, 이듬해 다시 내습해온 니탕개를 섬멸하였다. 임진왜란 때 선봉장으로 평양을 수복했으며 무용대장으로 서울을 방위했다. 1601년 남병사를 사직하고 돌아오다 죽었다.

10) 사실은 스물아홉 살이었다.

경함이 그래서 크게 통곡하고 섬돌 위의 군기와 병장기를 모두 거두었다. 이때부터 경류가 매일 왕래하되 날이 저물면 오고 닭이 울면 가니, 이와 같기를 평소와 같이 하였다.

하루는 그 처가 울며 말하였다.

"유해가 어디에 있는지요. 고향 동산에 돌아가 장사를 지내려 합니다."

그러자 경류가 슬프게 대답했다.

"산더미처럼 쌓여 있는 여러 사람의 백골 가운데에서 어떻게 내 유해를 가려낼 수 있겠소. 그러나 나의 혼백은 아주 편안하니 다시 장사 지내는 것은 필요치 않소."

이와 같이하기를 삼 년이 지난 후에는 가서 영원히 돌아오지 않았다.

그 뒤에 그의 어머니가 병중에 입이 타는 조갈증이 들려 귤이 생각났으나 구하지 못하였는데, 이때는 곧 6월의 더운 때였다.

갑자기 공중으로부터 형을 부르는 소리 있어서 경함이 급히 문을 나가 쳐다보니 경류가 구름 속에서 귤 세 개를 던지며 말하였다.

"우리나라에는 귤이 없어서 동생이 동정호(洞庭湖)[11]에 직접 가서 이를 구해 왔습니다."

경함이 크게 기뻐하며 곧 그 모친에게 드렸더니 모친이 이를 먹고 병도 나았다.

해마다 죽은 날에 기제사를 지낼 때에 합문(闔門)[12]한 뒤에는 수저 소리가 완연히 들리니, 집안사람이 더욱 정성을 다하고 예를 극진히 하여 감히 게으름을 피지 못하였다고 한다.

---

11) 호남성(湖南省) 북부에 있는 중국에서 가장 큰 민물 호수.
12) 제사 때 병풍으로 가리거나 문을 닫는 일로 죽은 혼백이 식사를 하도록 하는 시간이다.

三. 生前忠義宋府使 死後精靈慶將軍

金蟾은 咸興의 名妓라 東萊府使 宋象賢이 嬖하야 妾을 爲하얏더니 宣祖 壬辰의 亂에 公이 東萊를 守할 時에 敵軍이 大至하거늘 象賢이 君民을 率하고 南門에서 督戰하다가 城이 將陷함에 이에 書를 扇面에 題하야 其奴로 하야 금 其 父에게 傳케 하니 其 辭에 曰 孤城月暈, 列陣高枕, 君臣義重, 父子恩輕이라 하얏더라 書罷에 急히 朝衣를 取하야 甲上에 하고 端坐하야 動치 안이하니 敵將 平調益은 일즉 通信使를 隨하야 朝鮮에 往來할 時에 象賢의 欸待를 多受한 者라 此에 至하야 調益이 象賢을 目하야 城防隙地로 禍를 避하라 하거날 象賢이 應치 안이하고 敵將에게 被執됨에 屈치 안이하고 太戎[13]의 賊이라고 罵하다가 맛참니 害를 遇하얏더라 此時에 金蟾이 內衙에 在하다가 象賢이 朝服을 取去함을 見하고 死節코져함인 줄 知하고 卽時 女婢 今春으로 더브러 公의 所에 至하야 同히 被害하니 敵將이 義히 넉여 棺槨을 具하야 象賢과 合葬하얏더라 象賢이 又一 妾이 有하니 姓은 李라 城陷하기 一日 前에 京城으로 送還하얏더니 中途에서 釜山이 陷落됨을 聞하고 胸을 搥하고 痛哭하야 曰 我가 此 地에셔 死함보다 寧히 所天의 處에 往하야 死하리라 하고 東萊로 返向하다가 婢子 萬金과 同히 敵軍에게 被虜하야 海를 渡함인 豐臣秀吉이 此를 納코져 하거늘 李氏가 拒死하니 秀吉이 義히 넉여 其 志를 奪치 아니하고 前關白源氏의 女로더부러 共히 別院에셔 處케 하얏더니 及其平亂 媾和한 後에 節을 全하야 歸國하니라

李慶流[14]는 順安 郡守 慶涵[15]의 弟ㅣ라 壬辰亂에 助防將邊璣가 慶涵으로 從事官을 爲코자 하야 朝廷에 啓請할시 慶流의 名字로 誤書한지라

---

13) 원본에는 '犬戒'로 되어 있다. 문맥으로 보아 '犬戎'으로 바로 잡았다.
14) 원본에는 '李慶琉'로 되어 있다. 문맥으로 보아 '李慶流'로 바로 잡았다.(이하 '慶琉'를 모두 '慶流'로 바로 잡은 것은 생략한다.)
15) 원본에는 '慶璿'으로 되어 있다. 문맥으로 보아 '慶涵'으로 바로 잡았다.(이하 '慶璿'을 모두 '慶涵'으로 바로 잡은 것은 생략한다.)

慶流가 드대여 邊機를 從하야 慶尙右道에 出戰하다가 밋邊 機가 敗死함
에 慶流가 匹馬로 巡邊使 李鎰의 陣에 赴하야 從事하다가 尙州敗陳의
際에 竟히 戰亡하니 時年이 僅히 二十이더라 時에 其 兄 慶涵이 順安衙軒
에 閒坐하얏더니 忽然히 空中으로부터 哭聲이 聞하며 涵을 呼하야 曰 兄
이여 舍弟流가 來하얏나이다 涵이 驚하야 審視하니 果然 其 弟流가 血을
被하고 來하얏거늘 涵이 且驚且泣하며 曰汝가 엇지 刺를 被하고 此處에
來하얏나뇨 流가 對하되 弟가 尙州에셔 出戰하다가 敗死하고 阿兄을 謁
하기 爲하야 來하얏더니 兵威가 甚盛하야 兄의 前에 敢히 逼近치 못하오
니 願컨대 軍威를 去하소셔 涵이 이에 大慟하고 階上의 旗幟兵伏을 盡徹
하니 自此로 慶流가 每日 往來하되 日이 暮하면 來하고 鷄가 鳴하면 去하
야 如斯하기를 常事로 爲하얏더라 一日은 其 妻가 泣問하되 遺骸가 何處
에 在하온지 故山에 歸葬코져 하나이다 慶流가 愀然히 答하되 堆積한 萬
人의 白骨 中에 엇지 我의 遺骸를 分辨함을 得하리오 그러나 我의 魂魄은
甚安하니 不必 改葬할지라 하더니 如斯히 三年을 過한 後에는 永去하야
來치 아니 하얏더라 其 後에 其 母夫人이 病中에 燥渴症이 生하야 橘을
思하되 得치 못하얏는대 此時는 正히 六月炎天이라 忽然 空中으로브터
兄을 呼하는 聲이 有하거늘 慶涵이 急히 門에 出하야 仰見하니 雲中으로
부터 橘 三箇를 投하며 曰 我國에는 橘이 無함으로 弟가 洞庭湖에 親往하
야 此를 取來하얏나이다 하거늘 涵이 大喜하야 卽時 其 母에게 供하얏더
니 其 母가 此를 食하고 病이 쏘한 蘇함을 得하얏더라 每樣 忌祭를 當하면
闔門한 後에는 匙著의 聞이 顯然히 有함으로 家人이 더욱 誠敬의 禮를
極盡히 怠慢치 못하얏다 云하니라

4. 일의 처리가 명철한 권 부인이 하루아침에 부정한 귀신 섬기는 풍조를 막다

우재(迂齋) 이후원(李厚源)[1]은 전주(全州) 사람이다.

광평대군(廣平大君) 여(璵)[2]의 육세 손이 대대로 높은 벼슬을 이었으나 모두 제 목숨을 다하지 못하였다. 또 큰아들이 일찍 죽어 자손이 자연이 희귀했다. 그 집이 이 때문에 앞으로 귀신에 아첨하여 수명을 위한 굿이나 푸닥거리를 날마다 하고 집안에 누각을 높여 신사(神舍)를 짓고 사계절의 제사음식을 구해 갖추어 이것으로 제사하였다. 또 의복을 지어 간수해 두고 베와 비단, 품질이 아주 좋은 비단을 문에 들어오는 사람마다 한 폭 찢어 신전에 걸게 하였다. 이것이 여러 대에 걸쳐 늘상의 일이 되어 감히 그만두지 못하니, 이로 인하여 재산이 줄어들었다.

집안에는 다만 두 대의 늙은 과부만 있었다. 이때 손자가 점차 자라 혼인할 나이가 되어서 짝을 충청도에서 택하여 판서 권상유(權尙游, 1656~1724)[3]의 딸을 얻었다.

신부가 시집에 들어간 지 사흘째 날에 그 시어미가 중궤(中饋)[4]의 수고를 그만두고 모든 집안일을 신부에게 맡겼다. 하루는 늙은 여종이 권씨에

---

1) 본관은 전주(全州). 자는 사심(士深), 호는 우재(迂齋)·남항거사(南港居士). 인조반정 때 정사공신이 되고 이조판서, 우의정 등 여러 관직을 두루 거쳤다.
2) 자는 환지(煥之), 호는 명성당(明誠堂)으로 세종대왕과 소헌왕후 심씨의 다섯째 아들로 무안대군 방번(芳蕃)의 양자로 보내졌다.
3) 본관 안동. 자 계문(季文)·유도(有道), 호 구계(癯溪), 시호 정헌(正獻). 도학자(道學者)인 맏형 상하(尙夏)를 스승으로 섬긴 뒤에 송시열(宋時烈)의 문하에서 수학하였다. 여러 관직을 거쳐 호조판서, 예조판서, 한성부판윤, 우참찬을 지냈고 이조판서가 되어 숨은 인재를 많이 등용하였다.
4) 주방에서 음식에 관한 일을 주장하는 것.

게 들어와 고하였다.

"아무 날은 집안의 신에게 굿하는 날이니 모든 쓸 물건을 미리 준비함이 좋을 듯합니다."

권씨가 말하였다.

"어떤 신이며 또 무슨 까닭으로 이렇게 기도를 하는 것이냐?"

늙은 여종이 대답했다.

"이 신에 대한 기도는 이미 선대에서부터 행한지가 오래되었습니다. 기도하면 집안이 평안하고 그렇지 않으면 재해가 더 생겨나기 때문에 감히 그만두지 못합지요."

권씨가 말하였다.

"그러면 한번 치성 드리는데 드는 제반 비용이 얼마나 되느냐?"

늙은 여종이 생각하되, '부인께서 처음 들어와 전례를 아직 자세히 알지 못하는구나.' 하고 일일이 더하여 대답했다.

권씨가 "올해는 앞에 한 것 이상으로 넉넉하게 하지요. 지난날보다 세 배를 들이는 것이 좋을 것이에요."라고 하며, 드디어 그 셈에 맞게 돈을 내놓으니 늙은 여종이 크게 기뻐하며 갔다.

연로하신 시할머니가 이를 듣고 걱정하고 탄식하며 말하였다.

"우리 집이 종전으로부터 신에게 굿하는 것을 하나의 일로써 하여 가세가 줄어들었다. 시골의 부인을 택한 것은 반드시 비용을 절약하리라 하여 혼인을 충청도에서 하였더니, 이제 도리어 전날보다 세 배 이상을 더해. 이렇게 집안 재산을 탕진하니 곧 망함이 닥칠 것을 면하지 못하게 됐구나."

그 날이 되자 권씨가 물을 뿌리고 비로 쓸어 늘어놓아 두고 음식과 의복을 극히 풍부하게 준비한 후에 정결한 의복으로 갈아입었다. 그러고는 국문으로 제문을 직접 작성하였다.

그 첫머리는 대개 사람과 귀신이 서로 섞이지 못하는 것으로 주장을 삼았고, 그 아래에는 부인이 시집에 새로 들어와서 지난 규범을 바꿔 풍성히 음식을 장만하고 후하게 예물을 바쳐 마지막 제사를 지내고는 영원히 보내겠다는 뜻을 알렸다.

사람을 시켜 축문을 읽으라 하니, 모두 두려운 마음이 들어 감히 읽지 못하였다. 권씨가 친히 분향재배하고 축문을 낭독한 후에 잘 간직해두었던 의복과 비단붙이들을 모두 하나하나 꺼내다가 마당에 쌓아 놓고는 계집종과 종들에게 말하였다.

"이 물건들을 모두 태워버릴 것이나 이것들은 이른바 하늘이 낸 물건을 없애버리는 행동이니 하지 못할 짓이다. 그 중에 햇수가 오래되지 않아 가히 입을만한 것은 나부터 먼저 입을 것이니 그 나머지는 너희도 또한 입어라."

그러고는 드디어 일일이 여러 종에게 나누어 주고, 그 중 오래된 것은 이를 태워 없애려고 종들을 시켜 불을 가져 오라하였다. 그러나 종들이 두려워하여 얼굴만 서로 바라보고 감히 명령을 듣는 자가 없었다. 그래 권씨가 스스로 불을 가져오니 시어미가 이를 듣고 크게 놀라고 두려워하여 급히 종을 시켜 그만두라고 말하였다.

"우리 집에서 신에게 굿을 하는 것은 선대로부터 내려온 법규일 뿐만 아니라, 이 기도를 함으로써 가내에 변고 없이 평안하게 지내는 것이거늘, 지금에 와서 단번에 이를 없애버린다면 후환을 장차 어찌하겠느냐."

권씨가 듣지 아니하고 종을 시켜 다시 말하였다.

"설령 재난이 있다고 한다면 이는 제가 모두 감당할 것이요, 집안을 위하여 영원히 이러한 폐단을 막겠습니다."

늙은 여종이 분주하게 오가며 애를 써 만류하려 했지만, 마침내 듣지 아니하고 이를 불태운 후에 그 재를 깨끗이 쓸어 사람 눈에 띄지 않는 으슥한 곳에 묻었다. 그 비단과 주단이 탈 때 비린내와 누린내가 코를 찌르니 종의 무리가 서로 놀라워하며 말하길 "귀신의 물건이 탄다."고 하였다. 이후로 집안이 평안하고 아무런 일도 없었으며 신에게 굿하는데 드는 비용이 영원히 없어졌다.

외사씨(外史氏)가 말한다.

"자고로 집안의 부녀자가 이러한 것에 혹하지 않는 사람이 없으니, 부녀자들 대대로 요사스런 무당과 음란한 박수무당이 횡행하는 것은 이에 오로지 연유함이다. 그러므로 우리가 늘 남의 어리석음을 비웃지 않는 사람이 없는 것이지만, 부인으로서 능히 이치가 분명하여 이러한 것에 미혹하지 않는 여인은 썩 드물다. 그러나 권부인은 이와 같은 미신을 하루아침에 타파하여 부정한 귀신을 섬기는 풍속을 영원히 막았으니 가히 명철한 부인이라 말할 것이다."

四. 處事明哲權夫人, 朝防杜淫祀風

迂齋 李原厚은 全州人이니 廣平大君 璵의 六世孫이 世〃로 簪纓을 相承하나 皆享年함을 得치 못하고 又 長子가 早世함으로 子孫이 自然 稀貴하얏는대 其 家 此로 以하야 自前으로 鬼를 媚하야 禱賽를 日事하고 內에 樓를 起하야 神舍를 作하고 四季에 香需를 備하야 此를 祀하며 又 衣服을 製하야 藏하고 布帛綢緞의 入門하는 者를 또한 一幅을 裂하야 神前에 掛하야 此로써 屢世의 常事를 作하야 敢히 廢치 못하니 此로 因하야 財産이 漸消하고 家中에 다만 兩代의 老寡婦人만 有하얏더라 時에 孫兒가 漸長하야 婚齡에 達하얏슴으로 配를 湖鄕에 擇하야 權判書 尙遊[5]의 女를 娶하얏는대 新婦의 于歸를 經한지 三日만에 其 姑夫人이 中饋의 勞를 捨하고 모다 家務로써 新婦에게 委하얏더라 一日은 老婢가 權氏에게 入告하야 曰 某日은 卽 家中 賽神의 日이오니 一般應用의 物을 豫히 準備함이 好할 듯하오이다 權氏 曰 그러면 此가 何神이며 또 何故로 此에 祈禱를

---

5) 원문에는 '尙遊'로 되어 있다. 문맥으로 보아 '尙游'로 바로잡았다.

爲하나뇨 老婢가 對하되 此神의 祈禱는 旣히 先代로부터 行한지 已久하
야 祈한 卽 家內가 平安하고 否한 卽 災害가 轉生하기로 敢히 廢치 못하
나이다 權氏 왈 一次 神祀에 諸般所入이 幾何나 算하나뇨 老婢가 意謂하
되 夫人이 新入하야 前例를 未諳함이라 하고 一一히 增加하야 對하니 權
氏 曰 今年에는 前例 以上으로 優厚를 加하야 往日보다 三倍를 入하는
것이 可하다 하고 드대여 其 數에 依하야 錢을 出給하니 老婢가 大喜하야
去하니라 其 老大姑夫人이 此를 聞하고 憂嘆하야 曰 吾가 從前으로브터
賽神의 一事로써 家力이 漸耗하얏기로 鄕中의 婦女를 擇한 것은 必然 省
費節用을 爲하리라 하야 婚을 湖中에 結하얏더니 今에 反히 前日보다 三
倍 以上을 加하니 吾家의 蕩敗는 立至함을 免치 못하리로다 하얏더라 其
日에 及하야 權氏가 灑掃陳設하고 飮食衣服을 極히 豊備하게 한 後에
精潔한 衣服을 換着하고 諺書로써 祭文을 自製하얏는대 其 頭辭에는 大
槪 人神이 可히 雜糅치 못한 것으로 爲主하고 其 下에는 夫人이 舅家에
新入하야 前規를 變하야 盛供厚幣로써 終祭를 行하고 永히 謝送하겟다
는 意로써 告함이라 他人으로 하야금 祝文을 讀하라 하니 모다 懼怵의
心이 生하야 敢히 讀치 못하거늘 權氏가 이에 親히 焚香再拜하고 祝文을
朗讀한 後에 藏置하얏든 衣服錦緞의 屬은 모다 一一히 撤出하야 場에 積
하고 婢僕의 輩다려 謂하되 此 物을 全部 燒燬할진대 此는 所謂 暴殄天物
의 行動이 可히 爲치 못할지라 其 中에 年修가 及치 안이하야 可히 穿着할
만한대 我로브터 먼저 着用하리니 其 餘는 汝輩도 坐한 衣하라 하고 드대
여 一一히 諸婢에게 分給하고 其 年 久한 者는 此를 將次燒할새 婢僕으로
하야금 火를 取하야 來하라 하니 婢僕이 神을 畏懼하야 面面히 相顧하고
敢히 令을 從僕는 者가 無하거고 權氏가 스사로 火를 取來하니 夫人이
此를 聞하고 大히 驚懼하야 急히 婢子를 使하야 挽止하야 曰 吾家에셔
神을 賽함을 先人의 屢代常規일뿐 아니라 此 祈禱의 一事로 以하야 家內
에 別故가 無히 平安過去하는 것이어늘 今에 至하야 一朝에 此를 毁廢할
진대 後患을 將次 如何히 할고 權氏가 聽치 아니한고 婢子로 하야금 回告
하되 設令 災禍가 有하다 하면 此는 阿婦가 自當할 것이오 舅家를 爲하셔

는 永永 此弊를 杜하겟노이다 함이 婢使가 絡繹奔走하야 苦苦力挽하얏스되 맛참니 聽치 아니하고 此를 盡燒한 後에 其 灰를 淨掃하고 屛處에 埋하얏는대 其 錦緞이 焚할 時에 臊羶의 臭가 鼻를 觸하니 婢僕輩가 相顧 駭諜하며 曰 鬼物이 盡燒한다 하니라 此 後로 家內가 平安無事하고 賽神의 弊가 永絶하니라

　外史氏 曰 自故로 人家의 婦女가 此에 惑치 아니하는 者가 無하니 婦世의 妖坐淫覡이 橫行하는 것은 此에 職由함이라 故로 吾人이 恒常人의 愚를 笑치 아니하는 者가 無하지마는 婦人으로셔 能히 理에 明하야 此에 惑치 아니하는 者는 幾希할 것이나 그러나 權夫人과 如함은 此等의 迷信을 一朝에 打破하야 淫祀의 風을 永杜하얏스니 可히 써 明哲의 婦이라 謂할진뎌!

5. 가짜 신랑이 진짜 신랑이 되었으니 이 인연 하늘이 맺어주신 거라네

　이안눌(李安訥, 1571~1637)[1]의 호는 동악(東岳)이고 나이 18세에 장가를 들었다.

　그 뒤, 정월 보름날 밤에 종로 네거리에서 보신각 종소리를 듣고 달맞이를 하다가 요릿집에 들어가 술을 마시고 나와 이동(履洞)[2]의 한 집 앞에서 취하여 쓰러졌다. 갑자기 노비 무리가 와서는 시끄럽게 말하였다.

　"신랑이 이곳에서 취해 쓰러졌다."

　그러고는 그 집의 신방으로 들여보냈다.

　안눌은 인사불성이 되어 취중에 동방화촉(洞房華燭)에서 그 집의 신부와 함께 동침하여 어수지락(魚水之樂)[3]의 즐거움을 누리게 되었다.

　그 이튿날 새벽 날이 밝지 않았을 때 깨어나 보니 자기의 방이 아니고 남의 집이었다. 이에 크게 놀라 신부더러 "여기가 누구의 집이요?" 하고 물으니, 신부가 깜짝 놀라고 당황하며 얼굴색이 변하여 갈팡질팡 어쩔 줄을 몰랐다.

　대략을 말하자면 그 집은 갓 혼인한 지 사흘째였다.

　신랑이 그 전날 밤에 또한 종소리를 들으며 밤에 놀러나갔다가 밤이 깊도록 오지 않자 노비들을 시켜서 신랑을 찾아오라 하였는데, 그 비복들이 문을 나가다가 동악이 취하여 쓰러져있는 것을 보고 자택의 신랑인줄

---

1) 본관은 덕수(德水). 자는 자민(子敏), 호는 동악(東岳). 증조할아버지는 행(荇)이고, 아버지는 진사 형(泂)이다. 이식(李植)의 종숙(從叔)이다. 18세에 진사 때에 수석하여 성시(省試)에 응시하려던 중 동료의 모함을 받아 과거 볼 생각을 포기하고 문학에 열중했다.
2) 지금의 종로구 을지로 3가로 '신전골'이라고도 한다.
3) 부부 사이나 남녀가 매우 사랑하는 것을 말한다.

오인하고 부축하여 들였고, 그 신부도 이를 깨닫지 못하였기에 마침내 이러한 우스운 일이 일어난 것이다.

동악이 머리를 땅에 대고서는 신부와 더불어 뒷갈망을 잘하는 계책을 강구하는 것만 못하다 생각하고는 이에 신부에게 대처할 방안을 물으니 신부가 대답했다.

"일이 이 지경에 이른 것은 나의 꿈자리와도 딱 맞아떨어지고, 또 일의 형편이 두 사람의 연분이 아닌 게 없습니다. 부녀자의 도리로 한다면 마땅히 죽음을 결정하는 것이 옳지마는, 나는 여러 대의 무남독녀입니다. 내가 죽는 날엔 부모님께서 늙으시면 의탁할 곳이 없을 뿐 아니라, 반드시 병으로 인하여 돌아가실 것이니 걱정입니다. 이후의 계책은 부득이 그때그때의 처지를 따를 수밖엔 없으니, 그대의 소실이 되어 부모를 봉양하고자 합니다. 그대의 뜻은 어떠십니까?"

동악이 말하였다.

"내가 간음을 일부러 범한 것도 아니요, 또 신부도 음란한 일을 하려고 한 것도 아니오. 그러니 우리 두 사람은 실로 하늘을 우러르고 땅을 굽어본들 정말 죄가 없으니, 권도(權道)를 따름이 무방할 것이오. 그러나 내가 다만 스물이 안 된 어린 서생으로 가훈이 심히 엄하니 과거 급제하기 전에 소실을 두는 것은 부모님께서 허락지 않을 것이니 이를 어찌하면 좋겠소."

신부가 말하였다.

"그러면 당신의 친척의 집이나 혹은 다른 곳에 저를 둘 곳이 없습니까?"

동악이 "있지요."라고 하니, 신부가 말하였다.

"그렇다면 저와 함께 가셔서 저를 그 집에 두신 뒤에, 두 집안이 알지 못하게 하고 그대가 급제하기 전까지는 결코 왕래를 하지 않다가, 급제한 후에 양가 부모에게 사실대로 고하고 한 집안에 화목하게 모여 사는 것이 어떻겠습니까?"

동악이 그 말을 따라 드디어 날이 밝기 전에 신부와 함께 어두컴컴할 때 문을 나서 곧장 교동(校洞)[4]으로 달아나 과부로 지내는 이모의 집에 가서 전후사정을 설명한 후에 이곳에 숨겨두었다.

한편 신부의 집에서는 이러한 사실을 전연 몰랐다.

해가 높이 떠오르도록 신랑신부가 일어나는 기척이 없어, 신부의 어머니가 문을 열고 보니 방 안은 적막하고 사람이 없는데 신랑신부는 어디로 갔는지 몰랐다. 크게 놀라 신랑 집에 알아본 후에 비로소 가짜 신랑과 함께 달아났음을 알고 소문이 날까 두려워 이 일을 비밀히 숨겼다.

동악이 이로부터 그녀에게 발길을 끊고 밤낮으로 학업에 정진하여 수년 후엔 문장이 크게 이루어져 과거에 급제하였다. 이에 그 부모님께 그 사실의 전말을 고하고 또 그 소실의 친가에 가서 이 사실을 설명하였다. 그 부모가 사대부의 가법으로 신부가 야반도주한 것은 비밀에 붙였으나, 원래 무남독녀로 자연스럽게 그 애정이 끌려서는 딸을 생각하고 밤낮으로 번뇌하다가 동악에게 이 사실을 들어 알고는 크게 기뻐하며 말하였다.

"이 사람이 하늘일세."

양가가 다시 혼인의식을 행할 때, 신혼 때에 쓰는 붉은 한 채의 이불과 비단 옷 한 벌로 신표를 삼았다.

이 비단은 그녀의 집에 지난날 명나라 황제가 하사한 것으로 천하에 둘도 없는 비단이었다. 부모가 그녀를 보고 슬픔과 기쁨이 섞여 말하였다.

"우리 부부의 뒷일을 부탁하겠네."

그리고 그 집안의 재산과 노비와 전답을 동악에게 전부 주니 동악은 갑작스럽게 장안의 갑부가 되었다. 그녀는 현명하고 또한 재질이 있어 집안일을 잘 다스리고 남편을 잘 받드는 것이 모두 규범에 맞아 세간에서 현명한 부인이라 불렀다.

---

4) 지금의 서울시 종로구 경운동, 낙원동, 종로 2-3가에 있던 마을로 향교가 있어 '향교동(鄕校洞)', 향굣골로 불렀다.

五. 假新郎爲眞新郎, 此是人間天定緣

李安訥의 號는 東岳이니 年이 十八에 新娶하고 其 後 上元夜에 雲從街에서 鍾을 聽하고 月을 賞하다가 料亭에 入하야 酒를 飲하고 出하야 履洞一家의 門前에서 醉倒하얏더니 忽然 婢僕輩가 來喧하야 曰 新郞이 此處에서 醉倒하얏다 하고 其 家 新房으로 扶入하얏는대 公은 渾然히 人事를 不省하고 醉中에 洞房華燭下에서 其 新婦로더브러 同寢하야 魚水의 樂을 就한 後에 其 翌曉未 明의 時에 睡覺혼 則 自己의 房이 아니오 卽 他人의 家이라 이에 大驚하야 新婦다려 誰家임을 問하니 新婦가 錯愕失色하야 其 所措를 罔知하니 大盖 其 家는 新婚혼지 第 三日이라 新郞이 其 前夜에 또한 聽鍾夜遊하고 夜가 深하도록 來치 안니홈으로 婢僕輩로 하야금 新郞의 跡을 追尋케 하얏드니 該婢僕等이 門을 出하다가 東岳이 醉倒홈을 見하고 自宅의 新郞인즐 誤認하고 此을 扶入혼 것인대 其 新婦도 此를 不省하얏슴으로 마참내 此 滑稽의 幕을 成하얏더라 東岳이 到此 地頭하야는 新婦로 더브러 善後의 策을 講究홈만 不如홈으로 이에 新婦를 對하야 措處의 方을 問하니 新婦가 對하되 事가 此에 至홈은 我의 夢兆와도 符合되고 又 事의 形便이 莫非兩人의 緣分이니 婦女의 道로 하면 宜히 一死를 決하는 것이 可하나 我가 屢世 無男獨女로 我가 死하는 日에 父母의 老來倚託이 無홀 뿐 안이라 必然 因病致死하실 慮가 有하니 善後의 計는 不得已 權變의 道를 從홀 外에 無혼지라 君의 小室의 列에 在하야 父母를 奉養코져 하니 君子의 意는 何如하뇨 東岳이 曰 我가 姦淫을 故犯홈도 아니오 또 新婦도 淫奔의 事를 爲홈이 아인즉 我兩人은 仰天俯地에 實로 罪가 無한지라 權을 從홈이 無妨홀지로다 그러나 我가 다만 二十前年 少書生으로 家訓이 甚嚴하니 登第하기 前에 小室을 畜홈은 父母가 決코 許치 아니하리니 將次 如何히 홀고 新婦 曰 그러면 君子의 姻婭親戚의 家에 或은 妾을 置홀 處가 有하겟나뇨 東岳이 曰 有하노라 新婦 曰 然하면 妾으로 더부러 同往하야 妾을 其 家에 置한 後에 兩家로 하야곰 다 不知케 하고 君子가 登第하기 前에는 決코 往來를 通치 아니하다가 登第한 後에 兩家 父母에게 實事로써 告하고 一室團聚하는 것이 何如하뇨 東岳이 其 言을 從하야 드대여 天明하기 前에 新婦로 더부러 暗暗히 門을 出하야 直히 校洞으로 走하야 其 寡居하는 姨母家에 往하야 前後事實을 說破한 後에 此에 匿置하얏더니 新婦의 家에셔는 全然히 此을 不知하고 日高三丈토록 新郎新婦의 起枕하는 動靜이 無흠으로 其 新婦의 母가 門을 開하고 見하니 房內에는 寂寂然人이 無하고 新郎新婦는 不知去向흔지라 이에 大驚하야 新郎 家에 探知흔 後에 비로소 假新郎과 偕遯흠을 知하고 聽聞이 暴露될가 慮하야 其 事를 秘隱하얏더라 東岳이 此로브터 小室家에는 跡을 絶하고 晝와 夜로 學業을 勤히 하야 數年 後에 文章이 大就흠이 未幾에 곳 科에 登흔지라 이에 其 父母에게 其 事實의 顚末을 告하고 又 小室의 親家에 往하야 其 事實을 說破하니 其 父母가 士夫의 家法을 顧하야 夜半穿逾한 事를 秘隱은 하얏스나 元來 無男獨女임을 自然 其 愛情의 牽引흔 바ㅣ 되야 其 女를 思念하고 日夜로 煩惱하더니 東岳의게 此 事를 聞知하고 大喜하야 曰 此가 天이로다 하고 兩家가 更히 婚禮의 儀式을 行흘새 新婚 時에 用하는 紅衾錦領으로 信物을 作하니 此 錦은 小室家에 昔時 大明皇帝의 所賜로 天下에 所無한 異錦이라 其 父母가 其 女를 會見하고 悲喜交集하야 曰 夫妻의 後事가 託흘 바 이有하다 하고 其 家 貲奴婢田宅를 東岳에게 盡付하니 東岳은 猝然히 長安甲富를 成하얏더라 其 小室은 賢하고 且才質이 有하야 産業을 治하고 巾櫛을 奉흠이 모다 閨範에 合하야 世에셔 賢夫人이라 稱하니라

6. 산속에서 숨어 사는 이인 평소 예언이 모두 들어맞다

우복(愚伏) 정경세(鄭經世, 1563~1633)[1]가 일찍이 서울로 과거보러 갈 때였다.

단양(丹陽)[2] 땅을 지나다가 날이 저물어 길을 잃어 산골짜기 속으로 10여 리를 가니 소나무가 하늘을 찌를 듯 높이 솟아 늘어서 있어 갈 곳을 알지 못하였다. 홀연 한 점 등불이 소나무 사이에 은은히 비치니 인가가 있음을 알았다. 그 곳에 가보니 과연 서너 칸의 이엉을 얹은 허술한 집이 있어서 가서 사립문을 두드렸다.

선풍학골(仙風鶴骨)의 한 노인이 등불을 밝히고 책을 보다가 경세를 맞아들인 후에 책을 덮고 물었다.

"객(客)이 어찌 깊은 밤중에 예까지 오셨소?"

경세가 오게 된 까닭을 말하고 또 배고픔을 말하니, 노인이 주머니에서 떡 한 개를 꺼내어 주었다. 경세가 먹어보니 달고 매끄럽기가 백자(柏子)[3]와 같았다. 먹은 것이 아직 반도 안 됐는데 배가 너무 불러서 경세가 마음속으로 이상하게 생각하여 노인의 얼굴 생김을 자세히 보니 풍채와 태도가 보통 사람들과 달라서 물었다.

"어찌 이름을 이 세상에 드러내어 불후(不朽)를 구하지 않고 적막하니 명성이 없음을 스스로 달게 여겨 초목과 함께 썩으려 하십니까?"

노인이 웃으며 말했다.

"그대가 말하는 '불후'라 하는 것이, 입공(立功)·입덕(立德)·입언(立言)[4]

---

1) 본관은 진주(晉州). 자는 경임(景任), 호는 우복(愚伏). 아버지는 좌찬성 여관(汝寬)이며, 어머니는 합천이씨(陜川李氏)로 가(軻)의 딸이다.

2) 현재의 충청북도 소재의 군소재지.

3) 잣.

六. 山中隱逸是異人, 平日豫言皆合符 49

과 같은 게요?"

경세가 "그러합니다."라고 하자, 노인이 말했다.

"세상에 도덕을 준비함은 공자와 맹자보다 높을 리 없고, 뛰어난 공적으로는 관안(管晏)⁵⁾보다 성(盛)할 리 없지요. 하지만 오늘날에 찾는다면 인골(人骨)이 모두 다 썩어버리고 오직 그 이름만 남았으니 이를 어찌 영원히 없어지지 않는다고 하겠소? 하물며 문장(文章)과 같은 작은 재주는 예로부터 글 짓는 사람이 무수하였지만 '귀뚜라미 우니 가을 서리가 내리고(蛬吟秋露)'와 '새가 우니 봄바람 부네(鳥鳴春風)'와 같이 그저 아름다움과 고움을 다투어서 잠시 동안은 눈부시게 빛남이 극에 달하지요. 그러나 활짝 핀 꽃이 모두 시들어 아름다움이 다하고 서리와 이슬이 섞여 모이면 말소리도 가라앉아 끊기고 아무 소리도 없는 것으로 돌아가니 '슬프다'고 할 만하잖소. 이것이 나의 '불후'함과 다른 게요."

경세가 말하였다.

"무슨 말씀이시지요?"

노인이 말하였다.

"이른바 '풀은 시든 뒤에 썩는 것이고 나무가 마른 뒤에 썩는다.'라고 하는 것은 이것이 죽어서 그러한 것이니 만일 죽지 않았다면 어찌 썩겠소?"

경세가 말하였다.

"그러하면 세상에 장생불사(長生不死)하는 방법이 있습니까?"

노인이 말하였다.

"있소이다. 안법대운(按法大運)하여 천 날의 공덕을 마치면 능히 맑은

---

4) 이른바 삼불후(三不朽)로 영원히 썩지 않는 세 가지이다. 입덕은 덕을 세우고 입공은 공을 세우고 입언은 좋은 학설이나 문장을 남기는 것이다.

5) 관중(管仲, B.C. 685~B.C. 645)과 안영(晏嬰, B.C. 556~B.C. 500)이다. 이들은 임금을 도와 나라를 부국강병토록 만든 제(齊)나라의 명재상들이며 춘추시대를 대표하는 인물들이다.

날에 승천하고, 혹 그 몸을 벗지 못하여 탁사(託死)하는 법을 터득하면 비록 천백 년을 지나더라도 온몸이 썩지 않아 얼굴빛이 살아있는 것 같다가, 기한이 다된 후에는 또 무덤을 깨뜨리고 날아오르지요. 이것이 이른바 태음연형(太陰鍊形)[6]이라오. 이 법은 모든 세상에서 신발을 벗어버리고 한없이 긴 시간을 지나 홀로 가니, 이것이 내가 말한 불후라는 게요. 그대가 말하는 이른바 불후는 이미 지나간 것에서 구하는 것이니 어찌 나와 같겠소?"

경세가 이에 무릎걸음으로 다가앉아 노인에게 말하였다.

"지금 선생의 훌륭하신 의견을 들으니 속세의 명예와 이익을 생각하는 마음이 깨닫지 못하는 사이에 모두 사라졌습니다. 감히 청하오니, 이 방법을 저에게 전수하여 주시기를 바라옵니다."

노인이 한참동안을 바라보다가 말하였다.

"그대의 골격이 이를 감당치 못할 것이니 이는 단념하는 것만 못하오. 그러나 그대는 반드시 과거에 급제하여 부귀와 공명으로 일생동안 이름이 세상에 드러날 것이니, 이것만 한다하여도 인간으로서의 복록은 모두 누렸다할 게요."

이러하여 경세가 운수가 어떠한 지와 국운의 성하고 쇠한 것을 자세히 물으니 노인이 말하였다.

"그대는 올해 과거에 급제하여 이름을 날리다가[7] 몇 년 후에는 세 차례 감옥에 들어 갈 액이 있으나 끝내는 근심이 없어지고 다시 여러 차례 종요로운 직책을 지낼 게요. 이렇게 7년을 보낸 후에는 나라에 큰 난리[8]가 일어나 모든 백성이 짓밟히고 으깨어지는 화를 만나게 될 게요. 그리고

---

6) 땅 속에서 선골이 되기를 기다려 신선이 되어 오르는 방법이다.
7) 정경세는 1580년 유성룡의 제자가 되어 학문에 진력하여, 1582년 회시에서 진사에 뽑히고, 1586년 알성문과에 을과로 급제, 승문원부정자에 임명되었다. 이 해는 1586년이다.
8) 1592년 임진왜란을 말한다. 따라서 7년이 아니라 6년이다.

또 이것이 평정된 후 23년 뒤에 이르러서는 큰 도적이 서쪽에서 쳐들어와 도성을 지키지 못하고 종묘사직이 몇 번이나 뒤엎어지는 것을 직접 볼 것이오. [9]"

경세가 다시 그 말에 대하여 재삼 가르침을 청하니, 노인이 말하였다.

"그대는 오래지 않아 마땅히 스스로 경험하여 자연스럽게 알게 될 것이니 억지로 묻지 마오."

경세가 이에 그 성명을 물으니 노인이 대답하였다.

"내 어릴 적에 부모를 일찍이 잃어 나도 내 성명을 알지 못한다오."

그러고는 마침내 일러주지 않았다.

밤이 깊어져 경세가 몹시 피곤하여 잠에 들었다가 새벽녘에 깨어 일어나니 노인이 보이지 않았다. 마음속으로 몹시 괴이하여 그 집 사람에게 물으니 집안사람이 대답하였다.

"그 노인의 이름은 유생원(柳生員)이니 산중의 여러 절로 이리저리 떠돌다가, 혹간 와서는 앉았기도 하고 혹은 여러 날을 머물기도 한답니다. 그런데 수 십일이 지나도록 먹는 것이 없고 산을 타거나 산등성이를 오르면 걸음걸이가 나는 듯하여, 그 오고 가는 것을 헤아리기가 어렵습죠."

경세가 망연자실하였다.

이 해에 과연 경세가 과거에 급제하고 그가 말한 것이 일일이 꼭 들어맞아 틀리거나 어그러짐이 없었다고 한다.

---

9) 1627년 정묘호란(丁卯胡亂)을 말한다. 그렇다면 임진왜란이 종결된 해가 1598년이니, 23년이 아니라 29년이 옳다. 정묘호란은 1627년(인조 5) 1월 중순부터 3월 초순까지 약 2개월간 지속되었던 후금과 조선 사이의 전쟁으로, 조선 인조 5(1627, 정묘)년에 후금(後金)이 침입해 온 난리이다. 이 전쟁으로 왕과 조신들은 강화로 피난하였다.

六. 山中隱逸是異人, 平日豫言皆合符

鄭愚伏經世가 일즉 洛中에 赴擧홀 새 丹陽地에 過하다가 日이 暮ㅎ야 路를 失하고 山谷中으로 十餘里를 行홈이 松木이 參天하야 往홀 바를 不知하더니 忽見ㅎ則 一點燈光이 松林間에 隱映하는지라 人家가 有홈을 知하고 該處에 往하니 果然 數間茅屋이 有하거날 進하야 扉를 叩하니 一老人이 仙風鶴骨로 明燭看書하다가 經世를 迎立혼 後에 書를 掩하고 問하되 客이 엇지 深夜에 到하얏나뇨 經世가 來由를 言하고 又 飢홈을 告혼則 老人이 囊中으로서 一 箇의 餅을 出與하거늘 食홈이 甘滑하기 栢子와 如하고 食한지 未半에 肚裏가 充飽혼지라 經世가 心異하야 其形貌를 詳看하니 風度가 俗人과 異한지라 이에 問하되 엇지 名을 當世에 顯하야 不朽를 求치 아니하고 寂寞無聞홈을 自甘하야 草木으로 同朽코져 하나뇨 老人이 笑하되 君의 所謂不朽라 홈은 立功 立德 立言과 如한 者를 謂홈이뇨 經世 曰 然하도다 老人 曰 世에 道德을 備홈은 孔孟보다 高하리 無하고 功烈로는 管晏보다 盛하리 無하나 今日에 求하면 人과 骨이 모다 朽하고 오즉 其 名만 存하얏스니 此를 엇지 不朽라 謂하리오 허물며 文章과 如혼지라 小技는 古來로 作者가 無數하되 蛩吟秋露와 鳥鳴春風과 如히 嬌를 爭하고 妍을 鬪하야 暫時炫耀를 極하다가 芳華가 識盡하고 霜露가 交集홈에 及혼 則 音聲이 沈絶하야 無聞에 歸하나니 可哀하다 云홀지라 此가 我의 不朽홈과 異하도다 經世 曰 何謂홈이뇨 老人 曰 所謂 草死後 腐하고 木死後朽라홈은 此가 死홈으로 然홈이니 萬一 死치 아니 홀진대 何가 朽하리오 經世 曰 然하면 世에 長生不死하는 術이 有하뇨 老人 曰 有하니 能히 按法大運하야 千日에 功을 하면 能히 白日에 昇天하고 或 其 形을 未脫하야 託死하는 法을 得하면 비록 千百年을 經홈지라도 全骨이 不朽하야 顏色이 生홈과 如하다가 限이 滿혼 後에는 또 能히 塚을 破하고 飛昇하나니 此가 所謂 太陰鍊形이라 此 法이다 世上에 脫屣하고 萬劫을 歷하야 獨行하나니 此가 我의 謂혼바 不朽라 子의 所謂 不朽는 旣往에 求하는 것이니 엇지 我와 如하리오 經世가 이에 膝을 促하고 坐하야 老人다려 謂하되 今에 先生의 高論을 聞하니 塵念이 俱消홈을 覺치 못하온지라 敢히 請하니 願컨대 此 術을 我의게 傳授하기를 望하노라 老人이 熟視良久에 曰 君은 骨格이 此를 做得치 못홀지니 此는 斷念홈만 不如하도다 그러나 君은 반다시 龍門에 登하야 富貴와 功名으로 一生을 顯達하리니 此 만 홀지라도 人間福祿은 盡享하얏다홀지로다 經世가 이에 身運의 如何와 國運의 消長을 細細히 問하니 老人 曰 君이 今年에 登科하야 名을 顯하다가 幾年 後에는 三次獄에 入홀 厄이 有하나 맛참니 憂가 無하고 更히 屢次 樞要의 職을 經 하다가 如斯히 七年을 經흔 後에는 國家에 大亂이 起하야 萬姓이 魚肉되는 禍를 遭하고 又 此가 平定된 後에 二十三年에 至하야는 大賊이 西來홈이 都城이 不守하고 宗社가 幾覆됨을 親睹하리라 經世가 다시 其 說를 再三 請敎하니 老人 曰 此는 君이 未久에 맛당히 自驗自知홈을 得홀지니 强問하지 말나 經世가 이에 其 姓名을 問하니 老人이 對하되 我가 幼年에 怙恃를 失하얏슴으로 我도 我의 姓名을 未知하노라 하고 맛참니 通치 아니ㅎ얏더라 夜가 深홈에 經世가 困憊홈이 甚하야 睡에 就하얏다가 曉頭에 起來하니 老人이 不見하는지라 心에 甚히 怪訝하야 其 家人에게 問하니 家人이 答하되 其 老人의 號는 柳生員이니 山中 諸寺로 浮遊하야 或來或坐하고 或數日을 留하는 時가 有하나 數十日이 過하도록 食하는 바가 無하고 巒에 登하고 岡에 陟홈이 行步가 如飛하야 其 往來를 莫測혼다 하거늘 經世가 茫然自失하더니 是年에 果然 登第하고 其 所言이 一一히 符合하야 差違가 無하얏다 云하니라

7. 설령 심씨의 투기가 심하더라도 미인 앞에서야 어찌 하겠어요

상국(相國) 조태억(趙泰億, 1675~1728)[1]의 호는 겸재(謙齋)이고, 숙종(肅宗) 때 사람이다. 그 부인 심씨(沈氏)[2]가 본디 성품이 투기가 심함으로 태억이 두려워하기를 범과 같아 감히 바람을 피지 못하였다.

그 사촌 형 태구(泰耈, 1660~1723)[3]가 평안감사로 재직할 때에 태억이 승지로서 명을 받들고 마침 관서에 갔다가 평양에 들어가 영중에서 여러 날을 머물 때, 비로소 한 기생에게 한눈을 팔았다. 심씨가 이 사연을 듣고 즉시 그곳으로 길 떠날 차비를 하였다. 그 오라비와 함께 곧장 도착해서는 장차 사람을 사서 죽이려는 것이었다.

태억이 이를 듣고 대경실색하여 급히 그 기녀로 하여금 몸을 피하게 하니, 기녀가 대답했다.

"소인이 피신하지 않아도 살아날 길이 있사오나, 다만 집이 가난하여 돈을 변통하기 어려움을 한탄할 뿐이네요."

태억이 그 계책을 듣고자하니, 대답했다.

"진주와 비취로 몸을 꾸미고자 하오나 돈이 없으니 어찌하겠습니까."

태억이 말하였다.

"네가 만일 목숨을 구할 길만 있다면 비록 천금이라도 내가 마련하여

---

1) 본관은 양주(楊州). 자는 대년(大年), 호는 겸재(謙齋)·태록당(胎祿堂). 형조판서 계원(啓遠)의 손자로, 이조참의 가석(嘉錫)의 아들이다. 태구(泰耈)·태채(泰采)의 종제이다. 최석정(崔錫鼎)의 문인이다.

2) 심구서(沈龜瑞, 1655~?)의 딸이다. 심구서의 본관(本貫)은 청송(靑松), 자(字)는 석우(錫禹)로 통덕랑을 지냈다.

3) 본관은 양주(楊州). 자는 덕수(德), 호는 소헌(素軒)·하곡(霞谷). 아버지는 우의정 사석(師錫)이다. 태채(泰采)·태억(泰億)의 종형이다.

주겠다."

그러고는 즉시 드는 비용에 맞는 돈을 주었다.

평양감사는 특별히 중화(中和)와 황주(黃州)⁴⁾ 사이에 비장을 보내 심씨 일행을 기다려 인사를 여쭙게 하였다. 그리고 또한 주전(廚傳)⁵⁾을 갖추어 보내서는 잘 대접하게 하였다.

심씨가 황주에 이르러 비장이 문안을 드리고 음식을 잘 차려서 내 오는 것을 받고는 냉소하며 말하였다.

"내가 정승이나 임금의 명령을 받든 사신의 행차도 아닌 이상에 어찌 비장이 문안을 하는 게요. 또한 나의 노자가 넉넉하니 대어 줄 필요가 없소."

그렇게 말하고는 모두 물러가게 한 뒤에 중화(中和)에 이르러서도 또한 이를 물리쳤다.

송재원(松栽院)⁶⁾을 지나 장차 우거진 숲 속으로 들어갈 때였다.

이때는 늦봄인 음력 3월이었다.

십리에 걸친 긴 나무숲에 몸 기운이 바야흐로 짙고 계곡마다 맑은 물이 흐르니 자연의 경치가 아름답고 고와 심씨가 교자의 발을 걷고 이를 즐기면서 긴 숲 속을 지나쳤다. 숲이 다하여 멀리 바라보니, 곧 흰모래가 명주 비단 같고 맑은 강이 거울과 같은데, 하얀 석회를 바른 성가퀴⁷⁾가 강기슭에 둘려있고 장사치 배가 강가에 줄을 지어 정박하였으며, 연광정(練光亭)⁸⁾과 대동문(大同門)⁹⁾, 을밀대(乙密臺)¹⁰⁾의 누각은 단청이 밝게 빛나고 가

---

4) 지금이 황해도 북단에 위치한 곳의 지명.
5) 포주(庖廚)와 역참(驛站), 즉 음식과 여관.
6) 평양 근처의 지명.
7) 원문에는 '粉堞'으로 되어 있다. 문맥을 고려하여 '粉堞'으로 바꾸었다. 분첩은 성가퀴로 성 위에 낮게 쌓은 담이다. 여기에 몸을 숨기고 적을 감시하거나 공격하거나 한다. 성첩(城堞)·여장(女墻)·여첩(女堞)·치성(雉城)으로도 부른다.
8) 지금의 평양특별시 중구역 동에 있는 누정.
9) 지금의 평양특별시 중구역 대동강 기슭에 있는 평양성의 동문(東門)으로서 현재 북한의 국보 제1호.

옥과 건물은 아득히 멀었지만 사람의 눈길을 빼앗았다.

심씨가 슬프게 탄식하였다.

"금수강산이란 말이, 가히 '이름은 헛되이 전하여지지 않는 법(名不虛傳)'이라더니 정말이구나."

이렇게 걸어가면서 또 즐길 즈음에 저 멀리 모래톱 위에 홀연히 한 점 꽃이 있어 멀리서 아득하니 다가왔다. 점점 가까이 오니 한 아리따운 여인이 연두저고리와 붉은 치마를 입고 한 필의 준마를 타고 비단 채찍을 들고 가로질러 왔다. 속으로 심히 기이하여 가마를 멈추게 하고는 바라보고 있는데, 미인이 부인의 앞에 와서는 말에서 내려 꾀꼬리 같은 목소리로 말하였다.

"아무개 기생이 문안드리옵니다."

심씨가 그 이름을 듣고 홀연 무명업화(無名業火)[11]가 삼 천 길이나 솟구쳤다. 그래 큰 소리로 성내어 꾸짖어 말하였다.

"네가 아무개 기생인데, 무슨 까닭으로 와서 아뢰는 것이냐?"

기녀가 용모를 단정히 하고 옷깃을 여미고 말 앞에 공손하게 서니, 얼굴은 이슬을 품은 복사꽃과 같고, 허리는 바람에 의지하는 가는 버들과 같았으며, 비단 옷과 진주와 취옥으로 위아래를 꾸몄는데, 실로 나라를 흔들만할 아름다운 여인이었다.

심씨가 자세히 보며 말하였다.

"네 나이가 몇이냐?"

대답하길 "열여덟이옵니다." 하니, 심씨가 말하였다.

"너는 과연 일대 명물이로구나. 장부로 이와 같은 명기를 보고 가까이 하지 아니하면 가히 졸장부라고 불러도 되겠구나. 내가 이번에 와서 단연

---

10) 지금의 평양특별시 중구역 금수산에 있는 고구려시대의 누정(樓亭)으로 사허정(四虛亭)이라고도 하며 현재 북한문화재 사적 제7호.

11) 깨우치지 못하고 번뇌에 얽혀 짓는 악한 업을 불에 비유한 말.

코 너를 죽이려고 하였더니, 이제 너를 보니 실로 명물이라. 내 어찌 손을
쓰겠느냐. 너는 곧 관아로 돌아가 영감을 모셔라. 그러나 만일 영감으로
하여금 지나치게 너에게 빠지게 하여 병이 생길 경우, 그때에는 너는 마
땅히 죽어야할 것이다.”

그러하고는 관아로 들어가지도 않고 길가에서 말을 돌려 경성으로 되
돌아갈 때, 평안도관찰사가 급히 사람을 시켜 전갈하였다.

“계수씨께서 먼 길을 떠나오셔서 이미 이곳에 도착하였다가 관아에는 들
어오지도 아니하고 도중에 말을 돌리시니 어찌된 일입니까. 며칠만 관아
에 들어와 머물다가 돌아가십시오.”

심씨가 차갑게 웃으며 말했다.

“내가 걸태객(乞駄客)[12]이 아니니 어찌 성에 들어가겠소.”

그리고 서울에 있는 본집으로 돌아갔다.

관찰사가 기녀를 불러 말했다.

“네가 어찌 그토록 대담하게 곧장 호랑이 입을 향하였다가는 도리어
죽음을 면한 게냐?”

기녀가 대답하였다.

“부인의 성정이 비록 투기가 심하다한들, 나와 같은 평양 명물에게야
어찌 하수(下手)[13]하오리까.”

七. 縱令沈氏悍妬性 名物之前亦無奈

趙相國泰億의 號는 謙齋니 肅宗朝時人이라 其 夫人 沈氏가 素性이 妬
悍홈으로 泰億이 畏하기를 虎와 如히 하야 敢히 房外의 犯을 爲치 못하더

---

12) 체면을 돌보지 않고 물건을 얻으러 다니는 사람. 걸태질하는 사람.
13) 손을 움직이어 사람을 죽임.

니 其 從兄泰耉가 平安 監司로 在職훌 時에 泰億이 丞旨로써 命을 奉하고 맛참 關西에 往하얏다가 平壤에 入하야 營中에서 數日을 留할신 비로쇼 一妓를 慈眄하얏더니 沈氏가 其 由를 問하고 이에 卽 地治行하야 其 娚으로 하야곰 陪行케 하고 直히 平壤에 下하야 將次 其 妓를 托殺하려하니 泰億이 此를 聞하고 大驚失色하야 急히 其 妓로 하야곰 身을 避케 하니 妓가 對하되 小人이 避身하지 아니 홀지라도 可生 홀 道가 有하오나 다만 家가 貧하야 辦出키 難홈을 恨하나이다. 泰億이 其 計를 聞하니 對하되 珠翠를 身에 飾코져 하오나 錢이 無하니 奈何하리잇고 泰億이 曰 汝가 萬一 可生홀 道만 有하면 비록 千金이라도 我가 辦給하리라 하고 卽時 其 所人을 隨하야 此를 支給하얏더라 箕伯은 特히 中和 黃州 間에 裨將을 送하야 沈氏 一行을 待하야 問候캐하고 又 廚傳을 備送하야 支供케하얏더니 沈氏가 黃州에 到하야 裨將의 問安이 有하고 그 支供의 設備가 有홈을 聞하고 冷笑하되 我가 大臣別星의 行次가 안인 以上에 엇지 問安 裨將이 有하뇨 且我의 路需가 優足하니 供給할 必要가 無하다 하고 一並 退出케훈 後에 中和에 到하야셔도 쏘훈 此를 退斥하얏더라 松栽院을 過하야 將次 長林의 中으로 入홀새 此時 暮春天氣이라 十里長林에 春意가 方濃하고 曲曲 淸江에 景物이 佳麗하니 沈氏가 轎簾을 捲하고 此을 玩賞하면셔 長林을 過하고 又 林이 盡홈에 望見 則 白沙가 練과 如하고 淸江이 鏡과 如훈대 粉蝶[14]이 江岸에 周流[15]하고 商舶이 江濟에 列泊하얏스며 練光亭 大同門 乙密臺의 樓閣은 丹靑이 照輝하고 屋宇가 縹緲하야 人의 眼目을 奪하는지라 沈氏가 嗟嘆하야 曰 錦繡江山이 可謂 名不虛傳이로다 하고 且行且玩홀 際에 遠遠히 沙場의 上에 忽然 一點의 花가 有하야 渺渺히 來하더니 漸近훈 則 一個의 美人이 綠衣紅裳으로 一匹의 繡鞭駿驄을 騎하고 橫馳하야 來하는지라 心에 甚히 奇異하야 轎를 駐하고 望見하더니 美人이 夫人의 前에 至하야셔는 馬에 下하야 鶯舌

---

14) 원본에는 '牒'으로 되어 있다. 문맥을 고려하여 '蝶'으로 바로 잡았다.
15) 원본에는 '潦'로 되어 있다. 문맥을 고려하여 '流'로 바로 잡았다.

을 囀하야 告하되 某妓는 現謁하노이다 沈氏가 其 名을 聞하고 忽然 無名
業火가 三千丈이나 衝起하야 이에 大聲 怒叱하되 汝가 某妓이면 何故로
來謁히나뇨 妓가 容을 斂[16]하고 馬前에 敬立하니 顔은 合露한 桃花와 如
하고 腰는 倚風의 細柳와 如하며 綺羅珠翠로 其 上下를 飾하얏는대 實로
傾城의 色이라 沈氏가 熟視하며 曰 汝의 年이 幾何오 對하되 十八歲로소
이다 沈氏 曰 汝는 果然 一代의 名物이로다 丈夫로써 此等名妓를 見하고
近치 아니하야셔는 可謂 拙夫라 謂홀지로다 我의 此 行이 斷然코 汝를
殺하려 來하얏더니 及其 汝를 見한 즉 實로 名物이라 엇지 手를 下하리오
汝는 곳 營門으로 歸하야 令監을 侍하라 그러나 萬一 令監으로 하야곰
過히 汝에게 沈惑하야 病이 生하게 될 진대 其 時에는 汝가 當死하리라
營中으로 入치도 아니하고 中路에셔 곳 馬를 回하야 京城으로 返홀시 箕
伯이 急히 人을 使하야 傳喝하되 嫂氏行次가 旣히 此 地에 到하섯다가
營中에 入치도 아니하고 中路에셔 回馬하심은 何故이닛고 數日만 營中에
入하야 留連하다가 歸하소셔 沈氏가 冷笑하되 我가 乞駄客이 아니니 엇
지 入城하리오 하고 곳 馳하야 京第로 返하얏더라 箕伯이 妓를 招하야
問하되 汝가 如何한 大膽으로 直히 虎口를 向하얏다가 反히 免홈을 得하
얏나뇨 妓가 對하되 夫人의 性이 비록 悍妬하다한들 我와 如한 平壤名物
에야 엇지 下手하리잇고 하니라

8. 물건을 얻음에 옳음을 생각한 참 군자 현명한 아내 한 마디에 만호 벼슬을 얻었네

그리 오래지 아니한 옛날에 한 늙은 포수가 있었다.

다만 아직 15세가 못 된 딸이 있었는데, 몹시 사랑하기를 손바닥 안의 보석같이 하였다. 한 가지의 선한 말이나 아름다운 일을 들으면 반드시 이를 외워 전하였다. 그 딸아이가 영민하고 또 덕이 있어 아버지의 말을 들을 때마다 마음에 새겨듣고는 간직하여 이를 잊어버리지 않았다.

하루는 늙은 포수가 입직(入直)[1]할 때에 동료 중의 한 소년이 늙은 포수에게 말하였다.

"저에게 한 기이한 이야기가 있는데 들어 주시겠는지요?"

늙은 포수가 말하였다.

"착하구나. 어디 말해 보거라."

소년이 이야기하였다.

"옛날에 한 서생(書生)이 있어 독서하기를 퍽이나 좋아해서는 집안일에는 추호도 관여치 아니하니 집안의 형세가 자연히 빈궁해져서 굶주림과 추위가 뼛골까지 이르렀습니다. 하루는 부끄러움을 생각지 아니하고 어둠을 타서는 인가의 담을 넘어 들어갔지요. 마침 한 부자 노인의 집이라 누각의 위에 올려 둔 커다란 궤짝을 몰래 열고는 백은(白銀) 열 봉다리를 찾아내서는 다시 담장을 넘어 밖으로 나왔지요. 귀가하는 길에 돌다리 위에서 잠시 쉰 뒤에 집에 돌아 와 가지고 온 은을 세어보니, 그 중에 한 봉을 중도에서 잃어버렸는지 알 수 없었습니다. 그래 다시 오던 길로

---

1) 근무하는 곳에 들어가 번(番)을 듦.

가서 사방으로 방황하며 자세히 찾았습니다.

마침 한 다 떨어진 옷을 입은 자가 있었는데, "무슨 사유로 이곳에서 방황하십니까?"라고 물었지요. 그 서생이 잠시 주저하다가 은을 잃어버린 일을 말하니, 거지꼴 차림을 한 사람이 수중에서 은 한 봉을 꺼내며 말하였습니다.

"이것이 길 위에 떨어져 있기에 제가 이를 주워 갖고 있으며 그 주인을 몹시 기다렸습니다. 필시 당신이 이 물건의 주인인 듯하군요. 이를 갖고 가시지요."

서생이 크게 기뻐하며 그 물건을 받은 후에, 홀연 양심에 깊이 느낀 바가 있었답니다. 이에 속으로 생각하기를 '저이가 몹시 궁벽한 사람으로서 오히려 길 위에 떨어뜨린 물건도 줍지 아니하거늘, 하물며 나는 성인의 글을 읽고 성인의 말씀을 외는 사대부의 자식으로서 어찌 이와 같은 불의무도(不義無道)한 도적질을 저질렀단 말인가.' 하고 크게 뉘우치고 한탄함을 그치지 못하고 동틀 때까지 앉았다가는 그 은을 훔친 집에 가서는 전후의 일을 이야기하고 그 은을 돌려주었지요. 그러니 주인이 또한 놀랍고 의아하여, 서생이 허물을 뉘우친 것을 극히 칭찬하였다하니 이 어찌 아름다운 일이 아니겠습니까."

늙은 포수가 이 말을 마음속에 새겨들었다가 집에 돌아와서는 딸아이를 위하여 이 이야기를 말해주니, 그 딸아이도 크게 탄복하여 칭찬하기를 그치지 못하였다.

하루는 늙은 포수가 함께 숙직을 하던 소년(즉 기이한 이야기를 전하던 소년)의 심지를 기특히 여겨 사위로 택하여 딸을 시집보내었는데 부부가 심히 마음이 맞았다.

그 소년은 어릴 적에 부모를 일찍 여의고 그의 외숙이 돌보아 길렀다. 훗날에 외숙마저 또한 사망하고 남긴 자식이나 유산도 아무것도 없었는데, 외숙의 기일(忌日)이 되자 소년이 대를 이을 사람이 없음을 가련히 여겨 무덤에 가서 살피고자 하였다.

소년의 처가 그 의로움에 감동하여 채소와 과실, 물고기와 짐승의 고기 등을 대략 갖추어 주었다. 소년이 이를 메고 산으로 올라가더니 오래지 않아 돌아오는지라, 처가 괴이하여 그 까닭을 물으니 소년이 대답했다.

"내가 가다가 도중에 뜻밖에 여러 개의 은 봉지를 주었소. 내가 가만 생각해보니, 우리 집 형편이 입고 먹는 게 넉넉지 못한 처지잖소. 그런데 이와 같은 재보를 얻었으니 이것으로 평생 의식의 밑천으로 해도 될 것 같기에 그래, 마음속으로 기쁨을 이기지 못하여 곧 내려온 것이오."

그 처가 왈칵 성을 내며 차갑게 얼굴색을 바꾸고 말하였다.

"당신이 전날에 제 아버지를 대하여 이야기하던 서생의 일을 잊으셨나요? 옛사람의 말에 '이득을 보면 의를 생각하라.' 했지요. 어찌 이러한 의롭지 않은 물건을 주워 우리의 소유로 삼겠다는 것입니까? 속히 은을 가지고 그 주인을 찾아 돌려주면 그만이지만, 만일 그렇지 않는다면 저는 당신을 떠나겠어요."

소년이 부득이하여 은을 소매에 넣고 습득한 길로 가 종일토록 그 주인을 기다렸지만 여러 날이 되도록 와서 찾는 사람이 없었다. 할 수 없어 그 은을 다시 가지고 오니, 처가 그러면 관가에 바치는 것이 좋겠다고 하였다. 남편이 군수에게 바치니 군수는 감사에게 올리고 감사는 조정에 아뢰었다.

임금이 이 말을 들으시고 '여항의 상사람으로 이와 같은 아름다운 행실을 지녔으니 어찌 포상치 아니하리.' 하시고 특히 만호(萬戶)[2]라는 벼슬 한 자리(邊長)를 제수하신 후에 그 은까지 함께 내려 주셨다.

---

[2] 각 도의 여러 진(鎭)에 배치한 종사품의 무관 벼슬.

八. 見得思義眞君子, 賢妾一言萬戶窠

中古時代에 一老砲手가 有하야 다만 未笄한 一女를 有하얏는대 鍾愛하기를 掌中의 寶와 如히하야 一善言 一美事를 得하면 반다시 此를 誦傳하니 其 女가 敏하고 且德이 有하야 其 父의 言을 聞할 時마다 潛心服膺하야 此을 失치 아니하얏더라 一日은 老砲手가 入直하얏슬 時에 同僚 中 一少年이 有하야 老砲手다려 謂하되 我가 一奇談이 有하니 肯聽하겟나뇨 老砲手 曰 善하도다 幸히 我를 爲하야 說話하라 少年이 曰 前日에 壹 書生이 有하야 讀書하기를 偏嗜하고 家事는 秋毫도 關치 안이함으로 家勢가 自然 貧窮하야 飢寒이 骨에 到함으로 一日은 廉恥를 思치 아니하고 昏夜를 乘하야 人家의 墻을 越入하니 맛참 一富翁의 家라 樓上의 藏置한 一大櫃를 潛開하고 白銀十封을 搜出한 後에 更히 墻을 踰하고 外에 出하야 歸家하는 路邊 石橋上에서 暫憩한 後에 家에 返하야 其 持來한 銀을 計數한 則 其 中에 一封을 不知中 遺落한지라 更히 來路로 往하야 四處로 彷徨尋覓하더니 마참 一弊衣의 者가 有하야 엇진 事由로 此에서 彷徨함을 問하니 其 書生이 一時 躊躇하다가 失銀한 事를 言 한즉 弊衣한 者가 袖中으로브터 銀一封을 取出하며 曰 此가 路上에 落下하얏기로 我가 此를 拾取하야 其 主人을 苦待하얏더니 必是 君이 物의 主인 듯 하도다 須히 此를 持去할지어다 書生이 大喜하야 其 銀을 受取한 後에 忽然 良心에 感動한 바가 有하야 이에 自念하되 彼가 至窮한 人으로서 尙히 路上에 遺落한 物도 拾치 아니하거든 하물며 我는 聖人의 書를 讀하며 聖人의 言을 誦하는 士夫의 子로 엇지 此와 如히 不義無道한 盜賊의 事를 爲하얏는가 하고 이에 大히 悔恨함을 不已하고 天明하기를 坐待하야 其 取銀한 家에 往하야 前後의 事를 說罷하고 其 銀을 還拾한 則 主人이 쏘한 驚訝하며 曰 書生의 悔過한 것을 極히 稱道하얏다 하니 此 엇지 美事가 아니리오 老砲手가 此 言을 聞하고 此를 銘心하얏다가 歸家한 後에 其 女를 爲하야 此 言을 誦傳하니 其 女도 쏘한 嘆賞함을 不已하얏더라 一日은 老砲手가 其 同直하든 少年 (卽 奇談을 傳하든 少年)의 心志를 奇特히 넉여 이에 東床으로 撰하야 女로써 嫁하얏는더 夫婦가 甚히 相得하얏더라 其

少年은 幼少할 時에 父母를 早喪하고 其 內舅의 養育한 바ㅣ 되얏는대 其 後에 內舅도 坐한 死亡하고 遺兒와 遺産이 並無하얏는대 其 忌日을 當함이 少年이 其 無嗣함을 憐하야 墓上에 往察코져 하니 妻가 其 義를 感하야 茶菓魚肉의 等을 畧辦하야 與함이 少年이 此를 擔荷하고 山으로 上하더니 居無何에 還來하는지라 妻가 怪訝하야 其 故를 詰하니 少年이 答하되 我가 去하다가 途中에셔 意外의 銀數封을 拾得하얏는대 自思한 則 我家絲穀의 計가 裕足치 못한 處地에 此와 如한 財寶를 得하얏스니 차로써 平生衣食의 資를 可作할지라 이에 心中에 欣喜함을 不勝하야 卽 來하얏노라 其 妻가 勃然히 色을 變하며 曰 君이 前日애 我父를 對하야 誦傳하든 書生의 事를 忘却하얏나뇨 古人의 言애 見得思義라 하얏스니 엇지 此等不義의 物을 拾得하야 我有을 爲하리오 斯速히 銀을 懷하고 其 主을 訪하야 銀을 返한 則 已어니와 萬一 不然이면 妾은 將次 君을 辭하고 去하리라 少年이 不得已하야 銀을 袖하고 拾得하든 路上으로 去하야 終日토록 其 主를 俟ᄒ[3]얏스되 一連數日이 되도록 來索ᄒᄂ 者가 無한지라 이에 該銀을 更히 持來하니 妻가 謂하되 그러면 官長에게 納함이 可타 하노라 夫가 郡守에게 納하니 郡守는 監司에게 納하고 監司는 朝廷에 稟達하얏거늘 上이 聞하시고 閭巷의 小民으로 此等의 美行이 有하니 엇지 褒賞치 아니하리 하시고 特히 萬戶一窠 (邊長)를 除授하시신 後에 其 銀ᄭ지 並히 出給하시이라

---

3) 원본에는 'ᄒ'자가 없이 빈자리이다.

9. 두 번 꾼 꿈 아주 기이하고 길 부인은 정녀(貞女)라는 이름이 부끄럽지 않다 (상)

길정녀(吉貞女)는 서관(西關)[1]의 평안북도 남동부에 있는 영변(寧邊) 사람이다.

그 아버지는 지방 관아의 고을 관리였으며, 여인은 첩의 몸에서 태어난 딸이었다. 여인의 부모가 모두 돌아가시고 그 숙부에게 의탁하였는데, 나이 스물에 아직도 출가치 아니하고 직조(織組)와 침선(針線)으로 생계를 꾸려나가는 터였다.

이보다 앞서 경기도 인천에 신명희(申命熙)란 유생이 있었는데 자못 총명하고 준수한 사람이었다.

소년 시절에 일찍이 한 이상스런 꿈을 꾸었다.

한 늙은이가 어떤 소녀를 끌고 왔는데 나이는 대여섯 살에 불과하고 면상에 '십일구(十一口)'라는 글자가 있었다. 생긴 모양이 아주 기괴하였다. 노옹이 생에게 말하되 "이 아이가 훗날에 자네의 배필이 될 것이니 마땅히 백년을 해로하리라." 하고 이어 갑자기 보이지 않았다. 생이 꿈을 깨서는 몹시 괴이하다고 생각하였다.

나이 사십을 넘어 그는 아내를 잃었다.

중궤(中饋)[2]의 여자주인이 없어 외롭고 처량함을 금하기 어려웠으나 중년에 아내를 여읜 뒤 다시 새 아내를 맞는 것이 어려웠다. 널리 다시 아내 얻을 곳을 구하였으나 모든 일에 자연이 장애됨이 많았다. 마음은 간절해

---

1) 평안도·황해도를 통틀어 이르는 말.
2) 주방에서 음식에 관한 일을 주장하는 여자. 따라서 부인 또는 아내를 일컬으나 여기서는 부엌 정도의 의미.

도 뜻대로 되지 아니한지 얼마간의 시간이 흘렀다.

그때 마침 오래 알고 지내던 사람이 영변에 벼슬아치가 되어 부임하였기에, 신생(申生)이 따라 가서는 위문(衛門)[3]에서 어울려 노닐었다.

하루는 또 꿈을 꾸었는데, 전일에 꿈에서 보던 노옹이 다시 그 여자를 데리고 왔다. 여전히 면상에 '십일구' 자의 상처가 있고 전에 보았을 때보다 이미 장성해 있었다. 노옹이 생더러 말하였다.

"이 여아가 이미 장성하였으니 자네에게 시집보내노라."

생이 꿈을 깨서 더욱 괴이하고 의아함을 그치지 못하였다.

하루는 관아의 안채로부터 부사가 명을 내려 곱고 가늘게 짠 삼베를 사들이게 하니, 관리가 대답하였다.

"우리 고을에 한 처녀가 있는데 능히 가는 베를 짜서 최고의 상품으로 지역에 이름이 높사오니 장차 이를 사들이겠습니다."

그러고는 즉시 여러 필 사들였는데 과연 그 품질이 가늘고 깨끗하였으며 촘촘하여 세상에서 드물게 있는 것이었다. 보는 사람마다 칭찬하지 아니하는 자가 없었다.

신생이 수소문하여 그 여인이 서녀임을 알고 갑자기 첩으로 맞아들일 마음이 생겼다. 그래 그와 가까운 사람을 후히 대접하고 중매 서주기를 부탁하였더니, 길정녀(吉貞女)의 아버지가 한 마디에 곧 듣고 따랐다.

생이 기뻐하여 즉시 폐백을 준비하고 예를 갖추어서 그 집에 도착하였다.

길정녀는 다만 베를 짜는 솜씨만이 빼어날 뿐 아니라 그 모습이 몹시 아름답고 고왔으며, 행동거지 또한 조용하고 품위가 있어 서울 안에서 벼슬깨나 하는 집안의 규수의 거동과 태도가 있었다. 생이 분에 넘쳐 크게 기뻐하고 비로소 '십일구(十一口) 자'가 '길(吉) 자'인 줄을 알고 전날 꿈

---

3) 본래는 금중(禁中)의 여러 문을 수호하거나 순라하여 경계하는 직책인 위문부(衛門府).

의 기이함과 천정의 인연인줄 믿어 변치 않는 정이 더욱 돈독하였다. 여러 달을 머무른 후에 고향으로 돌아올 때였다.

오래지 않아 맞아서 데려가기로 약속하였는데 집으로 돌아온 뒤에 질질 끌었다.

이와 같이 세월이 흘러 3년이 지났다.

그러나 전에 했던 약속을 옮기지 못하고 산 넘고 물 건너 저 멀리 소식조차 끊어졌다.

정녀의 친척들은 모두 말하기를, "신생은 다시 만나지 못할 것이라." 하고 다른 사람에게 시집보내기로 하였다. 정녀가 이를 알고 지조를 굳게 하기를 더욱 독실이 하여 비록 집안의 뜰이나 마당을 출입할 때도 또한 자세히 살폈다.

여인이 사는 마을은 운산(雲山)[4]땅과 다만 한 산등성이만을 격하였는데, 종숙이 이곳에 살고 있었다. 이때에 운산의 수령은 무관으로 나이가 어린 자였다. 정녀의 아름다움을 듣고 또한 소실로 들이고자 하여 매번 여인의 종숙(從叔)에게 물어서 그 여인을 염탐하려고 하였다.

여인의 종숙은 흔연히 이를 승락하고 항상 관부(官府)에 출입하여 계책을 꾀하였다.

일이 이렇게 무르익더니, 또 혼인날까지 잡고는 운산 수령에게 비단과 수를 놓은 직물 등의 물건을 청하였다. 정녀에게 전하여 혼인할 때에 의상을 만들게 하도록 하려는 것이었다. 그러한 뒤에 정녀에게 찾아가서는 말하였다.

"내가 장차 며느리를 얻게 되었단다. 날짜가 멀지 않았는데 신부의 옷 치수를 재고자 하나 집안사람의 바느질 솜씨가 너만 못하니 잠시 와서 이를 도와다오."

---

4) 평안북도 남동부에 있는 지명.

정녀가 대답했다.

"조카에게는 지아비가 있어요. 관아에 와서 머무르고 있으니, 제가 가고 못 가는 것은 반드시 그 이 말을 기다린 연후에 할 수 있겠어요. 아저씨의 집이 비록 가깝다고는 하나 이미 다른 동네이니 결코 말씀에 응하기 어렵겠어요."

숙부가 말하였다.

"만일 신생의 승낙을 얻으면 네가 허락을 하겠느냐?"

정녀가 "그러겠어요." 하였다.

종숙이 집으로 돌아와 신생의 글씨를 위조하여 '가까운 집안이니 정의로써 가서 힘써 도와주라' 쓰고는 재촉하였다.

그때에 신생은 상서(尙書) 조관빈(趙觀彬, 1691~1757)[5]이 평안감사로 있을 때에 인척의 관계가 있어 마침 관아에 와서 머무르는 터였다. 숙부는 신생이 오래도록 오지 아니함으로 정녀를 버린 줄로 알고 이와 같은 계책을 꾸민 것이었다. 정녀가 그 거짓 편지를 보고 부득이 숙부의 집에 가서 옷을 마르고 바느질하는 수고를 하였다. 이와 같이 여러 날을 보냈으나 일찍이 그 집 남자 등과 말을 하지 않고 오직 일만 부지런히 하였다.

하루는 그 종숙이 운산의 수령을 맞이하여 장차 정녀의 용모와 안색을 엿보게 꾀하였다. 정녀는 본관사또가 왔다는 말을 들었으나 자기에게 마음이 있는 줄은 전혀 알지 못하였다.

날이 저물어 불을 켜니 숙부의 큰 아들이 정녀에게 물었다.

"누이가 늘 벽에 얼굴을 대고는 등불만 취하니 이 무슨 까닭이지. 수고한지 여러 날이 꽤 지나갔으니 나와 잠시 상대하여 대화를 나누는 것이 좋을 듯한데."

---

5) 본관은 양주(楊州), 자는 국보(國甫), 호는 회헌(晦軒)으로 노론 4대신의 한 사람인 우의정 조태채(趙泰采)의 아들이다. 1723년 신임사화(辛壬士禍)가 일어나자 아버지 조태채는 사사되고 그는 흥양현에 유배되었다.

정녀가 말하였다.

"나는 피곤한 줄 알지 못하니, 형이나 앉아 말하면 내 듣기는 하지요."

그 자가 실없이 웃으면서 앞에 다가앉아 손으로 정녀의 몸을 돌려 창 밖 쪽으로 마주 앉게 하니 정녀가 얼굴빛이 변하여 역증을 내어 말하였다.

"비록 가까운 친척 사이라도 남녀의 유별이 있는데 어찌 무례하기가 이렇듯 심한 게요."

이때에 수령이 눈을 창틈에 대고 보다가 그 여인이 몸을 돌릴 때에 그 안색을 잠깐 보고 매우 기뻐함을 그치지 못하였다.

九. 兩度夢事甚奇異, 吉歸不愧貞女名 (上)

吉貞女는 西關寧邊人이라 其 父는 本府의 鄕官이며 女는 卽 其 庶女라 女의 父母가 俱沒하야 其 從父[6]에게 寄하더니 年이 二十에 尙히 出嫁치 아니하고 織組과 針線으로써 資生하는 터이라 先是에 京畿仁川의 地에 申生命熙란 者가 有하니 頗히 聰明俊秀한 人이라 少年 時에 嘗히 異夢을 得하니 一老翁이 有하하야 一少女를 携하고 來하얏는대 年은 五六歲에 不過하고 面上에 口가 十一이 有하야 形貌가 甚히 奇怪한지라 老翁이 生 다려 謂하되 此는 他日에 君의 配니 맛당히 百年을 偕老하리라 하고 因忽不見[7]하얏는대 生이 覺하야 甚히 怪異하개 思하얏더니 年이 四十을 踰하야 其 偶를 喪하고 中饋의 女主가 無하야 踽凉의 懷를 禁키 難하나 中年에 續絃하기는 難함으로 廣히 卜姓할 處를 求하니 每事에 自然障碍 됨이 多하야 쏘흔 有意莫遂한지라 若干의 年을 經하얏더라 其 時에 맛참 知舊가 有하야 寧邊의 宰가 되야 任에 赴함으로 申生이 往하야 衛門에서 從遊하더니 一日은 又 夢을 得하얏는대 前日에 夢에 見하던 老翁이 更히

---

6) 원본에는 '從父'로 되어 있다. 문맥을 고려하여 '叔父'로 바로 잡았다.

7) 원본에는 '因忽不兒'로 되어 있다. 문맥을 고려하여 '因忽不見'으로 바로 잡았다.

其 女를 携하고 來하얏는대 依然히 面上에 十一口가 有하고 前日에 見홀 時보다 旣히 長成훈지라 老翁이 生더러 謂하되 此 女가 旣히 長成하기로 君에게 歸하노라 훔[8]이 生이 覺하야 더욱 怪訝홈을 不已하더라 一日은 內衙로브터 府吏를 命하야 細布를 貿納케 하니 吏가 對하되 本邑에 鄕官 의 處女가 有하온대 能히 細布를 織하야 極品으로 其 境內에 名이 高하오 니 將次 此를 貿納하겟노이다 하고 卽時 數疋을 買納하얏는대 果然 其 品質이 織潔精緻하야 世에는 罕有한 바이라 見하는 者마다 稱嘆치 아니 하는 者가 無하얏더라 申生이 深聞하야 其 庶女임을 知하고 문득 卜妾홀 意가 有하야 이에 그 親近의 者를 厚結하야 仲介하기를 托하얏더니 貞女 의 從父[9]가 一言에 곳 聽從하는지라 生이 喜하야 卽時 幣를 備하고 禮를 具하야 其 家에 至하니 다만 織女의 工만 巧홀 쑨 아니라 姿容이 甚히 佳麗하고 居止가 쏘한 閑雅하야 京中 冠 家閨의 儀度가 有훈지라 生이 其 過望임을 大喜하고 비로소 十一口 吉字인줄을 知하야 前日 夢事의 奇 異홈과 天定의 緣인줄 信하야 恒情이 益篤하더니 數月을 留훈 後에 故鄕 으로 辭歸홀새 未久에 迎歸하기로 約하얏더니 旣히 還家훈 後에 事가 肘 됨이 多하야 如斯히 三年에 前約을 踐치 못하고 關河가 迢遞하야 音信이 쏘훈 斷絶하니 貞女의 親族이 皆曰하되 申生은 可히 復待치 못홀 것이라 하고 他人의 處로 改聘하기를 謀하니 女가 知하고 操待하기를 더욱 實篤 히 하야 비록 戶庭出入일지라도 쏘훈 詳審하얏더라

女의 所居의 鄕이 雲山 地로 다만 一崗을 隔하얏는대 女의 從叔이 此에 居하는 터이라 是時에 雲山 宰는 武官年少훈 者이라 貞女의 美홈을 聞하 고 쏘훈 別房에 置코져 하야 每樣 女의 從叔에게 詢하야 其 謀를 코져 하더니 女의 從叔이 欣然히 此를 諾하고 常히 官府에 出入하야 謀計가 已熟하고 又 消吉쓴지 爲훈 後에 又 雲山 宰에 請하야 錦繡等物로써 貞女 에게 傳致하야 結婚 時에 衣裳을 作케 하도록 훈 後에 貞女에게 來訪하야

---

8) 원본에는 '홀'로 되어 있다. 문맥을 고려하여 '훔'으로 바로 잡았다.
9) 원본에는 '從夫'로 되어 있다. 문맥을 고려하여 '從父'로 바로 잡았다.

殷勤히 存問하고 乃 曰 我가 將次 娶婦하기로 되야 期日이 不遠흔디 新婦의 衣□[10]코져 하나 家人의 手品이 汝만 不如하니 暫時 來하야 此를 相助하라 貞女가 對하되 이 君子가 有하야 巡營에 來留하오니 의 動靜去留는 반다시 其 言을 待흔 然後애 可行할지라 叔家 비록 近하나 旣히 他邑인즉 決코 命에 應키 難하오이다 叔이 曰 萬一 申生이 得하면 汝가 許하겟나뇨 女 曰 然하오이다 叔이 還家하야 申生의 書를 僞造하야 敦族의 誼로써 勉하고 其 往助하기를 促하얏는대 其 時에 申生은 趙尙書觀彬이 平安監司로 在흘 時에 連姻의 誼가 有하야 맛참 巡營에 來留한 터이라 叔은 申生이 久하도록 來치 아니흠으로 貞女를 棄흔줄로 知하고 如斯히 劃策흠이더라 貞女가 僞書를 得하고 不得已 叔의 家에 往하야 刀尺 針線의 勞를 執하고 如斯히 數日을 經흠애 嘗히 其 家의 男子 等으로 더부러 話를 接치 아니하고 오즉 其 所事에만 勤하얏더라

一日은 其 從叔이 雲山 倅를 邀하야 將次 貞女의 容色을 偸 케 하기를 謀하얏는대 貞女는 本倅가 來하얏다 흠을 聞하얏스나 漠然히 自己의게 意가 有흔 것인 줄을 未知하얏셧는대 밋日이 暮하야 火를 擧흠이 叔의 長子자 貞女다러 問하되 妹가 恒常 壁을 面하고 燈에 就하니 此가 何故이뇨 貽勞흔지 日이 多하니 我와 暫時 相對하야 討話흠이 可흘지로다 貞女 曰 我는 疲흔줄 不知하니 다만 兄이 坐言하면 我가 聽하겟노라 其 子가 嬉笑하면셔 前에 逼하야 手로써 貞女의 身을 回하야 外窓으로 對坐케 하니 貞女가 色을 作하야 怒하되 비록 至親의 間일지라도 男女의 別이 有하니 엇지 無禮하기를 此에 至하나요 是時에 倅가 目을 窓隙에 屬하얏다가 其 回坐흘 時에 顏色을 瞥見하고 甚히 敬[11]喜흠을 不已하얏더라

10) 원본에 명확치 않다.
11) 원본에는 '敬'으로 되어 있다. 문맥을 고려하여 '驚'으로 바로 잡았다.

9. 두 번 꿈이 아주 기이하고 길 부인은 정녀(貞女)라는 이름이 부끄럽지 않다 (하)

이때에 정녀는 친척 형의 무례함에 화가 나 문을 밀치고는 나갔다. 마루에 나가 앉아있자니 분함이 아주 심하였다.

그때 홀연 창 밖에서 남자의 소리가 들렸다

"그러한 용모는 실로 내가 처음 보는 것이네. 비록 서울의 아름다운 여인이라도 능히 이 여인을 대적치는 못하겠는걸."

정녀가 비로소 본관사또인줄 알고 마음이 애통하고 기가 막혀서 혼절하여 쓰러진 지 한참 만에 깨어났다. 날이 밝을 때가 되자 분주하게 집으로 가려하니 종숙이 이에 사실을 알리고 또 말하였다.

"저 신생은 집이 거털 나 가난할 뿐 아니라 또 나이가 들어 오래지 않아 저승 객이 될 것이요, 집이 또한 멀어 한 번 가서는 오지 아니하니 버림을 당한 것이 명백하지 않느냐. 너와 같은 어린 나이의 자질로 어떻게 나이 어리고 부귀한 사람을 택하지 않는단 말이냐. 이제 본관사또는 어린 나이에 무관으로 앞길이 만 리이니, 이 사람에게 시집가면 너의 복록이 무궁할 것이다. 어찌 희망이 끊어진 사람을 헛되이 기다려 평생을 그르치려고 하는 게냐."

달콤한 말과 속이는 말로써 한 편으로는 꾀고 한 편으로는 협박을 하는 것이었다.

정녀가 이 말을 듣고 분함이 더하고 기세가 사나와져서 꾸짖는 것이 더욱 심하여 종숙과 조카의 사이를 생각지도 않았다.

그래 종숙이 말할 방법이 없어 여러 아들과 짜고는 정녀를 결박하여 별실에 은밀히 가두고는 자물쇠를 굳게 잠근 뒤에 겨우 조석으로 먹을 것만 들이게 하고 혼인날을 기다려서 장차 본관사또로 하여금 겁탈하게 들여보내려 하였다.

정녀는 다만 방 안에서 울부짖으며 꾸짖었다. 양식을 끊은 지 여러 날에 모습이 초췌하고 기운이 점차 쇠하여 소리를 내지도 못하게 되었다.

정녀가 그 방안 한 구석에 삼이 많은 것을 보고 이것을 가지고 몸을 묶었다. 가슴으로부터 다리까지 이르렀으니, 이렇게라도 하여 변을 막고자 함일 뿐이었다.

그러다 정녀는 다시 마음을 고쳐먹었다.

'내가 흉한 저들의 손에서 개죽음을 하기 보다는 차라리 흉적을 죽이고 함께 죽음으로써 나의 원통함을 푸는 것만 같지 못하다. 며칠간 억지로라도 밥을 먹어 기운을 먼저 기른 뒤 해야겠다.' 하고 종숙에게 말하였다.

"이제 제 힘이 이미 다 없어졌습니다. 오직 하라는 대로 따를 것이니, 나에게 후히 음식을 주셔서 오랫동안 굶주린 뱃속을 낫게 해주세요."

종숙이 크게 기뻐하여 이에 맛이 좋고 잘 차린 음식을 틈으로 넣어주며 또한 여러 가지로 달래고 꾀었다. 이와 같이 한 지 여러 날을 지나자 기력을 되찾았다. 그 날은 곧 혼인날이었다.

이보다 앞서 정녀가 잡혀 갇힐 때에 부엌칼을 품속에 몰래 숨겼는데 사람들이 알지 못하였다. 그 날이 되자 수령이 남자가 거처하는 바깥방에 와서 머무르고 종숙이 비로소 문을 열고 끌어내려할 때였다.

정녀가 바야흐로 몸을 묶고 부엌칼을 감추었다가 문이 열리는 것을 보고 급히 뛰쳐나갔다. 그러고는 칼을 잡고 맏아들을 보자마자 찌르니 곧 상처를 입고 넘어져 엎어졌다. 정녀가 다시 소리를 지르고 껑충 뛰어 남자와 어른과 어린아이를 가리지 않고 닥치는 대로 찌르며 오가는 것이 섬광 같았다. 사람들은 감히 억제하지 못하였다.

정녀도 머리가 깨지고 얼굴이 찢어져 흐르는 피가 몸을 흥건히 적셨으니 한 사람도 감히 그 앞에 나서지 못하였다.

본관사또가 이 광경을 보고 넋이 나가고 간담이 모두 찢어져 문을 나서 도망하여 피할 겨를도 없이, 다만 문 안에서 문고리만을 꼭 붙잡고 정녀가 들어오는 것을 막았다. 정녀가 문을 발길로 차며 손발로 치니 창문이 모두 부서졌다.

그러고는 칼을 가지고 들어가 갖은 말로 크게 꾸짖었다.

"네가 국가의 은혜를 입어 전성(專城)[1]을 누렸으니, 마땅히 힘을 다하여 백성을 어루만질 것인데, 생각이 여기에는 있지 않고 읍내의 흉한 사람을 얽어매서 사대부의 부인을 겁박하니 이것은 금수만도 못한 것이요, 천지에 용납지 못할 죄이다. 내가 너를 죽이고 나도 죽어 원한을 풀리라."

분명한 말이 칼날과 같고 열기가 서리·눈과 같았다. 꾸짖는 소리가 사방 이웃에까지 진동하니 보는 자들이 담장처럼 백 겹으로 주위를 둘러싸고 애통하며 놀라고 탄식하지 않는 사람이 없었다. 어떤 이는 몹시 분하여 혹 팔을 걷어 부치기도 하였다.

본관사또는 정녀의 앞에 꿇어 엎드려 머리를 수그리고 온갖 방법으로 애걸하였다.

"나는 죄가 없고 다만 어리석은 사람의 말에 기만을 당하여 이 지경에 이른 것이오. 내 마땅히 저 사람을 징계하여 다스리고 부인에게 사죄할 것이니 너그럽게 용서하기를 바라오."

그리고 형리를 불러 그 종숙을 잡아끌어다가는 몹시 매를 때린 후에 급히 내빼어 관가로 돌아갔다.

이때에 이웃 사람들이 정녀를 위하여 이미 그녀의 집에 알려 즉시 정녀를 맞아 가게하고 또 그 일의 전말을 갖추어 감사(監司)와 신생에게 달려가 알렸다.

감사가 이 말을 듣고 또한 놀라고 애달프게 여겨 즉시 조정에 아뢰어 운산 수령을 파직하였다. 또 그 종숙의 부자를 급히 잡아와서는 문초를

---

1) 권력이 한 성을 오로지 한다는 뜻에서 지방 수령을 일컫는 말.

엄격히 시행하였다. 그러한 후에 차림새를 성대히 하여 정녀를 맞았다. 정녀가 관아에 도착하자 심히 탄복하고 칭찬을 더하고 금품을 후히 내렸다.

신생이 곧 정녀와 함께 서울에 올라가 아현리(阿峴里)[2]에다 살 집을 정하고 종신토록 해로하였다고 한다.

외사씨가 말한다.

"예로부터 정녀(貞女)와 열부(烈婦)가 자못 그 무리가 하나가 아니지만, 길정녀와 같은 경우는 그 매서움이 특이한 것이다. 당나라 봉천(奉天)에 사는 두씨(竇氏)의 두 딸[3]에 비하여도 빽빽이 들어 찬 소나무와 잣나무의 절조와 늠름한 가을서리, 여름날의 뜨거운 햇살과 같은 의로움은 첫자리를 양보하지 않을 것이다."

九. 兩度夢事甚奇異, 吉歸不愧貞女名 (下)

此時에 貞女는 其 從兄의 無禮홈을 怒하야 窓을 推하야 廳에 坐하야 憤怒殊甚하더니 忽然 窓外에 男子의 聲이 有하야 曰 其 容貌는 實로 我의 初見하는 바이라 비록 京中에 佳麗라도 能히 此에 敵치 못홀지로다 하얏는대 貞女가 비로소 本倅인줄 知하고 心이 痛하고 氣가 結하야 昏倒한 지 良久에 起하더니 天明의 時에 及하야 將次 奔歸코져홈에 從叔이 이에 實事로써 告하고 且 曰하되 彼 申生은 家가 貧홀뿐 아니라 又 年이 老하야 未久에 泉下의 客을 作홀 것이오 家가 또 絶遠하야 一去에 來치 아니하니 其 見 棄한 것이 明白한지라 汝와 如한 少齡의 質로 엇지 少年富貴한 者를 擇치 아니 하리오 今에 本邑 倅는 少年 武官으로 前途가 萬里이니 此에 適할진대 汝의 福祿이 無窮홀지라 엇지 絶望한 人을 空待하야

<hr>

2) 현재의 서울시 마포구 아현동.
3) 당(唐)나라 봉천에 사는 두씨의 두 딸은 시골서 자랐지만 어려서부터 지조가 있었다. 영태(永泰) 연간에 떼도적 수천 명이 고을을 침략하였을 때 죽음으로 절개를 지켰다. 이 이야기는 『소학』「선행」제31장에 보인다.

其 平生을 誤了코져 하나뇨 야 甘言詭辭로써 且誘且脅하니 貞女가 此言을 聞하고 憤이 愈加하고 氣가 憤厲하고 罵가 愈切하야 叔姪의 分을 計치 아니하니 其 從叔이 可施홀 計가 無하야 이에 諸子로 더부러 謀하고 貞女를 縛하야 別室에 幽囚하고 鎖鑰을 牢加한 後에 僅히 朝夕의 食을 通케하고 婚日을 待하야 將次 本倅로 하야금 劫納케 하얏는대 貞女는 다만 室中에서 號泣叫罵하고 養食을 廢혼지 屢日에 形이 悴하고 氣가 澌하야 能히 聲을 作치 못 하얏더라 其 室中 空地에 麻가 多홈을 見하고 此를 取하야 身에 纏하되 胸으로부터 脚에 至하니 將次 此로써 變을 防코져 홈이라 而已오 更히 改念하되 我가 凶賊의 手에서 徒死홈보다 寧히 賊을 殺하고 俱死하야써 我의 冤을 償홈만 不如혼즉 幾日間 强食하야 我의 氣를 先養하리라 하고 이에 叔다려 謂하되 今에 姪의 力이 已屈한지라 惟命을 是從하리니 幸히 我를 厚餽하야 及飢 腹을 療케 하소셔 叔이 大喜하야 이에 珍味盛餐으로써 隙을 從하야 運進하며 又 百般으로써 慰誘하얏는대 如是한지 數日을 經하야 氣力이 旣히 充壯하고 其 日이 卽 婚日이라 先是에 貞女가 幽囚를 見홀 時에 食刀를 懷中에 暗蘊하얏는디 人이 知치 못하얏더니라 當日에 倅가 外室에 來留하니 叔이 비로소 戶를 啓하고 引出하거날 女가 바야흐로 身裝을 束하고 食刀를 補하얏다가 戶가 開홈을 見하고 突然히 躍出하야 刀를 把하고 長子를 迎刺하니 곳 傷을 被하고 跌仆하는지라 貞女가 이에 叮號跳躍하야 男子 長幼를 不計하고 遇하면 문득 刺하며 往來 閃忽홈이 人이 敢히 制치 못하고 又 頭가 破하고 面히 壞하야 流血이 身에 遍하니 一人이 敢히 其 前에 立치 못하얏더라 倅가 此 光景을 見하고 神魂이 飛越하며 肝膽이 俱裂하야 出戶 逃躱홀 暇도 無히 다만 戶內에서 窓環을 牢縛하야 貞女의 入홈을 防하니 女가 戶窓을 蹴踢하며 手足이 俱踊하니 窓門이 盡破혼지라 이에 刀를 持하고 入하야 極口 大罵하되 汝가 國家의 恩을 蒙하야 此 專城을 享하얏스니 宜히 力을 竭하야 民을 撫홀 것이어날 思가 此에 在치 안이하고 邑內의 兇民을 締結하야 士夫의 婦를 脅迫하니 此는 禽獸만도 不如한 바이오 天地에 可容치 못홀 罪이라 我가 將次 殺하고 더부러 俱死하야 我의 恨을 雪하리라 홈이 爽言

이 鋒刃과 如하고 烈氣가 霜雪과 如하야 罵의 聲이 四隣을 震動하니 觀者
가 堵와 如하야 百匝으로 圍繞하고 噫噫히 驚嘆치 안는 者이 無하야 或掖
하는 者도 有하얏더라 倅는 貞女의 前에 俯地稽顙하며 百般哀乞하되 我
는 罪가 無하고 다만 賊民의 誣한 바가 되야 此 境에 至하얏스니 맛당히
賊民을 懲治하야 夫人에게 謝홀터이니 寬恕하기를 萬望하노라 하고 刑吏
를 喝하야 其 叔을 捽曳하야 痛杖을 加한 後에 곳 疾馳하야 官에 歸하얏
더라 時에 隣人이 貞女를 爲하야 旣히 其 家에 通하야 卽時 貞女를 迎去
케 하고 又 其 事에 顚末을 具하야 監司와 申生에게 走告하니 監司가 聞
하고 且驚且怛하야 卽時 朝廷에 奏하야 雲山 倅를 罷하고 又 其 從叔의
父子를 促致하야 刑訊을 嚴施한 後에 其 威儀를 盛히 하야 貞女를 迎하야
營中에 至한 後에 深히 嘆賞을 加하고 贈遺를 厚히 하니 申生이 곳 貞女
로 더부러 京城에 上하야 阿峴里에서 卜居하고 終身偕[4]老를 爲하니라

　　外史氏 曰 古來로 貞女烈婦가 頗히 其 類가 不一하나 吉貞女와 如함은
又 其 烈의 特殊한 者 라 唐奉天竇氏의 二女에 比하야 森森한 松栢의
節과 凜凜한 秋霜烈日의 義는 可히 頭를 讓치 안이할 지로다

---

4) 원본에는 '階'로 되어 있다. 문맥을 고려하여 '偕'로 바로 잡았다.

10. 이름은 비록 무학(無學)이나 실지로는 유학(有學)이니 기이한 꿈을 해득하고 또 도읍을 정하다

　태조 고황제(太祖高皇帝)[1]께서 아직 왕이 되기 전, 일찍 안변(安邊)[2]에 임시로 사실 때였다. 하루는 모든 집의 닭이 일시에 울고 무너진 집에 들어가서 서까래 세 개를 짊어지고 나오셨는데, 또 꽃이 날고 거울이 떨어지는 것을 보시고는 문득 놀라서는 깨어나셨다. 곁에 아내가 있어 꿈자리의 길흉을 물으니 아내가 말리며 말했다.

　"말하지 마세요. 장부의 일은 여자가 알게 아니어요. 이곳에서 서쪽으로 가면 운봉산(雲峯山) 토굴 속에 한 이승(異僧)이 있을 것이니, 이 사람에게 물어보시면 길흉을 점칠 것입니다."

　태조가 즉시 찾아가 예를 치르시고 꿈에 나타난 일을 물으니, 스님이 무릎을 꿇으며 치하하여 말했다.

　"닭이 우는 소리는 '고귀위' 하니 즉 '고귀위(高貴位)'이며, 서까래 셋을 짊어진 것은 한 등에 가로가 셋이니 곧 '왕(王)'자입니다. 이것은 지극히 높고 귀한 만승(萬乘) 천자의 자리에 높이 오르실 꿈자리로소이다."

　또 꽃이 날고 거울이 떨어진 것을 물으시니, 스님이 시 한 수를 지어서는 답했다.

| 꽃이 피니 종내는 열매가 맺힐 것이요 | 花飛終有實 |
| 거울이 떨어지니 반드시 소리가 있도다 | 鏡墮必有聲 |

---

1) 조선을 건국한 이성계(李成桂, 1335~1408).
2) 함경남도 안변군의 군청 소재지.

이 말을 듣고 태조가 마음속으로 홀로 기뻐하고 자부하시더니 등극하신 후에 그 스님을 위하여 그곳에 석왕사(釋王寺)[3]를 창건하시니, 중은 곧 신승(神僧) 무학(無學, 1327~1405)[4]이라. 왕(王)자를 풀었다하여 절의 이름을 석왕(釋王)이라 한 것이었다.

태조황제(太祖皇帝)가 나라를 연 처음에 도읍을 정하려는 땅을 구하시기 위하여 경기, 황해도의 세 방백(方伯)[5]에게 하교하시어 무학을 찾게 하셨다. 세 방백이 각처로 사람을 보내어 무학이 있는 곳을 찾아 묻고, 또 세 방백도 친히 각기 이름난 절과 큰 사찰을 두루 찾아다닐 때였다.

하루는 곡산(谷山)[6]에 이르러 들으니, 고달산(高達山) 짚으로 지붕을 엮은 암자에 한 이승(異僧)이 홀로 거처한다 하였다. 세 방백이 그들을 따르는 종자들을 떼어놓고 3인이 고삐를 잇대고 동굴입구로 들어갔다. 그러고는 세 개의 인수(印綬, 관찰사의 도장과 인끈)를 소나무 가지에 걸고 간편한 차림으로 걸어 들어가 암자에 도착하여 찾아보니, 과연 한 스님이 있는데 몸가짐이 비범하였다.

그래, "대사께서는 무엇을 위하여 이곳에 홀로 터를 잡아 사시는 게요." 라고 물으니, 스님이 대답했다.

"저 삼인봉(三印峯)을 위해서라오."

세 방백이 다시 물었다.

"무엇이 삼인봉이지요?"

스님이 대답했다.

"이곳에 집을 지으면 마땅히 세 방백이 와서 이 소나무 가지에 관인을

---

3) 현재 강원도(북한) 고산군 설봉리에 있는 절.
4) 성은 박씨(朴氏)이고 법명(法名)은 자초(自超), 호는 무학(無學), 당호는 계월헌(溪月軒)으로 삼기(三岐, 경상남도 합천군 삼가면) 출신이다. 이성계가 등극 후에 왕사(王師)가 되어 회암사(檜巖寺)에 머물렀다.
5) 관찰사.
6) 황해북도 북동부에 있는 지명.

걸어놓을 것이오. 이것이 그 징조가 나타난 것이지요."

세 방백이 놀랍고 또 기뻐서 그 스님의 손을 잡으며 말했다.

"대사께서 반드시 무학임에 틀림없으십니다."

함께 돌아가니 임금이 불러서 만나보고 크게 기뻐하시고 도읍을 정할 땅을 물으셨다. 무학이 태조를 위하여 한양에 궁궐터를 잡을 때, 산악이 첩첩하고 골짜기가 좁아 마음을 정할 곳이 없었다.

이러다 삼각산에 올라가 용(龍)의 형세를 따라 남쪽으로 가서 목멱산(木覓山, 남산) 최종 기슭에 이르니, 들판이 드넓고 안계가 밝고 화창하여 진정 왕궁 도읍의 땅으로 낙점할만한 곳이었다. 그래서 마음속으로 기뻐하여 '이제야 왕궁터를 찾았다.' 하고는 길옆에 앉아 잠시 쉬고 있었다. 마침 한 늙은이가 검은 소를 타고 앞으로 지나가다가 돌연히 소의 등짝을 채찍으로 치며 꾸짖었다.

"이놈의 소, 무학과 똑같네. 이곳을 버려두고 옳지 못한 길을 찾는구나."

무학이 이 사람이 이인(異人)인 줄을 알고 쫓아가 그 노인 앞에 절하고 엎드려서는 가르침을 청하였다. 그 노인이 채찍을 들어 서쪽을 가리키며 말하였다.

"이곳을 따라 십 리를 가라."

그러고는 갑자기 보이지 않았다.

무학이 드디어 백악산(白岳山)[7] 아래에 왕궁 터를 정하고 태조 3년 이곳으로 도읍을 옮겼다.

지금 서울 동남쪽으로 십 리 쯤에 왕심(枉尋)[8]이란 마을이 있으니 무학이 처음에 '잘못 찾았던 곳(枉尋)'이다. 또 혹은 왕십리(往十里)라 부르니, '십 리를 가라.' 한 말을 따서 마을 이름을 지은 것이다.

---

7) 북한산. 경복궁 뒤에 있는 산으로 백운대, 인수봉, 만경대의 세 봉우리가 있어 '삼각산(三角山)'이라고도 한다.

8) 현재 서울시 성동구 왕십리동.

지금에 경성 동북 모퉁이 혜화문(惠化門)[9]으로 나와 10여 리를 가면 번리 (樊里, 번동)라 부르는 지명이 있는데, 그 원명은 벌리(伐李)였다. 고려『서운 관비기(書雲觀秘記)』에 "이씨가 한양에 도읍을 정하다(李氏都漢陽)"라는 참설 (讖說)[10]이 있으므로 고려 충숙왕(忠肅王, 1294~1339)[11]이 한양에 남경부(南京 府)를 세우고 이(李)씨 성으로 부윤(府尹)을 삼고 삼각산 아래에 자두나무를 많이 심어 이것이 무성하면 문득 찍어 베어 땅의 기운을 누르고 인하여 그 지명을 벌리(伐李)라 하였다.

태조께서 도읍을 정한 후에 서로 비슷한 음을 취하여 번리라 고쳐 불 렀다.

十. 名雖無學實有學 解得異夢又定都

太祖高皇帝끠셔 龍潛홀 時에 일즉 安邊에 寓하실재 一日은 萬家의 鷄 가 一時에 並鳴하얏는대 破屋에 入하야 三椽을 負하고 出하엿는대 또 花 가 飛하고 鏡이 墜함을 見하신지라 문득 驚悟하시니 傍에 老姿가 有하거 날 夢兆의 休咎를 問코자 하신대 老姿가 止하야 曰 願컨대 莫說하옵소셔 丈夫의 事는 女子의 知할바 아니로소이다 此에셔 西로 去하면 雲峯山 土 窟中에 一 異僧이 有하리니 此 人에게 問하시면 可히 써 吉凶을 卜할 것 이니다 上이 卽時 訪하야 禮를 致하시고 夢事를 問하시니 僧이 跪하며 致賀하야 曰 鷄鳴聲은『고귀위』하나니 卽 高貴位이며 三椽을 負함은 一 脊에 三橫이니 卽 王字이라 此는 至高極貴하며 萬乘의 位에 高跨하실 夢兆로소이다 또 花가 飛하고 鏡이 墜한 것을 問하시니 僧이 一詩를 詠하 야 曰『花飛하니 終有實이오 鏡墜하니 必有聲』이라 하거늘 大喜하ᄉ 心

---

9) 현재 서울시 동대문구 혜화동. 삼선교로 넘어가는 고개에 있음.
10) 거짓으로 길흉을 예언하는 말.
11) 고려 제27대 왕으로. 이름은 만(卍). 초명은 도(燾).

獨喜自負하시더니 登極하신 後에 其 僧을 爲하야 其 地에 釋王寺를 刱建하시니 僧은 卽 神僧無學이라 王字를 釋하얏다 하야 寺名을 釋王이라 함이러라

太祖皇帝 開國의 初에 定都의 地를 求하시기 爲하야 京畿, 海西三方伯에게 下敎하시어 無學尋케 하신대 三方伯이 各處로 人을 派送하야 無學의 所在處를 探問하고 又 三方伯은 親히 各名寺 大刹을 偏訪할세 一日은 谷山에 至하야 聞한 則 高達山 草庵 中에 一 異僧이 獨居한다 하거늘 三方伯이 其 趨從者 等을 捨하고 三人이 轡를 聯하고 洞口에 入하야 三印을 松枝에 掛하고 다만 竹杖과 芒鞋로 徒步하야 草庵에 抵하야 訪한 則 果然 一 僧이 有하야 儀表가 非凡한지라 이에 問하되 大師는 何를 爲하야 此處에 獨히 卜居를 爲하나뇨 僧이 對하되 彼 三印峯을 爲함이로라 三方伯이 更히 問하되 何가 三印峯이뇨 僧이 答하되 此處에 室을 作하면 맛당히 三方伯이 來하야 此 松樹枝에 掛하리니 此가 其 應驗이로소이다 三方伯이 驚하고 且 喜하사 其 手를 執하며 曰 大師 必是 無學됨이 無疑하도다 하고 더부러 歸하니 上이 引見하시고 大喜하사 定都의 地를 問하셧더라 無學이 太祖를 爲하야 漢陽에 相宅할새 山岳이 稠疊하고 洞壑이 峽隘하야 可意할 處가 無한지라 이에 三角山에 上하야 龍勢를 從하야 南으로 行하야 木山 最終麓에 至하니 原野 廣豁하고 眼界가 明暢하야 眞個王都의 地를 卜할만한 處이라 이에 心中에 欣喜하야 曰 今에야 王基를 尋하얏다 하고 道傍에 坐息하더니 맛참 一 老翁이 有하야 黑牛를 騎하고 其 前으로 過去하다가 문득 牛背를 鞭하며 叱하되 愚하도다 此 牛여 無學과 同하도다 此處를 捨棄하고 橫路를 枉尋하는도다 無學이 其 異人인줄을 知하고 이에 其 前에 趨하야 拜伏請敎하니 其 老翁이 鞭을 擧하야 西를 指하며 曰此로써 從하야 十里를 往하라 하고 因忽不見하는지라 無學이 드대여 白岳山下에 王基를 定하고 太祖 三年에 此에 移都하시니라 至今 京城 東南 十里 許에 枉尋이란 洞里가 有하니 無學의 最初 枉尋하든 處이며 又 或은 往十里라 稱하나니 十里를 往하라 한 言을 採하야 洞名을 作하니라

今에 京城 東北隅 惠化門으로 出하야 十餘里를 行하면 樊里라 稱하는 地名이 有하니 그 原名은 伐李라 高麗書雲觀秘記에 『李氏都漢陽』이라는 讖說이 有함으로 高麗忠肅王이 漢陽에 南京府를 建하고 李姓으로 府尹을 爲하고 三角山下에 李樹를 多種하야 此가 茂盛하면 문득 斫伐하야 地氣를 壓하고 因하야 그 地名을 伐李라 하엿더니 太祖믜셔 定都한 後에 相似한 晉을 取하야 樊里라 改稱하니라

11. 바르지 못한 일을 밝혀내는 이지광 아전과 백성들이 그 신통함에 굴복하지 않는 자가 없다

이지광(李趾光)[1]이 일찍이 백성들을 잘 다스리기로 유명하였으니 소송을 판결하는 것이 귀신과 같았다. 충청북도 청주(淸州)에 다다랐을 때에 한 스님이 들어와서 송사를 하였다.

"소승은 아무 절에 있는 중으로 종이를 무역하여 생계를 꾸려 갑니다. 오늘 백지 한 묶음을 지고와 시장 옆에서 잠시 쉬려고 짐을 벗어 놓고 근처에서 소피를 본 뒤에 돌아와 보니 종이 뭉텅이가 없어졌습니다. 사방으로 찾아보았으나 찾지 못하였사오니 이것은 반드시 도둑맞은 것이 분명하옵니다. 성주(城主)의 혜택과 신명(神明)으로써 이것을 찾아 돌려주신다면 쇠잔한 목숨을 보전하겠습니다."

이지광이 말하였다.

"네가 능히 이것을 지키지 못하고 사람이 많은 가운데에서 잃어버렸으니 이것은 너의 불찰이다. 비록 찾아 주고자한들 장차 어떤 사람의 소행인줄 알겠느냐. 번거롭게 소송하지 말고 그만 물러가 있거라."

그러고는 아무리 오랫동안 생각하여도 계책을 얻지 못하였다.

얼마쯤 있다가 기녀(妓女) 무리와 함께 10리 밖에 있는 정자에 가서는 놀다가 날이 어둑어둑해지자 관아로 돌아 올 때였다. 지광이 길가에 서있는 나무 장승을 보고 손으로 가리키며 말했다.

"이것은 어떤 물건인데 관원의 일행 앞에서 감히 교만하게 뽐내면서 길게 서있는 게냐."

---

1) 양녕대군(讓寧大君)의 13대 종손으로 영조 시대의 인물이다.

하리(下吏)[2]가 대답했다.

"이것은 사람이 아니라, 나무로 만든 사람으로 장승이로소이다."

지광이 말하였다.

"비록 장승이라도 관장(官長)의 앞에 심히 거만스러우니, 즉시 잡아 가두고 다음 날 아침에 대령하라. 그리고 밤을 타서 도피할 우려가 없지 않으니 삼반관속(三班官屬)[3]이 한 줄로 나란히 지키기를 감히 소홀하지 말지어다."

관가 사람들이 모두 소리 내어 대답은 하였으나 그가 취중에 한 망령된 말인 줄 알고 모두 입을 가리고 속으로 웃으며 한 사람도 맡아 지키는 자가 없었다.

밤이 깊어지자 지광이 영리한 통인(通引)[4]을 시켜서 몰래 장승을 다른 곳에 감추어 두고, 다음 날 관아를 열고 나졸(羅卒)을 호령하여 장승을 잡아 들여라 하였다.

이졸(吏卒)들이 그곳에 분주히 달려가서 보니 소위 '붉은 수염 장군(朱髥將軍)'인 장승이 이미 변하여서 오류선생(烏有先生)[5]이 되어 사라져버렸다. 이졸들이 이에 비로소 놀라 겁나서는 사방으로 찾아보려 하였으나 관청의 명령이 성화와 같이 급하였다.

이졸의 무리가 두려워 벌벌 떨며 그 행방을 찾지 못하다가 부득이 관아에 들어가 잃어버린 이유를 고하고 죽은 듯이 기다렸다.

지광이 거짓으로 분노의 빛을 띠고 호령을 해대며 어제 명령을 어긴 아전과 하인들을 한꺼번에 잡아들인 후에 소리를 높여 꾸짖었다.

"너희 등이 관속이 되어 관장의 명령을 소홀히 범하고 수직(守直)을 잘하지 못하여 오만무례한 장승에게 죄를 다스리지 못하였다. 너희들의 죄

---

2) 관아에 속하여 말단 행정 실무에 종사하던 구실아치. 서리(胥吏).
3) 지방의 향리와 장교 및 관리들.
4) 관아에 딸리어 잔심부름하던 이속.
5) '상식적으로는 도저히 있을 수 없는 사람'으로 여기서는 장승이 없어졌다는 뜻으로 쓰였다.

는 실로 가볍지 아니한지라, 마땅히 중장(重杖)[6]을 내려 고통을 줄 것이지만, 특별히 관대한 처분으로 다만 너희에게 징벌을 주려 한다. 너희는 수리(首吏)[7] 이하로 금일 정오 이전에 각기 벌로 종이 한 묶음씩을 사서 바치도록 하라. 만일 바치지 않는 자가 있으면 마땅히 태(笞)[8] 이십에 처하리라.”

삼반관속 들이 각기 백지 한 묶음씩을 사서 바치니 관가의 뜰에 쌓아놓은 것이 무려 수십 묶음 이상이나 되었다.

아전과 하인들이 서로 말하였다.

“우리 사또와 같이 청렴하신 관장은 없어서 평일에 제 몸만 이롭게 하는 일을 하지 아니 하였거늘, 지금에 와서 홀연히 우리들에게 죄명도 없는 죄를 가하고 벌로 종이를 사서 바치게 하니 이것은 필시 사사로이 갖으려는 겐가? 아니면 서울에 있는 절친한 사람에게 보내기 위하여 이러한 꾀를 낸 것이 아닌가?”

이런 말을 수군수군하며 각자 의심스런 마음을 풀지 못하였다.

지광이 즉시 어제 들어 와 하소연하던 중을 불러들여 뜰 가운데 쌓아놓은 종이를 가리키며 말하였다.

“네가 잃어버린 종이가 반드시 이 속에 있을 텐데 가려 내겠느냐?”

중이 표해 놓았던 것을 근거로 한 묶음을 찾아내어 말하였다.

“이것이 소승이 무역한 종이입니다.”

지광이 이것을 사들인 관속에게 명하여 당초에 소유하고 있던 종이 주인을 화급하게 잡아 오라하였다. 얼마 지나지 않아 종이 주인을 잡아들이니, 지광이 물었다.

“이 종이를 네가 어느 곳에서 사왔느냐?”

---

6) 몹시 치는 장형(杖刑).
7) ‘이방 아전’을 달리 이르던 말. 각 지방 관아의 여섯 아전 가운데 으뜸이라는 뜻이다.
8) 태장으로 볼기를 치는 형벌.

그 사내가 얼굴빛이 변하며 주저주저 대답을 못하였다. 곧 이졸에게 명하여 호되게 곤장을 치니 그 사내가 이에 낱낱이 자백하였다.

이것은 시장가에 한 무뢰한(無賴漢)⁹⁾이 스님의 종이를 몰래 훔쳐 자기 집에 감춰두었다가 마침 관아에서 벌로 종이를 사오라는 명령이 내려 돌연 종이 값이 높이 뛰자 이를 들고 나가 판 것이었다.

지광이 그 사내의 죄를 징계하여 다스리고, 나머지 종이는 그 값을 퇴하여 사온 관속들에게 주었다. 그리고 그 종이는 스님에게 되돌려 준 뒤에, 그 나머지 종이는 여러 아전들에게 일일이 나누어 주었다. 스님은 백배치사를 드리고 온 고을의 관리와 백성은 그 귀신같은 밝음에 탄복하지 않는 사람이 없었다.

十一. 發奸摘伏李趾光 吏民莫不服其神

李趾光이 嘗히 善治로 有名하야 訟을 決함이 神과 如하더니 淸州에 莅할 時에 一僧이 有하야 入訟하얏다 小僧은 某寺에 在한 僧으로 紙를 貿易하야 生計를 資하옵더니 今日 市場에서 白紙一塊를 負來하야 市傍에셔 憩할셰 負를 釋하고 近處에셔 便事를 爲한 後에 回來한즉 紙塊가 無한지라 四處로 搜索하야도 覓得치 못하얏스오니 此가 必是에 盜할 바된 것이 分明하오지라 伏乞하건디 城主의 惠澤과 神明으로써 此를 覓하야 還給하시면 可히써 殘命을 保하겟노이다 趾光이 曰 汝가 能히 此를 守치 못하고 人海 中에서 失하얏스니 此는 汝의 不察이라 비록 覓給코져한들 將次 何人의 所爲인줄 知하리오 幸히 煩訴치 말고 아즉 退去할지어다 하고 아모리 熟思하야도 其 計를 得치 못하얏더니 小頃에 妓女 輩로 더부러 十里 外 亭閣에 往하야 遊하다가 薄暮에 衙中으로 歸할셰 路傍에 立한 木長丞을 見하고 手를 指하며 曰 此가 何物이완대 官行의 前에셔 敢히 偃蹇長

9) 일정한 직업이 없이 나 다니는 불량한 자.

立하얏나뇨 下吏가 對하되 此는 人이 아니라 卽 木偶人의 長丞이로소이다 趾光이 曰 비록 長丞이라도 官長의 前에 甚히 倨傲하니 卽히 拿來拘留하야 明朝에 待令하되 夜를 乘하야 逃躲할 慮가 不無하니 三班官屬이 一並守直하야 敢히 疎忽하지 말지어다 官輩가 齊聲應諾은 爲하얏스나 그 醉中의 妄談인줄 知하고 모다 掩口窃笑하야 一人도 守直하는 者가 無하얏더라 夜深한 後에 趾光이 伶俐한 通引으로 하야금 暗이 長丞을 他處에 藏置하고 翌日에 衙를 開하고 羅卒을 號令하야 長丞을 拿入하라하니 吏卒 等이 其 處에 奔往한 則 所謂 朱髯將軍이 旣히 化하야 烏有先生이 되얏는지라 吏卒 等이 이에 비로쇼 驚恸함을 不勝하야 四處로 搜索코져 하나 官令이 星火와 如히 急한지라 吏卒輩가 惴惴 恐懼하야 其 所爲를 莫措하다 不得已 衙門에 入하야 失한 理由를 告하고 死로써 待하니 趾光이 佯히 憤怒의 色을 作하며 號令이 勃勃하야 昨日 違令한 官屬을 一並 拿入한 後에 聲을 高하야 叱하되 汝等이 官屬이 되야 官令을 忽히 泛하고 守直을 不善히 하야 傲慢無禮한 長丞에게 治罪함을 得치 못하얏스니 汝等의 罪는 實로 輕少치 아니한지라 宜히 重杖을 痛加할 것이나 特히 寬大한 處分으로 다만 汝等에게 懲罰을 加코져 하노니 汝等은 首吏以下로 今日 正午 以前에 各히 罰紙 一塊式을 貿納하되 萬一 納치 아니하는 者가 有하면 맛당히 笞 二十에 處하리라 於是에 三班官屬 等이 各히 白紙 一塊를 貿納하야 官庭에 堆積하니 無慮 數十 塊以上에 達하얏더라 官屬輩가 相謂하되 我使道와 如히 淸廉하신 官長은 無하야 平日에 肥己의 事를 爲치 아니 하얏거날 今에 至하야 忽然히 我等에게 無名의 罪를 加하고 罰紙를 貿納케 하니 此는 必是 私藏코져 함인지 或은 京中 親善한 人에게 饋遺하기를 爲하야 此 計를 設함이 아닌가 하고 各自 疑惑 未定하더니 趾光이 卽時 昨日에 入訴하든 僧을 招入하야 庭中에 堆積한 紙를 指하야 曰 汝의 失한 바 紙가 必然 此 中에 在할지니 汝는 分辨하겟나뇨 僧이 渠의 票를 隨하야 一塊를 搜出하며 曰 此가 卽 小僧의 貿易한 紙로소이다 趾光이 이에 此를 貿納한 官屬을 命하야 當初에 所持者이든 紙主를 火急 捉來하라하니 居無何에 一紙主를 拿入하얏거날 趾光이 問하되 此 紙를

汝가 何處에셔 貿來하얏나뇨 厥漢이 色이 變하며 躊躇未對하거늘 곳 吏卒을 命하야 猛仗하니 厥漢이 이에 ——히 自白하얏는대 此는 市邊에 一無賴漢이 僧의 紙를 窃取하야 自家에 藏置하얏다가 맛참 官衙에셔 罰紙의 令이 下하야 突然 紙價가 高翔함으로 此를 行賣한 것이더라 趾光이 이에 厥漢의 罪를 懲治하고 其 價를 推하야 買來한 官屬에게 下給하고 其 紙는 僧에게 還付한 後에 其 餘紙는 諸吏에게 ——히 分給하니 僧은 百拜 致謝를 爲하고 一邑 吏民은 其 神明을 嘆服치 안이하는 者가가 無하얏더라

12. 의리를 중히 여기고 색을 가벼이 여기는 진군자 장난 삼아 한 말이 참이 되었으니 인연이로다 (상)

판서(判書) 송반(宋盤)[1]은 태종(太宗) 때 사람으로 고려 문하시중(門下侍中)[2]을 지낸 인(仁)[3]의 후손이다. 어렸을 때부터 총명하고 이해가 빨라 글을 잘하였고 시에도 능하였으며 손에서 책을 놓지 않았다.

여덟아홉 살 무렵 글방을 다니며 학업을 닦을 때였다.

하루는 글방 선생이 여러 학동(學童)을 한 곳에 모으고 각자 그 기상이 어떠한 지를 알아보기 위하여 여러 아동에게 말하였다.

"사람이 살아가며 '평소에 가장 두려운 것이 무엇'인지, 이것으로써 시제(詩題)를 삼고 각자 한 구씩 지어 보거라."

한 아이가 급히 대답했다.

밝은 달 빈 산 비추는 한밤중에	明月空山夜
큰 호랑이 부르짖고 앞에 닥쳤네	大虎當前吼

또 한 아이가 지었다.

어두 컴컴 달 없는 한밤중에	沉沉無月夜
큰 귀신이 피투성이로 서 있네	大鬼蒙血立

---

1) 본관(本貫)은 진천(鎭川), 자(字)는 자신(自新)으로 1434년, 세종 16년에 문과에 급제(박팽년, 남효온과 동방이다)한 후 통정대부에 책록 되었고 회양 부사를 역임하였다. 뛰어난 미남이었다고 한다. 호조판서를 지낸 송순(宋諄)의 고조이기도 하다.
2) 고려 때, 나라의 모든 정치를 총괄하는 대신으로 문하부(門下府)의 으뜸 벼슬.
3) 송인(宋仁)은 진천송씨(鎭川宋氏)의 시조로 고려 인종 때 사람으로 평장사, 진천백(鎭川伯)을 지냈다. 충북 진천군 덕산면 두촌리에서 출생하였다.

다음에 공의 차례가 되니 대답했다.

"제자 앞의 두세 명이 지은 의도와는 매우 달라 조금도 같은 게 없습니다."

글방 선생이 말하였다.

"시라 하는 것은 자기의 뜻을 말함이니 걱정할 게 뭐 있느냐."

공이 이에 한 구의 시를 지어 올리니 그 시는 이러하였다.

| 처신을 삼가 조심하지 않는다면 | 處身不謹慎 |
| 고을 사람들에게 죄를 짓는다네 | 得罪鄕黨人 |

글방 선생이 크게 탄복하고 칭찬을 더하며 말하였다.

"장원급제를 할 것이요, 후일에 상서(尙書)[4] 벼슬을 할지로다."

그리고 먼저 글을 지어 낸 갑을(甲乙) 두 학동에게 말했다.

"'큰 귀신이 피투성이로 서 있네(大鬼蒙血立)'라고 한 시구는 기상이 심히 좋지 아니하여 반드시 단명을 면치 못할 것이다. 또 '큰 호랑이 부르짖으며 앞에 닥쳤네(大虎當前吼)' 운운의 시구는 기상은 앞서 아이보다 조금 낫다마는 의사가 너무 평범하여 별로 나아지는 희망이 없다. 벼슬과 녹봉을 누릴 그릇은 아니니, 허옇게 센 머리로 몸을 마칠 것이다. 그래도 다행인 것은 천수는 잘 마치리라."

훗날 과연 그 말과 같이 일일이 꼭 들어맞았다.

하루는 선생이 '종이연(지연, 紙鳶)'으로 시제를 정하고 '흉풍중(胸風中)'의 세 압운(押韻)을 두어 칠언절구(七言絶句)[5] 한 수를 지어 보라 명하니, 공이 즉시 시를 지어 읊었다.

---

4) 고려 시대에 만든 육부의 으뜸 벼슬, 정3품.
5) 칠언 사구로 된 시.

가슴 가득 달을 안은 댓가지 종이 몸이　　　竹骨紙身月滿胸
실오라기 바람타고 두둥실 날아오르네　　　飄然飛上一絲風
(마지막 구는 유실되었다.)

이것을 보고 선생이 크게 칭찬하여 말하였다.

"시를 짓는 법이 사람을 놀랄만하여 내가 능히 미칠 바가 아니라."

그 뒤 20살 때에 충북 진천(鎭川)[6]으로부터 서울에 올라가 유학을 하며 장차 과거에 응시할 준비를 하였다.

그때 한 노재상이 있었다.

노재상이 공의 문장과 재덕을 아껴 이에 자기 집으로 예의를 갖추어 맞아 눌러 있게 하고 독서를 권하였다. 공이 그 덕에 감격하여 부형(父兄)으로 섬기고 별실에서 독서하기를 그치지 않았다. 그 노재상은 맏아들이 일찍 죽고 나이 오십 되는 해에 뒤늦게 아이를 하나 두었을 뿐인데, 그해 일곱 살이었다. 공은 친 아우와 같이 이 아이를 어루만져 사랑하며 늘 가르치고 일깨우기를 게을리 하지 않았다.

그 노재상의 맏며느리는 청춘과부였다. 외로이 홀로 시간을 보내면서 길게 혹은 짧은 탄식으로 마음 갤 날이 없는 처지였다.

이때는 춘삼월 중순이었다.

따스하고 화창한 기온이 피어오르며 미풍은 산들산들 부는데, 온갖 꽃은 다투어 뽐내고 봄날에 온갖 생물이 나서 자라 흐드러졌으며, 보랏빛 제비는 쌍쌍이 날고 노란 꾀꼬리는 앵앵 울 때였다.

이런 계절은 실로 즐거운 자는 더욱 즐겁고 슬픈 자는 더욱 슬픈 시기였다. 청상과부가 뒤뜰에서 배회하며 봄빛을 감상하니 새의 지저귀는 소리와 꽃의 색색이 모두 슬픈 마음을 돕지 않는 것이 없었다. 그래 처연히

---

6) 충청북도 진천군.

눈물이 흐르는 것을 그치지 못하였다.

마침 공도 봄의 흥취를 타고 그 집 뒷산에 올랐으니, 이곳은 곧 서울의 동쪽 마을인 낙산(駱山)[7]이라.

청상과부가 갑자기 공의 풍채를 보고 꽃답고 애틋한 마음의 움직임을 차마 견디기 어려웠다. 과부는 꽤 오랫동안 몰래 공을 훔쳐보았다. 그리고 공이 돌아가기를 기다렸다가, 심복 계집종을 시켜서 은밀히 편지를 공에게 보내었다.

그 편지의 대략은 '공의 문장과 재주와 덕망 및 풍채와 도량을 기리고 칭찬한다는 것과 마음속으로 기쁘게 여기어 사모하기를 그치지 못하였으나 다만 안팎의 문과 벽이 첩첩하여 은밀함을 얻지 못한 것은 실로 두 사람에게 있어 너무나 한스러운 일'이라는 내용이었다.

그리고 "오늘밤 삼경(三更)이 되어 적적하니 사람자취 없는 때를 타서 중문을 열어 놓겠어요. 군자께서 제가 홀로 거처하는 별방으로 몸을 굽혀 찾아와 주세요. 그러신다면 제가 오래전부터 품어 온 소망을 다할 것입니다."라는 말로 끝을 맺었다.

그러고는 편지의 말미에 또 칠언절구 한 수를 놓았으니 그 시는 이러했다.

어젯밤 동풍 불고 가랑비 내릴 때지요　　　　昨夜東風細雨時
복사꽃 한 송이 문설주에 가득 찼어요　　　　桃花一朶滿門楣
오늘밤 달 밝은 이경(二更)쯤이 되걸랑　　　　今宵明月二更夜
저도 임 맞으려니 님이여 사양 마세요　　　　我且邀君君莫辭

공이 이 편지를 펼쳐보고 크게 놀라 마음속으로 홀로 말하였다.
'내가 지금까지 노 재상께서 감싸 주고 보호하는 은혜를 입어 이곳에

---

7) 현재의 서울시 종로구 이화동.

머무는 것은 훗날 앞길을 펴고자 함인데, 지금 이러한 부정하고 음란한 여인에게 엿보임을 당하였으니 이곳은 오래 머무를 곳이 아니라. 이러한 것은 군자가 멀리 할 것이라.'

급히 행장을 꾸려 노 재상에게 작별의 말을 할 겨를도 없이, 다만 떠난다는 뜻으로 편지 한 통을 써서는 책상에 놓아두고 바삐 문을 나서 다른 곳으로 사는 곳을 옮겼다.

十二. 重義輕色誠君子 弄假成眞莫非緣 (上)

宋判書盤은 太宗朝時人이니 高麗門下侍中人의 後ㅣ라 自少로 聰明穎悟하야 善文能詩하되 手에 卷을 釋치 아니하더니 十八歲 時에 私塾에 就하야 學業을 修할세 一日은 塾師가 諸學童을 一處에 會하고 各히 其 氣像의 如何를 鑑識하기 爲하야 이에 群兒다려 謂하되 人生의 平日 最懼한 者이 何인지 此로써 詩題를 作하고 各히 一句를 賦하라 하니 一兒가 率爾히 對하되 『明月 空山夜에 大虎가 當前吼』라 하고 又 一兒는 題하되 『沉沉無月夜에 大鬼가 蒙血立』이라 하얏는되 次에 公에게 及하야 公이 對하되 弟子는 二三子의 題進한 趣旨와 大相不同하오이다 塾師가 曰하되 詩라 하는 것은 各히 其 志를 言함이니 엇지 傷함이 잇스리오 公이 이에 一句의 詩를 題進하니 其 詩에 曰 『處身不謹愼, 得罪鄕黨人』이라 하얏거늘 塾師가 大히 嘆賞을 加하며 曰 壯元及第를 擢할지오 後日에 尙書를 可做할지로다 하고 先次 題進한 甲乙 二童다려 謂하되 『大鬼蒙血立』云云의 詩句는 此가 氣像이 甚히 不好하야 必然 壽命이 短促함을 免치 못할 지오 『大虎當前吼』云云 詩句는 氣象은 前述보다 稍勝하나 意思가 甚히 平凡하야 別로 前進의 望이 無한즉 爵祿을 享할 器가 아니오 白頭로 身을 終할지나 다만 其 幸되는 바는 令終을 得하는 一事이라 하더니 後에 果然 其 言과 如하야 一一히 符節과 如히 合하얏더라 一日은 師가 紙鳶으로 題를 爲하고 『胸風中』의 三韻을 押하야 七絶 一首를 賦하아 命하니 公이

卽時 應聲하야 吟하되

竹骨紙身月滿胸 飄然飛上一絲風(末句失)

이라하니 師가 大히 稱賞하야 曰 文章詩法이 可히 人을 驚하야 老父의
能히 及할바ㅣ 아니라 하얏더라

　其 後 弱冠의 時에 鎭川으로부터 京城에 上하야 遊學을 爲하며 將次
科에 應할 準備를 爲하더니 一 老宰相이 有하야 公의 文章 才德을 愛하야
이에 自家로 延聘하야 留連케 하고 讀書를 勸하니 公이 其 德을 感하야
父兄으로써 事하고 別室에서 讀書하기를 不轍하더니 其 老宰는 일즉 長
子가 早死하고 五十歲되는 時에 一晩得의 子를 有하얏슬 뿐인대 當年이
七歲라 公이 親弟와 如히 此를 撫愛하야 常히 敎誨하기를 不怠하더니 其
老宰의 長子婦는 靑春孀婦로써 孤獨히 光陰을 送하면셔 長吁短嘆이 霽
할 日이 無한 터이라 是時는 春三月 中 旬이니 和氣는 靄靄하며 微風은
習習한대 百花는 爭姸하고 萬化[8]는 方暢하며 紫燕은 雙雙히 飛하고 黃
鶯은 嚶嚶이 啼할싀 此時는 實로 樂한 者는 더욱 樂하고 悲한 者는 더욱
悲할 秋이라 孀婦가 後庭에서 徘徊하며 春光을 翫賞할세 鳥의 聲聲과 花
의 色色이 모다 心을 傷하며 懷를 助치 안는 者이 無한지라 悽然히 下淚함
을 已치 안이 하더니 맛참 公이 또한 春興을 帶하고 其 家後의 山에 登하
니 此는 卽 東村駱山이라 孀婦가 瞥然히 公의 風儀를 見하고 芳情의 動함
을 堪忍키로 難하야 偸看한지 良久에 公의 歸所하기를 侯하야 이에 心腹
婢子로 하야금 密書를 公에게 敎하니 其 書의 大意는 大槪 公의 文章 才
德과 及其 風度를 讚頌하고 中心으로 悅慕하기를 已치 안이 하얏스나 다
만 內外의 門壁이 重重하야 親昵함을 得치 못한 것은 實로 兩人의 一大
恨事임을 說하고 今夜三更에 寂寂無人한 時를 乘하야 中門을 開할터이
니 願컨대 君子는 我의 獨處하는 別房으로 枉屈하시면 我의 宿願을 畢하
리라 하는 言으로 結辭를 作하얏는대 其 書尾에 又 七絶一首를 附하니
其 詩에 曰

---

8) 원본에는 '和'로 되어 있다. 문맥을 고려하여 '化'로 바로 잡았다.

昨夜東風細雨時 桃花一朶滿門楣 今宵明月二更夜 我且邀君君莫辭라 하얏거늘 公이 此 書를 接하고 大驚하야 心內에 獨語하되 我가 于今ᄭ지 相國의 庇護하는 恩을 承하야 此에 留하는 것은 他日 發身의 路를得코져 함인대 今에 此 不正의 淫婦의 窺覘을 被하얏스니 此處는 可히久留할 地가 아니라 直히 君子의 遠히 할 바이라 하고 이에 急히 行裝을束하고 老宰에게 辭別할 暇도 無히 다만 告別한다는 意로 一書를 裁하야卓上에 置하고 望望히 門을 出하야 他處로 轉居하얏더라

12. 의리를 중히 여기고 색을 가벼이 여기는 진군자 장난 삼아 한 말이 참이 되었으니 인연이로다 (중)

훗날에 공이 과거에 급제하여 청직(淸職)[1]의 직책을 여러 번 거쳐 자리가 병조판서(兵曹判書)에 이르렀다. 공의 성품이 굳고 곧은 말을 받아들이고 항상 공명정대함으로 스스로 처신하니 조정의 신하 가운데에 공을 미워하는 자가 많았으나 공은 터럭만큼도 이를 개의치 않았다.

그 뒤에 여러 차례 직언을 함으로써 임금의 뜻을 거스르다가 마침내 쫓겨나 회양도호부사(淮陽都護府使)[2]가 되었다. 공이 회양군에 부임한지 여러 해에 백성을 예의로써 가르치며 농업과 상업으로써 근면케 하여 한 고을이 크게 다스려졌다. 백성이 사랑하기를 부모와 같이 하여 덕을 찬양하는 소리가 길에 있으며 여러 사람들이 공덕비를 세웠다.

공이 어느 날 배우지 않았는데도 침을 놓고 뜸을 뜨는 기술이 신의 경지에 들어갔다. 중한 병에 걸린 자가 있으면 지위의 높고 낮음, 귀하고 천함에 구애받지 아니하고 몸소 치료하여 준 경우가 자못 여러 번이었다.

하루는 형방에 속한 구실아치인 형리의 아내가 두풍증(頭風症)[3]에 걸려 되살릴 길이 없다는 말을 듣고 바로 아전을 불러 말하였다.

"자네 처가 방금 중환에 걸려 약석(藥石)[4]이 무효하다 하니, 내가 능한 것은 아니지만 나의 침술로써 시험함이 어떠한가?"

형리가 '황송하옵니다.' 하였다.

---

1) 조선 시대에 둔 홍문관의 벼슬아치에 해당. 문명(文名)과 청망(淸望)이 있는 청백리라는 뜻이다.
2) 강원도 회양군의 군청 소재지. 부사는 지방행정구역인 부(府)의 장관.
3) 머리가 아프면서 어지럼증을 동반하는 한 증세.
4) '약과 침'이라는 뜻으로 여러 가지 약재와 치료를 통틀어 일컫는 말.

공이 즉시 형리의 집에 직접 가서 머리 뒤에 침술을 시술하니, 얼마 시간이 지나지 않아 완전히 나았다. 이러니 형리 일가의 위 아랫사람 모두 그 신이함에 놀라 탄식하고 백배 치사하였다.

그때 이 형리에게 한 딸아이가 있었으니 이름은 매희(梅姬)였다. 나이 열네 살인데 재주와 성품이 뛰어나고 용모가 아름다웠고 또 시서(詩書)를 통하여 문구를 읽어서 글을 잘 지었다. 예쁘디 예쁜 모습에 마음도 평온하여 기쁜 낮으로 공에게 두 번 절하며 말하였다.

"사또께서 어머니를 살려 주신 큰 은혜, 이승에서건 저승에서건 장차 무엇으로써 갚겠습니까?"

그러고는 귀찮을 정도로 번거로이 감사를 표하는데, 행동거지가 편안하고도 한가하며 음성은 환히 밝았다. 공이 한 번 보니 그 용모와 말하는 것과 몸동작이 외딴 시골 천한 가문의 여식이 아니요, 서울 재상가의 처녀라도 능히 미칠 것이 아니었다.

공이 심히 기특히 여겨 그의 머리를 어루만지며 말하였다.

"착하구나. 네가 나이 어린 여자아이로 인사범절이 극진하니 실로 기특하다. 네가 지금 어떠한 책을 읽었느냐."

매희가 대답했다.

"『시경(詩經)』을 읽었습니다."

공이 웃으면서 우스개로 말하였다.

"네가 시를 읽었다 하니, '유녀회춘 길사유지(有女懷春 吉士誘之, 봄을 품은 여인이 있어, 멋진 사내가 꾀어 가네)'[5]라는 구절을 해석할 수 있느냐?"

매희가 대답했다.

"어찌 글 뜻을 풀지 못하고 읽을 수 있겠습니까."

공이 웃으며 "그러면 너는 봄을 품은 여인이 되고 나는 멋진 사내가

---

5) 『시경』「소남」 '야유사균(野有死麕)'에 보인다.

되면 어떠하냐."

매희가 대답했다.

"소녀는 아직 봄을 품을 때에 미치지 못하였고 사또는 이미 여인을 꾀실 때가 지나셨습니다."

공이 더욱 놀라고 크게 칭찬을 하고 얇은 비단으로 만든 부채 한 개를 주며 말하였다.

"이것으로써 신물(信物)[6]을 삼으니, 훗날에 너는 나의 작은 집(별실)이 될 지어다."

매희가 말하였다.

"원컨대 사또는 지금 하신 말씀을 저버리지 마세요. 소녀가 모친을 살려 주신 은혜를 갚으려면 사또를 받들어 모시는 것이 좋은 방책이라고 생각하옵니다."

공이 관아로 돌아올 때에 형리에게 말하였다.

"내가 매희의 재주를 아끼어 잠시 말을 한 것이니, 장성한 후에 자네는 모름지기 편안하게 마땅한 배필을 택하여 출가케 하라."

형리가 "예예!"하고 물러갔다.

세월이 흘러 2년 뒤 매희가 꽃다운 나이인 16살이 되었다.

그녀의 아버지가 장차 좋은 신랑감을 택하려 가까운 일가붙이와 의논하였다. 매희가 이를 알고 심히 놀라고 두려워 허둥대며 그 아버지에게 달려가 말하였다.

"소녀는 이미 2년 전에 본군(本郡, 자기가 살고 있는 고을) 사또의 신물을 받고 별실이 되기를 정녕코 맹서하였습니다. 여자는 남자와 달라 한 번 그 몸을 다른 사람에게 허한 이상에는 그 뜻을 변치 못할 것입니다. 만일 이 뜻을 변한다면 이는 청렴결백한 몸에 씻어내지 못할 더러운 욕됨을

---

6) 뒷날에 보고 서로 표가 되게 하기 위해 주고받는 물건.

가하는 것입니다. 소녀는 차라리 죽을지언정 금수의 행동은 하지 못하겠습니다. 또 그뿐 아니라, 모친을 다시 살리신 것은 사또의 큰 은혜이니 사람의 자식이 되어 어찌 이러한 막중한 은혜를 만에 하나라도 보답지 아니 하겠습니까. 그러므로 소녀는 사또와 약속한 신의를 저버릴 수 없고 그 큰 은혜에 보답하기 위하여 기추의 첩(箕箒之妾)[7]이 되고자 마음을 이미 굳혔습니다. 그뿐 아니라 그때에 아버지께서도 곁에 계셔서 친히 이 말을 들으셨으니 기억이 아직도 새로우실 것입니다. 그런데 지금 와서 갑자기 전의 약속을 고쳐 다른 사람에게 시집을 보내고자 하시니, 저희 집안이 비록 천한 가문이라 할지라도 여자가 정조를 지키는 것은 상하귀천을 막론하고 하등의 차이가 없을 것입니다. 어찌 이처럼 옳지 않은 일을 감행하시려 하십니까."

그러고는 의연한 태도로 그 아버지의 옳고 그름을 가리었다.

十二. 輕色重義誠君子, 弄假成眞莫非緣 (中)

其 後에 公이 登第하야 淸贈[8]의 職을 屢歷하야 位가 兵曹判書에 至하얏는대 公의 性이 鯁直取言하야 常히 公明正大함으로 自處하니 朝臣 中에 公을 嫉하는 者ㅣ 多하얏스나 公은 小毫도 此를 介意치 아니하더라 其 後에 屢屢히 直言으로써 上의 志로써 忤하다가 맛참니 黜하야 淮陽都護府使가 되얏는대 公이 郡에 蒞한지 屢年에 民을 禮義로써 敎하며 民을 農商으로써 勸하야 一境이 大治함으로 民이 愛하기를 父母와 如히 하야 頌聲이 路에 載하며 萬口가 碑를 成하얏더라 公이 一日에 不學而能으로 鍼灸의 術이 其 神에 入하야 重患에 罹한 者ㅣ 有하면 地位의 高下貴賤을 不拘하고 其 身을 屈하야 治療를 與한 事가 頗히 多數에 亘하얏셧는대

---

7) 쓰레받기와 비를 드는 비첩(婢妾)이라는 뜻으로, 남의 아내임을 겸손하게 하는 말.
8) 원본에는 '贈'으로 되어 있다. 문맥을 고려하여 '職'으로 바로 잡았다.

一日은 刑吏의 妻가 頭風症에 罹하야 回生키 無路하다는 言을 聞하고 이에 刑吏를 召하야 謂하되 汝의 妻가 方今 重患에 罹하야 藥石이 無效하다 하니 我가 能하다함은 아니나 我의 鍼術로써 試함이 何如하냐 刑吏가 惶悚無地함으로써 對하니 公이 卽時 刑吏의 家에 親詣하야 腦後에 鍼術을 施하니 數箇時辰을 經치 못하야 卽時 全療함을 得한지라 이에 刑吏 一家의 上下가 모다 其 神異함을 驚嘆하고 百拜致謝를 爲하얏더라 맛참 刑吏가 一 小女를 有하얏스니 名 曰 梅姬오 年方十四歲에 才品이 卓異하고 容貌가 佳麗하며 又 詩書를 通하야 屬文을 善히 하는지라 娉婷한 態와 和悅의 色으로 公게의 再拜하며 曰 使道의 活母하신 大恩은 此 生後生에 將次 何로서 報하리잇고 하고 僕僕히 謝를 致함이 擧止가 安閑하고 聲音이 明明한지라 公이 一見함이 其 容貌와 言語와 擧止가 遐鄕賤門의 女가 아니오 京中 宰相家의 閨養이라도 能히 企及할바이 아니여날 公이 甚히 奇異히 역여 其 頭를 撫하며 曰 善하도다 汝가 年幼한 女子로써 人事凡節을 克盡하니 實로 奇特하도다 汝가 今애 何書를 讀하나뇨 對하되 詩經을 讀하나이다 公이 笑하며 戲하야 曰 汝가 詩를 讀하얏다 하니 『有女懷春, 吉士誘之』의 句를 解하나뇨 對하되 엇지 書意 解치 못하고 讀할 수 잇스릿가 公이 笑하되 그러면 汝는 懷春의 女가 되고 我는 吉士를 作하면 何如하뇨 梅姬가 대답했다. 『小女는 아직 懷春의 時에 不及하고 使道는 旣히 誘女할 時가 已過하얏나이다』公이 더욱 驚異하야 大히 稱讚을 爲하고 一 紈扇을 與하며 曰 此로써 信物을 作하노니 他日에 汝는 我의 別室이 될지어다 梅姬 말하였다. 願컨대 使道는 今言을 負치 마소셔 小女가 活母의 恩을 報하려면 使道를 奉侍하는 것이 其 策을 得한 쥴로 思하노이다 公이 還衙할 時에 刑吏다려 謂하되 我가 梅姬의 才를 愛하야 暫時 言을 爲함이니 長成한 後에 汝는 須히 相當한 配匹을 擇하야 出嫁케 하라 刑吏가 唯唯하고 退하얏더라

其 二年을 經하야 梅姬의 芳年이 二八에 及함이 其 父가 將次 郎子를 擇하야 議親하기를 謀하더니 梅姬가 此를 知하야 甚히 驚惶하야 其 父에게 趨함하야 告하되 小女는 旣히 二年 前에 本郡使道의 信物을 受하고

其 別室이 되 기를 信誓가 丁寧하얏슨즉 女子는 男子와 異하야 一次 其
身을 人에게 許한 以上에는 可히써 其 志를 變치 못할지니 萬一 此 志를
變한다 하면 此는 淸白한 自身에 可히 洗滌치 못할 汚辱을 加함이라 小女
가 차라리 死할 지언정 禽獸의 行은 爲치 못할 것이며 又 그 뿐 아니라
母親을 再生한 것은 使道의 大恩이니 人의 子女가 되야 엇지 此 莫重의
恩을 萬一이라도 報치 아니 하리잇가 그럼으로 小女는 使道의 信約을 負
할 수 無하고 其 大恩을 報하기 爲하야 願컨대 箕箒의 妾이 되고자 하기로
其 心이 已固하얏슬 뿐 아니라 其 時에 父親이 傍에 在하야 親히 此 言을
聞하얏슨 즉 記憶이 尙新하실 것이어늘 今에 忽然 前約을 改하고 他人에
게 月姥의 繩을 結코자 하시니 吾家가 비록 賤門이라 할지라도 女子의
貞操를 守하는 것은 上下貴賤을 勿論하고 下等의 差異가 無할 것이라 엇
지 此 非義 事를 甘行하리 잇고 하고 毅然한 態度로 其 父를 爭諫하얏더라

12. 의리를 중히 여기고 색을 가벼이 여기는 진군자 장난 삼아 한 말이 참이 되었으니 인연이로다 (하)

그녀의 아비는 매희가 고집을 세우는 것을 보고 좋은 말로 달래었다.

"너의 말이 실로 이치에 닿지 않은 것은 아니다. 그러나 접때 일은 사또가 너의 재주와 용모를 아껴 잠시 희롱하는 말을 한 것이다. 진정에서 나온 것이 아니거늘, 어찌 이로써 약속한 말이 정녕이라고 할 수 있겠느냐. 또 그때에 사또가 나에게 말하기를, '장성한 후에 마땅한 배필을 택하여 출가케 하라.'라고 한 말이 아직도 내 귀에 쟁쟁하다. 또 설령 네 말과 같이 맹서한 말이 있다 할지라도 나이가 서로 걸맞지 않은 이상에 어찌 그의 별실이 되기를 제 스스로 달게 여길 수 있느냐. 사또의 은혜는 장차 다른 것으로 보답함이 마땅하다. 어찌 네가 시집가 사또를 따른 뒤라야 그 은혜를 갚는 것이라 말하겠느냐."

그러고는 여러 가지로 정성껏 타일렀으나 매희는 죽기를 작정하고 저항하여 들어 따르지 않았다. 형리가 이렇게 되자 도저히 그 딸의 뜻을 잡아 돌리지 못할 줄 알고 관아에 들어가 이러한 사유를 낱낱이 고하였다.

공이 놀랍고 괴이하여 한때 희언(戲言)한 것이 심히 후회되어 말하였다.

"옛사람의 말에 '나온 말은 쏘아 놓은 화살이라 돌이키기 어렵고 한 번 입에서 나온 말은 주워 담을 수 없다.'라고 하더니 과연 지당한 격언이로다."

그리고 형리에게 말하였다.

"내가 직접 자네 여식을 만나 간절히 깨우칠 터이니 즉시 관아로 데려오게."

형리가 대답하고 매희에게 사또가 부른다는 뜻을 전하니, 매희가 정색하고 말했다.

"제가 비록 사또의 별실로 서상(西廂)의 약속[1]을 정했을 지라도 납폐(納幣)[2]하여 혼례를 치루기도 전에 남자와 사사로이 만나는 것은 예를 아는 가문에서 할 수 없는 일입니다. 만일 사또가 말씀하실 것이 있으면 서한(書翰)을 보내는 것이 가할 것입니다. 저는 감히 부르심에 나아가지 못하겠습니다."

형리가 다시 그 말을 돌아가서 고하니 공이 내심에 그 지조의 비범함을 깊이 감탄하고 이에 매희에게 편지를 보내었다.

말하노라.
이제 네 아비에게 전한 말을 들으니 네가 신의를 지키고 의를 지키고 예를 지키는 것은 실로 가상하다. 명문가 숙녀의 행실을 진실로 천한 가문에서 보인 것이다. 그러나 재작년에 내가 한 말은 곧 한 때의 희롱하는 이야기이다. 어떻게 이를 진짜라고 생각하여 고집불통이 이와 같은 게냐. 하물며 또한 네 나이는 이제 열여섯이니 앞길이 만 리요, 내 나이는 쉰이 다 되가니 늙은 나이라 몸이 쇠하였으니 어린 아이를 늙은이의 배필로 삼는 것은 마땅함이 아니다. 그러니 이치를 거슬리려 하는 것이니 어찌 앞길이 만 리인 사람의 평생을 그릇되게 하겠느냐. 세 번을 생각하고 네 좋은 신랑감을 택하여 인연을 맺어 종과 북처럼 금실지락(琴瑟之樂)을 길이 누리면 좋겠다.

매희가 편지를 보고 또한 답사를 보내었다.

남녀의 사이에 희롱하는 말을 주고받는 것이 아닙니다.
하물며 혼인에 관한 일보다 중대한 일은 없는데 어찌 희언으로 청백처럼 티끌

---

1) '서상'은 집의 서쪽에 있는 곁채로 중국 원대(元代) 왕실보(王實甫)가 당나라의 전기(傳奇) 소설인 「앵앵전(鶯鶯傳): 재상의 딸 최앵앵과 백면서생 장생(張生)과의 사랑 이야기」을 바탕으로 엮은 잡극(雜劇: 元曲)인 「서상기(西廂記)」의 주인공들이 사랑을 나누는 장소. 여기서는 '혼인을 정하다'라는 정도의 뜻으로 쓰였다.
2) 혼인할 때 사주단자의 교환이 끝난 후, 정혼 성립의 증거로 신랑 집에서 신부 집으로 예물을 보내는 의식.

한 점 없는 처녀를 욕되게 하시는 것이옵니까? 사또는 예를 아시는 군자시니 소첩이 비록 천한 집안의 하찮은 삶이라도 또한 처녀의 정조가 있음을 아실 것입니다. 이렇듯 예를 아시는 군자로서 소첩을 보시고 어찌 노리갯감으로 여기십니까? 소첩이 이미 신물을 받은 처지에 나이가 맞지 않는다함은 논할 바가 없습니다. 소첩은 죽으면 죽었지 변치 않는 마음을 이미 굳혔으니 사또는 깊이 생각하소서.

공이 매희의 답장을 보고 그 뜻이 이미 견고하여 되돌리지 못할 줄 알았다. 형리도 또한 딸의 본디 성품을 아는 터이기에 어찌하기 어려워 매희를 공에게 시집보낼 일을 청하니, 공이 낙심하여서는 한참동안을 있다가 말하였다.

"자네 딸의 뜻은 맹분(孟賁)과 하육(夏育)³⁾의 용력으로도 빼앗지 못할 거 같네. 그 뜻대로 굽혀 따를 밖에."

그리고 이어 좋은 날을 잡아 폐백을 납채(納采)⁴⁾하고 예를 일렀다.

파리한 얼굴 허연 머리의 늙은 신랑과 검은 머리 발그레한 얼굴의 어린 소녀는 흑백이 서로 비춰 바라보고, 구경꾼들은 담과 같이 둘러서서 매희의 지조를 이러쿵저러쿵 칭찬하지 않는 사람이 없었다.

매희가 내아로 들어 온 뒤로 매우 삼가고 조심하여 목소리를 낮추어 부드러운 음성으로 정실 김부인(金夫人)을 섬기고 또 공의 뜻을 잘 따랐으며 의복과 음식을 몸과 입에 맞게 하니 공이 날로 더욱 총애하여 오래도록 만년의 즐거움을 누리었다.

그 뒤에 매희는 공보다 3년을 앞서 돌아갔다.

---

3) 맹분은 위(衛)의 용사로 천 근을 들었고, 하육은 제(齊)의 역사로 맨손으로 소뿔을 뽑았다고 한다.
4) 신랑 집에서 신부 집으로 혼인을 청하는 의례.

十二. 輕色重義誠君子, 弄假成眞莫非緣 (下)

其 父는 梅姬의 固執함을 見하고 好言으로써 諭하되 汝의 言이 實로 有理치 않은 것은 아니나 此는 使道가 其 時의 汝의 才貌를 愛하야 暫時 戱言을 爲함이 眞情에셔 出함이 안이어늘 엇지 此로써 信誓丁寧하다하며 又 其 時에 使道가 我에게 言하기를 長成한 後에 相當한 配匹을 擇하야 出嫁케 하라 한 言이 尙히 我 耳에 在하며 且 設令 汝의 言과 如히 信約이 有하다 할지라도 年紀가 相敵치 안은 以上에 엇지 그의 別室이 되기를 自甘하나냐 使道의 恩은 將次 他로써 報함이 宜하니 엇지 汝가 從嫁한 後에야 其 恩을 酬함이라 謂하리오 하고 百般으로 懇諭하얏스나 梅姬는 抵死하고 尙히 聲從치 아니하니 刑吏가 此에 至하야는 到底히 其 女의 志를 挽回치 못할 줄 知하고 이에 衙門에 入하야 其 事由로써 일일히 告하니 公이 驚怪하며 一時 戱言한 것이 甚히 追悔하야 曰 古人 言에 『出言如箭이라 不可亂發이니 一出於口에 不可拾也』라 하더니 果然 至當한 格言이로다 하고 刑吏다려 謂하되 我가 親히 汝女를 對하야 懇切히 曉諭할 터이니 卽時 內衙로 入送하라 刑吏가 應諾하고 梅姬에게 使道가 命召한다는 旨를 傳하니 梅姬가 正色하고 對하되 我가 비록 使道의 別室로 西廂의 約을 定할 지라도 納幣成禮를 爲하기 前에는 男子가 私會 相面하는 것은 禮家에 許한 바ㅣ 안이니 萬一 使道가 言하실 바이 有하면 書翰을 致하는 것이 可할 것인 즉 我는 敢히 命召에 赴치 못하겟노이다 刑吏가 更히 其 言으로써 回告하니 公이 內心에 其 志操의 非凡함을 甚히 感嘆하고 이에 梅姬에게 書를 致하여

曰 今聞汝爺之所傳하니 汝之守信守義守禮는 實庸嘉尙이라 名門淑女之行을 詎意得睹[5]於賤門이리오 然이나 再昨年 我之所言은 乃一時之戱談이어늘 如之何認此 爲眞하야 固執不通을 至於如是耶아 況 又 汝年은 方今 二八에 前途萬里오 我年은 將近知命에 桑楡已暮하얏스니 以少配老는 恐非其 宜라 卽 逆理之擧ㅣ니 豈可以萬里前程으로 誤了其平生

---

5) 원본에는 '賭'로 되어 있다. 문맥을 고려하여 '睹'로 바로 잡았다.

歟아 幸加三思하고 擇爾佳郞하야 以結三生之約하고 長享鍾鼓琴瑟之樂
하라

梅姬가 書를 得하고 또한 答詞를 呈하야 曰

男女之際는 不可以戱言相酬ㅣ니 況結緣一事가 何等重大而豈以戱言
으로 加以淸白無瑕之處女乎잇가 使道는 知禮君子시며 小妾이 雖賤門殘
生이라도 亦知處女之貞操이오니 以若知禮之君子로 視小妾을 豈若玩弄
品耶잇가 小妾은 旣 受信物之地에 年紀之不相敵은 非所可論이라 小妾
은 之死靡他之志가 已固하얏스니 惟 使道는 深 處地하소서

公이 梅姬의 回書를 得하고 其 志가 已固하야 可히 奪回치 못할 줄 知
하고 刑吏도 또한 其 女의 素性을 知하는 터임으로 如何키 難하야 梅姬를
公에게 納할 事를 請하니 公이 撫然良久에 말하였다. 汝女의 志는 賁育의
勇으로도 可히 奪치 못할지니 其 意대로 曲從할 外에 無하도다 하고 이에
吉日을 卜하야 幣를 納하고 禮를 成하니 蒼顔白首의 老新郞과 綠鬢紅顔
의 少新婦는 黑白이 相映成趣 하고 觀者는 堵와 如하야 梅姬의 志操를
嘖嘖히 稱揚치 안는 者가 無하얏더라 梅姬가 內衙로 入한 後로 洞洞屬屬
하고 下氣怡聲하야 正室 金夫人을 事하고 又 公의 志를 承順하며 衣服과
飮食을 善히 口體에 適하니 公이 日로 더욱 寵愛하야 多大히 晩年의 樂을
享하더니 其 後에 梅姬는 公보다 三年을 前하야 逝하얏다 하니라

13. 어둠을 버리고 밝음에 투항한 장부의 뜻 문무를 겸비한 영웅의 재주 (상)*

　과거의 조선은 원래 동방예의의 나라로 불리었다.

　예악(禮樂)과 문물(文物)이 찬연히 구비하였으며 인륜은 위에 밝고 교화는 아래로 행하여 풍속의 아름다움이 중화에 거의 흡사함으로 조선을 칭하여 소중화(小中華)라 하였다.[1]

　이러한 것은 이미 선현의 정평이 있었다. 이와 같이 자랑하여 빛나게 할만한 예의에 관한 가르침의 풍속은 다른 나라 사람이라도 마땅히 기쁘게 여기어 사모하여 국적을 얻어 그 나라의 국민이 되는 일은 족히 괴이할 바가 아니다. 그러나 사람의 선한 것을 사모하고 의에 귀하여 그 근본을 잊은 자는 김충선(金忠善, 1571~1642)[2]이 그 사람이다.

　김충선은 본래 일본사람으로 선조(宣祖) 임진(壬辰)[3]에 우리나라에 귀화한 사람이니 원래 이름은 사야가(沙也可)이며 호는 모화당(慕華堂)이니 조선을 사모한다하여 그 호를 지은 것이었다. 어릴 때부터 총명하고 재주가

＊『모하당실기』,『병세재언록』(우예록, 김충선조)와 관계가 깊다.
1)『동몽선습(童蒙先習)』'총례'의 "禮樂法度와 衣冠文物을 實遵華制하여 人倫이 明於上하고 敎化가 行於下하여 風俗之美가 侔擬中華하니 華人이 稱之曰 小中華라"에서 차용한 듯하다.
2) 본관은 김해(金海)로 선조가 내린 사성(賜姓). 자는 선지(善之), 호는 모하당(慕夏堂), 혹은 모화당(慕華堂). 귀화인(歸化人)으로 일본인이며 조선 중기의 무신이다. 이름은 '바다를 건너 온 모래'라는 뜻의 사야가(沙也可)이다. 선조 25년(1592) 임진왜란 때 가등청정(加藤淸正)의 좌선봉장으로 침입하였다가 당시 경상 좌병사 박진(朴晋)에게 귀순하였다. 그 뒤 경주・울산 등지에서 전공을 세워 첨지(僉知)의 직함을 받았으며 정유재란과 인조 2년(1624) 이괄(李适)의 난, 1636년 병자호란 때 혁혁한 공훈을 세웠다. 나이 들어 대구(大邱) 녹리(鹿里)로 돌아왔다. 목사(牧使)장춘점(張春點)의 딸과 혼인하여 5남 1녀를 두었으며 가훈(家訓)・향약(鄕約) 등을 마련하여 향리교화에 힘썼다. 저서로『모하당문집(慕夏堂文集)』이 있다.
3) 1592년 임진왜란.

많았으며 뜻이 크고 기개가 있어서 남에게 얽매이거나 굽히지 않았고 박학다재(博學多才)하여 문장이 크게 성취하였다. 날마다 성현의 글 읽기를 즐겼으며 또 용력이 다른 사람보다 뛰어나고 슬기 있는 꾀가 매우 깊어 문무(文武)의 모든 재주가 있었다. 조선과 영토가 각기 다르고 언어가 불통하나 일찍이 조선이 예교(禮敎)의 나라임을 듣고 마음에 흔연히 사모하는 생각이 느즈러지지 않았었다.

선조 임진년에 관백(關白) 풍신수길(豊臣秀吉)이 가등청정(加藤淸正, 1562~1611)[4]과 평행장(平行長, 1558~1600)[5] 등으로 대장을 제수하여 삼십 만의 대군을 거느리고 와서 침공할 때 뱃머리와 꼬리가 서로 잇달아 바다를 덮고 군대의 깃발이 천 리에 걸쳐 있었다. 청정이 평소부터 충선을 매우 아끼었는데 이때에 청정을 따라 군에 들어오니 그때 나이가 22세였다. 강개하여 사람들에게 말하였다.

"원래 조선이 예의로써 이름이 있어 세상 사람이 소중화라 칭하는 나라이거늘. 이제 명분 없는 군사를 일으켜 이웃 나라를 해치려하니 나는 차라리 죽을지언정 종군치 아니하리라."

그리고 확실히 스스로 딱 잘라 결정한 바가 있었다. 그러다가 앞서 마음에 깨달은 것이 있어 말하였다.

"내가 한 번 조선에 나아가 예악문물을 보는 것이 곧 나의 원이라."

그리고 군대를 거느리고 조선에 남보다 먼저 도착하여 부산에서 뭍으로 내린 뒤에 비로소 문물과 의관을 보고 크게 기뻐하여 말하였다.

"오늘에야 내가 알맞은 자리를 얻었도다. 어찌 이와 같은 예의의 백성에게 병장기를 쓰리오."

즉시 글을 지어 일반 백성들에게 알렸다.

---

4) 임진란 때 일본의 장수. 임진왜란이 일어나자 함경도 방면으로 출병하여 조선의 왕자 임해군과 순화군을 포로로 잡는 등 맹활약하였으나 울산싸움에서 죽음의 위기를 겪기도 하였다.
5) 임진란 때 일본의 장수. 임진왜란 때 선봉장으로 조선에 출병하여 평양까지 침공하였다.

내가 조선을 본래부터 사모하여 당신네 나라를 공격하여 정벌할 뜻이 없고 또 그대들을 침범할 마음이 없다. 그대들은 각자 마음을 놓고 즐겨 생업에 종사하고, 혹 달아나 숨어 우리 병사를 피하지 말지어다. 우리 병사들이 만일 그대들에게 한 사람이라도 잔인하게 굴고 물건을 파괴하는 자가 있으면 이 자를 목 베어 그대들에게 사죄하리라.

이 유고문(諭告文)이 일반에게 널리 알리니 사람들이 그 영(令)을 믿어 밭을 가는 자는 쟁기를 걷어치우지 않고 장사하는 자도 달라지지 아니하였다. 이때에 충선이 귀순할 마음이 날로 더욱 간절하여 먼저 밀사(密使)를 경상병사(慶尙兵使) 김응서(金應瑞)에게 보내어 와서 항복할 것을 약속하여 말했다.

내가 일찍이 귀국을 흠모하여 초야의 백성이 되고자한 지 이미 오래되었소. 그러나 아직까지 그 기회를 얻지 못하였더니 지금에 군대를 주둔하고 귀국의 국경을 딛고서야 문물제도를 보고 귀화할 마음이 용솟음치는 듯하오. 삼가 부하 3000명을 인솔하고 그대의 병영에 투항하여 작은 정성이나마 다하여 조그마한 공을 세우고자하오니 바라건대 내치지 말아주시오.

응서가 편지를 보고 마음속으로 심히 기뻐하여 사신으로 온자를 후하게 대접하고 즉시 회답을 써 말을 달려 보내니 부하 여러 장수들이 일제히 장막에 들어와서 간하여 말렸다.
"저 적은 원래 간사하게 속이는 것이 많거늘, 어찌 한쪽의 편지를 접하고 이를 가벼이 믿어 저 간계에 떨어지려고 하십니까."
응서가 말하였다.
"그 편지의 뜻이 정성스럽고 정이 두터운 것을 보건대 거짓이 없는 본마음에서 나온 것을 의심할 수 없다. 결코 간사함이 들어 있지 않을 뿐아니라, 옛 사람의 말씀에 '스스로를 믿는 사람은 남을 의심하지 않는다'라 하였으니, 사람이 성심으로 나에게 기댈진대 나도 또한 정성스런 마음으로 받아주지 않으면 안 된다.”

그리고 여러 장수들이 간하는 말을 받아들이지 않았다. 여러 장수들은 각자 의혹이 아직도 결정하지 못하여 여전히 그 불가함을 역설하는 자가 많았다. 응서는 여전히 듣지 아니하고 다시 글을 보내어 날짜를 약속하여 나가서 맞을 준비를 하라고 하였다.

十三. 棄暗投明丈夫志, 能文兼武英雄才 (上)

過去의 朝鮮은 元來東方禮義의 邦으로 稱하야 禮樂文物이 燦然히 具備하얏스며 人倫은 上에 明하고 教化는 下에 行하야 風俗의 美가 中華에 侔擬함으로 朝鮮을 稱하야 小中華라하얏다함은 旣히 先賢의 正評이 有하얏도다 如斯히 誇耀할만한 禮教의 俗은 他國人이라도 宜히 悅慕하야 化에 歸하는 것은 足히 괴이할 바ㅣ가 안이나 人의 善한 것을 慕하고 義에 歸하야 其 本을 忘한 者는 金忠善이 其人인져 金忠善은 本來 日本人으로 宣祖 壬辰에 歸化한 人이니 元名은 沙也可이며 號는 慕華堂이니 朝鮮을 慕한다하야 其 號를 爲함이라 幼時로보터 聰明多才하며 倜儻不羈 博學多才하야 文章이 大就하얏스나 日로 聖賢의 書를 讀하기를 喜하야 又 勇力이 人에 過하고 智謀 淵深하야 能文能武의 兩全의 才를 有하얏더라 朝鮮과 封疆이 各殊하고 言語가 不通하나 常히 朝鮮의 禮教의 國임을 聞하고 心에 欣慕하는 心이 弛치 아니하얏더라

宣祖 壬辰 關白 豊臣秀吉이 加藤清正과 平行長 等으로 大將을 拜하야 三十萬의 大軍을 提하고 來功할 세 舳艫가 海를 蔽하고 旌旗가 千里에 亘하얏더라 清正이 平素부터 忠善을 甚愛하얏는디 此時에 清正을 隨하야 軍에 從하니 時年이 二十二라 慷慨하야 人다려 謂하되 元來 朝鮮이 禮義로써 名이 有하야 世人이 小中華라 稱하는 國이어늘 今에 無名의 師를 興하야 徒히 隣國을 禍코져하나 我가 寧死할지언정 從軍치 아니하리라하고 確[6]然이 自斷한 바 有하다가 旣已오 心에 悟한바ㅣ 有하야 曰 我가 一次 朝鮮에 出하야 禮樂文物을 觀하는 것이 卽 我의 願이라 하고 軍을

領하고 朝鮮에 先到하야 釜山에셔 下陸한 後에 비로소 文物衣冠을 見하고 이에 大喜하야 曰 今日에 我가 得所하얏도다 엇지 此와 如한 禮義의 民에게 兵을 加하리오 하고 卽時 文을 爲하야 一般 民衆에게 諭告하되

　余가 朝鮮을 素慕하야 爾國을 攻伐할 意가 無하고 又 爾等을 侵暴할 意가 無하니 或 爾等은 各히 安堵樂業하고 或 走匿하야 我兵을 피하지 말지어다 我兵이 萬一 汝等에게 一人이라도 殘害하는 者이 有하면 此를 斬하야 汝等에게 謝하리라

　하얏는디 諭告文이 一般에게 頒布되민 人民이 其 令을 信하야 耕하는 者가 野에서 撤치 아니하며 商하는 者가 變치 아니하얏더라 是時에 忠善이 歸順할 心이 日로 益切하야 먼져 密使를 慶尙兵使 金應瑞에게 移하야 來附를 約하야 曰

　余가 夙히 貴國을 欽慕하야 草莽의 氓이 되고져한 지 已久하얏스나 尙今♁지 其 機會를 得치 못하얏더니 今에 軍을 鎭하고 貴國의 境을 踏하야 貴國의 文物制度를 觀코 歸化할 心이 湧함과 如한지라 謹히 部下 三千人을 率하고 軍門에 投하야 向日의 微忱을 盡하야 尺寸의 功을 建코져하오니 幸히 遐棄치 말기를 望한다

　하얏거늘 應瑞가 書를 得하고 中心에 甚喜하야 其來使를 厚待하고 卽時 回書를 裁하야 馳送하니 部下諸將이 一齊히 帳에 入하야 諫止하되 彼敵人이 元來 奸譎多詐하거늘 엇지 一片의 書를 接하고 此를 輕信하야 彼 奸計에 墮코져 하나잇가 應書曰 그 書意의 懇篤함을 見하건대 其 眞意에셔 出함이 無疑하고 決코 邪를 挾함이 아니라 古人의 言에 自信者는 不疑人이라하얏스니 人이 誠心으로 我에 附할진대 我도 또한 誠心으로 納치 아니하면 不可하다하고 諸將의 諫하는 言을 納치 아니하니 諸將은 各自 疑惑이 未定하야 尙히 其 不可함을 力說하는 者가 多하얏는대 應瑞는 尙히 聽치 아니하고 更히 書를 致하야 時日을 約하야 出迎할 準備를 爲하얏더라

---

6) 원본에는 '廓'으로 되어 있다. 문맥을 고려하여 '確'으로 바로 잡았다.

13. 어둠을 버리고 밝음에 투항한 장부의 뜻 문무를 겸비한 영웅의 재주 (하)

그 약속한 날이 되자 충선이 자기가 거느리고 온 삼 천 명의 군사를 대동하고 응서의 군영에 이르렀다. 이때 응서는 십 리 교외에 나가 충선을 영접하였다. 충선이 응서에게 존경의 뜻으로 몸을 굽히고 예를 다하여 행하며 말하였다.

"소장이 비록 재주가 보잘 것 없고 지략이 서투르나 귀국에 귀화할 마음은 일조일석에 일어난 것이 아니오이다. 이것은 저 지난날부터 일찍이 품은 뜻이며 오래 묵힌 계획이었습니다. 이제 어리석음을 버리고 밝음에 투항하고자 하오니 다행히 내치지 말고 우리들을 군대의 편제에 넣어두면 원컨대 보잘것없는 힘이나마 충성을 끝까지 다하겠소이다."

응서가 크게 기뻐하고 손을 잡고 돌아와 상좌에 앉히고 특별히 예로써 대하였다. 그러한 후에 함께 이리저리 생각한 꾀를 나눌 때, 그 한 가지 꾀마다 적을 섬멸할 비밀한 계책이 아닌 것이 없었다.

충선이 본래 대포와 조총을 만드는 방법에 숙달하였는데 이때에 이르러 아주 많이 제조하였다. 또 휘하의 쇠를 잘 다루는 자를 각 진영에 보내어 그 방법을 가르쳐서 익히게 하니 우리나라에 비로소 쇠로 만든 총과 탄약을 만드는 기술이 성행하게 되었다.

임금이 이를 들으시고 충선에게 명을 내려 부르셨다. 궁중에 도착하니 무예를 시험하고는 크게 칭찬하시며 상을 내리며 말했다.

"옛 훌륭한 장수의 기풍이 있도다."

이렇게 말씀하시고 곧장 가선대부(嘉善大夫)[1]를 내리니, 정한 등급을 뛰

---

1) 조선시대 종친, 의빈, 문무관의 종2품 품계.

어서 벼슬을 내린 것이었다.

이때에 청정이 동래(東萊)[2]와 기장(機張)[3]을 함락시키고 곧바로 산으로 달아나 증성(甑城)[4]에 주둔하였다. 충선이 응서와 더불어 군사를 데리고 나아가 성을 포위하였다.

충선의 부하는 날랜 군사들로 모두 화포와 검술에 기이한 재주를 지닌 자들이었으니, 가는 곳마다 나무나 풀이 바람에 쓰러지듯 굴복치 않는 자가 없었다. 마침내 적군을 대파하였더니 얼마 지나지 않아 적이 또 크게 이르러 증성에 거하고 빛나는 무예로 떨쳐 없애려고 우리 군대를 위협하였다.

충선이 용감히 떨쳐 일어나 맨 먼저 적의 성으로 지쳐 들어가 좌충우돌 싸워 대파하니, 적이 드디어 갑옷을 버리고 병장기를 끌고선 달아났다. 충선이 쫓겨 달아나는 적군을 크게 무찌르니 쌓인 시체가 산과 같고 흐르는 피가 도랑을 이루었다. 이러한 첩보가 서울에 이르니 임금이 크게 기뻐하여 그 이름을 내려 포상하시고, 또 후히 상을 내려 그 공로를 드날리시었다. 충선은 소를 올려 은혜에 감사하고 군대의 업무에 복귀하였다.

칠년 사이에 전쟁터에 나가면 문득 기이한 공이 있어 한 번도 싸움에 진 일이 없었다. 그러나 일찍이 그 공을 뽐내고 자기의 능력을 뻐기지 않았다.

그 뒤에 나라의 어지러움을 평정한 후 물러나 대구 삼성산(三聖山)[5] 아

---

2) 지금의 부산시 동래구의 지명.
3) 지금의 부산시 기장군의 지명.
4) 지금의 울산광역시의 남동쪽을 흐르는 태화강(太和江) 어귀의 삼각주에 있는 해발고도 50m의 학성산 정상부 대지상에 있는 성. 울산학성(蔚山鶴城), 시루성이라고도 한다. 정유재란 당시 남해안까지 패퇴한 왜군이 방위선을 구축하기 위하여 축성한 것으로, 울산읍성과 병영성을 헐어 충당한 것이었다.
5) 경북 달성군 가창면 우록동에 있는 산. 이 산 아래 우록마을에서 김충선의 후손이 지금까지 살고 있다.

래 우록(友鹿) 마을에 살 곳을 정하였다. 그리고 아내를 얻어 자식을 낳고 명리(名利)에 욕심이 없어 오직 산수를 즐기고 사냥을 즐기면서 이로써 생을 마칠 계획을 꾀하였다.

그 후에 북쪽 오랑캐가 여러 차례 침범하여 들어와 변경의 근심이 날로 급함을 듣고 이에 개연히 굳게 마음을 다져먹고 떨쳐 일어나 소를 올려 스스로 대장이 되어 근심덩이를 쓸어 없애려 자원하였다. 조정에서 이를 허락하니 충선이 다시 활과 칼을 힘써 잡은 지 십 년이 지나 변방의 근심이 점점 잦아진 뒤에야 비로소 돌아왔다.

조정에서 그 공을 칭찬하여 정헌대부(正憲大夫)[6]의 벼슬로 승진시켰다.

그 후 이괄(李适, 1587~1624)[7]이 반역을 꾀하다가 죄인으로 죽임을 당하였는데, 그의 부장 서아지(徐牙之)는 원래 일본인이라 이괄의 장수가 되어 용맹이 무쌍하여 말을 타고 달려 뛰면 사람이 감히 그 앞에 가까이 가지 못하였다. 충선이 창을 꼬나 잡고 뛰어올라 한 번 출병하여 서서 베어 머리를 바치니 조정에서 아지의 노비와 논밭과 집을 충선에게 하사하여 그 공을 갚으려하였다.

그 후 인조 병자(丙子, 1636년)에 청나라 군사가 크게 닥침에 조정과 민간이 몹시 흔들렸다. 이때에 충선이 비록 연로하였으나 충성스럽고 용맹함은 전일보다 쇠하지 않은지라, 밤낮으로 길을 더하여 서울에 올라가니 임금의 수레는 이미 남한산성(南漢山城)으로 도성(都城)을 떠나 피란하였다. 곧장 쌍령(雙嶺)[8]에 이르러 청병을 맞아 싸움에 용력이 갑절은 더하니 적군이 크게 어지러워 각자 도망하여 흩어지니, 진격하여 대파하여 수천여 명의 머리를 베고 싸움용 자루에 적의 코 수천 개를 베어 꽉 채워 장차

6) 조선 때 문무관의 품계로 후에 종친. 의빈의 품계와 병행.
7) 본관은 고성. 자는 백규(白圭). 1만여 명의 군사를 거느리고 반란을 일으켜 선조의 아들 흥안군(興安君)을 왕으로 세웠으나 다음날 장만 등의 관군에게 파주 길마재에서 크게 패하여 광주·이천으로 후퇴하던 중 부하 장수 이수백(李守白)·기익헌(奇翼獻) 등에게 죽음을 당했다.
8) 지금의 경기도 광주의 한 지명.

임시로 임금이 거처하는 곳에 바치려 하였다.

남한산성에 이르러 청나라와 화해하는 의론이 이미 이루어 진 것을 듣고 충선이 이에 코를 담은 자루를 땅에 던지고 분하고 성나서 크게 곡을 하여 말하였다.

"당당한 예의의 나라로서 저와 같은 추한 오랑캐에게 굴복하려 하니 춘추존양(春秋尊攘)의 의리9)가 어디에 있는가. 나의 한 창이 족히 백만의 군사를 할 것인데 지금에 이르렀으니 장차 어디에 사용하리오."

그리고 곧 창을 던지고 의기가 복받치어 원통하고 슬퍼함을 이기지 못하다가 마을로 돌아와『모화기(慕華紀)』를 저술하여 그 뜻을 기술하고 또 가훈과 향약 등 글을 기술하였다.

한때 충성과 절의로 이름 높은 이덕형(李德馨), 이정암(李廷馣), 김명원(金命元), 이시발(李時發), 김성일(金誠一), 곽재우(郭再祐, 1552~1617), 이순신(李舜臣), 김덕령(金德齡), 정철(鄭澈, 1536~1593) 등 여러 사람이 모두 매우 공경을 하고 예를 다하여 나라 사람이 모두 그 풍모와 위의를 사모하여 생각하지 않는 사람이 없었다 한다.

十三. 棄暗投明丈夫志, 能文兼武英雄才 (下)

其 期日에 至하야 忠善이 自己의 領率한 바 千軍을 帶하고 應瑞의 軍門에 至하니 此時 應瑞는 十里 郊外에 出하야 忠善을 迎接하얏더라 忠善이 應瑞에게 鞠躬致禮하며 曰 小將이 비록 才가 菲하고 術이 疎하나 貴國에 歸化할 心은 一朝一夕에셔 起한 것이 아니라 此가 往日부터 宿志하며 熟計이라 今에 暗을 棄하고 明에 投코져 하오니 幸히 退棄치 말고 我로써 軍伍에 編하면 願컨대 犬馬의 勞를 郊하겟노라 應瑞가 大喜하여 手를 執하고 歸하야 上座에 置하고 優禮로써 待한 後에 더부러 籌策을 劃할 시

---

9) 중국을 존중하고 오랑캐를 배척하는 의리.

其 一謀一算이 無非敵을 殲滅할 秘計이러라 忠善이 本來 砲鳥銃의 制에
熟達하얏는대 是에 至하야 多數히 製造하고 又 麾下의 善鑄하는 者를 各
陣에 遣하야 其 法을 敎習하니 我國에 비로소 鑄銃搗藥의 術이 盛行하얏
더라 上이 此를 聞하시고 忠善을 命召하야 禁庭에 至하야 武藝를 試하시
고 大히 稱賞하스 曰 古의 良將의 風이 有하도다 하시고 直히 嘉善大父를
超拜하엿더라 時에 淸正이 東萊와 機張을 陷하고 直히 山으로 走하고 甑
城에 屯하거늘 忠善이 應瑞로 더부러 兵을 進하야 包圍하미 忠善의 部下
慓卒이 모다 炮劒奇材라 向하는 바에 披靡치 안는 者이 無함으로 遂히
敵軍을 大破하얏더니 居無何에 敵이 又 大至하야 甑城에 據하고 耀武奮
滅하야 我軍을 恐嚇하거늘 忠善이 奮勇先登하야 膊戰 大破하니 敵이 드
대여 甲을 棄하고 兵을 曳하야 走하는 지라 忠善이 逐北하야 敵軍을 大殺
함이 積屍는 如山하고 血流는 渠를 成하얏더라 捷報가 馳至함이 上이 大
喜하사 其 名을 賜하야 褒하시고 又 厚賞으로 其 功을 揚하시니 忠善이
疏를 上하야 恩을 謝하고 軍務에 服한지라 七年 間에 戰하면 문득 奇功이
有하야 一次도 敗績한 事가 無하얏스나 일즉이 其 功을 伐하며 其 能을
誇치 아니 하얏더라

　其 後 國難을 靖한 後에 退하야 大邱 三聖山下 友鹿村에 卜居하고 婦
를 娶하야 子를 生함이 名利의 慾이 無하야 오즉 山水를 娛하고 遊獵을
喜하야 此로써 身을 終할 計를 作하얏더니 其 後에 北虜가 屢次 侵軼하야
邊疆의 患이 日急함을 聞하고 이에 慨然히 蹶起하야 疏를 上하야 스사로
大將이 되야 患을 掃除하기를 自願함이 朝廷에셔 此를 許하니 忠善이 更
히 弓戈의 勞를 執한지 十年에 邊患이 稍熄한 後에 始還하니라 朝廷에셔
其 功을 賞하야 正憲大夫의 秩로 昇進하얏더라 其 後 李适이 反逆을 謀하
다가 誅에 伐[10]함이 副將 徐牙之는 元 日本人이라 适의 將이 되야 饒勇이
無雙하야 馳驅跳踉함이 人이 敢이 其 前에 逼치 못하얏는대 忠善이 釰을
提하고 踴躍一出하야 立斬하고 首를 獻하니 朝廷에셔 牙之의 臧獲及田

---

10) 원본에는 '伏'으로 되어 있다. 문맥을 고려하여 '伐'로 바로 잡았다.

宅으로써 忠善에게 賜하야 其 功을 酬하얏더라 其 後 仁祖 丙子에 淸兵이
大至함이 朝野가 震動하니 此時에 忠善이 비록 年老하얏스나 忠勇은 前
日보다 衰치 아니한지라 晝夜兼程하야 京城에 上하니 車駕는 旣히 南漢
山城으로 播遷한지라 直히 雙嶺에 抵하야 淸兵을 迎擊함이 勇力이 倍加
하니 敵軍이 大亂하야 各自 逃散하는지라 進擊大破하야 數千餘級을 斬
하고 戰俗를 用하야 賊의 鼻數千箇를 割하야 此에 盛하고 將次 行在에
獻할세 南漢에 至하야 和議가 已成함을 聞하고 忠善이 이에 鼻俗를 地에
擲하고 憤悲 大哭하야 曰 堂堂히 禮義의 邦으로써 彼와 如한 醜虜에게
屈하려 하니 春秋尊攘의 義가 何에 在하고 我의 一釖이 足히 百萬의 師를
當할 것인대 今에 至하야 將次 安用하리오 하고 곳 釖을 投하야 慷慨不
已[11]하다가 麗里村으로 歸하야 慕華紀를 著하야 其 志를 述하고 又 家訓
과 鄕約 等 書를 述하얏더라 一時 忠義名士의 李德馨, 李廷馣, 金命元,
李時發, 金誠一, 郭在佑[12], 李舜臣, 金德齡, 鄭徹[13] 等 諸人이 모다 敬重
致禮를 爲하고 國人이 모다 其 風儀를 想慕치 안은 者가 無하니라

---

11) 원본에는 '己'로 되어 있다. 문맥으로 보아 '已'로 바로 잡았다.
12) 원본에는 '郭在佑'로 되어 있다. 문맥으로 보아 '郭再祐'로 바로 잡았다.
13) 원본에는 '鄭徹로 되어 있다. 문맥으로 보아 '鄭澈'로 바로 잡았다.

14. 홰나무를 베고 뱀을 죽여 대들보를 수리하여 갈아 낀 한 시대의 용맹한 장수 장붕익

대장(大將) 장붕익(張鵬翼, 1646~1735)[1]은 어려서부터 총명하여 남달리 사리에 밝고 재주가 뛰어났으며 또 용맹하고 굳세며 과감한 기풍이 있었다.

일찍이 남병사(南兵使)[2]가 되어 근무하는 처소에 부임하니 시골의 아전과 백성이 모두 공경하고 두려워하며 신위장군(神威將軍)이라 불렀다.

하루는 붕익이 융주헌(戎籌軒)의 커다란 대들보가 반이나 썩은 것을 보고 군리(軍吏)[3]를 불러서 말하였다.

"큰 대들보가 이미 썩어 문드러져 몇 년을 지나면 장차 넘어질 근심을 면하기 어려울 것이거늘 이를 개수하지 아니 하였느냐?"

군리가 대답했다.

"실로 깨우쳐 주신 바와 같으나, 이것을 대신할 만한 큰 나무가 없어 아직까지도 바꾸지를 못하였습지요."

붕익이 삼문(三門)[4] 밖에 있는 큰 홰나무가 있어 열 아름이나 되는 것을 보고는 이것을 가리키며 말하였다.

"이 홰나무가 알맞게 맞추어 쓸 만하니 이를 베어서 수선하여 고치는 것이 마땅치 아니한가?"

군리가 대답했다.

---

1) 본관은 인동(仁同), 자는 운거(雲擧), 호는 우우재(憂虞齋)로 야담문학에 많이 등장하는 인물이다. 무신으로서 종로구 돈의동에 살았다. 어영대장·훈련대장·형조 참판·우포도대장·형조 판서 등을 역임하였다. 사후 좌찬성에 추증되었고, 무숙(武肅)이란 시호를 받았다.
2) 무관의 종2품 관직. 원명은 남도병마절도사(南道兵馬節度使)로 함경도의 북청(北靑) 남병영(南兵營)에 주재하였다.
3) 군대에서 사무를 보는 문관(文官).
4) 대궐이나 관가 소유의 건물 앞에 있는 문. 곧 정문(正門), 동협문(東夾門), 서협문(西夾門).

"이 나무가 실로 좋은 재목임이 틀림없사오나, 다만 나무속에 한 커다란 괴사(怪蛇)⁵⁾가 있어 만일 가지 하나라도 흔들면 뱀이 화를 내려 민간에 큰 역질이 돌고 혹은 화재가 일어나서 감히 이것을 베지 못하나이다."

붕익이 웃으면서 말했다.

"어찌 괴이한 뱀을 우러러 받들어 인류를 해치는 일이 있겠느냐. 속히 이것을 도끼로 찍어 내어 큰 대들보의 석재에 충당해라."

영이 내렸으나 군리 등이 아무 말도 없이 서로 얼굴만 물끄러미 바라보며 뱀이 재앙을 내릴까 두려워하여 감히 명령을 듣지 못하였다.

붕익이 말하였다.

"만일 뱀이 앙화를 내리면 그 화는 내 스스로 짊어질 것이니, 곧 나의 명령대로 전례에 따라서 시행하라."

군리 등이 아직도 작고 큰 도끼를 집지 못하며 땅에 엎드려 애걸하였다.

"소인들이 매를 맞아 죽을지언정 감히 명령을 따르지 못하겠습니다."

이러하자 붕익이 군령을 써서 홰나무에 부착하였으니 이랬다.

「오직 너 괴사는 세 시 이내에 다른 곳으로 피하라. 만일 그러하지 않다면 너에게 군령을 시행하리라.」

그랬더니 얼마 지나지 않아 과연 한 커다란 뱀이 보였다. 길이가 수십 장(丈)⁶⁾이요, 그 크기가 여러 둘레였다. 뱀이 구불구불 나가서 서서히 남산(南山)의 너럭바위 위로 가서 융주헌을 향하고 자리를 잡고 앉았다.

이에 군리에게 명하여 홰나무를 베어 대들보를 보수한 후에 낙성(落成)을 축하하는 연회를 크게 베풀었다. 인접 군의 수령을 청하여 맞아서는

---

5) 전설상의 괴물로 이것이 한번 노려보면 사람은 그 자리에서 죽는다고 한다.
6) 사람이 키 정도 길이.

술을 마시고 음악을 펼치고 아주 즐거움을 다할 때였다.

홀연 한 군리가 급히 들어와 보고하였다.

"그 괴사가 온 몸의 독기를 내뿜으며 바야흐로 융주헌을 향하여 옵니다."

붕익이 이에 인근에서 온 벼슬아치들과 기녀 등에게 "잠시 다른 곳으로 자리를 피하시오." 하고는, 급히 큰 군문(軍門)에서 쓰는 깃발을 설치하고 징을 크게 친 뒤에 갑옷을 입고 창을 들고 나아갔다.

뱀은 느릿느릿 오다가 삼문 밖에 이르러서는 나는 듯이 병사의 앞으로 곧장 향하여 입을 벌리고 혓바닥을 날름거리더니 그 몸에 갑자기 빛이 번쩍하며 공중에서 높이 뛰어올랐다. 그러자 붕익이 몸을 솟구쳐 보검을 휘둘러 그 머리를 베어버렸다. 그러나 머리가 땅에 떨어졌다가 홀연 한번 뛰어오르고 입으로 큰 대들보를 씹어서 삼키고 거꾸로 매달려 더러운 비린내를 사람을 향해 뿜어댔다.

이때에 이 광경을 본 군리들이 모두 얼굴빛이 변하지 않는 자가 없었다.

붕익이 그 턱 아래에 있는 검은 사마귀가 구슬과 같음을 보고 그 머리를 베고 몸과 함께 불에 넣어 살라 버렸다. 그러한 뒤에 태연자약하니 다시 가무를 베풀고 종일토록 즐거움을 다하는 것이었다.

각 수령 이하 군리들이 사람의 지혜로는 도저히 생각할 수 없는 신기한 용기가 무쌍함을 보고 탄복치 아니한 자가 없었다.

공이 벼슬살이한 지 16년 후에 장차 벼슬자리가 바뀌어 돌아올 때 한 명마를 얻었는데 그 값이 천 냥이었다. 하루 700리를 가는데 턱 아래에 검은 사마귀가 있어 전에 본 괴사의 머리와 같았다. 공이 사랑하곤 장수가 된 내내 이 말을 몰았다. 이렇게 하여 수십 년이 지나 공의 나이가 칠순에 가까워 임정(林亭)7)으로 늙어 물러날 때였다. 매일 밤 잠을 이루지 못할 때에 말발굽 소리를 들으면 친히 콩깍지를 꺾어 먹이기를 또한 서너

---

7) 은사(隱士)의 정원을 이르는 말. 여기서는 숲 속의 정자 정도의 의미이다.

해를 하였다.

하루는 저녁에 꼴을 잡고서는 말을 먹일 때였다. 말이 머리로 공의 손을 문질러 아주 기쁜 듯이 하더니 그 어금니의 뾰족한 부분으로 공의 손가락을 물어 핏방울이 조금 나왔다. 공이 이를 살피지 않고 방에 들어가 잠이 들었는데 꿈에 커다란 뱀이 와서 말하였다.

"오늘에야 내가 그대에게 원수를 갚았노라."

공이 꿈을 깨서는 또한 마음이 아무 걱정 없이 평정한 모양이더니 며칠 뒤에 병이 들었다. 이러하니 자제를 불러 말하였다.

"내가 지금에 상제(上帝)의 명을 받들어 장차 옛날의 직책을 맡아 임지로 돌아가니 너희들은 집안의 명성을 떨어뜨리지 말고 가문을 보전하라."

그리고 말을 마치자 마침내 갑자기 죽었다.

외사씨가 말한다.

"사람이 죽고 사는 것은 명이 있는 것이다.

그러므로 장 병사(兵使)의 죽음은 이것은 즉 타고난 운명에 연유함이요, 결코 뱀이 재앙을 내린 것은 아니다. 사람이 장차 죽으려할 때에는 마음이 허하고 정신이 산란하여 자연히 나쁜 꿈을 꾸게 되는 것이다. 소위 뱀이 '원수를 갚았다.'함은 이 글을 읽는 독자가 마땅히 당연한 이치로 끊어버리고 이러한 것에 정신이 흐려지지 말아야 한다."

十四. 伐槐斬蛇修大樑 一代神勇張兵使

張大將 鵬翼이 自小로 明特達하고 又 勇毅果敢의 風이 有하더니 일즉히 南兵使가 되야 任所에 赴하니 吏民이 모다 敬畏하야 神威將軍이라 號하얏더라 鵬翼이 戎籌軒의 大樑이 半朽함을 見하고 軍吏를 검하야 謂하되 大樑이 旣히 朽敗하야 幾年을 經하면 將次 倒壞의 患을 免키 難할 것이어늘 此를 改修치 아니 하얏나뇨 軍吏가 對하되 實로 敎하신 바와 如하

나 此에 適用할만 한 大木이 無함으로 尙今까지 未就하얏나이다 鵬翼이
三門 外에 在한 大槐樹가 有하야 十圍에 近함을 見하고 此를 指하야 曰
此 槐樹가 可히 適用할 만하니 此를 伐하야 改繕함이 宜치 아니하뇨 軍吏
가 對하되 此 木이 實로 良材됨이 無違하오나 다만 樹中에 一大 怪蛇 有
하야 萬一 一枝를 動撓하면 蛇가 禍를 降하야 民間에 大疫이 流行하고
或은 火災가 起하야 敢히 此를 伐치 못하나이다 鵬翼이 笑하되 엇지 怪蛇
가 祟를 作하야 人類를 害하는 事가 有하리오 斯速히 此를 斫伐하야 大樑
의 材에 充할 지어다 令이 下함이 軍吏 等이 面面 相顧하며 蛇의 禍를
畏하야 敢히 聽令치 못하거늘 鵬翼이 謂하되 萬一 蛇가 祟를 爲하면 其
禍는 我가 自當하리니 곳 我의 命令대로 依遵하라 軍吏 等이 尙히 斧鉞을
執치 못하며 伏地哀乞하되 小人 等이 杖下에서 死할 지언정 敢히 命을
服從치 못하겟노이다 鵬翼이 이에 軍令을 書하야 槐樹에 附하여 曰 惟爾
怪蛇는 三時 以內에 他所로 移하라 萬一 不然하면 汝에게 軍令을 施하리
라 하얏더니 居無何에 果然 一大 蛇가 有하야 長이 數十丈이오 其 大 數圍
라 蜿蜒히 出하야 徐徐히 南山盤石 上으로 徃하야 戎籌軒을 向하고 盤據
하야 座하거날 이에 軍吏를 命하야 槐樹를 伐하야 樑을 修한 後에 落成宴
을 大張하고 隣郡의 守令을 請遙하야 飮酒張樂하고 歡樂을 盡할새 忽然
一 軍吏가 急히 入하야 報하되 其 怪蛇가 滿身 毒氣를 肆하며 바야흐로
戎籌軒을 向하야 來한다 하거늘 鵬翼이 이에 守宰와 妓女 等으로 暫時
他處로 避座하라 하고 急히 大 軍門 旗幟를 設하고 金鼓를 大振한 後에
甲을 被하고 釰를 仗하며 出하니 蛇가 緩緩히 來하다가 三門 外에 及하야
는 飛하는 듯시 兵使의 前으로 直向하야 口를 開하고 舌를 揮함이 其 身이
閃忽하야 空中에서 飛躍하거날 鵬翼이 身을 聳하야 寶釰를 揮하야 其 頭
를 斬하니 其 頭가 地에 落하얏다가 忽然 一躍하야 口로 大樑을 噬하야
含하고 倒懸함이 腥羶의 氣가 人을 醺하니 此時에 此 光景을 見한 軍吏輩
는 모다 失色치 안는 者이 無하얏더라

　鵬翼이 其 頷下에 黑瘤가 有하야 珠와 如함을 見하고 其 頭를 撤하야
其 身을 並하야 火에 焚한 後에 神氣가 自若하야 更히 歌舞를 張하고 終

日토록 歡을 極하니 各 守令 以下 軍吏輩가 其 神勇이 無雙함을 嘆服치 아니한 者 無하였더라

公이 在任한 지 十六 年 後에 將次 遞任하야 歸할세 一名馬를 求得하니 其 價가 千兩이오 日로 七百里를 行하는대 頷下에 黑瘤가 有하야 前日 見하건 怪蛇의 頭와 如한지라 公히 愛하야 登壇驅馭하기를 數十 年을 經하얏더니 年이 七旬에 近하야 이에 林亭으로 退老할세 每夜無眠의 時에 馬의 擲蹄聲을 聞하면 親히 箕(싹지)를 剉하야 飼하기를 坌한 數三年을 爲하얏더니 一夕에 蒭草를 把하고 馬를 飼할세 馬가 頭로 公의 手를 摩揉하야 欣欣然함과 如하더니 其 齒尖이 公의 手指를 觸하야 血痕이 少有한지라 公이 此를 不察하고 房에 入하야 睡에 就하더니 夢에 大蛇가 來하야 告하야 曰 今日에 我가 公의 讎를 報하얏노라 公이 覺하고 坌한 意懷가 坦然하더니 數日 後에 病에 罹하야 이에 子弟를 召하야 曰 我가 今에 上帝의 命을 承하고 將次 舊職으로 歸任하노니 汝等은 家聲을 墜치 말고 門戶를 保全하라 하고 言訖에 遂히 溢然하니라

外史氏 曰 人의 死生은 命이 有한 것이라 故로 張兵使의 死함은 此가 卽 命數에 由함이 決코 蛇가 祟를 爲함은 아니라 人이 將死할 時에는 心이 虛하고 靈이 散하야 自然히 惡한 夢을 致하는 것이니 所謂 蛇가 報讎하얏다함은 讀者가 宜이 常理로써 斷하야 此에 惑치 말 것이라 하노라

15. 구현(狗峴)아래 푸른 실로 묶은 술 한 병 허공중에 두 사람이 흰 무지개가 되어 솟구치다

　감사(監司) 박엽(朴燁, 1570~1623)은[1] 광해조(光海朝) 때 사람이다.

　일찍이 천문지리와 기문둔갑(奇門遁甲)[2]의 술수에 정통치 않은 것이 없었으며, 또 무예가 절륜하여 당당히 옛날 재주와 꾀가 많은 훌륭한 장수의 기풍도 있었다.

　광해조에 일찍이 평안감사가 되어 십 년이 되도록 다른 벼슬자리로 옮기지 아니하고 위엄이 서북지방에까지 행하니 북로(北虜)[3]가 엽을 두려워하여 감히 가까운 변방에는 쳐들어오지 못하였다. 이때에 청나라 사람이 세력을 얻어 항상 우리나라의 허실을 엿보았다.

　하루는 엽이 막객(幕客)[4]을 불러 분부하였다.

　"내가 술과 안주를 갖추어 너에게 줄 것이니 너희는 모름지기 이를 가지고 중화(中和)[5] 구현(狗峴, 개처럼 생긴 고개) 아래에 달려가서 몇 시각을 이곳에서 머물며 기다리면 반드시 팔 척 장신의 외모가 흉하고 영악한

---

1) 본관 반남(潘南). 자 숙야(叔夜). 호 국창(菊窓). 1597년(선조 30) 별시문과에 급제하였다. 1601년 정언(正言)에 이어 병조정랑·직강(直講)·해남현감 등을 역임하였다. 광해군 때 함경도 병마절도사가 되어 성지(城池)를 수축하여 방비를 굳건히 하였다. 평안도관찰사가 되어 기강을 바로 세우고 국방을 튼튼히 하여 재직 6년 동안 외침(外侵)을 당하지 않았다. 권신 이이첨(李爾瞻)을 모독하고도 무사할 만큼 명성을 떨쳤으나, 인조반정 후 처가가 광해군과 인척이었다는 이유로 1623년 인조반정의 훈신(勳臣)들에 의해 학정의 죄를 쓰고 사형 당하였다. 박엽은 야담집에 따라 朴燁 혹은 朴曄으로 다르게 되어있다. 『어우야담』, 『동야휘집』, 『기문총화』, 『청구야담』에는 朴燁으로 『계서야담』, 『동패락송』에는 朴曄으로 되어 있다.
2) 음양의 변화에 따라 몸을 숨기고 길흉을 택하는 용병술(用兵術).
3) 북쪽에 있는 오랑캐.
4) 지방관서나 軍에서 관직 없이 업무를 보좌하던 고문.
5) 지금의 평안남도 남단에 있는 지명.

두 건장한 사내가 말을 타고 이곳을 지나쳐 갈 것이다. 너는 이 두 사람에게 나의 뜻을 전하기를 '너희들이 우리나라에 몰래 왔다가 몰래 간지 이미 여러 번이다. 비록 알지 못하게 하였으나 나는 천 리를 분명히 보는 사람이다. 너희들의 속내와 무엇을 하고 다니는지를 아주 소상하게 알고 있다. 내가 어질고 후덕한 마음으로 너희들이 여행하는 괴로움을 위로하련다. 그래 너희들을 위하여 많이 차리지는 못했지만 술과 안주를 갖추어 보내니, 이것으로 한 번 실컷 취하게 마시고 배불리 먹고는, 즉시 발을 돌리어 돌아가라. 만일 그러하지 않을 것 같으면 결코 너그럽게 용서치 아니하리라.' 하는 말을 전하고 저들의 행동을 잘 살펴본 연후에 돌아오너라."

막객이 그 사유의 여하는 이해하지 못하고 다만 엽의 분부에 의하여 즉시 술과 안주를 갖고 구현에 당도하여 그 고개 위에서 기다렸더니 과연 두 사람의 몸집이 큰 사내들이 있어 허름한 본국의 복색으로 말을 타고 지나갔다. 막객이 마음속으로 심히 기이함을 칭송하며 엽의 그 귀신같음을 경탄하고 이에 두 사람을 불러 엽이 말한 것을 일일이 전한 후에 술과 안주를 내 놓았다.

두 사람이 서로 돌아보며 얼굴빛이 변하면서 말하였다.

"이 사람은 실로 귀신같은 사람이로다. 우리들의 행동을 이미 박 장군이 모두 알아채 버렸구나. 만일 저이의 명령을 어긴다면 도리어 몸에 화가 이름을 면치 못할 것이라." 하고 이에 보자기를 싼 푸른 실을 풀어서 술을 흠뻑 마셔 서로 취하고 곧 발자취를 돌려 말을 달려 돌아갔다. 이는 즉 청나라 장수인 용골대(龍骨大)[6]와 마부대(馬夫大)[7] 두 사람이니 우리나

---

6) 청나라 장수. 1636년 2월 조선에 사신으로 들어와 군신의 의를 요구했다가 거절당함. 그해 12월 마부대(馬夫大)와 함께 십만 대군을 이끌고 쳐들어옴.
7) 병자호란 때 조선에 침입한 중국 청나라의 장수. 1636년(인조14)의 병자호란 때 조선에 침입한 장수로서 청나라의 전신인 후금(後金) 때부터 사신으로 여러 차례 조선을 왕래했다. 1635

라에 몰래 들어와 그 허실을 정탐할 때 여러 번 복색을 변하여 혹은 장사치의 모양으로 가장하였으며 혹은 승정원(承政院)의 대관(臺官)의 하례(下隷, 하인) 복색으로 변장한 일이 있었다. 사람들이 모두 이를 알지 못하였으나 엽 한 사람이 홀로 이를 알았던 것이다.

엽이 일찍이 한 기생을 길러 매우 깊이 사랑하였다.

하루는 엽이 기생에게 말하였다.

"네가 나를 따라 한 곳에 가서 기이하고 장엄한 일을 한 번 보려느냐?"

기생이 말하였다.

"원하옵니다."

밤이 되자 엽이 푸른 당나귀를 직접 끌어내어 말안장을 준비한 뒤에 기생으로 하여금 앞에 타게 하고 엽은 뒤에 타 양 손으로 기생을 안았다. 그리고 기생으로 하여금 눈을 감게 하고는 '삼가 눈을 뜨지 말라' 하고 인하여 채찍을 더하니 귓가에 다만 바람만 쓸쓸한 바람소리만 들릴 뿐이었다.

한 곳에 도착하여 채찍을 멈추며 눈을 뜨라 하였다. 기생이 이에 정신을 수습하여 눈을 떠서 한 번 바라보니 광막한 야외에 구름처럼 모여 있는 군막이 하늘에 잇닿을 듯하고 등불과 촛불이 휘황하였다. 엽이 기생으로 하여금 장막 속의 좌판 아래에 엎드리라 하고 우뚝하니 평상 위에 앉았다. 잠시 뒤에 징소리가 나며 홀연 오랑캐 말 십 만 대병이 산과 바다와 같고 장사진(長蛇陣)과 같이 땅을 감아말며 들어왔다. 그 가운데에 한 대장이 말에서 내려 검을 짚고 막중으로 들어와 엽에게 말하였다.

"네가 과연 왔구나."

엽이 대답했다.

년에는 후금의 친서(親書)를 가지고 조선에 오기도 하였다. 병자호란 때는 청태종(淸太宗)의 막료(幕僚)로서 행패가 심하였다.

"그러하다. 왔노라."

"오늘은 검술 재주를 겨뤄 자웅을 결정함이 마땅하도다."

엽이 '좋다' 하고 인하여 칼을 잡고 오랑캐 장수와 평원 위에 마주섰다.

검으로써 서로 찌르고 치고 하는 상황을 하더니, 오래지 않아 홀연 두 사람이 다 변하여 두 줄기 흰 무지개가 되어 공중으로 솟구쳐 들어가 희미하고 아득해지더니 보이지 아니하고, 다만 치고받는 소리만 들릴 따름이었다.

이윽고 오랑캐 장수가 먼저 땅에 내려와 엎어졌다. 엽이 곧 날아 내려와 오랑캐 장수의 가슴과 배를 덮쳐누르고 물었다.

"나의 검술이 어떠하냐?"

오랑캐 장수가 용서를 빌었다.

"지금 이후로는 감히 그대와 우열을 다투지 못하겠소이다."

엽이 웃으며 '그러하리라.' 하고 인하여 장막 속에 함께 들어가 술을 내오라하여 서로 주고받았다. 오랑캐 장수가 먼저 일어나 이만 가야겠다고 말하고 여러 군사들이 앞뒤를 옹위하여 올 때와 같이 가버렸다.

엽이 기생을 불러 함께 돌아오니 이 오랑캐 장수는 즉 김한(金汗, 금칸, 淸 太宗, 1592~1643)[8]의 아버지인 노화적(魯花赤)[9]이요, 그 장소는 곳 노화적이 무예를 연마하던 곳이었다.

기생이 이 이야기를 세상에 전파하였다.

---

8) 청나라 2대 천자. '칸(干)'은 지도자란 뜻으로 어원은 몽골어인 'Khaghan(可汗)'에서 나왔으며 다시 'Khaan', 'Khan', 즉 칸이라고 불리게 되었다.

9) 여기서 노화적은 '노아합적(奴兒哈赤)', 즉 청태조인 누르하치이다. '노화적'은 아마 '다루가치(達魯花赤)'인 듯하다. '달로화적'은 몽골어로 장관이며 추밀원에 통할된 군사기관으로 지방 감독관이었다. 고려 후기에는 원나라가 고려의 내정을 간섭하기 위해 설치한 민정(民政) 담당자였고, 이 '노화적'을 '노아합적'과 음이 유사하여 누르하치로 오인한 듯하다.

十五. 狗峴下一壺靑絲 半空中兩道白虹

朴監司曄은 光海朝 時 人이니 曾히 天文地理와 奇門遁甲의 術數를 精通치 안은 者가 無하고 又 武藝가 倫에 絶하야 堂堂한 古良將의 風이 有하더니 光海朝에 일즉이 平安監司가 되야 十年이 되도록 遞任치 아니하고 威嚴이 西北地方에 行하니 北虜가 曄을 畏하야 敢히 近邊에 逼치 못하얏더라 是時에 淸人이 勢를 得하야 常히 本國의 虛實을 窺覘하더니 一日은 曄이 幕客을 召하야 分付하되 我가 酒肴를 具하야 汝에게 給하리니 汝는 須히 此를 携至하고 中和 狗峴下에 馳往하야 幾 時刻을 此處에서 留待하면 必然 八尺長身의 外貌兇獰한 二健夫가 有하야 馬를 騎하고 此處로 過去하리니 汝는 此 兩人에게 我의 意를 傳하되 汝等이 我國에 潛來潛往한지 旣히 屢에 達하얏는대 비록 知치 못하나 我는 千里를 明見하는 者이라 汝等의 心懷와 踪跡을 昭然히 知得하얏지라 我가 旣히 仁厚한 心이로써 汝等 行役의 苦를 慰하기를 爲하야 不腆한 酒肴를 備送하노니 此로써 一次 醉飽하고 卽時 趾를 返하야 歸하되 萬一 不然하만 我가 決코 寬貸치 아니하리라 하는 言을 傳하고 彼等의 行動을 審査한 然後에 歸하라 幕客이 其 事由如何는 解치 못하나 다만 曄의 分付에 依하야 卽時 酒肴를 携하고 狗峴에 抵하야 其 峴上에서 待하더니 果然 二人의 大漢이 有하야 草草한 本國의 服色으로 馬를 騎하고 過去하는지라 幕客이 心中에 甚히 稱奇하야 曄의 其 知如神함을 驚嘆하고 이에 兩人으로 招하야 曄의 言하든 바를 ——이 傳한 後에 酒肴를 進하니 兩人이 相顧失色하며 曰 此 人은 實로 神人이로다 我 等의 行動이 旣히 朴將軍의 識破한 바가 되얏스니 萬一 彼의 命을 違하면 反히 身上에 禍를 致함을 免치 못할 것이라 하고 이에 靑絲를 鮮하야 痛飮盡醉하고 곳 踪跡을 旋하야 馳歸하니라 此는 卽 淸將 龍骨大와 馬夫大의 兩人이니 我國에 潛來하야 其 虛實을 探할세 屢屢히 服色을 變하야 或은 商賈의 樣으로 假裝하며 或은 政院臺隷의 服色으로 變한 事가 有하얏는대 人이 皆此를 知치 못하얏스나 曄 一人이 獨히 此를 知하얏더라 曄이 平日에 嘗히 一妓를 畜하야 甚히 鐘愛하더니 一日은 曄이 妓다려 謂하되 汝가 我를 隨하야 一處에 往하야 奇異

壯嚴한 事를 一見하려나뇨 妓 曰 願하노이다 夜에 至함이 曄이 靑驢를
스사로 牽出하야 鞍具를 備한 後에 妓로 하야금 前에 騎케 하고 曄은 後에
兩袖로 妓를 束하고 妓로 하야금 合目케 하야 삼가 眼을 開치 말나 하고
因하야 鞭을 加하니 耳邊에 다만 瑟瑟한 風聲만 有할 쑨이라 一處에 到하
야는 策을 停하며 眼을 開하라 하니 妓가 이에 精神을 收拾하야 眼을 開하
야 一望하니 曠漠한 野外에 雲幕이 天을 連하고 燈燭이 輝煌한지라 曄이
妓로 하야금 幕中 坐板下에 伏하라 하고 兀然이 床上에 坐하더니 少頃에
鳴鑼聲이 出하며 忽然 胡騎 十萬大兵이 如山如海하야 長蛇의 陣과 如히
地를 捲하야 來하더니 其 中에 一 大將이 有하야 馬에 下하야 劍을 仗하
고 幕中으로 入하야 曄다려 謂하되 汝가 果然 來하얏도다 曄이 應하되
然하다 來하얏노라 今日에는 可히 釰技를 試하야 雌雄을 決함이 宜하도
다 曄이 應諾하고 因하여 釰를 執하고 胡將으로 더브러 平原 上에 對立하
야 釰으로써 셔로 刺擊하는 狀을 作하더니 未幾에 忽然 兩人이 다 化하야
兩道白虹이 되야 空中으로 聳入하더니 微微渺渺하야 見하지 아니하고 다
만 搏擊聲만 聞할 싸름이라 俄而오 胡將이 먼져 地에 下하야 仆하더니
曄이 곳 飛下하야 胡將의 胸腹을 據하고 問하되 我의 釰術이 何如하뇨
胡將이 謝하되 自今以往으로는 敢히 君과 衡을 爭치 못하겟노라 曄이 笑
하되 然하리라 하고 因하야 帳中에 同入하야 呼酒相酬하더니 胡將이 먼
져 起하야 歸함을 告하고 前遮後擁하야 來時와 如히 去하거늘 曄이 妓를
呼하야 同歸하니 此 胡將은 卽 金汗의 父魯花赤이오 其 場所는 곳 魯花
赤의 演武所라 妓가 此說을 世間에 傳播하니라

16. 한밤중에 흰 호랑이에 업혀 어려움을 피하고 백년가약을 맺은 짝은 홍랑이라 (상)

그리 오래지 아니한 옛날 한 재상이 있었다.

내외가 한평생 같이 살며 늙었고 집에는 어린 계집종이 있었는데 나이가 열일곱 여덟 살이었다. 용모가 아름답고 도량이 또한 순하고 선량하니 부인이 심히 총애하여 딸로 삼았더라.

재상이 몰래 가까이하여 특별히 귀여워하니, 계집종이 명령대로 따르지 않고 부인에게 울며 아뢰었다.

"소비(小婢)[1]는 장차 죽어야겠습니다."

부인이 몹시 놀라 그 까닭을 물으니 계집종이 대답했다.

"대감께서 여러 차례 소비로 하여금 천침(薦枕)[2]케 하세요. 만일 명을 따르지 않으면 필경 대감 형장 아래에서 죽을 것이요, 만일 명령을 복종한다면 소비가 부인께서 자식 같이 길러주신 은혜를 입은 몸으로 어찌 제가 차마 '눈 안의 못'이 되겠습니까. 이리저리 여러 가지로 생각하여도 죽는 수밖에 다른 방도가 없으니 소비가 이제 죽고자 하옵니다."

부인이 그 뜻을 가련히 여겨 상자 속에 잘 넣어 두었던 백은(白銀), 청동(靑銅)과 기타 비녀, 귀고리 등속을 꺼내며 말했다.

"네 말을 들어보니 일의 형세가 실로 이러기도 저러기도 어렵구나. 사람으로 태어나 어찌 헛되이 죽는 것이 옳겠느냐. 내가 특별히 네 한 몸을 살아갈 만큼 재물을 줄 것이니, 너는 이곳에 있지 말고 이 물건을 가지고 네 마음대로 어느 곳이든지 가서 이것으로 살아나가도록 해라."

---

1) 여종이 상전을 상대하여 자기를 낮추어 이르던 일인칭 대명사.

2) 시녀 등이 잠자리에서 모심.

그러고는 닭이 울 때를 기다려 대문을 살그머니 열어서는 계집종을 내보내었다.

어린 계집종은 그 은혜에 감동하여 드디어 삼십육계(三十六計)[3]의 한 계책을 써 줄행랑을 놓았다. 계집종은 원래부터 재상 집안에서 양육되었으므로 문 밖에 나가서는 동서조차 분별하여 판단치 못하였다. 오래도록 방황하다 곧장 큰 길만 따라가다가 남문을 나와 한강진 나루에 점점 가까이 가니 하늘빛이 이미 밝았다.

어디선가 말방울 소리가 나더니 뒤를 따라 와 한 장부가 계집종을 보고 물었다.

"네가 어디에 사는 처녀로 이와 같은 식전바람에 홀로 어느 곳으로 가려 하느냐?"

계집종이 대답했다.

"내가 원통한 일이 있어 장차 강에 몸을 던져 죽으려 하오."

그 사람이 말하였다.

"네가 청춘에 헛되이 죽는 것보다 내가 아직 장가를 들지 못하였으니 나와 짝을 맺어 사는 것이 어떠하냐?"

계집종이 눈을 들어 그 사람의 용모를 살펴보니, 나이가 서른쯤 되 보이는데 맑으면서도 빼어나 준수하였다. 이에 머뭇거리지도 않고 허락하니 그 사람이 크게 기뻐하여 계집종을 말 위에 앉히고 갔다.

그 뒤에 재상의 내외가 모두 죽고 그 자식도 또한 일찍 죽었다.

그 손자가 장성함에 집안이 영락하여 스스로 살아갈 길이 없었다. 하루는 스스로 '평소에 듣기를 선대의 노비가 각처에 흩어져 있다는 말을 들었으니 지금 만일 추노(推奴)[4]를 하면 재물을 얻을 길을 얻으리라.' 생각하

---

3) 『손자병법』의 36가지의 책략 중, 피해를 입지 아니하려면 달아나는 것이 제일 나은 꾀라는 '주위상책(走爲上策)'이다.

4) 봉건적 신분제가 크게 동요되던 조선후기 사회의 제반 변화에 편승하여 도망한 노비들을

였다. 그러고는 단신으로¹ 길을 나섰다.

어떤 곳에 이르러서 여러 사내를 불러 들여 놓고 호적을 보여주었다.

"너희들은 모두 우리 선조 때 종붙이었다. 이제야 내가 세금을 거두려고 왔으니 마땅히 너희들은 남녀 인구의 수를 따라 일일이 갖추어 내라."

이러하니 여러 사내들이 입으로는 비록 응낙하였으나 마음으로는 좋지 않은 생각을 품었다. 방 하나를 골라 머무를 곳을 정하게 하고 저녁밥을 준비하여 기다리며 장차 그 날 밤에 무리를 모아 죽이자고 모의하였다.

그러나 생은 이 계획을 알지 못하고 깊이 잠들었다.

홀연 한밤중에 여러 명의 사람 발자국소리가 들리며 또한 수런수런하는 소리가 나는지라 마음에 괴이하여 귀를 바짝 붙이고는 몰래 들어보았다. 곧 여러 사람이 문을 열고 먼저 계획한 일을 서로 떠넘기며 미루는 것이었다. 생이 비로소 그 계획을 깨닫고는 크게 놀라 몰래 몸을 일으키어 북쪽 벽을 차 넘어뜨리고는 나와 도망하니, 여러 사내들이 어떤 이는 칼을 들고 어떤 사람은 커다란 막대를 가지고 어떤 이는 문 안으로부터 나오며 어떤 이는 뒤를 쫓아 추격하여 오거늘 생이 목숨을 구할 계책이 없었다.

드디어 낮은 울타리를 막 뛰어 넘었을 때였다.

홀연 한 호랑이가 있어 마침내 울타리 밖에 있다가 갑자기 입에 물고는 가버렸다. 여러 사내들은 생이 호랑이에게 물려 가는 것을 보고 서로 돌아보며 크게 웃으며, "우리들의 손을 수고로이 하지 않고 저절로 호랑이에게 물려 가버렸으니 어찌 하늘 뜻이 아니겠는가?"라고 하였다.

이때에 호랑이가 비록 생을 붙잡아 갔으나 다만 그 옷의 뒷덜미를 물고, 그 몸을 획 돌려 등 위에 업고 밤새도록 몇 십리를 달아났는지 알 수 없었다.

---

¹ 주인이 직접 찾아내는 것.

한 곳에 가서 생을 번쩍 들어 땅에 떨어뜨리니 생의 살가죽은 털끝만큼
도 상처를 입지 아니 하였으나 정신은 혼미하고 숨이 막힐 지경이었다.
인사불성이다가 잠시 후에 놀란 정신이 조금 살아났다. 눈을 뜨고 둘러
살펴보니 한 커다란 촌락에 인가가 즐비한데, 자기는 어떤 대문 앞에 누
워있고 호랑이는 아직도 그 곁에 주저앉아 있었다.

하늘빛은 날이 새려는지 희미하게 밝아 오고 있었다.

十六. 半夜避難騎白虎 百年佳約配紅娘 (上)

中古 時에 一 宰相이 有하야 內外가 偕老함이 家에 童婢가 有하니 年이
十七八이라 容貌가 佳麗하고 性度가 쏘한 順良하니 夫人이 甚히 寵愛하
야 女로써 待하얏더라 宰相이 暗히 近幸코져 하니라 婢가 承從치 아니하
고 夫人에게 泣告 曰 小婢는 將次 死하겟노이다 夫人이 愕然하야 其 故를
詰하니 婢가 對하되 大監이 屢次 小婢로 하야 薦枕케 하시니 萬一 從命치
아니하면 畢竟 大監 刑杖의 下에셔 死할 것이오 萬一 命을 服從한즉 小婢
가 夫人의 子育의 恩을 蒙하얏사오니 엇지 참아 眼中의 釘이 되리잇가
百爾思之하야도 一死에 他道가 無하니 小婢가 今에 將次 死코져 하나이
다 夫人이 其 志를 憐하야 笥中에 藏하얏든 白銀靑銅과 其他 簪珥의 屬을
出하며 曰 汝의 言을 聞한즉 事勢가 實로 兩難한지라 人生이 엇지 空死함
이 可하리오 我가 特히 汝를 爲하야 資身의 物을 給하노니 汝는 此處에
在치 말고 此 物을 持하고 汝의 所欲대로 何處에 든지 往하야 此로써 資生
하라 하고 鷄鳴의 時를 待하야 大門을 潛開하고 婢를 出送하니 童婢가
其 恩을 感하야 드대여 三十六計의 一策을 用할 시 婢가 元來브터 宰相
家內에서 養育되얏슴으로 門外에 出하야셔는 東西를 辦치 못하는 터이라
良久토록 彷徨하다가 直히 大路만 從하다가 南門을 出하야 漢江津頭에
漸近하니 天色이 旣明한지라 馬鈴의 聲이 有하야 後를 從하야 來하더니
一 丈夫가 有하야 婢를 見하고 問하되 汝가 何處에 在한 處女로 此와 如

한 早晨에 獨히 何處로 往하려 하나뇨 婢가 對하되 我가 悲冤의 事가 有하야 將次 江에 投하야 死코져 하노라 其 人이 曰 汝가 靑春에 浪死함보다 我가 아즉 娶妻치 못하얏스니 我로 더부러 作配居生함이 何如하뇨 婢가 眼을 擧하야 其 人의 容貌를 察한즉 年可 三十애 淸秀俊爽하거늘 이에 躊躇치 아니하고 許하니 其 人이 大喜하야 婢를 馬上에 載하고 去하니라

其 後에 宰相의 內外가 俱沒하고 其 子도 쏘한 早死하고 其 孫이 稍長하얏는대 家計가 剝落하야 資生의 路가 無하더니 一日은 自謂하되 平日에 聞한즉 先世의 奴婢가 各處에 散在한다 함을 聞하얏스니 今에 萬一 推奴의 行을 作하면 可히 獲財의 路를 得하리라 하고 이에 單身으로 發行하야 某處에 至하야 諸漢을 招致하고 戶籍으로써 示하야 말하였다. 汝輩는 모다 我 先祖의 奴屬이라 今에 我가 收貢할 次로 來하얏스니 宜히 汝輩의 男女人口의 數를 從하야 一一히 備出하라 하얏는대 諸漢이 口로는 비록 應諾하얏스나 心으로는 不良을 懷하야 一房을 擇하야 下處를 定케 하고 夕飯을 備하야 待하고 將次 其 夜에 黨을 聚하야 謀殺코져함이 生은 此 計를 知치 못하고 熟睡하더니 忽然 夜半多數의 人跡이 有하며 又 誼譁하는 聲이 有한지라 心에 怪하야 側耳 潛聽한 則 衆人이 開戶先入의 事로써 互相推諉하거늘 生이 비로쇼 其 計를 覺하고 大驚하야 潛히 身을 起하야 北壁을 蹴倒하고 出走하니 諸漢이 或은 刀劍을 把하고 或은 大杖을 持하야 或은 門內로부터 出하며 或은 後로 從하야 追來하거늘 生이 逃生할 計가 無하야 드대여 短籬를 超越하더니 忽然 一 虎가 有하야 맛참 籬外에 在하다가 突然히 啣去하는지라 諸漢은 生이 虎에게 啣하야 去함을 見하고 相顧大喜하되 吾輩의 手를 勞치 아니하고 스사로 虎에게 啣한 바ㅣ 되얏스니 엇지 天이 아니리오 하얏더라 此時에 虎가 비록 生을 捉하고 去하얏스나 다만 其 衣 後領을 啣하고 其 體를 飜하야 背上에 負하고 半夜의 間에 幾 十里를 走하얏는지 未知인대 一處에 往 投하야 生을 掀飜墜地하니 生이 飢[5]膚는 小毫도 傷을 負치 아니 하얏스나 精神은 昏窒하야

人事를 不省하더니 數刻 後에 驚魂이 少甦함이 眼을 開하고 周視한즉 一
大 村落에 人家 櫛比한 處인대 自己는 엇든 大門의 前에 偃臥하고 虎는
尙히 其 傍에 蹲坐하얏는대 天色이 將曙하야 明의 時가 已近하얏더라

16. 한밤중에 흰 호랑이에 업혀 어려움을 피하고 백년가약을 맺은 짝은 홍랑이라 (중)

이때에 그 집 사람이 물을 긷기 위하여 문을 열고 나오다가 갑자기 땅 위에 쓰러져 누워있는 사람을 보고 또 한 커다란 호랑이가 그 곁에 있는 것을 보고는 크게 놀라 급히 집 안으로 달려 들어가 "큰 호랑이가 방금 문 앞에 와서 사람을 물어 죽였다."라고 고하였다. 그 집 안 사람들이 늙거나 젊거나 제각각 큰 막대를 가지고 나오니 호랑이가 여러 사람이 오는 것을 보고 비로소 몸을 일으켜 하품을 하고 기지개를 켜면서 천천히 달아났다. 여러 사람들이 그 쓰러져 있는 사람을 보니 별로 부상당한 곳이 없었다. 이에 부축하여 일으킨 후에 생에게 그 자초지종을 물으니, 비로소 정신을 수습한 후에 사실의 전말을 죽 이야기하였다.

그 집 사람들이 그 기이함에 모두 탄식하고 한탄함을 그치지 못할 뿐이었다.

그 집의 주모(主母)[1]가 와서 생을 한참동안 바라보다가 생의 얼굴 생김에서 무엇인가 알아차리고 집의 안채로 청하여 들어오게 한 후에 물었다.

"그대가 경성 아무 마을에서 사시던 아무개 판서(判書)의 장손으로 즉 어릴 때 이름이 아무개 씨가 아니오?"

생이 크게 놀라 말했다.

"나는 과연 아무개 판서의 손자이거니와 노파가 어찌 나를 아시는 게요."

늙은 여인이 이에 슬픔과 기쁨이 뒤섞여 생의 손을 잡고 눈물을 흘리며 슬피 울며 말하였다.

---

1) 집안 살림을 주장하여 다스리는 부인.

"나는 어릴 때 귀댁의 계집종이 되어 조모부인(祖母夫人)[2]에게 은혜를 받았지요. 오늘날 이와 같이 가난하지 않게 살아가는 것도 모두 부인의 은덕이 아닌 것이 없습니다. 내 나이 이제 오십이 멀지 않지만, 어느 날 어느 때인들 왕대부인(王大夫人)[3]의 은혜를 잊으리오. 다만 서울과 시골이 떨어져 있어 소식이나 편지가 막막한 지 이미 삼십여 년을 지내왔지요. 그 사이에 대감 내외 두 분께서는 필연 세상을 뜨신 지 이미 오래되셨을 테고 영감께서는 살아계실지라도 이미 예순의 나이에 가까웠을 것이라. 공자가 벌써 장성하여 이와 같이 노성하여 점잖고 의젓하시지만 아직 어린 시절의 모습이 있으므로 내가 공자인줄 기억했나이다. 공자의 가계가 매우 어렵게 되어 부득이 이러한 위태함을 만들었으니 실로 옛날 고통으로 흐르는 눈물이 눈에 가득함을 깨닫지 못하겠군요. 그러나 큰 난리 가운데에 떨어졌을 때에 만일 범이 아니었더라면 공자가 어찌 화를 피하여 이곳에 왔겠습니까? 실로 천고의 기이한 일입니다. 왕대부인이 살아계셨을 때에 남들에게 적선한 일이 많으시더니 이는 크고 넓으신 하늘이 묵묵히 도우심이 있어 산군(山君, 범을 달리 이르는 말)으로 하여금 공자를 구하게 하심이오. 또 우리 집에 도달케 한 것도 이것은 나로 하여금 옛 은혜를 보답케 하심입니다."

이렇게 말하고 일변 매우 기뻐하고 일변 탄식하더니 여러 아들을 두루 불러 말하였다.

"이 공자는 옛날 나의 상전이니 너희들은 일일이 현신(現身, 아랫사람이 윗사람에게 처음으로 뵘)하도록 해라."

그리고 또 여러 며느리와 딸들을 불러 또한 현신케 한 후에 음식을 성대하게 준비하게 잔치하고 또 새로운 옷을 지어 입힌 뒤에 여러 날을 붙

---

2) 남의 할머니를 높여 이르는 말.
3) 남의 할머니를 높여 이르는 말.

들어 머무르게 하였다. 늙은 여인의 여러 아들들은 모두 몸이 씩씩하였으며 성질과 심성이 거칠고 사나워 무부(武夫)의 기풍이 있었고 또 많은 재산을 가지고 있어 한 고을 안에서는 행호시령(行號施令, 호령을 함)을 행하든 자들로 어느 누구도 감히 어찌하지 못하는 지위에 있었다. 그런데 이제 갑자기 뜻하지 않게 그 어머니가 일개 빌어먹는 걸인을 맞아들여서는 상전이라 칭하고 저희들이 모두 저 사람의 종이 된다하니 만일 이것이 다른 사람들에게 새어나가 듣게 된다면 반드시 고을 안의 수치가 되리라 하여 분노가 마음속에 가득하였으나 그 어머니의 성품과 도량이 심히 엄격하여 감히 그 뜻을 어기지 못하고 부득이 애써 명령을 따르며 속으로는 딴 생각을 품었다.

생이 늙은 여인에게 말하였다.

"내가 집을 떠난 지 이미 오래되어 돌아갈 마음이 쏜 화살 같으니 원컨대 나를 위하여 속히 돌아가게 해주게나."

늙은 여인이 말하였다.

"아직 며칠만 더 머물러 계시는 것이 좋겠습니다."

그리고 그날 밤 늦은 밤에 여러 아들들이 깊이 잠이든 것을 보고 생에게 은밀히 말하였다.

"공자께서는 내 여러 아들의 기력을 보지 못하였는지요. 저 아이들이 비록 나의 명으로 부득이 앞에서는 따르나 그 마음은 가히 헤아리기 어렵습니다. 공자가 만일 단신으로 집에 돌아가시다가 중도에서 혹 뜻밖의 사태를 만나 화를 만나실지 알 수 없습니다. 원컨대 공자는 깊이 생각해 보세요."

생이 얼굴색을 변하며 말하였다.

"그러면 장차 이 일을 어찌하면 좋겠소."

늙은 여인이 말하였다.

"나에게 한 계책이 있으니 이로써 공자의 근심을 구할 방법이 있는데 공자께서는 능히 이를 따르시겠는지요?"

생이 말하였다.

"진실로 나를 구할 방도만 있다면 어떤 것인들 따르지 않겠소."

늙은 여인이 말하였다.

"나에게 늦게 얻은 딸아이가 있는데 이름은 홍랑(紅娘)이라 합니다. 나이가 열 여섯에 가깝고 또한 자색이 있으며 인품이 그윽하고 덕과 아름다운 모습은 군자의 좋은 짝이 되는데 부끄럽지 않습니다. 아직도 동상(東床, 남의 새 사위를 높여 이르는 말)을 택하지 못하였으니 이 아이를 공자에게 시집보내어 소실이 되게 하려는데 어떠하신지요?"

생이 갑작스레 이 말을 듣고 어찌할 바를 몰라 즉시 대답하지 아니하니 늙은 여인이 말하였다.

"공자가 내 말을 들으면 목숨을 구할 것이나 그렇지 않다면 반드시 뜻밖의 화를 면치 못할 것입니다. 원컨대 공자는 깊이 생각하세요. 내가 옛 주인의 은혜를 갚기 어려워 이러한 꾀를 생각한 것입니다."

생이 급히 깨달은 바가 있어 만면에 기쁜 빛을 띠고는 이를 허락하였다.

十六. 半夜避難騎白虎, 百年佳約配紅娘 (中)

此時에 其 家人이 將次 水를 汲하기를 爲하야 門을 開하고 出하다가 瞥然히 地上에 僵臥한 人을 見하고 又 一 大虎가 其 傍에 在함을 睹하고 大驚하야 急히 家內로 走入하고 大虎가 方今 門前에 來하야 人을 咬殺하얏다는 言을 告하니 其 家人 老少가 各히 大杖을 持하고 出하니 虎가 衆人의 齊來함을 見하고 비로소 起身 欠伸하면셔 徐徐히 走하거늘 衆人이 其 僵臥한 人을 見하니 別로 負傷한 處는 無한지라 이에 扶起혼 后에 生다려 其 事實을 問하니 비로소 精神을 收拾한 后에 事實의 顚末을 述함이 其 家人이 其 奇異흠을 모다 嗟嘆 不已하얏더라 而已오 其 家의 主母가 來하야 生을 熟視하다가 生의 容貌를 認하고 內舍로 請入한 后에 問하야

曰 君이 京城 某洞에셔 居住하던 某判書의 長孫 卽 兒名으로 某氏가 아인가 生이 大驚하야 曰 我는 果是 某判書의 孫이거니와 老媼이 엇지 써 我를 知하나뇨 老媼이 이에 悲喜 交集하야 生의 手를 執하고 涕泣하며 曰 我는 兒時에 貴宅의 婢子가 되야 祖母夫人에게 恩을 受하얏더니 今日에 此와 如히 不貧하게 居生하는 것도 莫非夫人의 恩德이라 我가 年 今 五十이 不遠하도록 何日何時에 王大夫人의 恩을 忘하얏스리오 다만 京鄕이 落落하야 信息이 漠然한지 旣히 三十 餘年을 經하온지라 其 間에 大監內外가 兩位分은 必然下世하신지 已久하얏슬 것이오 令監끠셔는 在世하실지라도 旣히 耳順의 年에 近하얏슬지라 公子가 벌셔 長成하야 如斯히 老蒼하셧슬지라도 尙히 幼時의 典型이 有함으로 我가 公子인줄 記得하얏나이다 公子의 家計가 零替하야 不得已 此 蹦危의 行을 作하시니 實로 戀舊의 涕淚가 汪汪함을 覺치 못하겟노이다 그러나 大難의 中에 陷하얏슬 時에 萬一 虎가 아니엿더라면 公子가 엇지 禍를 避하야 此에 到하얏스리오 實로 千古의 奇異한 事이로다 王大夫人이 在世하셧슬 時에 人에게 積善한 事가 多하시더니 此는 皇天이 默佑하심이 有하사 山君으로 하야금 公子를 救케 하심이오 且 我家에 達케 한 것도 此가 我로 하야 舊恩을 報케 하심이로다 하고 一邊 欣喜하며 一邊 嘘欷허더니 諸子를 遍呼하야 謂하되 此 公子는 卽 舊日 我의 上典이니 汝等은 ——히 現身하라 하고 又 諸婦諸女를 招하야 坯한 現身體를 爲케 한 后에 盛饌을 備하야 饗하고 又 新服을 裁하야 表한 后에 數日을 挽留케 하니 老媼의 諸子 等은 모다 壯健桀鶩하야 武夫의 風이 有하고 又 累鉅萬의 財産을 擁有하야 一鄕의 內에셔는 行號施令을 爲하든 者로 莫敢誰何하던 地位에 在하얏더니 今에 忽然 不意에 其 母가 壹個 丐乞의 人을 邀하야 上典이라 稱하고 渠輩로 모다 彼의 奴屬이 된다하니 萬一 此가 他人에게 漏聞되면 반다시 鄕中의 羞恥가 되리라 하야 憤怒가 撑中하나 其 母의 性度가 甚嚴하야 敢히 其 志를 違치 못하고 不得已하야 黽勉從命하며 心으로 異謀를 懷하얏더니 生이 老媼다려 謂하되 我가 離家한지 已久하야 歸心이 矢와 如하니 願컨대 我를 爲하야 速歸케 하라 老媼 曰 아즉 數日만 더 留連하는

것이 好하다 하고 當夜深更 後에 諸子輩가 熟睡함을 見하고 生다려 密謂하되 公子가 我의 諸子의 氣力을 見치 못하얏나잇가 渠輩가 비록 我의 命으로써 不得已 面從하나 其 心은 可히 測하기 難한 것이니 公子가 萬一 單身으로 歸去하다가는 中路에서 或은 非常의 禍를 遭하실지도 未知이오니 願컨대 公子는 熟思하소셔 生이 色을 變하며 曰 然하면 將次 如何히 할고 老媼 曰 我가 一計가 有하야 可히써 公子의 患을 救케할 事가 有한대 公子가 能히 此를 從하리잇가 曰 苟히 我를 救할 策만 有하면 何者인들 從치 안이하리오 老媼 曰 我가 晩得의 女가 有한대 名은 紅娘이라 年이 二八에 近하고 쏘한 姿色이 有하야 幽閑의 德과 娉婷의 態는 可히써 君子의 好述됨이 無愧하온대 尙히 東床을 擇치 못하얏사오니 此 兒로써 公子에게 納하야 小室이 되게 할 진대 何如하니잇고 生이 猝然히 此 言을 聞하고 蒼[4]慌하야 卽時 答지 안이하니 老媼 曰 公子의 我言을 聽하면 可히써 生함을 得할 것이오 不然하면 반다시 非常의 禍를 免치 못할 것이니 願컨대 公子는 熟慮하야 爲하소셔 我가 舊主의 恩을 報키 難하야 計가 此에 至함이니이다 生이 瞥然히 悟한 바ㅣ 有하야 滿面喜色으로써 此를 許하얏더라

---

4) 원본에는 '愴'으로 되어 있다. 문맥을 고려하여 '蒼'으로 바로 잡았다.

16. 한밤중에 흰 호랑이에 업혀 어려움을 피하고 백년가약을 맺은 짝은 홍랑이라 (하)

홍랑의 꽃다운 나이는 열일곱 살이었다.

어릴 때부터 총명하고 용모가 뛰어나고 얼굴이 아름답고 고왔다. 또한 성품과 도량이 온화하고도 순하여 미인의 색과 숙녀의 덕을 아울러 갖추었다. 생이 홍랑의 집에 들어가기 여러 날 전에 홍랑이 한 꿈을 꾸었는데, 생이 태극방천관(大極方天冠)을 쓰고 자하의(紫霞衣)[1]을 입고 파려선(玻瓈扇)[2]을 부치고 오운거(五雲車)[3]를 타고 홍랑의 집으로 들어오더니 곧장 그녀가 거처하는 별방으로 향하여 대청 아래에 수레를 멈추었다. 그리고 느린 걸음으로 대청마루 위에 올라서서는 별방으로 들어옴에 웃는 얼굴을 두 손으로 움켜쥘 만 하였다.

홍랑이 놀라 일어나며 말하였다.

"어찌하여 남자가 남녀의 예를 알지 못하고 감히 인가의 여인 방에 들어와 처녀를 대하는 것이요."

생이 대답하기 전에 한 붉은 옷을 입은 시녀가 홍랑의 앞에 와서 존경하는 마음으로 몸을 굽혀 두 번 절하며 말하였다.

"소저(小姐)는 자기의 낭군이 되실 분을 알지 못하시는지요. 이 공자는 즉 소저와 삼생(三生)[4]의 아름다운 약속을 맺으신 군자오니 원컨대 공자와 수레를 함께 타고 길을 떠나세요." 홍랑이 이 말을 듣고 홀연 두 뺨이 발그스름해지며 수줍고 부끄러워 감히 머리를 들지 못하였다.

---

1) 보랏빛의 노을 옷.
2) '파려'로 만든 부채. '파려'는 불교에서 말하는 칠보 가운데 하나로, 수정이나 수옥을 말한다.
3) 신선이 타고 다닌다는 오색의 구름을 그린 수레이다.
4) 전생(前生), 현생(現生), 내생(來生)인 과거세, 현재세, 미래세를 통틀어 이르는 말.

생이 홍랑의 손을 잡고 나가서 수레 위에 함께 앉아 바람에 가볍게 팔랑 나부껴 질풍과 같이 달아나 버리는 지라, 홍랑이 애걸하였다.

"제가 그대를 따라서 갈지라도 저의 모친에게 이러한 뜻을 고백하고 또한 배사(拜辭)5)의 예를 한 뒤에 함께 가시지요."

그러나 생이 듣지 아니하니 홍랑이 이에 얼굴을 가리고 크게 곡하다가 홀연 놀라 깨니 소리가 아직도 입에 그대로 있었다.

이때에 그 어머니가 밤늦도록 잠들지 못하다가 홍랑이 크게 우는 소리를 듣고 심히 놀랍고 괴이하여 급히 방에 들어가니 홍랑이 이제 막 몸을 일으키어 등을 밝혔다. 그 어머니가 그러한 까닭을 물으니 홍랑이 꿈 이야기를 하나도 숨김없이 고백하며, "꿈에 나타난 일이 이와 같이 괴이하니 길흉의 조짐이 어떻겠습니까."라고 하니, 그 어머니가 기뻐하여 말하였다.

"이것은 길몽이니 머지않아서 너의 천생배필을 맞게 될 것이다."

그러한지 하루를 지나 뜻 밖에 범이 생을 업어 옴에 그 모습이 홍랑의 꿈에 보았던 바와 같아 어머니가 크게 기뻐하였다. 큰 은혜가 되는 옛 상전을 만난 것도 기쁨이거니와 겸하여 상전 사위를 얻게 되었으니 환희의 마음이 과연 어떠하겠는가. 인하여 홍랑의 어머니는 이와 같은 꿈자리를 얻게 되었을 뿐 아니라 또한 여러 아들이 모두 마음속에 불평을 품어 장차 생을 해치려함을 알고 이를 구함에 홍랑을 생에게 시집보내는 것만 같지 못하므로 이에 비밀히 홍랑과 짜고 지금에 생을 대하여 이러한 일을 의논한 것이었다.

늙은 여인이 생에게 청하여 승낙을 받은 후, 그 다음 날에 여러 아들들을 불러 말하였다.

"내 상전댁 공자가 비록 가난하여 의지할 곳이 없는 처지에 있으나 그

---

5) 예전에 숙배(肅拜)와 조사(朝辭)를 아울러 이르던 말.

용모가 준수하고 풍채가 조용하고 품위가 있기 때문에 대감(大監)의 풍채가 있다. 일세의 미남자로 신랑감으로는 이 사람보다 나을 자가 없으니 홍랑을 이 공자에게 시집보내어 백년가약을 맺게 할 것이다. 노비로서 주인의 짝이 되는 것은 분수에 지나침을 면치 못하겠으나 이는 하늘이 맺어 준 연분이니, 사람의 힘으로 좌우치 못하는 것이다. 또 우리 집으로 서는 더할 수 없는 영광이다. 너희들은 이틀 내로 여러 가지 혼인할 준비를 정비하되, 감히 원망치 말아라."

여러 아들들이 목소리를 이어 대답하고 물러 나와 혼사 용품 일체를 풍부하게 변통하여 준비하여 가져오니 늙은 여인이 이에 당일 대청에서 전안성례(奠雁成禮)[6]를 한 후에 한 걸판지게 잔치를 벌여 인근 마을의 노인들을 불러 크게 대접하고 생으로 하여금 삼일신방(三日新房)[7]에 들어가게 한 후에 생에게 말하였다.

"공자가 이미 제 딸과 더불어 혼인한 이상에는 가히 우귀(于歸)[8]의 예를 행하지 않으면 안 될 것입니다. 공자는 집안이 망하여 거의 스스로 생계를 꾸리시기 어려운 상태에 있습니다. 제가 이와 같이 부유한 것은 모두 왕대부인의 은덕이라 재물을 반분하여 공자에게 드리오니 이것으로 족히 농사나 장사를 하지 않더라도 풍족하게 평생을 지내실 수 있을 겁니다. 원컨대 사양치 마세요."

그러고는 상자 속에 간수해 두었던 토지문권을 모두 꺼내어 이를 견주어 똑같이 반분하였다. 생이 사양하지 못하여 드디어 품속에 넣었다.

늙은 여인이 또한 여러 아들에게 명하여 말하였다.

"상전주인이 내일 장차 돌아가실 때 홍랑도 함께 데려갈 것이다. 탈

---

6) 혼례 때, 신랑이 기러기를 가지고 신부 집에 가서 상 위에 놓고 절하는 것.
7) 신부가 혼례를 치른 그날로 신랑과 함께 시가로 가는 것을 당일우귀(當日于歸)라 하고, 삼일 신방을 치르고 가는 것을 삼일우귀(三日于歸)라 한다.
8) 대례(大禮)를 마치고 3일 후 신부가 처음으로 시집에 들어감.

말 한 필과 교마(轎馬)⁹⁾ 일 필, 복마(卜馬)¹⁰⁾ 여러 필을 속히 준비하여 대기
시켜라. 그리고 너희들 중 아무개와 아무개도 함께 상경하여 돌아올 때에
상전주인의 친필 서찰을 받아 와 나로 하여금 평안히 행차한 것을 알게
하여라."

이러하니 여러 아들이 분주히 명을 받들어 일일이 변통하여 준비하였다.

생이 늙은 여인을 이별하고는 홍랑을 데리고 상경한 후에 편지를 써서
돌아가는 사람에게 주었다.

이 후로는 집안형편이 넉넉해져 금과 비단이 창고에 넘치고 일을 부리
는 자들은 전보다 족하여 북촌(北村)¹¹⁾의 대가(大家)로 불리게 되었다. 또한
여러 해 뒤에는 문과에 급제하여 직위가 이조정랑(吏曹正郎)¹²⁾에 이르렀으
며 홍랑과 함께 종고금슬(鐘鼓琴瑟)¹³⁾의 즐거움을 누린지 사십여 년에 몇
해를 전후로 각기 이 세상을 떠났다.

十六. 半夜避難騎白虎, 百年佳約配紅娘 (下)

紅娘의 芳年은 十七歲이니 自幼로 聰明穎悟하고 姿色이 美麗하며 又
性度가 溫良하야 美人의 色과 淑女의 德을 雙備하얏더라 生이 紅娘의 家
에 入하기 數日 前에 紅娘이 一夢을 得하니 生이 大極方天冠을 戴하고
紫霞衣를 着하고 玻璆扇을 揮하고 五雲車를 타고 紅娘家로 入하더니 直
히 其 居處하는 別房으로 向하야 堂下에 車를 停하고 緩步로 堂에 上하야
別房으로 入함이 笑容을 可掬할 만한지라 紅娘이 驚起하며 曰 何許男子

9) 가마와 가마를 끄는 말.
10) 짐 싣는 말.
11) 조선 시대에, 서울 안에서 북쪽으로 치우쳐 있는 양반들의 마을을 통틀어 이르던 말.
12) 조선시대 육조 가운데 문관의 선임과 훈봉, 관원의 성적 고사(考査), 포폄(襃貶)에 관한 일을
맡아보던 관아의 정오품 벼슬.
13) 부부간의 정이 많음을 이르는 말.

가 男女의 禮를 知치 못하고 敢히 人家의 閨中에 入하야 處女를 對코져
하나요 生이 回答하기 前에 一 紅衣 侍女가 紅娘의 前에 來하야 鞠躬再拜
하며 曰 小姐는 自己의 良人이실 人을 不知하시나잇가 此 公子는 卽 小姐
의 三生의 佳約을 結하신 君子오니 願컨대 公子와 車를 同하고 發程하실
지어다 紅娘이 此 言을 聞하고 忽然 兩頰發赤하야 敢히 頭를 擧치 못하얏
는대 生이 紅娘의 手를 携하고 出하야 車上에 同坐하고 飄然히 疾風과
如히 馳去하는지라 紅娘이 哀乞하되 我가 君을 隨하야 去할지라도 我 母
親에게 此 意를 告白하고 又 拜辭의 禮를 爲한 後에 偕行하자14) 하나 生이
聽치 아니하니 紅娘이 이에 俺面大哭하다가 忽然 驚覺하니 聲이 尙이 口
에 在한지라 此時에 其 母가 夜深토록 眠치 아니하다가 紅娘의 大哭하는
聲을 聞하고 甚히 驚怪하야 急히 紅娘의 房에 入하니 紅娘이 바야흐로
身을 起하야 燈을 點하는지라 其 母가 其 故를 問하니 紅娘이 夢事로써
一一히 告白하며 曰 夢事가 如此 怪異하오니 吉凶의 兆가 何如하니잇고
其 母가 喜하야 曰 此가 吉夢이오니 不遠하야셔 汝의 天生配匹을 得할
것이로다 하얏더니 其 一日을 經하야 意外에 虎가 生을 負하야 來함이
其 容儀가 紅娘의 夢中에셔 見하든 바와 同一한지라 紅娘의 母가 이에
大喜하야 大恩이 되는 舊上典을 逢한 것도 欣幸이거니와 兼하야 上典外
甥을 得하게 되엿슨 즉 歡喜의 情이 果然 如何할 것이리오 因하야 紅娘의
母가 此와 如한 夢兆를 得하얏슬 쑨 아니라 又 諸子가 모다 心中에 不平
을 懷하야 將次 生을 害하려 함을 知하고 此를 救함에 紅娘으로써 生에게
納함만 不知함으로 이에 秘密히 紅娘과 謀하고 今에 生을 對하야 此 事를
議함이더라

　老孀이 生의 聲諾을 受한 後 其 翌日에 諸子를 招하야 謂하되 我 上典
宅 公子가 비록 貧寒無倚한 處地에 在하나 其 容貌가 俊秀하고 風儀가
閑雅하야 故 大監의 風이 有한즉 一世의 美男子로 郞材로는 此에 過할
者ㅣ 無하니 紅娘으로써 此 公子에게 納하야 百年佳約을 結케 할 터이니

---

14) 원본에는 '하지'로 되어 있다. 문맥을 고려하여 '하자'로 바로 잡았다.

奴로써 主에게 配하는 것은 逾僭됨을 免치 못하겟스나 此는 天定의 緣이
라 人의 力으로 左右치 못하는 것이오 又 我 家에는 無上한 榮光이라 汝等
은 三日 以內에 諸般婚具를 緊備하야 來하되 敢히 怨하지 말나 諸子 連聲
諾諾하고 退하야 婚用凡百을 豊富하게 辦備하야 來하니 老媼이 이에 當
日 大廳에셔 奠鴈禮를 爲한 後에 一大宴을 排設하야 隣里故舊를 大饗하
고 生으로 하야금 三日 親房을 入處케 한 後에 生다려 謂하되 公子가 旣
히 我 女로 더부러 成親한 以上에는 可히셔 于歸의 禮를 行치 안이치 못할
지라 公子는 家勢가 零替하야 殆히 資生키 難한 狀態에 在하오니 我가
如斯히 富饒한 것은 모다 王大夫人의 恩德이라 財物을 半分하야 公子에
게 納하오니 此로써 足히 不農不商을 하시고라도 豊足하게 平生을 過하
실지라 願컨대 辭치 마소셔 하고 이에 笥中에 藏置하엿든 土地文券을 盡
出하야 此를 較計半分하니 生이 辭함을 得치 못ᄒ야 드대여 懷中에 納하
얏더라 老媼이 又 諸子를 命하야 曰 上典 主가 明日에 將次 還次하시고
紅娘도 坐한 率去하실 터이니 騎馬 一匹과 卜馬 數匹을 斯速備待하고
汝等 某某도 陪行 上京하야 歸來할 時에는 上典 主 親筆의 書札을 討來
하야 我로 하야금 平安히 行次한 것을 知케 하라하니 諸子가 奔走 應命하
야 一一히 辦備하엿더라 生이 老媼을 別하고 紅娘을 帶하야 上京한 後에
書를 作하야 其 回使의 附하고 此 後로는 家勢가 豊饒하야 金帛을 倉에
溢하고 使令은 前에 足하야 北村의 大家로 稱하게 되고 又 數年 後에 文
科에 登하야 官이 吏曹正郎에 至하야스며 紅娘으로 더부러 鍾鼓琴瑟의
樂을 享한지 四十 餘年에 數年을 前後하야 各히 此 世를 別하얏더라

17. 천리나 떨어진 관서에서 옛 인연을 잇고 구중궁궐에서 벼슬을 배수 받다 (상)*

그리 오래되지 않은 옛날에 한 재상이 있었다.

일찍 관서백(關西伯)[1]이 되었다. 외아들만 두었는데 부임할 때에 함께 데리고 갔었다.

그 아들이 책방에 앉아서 학업을 닦다가 하루는 봄 경치를 감상하기 위하여 방자를 데리고 털빛이 검푸른 당나귀를 타고는 부벽루(浮碧樓)[2]에 갔다. 모란봉(牧丹峯)[3]과 능라도(綾羅島)[4]를 손가락으로 가리키며 경치를 찾아 나섰다가 돌아가는 것을 잊어버렸다. 문득 바라보니 영명사(永明寺)[5] 앞으로 열여섯쯤 되는 예쁜 아가씨가 계집종 한 명을 데리고 천천히 걸음걸이를 옮겨 부벽루로 향하다가 생이 앞에 있는 것을 보고 돌연 걸음을 돌려서는 머뭇거렸다.

생이 이를 보니 정신이 하나도 없어 어찌할 바를 알지 못하였다. 고개를 돌려 방자에게 물었다.

"저 여자가 사대부집의 처녀이냐? 아니면 기생이냐?"

방자가 대답했다.

---

* 『동야휘집』, 『기문총화』의 '성세창 야담'과 비슷하다.

1) 평안도와 황해도 북부 지역을 다스렸던 수령.

2) 평안남도 평양시 모란대(牧丹臺) 밑 청류벽(淸流壁) 위에 있는 누각. 1,000여 년 전에 세워진 것으로, 대동강에 면하여 있어 마치 물 위에 떠 있는 듯한 느낌을 주는 아름다운 누각이다.

3) 평안남도 평양에 있는 작은 산. 꼭대기에 모란대, 최승대, 을밀대 따위의 누각이 있고, 동쪽은 절벽을 이루어 대동강을 굽어보고 있어서 경치가 빼어나다.

4) 평안남도 평양시 대동강에 있는 섬. 경치가 아름다워 예로부터 기성팔경(箕城八景)의 하나로 꼽힌다.

5) 평양 금수산(錦繡山)에 있는 절.

"사대부가의 처녀로서야 어찌 이와 같이 번화한 백주대로에서 산보를 하겠습니까. 이는 묻지 않아도 필시 이 성내에 있는 기녀임에 의심할 것이 없습니다."

생이 이에 크게 기뻐서는 말하였다.

"저 여인이 만일 네 말처럼 기녀이고 보면 내가 특별히 가까이하는 것이 결코 어려운 일은 아닐 것이다. 너는 내 명이라 하고 저 여인을 불러오너라."

방자가 "예예!" 대답을 하고 곧장 그 어린 기생의 앞에 성큼성큼 가서는 생의 분부를 전하였다.

이 시대는 지금과 같지 않아 방백(方伯) 수령의 자제일지라도 한 도와 군 안에서는 위세와 권력이 당당하여 감히 그 명령을 어기는 자가 없었던 터였다. 그 어린기생의 이름은 옥소선(玉簫仙)[6]이었으니, 아름다운 자질과 총명한 재주는 무리에서 출중하였다. 또 시서(詩書)를 이해하고 노래와 춤을 잘 하였다.

이때는 춘삼월 상순께였다. 꽃은 흐드러지게 봄을 맞은 성에 피어있고 만물은 소생하여 한창 자라나니, 강산의 기이하고 빼어난 경치는 형형색색이 가히 병이 든 자라도 다시 숨을 돌리어 웅크리고 있는 병자를 일으키게 하고 근심에 잠긴 자도 즐거움으로 바꾸게 할 만 하였다.

이와 같이 좋은 때를 맞아 옥소선도 또한 봄을 감상하는 마음과 회춘(懷春)[7]의 정이 갑자기 일어남을 깨닫지 못하였다. 이에 시비를 데리고 을밀대를 거쳐 모란봉에 올랐다가 영명사를 지나서 부벽루로 향하려던

---

6) 이 이야기는 임방(1640~1724)의 『천예록(千倪錄)』'소설인규옥소선(掃雪因窺玉簫仙)'과 『동야휘집(東野彙輯)』'소설정획규고정(掃雪庭獲窺故情)'편과 유사하다. 조선 고종 6년(1869)에, 이원명(李源命)이 엮은 야담집『동야휘집(東野彙輯)』191화에서는 옥소선과 성세창(成世昌, 1481~1548)으로 설정되어 있다. 조선후기 안민영과 애틋한 정분을 주고받은 옥소선과는 동명이인 듯하다.

7) 춘정(春情)을 느낌. 특히, 나이 찬 여자가 색정(色情)을 느낌을 이름.

차였다.

갑자기 방자가 생의 명령을 전함에 악연히 깜짝 놀라움을 그치지 못했으나 한 도의 방백의 아들이 부르니 감히 이를 어기지 못할 것이었다. 부득이 방자의 뒤를 따라 가서 생의 앞에서 몸을 굽혀 두 번 절하며 현신의 예8)를 행하였다.

이때에 생의 나이도 스물이 못 되고 또 아내를 맞이하기 전이었다.

옥소선을 한 번 보니 기쁜 마음이 가슴 속에서 넘쳤다. 드디어는 옥소선에게 가까이 지내기를 구하니 옥소선도 생의 풍채가 준수함을 보고 또한 흠모하였다. 생에게 만구응승(滿口應承)9)을 하고는 이에 생을 데리고 자기 집으로 돌아왔다. 이로부터 꽃 피는 아침과 달 밝은 밤엔 풍류와 행락을 다하였다.

이와 같이 한지 여러 달에 기백(箕伯)10)이 이를 알았으나 외아들을 지나치게 사랑하는 마음에 과히 이를 깊이 책망치 않았다. 오래지 아니하여 기백이 체귀(遞歸)11)하게 됨에, 그의 아들이 옥소선에게 능히 정을 끊지 못할 것을 근심하여, 이에 아들을 불러 물었다.

"듣자하니 네가 이미 어느 기생에게 정을 두고 있다더구나. 오늘 네가 능히 사람을 버리고 결연히 떠나갈 수 있도록 하라."

생이 대답했다.

"이것은 연소한 남아의 잠시 풍류호사에 불과함이니 어찌 족히 사랑에 마음이 끌려 잊지 못할 바가 있겠습니까?"

그 부모가 이를 듣고 마음속으로 다행히 여겼는데, 떠나는 날에도 애틋하게 이별하는 마음이 없었다.

---

8) 아랫사람이 윗사람에게 처음으로 자신을 보이는 예.
9) 온갖 좋은 말로 승낙함.
10) '평안도 관찰사'의 이칭으로 서기백(西箕伯)이라 한다.
11) 벼슬을 내놓고 돌아감.

서울에 돌아와 그 아들로 하여금 어떤 산사에 부급(負笈)[12]하여, 세 해 겨울을 공부에 부지런히 힘쓰게 하였다. 생이 산방에서 책을 읽다가 하루는 밤에 큰 눈이 막 그쳐 쾌청하고 흰 달빛은 마음에 가득한지라, 책을 덮고 쓸쓸히 밖에 나와 홀로 난간머리에 의지하여 눈과 달의 경치를 감상할 때였다. 밤이 깊어 아주 고요하니 온갖 소리를 거두어 가고 사방을 둘러보아도 사람은 없었다. 산은 은으로 단장한 것 같고 숲은 옥으로 만든 떨기와 같았다. 구름 사이의 외로운 학은 무리를 잃고 슬피 울고 바위굴의 외로운 원숭이는 짝을 부르며 슬피 부르짖었다. 생이 이것을 보고 들으니 철에 따라 자연의 변함을 느껴 심회가 처연하였다.

홀연 관서의 옥소선이 마음에 들어와 어여쁜 모습과 단정하고 아름다운 얼굴이 삼삼하니 눈 가운데에 있어 그리워하는 생각이 샘이 솟구치는 것 같아 잊으려 해도 잊지 못하며 생각하지 않으려 해도 스스로 생각하게 됨에 맹분과 하육의 용맹[13]으로도 가히 억제하여 멈추게 하지 못하였다. 이에 날이 밝기를 기다려 주변 사람들이 알지 못하게 혼자 가시지팡이에 짚신을 신고 약간의 노비를 가지고는 산문을 나서 곧장 관서의 큰 길을 향하고 갔다.

十七. 千里關出續舊緣, 九重宮闕拜新恩 (上)

中古時代에 一 宰相이 有하야 일즉 關西伯이 되얏는대 獨子가 有하야 赴任할 時에 率去하얏더니 其 冊室에 居하야 學業을 修하다가 一日은 春景을 賞하기를 爲하야 房子를 携하고 靑驢를 驅하고 浮碧樓에 赴하야 牧丹峯과 綾羅島를 指點하며 景色을 深하야 歸하기를 忘하더니 瞥然히 見

한 則 永明寺 前으로 二八 佳娥가 一 侍女를 伴하고 緩緩히 蓮步를 移하야 浮碧樓로 向하다가 生이 前에 在함을 見하고 문득 步를 回하야 趨하거늘 生이 此를 見홈에 心魂이 飄蕩하야 可히 底止할 바를 不知하얏는대 首를 回하야 房子다려 問하되 彼女子가 士夫의 處女이냐 或은 妓生이냐 房子가 對하되 士夫家의 處女로서야 엇지 此와 如히 繁華한 白晝大道에 서 散步를 爲하리잇가 此는 問치 안이하야도 必是 此 城內에 在한 妓女됨 이 無疑로소이다 生이 이에 大喜하야 曰 彼가 萬一 汝言과 如히 妓女이고 보면 我가 近幸할지라도 決코 難事가 안이로다 汝는 須히 我命대로써 彼 를 招來할 지어다 房子가 唯唯 應諾하고 直히 其 童妓의 前에 趨하야 生 의 分付를 傳하얏는디 今日과 不同하야 方伯守令의 子弟일지라도 一道 一郡의 內에서는 威權이 堂堂하야 敢히 其 命을 違하는 者가 無한 터이라 其 童妓의 名은 玉簫仙이니 其 美麗의 質과 聰明의 才는 其 類에 出하며 又 詩書를 解하고 歌舞를 善히 하얏는대 此時는 春三月 上旬이라 花爛春 城하고 萬化는 方暢하야 江山의 奇景勝槪는 其 形形色色이 可謂 病者를 蘇케 하며 蟄者를 起케 하며 憂者로 樂케 할만 함으로 此와 如한 好 時를 際하야 玉簫仙도 또한 賞春의 心과 懷春의 情이 嬋姸[14) 生하며 幡然히 起함을 覺치 못하야 이에 侍婢를 帶하고 乙密臺를 蹜하야 牧丹峯에 登하 얏다가 永明寺를 經하야 浮碧樓로 向하려하든 次라 忽然 房子가 生의 命 을 傳함이 愕然히 驚함을 不已[15]하얏스나 一道方伯의 子가 命召함에는 敢히 此를 違忤치 못할 것임으로 不得已 房子의 後를 隨하고 往하야 生의 前에서 鞠躬再拜하며 現身의 禮를 行하니 此時에 生의 年도 弱冠의 歲에 達치 못하고 又 娶妻하기 前이라 玉簫仙을 一見함이 歡喜의 情이 中에 溢하야 드대여 玉簫仙에게 狎하기를 求하니 玉簫仙도 生의 風采가 俊함 을 見하고 또한 欽慕하야 生에게 滿口應承을 爲하고 이에 生을 陪하고 自家로 歸하야 自 此로 花朝月夕에 風流行樂를 盡 하얏더라 如是한지

---

14) 원문에는 '仙然'이라 하여 바로 잡았다.
15) 원문에는 '不已'라 하여 바로 잡았다.

數月에 箕伯이 此를 知하얏스나 獨子를 偏愛하는 情에 牽制되야 過히 此를 心責치 아니하얏더니 未幾에 箕伯이 遞歸하게 됨이 其 子가 玉簫仙에게 能히 情를 割하지 못할 것을 憂하야 이에 其 子를 招하야 問하되 聞한즉 汝가 旣히 某妓로 더부러 情이 有하다 하니 今日에 汝가 能히 愛를 割하고 決然히 歸去함을 得하랴 生이 對하되 此는 年少男兒의 暫時 風流好事에 不過함이니 웃지 足히 係戀할 바 有하리잇가 其 父母가 此를 聞하고 甚幸히 넉엿는대 發行하는 日에도 惜別하는 意가 無하니 及其 京城에 返하야 其 子로 하야금 엇든 山寺에 負笈하야 三冬의 工을 勤케 하얏는대 生이 山房에서 讀書하다가 一日의 夜에는 大雪이 初霽하고 皓月은 庭에 滿한지라 卷을 掩하고 悄然히 外에 出하야 獨히 欄頭에 依하야 雲月의 景을 賞할새 萬籟는 聲을 收하고 四顧에 人은 無한대 山은 銀粧과 如하고 林은 玉簇과 如한지라 雲間의 獨鶴은 群을 失하야 悲鳴하고 岩穴의 孤猿은 侶를 喚하며 哀號하거늘 生이 此를 見하고 此를 聞함이 自然時物의 變함을 하야 心懷가 悽然하더니 忽然 關西의 玉簫仙이 心思에 入하야 其 姸美의 態와 端麗한 容이 森然히 目中에 在하야 相思하는 懷가 泉의 湧出함과 如하야 忘하려도 忘치 못하며 思치 아니하려도 스스로 思하게 됨이 賁育의 勇으로도 可히 抑止치 못할지라 이에 天色이 明함을 俟하야 傍人으로 하야금 知치 못하게 하고 獨히 杖草履로 若干 路費를 帶하고 山門을 出하야 直히 關西大路를 向하고 行하얏다더라

17. 천리나 떨어진 관서에서 옛 인연을 잇고 구중궁궐에서 벼슬을 배수 받다 (중)

이때에 생이 험한 길을 떠난 지 육칠일 만에 평양에 도달하였다.

다음 날 산방의 여러 중들과 그의 함께 공부하던 사람들이 크게 놀라 사방을 찾아보았으나 끝내 모습이 없었다. 이에 그의 집에 달려가 알리니 온 집안이 놀라서 또한 두루 찾아보았으나 찾지 못하여 호랑이나 표범에게 잡아먹힌 줄로 알고 슬프고 원통해 하는 참상을 이루 형언할 수 없었다.

생이 옥소선의 집을 찾아가니 그녀는 없었다. 다만 그녀의 노모만이 생의 초라한 행색을 보고 차디찬 눈으로 상대하며 전혀 환영하는 마음이 없거늘, 생이 물었다.

"그대의 딸이 어디에 있나?"

노모가 대답했다.

"몇 개월 전부터 신관 사또 자제의 수청을 들러 한 번 입시한 후로는 아직까지 밖으로 나오지 못하나이다. 그런데 서방님이 어찌 천리 먼 길을 걸어 오셨나이까?"

생이 말하였다.

"내가 귀경한 후로 옥소선을 잊기 어려워 간장이 마디마디 모두 끊어지려하기에 지금 천 리를 멀다 않고 온 것은 오로지 한 번 보기를 위함이라."

옥소선의 어미가 냉소하며 말했다.

"천리타향에 공연히 헛걸음을 하였나이다. 나는 이곳에 있었지마는 아직도 서로 얼굴을 보지 못하였는데, 하물며 서방님께서리오. 일찍이 돌아가는 것만 못하니 속히 돌아 갈 길에나 오르시지요."

그리고 안으로 맞아들일 뜻이 조금도 없어 생이 "아아!" 탄식하고 문을 나왔으나 갈 곳이 없었다. 문득 감영의 이방과 친숙한 일을 떠올리고는 즉시 그의 집을 찾아가 들어가니 이방이 크게 놀라 일어나 맞으며 말하였다.

"서방님께서 귀공자로서 천리 먼 길을 걸어서 이렇게 행차하실 줄은 실로 꿈에도 생각지 않았습니다. 무슨 까닭으로 인하여 이곳에 오신 것입니까?"

생이 이에 측연히 눈물을 떨어뜨리며 그 이유를 이야기하니, 이방이 머리를 흔들며 말하였다.

"이것은 실로 큰 어려움입니다. 지금 새로 오신 사또의 자제가 이 기생을 총애하여 잠시의 틈조차 떨어지지 아니하니 상면할 방법은 전혀 대책이 없습니다. 소인의 집에서 며칠만 머무르시면 만나볼 기회를 엿보겠습니다."

그리고 인하여 접대를 아주 관대하게 하였더라.

생이 여러 날을 보내었다. 하루는 큰 눈이 몹시 내리거늘 이방이 생에게 말하였다.

"오늘은 거의 한번 볼 기회가 있을 것 같은데, 알 수 없습니다. 서방님이 능히 이를 행하시겠습니까?"

생이 말하였다.

"만일 내가 옥소선의 얼굴을 한번 볼 방법만 있다면 죽는 것도 또한 피하지 않을 것이거늘 하물며 그 밖의 일에 있어서 말하여 무엇 하겠는가."

이방이 말하였다.

"내일 아침에 장차 읍내에서 인부를 선발하여 관가 마당의 눈을 쓸어낼 것입니다. 소인이 서방님으로 하여금 책방의 눈을 쓰는 일을 맡기겠습니다. 이와 같이하면 혹 이때를 타서 잠시 만나 볼 기회를 얻을 듯 합니다."

생이 흔연히 이 말을 따라 천인의 복색으로 바꾸어 입고는 눈을 쓸려들어가는 인부들의 무리 속에 섞여 빗자루를 들고는 책방의 뜰을 쓸어낼 때였다. 때때로 자주 대청 위를 둘러보았으나 끝내 옥소선의 동정을 보지 못하여 마음속으로 심히 번민하였다. 한 식경 후를 넘어 방문이 열리는 곳에 옥소선이 얼굴을 단장하고 나와 구부러진 난간 위에 서서 설경을 감상하였다. 생이 비질을 멈추고 주시하니 옥소선이 생을 보고 홀연 얼굴색이 변하여 방 안으로 들어간 뒤에 다시 나오지 않았다. 생이 마음속으로 심히 한스러워 무료히 나오니 이방이 맞아서는 물었다.

"정말 그 기생을 보았습니까?"

생이 한숨을 지으며 말하였다.

"잠시 면회함을 얻었으나 저가 나를 보고는 방 안으로 들어가서는 다시 나오지 아니하니 참 몰인정하오."

이방이 말하였다.

"기생의 마음은 본래 이와 같이 인정의 후함과 박함을 드러내어 옛것을 보내고 새것을 맞이하는 것이 저들의 본색이니 어찌 족히 책망할 것이 있겠습니까."

생이 속으로 생각하니 행색이 괴상하여 나가고 물러나는 것이 모두 다 어려운지라 마음에 심히 번민함을 이기지 못하였다.

옥 낭자는 한 번 생의 얼굴을 잠깐 보곤 서울에서 이곳까지 생이 온 이유를 알았다. 황망한 걸음으로 나와 생의 손을 잡으려 하였으나 책실(冊室)[1]이 잠시도 떨어지지 못하게 하여 어떻게 하기가 곤란하였다. 이에 백방으로 몸을 빼낼 생각을 하다가 한 계책을 얻었다. 그래서 책실을 대하여 갑자기 눈물을 흘리며 비통한 모양을 하니, 책실이 놀라서 물었다.

"네가 무슨 까닭으로 이와 같이 슬퍼하는 것이냐?"

옥 낭자가 얼굴을 가리고 대답했다.

"소첩이 형제와 가까운 친족이 없어 집에 있는 날에는 제가 친히 돌아

---

1) 본래 고을 원의 비서 사무를 맡아보던 사람. 여기서는 고을 원의 자식이 독서 하던 방으로 흔히 '책방도령'이라고도 한다.

가신 아버지 묘소의 눈을 쓸어드렸지요. 오늘 대설에는 눈을 쓸 사람이 없으니 이 때문에 슬퍼하는 겁니다."

책실이 말하였다.

"그러면 내가 지금 관가 노비를 시켜 눈을 쓸게 하지."

옥 낭자가 만류하며 말하였다.

"이것은 천부당만부당합니다. 이것이 관가의 일이 아닌 이상에 이 추운 날에 부당히 소첩의 선산 눈을 쓸게 하는 것은 마땅치 않습니다. 그뿐 아니라 소첩이 친히 행한 후에라야 돌아가신 아버지에 대한 효성이옵니다. 망부의 묘가 성 밖 오리쯤에 있으니 오고가는 시간이 몇 시간에 불과합니다. 소첩이 친히 가서 눈을 쓸고는 오겠습니다."

책실이 그 정성을 칭찬하고 감탄하고는 즉시 이를 허락하였다.

十七. 千里關出續舊緣, 九重宮闕拜新恩 (中)

翌日에 山房의 諸僧과 及其 同窓하든 人이 大驚하야 四處로 搜索하얏스나 맛참니 形影이 無하거늘 이에 其 家에 馳告하니 擧家가 驚慌하야 쏘한 遍尋하얏스나 得치 못하얏 虎豹의 噉한 바ㅣ 된 줄 知하고 悲寃如痛의 狀은 可히 形言키 難하얏더라 此時에 生이 間關作行한 지 六七日에 平壤에 到達하야 곳 玉簫仙의 家를 訪한 則 妓는 在치 아니라고 다만 其 老母만 在하야 生의 行色이 草草함을 見하고 冷眼으로 相對하며 全혀 歡迎하는 心이 無하거늘 生이 問하되 君의 女가 何 在한고 對흐디 數月 前브터 新 使道子弟의 守廳을 行하야 一次 入侍한 後로는 尙히 出來함을 得치 못하나이다 그러나 書房主가 엇지 千里長程을 徒步하야 來하얏나잇가 生이 曰 我가 歸京한 後로 玉簫仙을 忘키 難하야 軟腸이 寸寸 皆斷코져 함으로 今에 不遠千里하고 來한 것은 專혀 一次 面會하기를 爲함이로라 其 母가 冷笑하되 千里他鄉에 空然히 虛行을 作하얏나이다 我는 此에 在하것마는 尙히 相面을 得치 못하얏거든 허물며 書房主에 在함이리오

早還함만 不如하니 速히 歸途에 登하소셔 하고 室內로 還入하야 迎接할
意가 少無하거늘 生이 吁然 嘆息하고 門을 出하야 可向할 處가 無한지라
忽然 營門 吏房과 親熟하든 事가 想起하야 卽時 其 家에 赴하야 訪한
則 吏房이 大驚하야 起迎하며 曰 書房主가 貴介[2]公子로써 千里遠途에
徒步 此 行은 實로 夢想에도 不到하온 바이라 何故로써 因하야 此 擧에
出하셧나잇가 生이 이에 惻然히 淚를 下하며 其 故를 述하니 吏房이 頭를
掉하야 曰 此가 實로 大難難難의 事이로소이다 現今 新使 子弟가 此 妓를
寵愛하야 斯須의 間을 相離치 아니하오니 相面할 道는 萬萬無策이오나
小人 家에서 幾日만 留하시면 可見할 機會를 窺코져 하노이다 하고 因하
야 接待를 甚懃하얏더라 生이 數日을 經할셰 一日은 大雪이 降하거늘 吏
房이 生다려 謂하되 今日에는 庶幾一面의 機會가 有하온대 未知케 리 書
房主가 能히 此를 行하시리잇가 生이 曰 萬一 我로 하야금 玉簫仙의 面을
一見케 할 道만 有하면 死함도 亦한 避치 못하려거든 허물며 其 外의 事에
在함이리오 吏房이 曰 明朝에 將次 邑內 人丁을 發하야 營庭의 雪을 掃除
할 터인즉 小人이 書房主로 하야금 掃雪의 役에 充케 하리니 如 斯히 하면
혹 此時로 하야 暫時 面會의 機를 得할 듯하나이다 生이 欣然히 從하야
常賤의 衣冠을 換着하고 掃雪하는 役丁의 中에 入하야 箒를 推하고 冊室
의 庭을 掃除할셰 時時 眼으로써 頻頻히 廳上을 輪視하되 맛참너 玉簫仙
의 動靜을 見치 못하야 心中에 甚히 煩悶하더니 食頃의 後를 過하야 房門
이 開하는 處에 玉簫仙이 粧을 凝하고 出하야 曲欄의 上에 立하야 雪景을
賞하거늘 生이 箒를 停하고 注視하니 玉簫仙이 生을 見하고 忽然 色이
變하야 室內로 轉入한 後에 更히 出來치 아니하거늘 生이 心에 甚恨하야
無聊히 出하니 吏房이 迎問하되 果然 其 妓를 見하얏나잇가 生이 噓欷하
야 曰 暫時 面會함을 得하얏스나 彼가 我를 見하고는 室內에 入하야 更히
出來치 아니하니 甚히 沒情하도다 吏房이 曰 妓女의 情態는 本來 如是하
야 炎凉을 較하야 送舊迎新하는 것이 彼의 本色이니 엇지 足히 責할 바ㅣ

2) 원문에는 '貴价'라 하여 바로 잡았다.

有하리잇가 生이 自念한즉 行色이 怪常하야 進退가 兩難한지라 心에 甚히 煩憫함을 不勝하얏더라 玉娘이 一次 生의 面目으로 一瞥에 心에 其 下來의 意를 知하고 忙步로 出하야 生의 手를 握하고져 하얏스나 冊室이 暫離치 못하게 함이 如何키 難한지라 이에 百方으로 脫身의 計를 思하다가 一策을 得하고 이에 冊室을 對하야 이에 忽爾히 涕를 流하며 悲痛의 狀을 作하니 冊室이 驚問하되 汝가 何故로 如斯히 悲하나뇨 玉娘이 掩面하고 對하되 小妾이 兄弟와 至親이 無함으로 在家의 日에는 小妾이 親히 亡夫 墳塋의 雪을 掃하얏더니 今日 大雪에는 掃除할 人이 無하오니 此로써 悲하노이다 冊室이 曰 그러면 我가 今日에 官隷로 하야금 掃除케 하리라 玉娘이 止하야 曰 此는 萬萬 不可하오니 此가 官事가 아닌 以上에 此 寒天을 當하야 小妾의 先山에 掃雪케 하는 것은 宜치 아니하온지라 그뿐 아니라 小妾이 親行한 後에야 可히써 亡父의게 對한 孝誠이오니 亡父의 墓가 城外 五里 許에 在하온즉 往復의 間이 數時에 不過할 것이니 小妾이 親往하야 掃除한 後에 歸하겟노이다 冊室이 其 誠을 稱嘆하고 卽時 此를 許하얏더라

17. 천리나 떨어진 관서에서 옛 인연을 잇고 구중궁궐에서 벼슬을 배수 받다 (하)

이때 옥 낭자가 책실에게 고하고 곧장 자기 집으로 가서 어미에게 물었다.

"아무 서방님이 이곳에 오지 아니하였는지요."

어미가 말했다.

"수일 전에 왔다가 네가 없기 때문에 즉시 돌아가시라고 말하였는데, 그 뒤에는 다시 만나지 못하였다."

옥 낭자가 말했다.

"무슨 까닭으로 이곳에 머무르시게 하지 아니하였습니까?"

어미가 말했다.

"네가 이미 없는데 무슨 잇속이 있겠느냐?"

옥 낭자가 말했다.

"그렇다면 어느 곳으로 가신다고 말하였습니까?"

어미가 말했다.

"나도 묻지 않았고 저도 또한 말하지 않고 갔으니 어디로 갔는지 알지 못한다."

옥 낭자가 "아아!" 탄식하고 그 어미를 책망하며 말하였다.

"인정이 어찌 이런지요. 저이가 재상가의 귀공자로 천리 먼 이곳에 오신 것은 온전히 소녀를 위한 것인데 어머니께서 어찌 이를 만류하고 소녀에게 소식을 몰래 알려 주지 않았습니까? 어머니께서 쌀쌀맞은 태도로 대하시니 저이가 어떻게 이곳에 머무를 수 있겠어요."

그리고 인하여 눈물을 그치지 못하며 그가 있는 곳을 찾으려 하였으나 또한 찾아 물을 곳이 없었다.

홀연 이전 사또시절 이방이 늘 책실과 친근하던 일을 생각하고 '혹 이곳에서 머무르시지나 않나.' 하였다. 이에 황망히 걸음을 옮겨 가 찾아보니 과연 이곳에 있었다. 생이 옥 낭자가 온 것을 보고는 엎어지고 넘어지며 나가 맞아 두 사람이 손을 잡고 슬픔과 기쁨이 뒤얽혔더라.

옥 낭자가 "제가 서방님을 뵘에 단연코 내칠 뜻 없습니다. 원컨대 이대로 손을 잡고 도망하는 것만 같지 못합니다."라고 하였다.

그리하여 함께 옥 낭자의 집으로 돌아왔더니 마침 그녀의 어미가 없었다. 궤짝 속에 넣어 두었던 오륙 백 은자를 꺼내어 보자기에 싼 뒤에 이것을 가지고 다시 이방에게 가서 한 필의 말을 세내어 달라하니 이방이 말하였다.

"말을 세내는 것은 오고갈 때에 종적이 드러나기 쉬우니 저희 집에서 기르는 두 필의 건마(健馬)[1]를 사용하시지요."

그리고 또 사십 냥을 내어 노자로 삼게 하였다.

생이 두터이 인정을 베풂을 사례하고 즉시 옥 낭자와 함께 길을 나서 양덕(陽德)·맹산(孟山)[2]의 지경에 들어와 맑고 한갓진 곳에 한 방을 구하여 이곳에 살았다.

이때에 신 감사의 아들은 옥 낭자가 오래 지나도록 오지 아니함을 괴이하게 여겼다. 그래서 사람을 시켜 탐문하였으나 모습이 없어 그녀의 어미에게 물었다. 그 어미 또한 놀라서 사방으로 찾았으나 찾지를 못하였더라.

이때에 옥 낭자가 집안일을 정돈하고 생에게 말하였다.

"서방님께서 부모님을 등지고 이곳에 오신 것은 부모에게는 죄인입니다. 속죄할 방법은 오직 과거에 급제함에 있고 과거에 급제하는 방법은 학업에 있습니다. 의식의 근심은 첩에게 맡기시고 지금부터 학업을 닦으

---

1) 썩 잘 달리는 말.

2) 평안남도의 양덕군과 맹산군.

서서 다른 날 과거를 보러갈 준비를 하십시오."

생이 이를 따라 밤낮으로 공부에 힘쓴 지, 몇 해 뒤에 마침 조정에 경사가 있어 과거를 설치[3]하고 선비를 뽑는다하였다. 그러하여 옥 낭자가 생에게 권하여 이 시험에 응시케 하였다.

생이 이에 출발하여 상경하였으나 그의 집에 들어가지 못하고 객사에 머물렀다. 기일이 됨에 시험장에 나가 시험지를 내고 방을 기다렸더니 과연 장원으로 선발되었다.

임금이 이조판서를 명하여 불러들이시어 하교하였다.

"내 일찍이 들으니 경의 독자가 산사에서 독서하다가 호랑이에게 물려갔다 하더니 지금 새로운 장원을 보니 분명히 경의 아들인 듯하오. 아비의 직함을 대사헌이라 적었으니, 이것이 의문이구려."

이판이 대답했다.

"신도 또한 의아하오나 신의 아들은 결코 살아있을 리가 없사옵니다. 세상에 혹 같은 성명의 사람이 있지 않은 바는 아니오나 아비와 자식의 이름이 같다는 것은 실로 이상한 일이옵니다."

임금이 과거에 급제한 사람을 명하여 부르셨다. 생이 명을 받고 입시함에 이판이 보니 정말 아들이었다. 부자가 상봉하고 눈물을 흘리며 붙잡고 떨어지지 못하니 임금이 책상을 치며 "기이하도다."라고 하시며 말하였다.

"네가 패자(悖子)[4]가 아니라 과거에 급제하여 부친을 드러내었으며 아비의 하는 일을 이었으니 즉 효자로다. 그리고 옥소선의 지조와 사상(思想)[5]이 뛰어나니 천한 창기의 부류가 아니다."

그러고는 특별히 신분을 올리어 부실(副室)[6]을 삼게 하셨다.

---

3) 이를 경과(慶科)라 한다.
4) 사람으로서 마땅히 지켜야 할 도리에 어긋나게 행동하는 자식.
5) 여기서는 '생각' 또는 '마음 씀씀이' 정도의 뜻이다.

생이 은총에 감사하고 아버지를 모시고 집에 돌아온 후 즉시 옥 낭자에게 길 떠날 채비를 하여 데려와서는 부실을 삼으니, 집안이 경사스럽고 기뻐하는 모습이 안팎으로 넘쳤다. 그 뒤에 생은 옥 낭자와 종신토록 해로를 하였다고 한다.

十七. 千里關出續舊緣, 九重宮闕拜新恩 (下)

此時 玉娘이 冊室을 辭하고 直히 自家에 徃하야 其 母에게 問하되 某 書房主가 此에 來치 아니하얏더뇨 母 曰 數日 前에 來하얏다가 汝가 不在함으로 卽時 辭歸하얏는대 其 後에는 更히 相逢치 못하얏노라 玉娘이 曰 何故로 此處에 留宿하게 하지 아니하얏나잇가 母 曰 汝가 旣히 不在하면 何 益이 有하리오 玉娘이 曰 然하면 何處로 往한다고 云하더잇가 母 曰 我도 問치 아니하얏스며 彼도 또한 言치 아니하고 去하얏슴으로 此를 知치 못하노라 玉娘이 咄咄 呑聲하고 其 母를 責하야 曰 人情이 엇지 如是 하리잇가 彼가 卿相家 貴公子로 千里 此 行이 全혀 小女를 爲하야 來하얏슨즉 母親이 엇지 此를 挽留하고 小女에게 密通치 아니하얏나잇가 母親이 冷落한 態로써 相接하시니 彼가 엇지 此에 肯留하리잇가 하고 因하야 揮涕不已[7]하며 其 所在處를 訪하려하나 또한 深問할 處가 無한지라 忽然 前等 吏房이 每樣 冊室에 親近하든 事를 思하고 或은 此處에서 留宿함이 아인가 하고 이에 忙步로써 往尋한즉 果然 此에 在한지라 生이 玉娘이 來함을 見하고 顚倒出迎하야 兩人이 手를 執하고 悲喜 交集하얏더라 玉娘이 曰 妾이 旣히 書房主를 見함이 斷然코 相捨할 意가 無하니 願컨대 此로 從하야 相携逃避함만 不如하다하고 因하야 生으로 더부러 其 家에 還한즉 其 母가 맛참 不在한지라 其 箱筒中에 儲置하얏든 五六百 銀子를 搜出하야 褓에 裹한 後에 此를 携待하고 更히 吏房에게 徃하야 一匹의

---

6) 첩.
7) 원문에는 '己'라 하여 바로 잡았다.

馬를 貰得하게 하니 吏房이 曰 貰馬는 往來할 際에 踪跡이 現露하기 易하니 我 家에서 養하는 바 二匹 健馬를 使用하라 하고 又 四十兩을 出하야 路需를 作케 하니 生이 厚誼를 謝하고 卽時 玉娘으로 더부러 發行하야 陽德孟山의 境에 入하야 靜僻한 處에 一屋子를 購하야 此에 居하니라 時是에 新監司의 子가 玉娘이 久하도록 來치 아니함을 怪하야 人으로 하야곰 探問한즉 形影이 無하고 又 其 母에게 問한즉 母도 쏘한 驚慌하야 四處로 搜索하야도 得치 못하얏더라 此時에 玉娘이 其 家事를 整頓하고 生다려 謂하되 書房主가 親을 背하고 此 行을 作하얏슨즉 父母에게 罪人이라 贖罪할 道는 오즉 登科함에 在하고 登科할 道는 學業에 在하니 衣食의 憂는 妾에게 付하시고 自今으로 學業을 修하야 他日 赴擧할 準備를 爲하소셔 生이 此를 從하야 晝夜로 勤功한지 數年 後에 맛참 朝廷에 慶事가 有하야 科를 設하고 士를 取한다 하거늘 玉娘이 生을 勸하야 此에 應케 하니 生이 이에 出發 上京하야 其 家에 入치 못하고 客館에 寓하얏다가 期日이 至함인 場에 赴하야 卷을 呈하고 榜을 待하더니 果然 壯元으로 擢出되얏더라 上이 吏判을 命招하사 下敎하사대 會聞한즉 卿의 獨子가 山寺에서 讀書하다가 虎에게 噉去하얏다 하더니 今에 親傍 壯元을 見한즉 的實히 卿의 子인듯한대 職啣은 大司憲이라 書하얏스니 此가 一 疑問이로다 吏判이 對하되 臣도 쏘한 疑訝하오나 臣의 子는 決코 生存할 理가 無하온대 世에 或 同姓名의 人이 有치 아닌 바는 아니오나 父子의 同名은 實로 異事로소이다 上이 親恩을 命招하시니 生이 命을 承하고 入侍함에 吏判이 見한즉 果然 其 子이라 父子가 相逢하고 涕泣 不捨하니 上이 近前케 하시고 前後의 事를 問하신대 生이 이에 事實의 顚末을 一一히 達하니 上이 拍案稱奇하시며 曰 汝가 悖子가 아니라 登科 顯親의 事業을 做하얏스니 卽 孝子이로다 그리고 玉簫仙의 志操와 思想이 卓越하야 賤娼의 流가 안이니 特히 陞하야 副室을 爲케 하시니 生이 恩을 謝하고 其 父를 陪하고 家에 歸한 後 卽時 玉娘을 治行하야 副室을 삼으니 家內에 慶喜의 狀은 內外에 溢하얏더라 其 後에 生은 玉娘으로 終身토록 偕老를 爲하얏다 云하니라

18. 농으로 한 말이 참으로 이루어질 줄 누가 알았을까 숙녀는 원래 군자의 배필일세 (상)

봉래(蓬萊) 양사언(楊士彦, 1517~1584)[1]의 아버지 희수가 유람하는 버릇이 있었다.

일찍이 말 한 필과 한 아이만을 데리고 멀리 북관(北關)[2]을 유람하다가 백두산(白頭山)에 올라 신비한 경치를 보고 돌아오는 길에 안변(安邊)[3]을 지날 때였다.

장차 가겟집에서 말에게 꼴을 먹이려 하였으나 집집마다 문짝을 모두 걸어놓은지라 이리저리 둘러보며 방황하였다. 길가 몇 발자국쯤에 시내의 바위가 얌전하고 가운데에 한 작은 집이 있는데, 닭과 개 소리가 서로 들렸다. 양(楊)이 집 앞에 이르러 문을 두드리니 한 나이 어린 낭자가 안에서 나왔다. 나이는 십이삼 세쯤이고 용모가 아름답고 행동거지를 편안하게 움직여 양이 말하였다.

"나는 먼 길을 가는 사람으로 우연히 이곳을 지나다가 말에게 꼴을 먹이려고 하였더니 집집마다 가게 문이 모두 닫혔으므로 돌아다니다 이곳에 이르렀다. 너의 집 주인은 어느 곳에 갔느냐?"

낭자가 대답했다.

"오늘 마을에서 수계(修契)[4]하는 날이므로 모두 문을 닫고 이 계 모임에

---

1) 본관은 청주(淸州). 자는 응빙(應聘), 호는 봉래(蓬萊)·완구(完邱)·창해(滄海)·해객(海客)으로 명종1년(1546년) 문과에 급제. 서예가로 시와 글씨에 모두 능했다. 특히 초서와 큰 글자를 잘 써서 안평대군(安平大君)·김구(金絿)·한호(韓濩) 등과 함께 조선 전기의 4대 서예가로 불린다. 양사언은 특히 금강산을 사랑하여 금강산의 여름 이름인 '봉래(蓬萊)', 해금강을 딴 해객(海客)으로 호를 삼을 정도였다. 작품집에 『봉래시집(蓬萊詩集)』이 있다.

2) 함경도.

3) 함경남도 안변군에 있는 고을.

갔습니다. 저의 부친 또한 이 모임에 가셨습니다."

양이 말했다.

"그러면 사람은 고달프고 말은 노곤한데 이곳에서 먹는 것을 얻지는
못하겠구나."

낭자가 말하였다.

"이는 심려하실 바가 아닙니다. 제가 비록 불경하오나 손님을 모시고
말을 먹이는 것을 삼가 봉행코자합니다."

그리고 즉시 부엌에 들어가 말죽을 솥에 불 때 쑤어서 먹였다. 양은 날씨가
너무 무더워 옷을 풀어헤치고 나무 그늘에서 쉬고 있었다. 잠깐 있으니 낭자
가 새로 만든 돗자리를 나무 아래에 펼쳐놓고 부엌으로 들어가더니 얼마
안 되어 밥을 차려 내왔는데, 산나물 안주와 들나물이 극히 정결하였다.

양이 처음에 그 대접하는 것이 자상하고 민첩하며 행동거지에 법도가
있음을 보고 마음속으로 심히 감탄하였다. 또한 갑자기 갖추어 손님을
접대함이 모두 그 조리가 있음을 보고 더욱 놀랍고 기뻐 이에 낭자에게
말하였다.

"내가 다만 말먹이를 청하였거늘 함께 사람에게까지 먹을 것을 주는
이유는 뭣 때문이냐?"

낭자가 대답했다.

"말이 이미 노곤한데 사람이 어찌 굶주리지 아니하였겠습니까. 또 말
은 먹을 것을 얻었는데, 사람에게는 먹을 것을 대접하지 않으면 이 어찌
사람을 천히 여기고 짐승을 귀하게 여기는 것이 아니겠습니까?"

양이 더욱 기이함을 사랑하였으니 인하여 그녀의 나이가 얼마이며 부
모의 내력을 물으니 낭자가 대답했다.

"소녀의 나이는 열 셋이고 부친은 촌사람으로 농사를 짓습니다."

---

4) 계.

이러하니 양이 마음속으로 홀로 말하기를, '이와 같은 궁벽한 시골 농사꾼의 집에 어찌 저와 같은 단정하고 아름다우며 영리한 여자가 있음을 생각했겠는가.' 하였다.

길을 나섬에 말먹이 값을 계산하여 내어 주려하니 낭자가 손사래를 치며 받지 않고는 말했다.

"손님을 접대하는 것은 사람 사는 집이라면 마땅히 응당 행하는 일입니다. 만일 값을 받는다면 풍속이 아름답지 못할 뿐만 아니라 부모의 꾸중을 면치 못할 것입니다."

양이 상자 속에 넣어 두었던 청홍 부채 두 자루를 주며 희롱하였다.

"이 부채는 즉 내가 너에게 채단(綵緞)[5]을 주는 것이니 삼가 받아두어라."

낭자가 이 말을 듣고 즉시 방 안으로 뛰어 들어가서 상자 속의 붉은색 보자기를 꺼내어 앞에 풀어 놓으며 말하였다.

"이것이 채폐(綵幣)[6]라 하신다면 막중한 예물이라 어찌 손으로 주고받겠습니까?"

양이 더욱 탄식하여 말하였다.

"먼 시골 촌가에 어떠한 할미가 이와 같은 영형(寧馨)[7]한 아이를 낳았는고?"

그리고 커다란 소리로 기이함을 칭찬하는 것을 그치지 않았더라.

그 뒤에 양이 집으로 돌아 와 승지(承旨)[8]로 재직할 때에 하루는 한 시골 사람이 뜰 아래로 와 절하고는 말하였다.

"소인은 안변에 사는 아무개 촌사람입니다. 영감께서 어느 해, 어느 때에 안변 아무 곳을 지나다가 아무 촌가에 들어가 말에게 꼴을 먹이시고

---

5) 혼인의 예물로 주는 비단.
6) 비단옷과 폐물. 혼인의 예물로 주는 비단이란 뜻.
7) 이러한 아이. 이런 착한 아이. 진(晋)·송(宋)대에 쓰인 말.
8) 이속(吏屬)·벼슬아치 아래에서 의례(儀禮)·접대(接待) 등의 일을 맡아본 무품(無品) 구실아치.

그 집 소녀에게 청홍 부채 준 일이 있습니까?"

양이 속으로 깊이 생각하고는 말하였다.

"과연 이러한 일이 있었네만."

촌사람이 말하였다.

"이 아이는 제 여식이옵니다. 금년에 열다섯이 되어서 장차 혼인을 의논하려 하니 딸아이가 말하기를 영감에게 폐백을 받았다하고 다른 사람에게 시집가기를 받아들이지 않습니다. 여러 방법으로 꾸짖고 책망을 하여도 끝내 죽어도 마음이 변하지 않는다는 뜻으로 스스로 맹서를 하여 소인이 그 뜻을 돌리지 못할 줄 알고 지금에 불원천리하고 온 것입니다."

양이 웃으며 말했다.

"내가 이미 반백일세. 어찌 어린 낭자에게 뜻이 있어 그러하였겠는가. 다만 그 영리하고 민첩함을 사랑하고 또 말먹이 값을 받지 아니하기에 다만 색부채를 준 것이오. 이른바 '예물이라'함은 한 때의 허언이니 어찌 이를 믿는단 말인가. 설령 자네의 딸을 나에게 시집보낸다할지라도 내가 아침저녁으로 죽는다면 어린 낭자의 꽃다운 나이가 어찌 애석하지 않겠나. 자네는 돌아가 내 뜻을 말하고 좋은 사윗감을 택하여 시집보내고, 다시는 망령된 생각을 하지 못하게 하게나."

촌사람이 사례하고 돌아갔다가는 열흘 뒤에 다시 와서는 말했다.

"소인이 영감의 뜻을 백방으로 이해하도록 타일렀으나 끝내 듣지 아니하고 죽음을 맹서합니다. 이러한 지경에 이르니 실로 어찌할 도리가 없습니다. 원컨대 이 아이를 인솔하여 영감 기추(箕箒)[9]의 역에 두고자 합니다."

양이 고사하였으나 할 수 없어 이를 허락하고 그 딸을 들여 소실로 삼았더라.

---

9) 아내의 일을 말한다.

十八. 誰知弄假竟眞, 淑女原來配君子 (上)

楊蓬萊士彦의 父가 遊覽의 癖이 有하야 嘗히 一馬와 一僮으로 遠히 北關에 遊하다가 白頭山에 登하야 神秘의 境을 探하고 回路에 安邊을 歷할세 將次 店舍에서 秣馬코져하니 家家에 門扉를 盡鎖한지라 回顧彷徨하니 路邊 數十步許에 溪岩이 窈窕하고 中에 一 小庄이 有한대 鷄犬의 聲이 相聞하는지라 楊이 庄 前에 至하야 門을 叩하니 一 小娘이 有하야 內로부터 出함이 年 可 十二三에 容貌가 佳麗하고 擧止가 安嫺한지라 楊이 曰하되 我는 遠行의 人으로 偶然히 此地를 歷하다가 馬가 秣코자 하얏더니 家家의 店門이 盡鎖하얏슴으로 轉하야 此處에 至하얏거니와 汝家主人은 何處에 去하얏나뇨 小娘이 對하되 今日 洞中에셔 修契하는 日임으로 모다 門을 鎖하고 此 契會에 赴하얏삽고 我의 父親도 쪼한 此 會에 往하얏나이다 楊이 曰 그러면 人은 困하고 馬는 乏한대 此處에서 食함을 不得할지로다 小娘이 曰 此는 深慮하실 바 안이로소이다 我가 비록 不敬하오나 待客喂馬의 節을 謹히 奉行코자 하나이다 하고 卽時 廚下에 入하야 馬粥 一 桶을 炊하야 飼하거늘 楊이 天氣가 甚熱함으로 衣를 解하고 樹下에서 憩하더니 俄而오 娘이 新席을 樹下에 鋪하고 廚下로 進入하더니 居無何에 飯을 備來하얏는대 山肴野이 極히 精潔한지라 楊[10]이 初에 그 應對가 詳敏하고 動止가 法이 有함을 見하고 心에 甚히 嘆異하얏더니 又 其 猝辦으로써 客을 接待함이 모다 其 條理가 有함을 見하고 더욱 奇喜하야 이에 娘다려 曰하되 我가 다만 喂馬하기를 請하얏거늘 並히 人에게 쓰지 食을 餽함은 何故이뇨 楊이 對하되 馬가 旣히 餤하얏스니 人은 엇지 飢치 아니함을 得하리잇가 又 馬는 食을 得하얏는대 人에게는 饗饋치 아니하면 此 엇지 人을 賤히 하고 畜을 貴케 함이 아니리가 楊이 더욱 奇愛하야 因하야 其 年齡의 幾何와 父母의 來應을 問하니 娘이 對하되 少女의 年은 十三이오 其 父親은 村人으로 農業을 爲한다 하거늘 楊이 心中에 獨語하되 此와 如한 窮鄕農民의 家에 엇지 彼와 如한 端麗慧敏한

---

10) 원문에는 '褐'으로 되어 있다. 문맥으로 보아 '楊'으로 바로 잡았다.(이하 모두 같아 생략한다)

女子가 有함을 意하얏스리오 하고 出發함에 臨하야 煙價를 計하야 出給
하니 娘이 固辭不受하야 曰 賓客을 接待하는 것은 人家에서 當然히 應行
하는 事이니 萬一 價를 受하면 다만 風俗이 不美할 쑨 아니라 父母의 責을
免치 못할 것이니 楊이 이에 箱中에 藏置하얏던 靑紅扇 各 二柄을 與하며
戱하되 此는 卽 我가 汝에게 綵를 送함이니 謹히 受하라 娘이 其 言을
聞하고 卽時 房中으로 走入하야 箱中의 紅色裙를 出하야 前에 鋪하며 曰
綵幣라 하실진대 莫重한 禮物이라 엇지 手로써 授受하리잇가 楊이 더욱
嗟嘆하야 曰 遐土村家에 何物老嫗가 此와 如한 寧馨의 兒를 生하얏는고
하고 嘖嘖히 稱奇함을 不已하얏더라 其後에 이 還家하야 承旨로 在職할
時에 一日은 一 鄕人이 有하야 階下에 來拜하야 曰 小人은 安邊에 居하는
某村人이라 令監이 某年某時에 安邊 某地를 過하시다가 某村家에 入하
야 馬를 秣하시고 某家 小女에게 靑紅扇子를 贈遺하신 事가 有하니 잇고
楊이 沈思良久에 曰 果然 此事가 有하얏노라 鄕人이 曰 此는 卽 小人의
女兒이온데 今年이 十五歲이옵기로 將次 議婚을 爲하려 하온則 女兒가
言하기를 令監에게 幣物을 受하얏다 하고 適他 하기를 不欲함을 千般으
로 諭之責之하야도 맛참니 之死靡他의 意로써 自誓하옵기로 小人이 其
志를 奪回치 못할 줄 知하고 今에 不遠千里하야 來하얏나이다 楊이 笑
曰 我가 旣히 半百이라 엇지 小娘에게 意가 有하야 然하얏스리오 다만
其 英敏怜悧함을 愛하고 又 煙價를 受치 아니함으로 特히 色扇으로써 賞
함이오 所謂 禮物이라 함은 一時의 戱言이니 엇지 此로써 信을 爲하리오
設令 汝의 女로 하야곰 我에게 歸한다 할지라도 我가 朝暮에 死하면 小娘
의 芳年이 엇지 可惜지 아니하리오 汝는 歸하야 須히 吾意로써 諭하고
婿를 擇하야 嫁하고 更히 妄念을 起치 말게하라 鄕人이 辭歸하더니 一旬
後에 更히 來見하야 曰 小人이 令監의 意로써 百般鮮諭하야도 맛참니 聽
從치 아니하고 死로써 自誓하오니 到此地頭하야는 實로 莫可 奈何라 願
컨대 女兒를 率來하야 令監 主箕箒의 役에 充코져 하노이다 楊이 固辭함
을 不得하야 이에 此를 許하고 其 女를 納하야 小室의 班에 置하얏더라

18. 농으로 한 말이 참으로 이루어질 줄 누가 알았을까 숙녀는 원래 군자의 배필일세 (중)

양 승지(承旨)는 즉 주부 양희수(楊希洙)이니 천품이 순후하고 자질과 성품이 단아하고 깨끗한 군자였다.

홀아비로 산 지 십여 년에 아내를 얻을 생각이 없고 여인을 가까이 하지 아니하며, 오직 거문고와 글을 즐기며 평생에 근실함이 없었다. 산수간에 여기저기 돌아다니는 즐거움에 빠져 돌아가는 것조차 잊고 지내는 것을 일삼다가 '우연히 장난삼아 한 말이 정말로 사실이 되는 격'으로 한때의 빈말이 마침내 백년의 가약을 맺게 되었다. 양은 안변 낭자의 굳은 뜻을 어기기 어려워 부득이 소실을 삼았다. 그러나 한 번도 그 소실이 집으로 들어온 후부터 다만 그 지조의 가상함을 기리어 칭찬하거나 또 그 먼 곳에서 온 뜻을 위로할 뿐 조금도 정을 두터이 하려는 빛이 없고 한 방에 머무른 적도 없었다.

양은 사랑채에 홀로 머무른 지 여러 개월에 한 번도 침실에서의 즐거움을 만들지 않았다.

하루는 양이 가묘(家廟)[1]에 참배하고 내당에 들었다.

집 안의 뜰이며 방과 정원이 물을 뿌리고 빗자루질을 하여 청결하고 가구와 기타 그릇이 정돈되어 가지런히 하나도 난잡함이 없음을 보고 며느리에게 말하였다.

"전 달에는 우리 집이 아침저녁 끼니를 자주 거를 정도로 어려운 처지여서 갖가지 것이 모두 거칠고 지저분하니 다스려지지 않았는데, 근일에

---

1) 한 집안의 사당(祠堂).

이르러서 갑자기 전날의 모습을 고치고 또 나에게 맛있는 음식을 주는 것이 아침저녁으로 한 번도 빠지지 않으니 어떻게 하여 이와 같이 된 것이냐?"

며느리가 대답했다.

"안변 서모가 온 뒤로부터 바느질과 방적은 오히려 그리 중요치 않은 일에 속하게 되었습니다. 집을 다스리는 모든 것이 결코 보통 사람이 하는 바가 아닙니다. 날이 밝으면 일어나 종일토록 부지런히 움직여 요 사이 집안 살림이 풍요하게 된 것이니, 이것은 즉 서모의 공이옵니다. 또 그 성품과 행동이 순박하고 후덕하여 요조숙녀의 풍채와 태도가 있습니다. 제가 평소에 여염집의 여인들을 본적이 많습니다만 일찍이 서모와 같은 사람은 보지 못하였습니다."

그러며 칭찬을 입에 다 담지 못하였다.

양이 그 말에 감격하여 그날 밤에 소실을 불러 앞에 앉히고 시험하여 이야기를 나눠보니, 행동하는 것이 그윽하면서도 한가로우며 맑고도 정숙한 모습은 보통 사람이 넘볼 일이 아니었다. 그 현숙하고 총명 민첩한 식견은 옛 사람에 비하여 조금도 손색이 없었다.

이때부터 양이 심히 애중하고 한 방에서 거처하였다. 함께 지낸지 몇 해가 되자 잉태하여 두 아들을 연년생으로 낳으니 용모가 단정하고 또 총명하여 깨달음이 빨랐다. 모든 것이 조숙하게 이루어지니 공이 또 두 아이를 애지중지하여 말하였다.

"내가 만년에 즐거움을 누린 것은 모두 안변 소실의 덕택이다."

그 큰 아이는 이름을 사언(士彦)이라 하고 둘째 아이는 사준(士俊)[2]이라 하였다. 사언은 즉 양봉래이니 형제가 점차 장성하여 각기 팔구세가 되자

---

[2] 자는 응거(應擧), 호는 풍고(楓皐). 돈녕주부 희수(希洙)의 아들로 형 사언, 동생 사기(士奇) 와 더불어 문명을 날려 당대인이 중국의 소순·소식·소철에 비유했다. 1546년(중종 1) 증광 시에 급제했다.

소실이 하루는 집을 지어 각기 거하기를 청하고 또한 집을 자하동(紫霞洞)[3] 푸른 시내가 흐르는 산골짜기 경치 좋은 곳에 자리 잡고 그 어귀에 문을 높고 크게 세워달라고 청하였다.

공이 그 뜻은 자세히 알지 못하였으나 다만 청한 대로 허락하였다.

하루는 성종(成宗)[4]께서 날씨가 맑고 화창한 때를 타서 황문(黃門)[5] 여러 사람을 데리고 자하동에 행차하시어 봄 경치를 감상하고 돌아가는 길에 마침 폭우를 만났다. 흐르는 물이 더욱 불어나 임금이 부득이 한 집으로 몸을 피하여 들어갔다. 집안이 깨끗하고 꽃과 초목이 활짝 많이 피어 화려하고 맑은 빛은 눈길을 뺏고 은은한 향기는 코끝을 스쳤다. 임금이 누구의 집인지를 물으니, 수행하던 벼슬아치가 사실대로 대답했다.

잠시 후에 두 어린 아이가 보였다. 용모가 준수하며 옷차림이 산뜻하고 뚜렷하여 천리마와 같은데 성종의 앞에 달려와 몸을 굽혀 두 번 절을 올렸다.

임금이 특별히 사랑하여 뉘 집 자식인지를 물으니, 즉 양희수 소실의 딸이었다. 임금이 언뜻 보고 선풍도골임을 칭찬하시고 그 학업 닦은 것을 물어보니 이미 『논어』와 『효경』을 통달하였고 또 문장이 물 흐르듯 하여 품격을 갖추었다. 또 운을 불러 시를 짓게 하시니 부르는 대로 거침없이 응대하여 조금도 막혀 걸리는 것이 없었다.

임금이 크게 칭찬을 하고 상을 내리시며 "이 두 아이의 전진은 가히 어림잡지 못하리로다."라고 하셨다.

잠시 뒤에 임금을 모시는 사람들이 모두 비를 처마 끝에서 피하다가 서로 돌아보며 머뭇거리면서 말을 하지 못하고 입만 벌렸다 오므렸다 하거늘 임금이 그 까닭을 물으니 종관(從官)[6]이 대답하였다.

---

3) 경기도 과천에서 관악산 연주봉을 향하여 올라가는 도중에 있는 깊은 계곡을 말한다.
4) 조선의 제9대 왕.
5) 내시(內侍).

"주인집에서 장차 음식을 내려고 하여 아뢰옵니다."

임금이 명하여 "올리라." 하시니, 그 진수성찬이 모두 정성스레 갖추었고 또한 맛이 매우 있었다. 임금이 짧은 시간에 음식을 갑자기 갖춘 것을 놀라워하시며 상을 매우 후하게 내리셨다. 이것은 그 소실이 선견지명이 있어 그날 일이 있을 줄 미리 알고 자하동에 집을 짓고 두 아이와 함께 이곳에 거하고 조정에 이름이 알려져 출세하여 이름을 떨치기를 바라서 한 것이었다.

十八. 誰知弄假竟眞, 淑女原來配君子 (中)

楊承旨는 卽 主簿楊希洙이니 天品이 純厚하고 資性이 端潔한 君子人이라 居한지 十餘 年에 繼娶할 思가 無하고 又 女色을 近치 아니하며 오즉 琴書로써 自誤하야 平生에 戚戚함이 無하고 山水 間에 遨遊하야 樂而忘返하는 것으로써 爲事하도니 偶然이 弄假成眞의 格으로 一時의 戲言이 맛참니 百年의 緣을 結하게됨에 安邊 娘의 志操를 奪하기 難하야 不得已 小室을 삼앗스나 ─ 自其 小室이 入內한 後로는 다만 其 志操의 嘉尙함을 賞讚하며 又 其 遠來한 意를 慰할 뿐이오 小毫도 繾綣의 色이 無하야 一室에 同處한 바ㅣ 無하고 別床獨宿한지 數月에 一次도 衽席의 歡을 做치 아니하더니 一日은 家廟에 展謁하고 內堂애 入할셰 戶庭房園이 灑掃精潔하고 家具와 其 他 器血이 齊齊하야 一도 亂雜함이 無함을 見하고 其 子婦다려 曰하되 前月에는 吾家에 朝夕의 饔殿의 屢空하야 凡百이 모다 蕪穢不治하더니 近日에 至하야는 純然히 前日의 觀을 改하고 且 我의 甘旨의 供이 惟日與夕에 一次도 匱乏함이 無하니 如何히 하야 此와 如히 致하얏나뇨 子婦가 對하되 ─ 自 安邊 庶母가 入來한 後로 針線紡績은 猶 其餘 事에 屬하고 治家凡百이 決코 凡常의 人이 爲하는 바이 아니오며

6) 임금을 수행하던 벼슬아치.

鷄鳴하면 起하야 終日토록 勤勤孜孜하와 近日 家計가 稍히 饒足하게 된 것은 此가 卽 庶母의 功績이오 且 其 性行이 淳厚하야 窈窕淑女의 風度가 有하오니 小婦가 平日에 人家의 女를 見한 바ㅣ 多하오나 일즉이 庶母와 如한 者는 見치 못하얏나이다 하며 讚이 口에 容치 못하거늘 公이 其 言에 感하야 當夜에 小室을 招하야 前에 坐케 하고 試하야 談話를 交한 則 다만 其 幽閑 貞靜의 態가 常品에 逈出할 쑨 아니라 賢淑明敏한 識見이 古人에 比하야 遜色이 無한지라 此로써 從하야 甚히 愛重하고 이에 一室에 同處하야 親幸한지 數年에 至하야 孕胎하야 二子를 連生함이 形容이 端正하고 又 聰明穎浯하야 凡百이 모다 早達 成함으로 公이 又 兩兒를 愛之重之하야 嘗 曰하되 我가 晩年에 樂을 享한 것은 全혀 安邊 室의 所賜라 하고 其 長兒는 名하야 士彦이라 하고 其 次 兒는 名하야 士俊이라 하얏더라

　士彦은 卽 楊蓬萊이니 兄弟가 漸次 長成하야 各히 八九歲 時에 至함이 小室이 一日은 築室各居하기를 謂하고 且 居第를 紫霞洞 溪山勝處에 治하야 其 門閭를 高大케 할 事를 請하니 公이 其 意는 觧치 못하나 다만 其 所謂대로 許하얏더니 一日은 成宗께서 天氣晴和한 時를 利用하야 黃門 數人을 帶하시고 紫霞洞에 幸하사 春景을 賞하시고 歸路에 맛참 暴雨를 遇하야 流水가 加益함으로 上이 不得已 一家로 避入하시니 庭子가 簫酒하고 花卉 爛熳하야 淸光은 目을 奪하고 暗香은 鼻를 觸하는지라 誰家임을 問하시니 從官이 實로써 對함이 俄而오 兩 小兒가 有하야 容貌가 俊秀하며 衣帽가 鮮明하야 昻昻한 千里駒와 如한 者 成宗의 前에 鞠躬再拜하거늘 上이 甚히 奇愛하사 誰 家의 子임을 하시니 卽 安希洙 小室의 子이라 上이 一見에 仙風道骨임을 稱하시고 其 學業의 修養을 叩하시니 旣히 論語와 孝經을 通하시고 又 筆翰이 如流하야 俱히 標格이 有하고 又 韻을 呼하야 詩를 賦게 하심이 應口 輒對하야 小毫도 壅滯가 無하니 上이 大히 稱賞을 加하시며 此 兩兒의 前進은 可히 量치 못하리로다 하시더니 俄而오 從官 等이 모다 雨를 簷廡下에셔 避하다가 相顧 囁嚅하거늘 上이 其 故를 問하시니 從官이 對하되 主家에서 將次 進饌코져 하야 稟하

려하나이다 上이 命하야 進하라 하시니 其 珍羞盛饌이 모다 情費를 極하고 又 味가 甚 甘한지라 上이 其 時의 需를 猝辦한 것을 訝하시며 賞賜를 深厚하섯는대 此는 其 小室이 先見의 智가 有하야 今日이 有할 줄 豫知하고 紫霞洞에 室을 築하고 兩兒로 더부러 此에셔 各居하야 朝廷에 聞達을 求코져 함이더라

18. 농으로 한 말이 참으로 이루어질 줄 누가 알았을까 숙녀는 원래 군자의 배필일세 (하)

임금이 환궁하실 때에 사언의 형제를 함께 데리고 궁으로 돌아오신 후에 동궁(東宮)[1]에게 말하였다.

"내가 오늘 행행(行幸)[2]할 때에 두 사람의 신동을 얻었다. 이 아이의 풍채가 준일하고 미목이 청수하여 세속의 기운을 벗어났으니 후일 너를 보필할만한 신하로 삼고자 한다. 자라거든 반드시 크게 기용하여 당대에 공적이 뚜렷한 사업을 이룰 수 있게 하라."

이렇게 말씀하시고 춘방(春坊)[3] 가어사(假御使)를 제수하게 하신 후에 관내(關內)[4]에 오래도록 머물게 하셨으니 동궁과 나이가 서로 비슷해서였다.

그러나 사람이 총명하고 준수하여 가슴에 큰 뜻과 큰 재주를 담고 있을지라도 운수가 기이하고 때가 이롭지 않으면 또한 어찌하기가 어려운 것이라. 세상 사람들이 다 인정하는 평판이 있고 또 명종(明宗) 임금에게 서로 마음이 통하는 친한 벗이 되었으나 운명과 재수가 기구하여 벼슬, 명성, 덕망이 높은 이름이 세상에 드러나지 못하였다. 그 후 문과에 올라 벼슬이 겨우 안변부사에 이르렀다.

사언이 일찍이 그 불우함을 탄식하여 시를 지었으니 이러하였다.

구슬 같은 미인 삼신산[5]에 떨어져 있고 　　　　美人如玉隔三山

---

1) '왕세자'의 다른 말.
2) 임금의 나들이.
3) 세자시강원.
4) 서울과 경기도.
5) 삼신산(三神山)은 봉래(蓬萊), 방장(方丈), 영주(瀛州)로, 자라 등 위에 얹혀서 바다에 떠 있다

강호 십 년에 수염만 허옇게 뒤덮여버렸네	十載江湖鬢雪斑
원컨대 밝은 달밤에 속마음 부치고 싶어서	願寄衷情明月夜
부드러운 바람 옥으로 된 난간에 불어대네	和風吹入玉欄干

이 시는 대개 그가 불우함을 생각하고 슬퍼져서 마음이 상하여 지은 것으로 마음을 의탁함이 깊고도 많다. 한 시대의 헌걸찬 선비로 이와 같이 불행한 환경에 빠져 때를 만나지 못한 것은 실로 애석한 일이다.

이때에 안변 소실이 돌아 와 희수에게 그 사실의 전말과 비로소 따로 거처한 이유와 자하동에 집을 지은 까닭을 이야기하니 희수가 심히 놀라서 말하였다.

"당신은 실로 뒷일을 밝게 보는 지혜가 있으니 내가 능히 미칠 바가 아니오."

여러 해 뒤에 희수가 우연히 알 수 없는 병에 걸리니 밤에도 허리띠를 풀지 않고 의사를 맞아 약을 조제하는 것을 지극히 정성과 힘을 다하였다. 하루는 몰래 상자 안에 감추어 두었던 작은 칼을 꺼내어 때때로 숫돌에 갈았는데 집안사람들은 이를 알지 못하였다. 그 뒤에 희수가 마침내 불귀의 객이 되니 몹시 슬퍼하였다. 예법을 지나쳐 삼일이 지나도록 한모금의 물조차 입에 넣지 아니하더니 급기야 성복(成服)⁶⁾하는 날에 일가붙이가 모두 모였거늘 사언의 어미가 부르짖어 울다가 나아가 친척들에게 말했다.

"오늘 여러 분들께서 모두 모이시고 여러 상제들도 이 자리에 있는데 제가 한 마디 받들어 부탁할 일이 있으니 여러 분들은 능히 이를 옳다고 받아들이시겠는지요?"

는 전설의 산으로 갈 수 없는 곳이다. 여기서는 임금이 계신 궁궐 뒤의 삼각산(三角山)을 빗대어 썼다.

6) 초상이 나서 처음으로 상복을 입음. 보통 초상난 지 나흘 되는 날부터 입는다.

상제들과 일가붙이가 모두 "서모의 현숙함으로 우리에게 부탁하시는 일이시니 어찌 따르지 않을 이치가 있겠소."라고 하였다. 사언의 어미가 이에 한숨을 쉬며 서글프게 탄식을 하며 말하였다.

　　"제가 다행히도 두 아들을 두었는데 인격이 비록 준수하지 못하나 그리 우매하지는 않습니다. 그러나 우리나라의 법이 천한 출신은 문중의 대열에 서지 못하고 또한 청현(淸顯)[7]의 직책을 얻을 수 없으니 이 아이들이 비록 성인이 된들 장차 어디에 쓰겠는지요. 이 자리에 계신 여러분들이 비록 은혜와 사랑을 함에 허물이 없어 내 살아생전에는 차별이 없을지라도 내가 죽은 후에는 서모의 복을 입을 것입니다. 이와 같이 한다면 적자와 서자가 분명히 드러날 것이니 이 아이들이 어찌 행세함을 얻겠습니까. 내가 당연히 오늘 자결하여 이 대상(大喪) 중에 임시변통으로 치루면 적서의 차별이 없게 될 것입니다. 원컨대 여러분들은 이 장차 죽을 사람을 애처롭고 가엾게 여기시고 첩으로 하여금 죽어 구천의 바닥에서 한을 품게 하지 마소서."

　　이러함에 상제들과 일가붙이들이 모두 말하였다.

　　"이 일은 우리들이 마땅히 좋은 도리로 상의하여 차등이 없게 할 것이오. 어찌 죽음을 스스로 다짐하시는 게요."

　　사언 어미는 여전히 눈물을 흘리며 슬피 울며 말하였다.

　　"여러분들의 마음은 비록 감격하나 제가 한 번 죽음만 못할 것입니다."

　　말을 마치자 품속에서 작은 칼을 꺼내어 양공(楊公)의 관 앞에서 자결하니 집 사람들과 일가붙이들이 모두 크게 놀라 애달파 안타깝게 여겨 말했다.

　　"이 사람이 현숙한 성품으로 천금같은 몸을 죽여 뒷일을 이와 같이 간

---

7) 학식과 문벌이 높은 사람에게 시키던 규장각, 홍문관 따위의 벼슬인 청환(淸宦)과 높고 중요한 직위인 현직(顯職)을 아울러 이르는 말.

절히 부탁하니 그 유언은 저버리지 못하리라."

그리고 이에 일가붙이들이 상의하여 봉래를 서제(庶弟)[8]로 대하지 않고
적서의 차별을 철폐하였다. 봉래가 장성한 후에 이름이 천하에 넉넉하였
으나 세상 사람들은 그가 서자임을 알지 못하였다고 한다.

十八. 誰知弄假竟眞, 淑女原來配君子 (下)

上이 還宮하실 時에 士彦의 兄弟를 率하시고 還御하신 後에 東宮다려
謂하사더 子가 今에 幸行한 際에 兩個의 神童을 得하얏는대 此 兒의 風采
가 俊逸하고 眉目이 淸秀하야 塵俗의 氣를 超脫하얏슴으로 他日에 汝의
輔弼之臣爲코져 하니 其 長成함에 及하야는 必히 大用하야써 一世의 功
業을 遂케 하라 하시고 春坊假御使를 除授케 하신 後에 關內에 長留케
하시니 大盖東宮으로 더부러 年紀가 相等함이더라 그러나 人이 如何히
聰明俊秀하야 胸에 大志와 大才를 抱하얏슬지라도 數가 奇하고 時가 利
치 아니함에는 쏘한 如何키 難한 것이라 世人이 定評이 有하고 又 明宗에
게 知遇한 바ㅣ 되얏스나 命數의 崎嶇로 顯達함을 得치 못하고 其後 文科
에 登하야 官이 謹히 安邊府使에 止하얏더라 士彦이 常히 其 不遇함을
嘆하야 嘗히 賦하야 曰

　美人如玉隔三山 十載江湖鬢雪斑

　願寄衷情明月夜 和風吹八玉欄于

이라 하얏는대 此 詩가 盖 其 不遇를 傷하야 述한 者로 其 意를 托함이
深遠하니 一代 奇傑의 士로 如斯히 落拓不遇한 것은 實로 可惜한 바이라
더라(此是後話)

此時에 安邊 小室이 歸하야 希洙에게 其 事實의 顚末을 告하고 비로소
各居한 理由와 紫霞洞에 築室한 事故를 陳述하니 希洙가 甚히 驚異하야

---

8) 서모에게서 난 아우.

曰 汝는 實로 後事를 明見하는 智가 有하니 我의 能히 及할 바 아니로다 하얏더라 數年 後에 希洙가 偶然히 無名의 崇에 罹함이 夜에 帶鮮치 안코 醫院을 迎하야 調藥에 極히 誠力을 致하며 一日은 暗히 笥中에 藏하얏던 小刀를 出하야 時時로 礪石에 研磨함이 家人이 此를 知치 못하얏더니 其 後 未幾에 希洙가 맛참니 不歸의 客이 됨에 哀毁하기를 禮에 踰하며 三日 이 至하도록 勺水를 入口치 아니하더니 及其 成服하는 日에 宗族이 集하 얏거늘 士彦의 母가 號泣하다가 座에 出하야 宗黨에게 告하야 曰 今日에 列位가 齊會하시고 諸喪人도 座에 在한디 妾이 一言의 奉託할 事가 有하 오니 列位는 能히 此를 肯許하리잇가 嫡喪人과 及其 宗黨이 皆 曰하되 庶母의 賢淑으로써 我 等에게 託하시는 바가 有하야면 엇지 不從할 理가 有하리오 士彦의 母가 이에 喟然히 太息하며 曰 妾이 幸히 二子를 有함이 人格이 비록 俊秀치 못하나 그리 愚迷한 者는 아니라 그러나 我國의 法이 自來賤生은 宗黨의 列에 齒치 못하고 又 淸顯의 職을 授치 아니한다 하니 渠가 비록 成人이 된들 將次 安用하리오 列位 公子가 비록 恩愛無間하야 生前에는 差別이 無할지라도 妾이 死한 後에는 庶母의 服을 服하시리니 如斯히 한 則 嫡庶가 懸殊하니 此 兒가 엇지 行世함을 得하리오 妾이 當 然히 今日 自決하야 此 大喪 中에 彌縫하면 嫡庶의 別이 無할 듯 하니 願컨대 列位 諸公은 此 將 死할 人을 哀憐히 녁이시고 妾으로 하야금 九 泉의 下에셔 恨을 飮케 마소셔 함이 喪人과 宗黨이 皆 曰하되 此事는 吾 輩가 맛當히 好樣의 道理를 相議하야 差等이 無케 하리니 엇지 死로써 自期하리오 士彦母는 尙히 涕泣하며 曰 列位의 意는 비록 感하나 妾이 一死함만 不如하다 하고 言罷에 懷中으로브터 小刀를 出하야 楊公의 柩 前에셔 自刎하니 家人과 宗黨이 모다 大驚嗟惜하야 말하얏다. 此人이 賢 淑의 性으러써 千金의 軀를 殺하야 後事를 如是 懇托하니 其 遺言은 可히 負치 못하리라 하고 이에 宗黨이 相議하야 蓬萊를 庶弟로써 待치 아니하 고 嫡庶의 差別을 撤廢하얏더니 蓬萊가 長成한 後에 名이 天下에 滿하얏 스나 世人이 其 庶流임을 不知하얏다 云하니라

19. 미물을 사랑하고 색을 멀리한 군자의 뜻 부당한 일을 적발하는 어진 관리의 정사(政事)

참판(參判)[1] 김니(金柅, 1540~1621)[2]의 호는 유당(柳塘)이니 선조 때 사람이다.

어려서부터 총명하고 영특하더니 십여 세에 서재에서 책을 읽다가 얼마간의 한가함을 보내려, 여러 아이들과 함께 시냇가에서 노닐 때였다.

어떤 사람이 한 큰 잉어를 낚시질하였는데 흰 수염에 붉은 색 비늘이 덮였으며 입은 크고 몸은 길었다. 어부가 이를 모래 위에 놓으니 몸을 뒤채 펄떡이며 유당을 향하여 완연히 눈물을 떨어뜨려 구해주기를 바라는 모양을 지었다.

유당이 이를 보고 측은한 마음이 일어나 말하였다.

"옛 사람의 말에 '군자는 그 살아있는 모습을 보고 차마 그 죽임을 보지 못 한다.'[3]라 하였으니 과연 이를 말하는 것이로구나."

그러고는 후한 값으로 그 잉어를 사서는 물에 던지니 잉어가 처음에는 괴로운듯하다가 다음에는 힘차고 후에는 태연하니[4] 다시 공을 향하여

---

1) 병조참판임.
2) 본관은 전주. 자는 지중(止仲), 한성의 신성촌(新成村)에서 출생하여 조광조(趙光祖)의 제자인 백인걸(白仁傑, 1497~1579)의 문인으로 학문이 높았다. 성균관박사·승문원교 검·교리·응교·수찬·황해감사 등을 역임했으며, 임진왜란 때는 군대를 거느리고 김응서(金應瑞)와 진두에서 많은 공을 세웠다. 저서로는 『유당집』이 있다.
3) 『맹자(孟子)』「양혜왕(梁惠王)」편에 보이는 말로 '심성이 어질고 바르게 하기 위하여서는 무섭거나 잔인한 일을 하는 것을 하여서도 안 되며 봐서도 안 된다.'는 뜻이다. 원문은 다음과 같다.
"군자는 금수에 대함에 있어서도 그 산 모습을 보고서는 그들의 죽는 꼴을 차마 보지 못하며, 그 죽는 소리를 듣고서는 그 고기를 차마 먹지 못하기에 군자는 푸줏간을 멀리하는 것입니다.(君子之於禽獸也 見其生 不忍見其死 聞其聲 不忍食其肉 是以君子 遠廚也.)"

고개를 수그리고 꼬리를 흔들며 감사를 표하는 모양을 지었다. 부형과 어른들이 큰 소리로 칭찬하기를, "이 아이가 강보(襁褓)를 겨우 벗어 난 어린 나이로 인자한 마음이 미물에까지 미치니 앞으로 더욱 나아갈 것이다."라고 하였더라.

나이가 성동(成童)의 때[5]를 지나니 풍채가 뛰어나고 지조가 맑고 높아 아름다운 여인을 보고도 마음을 흔들리지 않았다. 그가 사는 읍내에 여러 명의 이름난 기생이 있었는데, 용모가 뛰어나서 잘사는 집 자제들이 천금을 주고서 서로 사귀며 즐거움을 나누기를 구하였으나 번번이 사절을 하더니 유당의 풍채를 보고서는 사모하였다.

하루는 기녀 여러 명이 짙게 단장을 하고 옷을 잘 차려 입고 달밤에 와서는 온갖 아양을 떨며 갖가지 자태를 보여 그 뜻을 흔들리게 하였다. 그러나 공(公)은 털끝만치도 마음을 동요하지 않고 얼굴색을 바로하고 거절하였다. 기녀들은 이러함에도 불구하고 여전히 여러 차례에 걸쳐 만반의 준비를 갖춰 가까이하기를 구하였다.

공이 심히 싫고 괴로워 하루는 한 계책을 생각하고 검은깨 한 움큼을 상 아래에 감추어 두었다. 그날 밤에 또 기녀들이 와 온갖 교태를 떨며 맑은 목소리로 노래를 부르고 연주하며 백방으로 유혹하였다.

공은 묵묵히 단정히 앉아 움직이지 않으며 조금도 응하지 않았다. 밤이 깊도록 기생의 무리도 가지 않으니, 공이 달빛 아래에서 머리를 빗질하며 몰래 상 아래의 검은깨를 머리카락 속에 넣고 오른손으로 천천히 빗질을 하였다. 검은깨가 어지럽게 방바닥에 떨어지니 완연히 이가 떨어지는 것

---

4) 춘추 시대 정(鄭)나라 자산(子産)에게 누가 산고기(生魚)를 선사했을 때 자산이 교인(校人)을 시켜 못에 놓아주라고 하자, 교인이 삶아 먹고는 복명하기를, "처음 놓아주었을 때는 지쳐서 퍼지 못하다가, 잠시 뒤에는 조금 펴져서 유연히 가더이다.(始舍之圉圉焉 少則洋洋焉 攸然而 逝)"하니, 자산이 말하기를, "제 살 곳을 얻었구나, 제 살 곳을 얻었구나.(得其所哉 得其所哉)" 했다는 데서 온 말이다. 『맹자』 「만장상」.
5) 열다섯 살 된 사내아이를 이르는 말.

과 같았다.

공이 황망히 이를 잡아서는 손톱으로 죽이는 시늉을 하니 기녀들이 이를 보고는 모두 몸을 피하며 서로 돌아보고 웃으며 말하였다.

"이가 저토록 많은 사람을 어떻게 가까이해."

그러고는 각기 흩어져 가버리고 다시는 오지 않았다.

그 후 풍천(豊川)[6]에서 고을살이를 할 때에 하루는 읍내에 사는 한 농민이 소장을 올렸다.

"소인의 집에서 여러 해 기른 큰 소가 있는데 어떤 흉악한 놈이 한 짓인지 소의 혀를 잘라버려 꼴을 먹지 못하오니 원컨대 사또의 밝으심으로 그 범인을 잡아 법에 따라 처리해주시기를 바라나이다."

공이 말하기를 "허다한 사람 중에 어떤 자의 행위인줄 어찌 알고 이를 조사하여 사실을 알아내겠는가? 그러나 시험할 것이 있으니 자네는 가서 그 소를 끌고 오게나."

소 주인이 명을 따라 관가의 뜰로 소를 끌고 오니 공이 읍내에 거주하는 농민을 집집마다 모두 불러 모아 각기 한 바가지의 물을 소에게 마시게 시켰다. 마지막으로 한 사람이 있었는데 그릇을 들고 소 앞으로 가까이 가니 소가 갑자기 놀라 펄쩍 뛰어 오르고 소리를 지르며 슬피 울었다.

공이 이졸(吏卒)[7]에게 명하여 그 사내를 잡아 형장을 치며 추궁하니 그 사내가 자기가 한 짓이라고 하였다. 이에 법에 따라 조치하니 관리와 백성 모두 그 신령스럽고 이치 밝음에 감복하였다.

또 일찍이 쌍성(雙城)[8]에서 하는 일없이 한가로울 때다. 관아의 문서, 장부 등을 한번 훑어보고는 모두 기억하니 빠진 것이 없어 그때 사람들이 그 천재성을 감탄하고 칭찬하지 않는 이가 없었다. 하루는 관아 안에 불이

---

6) 지금의 경북 안동시 풍천면.
7) 하급의 관리.
8) 조선을 건국한 이성계의 고향인 함경남도 영흥(永興)의 옛 이름.

나 각종 문서가 모두 화재를 당하여 지적(地籍)⁹⁾도 또한 그 속에 있었기에 수령 이하 놀라지 않는 자가 없었다. 그 내용을 알지 못하여 쌍성의 수령이 일찍이 공과 예부터 정의가 있는 터라, 글을 보내어 뒷갈망을 잘할 방법을 물으니 공이 글을 보고 즉시 수레를 재촉하여 쌍성에 도착하였다.

부사가 맞이하여 말하였다.

"어리석은 제가 어질지 못하여 화가 지적에까지 미쳤으니 어떻게 하면 좋겠소."

공이 웃으며 말했다.

"고을 아전이 불을 낸 것인데 이를 끌어 자기의 허물이라 하오. 이것은 공평륙(孔平陸)이 모든 죄를 자기의 잘못으로 돌린 것¹⁰⁾과 같구려. 내가 전에 한 번 본 일이 있어 지금까지도 기억이 새로우니 족히 염려할 바 아니오."

그리고 곧 글씨 잘 쓰는 사람 여럿에게 외워 부르는 것을 따라서 적게 하니 수십일 안에 한 군의 지적 장부가 새로 완성되었다. 그 총계 복수(卜 數)¹¹⁾를 계산해보니 그 총액에서 빠진 것이 삼부(負)와 오속(束)¹²⁾에 지나지 않았다. 부사가 말하기를 "선생의 신명은 실로 하늘이 내린 것이오. 복생 (伏生)의 『상서(尙書)』¹³⁾와 우씨(禹氏)의 『주역(周易)』¹⁴⁾만이 어찌 고아한 아

---

9) 토지에 관한 여러 가지 사항을 등록하여 놓은 기록.

10) 공평륙(孔平陸)은 공거심(孔距心)이다. 공거심이 제나라의 평륙(平陸)이란 고을의 수령이었기에 이른 말이다. 맹자가, "지금 남에게서 소와 양을 받아 대신해서 기르는 자가 있다면, 그는 반드시 목장과 꼴을 구할 것이다. 목장과 꼴을 구하다가 얻지 못하면 소와 양을 그 사람에게 돌려줄 것인가, 아니면 또한 소와 양이 죽어 가는 것을 서서 볼 것인가?"라고 질책하니, 평륙 고을 수령인 거심이 "이는 저 거심의 죄입니다."라고 모든 죄를 자기의 잘못으로 돌렸다고 한다. 『맹자』「공손축 하」에 나온다.

11) 조선시대의 토지 과세제도. 수확될 것을 계량하여 국세를 정하였음.

12) 부(負)와 속(束)은 벼를 수확할 때의 단위 또는 전지의 면적 단위.

13) 복생이 편찬한 중국의 역사서인 『상서대전(尙書大傳)』.

14) 신농씨(神農氏, 혹은 伏羲氏, 夏禹氏, 文王)가 64괘로 나누었으며, 문왕이 괘에 사(辭)를 붙여 『주역』이 이루어진 뒤에 그 아들 주공(周公)이 효사(爻辭)를 지어 완성되었고 이에 공자

름다움을 독차지 하리오."라고 하였더라.

이후로 사람의 총명을 일컬을 적에는 반드시 '김유당의 재주'라 부르며, 일에 혹 매우 적은 차이가 있으면 반드시 '삼부오속의 차'라는 말을 써 세상에 한 관용구를 만들었다.

十九. 愛物遠色君子志, 發奸摘伏良吏政

金參判柅의 號는 柳塘이니 宣朝 時 人이라 自幼로 聰明岐嶷하더니 十餘 歲 時에 書齋에서 書를 讀하다가 數刻의 閑을 偸하야 群兒로 더부러 溪邊에서 遊戲할식 一人이 有하야 一大 鯉魚를 釣得하얏는대 白鬐赤鱗이오 巨口長身이라 漁夫가 此를 沙上에 置하니 飜身潑潑하며 柳塘을 向하야 完然히 淚를 墮하며 救하기를 願하는 狀을 作하거날 柳塘이 此를 見하고 惻然한 心이 動하야 曰 古人의 言에 君子는 見其 生하고 不忍 見 其 死라 하얏스니 果然 此를 謂함이로다 하고 이에 厚價로써 其 鯉魚를 買하야 水에 投하니 鯉魚가 初에는 圉圉하다가 次에는 洋洋하며 後에는 悠然히 逝하며 更히 公을 向하야 首를 俛하고 尾를 掉하고 謝意를 表하는 狀을 作하니 父兄과 其 他 長者 等이 嘖嘖히 稱揚하되 此 兒가 襁褓를 纔脫한 髫齡으로 仁慈의 心이 物에 及하니 前進을 可히 重치 못하리로다 하얏더라 年이 成童의 時를 過함이 風采가 俊逸하고 志操가 淸高하야 美色을 見하야도 일즉이 心을 動치 안이 하더니 其 所 居 邑內에 數個의 名妓가 有하야 容貌 歌舞가 絶等함이 富豪家 子弟 等이 千金을 投하야 交驩하기를 求하얏스나 動輒謝絶을 爲하더니 柳塘의 風采를 想慕하야 一日은 妓女數人이 濃粧盛服으로써 月을 乘하고 來하야 百媚를 生하며 天態를 含하야 其 志를 動케 하얏스나 公이 小毫도 念을 起치 안이 하고 正色으로써 拒絶하얏는대 妓女 等은 此에 不拘하고 尙히 屢次에 亘하도

_____

가 십익을 붙였다고 한다. '우씨(禹氏)'는 하우씨를 말함.

록 萬般으로 狎하기를 求하니 公이 甚히 厭苦하야 一日은 一計를 思得하고 黑荏子 一掬을 取하야 床下에 藏하얏더니 當夜에 又 妓女 等이 來하야 千般의 嬌態로써 淸歌를 奏하야 百方으로 誘感하는지라 公이 默默히 端坐不動하야 一次도 酬應치 아니하믹 夜가 深하도록 妓輩가 去치 아니하니 公이 月下에셔 頭髮을 梳할셰 暗히 床下의 荏子를 取하야 白髮의 裏에 置하고 右手로써 徐徐히 髮을 梳한즉 荏子가 紛紛히 櫛을 隨하야 地에 落하믹 宛然히 虱이 落함과 如한지라 公이 慌忙히 虱를 取하야 手爪로 殺하는 狀을 作하니 하니 妓女 等이 此를 見하고는 모다 身을 避하야 相顧相笑하며 曰 多虱者는 可히 近치 못할 것이라 하고 各히 散去하야 更히 復來치 아니하얏더라 其 後 豐川을 守할 時에 一日은 邑內에 居하는 一 農民이 呈訴하되 小人의 家에셔 屢年 牧養하든 一 大牛가 有하온대 何許 兇漢의 所爲인지 牛의 舌을 割去하야 蒭蕘를 食치 못하오니 願컨대 使道의 神明으로써 該犯人을 捕獲하야 法에 置하시기를 望하나이다 公이 謂하되 許多한 人에 何者의 所爲인줄 엇지 知하고 此를 査得하리오 그러나 試할 바가 有하니 汝는 須히 該牛를 牽來할지어다 牛主가 命에 依하야 官庭으로 牽來하니 公이 邑內 居住하는 農民을 戶戶마다 招集하고 各히 一椀의 水로써 牛를 飮케 하니 最後에 一人이 有하야 椀을 奉하고 牛前으로 近한 則 牛가 忽然 驚動躑躅하며 聲을 출하야 哀鳴하는지라 공이 이곳 吏卒을 명하야 厥漢을 拿致한 후에 刑 으로 鞫하니 厥漢이 이에 承服하는지라 이에 法에 置하니 吏民이 모다 其 神明을 服하얏더라

又 曾히 雙城(今永興)에 優遊할셰 官衙의 文書 帳簿 等을 一覽에 輒記하야 遺漏함이 罔有함으로 時人 其 天才를 嘆賞치 아니하는 者이 無하더니 一日은 衙中이 失火하야 各種 文簿가 모다 回祿에 歸하고 地籍도 쫀한 其 中에 在한지라 守令 以下로 驚惶치 안는 者이 無하야 其 所以를 莫知하더니 雙城 宰가 일즉 公으로 더부러 舊誼가 有한 터이라 곳 書를 馳하야 善後의 計를 問하니 公이 書를 接하고 卽時 駕를 促하야 雙城에 到하니 府使가 喜迎하야 曰 鄙官이 無良하야 禍가 地籍에 及하얏스니 如何히 하면 可할고 公이 笑하되 郡吏가 火를 失하얏거늘 此를 引하야 己의 過를

作하니 此가 孔平陸의 引責歸罪함과 同하도다 我가 前日에 一覽한 事가
有하야 今日까지 記憶이 尙新하니 足이 慮할 바ㅣ 아니라 하고 이에 善書
하는 者 數人을 命하야 唱誦함을 隨하야 書케 하니 數旬의 內에 一郡 地
籍의 帳簿가 新成하얏는대 其 總計卜數를 算한즉 其 總額에 缺한 者ㅣ
僅히 三負五束이라 府使 曰 先生의 神明은 實로 天賜이라 伏生의 尙書와
禹氏의 周易이 엇지 古에 다만 專美하리오 하얏더라 此 後로 人의 聰明을
稱함에는 必히 金柳塘의 才라 稱하며 事에 或 絲毫의 差가 有하면 必히
三負五束의 差라는 言을 用하야 世에 一 熟語를 作하니라

20. 십년동안 은혜와 정이 부자와 같고 용맥(龍脈)의 정기서린 명당자리에 자손을 번창케 하다 (상)

상서 김 아무개는 사람을 잘 알아보는 슬기가 있었다.

하루는 길을 나섰다가 노상에 웬 총각이 있는데 의복이 남루하고 모습이 초췌한 것을 보았다. 그래 마음속으로 불쌍하고 가엾게 여겨 자기 집으로 데리고 와 사는 곳과 성명을 물으니 총각이 대답했다.

"어렸을 때에 부모를 잃어 빈궁하고 의탁할 곳이 없어 시장 주변으로 구걸을 다닌 지 이미 오래되었기에 성도 이름도 알지 못합니다."

"그러면 나이는 몇인고?"

"열다섯입니다."

김 상서가 그 용모를 자세히 살피니 곧 얼굴 생김새가 천인이 아니요, 후일에 반드시 현달할 상이어서 총각에게 말하였다.

"네가 우리 집에 있으면 먹고 입는 것이 부족치 않을 것이니 너는 나와 함께 한 집에 살다가 후일 좋은 기회를 기다려 벼슬길을 여는 것이 어떠하냐?"

총각이 백배 감사드리며 말하였다.

"남의 집에서 심부름이나 하는 어린아이와 같아 혈혈단신의 몸을 의지하고 맡길 곳이 없는 자를 위하여 구렁텅이에 굴러다닐 것을 불쌍히 여기시고 거의 다 죽게 된 목숨을 구하시니 그 막대한 은혜를 이생에서 어찌 다 갚겠습니까."

김 상서가 말했다.

"너의 골격이 결코 상민이나 천인의 상이 아니니 마땅히 학업을 닦아 다른 날 좋은 운이 도래하기만 기다리거라."

그리고 인하여 이름을 김동(金童)이라 부르고 먹고 입는 등 살아가는데 필요한 물건을 극히 풍족하게 해주었으며 또 서재에 두고서는 과거공부를 하게하였다.

김동이 총명하고 슬기로워 한 번 눈으로 본 것은 잊지 아니하므로 학업이 크게 진전하여 날로 나아가며 달로 자라났다. 상서가 심이 애지중지하여 잠시라도 떨어지지 못하게 하니 은혜와 정이 부자와 같았다.

상서는 원래 잠이 적었다. 비록 깊은 밤중이라도 한 번 부르면 김동이 바로 대답하고 응하는 것이 매우 빨랐고 하인들은 뒤에 있으니 이로써 더욱 사랑하였다.

김동이 상서의 집에 있으며 매일 서재에서 책을 보는데 시간이 조금만 나면 항상 성력(星曆)[1]의 책을 열심히 보거늘 상서가 그렇게 된 이치를 물어보면 그 속뜻의 줄거리를 말하였다. 또 함께 옛사람의 일을 논하면 익숙한 글을 암송하는 것 같이 막힘이 없었으나 다른 사람과 말할 때에는 우물쭈물 회피하여 재능을 감추고는 대답하지 않았다.

상서가 친아들과 같이 대하여 매사를 상의하여 행하고 아내 얻기를 권하였으나 고사하여 따르지 않았다. 이와 같이 한 지 차츰차츰 세월이 흘러 십년을 지났다.

하루는 상서가 밤에 잠을 깨어 김동을 불렀으나 대답이 없었다. 두세 번을 불러도 또 그러하여 이에 불을 켜고 두루 찾아보았으나 모습이 없었다. 상서가 놀라 괴이하여 망연히 좌우의 손을 잃은 것 같아 잠자고 먹는 것이 달지 않았다. 나흘 만에 김동이 얼굴에 기쁜 빛을 띠고는 와서 뵈었다. 상서가 놀랍고 기뻐 말하였다.

"네가 어찌 나에게 알리지 않고 나갔으며 또 어느 곳에 갔었더냐? 내가 너를 대하기에 극진하지 못한 점이 있었더냐? 또 얼굴에 기뻐하는 빛이 있는 것은 무슨 까닭인고?"

---

1) 별의 운행을 고찰하여 만든 역법(曆法).

김동이 대답했다.

"마땅히 조용한 틈을 타서 상세히 고백하겠습니다."

그날 밤 삼경(三更)[2] 후에 좌우에 사람이 없는 때를 타서 상서에게 고하였다.

"저는 조선인이 아니요, 중국 아무개 각로(閣老)[3]의 아들이옵니다. 부친께서 간신에게 헐뜯음을 당하여 사문도(沙門島)[4]로 멀리 귀양을 가셨고 문중의 겨레붙이들도 죄를 당하였습니다. 부친께서 원래 운수를 깊이 아시어서 떠나실 때 소자에게 가르침 주시기를, '내가 십년 후에 마땅히 용서 받아 돌아 올 것이다. 네가 중국에 있다가는 간신의 손에 죽을 것이니 동쪽 조선으로 가면 반드시 화를 멀리하여 온전한 몸으로 무사히 살아 돌아 올 것이다.'라고 하셨습니다. 그래 저는 이리저리 떠돌아다니며 구걸하여 이곳에 온 것이었는데 천행으로 대인의 하해와 같은 은택을 입어 친아들과 같이 길러주시고 가르쳐 인도해 주셨으니 이승에서 막대한 은혜를 갚을 방법이 없습니다.

며칠 전에 아뢰지도 않고 나간 것은 과천(果川) 오봉산(五峯山)에 올라 성상(星象)[5]을 보기 위해서였습니다. 자세히 살펴보니 부친이 이미 석방되어 돌아오셨기로 얼굴에 기쁜 빛을 띠게 된 것입니다. 그러나 십년간 대인께서 어루만져 사랑해주신 정을 하루아침에 버리고 돌아갈 것을 고하지 않을 수 없겠기에 은혜를 갚으려는 마음이 더욱 깊고도 간절하였습니다. 그래 산 속의 땅 중 길한 곳을 오봉산에서 두루 구하였더니 천하에 드문 한 혈맥이 있어 이를 점쳐 얻었습니다. 청컨대 내일 아침에 가서

---

2) 하룻밤을 오경(五更)으로 나눈 셋째 부분. 밤 열한 때에서 새벽 한 시 사이이다.

3) 중국 명나라 때에, '재상(宰相)'을 이르던 말.

4) 중국 산동성 봉래현 서북쪽으로 60리 떨어진 바다에 있는 성으로 송나라 때 죄인을 유배시키던 곳임.

5) 별자리의 모양.

보시지요."

상서가 심히 놀랍고 기이하여 칭찬하고는 다음 날 오봉산 아래에 함께 가 한 언덕에 올랐다. 김동이 한 곳을 가리키며 말하였다.

"이곳이 곧 크게 길한 땅입니다. 한 달 이내로 급히 대인의 부친 산소를 옮겨서 장사를 다시 지내십시오."

그리고 날짜를 택하고 무덤의 방향까지 정해주며 말하였다.

"이 땅은 자손이 창성하여 다섯 손에 걸쳐 다섯의 재상이 나올 것이니 의심치 마옵소서."

그리고 곧 돌아갈 것을 고하니 상서가 애틋한 정을 이기지 못하여 눈물 흘리며 송별을 하였다.

二十. 十年恩情同父子, 穴明堂昌子孫 (上)

金尙書 某가 知人의 鑑이 有하더니 一日은 出行하다가 路上에 總角이 有하야 衣服이 藍縷하고 形容이 憔悴함을 見하고 心中에 矜惻하야 其 家로 携歸하야 居住姓名을 問한즉 總角이 對하되 幼時에 怙[6]恃를 失하고 貧窮無依하야 市井의 邊으로 行乞한지 已久하기로 姓名을 記치 못하노이다 그러면 年은 幾何이뇨 十五歲로소이다 金尙書가 其 容貌를 細察한 則 相格이 賤人이 아니오 後日에 必히 顯達할 相이라 이에 總角다려 謂하되 汝가 吾家에 在하면 衣食의 節을 匱乏치 아니하리니 汝는 我로 더브러 一家에 同處하다가 後日에 好機를 俟하야 出身의 路를 開함이 如何하뇨 總角이 百拜致謝하며 曰 小童과 如한 孑孑單身의 無倚無託한 者를 爲하야 溝壑에 轉할 것을 矜恤이 녁이시고 垂死의 殘命을 救하시니 其 莫大한 恩을 此生 此世에 엇지 다 報하리잇가 金이 謂하되 汝의 骨骼이 決코 常賤의 相이 아니니 맛당히 學業을 修하야 他日 好運이 到來하기만 期待할

---

6) 원문에는 '沽'이라 하여 바로 잡았다.

지어다 하고 因하야 名을 金童이라 稱하고 衣食의 接濟를 極히 濃厚히
하며 又 書齋에 置하야 課業을 做케 하니 金童이 聰明穎悟하야 一次 目에
過하는 者를 忘치 아니함으로 學業이 大進하야 日로 就하며 月로 將하니
尙書가 甚히 愛重하야 須臾라도 離側케 아니하며 恩情이 父子와 如하더
라 尙書가 元來 睡眠이 少한 터인대 비록 深夜의 中이라도 一 呼하면 金
童이 先 對하야 應命如流하고 傔奴 等은 後에 在하니 此로써 더욱 奇愛하
얏더라 金童이 尙書 家에 在하야 每日 書齋에서 書籍을 閱한 餘暇에 常히
星曆의 書를 耽看하거늘 尙書가 其 故를 叩한 則 其 奧旨를 畧言하고 더
부러 古人의 事를 論하면 熟文을 誦함과 如하야 壅滯함이 無하되 他人으
로 더부러 言함에는 逡巡回避하야 韜晦不答하는지라 尙書가 親子와 如히
待하야 每事를 相議하야 行하고 娶妻하기를 勸한 즉 固辭하야 從치 아니
하더니 如斯히 한지 荏苒十年을 經過한지라 一日은 尙書가 夜에 睡를 覺
하야 金童을 呼한 즉 應答이 無하고 至再至三하야도 亦然함으로 이에 火
를 點하고 周察한 즉 形影이 無한지라 尙書가 驚怪하야 惘然히 左右의
手를 失함과 如하야 寢食이 不甘하더니 第 四日에 金童이 面上에 喜色을
帶하고 來 見하는지라 尙書가 驚喜하여 曰 汝가 엇지 我에게 告치 아니하
고 出去하얏스며 쏘 何處에 徃하얏더뇨 我가 汝를 待하기를 極盡치 못한
點이 有하더뇨 又 面에 喜色이 有함을 何故이뇨 金童이 對하되 맛당히
從容한 隙을 하야 詳細히 告白하겟노이다 當夜深更 後에 左右無人한 時
를 하야 尙書에게 告하야 曰 我가 朝鮮人이 아니오 中國 某閣老의 子이
옵더니 父親이 奸臣의 讒言을 遭하야 沙門島에 遠謫을 被함이 族黨이 쏘
한 罪를 當하얏는대 父親이 元來 星 數를 深知하시는 터임으로 臨行에
小子를 敎하야 曰 我가 十年 後에 맛당히 蒙宥放還함을 得하더니 汝가
中國에 在dis 奸臣의 手에 死할 것이오 東으로 朝鮮을 出하면 반다시 遠
害全身하야 無事히 生還함을 得하리라 하시기로 轉轉流乞하야 此에 來
하얏더니 天幸으로 大人의 河海之澤을 蒙하야 親子와 如히 養育하시고
敎誨하셧스니 此生 此世에 莫大의 恩을 報酬할 道가 無하온지라 日前에
不告하고 去한 것은 果川 五峯山에 登하야 星象을 仰視하기 爲함인대 詳

觀한 則 父親이 旣히 赦還하셧기로 面에 喜色을 帶함이니다 그러나 十年間 大人의 撫愛하든 情을 一朝에 棄하야 告歸치 아니치 못할 것임으로 報恩의 心이 더욱 深切하야 山地의 休吉한 處를 五峯山에 遍求함이 天下에 罕有한 바 一明穴이 有하야 此를 占得하얏스니 明朝에 請컨대 往見하사이다 尙書가 甚히 驚異稱善하고 翌日에 五峯山 下에 同往하야 皐에 登하니 金童이 一處를 指하야 曰 此가 卽 大吉의 地이라 一月以內로 急히 大人親山의 緬奉을 行하쇼셔 하고 擇日 裁穴을 言하며 又 曰하되 此 地는 子孫이 昌盛하야 淚送別을 爲하얏더라

20. 십년동안 은혜와 정이 부자와 같고 용맥(龍脈)의 정기서린 명당자리에 자손을 번창케 하다 (하)

그 뒤에 상서가 김동의 말에 의하여 장차 그 부모 산소의 면봉(緬奉)[1]을 행하려 할 때였다. 관을 묻기 위해 구덩이를 일곱 척을 파니 평평한 돌이 나오고 돌 네 귀퉁이에는 틈이 있어 손으로 누르니 돌이 요동쳐 물 위로 드러나서 떠 있는 바위와 같았다.

상서가 이미 평평한 돌이 나타날 것을 김동에게 들었기에 장차 하관하려고 등불을 묘각(墓閣)[2]에 매달고 앉았다.

상서의 한 아끼는 하인이 홀로 시체를 묻는 구덩이에 가서 그 평평한 돌을 흔들어서 돌 밑에 어떤 물건이 있는 것을 알고자 하였다. 가만히 손으로 돌을 들어보니 그 돌 아래 네 귀퉁이에 옥동자가 돌을 받치고 서 있었다. 또 중앙에도 한 옥동자가 있었는데 네 귀퉁이의 동자들보다 조금 커서 이 때문에 돌이 흔들리는 것이었다.

하인이 매우 놀랍고 이상하여 평평한 돌을 급히 내리니, 갑자기 옥 부러지는 소리가 들렸다. 하인이 깜짝 놀라 크게 후회하여, '우리집 대감의 후하신 은혜를 받고 이 길지(吉地)를 그르치게 하였으니 훗날 필연 재앙이 있을 것이야. 이것이 비록 고의에서 나온 것은 아닐지라도 하여간 죄를 범하였으니 죽는 것만 못하지. 그러나 차마 사실을 고하지 못하겠구나.' 하고 이에 입을 막고 말하지 않았다.

시간이 되어 상서가 하관하고는 봉분을 만들어 놓고 집으로 돌아갔다.

---

1) 무덤을 옮겨 다시 장례를 지내는 일.
2) 묘상각(墓上閣), 옹가(甕家). 장사지낼 때 비와 햇볕을 가리기 위하여 임시로 묘의 구덩이 위에 세우는 뜸집이나 둘러치는 휘장을 가리킨다.

그 뒤 상서의 집에 사소한 근심만 있어도 하인은 마음이 타는 것 같이 위태롭고 다시 편안해지기를 여러 차례하였다.

김동은 상서에게 보은하는 일로 길지를 택하여 주고는 곧 중국으로 돌아가니, 그 아버지가 과연 임금의 은혜를 입어 돌아온 후에 관직을 회복하고 간신은 이미 벌을 받은 뒤였다.

부자가 만 번 죽임을 당한 말미에 서로 만났으니 그 기쁜 마음이 어떠하였겠는가.

김동이 얼마 지나지 않아 또한 과거에 급제하여 직위가 한림학사(翰林學士)[3]에 이르렀다.

하루는 각로가 물었다.

"네가 십 년 동안 조선에 있으면서 김 상서에게 막대한 은혜를 받았구나. 그래 너는 무엇으로써 이를 보답하였느냐."

한림이 대답했다.

"한 혈(穴)의 명당을 택하여 주었습니다."

각로가 말하였다.

"어느 길지를 택점하였느냐?"

김동이 그 땅의 산세, 지맥과 용호(龍虎)[4], 득파(得破)[5]의 그 대략을 말하니 각로가 크게 놀라 말하였다.

"네가 은인에게 도리어 끔찍한 재앙을 끼쳤구나."

김동이 또한 놀라 그 까닭을 물으니 각로가 말하였다.

---

3) 천자(天子)의 사인(私人)으로서 고문역할을 담당하여 중대한 조칙(詔勅)을 기초하거나 기밀 문서를 작성했으며, 천자의 행행(行幸) 때는 시종으로서 호종하는 등 중요직이다.
4) 풍수설에서 묏자리나 집터의 왼쪽과 오른쪽의 지형.
5) 풍수설에서 물의 들어옴과 빠져 나감. '득(得)'은 명당 또는 혈처(도시나 촌락이 들어선 자리)에서 볼 때 '처음으로 보이는 물길' 또는 그 '물길이 보이는 방향'이고 '파(破)'는 득을 통해 들어온 물길이 인간 삶터를 유장히 적신 후에 '빠져나가는 쪽' 또는 그 '빠져 나가는 물길'을 말한다.

"땅 속에 다섯 명의 옥동자가 산 밖의 다섯 봉우리를 응하였으니 가운데 봉우리는 즉 흉살이라. 이것은 갑자기 귀하였다가는 속히 망할 것이니 네가 어찌 자세히 살피지 아니하였느냐?"

한림이 크게 뉘우쳤으나 이미 어찌할 수 없어 다만 탄식만 그치지 못하니 각로가 말하였다.

"지금 나쁜 무리들이 이미 법에 복종하였으니 머지않아 천하에 큰 사면이 내릴 것이다. 내가 천자께 아뢰어 너에게 반조사(頒詔使)[6]를 제수하여 조선에 가게 할 것이다. 너는 맡은 일을 끝낸 후에 곧 김 상서를 위하여 다시 길지를 택하여 속히 다시 장사지내게 하여라. 그리고 아무쪼록 산지(山地)[7]의 형세를 자세히 살펴 잘못됨이 없게 하거라."

한림이 크게 기뻐하여 아버지의 말처럼 부사로 조선에 왔다.

김 상서를 명설궁(明雪宮)에서 만나 전날의 정을 펴니 마음속에 슬픔이 다시 살아나 은야(恩爺)[8]라고 부르며 이에 산지의 일을 말하였다.

그리고 이렇게 부사의 직책을 맡은 것은 모두 은야의 산지 일을 위하여 온 것이라는 뜻도 말하였다.

상서가 심히 놀랍고 두려워 어찌할 바를 몰랐다.

그때에 마침 아끼는 하인이 따라왔다가 두 사람이 문답하는 곡절을 몰래 들었다. 이에 그때에 옥을 부러뜨린 일을 낱낱이 고하니 상서가 크게 기뻐하여 말하였다.

"이것은 도리어 화가 굴러 복이 된 것이다. 묘를 열 때 요동하던 돌이 하관할 때에는 움직이지 않아 마음속으로 의아하였고 하관 후에는 홀연 맑은 날 벼락이 갑자기 일어나 가운데 봉우리 큰 바윗덩이를 쳐부수어 또한 이것을 의심하였는데 이것이 그 증험이다."

---

6) 나라에 경사가 있을 때, 황제의 조서(詔書)를 각 지방에 포고하는 직책.

7) 묏자리로 적당한 땅.

8) '은혜로운 아버님' 정도의 의미.

한림이 또한 크게 기뻐하여 말하였다.

"평일에 은야께서 사람들에게 덕을 쌓은 일이 많으셨기에 자연히 길한 것이 끼워 맞춘 것입니다. 마땅히 큰 복을 누리실 것입니다. 이후로는 자손이 크게 번창하고 여러 대에 걸쳐 공경(公卿)이 나올 것이니 의심치 마소서."

그리고 돌아가 각로에게 전말을 말하였다.

외사씨가 말한다.

군자는 풍수지리의 술수와 풍수의 말을 믿지 않는다. 이와 같은 일에 대하여 미혹하지 않는 것이지마는 하여간 이것이 기이하지 않은 것만은 아니다. 그러나 김 상서의 자손이 크게 일어난 것은 기실 덕을 쌓은 가운데에 있는 것이니 사람의 화복이 어찌 죽은 사람의 뼈를 묻는 산지의 길하고 흉함에 달려있는 것이라 말하겠는가.

二十. 十年恩情同父子, 穴明堂昌子孫 (下)

其 後에 尙書가 金童의 言에 依하야 將次 其 親山의 緬奉을 行할세 壙 七尺을 堀한 즉 盤石이 出하고 石四面縛에가 有하야 手로써 壓한 則 石이 搖動하야 浮石과 如한지라 尙書가 旣히 磐石의 出할 것을 金童에게 聞하얏슴으로 將次 下棺할 次로 燈을 墓閣에 縣하고 坐하얏더니 尙書의 一 愛傭이 홀로 其 壙 中에 往하야 그 磐石을 搖動하야 石底에 何物이 有한 것을 知코져함이 가만히 手로써 石은 揭하니 其 石底四隅에 玉童子가 有하야 石을 奉하고 立하얏스며 又 中央에도 一 玉童子가 有하야 四隅에 童子보다 稱長함이 此로 因하야 石이 搖하는지라 傭人이 甚히 驚異하야 磐石을 急下하니 忽然 折玉聲이 果然하거늘 傭人이 驚惶하야 大悔하되 我가 吾家 大監의 厚恩을 受하고 此 吉地를 誤하얏스니 後에 必然災禍가 有할지라 此가 비록 故意에서 出함은 안일지라도 何如間 罪를 犯하얏스니 死함만 不如하도다 그러나 참아 實告치 못하리라 하고 이에 口를 掩

하야 說치 아니하얏더니 時刻이 至함이 尙書가 下棺封墳을 爲하고 歸家하얏는대 其 後 尙書 家에셔 少한 憂慮만 有하야도 傭人은 心이 燬함과 如하야 危而復安하기를 屢次에 至하얏더라

金童은 尙書에게 報恩하는 一 事로 吉地를 擇하야 與하고 곳 中國으로 回去하니 其 父가 果然 宥를 蒙하야 放還한 後에 職을 復하고 奸臣은 旣히 誅에 伏한지라 父子가 萬死하든 餘에 相逢함이 歡喜의 情은 果然 如何하얏스리오 金童이 未幾에 又 登第하야 官이 翰林學士에 至하얏더니 一 日은 閣老가 問하되 汝 十餘 年間 朝鮮에 在하야 金尙書에게 莫大한 恩을 受하얏스니 汝는 何로써 此를 報하려하나뇨 翰林이 對 하되 一血의 明堂을 擇하야 與하얏나이다 閣老 曰 何許 吉地를 擇占하얏나뇨 金童이 該地의 山勢地脉과 龍虎得破의 槪畧을 言하니 閣老가 大驚하야 曰 汝가 恩人에게 反히 慘禍를 遺하얏도다 金童이 또한 驚하야 其 故를 問하니 閣老 曰 地中에 五個 玉童子가 山外의 五峰을 應하얏스니 中峯은 卽 凶 殺이라 此가 猝貴하야 速亡할 地이니 汝가 엇지 詳審치 아니하얏나뇨 翰 林이 大히 悔悟하나 旣히 及지 못함에 다만 嘆息하기를 不已하니 閣老 曰 今에 凶黨이 旣히 法에 伏하엿슴에 未幾에 天下에 大赦가 下하리니 我가 天子끠 奏하아 汝로 頒詔使를 拜하야 朝鮮에 往케 하리니 汝는 使事 를 畢한 後에 곳 金尙書를 爲하여 更히 吉地를 擇하야 速히 改葬케 하되 아모조록 山地의 相度를 詳審하야 誤함이 無케 하라 翰林이 大喜하야 父 敎와 如히 副使로 朝鮮에 來함이 金尙書를 明雪宮애셔 會하야 舊日의 情을 叙하고 愴의 懷가 更新하야 恩爺로써 呼하며 이에 山地의 事로써 言하며 이에 副使의 行을 作한 것은 專혀 恩爺의 山地 一事를 爲하야 來 하얏다는 意를 言하니 尙書가 甚히 驚惶하야 罔措하더니 其 時에 맛참 愛傭이 隨來하얏다가 兩人의 問答하는 委折을 竊聽하고 이에 其 時에 折 玉하든 事를 一一이 告하니 尙書가 大喜하야 曰 此가 反히 禍를 轉하야 福이 되게 하얏도다 開壙할 時에 搖動하던 石이 及其 下棺할 時에는 此가 動搖치 아니함으로 心中에 疑訝하얏고 下棺 後에 及하야는 忽然 晴雷가 乍起하야 中峯의 大巖石을 震碎하기로 또한 此를 疑하얏더니 此가 其 驗

이든 것이로다 翰林이 쪼한 大喜하야 曰 平日에 恩爺가 人에게 積德한
事가 多하얏슴으로 自然히 休吉에 바이니 其 宜히 大福을 受하실지라 此
後로는 子孫이 大昌하고 屢世公卿이 出할지니 疑치 마소셔 하고 歸하야
言을 閣老에게 復하니라

　外史氏 曰 君子가 堪輿의 術과 風水의 說을 信치 아니하는 것임으로
此等의 事에 對하야 惑치 아니하는 바이지마는 何如間 此가 奇異치 않은
것은 아니로다 그러나 金尙書의 子孫이 昌盛한 것은 其 實 積德한 中에셔
由함이니 人의 禍福이 엇지 死骨을 埋하는 山地의 休咎에 係함이라 謂할
것이리오

21. 태자를 내쫓으며 형제끼리 싸우고 환궁함에 군신들이 거듭 모임을 갖다

태종대왕은 태조 고황제(太祖高皇帝)[1]의 다섯째 아들이시니 전 부인이신 한씨(韓氏)[2]의 소생이었다.

태조께서 창업하실 때에 태종이 가장 공이 있었으나 나라를 세우신 후에 계후 강씨의 소생인 방석으로 태자를 봉하였다. 간신 정도전(鄭道傳, 1342~1398)[3] 등이 방석(芳碩)에게 아부하여 태종을 모해하려 하거늘 태종이 사병을 동원하여 정도전 등을 죽이고 방석을 내쫓아 폐하니 태조께서 크게 노하여 장자 정종(定宗, 1357~1419)[4]에게 임금 자리를 양위하시고 한 밤중에 함흥의 옛 저택으로 말을 달려 가셨다.[5]

그러고는 이곳에 머무르셔서 서울로 돌아올 뜻이 없었다. 태종이 문안사(問安使)[6]를 보내어 환궁하시기를 청하니 모두 죽여 버려 전후의 차사가

---

1) 조선을 건국한 이성계.
2) 이성계의 첫 부인인 신의왕후 한씨(神懿王后韓氏).
3) 호는 삼봉(三峰)으로 이성계를 추대하여 조선왕조 개창의 주역을 담당하였다. 왕자의 난 때 이방원의 기습을 받아 죽었다.
4) 태조의 둘째 아들로 조선의 제2대왕. 재위 기간은 1년에 불과하였다.
5) 제일차왕자의 난(第一次王子一亂)으로 1398년(태조 7) 8월 왕위 계승을 둘러싸고 일어난 왕자 간의 싸움이다. 태조에게는 전 왕비 한씨(韓氏) 소생의 여섯 아들과 계비 강씨(康氏) 소생의 두 아들이 있었다. 방원은 한씨 소생의 다섯째 아들이었다. 그는 개국에 가장 공이 크고 야심과 재질이 큰 인물이었던 만큼 유신(儒臣) 중심의 집권체제를 강화하려는 정도전 등의 견제를 받지 않을 수 없었다. 그리하여 방원은 개국공신에도 책봉되지 못했다.(태조 7년 12월에 추록됨.) 또한 세자 책봉 경쟁에서도 탈락했다. 태조 즉위 초의 세자 책봉에서 태조는 계비 강씨의 뜻에 따라 일곱째 아들 방번(芳蕃)을 세자로 삼으려 하다 반대가 심하자, 여덟째 아들 방석(芳碩)을 세자로 책봉하고 정도전이 세자 보도(輔導)의 책임을 지게 하였다. 이에 방원은 정도전·남은(南闇)·심효생(沈孝生) 등이 밀모해 태조의 병세가 위독하다며 왕자들을 궁중으로 불러들여 단번에 한씨 소생의 왕자들을 살육할 계획을 세우고 있다는 트집을 잡아, 이것을 미연에 방지한다는 명목으로 사병을 동원해 반대파를 제거하였다.

한 사람도 살아 돌아온 자가 없었다. 오늘날 속담에 한 번 가서 오지 않는 자를 일러 '함흥차사(咸興差使)'라 하는 말이 여기에서 유래한 것이다.

이와 같이 함흥차사가 한번 가서는 다시 돌아온 자가 없음으로 능히 환궁을 아뢸 사람이 없었는데 판부사(判府事)[7] 박순(朴淳)이 자청하여 갔다.

이때 함흥에 들어가 사자(使者)의 수레를 버리고 어미와 새끼 말을 손수 끌고 임금이 거둥할 때 일시 머물던 행재소(行在所)를 바라보고 새끼 말을 나무에 매어놓고 어미 말만 끌고 가니, 어미와 새끼가 서로 부르짖으며 이리저리 나가지 않았다. 이성계에게 나가 뵐 때에 말이 부르짖어 우는 것을 보시고 괴이히 여겨 그 까닭을 물으시니 박순이 대답했다.

"길을 가는데 방해되어서 새끼 말을 매어두었더니 어미 말이 떨어지는 것을 차마 못하여 이와 같이 슬피 우는 것입니다."

상이 들으시고 슬퍼 즐거워하지 않으시니, 박순이 이에 부자간의 은정을 곡진히 아뢰어 환궁하시기를 청하자 상이 느껴 깨달아 이에 허락하였다.

박순이 명을 받들고 곧 배사(拜辭)[8]하고 돌아올 때였다.

행재소의 여러 신하들이 죽이기를 힘써 청하니 상이 한참을 있다가 박순이 이미 용흥강(龍興江)[9]을 건넌 줄로 안도하시고 검을 주면서 말하였다.

"만일 용흥강을 이미 건넜거든 쫓지 말라."

박순이 가는 길의 중간에서 병 때문에 하루를 지체하였다가 다음날 겨우 강 언덕에 도착하여 배에 오르려할 때였다. 사자가 이미 도착하여 그

---

6) 중국 조정에 문안하려고 부정기적으로 파견하던 사신이나 여기서는 이성계에게 보낸 차사임.
7) 판중추부사(判中樞府事), 중추부의 으뜸 벼슬. 종일품 벼슬로 관찰사나 병마절도사를 겸하기도 하였다.
8) 예전에, 숙배(肅拜)와 조사(朝辭)를 아울러 이르던 말.
9) 함경남도 동부를 흐르는 강. 하륜(河崙)이 '태조가 출생한 고장이니 이름을 용흥강이라 하자'고 한 데에서 유래하였다고 한다.

의 허리를 베어버렸다. 그때 사람의 시(詩)에 "반은 강 속에 있고 반은 배에 있도다(半在江中半在船)"라고 함은 박순의 몸이 반은 수중에 있고 반은 배에 있음을 말함이더라.

성석린(成石璘, 1338~1423)은 태조가 아직 왕이 되지 않았을 때부터 친구였다.

태종의 명을 받들고 이성계의 뜻을 돌리고자 함흥에 갈 때, 베로 지은 옷을 입고 백마를 타고는 보통 길 가는 나그네같이 가니 상이 바라보시고 매우 기뻐셔서 즉시 불러 만나 보셨다. 석린이 인하여 인륜이 처하고 변통하는 도리를 조용히 개진하니 상이 얼굴빛을 변하여 말하였다.

"자네가 또한 자네 임금을 위하여 부드러운 얼굴로 비유를 써가며 조용조용 말하는 겐가."

석린이 대답했다.

"그렇지 않소이다. 신이 만일 이러한 뜻에서 왔으면 신의 자손이 반드시 눈을 상하여 맹인이 될 것입니다."

상이 믿으시고 드디어 환궁의 뜻을 결정하셨다.

그 후에 석린의 맏아들 지도(至道)와 둘째아들 발도(發道)가 과연 눈이 멀어 맹인이 되고 장손 창유군(昌由君) 구수(龜壽)와 또 증손은 모두 뱃속에서 맹인이 되었다.

태조께서 성석린의 말을 받아들이셔서 함흥으로부터 옛 서울로 돌아오실 때 태종이 나가 맞이하기 위해 교외에 장막을 성대하게 펼쳐 놓았을 때였다.

상신(相臣)[10] 하륜(河崙, 1347~1416) 등이 은밀하게 아뢰었다.

"성상의 노한 기세가 아직도 다 풀어지지 아니하신지라 모든 일을 미리 염려치 않을 수 없습니다. 다른 날 햇볕을 가리기 위하여 치는 차일의

---

10) 영의정, 좌의정, 우의정을 통틀어 이르는 말.

높은 기둥을 마땅히 열 아름의 큰 나무로 기둥을 삼아야할 것이니이다."

태종이 이 말을 따라서 이에 큰 나무로 기둥을 삼았다.

두 임금이 서로 만나실 때에 태종이 면복(冕服)[11]으로 나가셨다. 상이 바라보시고 노기가 갑자기 일어나 지니고 계셨던 활에 백우전(白羽箭)[12]을 먹여 쏘셨다. 태종이 활시위 소리를 들으시고 놀라 다급히 큰 기둥 뒤로 피하여 서 있으니 화살이 기둥을 명중시키는 것이었다.

상이 웃으시며 노기를 풀고는 말하기를, "이것은 하늘이 하신 것이다." 하시고 국보(國寶)를 내리시며 말하였다.

"네가 하려는 것이 이것에 불과하니 가져가거라."

태종이 절하고 받으시고 드디어 잔치를 베푸실 때 하륜 등이 또 은밀히 말하였다.

"하늘의 노여움이 비록 가셨으나 아직은 마음을 놓기가 어려우니 술잔을 올리실 때에 친히 하지 마시고 잔을 중관(中官)[13]에게 주어서 드리게 하소서."

태종이 그 말을 따라 중관으로 잔을 올리게 하였다. 태조께서 과연 소매 속에 철여의(鐵如意)[14]를 감추셨다가 태종이 잔을 올리실 때에 이것으로 죽이려고 하였다. 태조께서 마시기를 다하고 수중에서 철여의를 꺼내어 앉아 계신 옆에 놓으며 말하였다.

"이것이 막비천(莫非天)[15]이로다"

---

11) 면류관과 곤룡포를 아울러 이르던 말.
12) 새의 흰 깃으로 깃을 단 화살.
13) 내시(內侍) 혹은 조정에서 근무하는 벼슬아치.
14) 쇠로 만든 채찍.
15) '막비천운' 즉 "하늘이 정한 운수라서 어쩔 수가 없구나!"라는 뜻.

二十一. 黜太子骨肉相殘, 還舊都君臣重會

太宗大王은 太祖高皇帝의 第 五子이시니 前 后 韓氏의 誕하신 바ㅣ라 太祖끠셔 創業하실 時에 太宗이 最히 有功하시더니 得國하신 後에 繼后 康氏의 所生인 芳碩으로 太子를 封하심이 奸臣 鄭道傳 等이 芳碩에게 附하야 太宗을 謀害코져 하거늘 太宗이 兵을 動하야 道傳 等을 誅하시고 芳碩을 黜廢하엿더니 太祖께서 大怒하사 長子 定宗에게 位를 禪하시고 夜半에 咸興舊邸로 馳徃하사 因하야 此에 駐蹕하시고 還都하실 意가 無 하시더니 太宗이 問安使를 遣하야 回鑾하심을 請한 則 문득 射殺하야 前 後의 差使가 一人도 生還하는 者이 無하니 今日 俗談에 一去하야 來치 아니하는 者를 稱하야 「咸興差使」라 하는 言이 此에서 由함이더라

此와 如히 咸興差使가 一去하야는 更히 生還하는 者이 無함으로 能히 回鑾의 意를 奏達할 者가 無하더니 判府事 朴淳이 自請하야 行할셰 咸興 에 入하야 使者의 車를 棄하고 子母의 馬를 自牽하야 行在所를 望見하고 이에 子馬를 樹에 繫하고 母馬를 騎行하니 子母가 互相呼鳴하야 彷徨不 前하는지라 及其 進謁할 時에 上이 馬의 呼鳴함을 見하시고 怪異히 녁이 사 其 故를 問하시니 淳이 對하되 行路에 妨하옵기로 子馬의 繫置하얏더 니 母馬가 相離함을 不忍하야 如此히 哀鳴하는 것이니이다 上이 聞하시 고 悽然히 樂치 아니하시거날 淳이 이에 父子 間의 恩情을 曲盡히 奏達하 야 回鑾하심을 請하니 上이 悟하야 乃許하시는지라 淳이 命을 承하고 곳 拜辭하고 回할셰 行在의 諸臣이 誅하기를 力請함이 上이 良久에 淳이 旣 히 龍興江을 渡한 줄 度하시고 이에 劍을 授하사 曰 萬一 龍興江을 已渡 하얏거든 追치 말나 하셧더니 淳이 中路에서 病으로 因하야 一日을 延滯 하얏다가 翌日에 僅히 江頭에 臨하야 船에 登할셰 使者가 已及하야 其 腰를 斬 하니 時人의 詩에 「半在江中半在船」이라 함을 淳의 身이 半은 水中에 落하고 半은 船에 在함을 謂함이더라

成石磷은 太祖 龍潛 時의 舊交라 太宗의 命을 奉하고 天意를 回코져 하야 咸興에 詣할새 布衣白馬로 普通行客과 如히 過去하니 上이 望見하 시고 甚喜하사 卽時 引見하시거늘 石磷이 因하야 人倫處變의 道를 從容

히 開陳한대 上이 色을 變하야 曰 汝가 또한 汝君을 爲하야 緩頰코져 하나뇨 石磷이 對하되 不然하오이다 臣이 萬一 此 意에서 出하얏스면 臣의 孫子이 반다시 目을 喪하야 盲이 될 것이니다 하니 上이 信하사 드대여 回鑾의 意를 決하시니라 其 後에 石磷의 長子 至道와 次子 發道가 果然 眼이 閉하야 盲이 되고 長孫 昌由君 龜壽와 又 其 曾孫은 모다 腹中에서 盲이 되니라

太祖끠셔 石磷의 言[16]을 納하사 咸興으로브터 舊都에 還하실셰 太宗이 出迎하시기 爲하야 郊外에 帳幕을 盛設할셰 相臣河崙 等이 密奏하되 聖上의 怒氣가 오히려 盡釋치 아니하신지라 凡事를 可히 預慮치 아니치 못할지니 遮日高柱를 맛당히 十圍大木으로 用할 것이니이다 太宗이 此를 從하야 이에 大木으로 柱를 爲하얏더니 兩殿이 相會하실 時에 太宗이 冕服으로 進하시더니 上이 望見하시고 怒氣가 勃發하사 佩御하셧던 弓白羽箭으로써 射하시거날 太宗이 弓弦響을 聞하시고 蒼黃히 大柱 後로 避하야 倚立 ᄒᆞ시니 矢가 柱에 中하는지라 上이 笑하사 怒氣를 弛하시며 曰 此가 天이로다 하시고 이에 國寶를 授하시며 曰 爾의 所欲이 此에 不過하니 可히써 持去할 지어다 太宗이 拜受하시고 드대여 宴을 開할실셰 崙 等이 또 密白하되 天怒가 비록 霽하셧스나 오히려 妨慮키 難하니 獻壽하실 時에 親行치 마시고 酌을 中官에 授하야 進케 하소셔 太宗이 其 言을 從하야 中官으로 進酌케 하얏는대 太祖끠셔 果然 袖中에 鐵如意를 藏하셧다가 太宗이 獻酌할 時에 此로써 太宗을 殺하려 함이더라 太祖끠셔 飮하심을 畢함애 袖中으로브터 鐵如意를 出하야 座側에 置하시며 曰 此가 莫非天이로다 하시니라

---

16) 원본에는 '石의 言磷'으로 되어 있다. 문맥을 고려하여 '石磷의 言'으로 바로 잡았다.

22. 잘못 저승에서 이승으로 돌아오니 죽었다 다시 살아난 권 상서

판서(判書) 벼슬을 지낸 권적(權禘, 1675~1755)[1]은 석주(石洲) 권필(權韠, 1569~1612)[2]의 봉사손(奉祀孫)[3]이다.

연산(連山) 반곡(盤谷)[4]에 머물러 산 지 십여 년에 효도로 세상에 이름이 나더니 나이 사십에 죽었다.

온 집안이 목 놓아 슬피 울며 상을 치렀으나 가슴과 배 사이에 한 가닥의 온기가 있으므로 3일이 되도록 염습(斂襲)[5]을 하지 않았다.

하루를 넘어서자 홀연히 회생하여 말하였다.

"내가 죽어 본 바에 의거하면 세상의 이른바 명부(冥府)란 말이 과연 허탄한 것이 아니로다. 내가 병중에 정신이 온전히 혼수상태이더니 홀연 문 밖에서 군복을 착용한 수십 명의 귀졸(鬼卒)[6]들이 와서는 나의 성명을 불러 내가 놀랍고 의아하여 의관을 바로잡고 문을 여니 귀졸이 말하기를, '나는 저승사자로 왕명을 받들고 왔다. 그대는 모름지기 나를 따라서 갈

---

1) 본관은 안동(安東). 자는 경하(景賀), 호는 창백헌(蒼白軒)·남애(南厓)·계형(繼亨). 할아버지는 사간 겸(謙)이며, 아버지는 승지 수(燧)이다. 1713년 증광문과에 을과로 급제, 홍문관정자가 된 이후, 대사간, 승지, 형·예조참판 등을 역임하였다. 계모에 대한 효성이 지극하여 정문(旌門)이 세워졌다.

2) 본관은 안동(安東). 자는 여장(汝章), 호는 석주(石洲). 벽(擘)의 다섯째 아들이다. 정철(鄭澈)의 문인으로, 성격이 자유분방하고 구속받기 싫어하여 벼슬하지 않은 채 야인으로 일생을 마쳤다.

3) 조상의 제사를 받들어 지내는 자손. 권적은 권필의 고손자로 권필의 문집을 전주에서 세 번째 간행하였다.

4) 지금의 충청남도 논산에 있는 면(面)이고 반곡리(盤谷里)는 지금의 논산군 양촌면(陽村面)에 속한다.

5) 죽은 사람의 몸을 씻긴 다음, 옷을 입히고 홑이불로 싸는 일.

6) 염라국에 살며 죄인을 문책하는 옥졸. 염라졸. 염마졸.

지어다.' 하기에 부득이 저이의 뒤를 따라서 갈 때였다. 동서도 구별하지 못하고 다만 큰 길이 편편하고 넓고 길뿐인데, 한 곳에 다다른 즉 금으로 만든 전각과 옥으로 된 방이 찬란하고 붉은 누각이 휘황하여 왕이 사는 궁전과 같았다. 나를 그 문 밖에 있게 하고 귀졸이 먼저 들어가 보고하더니 잠깐 있다 나를 잡아들이더군.

내가 뜰아래에 엎드리니 전각 위로부터 왕자의 면류관과 곤룡포를 착용한 자가 귀졸에게 묻기를, '너희들이 죄인을 어느 곳에서 잡아 왔느냐?' 하였지.

귀졸이 '연산입니다.'라고 대답하니, 왕이 소리를 엄하게 꾸짖기를, '내가 너로 하여금 수원(水原)[7]에 사는 불효자 권 아무개를 잡아 오라 하였더니 무슨 까닭으로 연산의 효자 권 아무개를 잘못 잡아 온 것이냐. 이 사람의 수명은 이미 팔십으로 정하였으니 아직도 사십이나 남았다. 시각을 지체하지 말고 곧 양계(陽界)[8]로 돌려보내라.'함에 귀졸이 어찌할 바를 모르고 몸을 움츠리며 '예예!' 복죄(服罪)하고 나를 끌고 궐문의 밖으로 나오더니 나에게 재촉하여 '속히 돌아가라.' 하더구나.

내가 이미 명부에 들어간 이상 부모를 뵙지 못하고 돌아감을 심히 애석하고 안타까웠으나 도리가 없었지. 부득이 명한대로 돌아올 때 한 곳에 이르니 길가에 두 동자가 있는데, 놀다가는 나를 보고 반갑게 내 옷을 잡아끌며 따라가려 하기에 내가 한참을 보니 곧 전에 요절한 두 아이더구나. 마음속으로 심히 놀랍고 기쁨을 이기지 못하여 그 문으로 들어가 전각 위의 사람에게 간절히 애걸하기를, '양계의 사람이 명부를 보고 돌아가는 것은 이것이 좀처럼 만나기 어려운 좋은 기회로 가히 쉽게 얻지 못할 기회입니다. 이미 이 땅에 들어 왔다가 부모를 배알치 못하고 돌아가

---

7) 경기도 수원시.
8) 사람이 사는 세상. 또는 이 세상.

면 이것이 어찌 인성에 차마할 수 있겠습니까. 엎드려 바라옵건대 삼시라도 한번 볼 기회를 주시기를 원하옵니다.' 한즉 전각 위의 사람이 머리를 흔들며 말하였다. '네가 부모를 상봉할 시기는 지금으로부터 사십 년 후에 있는지라. 지금은 결코 만나지 못할 것인즉, 이에 속히 나가거라.' 하기에 내가 또 간절히 애걸하기를, '그러면 이 아이나 데리고 돌아가기를 허락하소서.' 하였지.

그 사람이 말하기를, '너의 운수가 원래 자식이 없을 팔자이니 허락하지 못한다. 그러나 네가 기필코 함께 가려한다면 한 아이를 마땅히 상주(尙州)⁹⁾의 아전 김씨 성을 가진 사람에게 태어나서 살아가게 해야할 것이다. 너는 해가 진 뒤에 이 집에 가서 네 아들을 찾아라.' 하며 돌아가기를 재촉하여 내가 어찌해볼 도리가 없어 그 문을 나왔단 말이지. 곧 두 아이가 부르짖어 울며 따라가고자 하였지만 귀졸에게 쫓기어 다시는 서로 보지 못했구나. 마음이 침통하여 다시 부모를 한 번 볼 뜻을 귀졸에게 간청하며, '비록 배알하지는 못할지라도 나에게 그 계신 곳만이라도 가르쳐 주기를 원하오.' 한즉 귀졸이 대답하였지.

'이것이 비록 서로 바라볼 곳에 있으나 거리가 너무나 멀어 가지 못하리라.' 그래 나는 슬프고 한탄함을 이기지 못할 때에 귀졸이 뒤에서 나를 밀어뜨려 땅에 엎어지게 하였지. 홀연히 놀라 깨달으니 정신이 황홀하며 그 광경이 엄숙하니 눈에 있더구나. 이것으로 보면 명부란 말이 어찌 허탄하다 하겠느냐."

집안사람들이 이 말을 듣고 모두 기이하게 생각하였는데, 권 상서가 과연 나이 팔십에 이르러 또 자식이 없이 생을 마쳤다.

외사씨가 말한다.

옛날 성인이 말씀 하시기를, "사람이 혹은 죽었다가 다시 살아나는 자

---

9) 경상북도의 서북부에 있는 시.

가 있음을 보았으나 명부에 들어가 소위 시왕(十王)[10]을 보았다는 자는 없나니 저승의 이야기는 족히 믿을 바가 아니라."라고 하였다.

나도 대개 이것을 분명히 말하기는 어려우나 하여간 저승 이야기는 거짓되고 미덥지 못하다고 아니치 못하겠다. 그러므로 군자는 이것을 말하지 않은 것이다. 세상 사람들은 이러한 것에 미혹되지 아니하는 것이 좋겠다.

二十二. 誤入冥府遷陽界。死而復生權尙書

權判書 權禖은 石洲 韠[11]의 奉祀孫이라 連山盤谷에 卜居한지 十餘 年에 孝로써 世에 聞하더니 年이 四十에 死한지라 擧家가 號哭하야 喪을 發하얏스나 胸膈 間에 一線의 溫氣가 有함으로 三日이 되도록 斂襲을 爲치 아니하얏더니 一日을 過하야 忽然히 回生하야 曰 我가 死하야 見한 바에 據하면 世의 所爲 冥府란 說이 果然 虛誕한 者이 아니로다 我가 病中에 情神이 全然 昏睡狀態에 在하더니 忽然 門外에서 軍服을 着한 數十의 鬼卒이 至하야 我의 姓名을 呼함으로 我가 驚訝하야 衣冠을 整하고 門을 出한 즉 鬼卒이 謂하되 我는 地府使者로 王命을 奉하고 來하얏스니 君은 須히 我를 隨하야 去할 지어다 하기에 我가 不得已 彼의 後를 隨하야 行할 싀 東西도 不辨하고 다만 大路가 平衍[12]하고 長할 뿐인데 一 處에 至한 則 金殿玉房이 燦爛하고 紫閣丹樓가 輝煌하야 王者의 居한 宮殿과 如한대 我를 闕門의 外에 留케 하고 鬼卒이 先入하야 復命하더니 俄而오 我를 拿入함으로 我가 庭下에 俯伏하얏는대 殿上으로부터 王者의 服을 着한 者가 鬼卒다려 問하되 汝等이 罪人을 何處에서 捉來하얏나뇨 한 즉

---

10) 저승에서 죽은 사람을 재판하는 열 명의 대왕. 진광대왕, 초강대왕, 송제대왕, 오관대왕, 염라대왕, 변성대왕, 태산대왕, 평등대왕, 도시대왕, 오도전륜대왕이다.
11) 원문에는 '蹕'이라 하여 '韠'로 바로 잡았다.
12) 원문에는 '平淵'이라 하여 바로 잡았다.

鬼卒이 連山으로써 對하니 王者가 聲을 厲하야 叱하되 我가 汝로 하야금
水原에 居하는 不孝子 權某를 捉來하라 하얏더니 何故로 連山孝子 權某
를 誤促하얏나뇨 此 人의 壽限은 旣히 八十으로 定하얏슴으로 尙히 四十
年이나 有하니 時刻을 留치 말고 곳 陽界로 還送하라 함이 鬼卒이 惶蹙하
야 唯唯服罪하고 我를 携하고 闕門의 外로 出하더니 我를 促하야 速히
還去하라 하는지라 我가 旣히 冥府에 入한 以上에 父母를 拜見치 못하고
歸함을 甚히 痛惜하얏스나 道理가 無함으로 不得已 命하야 回路에 赴할
시 一 處에 至한 즉 路傍에서 兩 個의 童子가 有하야 遊戱하다가 我를
見하고 欣然히 衣를 牽하며 隨行코져 하기에 我가 熟視한 則 卽前 日에
夭折한 兩 兒이라 心中에 甚히 驚喜홈을 不勝하야 闕門으로 入하야 殿上
人에게 懇乞하되 陽界의 人이 冥府를 見하고 歸하는 것은 此가 千載一時
로 可히 易得치 못할 機會이니 旣히 此 地에 入하얏다가 父母를 拜謁치
못하고 歸하는 것은 此 엇지 人情에 忍할 바이릿가 伏望컨대 暫時라도
一面할 機會를 與하시기를 願하노이다 한 則 殿上 人이 掉頭하며 曰 汝가
父母를 相逢할 時期는 今으로부터 四十 年 後에 在한지라 今에는 決코
可 得치 못할 것인 즉 斯速히 出去하라 하기에 我가 又 懇乞하기를 그러면
此 兩兒나 引歸케 하기를 許하소서 한 즉 殿上 人이 謂하되 汝의 命數가
元來 無子할 八字인 즉 可히 許치 못할지라 그러나 汝가 期必코 率去하려
할 진대 一 兒를 맛당히 尙州吏 金姓人 家에 託生케 하리니 汝는 日後에
此 家에 往하야 汝子를 尋하라 하며 歸하기를 促함으로 余가 奈何키 難하
야 拜謝한 後에 闕門을 出한 則 兩兒가 號哭하면서 隨코져 하다가 鬼卒에
게 逐한 바 되야 更히 相見치 못함이 心이 甚히 慘痛하고 다시 父母를
一見할 意로 鬼卒에게 懇請하되 비록 拜謁함은 得치 못할지라도 我에게
其 所在處만 指示하기를 願하노라 한 즉 鬼卒이 對하되 此가 비록 相望의
地에 在하나 道程이 甚遠하야 可히 徃치 못하리라 함은 我는 甚히 悽愴을
不勝할 際에 鬼卒이 後로브터 我를 推하야 仆케 함으로 忽然히 驚覺하니
精神이 恍惚하며 其 光景이 森然히 目에 在한지라 此로써 觀하면 冥府의
說이 엇지 虛誕하다 하리오 家人이 此를 問하고 모다 奇異하게 思하더니

權判書가 果然 壽가 八十에 至하고 또 子가 無히 身을 終하니라

外史氏 曰 古昔聖人이 言을 有하사 大人이 或은 死하얏다가 復生하는 者가 有함을 見하얏스되 冥府에 入하야 所謂 十王을 見하얏다는 者가 無하니 地府의 說을 足히 信할 바ㅣ 아니라 하얏도다 吾人도 大槪 此를 明言하기 難하나 何如間 地府의 說은 虛誕에 近하다 아니치 못할지니 故로 君子는 此를 道치 아니하는 것이다 世人은 此에 或치 아니함이 可하다 하노라

23. 어떤 신동이 와 어울리니 하나의 나침반으로 만금을 얻었네 (상)

영남 안동(安東)[1]에 이 생원이란 자가 있었다.

가세가 아주 빈한하여 생계를 유지할 길이 없으므로 부부가 상의하여 집안 세간을 모두 팔아 돈 육십 냥을 얻었다. 20냥은 그의 아내를 주어 본가로 보내고 40냥은 생원이 가지고는 정처 없이 길을 나섰다.

떠다닌 지 여러 날에 전라도 남원(南原)지방에 도착하니 어느 사이 주머니와 전대가 텅 비어 나가지 못하고 한 주막에 들어가 오래 주저앉아서는 일어나지를 못하니 주막집 주인이 물었다.

"생원은 어찌 먹지도 않고 나가지도 않으시는 게요."

생원이 대답했다.

"노자가 다 떨어져서 밥을 사 먹을 수도 없고 또 굶주린 사람이기에 나다닐 힘도 없어 일어나지 못하오."

주막집 주인이 안으로 들어가 한 사발의 밥을 가져와 주었다. 생원이 이것을 모두 먹고도 일어나지 않으니 주막집 주인이 고민하다 한 꾀를 생각하여 쪼개진 윤도(輪圖)[2] 한 개를 내어주며 말하였다.

"생원의 모양이 지사(地師)[3]와 흡사하니 이것을 차면 몇 천 리라도 노자가 필요치 않고 전국을 모두 다닐 수 있을 게요."

그러고는 생원을 내쫓았다.

생원이 부득이 문을 나와 고을마다 밥을 빌어먹으며 한 곳에 이르니

---

1) 경상북도 안동시.
2) 풍수(風水: 地官)가 쓰는 나침반으로 가운데에 지남침을 꽂아 놓고 가장자리에 원을 그려 이십사방위로 나누어 놓은 기구. 방위를 아는데 쓰임.
3) 땅의 길흉을 점지하는 자로 지관(地官)이라고도 한다.

초상을 치르는 상가가 있었다. 집안 형편이 가난하지 않은 것 같거늘 이에 문으로 들어가 그 집 사람에게 하룻밤 머물기를 청하였다. 집안사람이 저녁밥을 접대하고 다시 말하되, "상가라 왕래하는 사람이 많아 머물기가 불편하니 다른 곳으로 가시오."라고 하였다.

생원이 민망하여 몸을 일으키려할 때였다.

그 집에서 일찍이 심부름을 하는 열 서너 살된 어린 아이(동자)가 있었는데 생원이 윤도를 차고 있는 것을 보고 급히 주인에게 고하였다.

"지나는 길손이 곧 지관인뎁쇼."

이러하니 상주가 급히 생원을 만류하여 별실로 맞아들인 후에 진수성찬으로써 환대하고 말하였다.

"생원이 지관이라 하니 좋은 산지 한 곳을 점지해주기를 바라오."

생원이 주저하면서 대답하지 않고 먼 산 바라보기만하니, 그 심부름을 하는 동자가 문 밖에서 '허(許)'자를 써서는 보였다. 생원이 그 뜻을 알고 즉시 점지해 줄 것을 허락하니, 상주는 크게 기뻐하여 더욱 후대를 하였다.

동자가 한밤중 사람이 없을 때를 타서 들어와 말하였다.

"제가 어렸을 때에 부모님을 일찍이 여의고 몸을 의탁할 곳이 없다가 이 집에 사환으로 들어와 주인의 은덕을 받았음으로 감히 다른 곳으로 가지 못하였습니다. 오늘 다행히 생원을 만났으니 내가 하라는 대로만 하시면 생원도 도움을 얻을 것이고 나도 몸을 벗어 날 수 있습니다. 내일 좋은 묏자리를 잡으려 나가시거든 반드시 여차여차 하소서."

생원이 응낙하고 다음날 아침에 주인과 함께 산지(山地)를 답사할 때 동자는 말고삐를 잡고 갔다. 반나절을 가서 한 곳에 이르렀다. 산이 밝고 물이 아름다운 것이 비록 보통 사람의 안목으로도 유의할만한 곳이었다.

동자가 문득 채찍을 멈추고 그곳에서 소변을 보니 생원이 그 뜻을 이해하고 문득 말에서 내려 오줌을 눈 곳에 윤도를 놓고는 극구 찬양하였다.

"이곳이 즉 크게 길한 땅이니 반드시 다른 곳을 구하지 말고 이곳에 장사를 지내시지요."

주인의 소견에도 또한 이곳이 합당하였다.

주인은 그곳이 분수에 넘치는 곳임을 크게 기뻐하여 날을 택하여 입관을 하고 생원을 후하게 대접하여 여러 날을 머무르게 하였다.

하루는 생원이 돌아가기를 말하니 동자가 다시 생원에게 은밀히 말을 하는 것이었다.

"생원이 돌아간다고 말씀하시면 반드시 사례하는 금을 내릴 것입니다. 이것을 사양하시고 다만 저를 함께 데리고 가겠다는 뜻을 간청하시면 주인이 부득이 허락하지 않을 수 없을 것입니다. 이와 같이 하면 제가 여기서 몸을 벗어날 것입니다. 내 몸이 벗어난 후에는 생원을 좇아 이에 상당하는 계책을 가르쳐 드릴 것이니, 원컨대 이 말을 새겨두십시오."

생원이 응낙하고 다음날 주인에게 작별의 뜻을 고하였다.

주인이 만류하다가 백금을 주어 두둑하니 보수를 주거늘, 생원이 이를 사양하며 말하였다.

"나는 금을 내리는 것을 원치 않소이다. 다만 저 동자를 함께 가게 해주시면 다행일까 합니다."

주인이 답하기를, "저 아이를 여러 해 길러 은정이 두터워 서로 헤어지기가 어려우나, 생원이 이렇게 간청하시니 거절하기가 어렵구료. 뜻대로 데리고 가시오."라고 하며, 오히려 노잣돈을 후히 주었다.

생원이 사의를 표하고 즉시 동자를 데리고 또한 일정한 방향이 없이 동자가 가는대로 따라서 여러 날을 갔다.

二十三. 有何神童來相濟, 一箇輪圖致萬金 (上)

嶺南 安東 地에 李生員이란 者가 有하얏는대 家勢가 甚貧하야 資生키 無路함으로 夫妻가 相議하고 家舍를 放賣하야 錢 六十兩을 得한지라 二十兩은 其 妻를 給하야 本家로 送하고 四十兩은 生員이 自帶하고 定處업시 出行할시 行한지 多日에 南原地方에 到하니 於焉間 囊橐이 匱乏하야 能히 前進치 못하고 一酒肆에 入하야 久坐不起하니 店主가 問하되 生員은 엇지 써 食치 안코 去치도 아니하나잇가 生員이 答하되 路資가 乏하야 買食할 수도 無하고 又 饑餓한 人이 行步할 力이 無함으로 起치 못하노라 店主가 內에 入하야 一椀의 飯을 特出하야 饋하니 生員이 此를 喫盡하고 又 起치 아니 하는지라 店主가 苦憫하야 이에 一計를 生하야 破輪圖 一箇를 與하며 曰 生員의 貌樣이 地師와 彷彿하니 此를 佩하면 幾千里라도 路資를 不要하고 全國을 盡行하리라 하며 逐出하는지라 生員이 不得已 門을 出하야 村村乞食으로 一處애 至하니 初喪家가 有하야 家勢가 不貧함과 如하거날 이에 門에 踵하야 其 家人에게 一夜留宿하기를 請하니 家人이 夕飯을 接待하고 다시 言하되 喪家에 來徃하는 人이 多하야 留宿하기는 不便하니 他處로 徃하라 하는지라 生員이 悶然히 身을 起할시 其 家에서 일즉 使喚하는 十三四 歲의 童子가 有하야 生員의 輪圖를 佩한 것을 見하고 急히 主人에게 告하되 過客이 곳 地師라 하니 喪主가 急히 生員을 挽留하야 別室로 邀入한 後에 珍餐으로써 款待하고 言하되 生員이 地師라 하니 吉한 山地 一處를 占하기를 望하노라 生員이 躊躇不答하며 遠山을 望見할 짜름이더니 其 使童이 戶外에셔 (許)字를 書하야 示하거늘 生員이 其 意를 知하고 卽時 占給하기를 許하니 喪主가 大喜하야 더욱 厚待를 爲하얏더라

童子가 夜半無人의 時를 하야 入言하되 小童이 幼時에 怙恃를 早失하고 依託이 無하다가 此 家에 使喚으로 入하야 主人의 恩德을 受하얏슴으로 敢히 他徃치 못하얏더니 今日에 幸히 生員을 邂逅함에 我의 指導대로 하시면 生員도 有助하고 我도 脫身함을 得할지니 明日에 求山하러 出去하거던 반다시 如此 如此 하소셔 生員이 應諾하고 翌朝에 主人으로 더부

러 山地를 踏할시 馬轡를 牽하고 行하더니 半日을 行하야 一處에 到한
즉 山이 明하고 水가 麗하야 비록 凡眼이라도 留意할만 한 處이라 童子가
문득 策을 停하고 其 處애셔 小便을 放하거늘 生員이 其 意를 解하고 문득
馬에 下하야 其 放溺處에 輪圖를 置하더니 忽然 極口 讚揚하되 此處가
卽 大吉의 地이니 不必他求하고 此處에 入葬하라 한 즉 主人의 所見에
亦是 可合한 듯한 지라 이에 其 過望임을 大喜하야 擇日入窆을 行하고
生員을 厚待하야 多日을 留連케 하얏더라 一日은 生員이 將次 歸하기를
告할시 童子가 更히 生員에게 密告하되 生員이 告歸하면 必然 謝金이
有할지니 願컨대 此를 謝却하시고 다만 我를 率去하겟다는 意를 懇請하
시면 主人이 許치 아니함은 不得할지나 如斯히 한 즉 我가 脫身함을 得할
것이오 我가 脫身한 後에는 生員을 隨하야 相當한 計策을 指示하리니 願
컨대 此 言을 銘記하소셔 生員이 應諾하고 翌日에 主人에게 別意를 告하
니 主人이 挽留하다가 百金으로써 厚酬하거늘 生員이 謝却하야 曰 我가
謝金은 願치 아니하는 바이니 다만 這 個의 童子를 率去케 하시면 幸일가
하노라 主人이 答하되 彼 兒를 多年間 養育하야 恩情이 篤한 터에 相離하
기 難하나 生員이 旣히 懇請하시니 奈何키 難한지라 願컨대 任意率去하
라 하며 尙히 行贐을 厚給하거늘 生員이 謝意를 表하고 卽時 其 童子를
同伴하야 쏘한 方向이 업시 童子의 行하는 대로만 隨하야 幾日을 行하얏
더라

23. 어떤 신동이 와 어울리니 하나의 나침반으로 만금을 얻었네 (하)

이때에 생원이 동자와 함께 방향을 정하지 않고 가다가 하루는 한 곳에 이르렀다. 하늘빛이 이미 저물었기에 한 가겟집에 들어가 묵었을 때였다.

저녁밥을 먹고 장차 잠자리에 들려하는데, 홀연 한 나그네가 커다란 상자를 짊어지고 들어왔다. 그러고는 뒤이어 또 두서너 나그네가 들어와 같은 방에서 묵었다.

그 다음날 새벽에 일어나보니, 뒤에 온 두서너 명은 언제 밖으로 나갔는지 알 수가 없고 다만 상자를 졌던 나그네만이 가슴을 치며 크게 곡을 하는 것이었다.

생원이 그 까닭을 물으니 대답했다.

"나는 부모를 일찍 여의고 사방으로 이리저리 돌아다녔지요. 요즈음에 와서야 집안 형편이 조금 먹고 살만하여 부모의 유해를 선영의 아래에 이장할 생각으로 유골을 상자 속에 넣어 짊어지고 가다가 어젯밤 잠이 깊이 들었을 때에 뒤에 들어 온 나그네들이 필연 이 상자에 재물이 있는 줄 알고 도둑질해 갔습니다. 만일 저 치들이 중간에서 풀어 사람의 백골임을 안다면 반드시 물 속에다 버릴 것이니 이를 장차 어떻게 하겠습니까."

그러고는 소리를 놓아 크게 곡을 하니 생원이 심히 측연하였다.

동자가 뒤에 앉아 벽을 바라보고 소매에서 산가지[1]를 꺼내어 종횡으로 늘어놓고 한참동안을 바라보더니 문득 이것을 거두어 소매 속에 집어넣고는 밖으로 나가서 생원을 불러 은밀히 말했다.

---

1) 원문에는 산(筭)이라 되었다. 산(筭)은 산(算)과 같다.

"이 상자는 과연 어젯밤의 나그네들이 도둑질해 간 것이 확실합니다. 이 큰길을 따라 이십 리를 지나지 못하여 저 사람들이 이것을 열어보고 재물이 아닌 사람의 백골임을 알고 길가 모래흙에 묻어버리고 갈 것이 분명합니다. 생원은 저 사람을 대하여 찾아 줄 뜻을 퉁기면 반드시 놀라 은혜가 한없다고 여길 것입니다. 이를 찾아 준 후에 또 산지(山地)를 택하여 주면 저 사람에게는 큰 은인으로 되어 적게 잡아도 수천 금의 후한 상을 얻을 수 있습니다. 이것으로 영업의 자본을 삼으면 어찌 가난을 바꾸어 부를 이루기가 어렵겠습니까?"

생원이 크게 기뻐하여 말하였다.

"네가 능히 점을 푸는구나."

그리고 방으로 들어가 동자의 말과 같이 그 사람에게 말을 하니, 과연 크게 기뻐하여 말하였다.

"만일 제 아버님의 해골을 찾아주시면 마땅히 가재를 기울여서라도 보답할 것이니 원컨대 속히 알려 주시오."

생원이 이에 그 사람과 동자를 동반하여 큰 길을 따라 이십 리 쯤 되는 곳에 도착하여서는 길 옆을 주시하면서 갔다. 수백 보를 옮기지 아니하여 과연 모래흙 위에 새로 만든 무덤같은 것이 있었다. 동자가 문득 걸음을 멈추니 생원이 깨닫고 그 곳을 가리키며 말하였다. "흉악한 도둑놈이 필연 이곳에 묻어 놓았을 것이니 시험적으로 파 보시오."

그 사람이 곧 손으로 파니 반 척쯤을 미치지 못하여 과연 그 상자가 나왔다. 그 사람이 이에 백배치사하며 말하였다.

"이 크나 큰 은혜를 갚을 길을 알 수 없소이다. 우리 집이 이곳에서 거리가 멀지 않으니 원컨대 함께 가기를 바라오."

생원이 응낙하고 그 집으로 함께 간 후에 주인에게 말하였다.

"그대의 선영(先塋)이 어느 곳에 있소이까?"

주인이 대답했다.

"이곳에서 거리가 삼십 리 밖에 있는데 지관이 택한 것이 아니요, 다만 선영의 남은 산기슭이기에 이곳에 장례 지내려 하는 것이오."

생원이 윤도를 보며, "내가 땅 보는 기술을 풀어보니 그대의 뒷동산에 맑고 아름다운 기운이 있으니 이곳을 택하여 장사 지내시오."라고 하였다. 주인이 크게 기뻐하여 그 말을 따르니 생원이 뒷동산을 답사하여 평범한 사람의 안목으로도 좀 괜찮은 땅을 택하여 점지하고 명당이라고 과장하였다. 주인이 더욱 기뻐하여 이곳에 하관한 후에 매우 치사하고 수천금을 두둑하니 보수로 주었다.

생원이 받고 고별한 후에 동자와 함께 다시 길에 오를 때 도중에 동자가 손을 놓고 말하였다.

"나는 이곳에서 고별하겠습니다."

생원이 깜짝 놀라 손을 잡으며 말하였다.

"내가 수천 금을 얻은 것은 모두 자네의 공일세. 나와 함께 오래도록 고초를 함께하였으며 또 자네에게 지시를 받아 뜻을 얻은 후에는 그 은덕을 후히 갚으려 하였는데, 지금에 홀연 헤어지자하니 나는 장차 어찌하겠는가?"

동자가 대답했다.

"저는 따로 거처가 있습니다. 억지로 따라 가기가 어렵거니와 앞으로 닥칠 일은 지금 말씀드리겠습니다. 생원께서 요행히 이 자본금을 얻었으니 이것을 가지시고 동으로 먼저 가 명태를 무역하여 서쪽에다 파시고 또 남쪽에 가 목면(木棉)[2]을 무역하여 다가는 북방에 가 파신다면 몇 년을 지나지 않아 자연 큰 부를 이룰 것입니다."

그러고는 망망(茫茫)히 돌아보지 아니하고 가버렸다. 생원이 그제야 동자가 반드시 신인으로 자기를 위하여 여러 일을 행한 줄 알고 먼 하늘을

---

[2] 솜 또는 무명, 목화(木花).

향하여 무수히 고개를 숙여 절을 하였다. 그 후에 동자의 말대로 하여 남북으로 물건을 가지고 다니면서 팔았더니 10배의 이윤을 얻어 과연 큰 부자가 되고 드디어 고향 안동으로 돌아와 부부가 상봉하고 늙도록 즐거움을 누렸더라.

二十三. 有何神童來相濟, 一箇輪圖致萬金 (下)

此時에 生員이 童子로 더부러 同行하야 方向을 定치 아니하고 去하다가 一日은 一 處에 至하야 天色이 已晩하얏슴으로 一 店舍에 入하야 投宿할세 夕飯을 喫하고 將次 睡에 就하려 하더니 忽然 一 客人이 有하야 太箱子를 負하고 入한 後에 繼하야 又 數三 客人이 入來하야 同房에서 投宿하더니 其 翌曉에 起함이 後來하얏든 數三 客人은 何時에 出門하얏는지 未知하고 다만 箱子를 負하얏든 客人이 有하야 胸을 搥하며 大哭하는지라 生員이 其 故를 問한 즉 答하되 我가 父母를 早失하고 四方으로 流離漂泊하다가 近日에 至하야는 家勢가 稍히 饒足함으로 父母의 遺骸를 先塋 下에 移葬할 次로 白骨을 箱中에 入하야 負去하더니 昨夜熟睡할 時에 後來하얏던 客人이 必然 此 箱中에 財物이 有한 줄 知하고 此를 盜去하얏스니 萬一 彼 等이 中路에서 解하야 人의 白骨임을 知한 時에는 必然 水中에 投棄할지니 此를 將次 如何히 할고 하며 又 聲을 放하야 大哭하는지라 生員이 甚히 惻然하더니 童子가 後로 坐하야 壁을 面하고 袖로부터 筭을 出하야 縱橫히 羅列하고 한참 熟視하더니 문득 此를 撒하야 袖에 入하고 外로 出하야 生員을 招하야 密謂하되 此 箱子는 果然 前夜의 客이 盜去함이 確實한대 此 大路부터 去하면 二十里의 地를 不過하야 渠 等이 此를 開見한 즉 財物이 아니며 人의 白骨임으로 路傍沙土의 內에 埋하고 去할 것이 分明하니 生員은 彼를 對하야 覓給할 意로써 言하면 必然 驚喜 罔極할지오 此를 覓한 後에 又 山地를 擇하야 與하면 彼에게는 大恩 人으로 되야 少不下 數千 金의 厚賞을 得하리니 此로써 營業의 資本을 爲하면 엇지 轉貧致富하기가 難하리잇가 生員이 大喜하야 曰 汝가 能히 占을 解하는도다 하고 곳 房으로 入하야 童子의 言과 如히 其 人을 對하야 述하니 其 人이 果然 大驚大喜하야 曰 萬一 我 先親의 骸骨을 覓給하시면 맛당히 家財를 傾하야 大恩을 報하리니 願컨대 速히 指示하소서 生員이 이에 其 人과 童子를 同伴하야 大路로 由하야 二十里 地되는 處에 到하야는 路傍을 周視하면서 行하더니 幾百 步를 移치 아니하야 果然 沙土 上에 新塚 과 如한 者ㅣ 有하거늘 童子가 문득 步를 停하니 生員이 覺悟하고 其 處를 指하야 曰 賊漢이 必然 此에 理ᄒ얏스리니 試掘하라 其 人이 곳 手로 掘하니 半 尺 許를 未及하야 果然 其 箱子가 出하는지라 其 人이 이에 百拜致謝하며 曰 此 大恩을 報할 바를 不知하오니 我 家가 此 애셔 去하기 不遠한지라 願컨대 同行하기를 望하노라 生員이 應諾하고 其 家로 同行한 後에 主人다려 謂하되 君의 先塋이 何處에 在하뇨 主人이 對하되 此를 距하기를 三十里 外에 在한대 地師의 擇함이 아니오 다만 先塋의 餘麓임으로 此에 葬코져 하노라 生員이 輪圖를 示하며 我가 相地의 術을 解하는 터인대 君의 後山에 明氣가 有하니 此處에셔 擇하야 入葬하라 主人이 大喜하야 其 言을 從하니 生員이 後山을 踏하야 凡眼의 稍可한 地를 擇占하고 明堂으로써 誇張하니 主人이 더욱 喜하야 此에 行窆한 後에 萬萬致謝하고 數千 金으로써 厚酬하니 生員이 受하고 告別한 後에 童子로 더부러 更히 途에 登할시 路中에셔 童子가 手를 分하야 曰 我는 此處에셔 告別하나이다 生員이 愕然하야 手를 執하며 曰 我가 數千 金을 得한 것은 皆汝의 功이라 我로 더부러 永久히 其 苦를 同히 하며 又 汝에게 指示를 受하야 得意한 後에는 其 恩德을 厚報하려 하얏는대 今에 忽然 相分코자하니 我는 將次 如何히 할고 童子가 對하되 我는 別로히 去處가 有한 즉强從하기 難하거니와 前頭의 事는 맛당히 今에 指示하려 하나이다 生員이 幸히 此 資本金을 得하얏스니 此를 携帶하시고 東으로 先徃하야 明太魚를 貿하야 西에 賣하고 又 南에 徃하야 木棉을 貿하얏다가 北方에 往賣하면 幾年을 不出하야 自然巨富를 致하리이다 하고 望望히 不顧하고 去하는지라 生員이 그제야 童子가 必然 神人으로 自己를 爲하야 諸事를 行

한 줄 知하고 遠天을 向하야 無數頂禮를 爲한 後에 童子의 言을 依行하야 南北에 行賈ᄒ더니 十倍의 利를 獲하야 果然 巨富을 致하고 드대여 故鄕 安東으로 歸하야 夫妻가 相逢하고 晩年의 樂을 享하얏더라

24. 연광정에서 아름다운 여인이 떨어지고 촉석루 아래에 향기로운 혼이 나네

계월향(桂月香, ?~1592)[1]은 평양의 명기이다.

용모와 가무가 당대에 뛰어나 세상에 알려졌다. 선조 임진의 난리에 적군이 평양을 함락시키고 이 성에 주둔하였는데, 적장 평행장의 부장 한 사람이 연광정(練光亭)[2]에 웅거하였다. 그 사람은 용력이 절륜하여 늘 싸움을 할 때면 먼저 나아가 적의 진지를 함락시켰다.

그러므로 행장이 이 사람을 의중(倚重)하게 여겨 군사(軍事)에 관한 일을 맡겼다.

처음에 평양이 함락될 때에 계월향이 그 부장(副將)에게 잡혀 지극히 총애를 받았다. 그때 병사(兵使)[3] 이빈(李蘋)과 조방장(助防將)[4] 김응서(金應瑞, 1564~1624)[5]와 부장 김억추(金億秋)[6] 등이 만여 명의 군병을 인솔하고 평양성을 공격하다가 그 부장이 있는 힘을 다하여 싸워 피해를 입고 드디어는 패적(敗績)[7]하고 퇴각하였다.

---

1) 조선 중기의 평양 명기. 당시 평안도병마절도사 김응서(金應瑞)의 애첩이다. 임진왜란 때 왜장 고니시 유키나가(小西行長)의 부장(副將)에게 몸을 더럽히게 되자 적장(敵將)을 속여 김응서로 하여금 적장의 머리를 베게 한 뒤 자신은 자결하였다.
2) 평양의 대동강(大同江) 가에 있는 누각.
3) 조선시대 각도의 육군을 지휘하는 책임을 맡은 종2품 무관직.
4) 주장(主將)을 도와서 적의 침입을 방어하는 장수.
5) 초명은 경서(景瑞), 본관 김해. 자 성보(聖甫). 조선 중기의 무신으로 임진왜란 때 평양 방위전에서 대동강을 건너려는 적을 막고 명나라 이여송의 군대와 함께 평양성을 탈환했다. 명나라가 후금을 치기 위하여 원병요청을 하자 출전했고 금나라 군대에 항복하여 포로가 되었다가 적정을 기록하여 고국에 보내려 처형되었다.
6) 본관은 청주. 자 방로(邦老). 시호 현무(顯武). 전남 강진(康津) 출생. 임진왜란이 일어나자 방어사로 대동강을 지켰고 통제사 이순신을 따라 명량해전에서 많은 공을 세웠다.
7) 자기 나라가 싸움에 짐을 이르는 말.

이때에 계월향이 그 부장에게 말하였다.

"이번에 교전으로 첩의 부모와 형제의 소식을 탐문할 길이 없어 심히 마음이 답답하고 괴롭소이다. 하오니 원컨대 얼마간의 말미를 얻어 친척을 찾아뵙고 오겠나이다."

적장이 이것을 허락하니 계월향이 성 위에 올라가 큰 소리로 슬피 부르짖어 말하기를, "내 형이 어디 계시오."라며 잇달아 부르기를 그치지 않았다.

이보다 앞서 응서가 계월향과 은밀한 정이 있었던 터였다.

마침 이때에 응서가 병영 안에 있다가 성 위에서 형을 부르는 소리를 들었는데, 즉 계월향이었다. 응서가 그 소리에 응하여 나아가니 계월향이 말하였다.

"원컨대 첩을 따라 적진 속으로 들어가시면 여차여차 꾀를 쓸 것입니다. 털끝만큼도 우물쭈물 머뭇거리지 마시고 군복을 벗고 평민의 옷으로 갈아입은 후에 곧 이곳으로 오소서."

응서가 그 말을 따라 보통 평민으로 가장한 뒤에 계월향을 따라서 연광정으로 함께 들어갔다. 계월향이 부장에게 다녀왔다고 하고는 "친형을 데려왔소이다."라며 응서를 부장에게 보이니 부장이 믿어 의심치 않았다.

계월향은 그날 밤에 부장이 깊이 잠든 때를 엿보아서 응서를 막사 안으로 끌어 들였다. 부장은 의자에 기대앉아서 잠이 들었는데 얼굴이 온통 붉으며 코고는 소리는 우레와 같았다. 두 눈은 부릅떴고 손에는 쌍검을 잡았는데 사람을 칠 듯하였다. 응서가 이것을 보고 머뭇거려 손을 들지 못하니 계월향이 눈으로 재촉하였다. 응서가 이에 돌연 곧장 나아가 검을 뽑아 베니 적장의 머리가 땅에 이미 떨어졌는데도 오히려 검을 집어던졌다. 하나는 벽에 박히고 하나는 기둥을 맞추어 칼날이 반이나 들어갔다.

응서가 문을 나서니 계월향이 소매를 잡고 흐느껴 울며 말하였다.

"첩의 몸은 이미 저 자에게 더럽혀졌으니 살아도 치욕을 씻지 못할 것이오, 또 적장을 이미 죽였으니 죽더라도 한이 없습니다. 원컨대 장군의 손에 죽고자 하나이다."

응서가 처음에는 차마 할 수가 없다가 둘 다 온전할 수 없음을 헤아리고 이에 검을 내리쳐 벤 후에 탈주하여 진중으로 돌아왔다.

다음날 아침에 평행장 무리가 알고 크게 놀라 날카로운 기세가 땅에 떨어졌다.

임진란에 진주판관 김시민(金時敏, 1554~1592)[8]이 불과 수천의 잔약한 군사로 능히 십만 대병을 격퇴하여 마침내 성을 보전하여 지켰다.

정유재란(丁酉再亂)[9]에 목사 서원례(徐元禮)[10]와 창의사(倡義使)[11] 김천일(金千鎰, 1537~1593)[12] 등이 인솔한 병사가 육 만에 이르렀으니 이를 앞과 비교하면 그 숫자가 10배였다. 사람들이 모두 성을 지키는 것이 걱정 없다고 하였으나 진주 기생 논개(論介, ?~1593)[13]만이 홀로 근심하였다. 천일

---

8) 본관 안동. 자 면오(勉吾). 시호 충무(忠武). 목천(木川) 출생. 1591년(선조 24) 진주판관(晋州判官)이 되었는데, 이듬해 임진왜란이 일어나자 죽은 목사를 대신하여 성지(城池)를 수축하고 무기를 갖춘 공로로 목사가 되었다. 사천(泗川)·고성(固城)·진해(鎭海) 등지에서 왜적을 격파하고, 경상우도병마절도사에 올라 금산(金山)에서 다시 적을 격파하였다. 그해 10월 적의 대군이 진주성(晋州城)을 포위하자 불과 3800명의 병력으로 7일 간에 걸친 치열한 공방전 끝에 적을 격퇴했으나, 그 싸움에서 이마에 적탄을 맞고 전사하였다.
9) 임진왜란 중 화의교섭의 결렬로 1597년(선조 30)에 일어난 재차의 왜란. 정유년에 일어났다고 하여 '정유재란'이라고 한다.
10) 생몰년 등 자세한 기록은 알 수 없다. 북평사(北評事)를 지냈으며 진주성이 왜군에게 포위 함락되기 전에 당시 방백이었던 그는 도망하였다는 기록이 보인다.
11) 나라에 큰 난리가 일어났을 때에 의병을 일으킨 사람에게 주던 임시 벼슬.
12) 조선 중기의 문신·의병장. 임진왜란 때 나주에 있다가 고경명 등과 함께 의병을 일으켰다. 왜적에게 점령된 서울에 결사대를 잠입시켜 싸우고, 명나라 제독 이여송의 군대를 도왔으며, 진주성을 사수하다가 성이 함락되자 남강에 투신 자결하였다. 삼장사(三壯士)의 한 사람이며 일재(一齋) 이항(李恒, 1499~1576)의 문인으로 일실현감을 지냈다. 삼장사는 김천일(金千鎰), 황진(黃眞), 최경회(崔慶會)이다.
13) 진주목(晋州牧)의 관기(官妓)로 1593년(선조 26) 임진왜란 중 진주성이 일본군에게 함락될 때 왜장을 유인하여 순국한 의기(義妓). 본관은 장수(長水)이다. 진주성은 1593년 6월 15일이

이 그 연유를 물으니 논개가 대답했다.

"전일에는 병력이 비록 적으나 규율이 엄격하고 명령이 분명하였습니다. 그뿐 아니라 그때에는 장졸이 죽을 마음만 있고 살 마음이 없었음으로 능히 악전고투하여 적군을 이긴 것입니다. 지금에는 군율이 아직 서툴러서 익숙하지 못하고 명령도 분명치 않을 뿐 아니라, 장졸이 모두 살 생각만 있고 죽을 마음이 없으니 적을 능히 이겨내지 못할 것입니다. 이 때문에 근심하는 겁니다."

천일이 이것을 요망한 말이라 하여 참하려고 하거늘 여러 장수가 말렸다. 그 성이 함락되니 김천일 등이 모두 전사하고 그 이하 장사(壯士)와 군민이 모두 도륙(屠戮)을 당하였다.

논개가 화려하게 꾸며 입고 촉석루(矗石樓)[14) 아래 석상에 서있으니 적장이 그 자색이 아름다움을 알고 끌어안으려 하였다. 논개가 그 허리를 끌어 앉고 깊은 강물에 던져 함께 죽었다.

임진왜란이 평정된 후에 고을 사람들이 그 뜻을 가상히 여겨 누각 앞에 사당을 세우고 지금껏 매년 봄가을 두 계절에 여러 기생이 모여 향을 사르고 제사를 지냈다.

외사씨가 말한다.

임란의 난 때에 충의의 선비가 그 수가 하나가 아니나 이는 그 당대 벼슬아치들의 일이라 족히 칭찬할 바가 아니지만, 여인들 가운데서 계월향과 논개와 같은 자는 실로 특수한 사람이다. 인물의 풍성함이 중국 같은 나라가 없다. 그러나 사천 년의 역사에 증거하건데 여자로는 없었다. 미천한 사람으로 자신을 잊고 나라를 위해 죽은 자는 그 무리가 없었다.

작전 개시일이며 6월 29일에 함락되었다. 따라서 논개의 죽음은 정유재란 일이 아닌, 임진왜란 때의 일이다.

14) 경상남도 진주시 본성동에 있는 누각. 정면 5칸, 측면 4칸. 경상남도 문화재자료 제8호. 남강(南江)가 바위 벼랑 위에 장엄하게 자리 잡고 있어 영남(嶺南) 제일의 아름다운 누각이다.

이른바 아미(蛾眉)[15]로 칼과 창을 만들고 지분(脂粉)[16]으로 병사를 만들었다는 것이 즉 이것이니, 그 열렬한 충의는 지금까지 늠름하여 천 년이 지나도록 썩지 않을 것이다.

二十四. 練光亭上蛾眉落, 矗石樓下香魂飛

桂月香은 平壤의 名妓이니 容貌와 歌舞가 當時에는 獨特한 名價를 有하얏더라 宣祖壬辰의 亂에 敵軍이 平壤을 陷하고 此 城에 據하얏는대 敵將 平行長 副將 一人이 有하야 練光亭에 據하니 其 人은 勇力이 倫에 絶하야 每 戰에는 先登 陷陣하는 故로 行長이 此를 倚重하야 軍務를 委任하얏더라 初에 平壤이 陷落할 際에 桂月香이 其 副將에게 獲한 바ㅣ 되야 極히 寵幸하더니 時에 兵使 李蘋과 助防將 金應瑞와 副將 金億秋 等이 萬餘 人의 軍兵을 引率하고 平壤城을 進攻하다가 其 副將의 奮戰逆擊함을 被하야 드대여 敗績하고 退却하는대 此時에 桂月香이 其 副將에게 請하야 曰 今日 兩將이 交戰할 時에 妾의 父母와 兄弟의 消息을 探問할 路가 無하야 甚히 悶하오니 願컨대 數刻의 暇를 得하야 親屬을 訪問하고 來하겟나이다 敵長이 此를 許하니 桂月香이 이에 城上에 登하야 高聲哀呼하며 曰 吾兄이 何 在하오 하며 連呼不已하니 先是에 應瑞가 桂月香으로 더부러 隱情이 有한 터이라 맛참 此時에 應瑞가 陣中에 在하다가 城上에서 呼兄하는 聲을 聞한 則 桂月香이라 이에 其 聲을 應하야 赴한 즉 桂月香이 謂하되 願컨대 妾을 隨하야 敵陣의 中에 入하시면 如斯如斯히 用計함을 得할지니 小毫도 逡巡猶豫치 마시고 軍服을 脫하고 平民의 衣服을 換着한 後에 곳 此處로 來하소셔 應瑞가 其 言을 從하야 普通平民으로 假裝한 後에 桂月香을 隨하야 練光亭으로 同入하얏는대 桂月香이 副

---

15) 누에나방의 눈썹이라는 뜻으로, 가늘고 길게 굽어진 아름다운 눈썹을 이르는 말. 미인의 눈썹을 이른다.

16) 연지(臙脂)와 백분(白粉)을 아울러 이르는 말.

將에게 命을 復한 後에 親兄을 帶來하얏다 하고 應瑞로 하야금 副將에게
拜謁매 하니 副將이 此를 信하야 疑치 아니 하얏더라 當夜에 副將이 熟睡
하는 時를 俟하야 應瑞를 帳 下에 引入하니 副將이 椅에 據하야 坐睡함이
滿面이 通紅하며 鼻聲이 如雷하나 兩目을 大張하고 手에 雙劍을 按하야
人을 斫할 듯 하거늘 應瑞가 此를 見하고 浚巡하야 手를 舉치 못하니 桂月
香이 目하야 促하는지라 應瑞가 이에 突然 直前하야 劍을 扱하야 斬하니
敵將의 頭가 地에 已落하얏스듸 오히려 劍을 擲함이 一은 壁에 着하고
一은 柱를 中하야 半刃이 沒入하얏더라 應瑞가 門을 出하니 桂月香이 袖
를 挽執하며 涕泣하야 曰 妾의 身은 旣히 彼에게 汚한 바ㅣ 되얏스니 生하
야도 恥를 雪치 못할 지오 又 敵將을 已殺하얏스니 死할지라도 恨이 無한
지라 願컨대 將軍의 手에 死코져 하나이다 應瑞가 初에는 不忍하다가 兩
全키로 難함을 度하고 이에 劍을 揮하야 斬한 後에 脫走하야 陣에 歸하얏
더니 翌朝에 行長倫이 知하고 大驚하야 銳氣가 隨盡하니라

壬辰亂에 晉州 判官 金時敏이 不過 數千의 殘軍으로 能히 十萬 大兵을
擊退하야 맛참니 城을 保守하얏더니 밋 丁酉再亂에 牧使 徐元禮와 倡義
使 金千鎰 等이 引率한 兵이 六萬에 至함이 此를 前에 比하면 其 數가
十 倍라 人이 모다 守城함이 無慮하다 하되 州妓 論介가 獨히 憂하거늘
千鎰이 其 故를 問하니 論介가 對하되 前日에는 兵이 비록 小하나 規律이
嚴하고 號令이 明할 쑨 아니라 其 時에는 將卒이 死할 心만 有하고 生할
心이 無하얏슴으로 能히 惡戰苦鬪하야 敵軍을 勝하얏거니와 今애는 軍律
이 不熟하고 號令이 不明할 쑨 아니라 將卒이 모다 生할 心만 有하고 死할
心이 無하니 敵을 破하기 不能한지라 此로써 憂하노이다 千鎰이 此를 妖
言이라 하야 斬코져 하거늘 諸將이 勸止하얏더라 及其 城이 陷함이 金千
鎰 等이 모다 戰死하고 其 以下 將士와 軍民이 모다 屠戮을 被한지라 論
介가 濃粧盛服으로 矗石樓 下 岩石 上에 立하얏더니 敵將이 其 姿色이
美함을 見하고 引코져 하거늘 論介가 其 腰를 抱하고 潭水에 投하야 共
死하니 平亂한 後에 州人이 其 義를 嘉하야 樓 前에 立祠하고 至今 것

每年 春秋兩季에 群妓가 會集하야 香奠으로 祀하니라

外史氏 曰 壬亂의 時에 忠義의 士가 其 數가 不一이나 此는 皆 當時에 食祿하든 事이라 足히 稱道할 바이 아니어나와 紅裙의 中에 桂月香과 論介와 如한 者는 實로 特殊한 者이니 人物의 盛함이 支那만 如한 國이 無하나 其 四千年의 歷史에 徵하건대 女子로써 否라 賤人으로써 忘身死國한 者는 其 類가 無하얏도다 所謂 蛾眉로써 劍戟을 作하고 脂粉으로써 兵士를 爲하얏다는 것이 則 此이니 其 烈烈한 忠義는 至今토록 凜凜하야 千古에 不朽할 지로다

25. 소녀가 진심어린 마음으로 아비를 죽음에서 구하고 노백(老伯)이 그 마음에 감동하여 죄수를 놓아 주다

호서(湖西)[1] 공주군(公州郡)[2]에 읍의 아전 김성달(金聲達)이란 이가 있었는데, 쌍수산성(雙樹山城)[3]에 수창리(守倉吏)[4]가 되었다. 수십 년 간을 전후하여 관아의 장부나 문서를 제 마음대로 조작하여 관가의 쌀 사백 석을 도둑질하여 먹었다. 오래지 않아 이 사실이 발각되니 관찰사(觀察使)[5] 홍섬(洪暹, 1504~1585)[6]이 크게 노하여 장차 법에 의거하여 벌을 주려하고 우선 글을 지어 조정에 급하게 아뢰기로 하였다.

마침 김성달에게는 열한두 살쯤 된 딸이 하나 있었다.

안찰사(按察使) 막부(幕府)[7]에 나아가 문을 두드리며 목을 놓아 우니 그 소리가 매우 슬퍼 하늘을 뚫을 듯 하였다. 막부가 크게 놀라 그 아이를 앞으로 불러 그러한 연유를 물으니, 즉 성달의 딸로 이름은 취매(翠梅)였다. 손에 든 편지를 막부에 바치는데 말이 심히 슬프고 가련하여 모든 말과 글귀가 더할 수 없이 비참하였다. 눈으로 차마 읽지 못하고 다만 좋은 말로 위로하였다.

---

1) '충청남도'와 '충청북도'를 아울러 이르는 말.
2) 충청남도에 있던 군. 1995년 1월 행정 구역 개편 때 공주에 통합되면서 폐지되었다.
3) 충청남도 공주시 산성동에 있는 백제시대의 산성으로 사적 제12호. 둘레 2,200m. 웅진성(熊津城)·공산성(公山城)으로도 불린다.
4) 사창(社倉)의 일을 맡아보던 사람.
5) 조선시대 각 도에 파견되어 지방 통치의 책임을 맡았던 최고의 지방 장관.
6) 본관은 남양(南陽). 자는 퇴지(退之), 호는 인재(忍齋). 아버지는 영의정 언필(彦弼)이다. 조광조(趙光祖)에게 수학했다. 1571년 좌의정에 올랐으며 이어 영의정을 3회 중임했다. 『주역』·『서경』에 밝았고 정이(程頤)의 「사잠(四箴)」을 좌우명으로 삼았으며, 문장에도 능했다. 저서로 『인재집』·『인재잡록』이 있다.
7) 여기서는 비장청(裨將廳). 비장들이 대기하거나 사무를 보던 곳.

그 다음날 홍공이 관아의 문을 열 때였다.

갑자기 백성 수백 명이 문을 메우도록 들어와서는 뜰 아래에 나란히 섰다. 그 중 한 여자 아이가 머리를 풀어헤치고 곧장 들어와 섬돌 아래에 엎드려서는 머리를 땅에 부닥뜨리며 소리를 내어 슬피 울며 말하였다.

"원컨대 사또는 소녀의 아비를 살려주소서."

공이 그 정상을 불쌍하고 가엾이 여겨 처연히 얼굴빛을 고쳐 말하였다.

"너는 뉘 집 계집아이이며 또 무슨 까닭으로 이렇게 슬피 우는 게냐?"

취매가 울음을 삼키며 대답했다.

"소녀는 죽을 죄인 김성달의 여식인 취매이옵니다. 소녀의 아비가 하늘이 높은 줄 알지 못하고 어리석은 소치로 관가의 곡식을 흠포(欠逋)[8]하여 가볍지 아니한 큰 죄를 범하였으니 그 죽음을 당하는 것이 당연하옵니다. 누구를 원망하거나 탓하지 못할 사정이오나 옛말에 '죽은 사람은 다시 살아나지 못하고 끊어진 것은 다시 이을 수 없다(死諸는 不可復生이오 絕諸는 不可復續이라)'[9]라고 하였사옵니다. 원컨대 하해와 같은 덕택으로써 특히 관대한 처분을 내려 주시어 한 줄기의 생명을 용서해 주시기를 천번만번 간절히 구걸하는 바이옵나이다."

공이 말하였다.

"너의 정상은 실로 불쌍하고 가엾으나 네 아비가 이미 용서할 수 없을 정도로 큰 죄를 범하였으니 죽음을 벗어나지 못할 것이다. 만일 이것을 용서하면 나도 또한 국법을 어기는 것이니 어찌 관대한 처분을 내릴 수 있겠느냐."

취매가 머리를 땅에 조아리고 흐느끼며 말하였다.

---

8) 관청의 물건을 사사로이 써 버림.
9) 『상서대전(尚書大傳)』 '약설(略說)'에 "死者不可復生 斷者不可復續也"라 하였으며, 또 『공총자(孔叢子)』 '형론(刑論)'에 "死者不可生 斷者不可屬"이라 한 것을 인용한 것이다. 유향(劉向)이 편집한 『신서(新序)』 등에도 보인다.

"만일 흠포한 관곡의 숫자를 맞추어 온전히 갖추어 놓으면 죽음을 용서할 방법이 있습니까?"

공이 말하였다.

"그렇게 되면 다시 심사할 여지가 있으나 그 적지 아니한 곡물을 어떻게 변통하여 마련할 도리가 있겠느냐. 그리고 너는 명원(鳴寃)하기 위하여 들어왔다지만, 너희 백성들은 무슨 까닭으로 이와 같이 여러 명이 관가에 들어 온 것이냐?"

여러 백성이 일제히 이 말에 대답했다.

"성달은 나라 곡식을 훔쳤사오니 그 죄는 죽어 마땅하여 가히 애석할 바가 없사옵니다. 또 저희 백성들은 그의 족속도 아닙니다. 다만 그 딸아이 취매는 열두 살의 어린 아이로 성인의 지각을 갖추지 못하였을 터인데, 그 아비가 옥에 잡아 간힌 날부터 밤낮으로 하늘에 빌어 무사히 놓여나기를 축원하였사옵니다. 이제 급기야 사형에 처하게 된다함을 듣고 밤낮을 호곡(號哭)[10]하여 한 줌의 물도 입에 넣지 아니하오니 그 정상은 차마 눈을 뜨고는 보지 못할 지경입니다. 목석같은 사람이라도 감동치 아니할 자가 없기에 저희 백성들이 각기 한 가마니의 곡식을 덜어내어 그 수가 이백여 석에 달하옵니다. 이것을 관부에 납부하겠사오니 원컨대 이 계집아이의 정경을 불쌍히 여기시어 특별히 그 죄를 사하여 주소서."

공이 생각에 잠겨 한참을 있다가 말하였다.

"내가 장차 깊이 생각해 볼 터이니 너희들은 각자 물러가 있거라."

백성들은 이에 물러 나오고 취매는 여전히 땅에 엎드려 눈물을 흘리며 슬피 울며 가지 않았다.

공이 그 지극한 마음과 정성에서 나오는 것임을 보고 좋은 말로써 위로하였더니 또 막부를 모시는 좌우사람들이 어젯밤의 편지를 바친 일을 아

---

10) 소리를 내어 슬피 욺.

뢰었다.

공이 드디어 마음을 결정하고 이에 장계(狀啓)[11]를 그만두고 조정에 주문(奏聞)[12]을 올리지 않았다.

취매가 그 아비가 옥중에 갇힌 날로부터 친히 아침저녁으로 밥을 가지고 옥중에 가 드렸다. 일 년을 하루같이 이렇게 하였는데, 그 아비가 사형에 처하게 된다 함을 들은 후로는 먹지 않고 음식을 끊으려 하였다. 이에 취매가 머리로 옥문을 두드리며 울며 말하였다.

"아버지께서 잡숫지 않으면 소녀는 마땅히 여기에서 먼저 죽겠습니다."

그리고 또한 거짓으로 꾸며 말하기를 "장차 사령이 석방될 거라고 하였으니 안심하고 잡수세요."라고 하여 그 아버지가 먹는 것을 본 뒤에야 돌아가서 곡물을 판출(辦出)[13]하기를 마련하였다.

하루 낮 밤 사이에 미친 듯이 뛰어 수백 집을 이곳저곳 돌아다녀 마음속에 가득 찬 지성으로 사람들의 마음을 감동케 하였다. 이때에 백성들이 그 뜻에 감격하여 광에서 곡물을 내어 백 석을 충당하고 본 고을의 수령과 비장, 그리고 인근의 수령들이 또한 각기 십여 석을 기부하여 보냈으니 그 숫자가 사백 석을 채웠다.

이에 이것으로 체납한 장부를 지워버리고 각별히 성달을 풀어주고 취매에게 상을 내렸다.

외사씨가 말한다.

옛날에 제영(緹縈)은 한 마디로 아버지의 죽음을 면하였고[14] 조아(曹娥)는 물에 들어가 아비의 시체를 안고 나왔으니[15] 이것이 어린 아이가 행한

---

11) 왕명을 받고 지방에 나가 있는 신하가 자기 관하의 중요한 일을 왕에게 보고하던 일. 또는 그런 문서.

12) 임금에게 아뢰는 글.

13) 돈이나 물건 따위를 변통하여 마련하여 냄.

14) 일찍이 한(漢)나라의 제영이란 여자가 효성으로 한 문제를 감동시켜 아비를 죽음에서 구해냈다는 고사를 말한다.

일이다. 역사와 전기(傳記)에 그 일을 기술하여 아름다움을 칭찬하였다. 그러나 취매는 한마디의 말로써 수백의 백성을 감동케 하여 수백 석의 곡식을 얻어 그 아비를 죽음에서 구하였으니, 저 제영에 비하여 높이가 머리 하나는 지위가 더 높다고 할 것이다. 이것을 칭찬하기에 어찌 세 치 혀를 놀리는 것을 아깝게 여기겠는가.

二十五. 救死 父小女陳情, 釋罪囚老伯感義

湖西 公州郡에 邑吏 金聲達이란 者가 有하야 雙樹山城에 守倉吏가 되얏더니 數年 間에 前後簿書를 幻弄하야 官米 四百石을 偸食하얏는대 未幾에 此 事實이 發覺됨애 觀察使 洪遑이 大怒하야 將次 法에 按하야 誅하려 할세 爲先書를 作하야 朝廷에 馳聞하기로 하얏는대 맛참 十一二 歲가 된 一女가 有하야 按察使 幕府(裨將廳)에 詣하야 門을 叩하며 放聲呼哭함애 其 聲이 甚哀하야 天에 徹하는지라 幕府가 大驚하야 其 女兒를 前으로 招하야 事故를 問하니 卽 聲達의 女로 名은 翠梅라 手에 書狀을 持하고 幕府에 獻함애 情辭가 甚히 哀憐하야 言言句句가 悽絶悲絶하야 目으로 忍讀치 못하고 다만 權辭로써 慰撫하얏더니 其 翌日에 洪公이 衛門을 開할세 忽然 民衆 數百 人이 門에 塡하며 入하야 庭 下에 齊立하더니 其 中 一 女兒가 髮을 披하고 直入하야 階 上에 俯伏하야 叩地號哭하며 曰 願컨대 使道는 小女의 父를 活하소서 公이 其 情狀을 衿惻히 녁여 悽然히 容을 改하며 曰 汝는 誰 家의 女兒이며 又 何故로 如斯히 號哭하는다 翠梅가 泣을 飮하며 對하되 小女는 卽 死囚 金聲達의 女兒 翠梅로소이다 小女의 父가 天이 高한 줄 不知하고 愚昧한 所致로 官을 次逋하야

輕輕치 아니한 大罪를 犯하얏스니 其 死함이 當然하야 誰怨 孰尤치 못할 事情이오나 古語에『死者는 不可復生이오 絶者는 不可復續이라』하얏사오니 願컨대 河海와 如한 德澤으로써 特히 寬大한 處分을 下하사 一 縷의 生命을 繞하시기를 千萬懇乞하나이다 公이 謂하되 汝의 情狀은 實로 矜惻하나 汝父가 旣히 罔赦의 大罪를 犯하얏스니 死함을 逃치 못할지라 萬一 此를 容貸하면 我도 쏘한 國法을 違함이니 엇지 寬大한 處分을 爲할 수 잇스리오 翠梅가 叩頭涕泣하며 曰 萬一 欠逋한 官을 如數히 完辦할진대 死를 容貸할 道가 有하오릿가 公이 曰 此는 更히 審思할 餘地가 有하니 不少한 物을 엇지 辦備할 道가 有하엣나뇨 그리고 汝는 鳴冤하기 爲하야 入하얏거니와 汝 等 民衆은 何故로 如斯히 多數가 官庭에 入하나뇨 民衆이 一齊히 應聲하야 對하되 聲達은 國을 盜하얏사오니 其 罪는 死함이 當然하야 可惜할 바ㅣ 無하오며 又 民 等은 其 族屬이 아니오나 다만 其 女兒 翠梅는 十二 歲의 幼年으로 成人의 知覺을 有치 못하얏슬 터인대 其 父가 獄에 牢囚하던 日부터 晝夜로 天에 禱하야 無事放되기를 祝하얏 사오며 及其 死刑에 處하게 된다함을 聞하고는 晝夜號哭하야 勺水를 口에 入치 아니하오니 其 情狀은 目不忍見이 오며 土木의 人이라도 動치 아니할 者가 無함으로 民 等이 各히 一石의 穀을 捐出하야 其 數가 二百 餘 石에 達하온지라 此로써 官府에 納하겟사오니 願컨대 此 女兒의 情境을 哀恤히 여기사 特히 其 死罪를 宥하소서 公 愀然良久에 曰 我가 將次 深思하야 處할 터이니 汝等은 各히 退去하라 民衆은 이에 退出하고 翠梅는 尙히 地에 伏하야 涕泣하며 起치 아니하거늘 公이 其 至情과 至誠에서 出함을 見하고 好言으로써 慰하더니 又 幕府의 左右가 昨夜의 呈狀하든 事로써 白하는지라 公이 遂히 意를 決하고 이에 狀啓를 止하고 朝廷에 奏聞치 아니하얏더라 翠梅가 其 父가 獄中에 被囚하든 日로부터 親히 朝 夕의 饔飱을 持하고 獄中에 往饋하야 年을 一日과 如히 하더니 其 父가 死刑에 處하게된다 함을 聞한 後로는 口를 閉하고 食을 絶하러 하거늘 翠梅가 頭로써 獄門을 叩하며 涕泣하야 曰 父親이 食치 아니하시면 小女 는 맛당히 此에서 先死하겟노이다 하며 又 詭辭를 設하야 將次 赦令이

下 하리라 하오니 願컨대 安心하시고 食하소셔 하며 其 父가 食함을 見한
後에 乃歸하야 物을 辦出하기를 周旋할세 一晝一夜 間에 狂奔疾走하야
數百 戶를 遍歷하야 滿腔의 至誠으로써 人의 心을 動케 하니 於是에 民衆
이 其 意를 感하야 各히 一石式을 捐出하얏더라 洪公이 쪼한 其 誠을 感
하야 賑으로써 百石을 充하고 本守及幕裨隣近 守令이 쪼한 各 十餘 石을
捐補하니 其 數가 四百 石에 滿한지라 이에 此로 逋案을 削去하고 特히
聲達을 放하고 翠梅를 褒獎하니라

  外史氏 曰 昔에 緹縈은 한마디 말로써 그녀의 아버지를 免死하고 曹娥
는 水에 赴하야 父 屍를 抱하고 出하얏스니 此가 幼年의 兒의 行한 事이라
史傳에 其 事를 載하야 褒美하얏도다 그러니 翠梅는 片言으로써 數百의
民衆을 感動케 하야 數百 石의 穀을 得하야 其 父를 脫하얏스니 彼 緹縈
에 比하야 尙히 一 頭의 地가 高하다 할지로다 此를 贊하기에 엇지 三寸의
舌을 惜할 바이리오

26. 초례 뒤에 신랑이 친상을 당하여 급히 집으로 돌아가고 장례 모시는 날 신부가 적바림을 얻다

그리 오래되지 않은 옛날에 한 선비가 있었다.

그 아들의 혼인 짐을 챙겨서 길을 떠나보내고는 갑자기 급한 병이 들어 죽게 되었다. 신랑이 초례를 겨우 마치고 신방에 들어가기 전에 죽음을 알리는 부고가 도착하였다. 신랑이 즉시 분상(奔喪)[1]하여 돌아온 뒤에 장차 상을 치르고 장사를 지내려할 때였다. 산소 자리를 정하지 못하여 지관을 예를 갖추어 맞아 사방으로 산지를 구하려고 전전하였다. 그러다가 흘러 그 처가의 뒷산에 도착하여 지관이 산지를 점지하여 말하였다.

"이 곳이 극히 좋으나 이 산 꼭대기에 양반의 집이 있으니 필연 이것을 허락치 않을 게야."

상제인 신랑이 좌우를 살피니 그 산 아래의 양반 댁은 곧 그의 처가였다. 처가는 다만 홀어미로 살아가는 장모만 있었다. 남자가 없고 다만 독녀를 있을 뿐이므로, 그 딸을 몹시 사랑하여 사위까지도 친자식과 같이 귀히 사랑하는 터였다.

상제가 이에 아래로 내려가 장모를 찾아뵈었다. 장모는 슬픔과 기쁨이 교차하여 오찬을 정성껏 준비하여 대접하고 온 연유를 물었다.

상제가 뒷산에 장지를 점지하게 된 뜻을 말하니 장모가 위로하여 말했다.

"다른 사람이라면 허락하지 못할 것이나 교객(嬌客)[2]이 이 땅을 점지한

---

1) 외지에 나가 있는 자식이 부모의 상(喪)을 당해 부음(訃音)을 전해 듣고 집으로 돌아가기까지 취하는 행동 절차. 통신 제도가 발달하지 못한 옛날에는 상고(喪故)가 있을 때 외지에 있는 복인(服人)에게 인편으로 부음을 전달하였다. 이 부음을 전해 듣는 것을 문상(聞喪)이라 하며, 복인은 문상 후에 일정한 절차에 따라 행동하도록 되었다. 분상하는 사람에게는 가능한 한 편의를 보아주는 것이 통례였다.

이상에 어찌 주저하겠는가."

상제가 이에 크게 기뻐하여 돌아가 고하려할 때였다.

장모가 만류하며 말하였다.

"자네가 이미 이곳에 왔으니 잠시 건넌방에 들어가 딸아이 얼굴이나 보고 가게나."

상제가 처음에는 거절하다가 두세 번 권하기에 부득이 아내의 방에 들어가 마주 앉았다. 처음에는 부끄러워하다가 홀연 춘심(春心)[3]이 일어나기 시작하여 즉석에서 아내의 의사를 무시하고 억지로 관계를 하였다. 부부 간 잠자리의 즐거움을 치르고 일을 마친 후에 밖으로 나왔는데 집안 사람들은 이것을 알지 못하였다.

상제가 집에 돌아 와 장례 절차에 따라 상여를 메고 그 뒷산에 도착하였다. 장차 하관할 때에 그 처가의 계집종이 와서 말하였다.

"우리 댁의 새 아기씨가 지금에 분곡(奔哭)[4]하기 위하여, 산 위로 올라 오셨으니 일꾼들은 잠시 피해주세요."

잠시 뒤에 그 처가 산에 올라 관 앞에서 곡을 슬프게 마친 뒤에 인하여 상제를 향하여 말하였다.

"며칠 전에 군자가 우리 집에 오셨을 때에 잠자리를 한 일이 있습니다. 이에 대하여 표가 없을 수 없는 것이니 원컨대 수표(手標, 지금의 증명서)를 만들어 첩에게 주소서."

상제가 너무나 부끄러워 얼굴에 붉은 빛을 띠며 크게 책망하였다.

"아녀자가 어찌 감히 난잡한 말을 하여 여러 사람을 미혹케 하는 것이오. 속히 내려가시오."

처가 끝내 가지 않으며 말하였다.

---

2) 본래 남의 '사위'를 일컫는 말이나 여기서는 자신의 사위를 이름.

3) 정욕.

4) 달려와서 호곡(號哭)하는 것.

"제가 수표를 얻기 전에는 비록 죽는다 할지라도 내려가지 않겠습니다."

이때에 상제의 숙부와 여러 집안사람, 또 기타 장례에 모인 사람들이 아주 많았는데 이를 보고 모두 놀라지 않는 자가 없었다.

숙부가 상제를 질책하여 말하였다.

"세상에 어찌 이와 같은 해괴한 일이 있겠는가. 네가 만일 이러한 일이 있거든 곧 수기(手記)를 만들어 주도록 하라. 만일 네 처의 소청을 들어주지 않다가는 더욱 사람들에게 부끄러움을 끼칠 것이다. 또 해의 형세가 이미 저물어간다. 일꾼들이 사방으로 흩어지면 어찌 대사에 낭패가 되지 않겠느냐."

상제가 부득이하여 수표를 써서 주었더니 그 처가 이것을 갖고 즉시 내려갔다.

여러 사람들이 그 해괴한 거동을 꾸짖지 않는 자가 없었다.

그리하여 봉분을 만들고 집으로 돌아온 지 수일 후에 상제가 우연히 병을 얻어 십여 일 뒤에 끝내 불귀의 객을 되었다.

처가 흉한 소식을 듣고 친정에서 남편의 집에 이르렀다.

지아비의 시신을 어루만지며 큰 소리로 곡을 하며 말하였다.

"내 낭군이 세상에 오래 머물지 않을 줄은 이미 예측한 것이지마는 어찌 다시 한 번의 만남도 갖지 못하고 이와 같이 빨리 돌아가셨는지요."

그리고 몸이 야월 정도로 지나치게 예를 하였다. 장례를 마치고 즉시 친가로 돌아갔는데 사오 개월을 지나니 배가 점점 불러지고 열 달이 차자 사내아이를 낳았다. 친척들과 이웃 마을 사람들이 모두 놀랍고 의아하여 말하였다.

"그 집 상제가 초례를 겨우 치루고 초상에 달려갔다가 오래지 않아 곧 죽어버렸는데 이 아이가 어떻게 나왔는가?"

그러며 처가 혹 음분(淫奔)[5]의 행동이 있지 않았는가 하고 의심하였다. 처가 이에 그 남편의 수기를 꺼내어 보이니 이로부터 시비가 끊어졌다.

사람들이 그 연유를 물으니 처가 대답했다.

"초례를 겨우 마치고 상을 당해 곡을 한 제가 장례 전에 그 아내를 와서 본다는 것이 이미 예가 아니요, 또한 예의에 어긋나게 나를 가까이 한 것도 이것이 또한 평상의 마음 밖이지요. 사람이 일상적인 마음이 없을진대 어찌 능히 세상에 오래도록 있겠소. 내가 그때에 예로써 거부할 줄을 알지 못한 것은 아니지요. 다만 천만다행으로 그 씨받기를 기다려 마지못하여 따른 후에 다시 가만히 생각해보니 이때 부부의 교합(交合)⁶⁾은 집안 사람도 아는 이가 없으니 지아비가 사망한 후에 아이를 낳으면 무엇으로 변명을 얻겠소. 이로써 죽음을 무릅쓰고 부끄러움을 참으며 수표를 여러 사람이 모인 가운데서 다툼을 하여 얻은 것이라오."

사람들이 그제야 그 귀신같은 밝음에 탄복하였다. 그 유복자는 과거에 급제하여 벼슬, 명성, 덕망이 높아서 이름이 세상에 드날렸다고 한다.

二十六. 醮禮後新郎奔喪, 葬奉日新婦得標

中古時代에 一 士人이 有하야 其 子婚을 隣境에 治送하고 忽然 急病에 罹하야 死하얏는대 新郎이 醮禮를 纔罷하고 新房에 入하기 前에 訃書가 至함애 新郎이 卽時 奔喪하야 歸한 後에 將次 喪을 治하야 永窆할식 山地를 定치 못하야 地師를 延聘하고 四處로 山을 求하다가 轉하야 其 妻家의 後山에 至하니 地師가 山을 占하야 曰 此 地가 極佳하나 此 山 上에 班戶가 有하니 必然 此를 許치 아니하리로다 喪人(新郎)이 左右를 審視한 則 其 山下의 班戶는 卽 其 妻家이라 其 妻家는 다만 寡居의 外姑만 有하야 男女가 無하고 다만 獨女를 有할 뿐임으로 其 女를 酷愛하야 女婿까지도 親子와 如히 貴愛하는 터이라 喪人이 이에 下去하야 其 外姑를 拜謁한

---

5) 남녀가 음란하고 방탕한 짓을 함.

6) 성교(性交).

則 外姑가 悲喜交至하야 午餐을 情備하야 待하고 其 來由를 問하거늘 喪人이 後山에 葬地를 擇占한 意로써 告하니 外姑가 謂하되 他人에 在하야는 許치 못할 것이나 嬌客이 此 地를 占한 以上애 엇지 躊躇하리오 喪人이 이에 大喜하야 歸함을 告할시 妻母가 挽止하야 曰 君이 旣히 此에 到하얏스니 暫間越房에 入하야 女兒를 面會하고 去할지어다 喪人이 初에는 謝却하다가 再三勸告에 依하야 不得已 妻의 房에 入하야 對坐하얏더니 初에는 羞赧하다가 忽然 春心이 萠動하야 即席에서 强逼하야 席의 歡을 爲하고 事를 畢한 後에 出去하얏는대 家人은 此를 知치 못하얏더라 喪人이 家에 歸하야 葬儀를 治하야 喪輿를 奉하고 其 後 山에 到하얏는대 將次 下棺할際에 其 妻家의 婢子가 來告하되 我 宅의 新 阿氏가 今에 奔哭하기를 爲하야 上山하시니 役丁은 暫時 避하라 하더니 而已오 其 妻가 山에 上하야 柩前에서 哭하야 哀를 盡한 後에 因하야 喪人을 向하야 曰 某日에 君子가 我 家에 來하얏슬 時에 我로 더부러 同衾合歡한 事가 有한데 此에 對하야 標跡이 可無치 못할지니 願컨대 手標(今에 證明書)를 成하야 妾에게 與하소서 喪人이 大慙하야 面에 赤色을 發하며 大責하되 婦女가 엇지 敢히 亂言을 發하야 衆人을 惑케 하나뇨 斯速히 下去할 지어다 新婦가 맛참내 去하지 아니하며 曰 妾이 手標를 得하기 前에는 비록 死할지라도 下去치 아니ᄒ겟노라 此時에 喪人이 叔과 諸宗黨 又는 其 他 會葬하는 者가 甚多하얏는대 此를 見하고 모다 驚駭하지 안는 者가 無하얏더라 其 叔이 喪人을 叱責하야 曰 世에 엇지 如此 한 駭怪의 事가 有하겟나뇨 汝가 萬一 此 事가 有하거든 곳 手記를 成하야 與하라 萬一 彼의 所請을 施與치 아니하다가는 더욱 人에게 羞恥를 貽할지오 又 曰 勢가 已晚하얏스니 役軍이 四散하면 엇지 大事에 狼狽가 되지 아니하리오 喪人이 不得已하야 手標를 書給하니 其 妻기 此를 受하고 即時 下去하매 諸人이 其 駭怪한 擧動을 唾罵치 안는 者가 無하얏더라 因하야 封境還處한지 數日 後에 喪人이 偶然히 病을 得하야 十餘 日後에 맛참내 不歸의 客을 作하매 新婦가 凶音을 聞하고 親家로브터 夫家에 至하야 夫의 屍를 撫하고 大哭하야 曰 我가 良人이 世에 不久할 줄은 旣히 惻할 바이지마는 엇지

更히 一面의 交를 得치 못하고 如斯히 速歸하얏나잇가 하고 哀毀踰禮를
畢하고 卽時 親家로 還하얏는대 四五朔을 過하매 腹이 漸高하야 十朔이
滿하매 男子를 生하니 宗黨과 隣里가 모다 驚訝하야 曰 其 家 喪人이 醮
禮를 纔罷하고 喪에 奔하얏다가 未幾에 곳 死去하얏슨 즉 此 兒가 何로
從하야 出하얏는가 하며 新婦의 或 淫奔의 行이 有함을 疑하니 新婦가
이에 其 夫의 手記를 出하야 示하야 此로부터 是非가 大定하얏더라 人이
或 其 故를 問하니 新婦가 對하되 醮禮를 纔罷하고 奔哭한 喪人이 葬 前
에 其 妻를 來見하는 것이 旣히 非禮이거늘 又 非禮로써 我를 逼함은 此
가 쏘한 常情의 외이니 人의 常情이 無할진대 엇지 能히 世에 久하리오
我 其 時에 禮로써 拒할 줄 不知함은 아니나 다만 天幸으로 其 落種하기를
俟하야 强從한 後에 更히 深思한 즉 此時 夫婦의 交合은 家人도 知하든
者가 無하얏스니 夫가 死한 後에 子를 生하면 何로써 發明함을 得하리오
此로써 死를 冒하고 恥를 忍하야 手標를 群衆이 大會한 中에서 討得함이
로라 人이 그계야 其 神明함을 嘆服하도다 其 遺腹子는 科에 登하야 顯達
하얏더라 云하니라

27. 부유하였을 때 누가 경탄하는 소리를 부르짖을 줄 알리오 죽기 직전에 스스로 살 길을 만나다 (일)

인조 때 황해도 봉산(鳳山) 땅에 이씨 성을 가진 무변(武弁)[1]이 있었다.

처음에는 가세가 넉넉하였으며, 또 성품이 활달하여 베풀기를 퍽 좋아하였다. 사람을 믿어서 의심치도 않았으니 다급함을 고하는 자가 있으면 재물을 아끼지 않았다. 그러므로 십여 년 간에 자연 재산이 줄어들어 거덜 나서는 아예 생계가 곤란한 지경에 이르렀다.

이(李)가 처음에 선전관(宣傳官)이 되었는데 일에 연좌되어 실직하고 시골에서 산 지 여러 해였지만 전조(銓曹)[2]가 오래도록 벼슬아치 후보자로 추천하지 않았다.

하루는 그가 아내에게 말하였다.

"무변이 시골에 살면 관직이 저대로 올 리가 없고 또 가난함이 이와 같네. 생각해보건대 살아갈 길이 없으니 하루아침에 구렁텅이에 구를 염려도 없지 않소. 지금 남아 있는 농토를 팔면 사백여 금을 얻을 것이오. 이것으로써 서울에 올라가서 관직을 구하여 얻으면 살고 얻지 못하면 죽기 밖에 더하겠소. 내 뜻은 이미 결정하였소."

이러하니 그 처가 또한 이것을 허락하였다.

이에 전토를 모두 팔아 사백 금을 얻었다. 그러한 후에 백 금은 두어 그의 아내가 여러 달 생계비용으로 쓰게 하고 삼백 금을 가지고 늙은 사내종 한 사람과 함께 서울에 올라갈 때였다.

고양(高陽) 벽제(碧蹄)[3] 주막에 이르러 하룻밤을 묵을 때였다.

---

1) 무관(武官). 『동야휘집(東野彙輯)』에는 우하형(禹夏亨)으로 되어 있다.

2) 이조와 병조를 아울러 이르던 말.

종이 막 말에게 먹이를 먹이려는데 갑자기 한 사람이 전립(氈笠)[4]을 쓰고 의복이 산뜻한 자가 처음에는 엿보다가 이윽고 들어와서는 종과 더불어 말을 주고받았는데 뜻이 자못 정성스러웠다. 종이 기뻐하며 어느 곳의 누구냐고 물으니 "병조판서 댁에서 심부름하는 종이요."라고 하였다.

그가 방 안에서 이 말을 귓결에 듣고는 곧 그 창두(蒼頭, 남자 종)를 불러서 물으니 들은 대로였다. 그가 크게 기뻐하여 말하였다.

"내가 방금 벼슬을 구하려고 상경하였는데, 소원하는 바는 병전(兵銓)[5]이다. 네가 정말 병판 댁에서 신임을 받는 심부름꾼이라 하니 네가 능히 나를 위하여 벼슬을 주선하겠느냐? 또 네가 이곳에 온 것은 무슨 일이 있어서냐?"

그 사람이 대답했다.

"소인은 병판 댁의 수노(首奴)[6]입니다. 상전 댁 종들이 평안도에 많이 살고 있으므로 방금 명을 받고 세금을 받으러 나선 것입니다."

그가 한탄하며 말하였다.

"너를 만나기 쉽지 않은데 이와 같은 어긋남이 있으니 어떻게 주선할 방법이 없겠느냐?"

창두가 대답했다.

"이는 어렵지 않습니다. 청컨대 소인과 함께 서울에 동행하시면 마땅히 힘을 다하여 주선하겠습니다. 소인의 이번 행차는 별로 긴급을 요하지 않으니 후일 간다하여도 무방합니다. 그런데 행차 중에 휴대하신 금이 얼마나 되는지요?"

그가 실지 금액을 대답하니 창두가 말하였다.

---

3) 현재의 경기도 고양시 벽제이다.
4) 무관이나 사대부가 쓰던, 돼지 털을 깔아 덮은 모자.
5) 군사관계 업무를 총괄하는 병조에서 사람을 시험하여 골라 뽑는 전형(銓衡)이란 벼슬자리.
6) 관아에 딸린 관노의 우두머리.

"이것으로 겨우 쓸 만하겠습니다."

그리고 다음날에 그 사람을 데리고 성으로 들어간 후에 그를 위하여 묵는 집을 병판 집 부근에 정하고 주인을 불러서는 "잘 대접해드리라." 하였다.

그는 생각하기를 '집 주인이 필연 이 사내와 친척지간이로다.' 하였다. 그리고 오직 창두를 믿었다.

창두가 집으로 간 지 여러 날이 지나도록 오지 아니하니 그가 사기 당했다는 의심을 하였다. 얼마 뒤 창두가 와 보거늘 그가 심히 기뻐하여 한왕(漢王)이 도망하였던 소하(蕭何)를 만난 것[7]과 같았다.

인하여 여러 날을 오지 않은 이유를 물으니 창두가 대답했다.

"진사(進仕, 나리)[8]를 위하여 벼슬을 꾀하는 것이 어찌 급작스럽게 가능하겠습니까. 한 지름길로 요긴한 곳이 있기는 합니다만, 이곳에 불가불 백 금은 써야 벼슬자리 얻을 기회가 올 것입니다."

그가 급히 물으니 대답했다.

"병판의 여동생이 과부로 아무 동에 살고 있습니다. 대감이 극히 아껴 말하는 것은 반드시 들어주십니다. 소인이 진사의 일을 간청하니 백 금이면 좋은 벼슬자리를 곧 줄 수 있다고 하였습니다. 나리께서 이를 인색치 않게 내놓으시겠습니까?"

그가 말하였다.

"이 돈의 쓰임이 모두 이것을 위한 것인데 어찌 아끼겠는가."

---

7) 초패왕 항우와 한왕 유방에 의해 진나라가 멸망한 한왕 원년(元年, B.C. 206)의 일이다. 고향을 멀리 떠나온 한군은 향수에 젖어 도망치는 장병이 날로 늘어나는 바람에 사기가 말이 아니었다. 그 도망병 가운데는 한신도 끼어 있었다. 소하는 한신이 도망갔다는 보고를 받자 황급히 말에 올라 그 뒤를 쫓았다. 그 광경을 본 장수가 소하도 도망가는 줄 알고 유방에게 고했다. 그러자 오른팔을 잃은 듯이 낙담한 유방은 노여움 또한 컸다. 그런데 이틀 후 소하가 돌아왔다는 고사이다.

8) 이두(吏讀)로 저보다 지체 높은 사람을 높여 부르는 말로 '나으리'이다.

그리고 즉시 돈자루에서 백 금을 내어주니 그의 종이 의심하여 말하였다.

"나리께서 친히 가지 않으시고 적지 않은 금을 이 사람에게 주시니, 어찌 그가 속이지 않는다는 것을 알겠습니까?"

그가 말하였다.

"저 사람이 이미 병판가의 수노가 명백한데 어찌 의심하고 염려할 까닭이 있겠는가."

그 다음날에 그 종이 와서 말하였다.

"안주인께서 금을 받고 아주 좋아하시며 즉시 친히 가서는 대감을 뵙고 산정(散政)9)에 자리가 나거든 반드시 수의(首擬)10)하여 데면데면히 여기지 말아달라고 하니 대감이 이것을 허락하였답니다. 그러나 이 일을 누군가 곁에서 도움을 준다면 일이 더욱 신속하고 또 굳어질 것입니다. 아무 동에 아무개 벼슬아치가 있는데 대감과는 사귐이 매우 친밀하니 그 말씀을 반드시 따를 것입니다. 오십 금을 주신다면, 저 사람이 반드시 기뻐하여 청을 들어주기를 부탁할 것이 분명합니다."

그가 기뻐하여 또 오십 금을 꺼내어 주고, 속히 일이 꾀해졌으면 하며 간절히 부탁하였다.

二十七. 富時誰知呼驚嘆, 絶處自有逢生路 (一)

仁祖 時에 黃海道 鳳山地에 一 武弁의 李 姓人이 有하니 初에 家勢가 饒足하고 又 性이 豁達하야 族與하기를 喜하고 人을 信하야 疑치 아니하

며 急 告하는 者가 有하면 財를 惜치 아니함으로 十餘 年 間에 自然 家財
가 耗散하야 生計가 困難에 至하얏더라 李가 初에 宣傳官이 되얏더니 事
에 坐하야 職을 失하고 居鄕한지 屢年에 銓曹가 久하도록 檢擬치 아니하
얏더라 一日에 李가 其 妻다려 謂하되 武弁이 鄕에 居하면 官職이 自來할
理가 無하고 又 家貧함이 如此하니 料生키 無路한지라 一朝 邱에 轉할
慮도 不無하니 今에 所餘 庄土를 賣却하면 可히 四百餘 金을 得할지라
此로써 京城에 上하야 官을 求하야 得하면 生하고 得치 못하면 死할 外에
無하니 我 意를 已決하얏노라 한 즉 其 妻가 또한 此를 許하는지라 이에
田土를 盡賣하야 四百 金을 得한 後에 百 金을 留하야 其 妻의 數月 生計
費를 作케 하고 스사로 三百 金을 携帶하고 老僕 一人으로 더부러 京城에
上할시 高陽 碧蹄店에 至하야 留宿하더니 僕이 바야흐로 馬食을 治할 際
에 忽然 一人이 有하야 氈笠을 着하고 衣服이 新鮮한 者가 初에는 窺視하
다가 俄而오 入來하야 僕으로 더부러 語를 交하며 意가 頗히 懇款하니
僕이 喜하야 其 從來를 問한 즉 卽 兵判 宅 使喚 蒼頭라 하거늘 李가 房內
에서 此 言을 微聞하고 곳 其 蒼頭를 召하야 問한 즉 其 對가 如前한지라
李가 大喜하야 曰 我가 方今 求仕할 次로 上京하니 我의 所願하는 바는
兵銓이라 汝가 果然 兵判 宅 使喚이라 하니 汝가 能히 我를 爲하야 居間
周旋을 爲하려나뇨 且 汝가 此處에 來한 것은 何幹이 有하뇨 其 人이 對하
되 小人이 兵判 宅 首奴이압더니 上典 宅 臧獲이 西關에 多在함으로 方今
命을 受하고 貢膳 次로 今日 發程하얏나이다 李가 嘆하야 曰 汝를 得하기
不易한데 此와 如한 交遘가 有하니 엇지하면 周旋의 策이 有하랴 蒼頭가
對하되 此는 不難하오니 請컨대 小人으로 더부러 京城에 同行하시면 맛
당히 力을 盡하야 周旋하려 하나이다 小人의 此 行은 別로 緊急을 要치
아니하오니 後日에 發行할 지라도 無妨하오이다 그러나 다만 行次 中에
携帶하신 金이 幾何나 되니잇가 李가 實數로써 對하니 蒼頭 曰 此로써
僅僅히 可用하겟나이다 하고 翌日에 李를 隨하야 入城한 後에 李를 爲하
야 관사를 兵判 家 附近에 定하고 主人을 囑하야 善待하라하니 李는 思하
되 主家가 必然 此 漢과 親知의 間이로다 하고 오직 彼를 信하얏더라 其

蒼頭가 家에 歸하야 數日토록 來치 아니하니 李가 其 見欺함을 疑慮하더
니 旣而오 來見하거늘 李가 甚喜하야 漢王이 亡하엿던 蕭何를 得함과 如
하더라 因하야 數日을 來치 아니한 故를 問하니 對하되 進賜(나으리)를
爲하야 官을 圖함이 엇지 倉卒의 間에 可能할 바이릿가 一 蹊徑이 甚 緊
한 處가 有하온대 此에 不可不 百金을 用하여야 可圖할 機가 有하나이다
李가 急히 問하니 對하되 兵判의 娣氏가 有하야 寡居로 某洞에 在하온대
大監이 極히 愛敬하야 所言을 必從하는 터임으로 小人이 進賜의 事로써
懇請한 즉 百金을 得하면 美官을 可히 立致하리라 하오니 進賜가 此를
吝치 아니하릿가 李 曰 此 金의 用을 專혀 此를 爲함이니 엇지 此를 吝하
리오 하고 卽 囊을 傾하야 百金을 與하니 李의 僕이 獨히 疑慮하야 曰
進賜끠셔 親往치 아니하시고 不少한 金을 此 人에게만 付하시니 엇지 其
詐가 안임을 知하리잇가 李 曰 彼가 旣히 兵判 家 首奴됨이 明白한지라
엇지 疑慮할 바이 有하리오 其 翌日에 其 蒼頭가 來 告하되 內主가 金을
得하고 甚 善하야 卽時 親往하야 大監을 見하고 散政에 當窠가 有하거든
반다시 首擬하야 乏然히 하지말나 한 즉 大監이 此를 許諾하얏는대 그러
나 此에 傍助가 有한 然後에 事가 더욱 迅速하고 且 鞏固할 지라 某洞에
某官이 有하온대 大監으로 더부러 交誼가 甚 密하야 其 言을 必從하는
터이니 此에 五十金으로써 投하면 彼가 必然 喜하야 請囑이 甚 緊하리라
고 思하나이다 李가 喜하야 又 五十金을 出付하고 速圖할 意로써 懇託하
얏더라

27. 부유하였을 때 누가 경탄하는 소리를 부르짖을 줄 알리오 죽기 직전에 스스로 살 길을 만나다 (이)

다음 날 창두가 또 와서 말하였다.

"대감이 일찍 소실을 두셨는데 심히 총애하여 전년에 사내아이를 낳으셨지요. 지금 돌이 멀지 않은데 장차 크게 차리고자 합니다. 그러나 소실이 저축한 재물이 없어 심히 이것을 우려하고 있습니다. 이곳에 또 오십 금을 덜어 준다면 반드시 나으리를 위하여 힘을 보탬이 더욱 굳을 겁니다. 이와 같이 한다면 일이 거의 완전할 것입니다."

그가 또 오십금을 주니 창두가 가지고 갔다가 즉시 와서는 말하였다.

"대감의 소실이 과연 크게 기뻐하여 힘을 다해 주선하기로 스스로 약속하였습니다. 나리의 좋은 벼슬을 하시는 것은 아침·저녁에 성취될 것입니다. 그러나 무관으로 관직에 나아가 공무에 종사하는데 관복을 준비하지 않을 수 없으니 이것을 오십 금으로 미리 사들여 장만하는 것이 좋을 듯합니다."

그가 무척 기뻐하며 즉시 오십 금을 주어 관복을 사서 장만하게 하였다. 오래지 않아 털벙거지와 철릭[1], 넓은 띠와 검은 가죽신, 황금 허리띠 두 끝을 서로 끼워 맞추는 자물단추를 낱낱이 사가지고 왔는데 극히 산뜻하고 뚜렷하며 화려하였다.

그가 크게 기뻐하여 창두 대하기를 일개 제갈공명을 얻은 것과 같았고 처음에 의심을 품었던 늙은 종도 이것을 보고는 모두 확신하여 매우 기쁘고 만족스럽게 우러러 바라보았다.

---

1) '첩리(帖裡)'라고도 한다. 무관이 입던 공복(公服). 직령(直領)으로서, 허리에 주름이 잡히고 큰 소매가 달렸는데, 당상관은 남색이고 당하관은 분홍색이다. 원문에는 '帖袖'로 되어있다.

다음날 그가 비로소 병판 집에 가서 명함을 주고 올라가 뵌 후에 지금까지의 이력과 현재의 형편을 세세히 갖추어 이야기하였다. 그리고 천진(薦進)[2]의 일을 간절히 구걸하니 병판이 다만 고개만 끄덕일 뿐이요, 털끝만큼도 다정한 태도가 없었다. 그는 이것이 '병판에겐 예사로운 일에 불과하겠지.' 하고 곧 아뢰고는 물러 나왔다.

그 뒤에 다시 갔으나 병판이 또한 전과 같이 관대히 대접할 마음이 없어보였다. 그가 심히 초조하여 돌아온 뒤에 창두가 오면 그 마음을 기쁘게 하기 위하여 금을 아끼지 아니하고 좋은 술과 안주를 사서는 취하고 배부르게 하기를 다하니, 이제 남은 오십금도 거의 다 없어졌다.

그가 더욱 번민하여 창두에게 말하였다.

"자네 말이 오래도록 증험이 없는 것은 무엇 때문인가?"

창두가 대답했다.

"대감이 어느 날인들 나리를 잊었겠습니까. 그러나 다른 사람이 뇌물을 바친 것이 진사보다 많아 더욱 굳게 얽혀 관직을 얻는 것이 나리 앞에 위치하는 것은 당연한 일이지요. 이것이 자연 더디게 된 이유입니다.

그러나 들으니, 후일 산정(散政)을 할 때에는 대감이 장차 나리를 아무 벼슬에 헤아린다 하였으니 결과를 기다리십시오."

그가 이것을 믿었다.

기일이 되어 정목(政目)[3]이 나왔으나 또 소식이 전연 없었다.

창두가 와서 말하였다.

"아무 벼슬아치와 안주인이 대감에게 힘써 청하여 확실히 오늘을 어기지 않는다더니, 마침 아무 대신이 아무개를 청탁하여 이를 시행치 않으면 안 될 사정이 있어 이 때문에 또 뺏겼습니다. 지금은 어찌하기가 어려우

---

2) 사람을 천거하여 쓰이게 함.
3) 조선 시대에, 벼슬아치의 임명과 해임을 적어 놓은 문서.

나 6월 도정(都政)[4]이 멀지 않습니다. 아무 벼슬자리가 재물이 아주 많이 생긴다고 하여, 소인이 이미 안주인과 아무 벼슬아치로 하여금 대감에게 청을 들어주기를 부탁하여 흔쾌한 말씀을 이미 얻어 놓았습니다. 다음번에는 결코 실패할 염려가 없으니 이것을 기다리시기 바랍니다."

그가 반신반의하였다.

6월 도정이 되자 일찍 일어나 보고를 기다렸다. 정오가 지나도록 소식을 듣지 못하고 날이 저물도록 마찬가지였다. 창두도 그림자조차 비치지 않았다. 그는 크게 부끄럽고 맥이 빠졌다. 부끄럽고 분함이 크게 일어나고 하인들도 분하여 의논하고 탄식하는 소리가 끝이 없었다.

그가 아무 말도 내지 못하고 오직 창두를 기다렸으나 사오일이 지나도록 오지 않았다. 그가 이에 의심하여 주인을 불러서는 물었다.

"병판 댁 수노(首奴)가 요즈음에 오지 않으니 무슨 까닭인가? 자네와 정이 깊은 듯 하던데 곧 불러 오게나."

주인이 대답했다.

"저 사람과 나는 본래 아는 사이가 아닙니다. 병판댁 수노인 줄 나리께서 분명히 아십니까?"

그가 말하였다.

"그러면 네가 저 사람의 집은 아는가?"

주인이 대답했다.

"알지 못합니다. 나리께서 잘 아시면서 그 집을 아지 못하십니까?"

그가 이 말을 듣고 가슴이 아프고 억장이 무너졌다. 속으로 생각하기를 '가산을 탕진하여 일개 흉악한 도둑놈에게 모두 주어버렸으니 여러 대제사와 많은 식구들이 장차 엉구렁텅이를 전전함을 면치 못할 것이요,

---

4) 도목정사(都目政事). 이조·병조에서 매년 6월과 12월에 벼슬아치의 성적을 평가하여 면직·승진시키던 일.

고향의 이웃한 친척과 처자, 사내아이 종의 원망과 분노의 책망을 무슨 말로써 해명하겠는가. 또 평생의 거침없이 살아오던 성격[5]으로 어찌 한 걸아(寒乞兒)[6]의 신세로 이 세상에서 구차하게 목숨을 구걸하겠는가. 백 번 생각을 해도 오직 죽는 것 밖에는 다른 방도가 없구나.' 하고 이에 자살하기로 마음을 먹고 다음날 일찍 일어나 몰래 문을 나서 한강으로 곧장 달려가 물에 몸을 던져 죽기로 하였다.

二十七. 富時誰知呼驚嘆, 絕處自有逢生路 (二)

翌日에 蒼頭가 쏘 來 言하야 曰 大監 일즉 小室을 置하야 甚히 寵愛하야 前年에 男子를 生하얏는대 今에 懸弧의 日을 不遠한 故로 將次 厚設코져 하오나 小室이 私儲가 無하야 甚히 此를 憂慮하는 中이오니 此에 又 五十金을 捐할진대 반다시 進賜를 爲하야 助力함이 甚緊하오리니 如斯하면 事가 十分 完全할가 하나이다 李가 又 五十金을 給하니 蒼頭가 持去하얏다가 卽時 來 告하야 曰 大監 小室이 果然 大喜하야 力을 竭하야 周旋하기로 自誓하얏사오니 進賜의 好官이 朝가 아니면 夕에 可히 成就될 것이라 그러나 武官供仕에 冠服을 可히 精備치 아니치 못할지니 此를 五十金으로써 히 貿辦하는 것이 好할 듯 하니이다 李가 甚喜하야 卽時 五十金을 付하야 購得辦備케 하니 未久에 毛笠帖袖와 廣帶烏靴와 黃金帶鉤를 一一히 購得하야 持來하얏는대 極히 鮮明華麗하니 李가 大喜하야 蒼頭를 待하기를 一個 諸葛孔明을 得함과 如하고 初에 疑를 抱하든 僕輩도 此를 見하고는 모다 信하야 欣欣히 顒望하더라 翌日에 李가 비로소 兵判家에 往하야 刺[7]를 通하고 登謁한 後에 從來의 履歷과 現時의 情勢를 具述하고 薦進의 事로써 懇乞하니 兵判이 다만 頷할 뿐이로 小毫의 款曲

---

5) "거침없이 살아오던 성격"은 원문에 "길들이지 않은 사나운 말(桀驁)"로 되어 있음.

6) 추위 속에서 빌어먹는 남루한 거지.

7) 원문에는 '剌'이라고 하였으나 문맥을 고려하여 '刺'로 바로 잡았다.

한 態度가 無한지라 李는 以爲하되 此가 不過 兵判의 常事라고 곳 告退하얏다가 其 後에 復徃하니 兵判이 쏘한 前日의 樣子와 如히 款接의 意가 無한지라 李가 甚히 焦躁하야 歸所한 後에 蒼頭가 來하면 곳 其 心을 歡洽케 하기 爲하야 金을 惜치 아니하고 美酒와 佳肴를 買하야 其 醉飽를 極케 하니 餘存한 바 五十金이 거의 消費된지라 李가 더욱 煩悶하야 蒼頭다려 謂하되 汝 言이 久하도록 驗이 無함은 何故이뇨 蒼頭가 對하되 大監이 何日인들 進賜를 忘하리잇가 그러나 他人이 賂賄를 行한 것이 進賜보다 加多한 즉 彼輩가 進賜보다 尤緊하야 官職의 圖得이 進賜의 先에 居할 것은 當然한 事이니 此가 自然 遲遲하게 된 것이오며 그러나 聞한 즉 後日 散政에 大監이 將次 進賜의 某職을 擬한다 하오니 下回를 俟하소셔 李가 此를 信하얏더니 及其 政目이 出함애 又 寂然하거늘 蒼頭가 來 言하되 某官과 內主가 大監에 力請하야 斷然히 今日을 違치 아니한다더니 맛참 某大臣이 某人을 託함애 此를 施行치 아니치 못할 事情이 有하야 此에 奪한 바ㅣ 되얏스니 今에는 如何키 難하나 六日 都政이 不遠한대 某司의 職이 財用이 甚厚함으로 小人이 旣히 內主와 某官으로 하야금 大監에게 請囑하야 決語를 已得하얏스니 此 期에는 決코 失敗될 慮가 無하온지라 願컨대 此를 俟하소셔 李가 半信半疑하더니 及其 都政에 至함에 奴主가 早起하야 報를 侍할시 望眼이 穿코져 하얏스나 午時가 過하야도 無聞하고 日이 暮하야도 亦然하며 蒼頭도 쏘한 影響이 無한지라 李가 大悵失心하야 懟憤이 大發하고 僕輩의 議憤嘆도 쏘한 其 極이 無하얏더라 李가 能히 聲氣를 出치 못하고 오즉 蒼頭의 來하기만 待하얏스나 四五日이 過하도록 來치 아니함으로 李가 이에 大疑하야 主人을 招하야 問하되 兵判 宅 首奴가 近日에 至치 아니함은 何故이뇨 汝가 旣히 情熟한 듯 하니 곳 招來할지어다 主人이 對하되 彼는 我로 더브러 本來 素昧한 人이외다 兵判 宅 首奴인줄 進賜가 明知하시나잇가 李 曰 그러면 汝가 渠의 家를 知하나요 對하되 不知하나이다 進賜띄써 親熟하시면셔 其 家를 不知하시니잇가 李가 其 言을 聞하고 胸이 痛하고 臆이 塞하야 自念하되 家産을 蕩敗하야 一個 賊漢에게 盡輸하얏스니 累代香火와 許多家眷이 將次 邱의

轉함을 未免할진 즉 族黨鄕隣과 妻子 童僕의 恐怒誚責을 何辭로써 可鮮
하리오 且 平生의 桀驁의 性으로써 엇지 寒乞兒의 身勢로써 此 世에 苟活
하리오 百爾思之할지라도 오즉 死할 外에는 他道가 無할지로다 하고 이에
自殺하기로 意를 決하고 翌日에 早起하야 暗暗히 門을 出하야 漢江으로
直走하야 投死하기로 하얏더라

27. 부유하였을 때 누가 경탄하는 소리를 부르짖을 줄 알리오 죽기 직전에 스스로 살 길을 만나다 (삼)

이때 한강의 물은 큰 비가 막 지나가 한없이 넓고 넓은 푸른 물결이 널리 가득 차 그들먹하여 끝이 없었다.

그가 강 머리에 도착하여 의관을 벗고 큰 소리를 한 마디 지르고는 물 속으로 달려 들어갔다. 물이 가슴까지 잠기자 갑자기 온몸이 사시나무 떨리 듯 하는 것을 이기지 못하여 번연히 몸을 웅크리고 뒷걸음질치는 것을 알지 못하였다. 이에 멍하니 우두커니 서서는 말하였다.

"사람이 자살하기도 쉽지 않구나. 차라리 남에게 맞아 죽는 것만 못해."

다시 묵는 여관으로 돌아와 다음날 술을 매우 많이 마셔 크게 취한 후에 비단 옷에 검은 가죽신을 신고 황금 장식이 달린 띠를 둘렀다. 팔 척 장신이 마음에 차지 않는 듯이 큰 걸음으로 곧장 종로 네 거리로 달려 나가니 사람마다 보고는 크게 놀라 "신인(神人)이라." 하며 모두 도망가 버렸다.

그가 군중 가운데 신체가 장대하고 얼굴 모습이 흉악하고 사나워 힘깨나 쓸만한 자를 보고는 돌연 덤벼들어 마구 몰아치며 또 다리를 날려 힘껏 차버리니 그 사람이 외마디 비명을 지르고는 펄쩍 뛰어 엎어졌다가는 급히 일어나 도망쳐버리니 쫓아가도 잡을 수 없었다. 그가 분함을 이기지 못하여 또 사람들을 둘러보다가 '힘을 쓰는 것이 자기를 이길만한 자가 혹 있는가?' 하고 우뚝 서서는 눈을 부릅뜨니, 그 행동이 미친 사람과 같았다.

눈길이 닿는 사람마다 여러 사람들이 모두 어지럽게 흩어져 도주하여 길가에 한 사람도 없었다. 그가 비록 사람에게 맞아 죽으려 하였으나 사람들이 도리어 그에게 타살을 당할까 두려워하여 모두 달아나버린 것이다.

날이 이미 어두워졌다.

그가 심히 한탄하다가 어쩔 수 없이 숙소로 돌아와 밤이 지나도록 잠들지 못하다가 또 생각을 하였다. '만일 남의 안방에 들어가 그 처첩을 희롱하고 놀면 그 사내에게 맞아 죽는 것을 피하지 못할 게다.' 하고 다음날 아침 또 술을 진탕 마시고 큰길가를 돌아다녔다. 길 곁에 한 기와집이 있었는데 심히 화려하였다. 이에 큰 걸음으로 가운데 뜰을 지나 대문으로 곧장 들어갔지만 한 사람도 막는 자가 없었다.

드디어 돌연히 안방으로 들어가니, 다만 이십여 세 가량 된 한 젊은 아낙이 있었다. 아름다운 얼굴과 몸맵시가 뛰어난 자태를 지닌 여자였다. 거울을 보고 눈썹을 그리다가 그가 갑자기 들어오는 것을 보고도 별로 놀라는 기색 없이 다만 낮은 목소리로 물었다.

"성을 뭐라 하는 객인데 제멋대로 남의 안방에 뛰어드는게요?"

그가 대답하지 않고 곧바로 대청에 올라가 여자의 손을 잡고 또 머리를 안으며 입술을 맞췄다. 여자는 심하게 뿌리치지도 않고 또 옆에서 꾸짖는 자도 없었다.

그가 심히 괴이하여 물었다.

"네 남편은 어디에 있느냐?"

여자가 대답했다.

"내 남편의 있는 곳을 물어서 무엇을 하려는 게요. 세상에 어찌 이와 같은 일이 있단 말이오. 술에 취하여 미친 자와 족히 견줄 바는 아니나 법사(法司)[1]가 있으니 속히 나가시오."

그가 말하였다.

"하여간 네 남편이 있는 곳을 말하라. 내가 정말 취한 것이 아니라,

1) 조선 시대에, 형조와 한성부를 아울러 이르던 말. 여기서는 육조(六曹) 가운데 법률·소송·형옥(刑獄)·노예 따위에 관한 일을 맡아보던 관아인 형조.

다만 나의 사정이 있어 부득이 이와 같은 일을 한 것이다."

여자가 말하였다.

"그 말하는 사정이 무엇이오?"

그가 이에 전후사실을 죽 이야기하고는 말하였다.

"내가 죽기로 마음을 정하였으나 스스로 죽지를 못하고 남에게 맞아죽으려고 여러차례 이와 같은 일을 만들었으나 끝내 하수(下手)[2]하는 자가 없었다. 지금에 또 네 남편이 없으니 죽기도 어렵구나. 내 이 일을 어찌해야할꼬."

그러고는 "아아!" 하기를 그치지 않았다.

여자가 듣고 크게 웃으며 "세상에 어찌 죽기를 구하여 이러한 일을 만드는 자가 있단 말입니까. 공이 이미 전에 무관으로 청환(淸宦)[3]을 지냈다면서 이와 같은 풍채와 골격으로 어찌 헛된 죽음을 하시려는 겁니까. 나또한 사정이 부득이하여 장차 다른 곳으로 시집을 가려고 하던 차인데 갑자기 공을 만났으니 이것이 즉 하늘이 내려준 연분인 듯싶군요."

그가 사정을 물으니 여자가 말했다.

"저의 남편은 본래 역관이었지요. 본부인이 있었지마는 제 인물이 곱다는 이야기를 듣고 저를 취하여 이 집을 지은 것이 이미 사오 년입니다. 처음에는 한집에 거처하였으나 본 부인이 심히 투기하여 풍파를 여러 차례 일으키자 남편이 집을 팔고 이곳으로 옮기게 하였답니다. 남편은 오가며 먹고 자며 아끼고 뒤를 돌봐주려는 마음이 없지는 않았지요. 그러나 그 아내의 사나운 마음을 두려워하여 몇 달 뒤부터는 발걸음이 아주 뜸하더니만 이젠 몇 명의 계집종과 이 집을 지키게 하여 과부나 다름없게 되었습니다. 더구나 작년에 남편이 역관 우두머리로 북경(北京)에 가서 마침

---

2) 손을 대어 사람을 죽임.
3) 학식과 문벌이 높은 사람에게 시키던 규장각, 홍문관 따위의 벼슬. 지위와 봉록은 높지 않으나 뒷날에 높이 될 자리였다.

일이 생겨 연경(燕京)에 체류한 지 1년이 지났지만 아직도 돌아오지 않고
있습니다. 들리는 소식이 감감하여 돌아 올 날도 알지 못합니다. 그래
빈 방을 홀로 지킨 지 여러 해랍니다. 먹고 입는 것이야 거르지 않지만서
도 모든 일이 무심하고 세상 생각이 외롭고 쓸쓸하여 봄 바람 가을 달에
마음은 처연하고 뜻은 상하여 고칠 바를 알지 못합니다. 계집종 아이들도
감독하는 사람이 없어 차례로 가버렸지요. 다만 늙은 몸종만 서로 의지하
여 살아가고 있습니다만 이이도 또한 평상시 집에 있지 않답니다. 쓰라린
고통이 이와 같으니 인생이 얼마나 되건대 여름 날과 겨울 밤에 홀로 빈방
에서 울며 이 청춘을 헛되이 보내야한단 말입니까. 이런 사정은 도적놈에
게 속임을 당하여 스스로 죽기를 바라는 사람과 다름이 없습니다. 저는
양반 집안과는 달라 헛되이 개죽음하기 싫어서 따로 계획을 세우려고 하
였는데 홀연 이렇게 기이한 만남을 하였으니 이것은 분명히 크고도 넓으
신 하늘이 우리 두 사람을 불쌍히 여기신 것입니다. 나는 따라가기를 원하
는데 공의 뜻은 어떠하십니까. 원컨대 멀리 내치지 말기를 바라옵니다."

二十七. 富時誰知呼驚嘆, 絶處自有逢生路 (三)

此時 漢江의 水는 潦雨를 初經하야 萬頃의 蒼波가 瀰漫浩蕩한지라 李
가 江頭에 至하야 衣冠을 脫去하고 大斗一聲에 水中으로 奔入하니 水가
胸部를 浸하자 忽然 全身이 戰慄함을 不勝하 飜然히 縮身退步함을 覺치
못하얏더라 이에 佇立靜思하야 曰 人이 自殺하기도 實難하도다 찰아리
人에게 打殺을 彼함만 不如하다 하고 更히 舘舍로 歸하야 翌日에 酒를
痛飮大醉한 後에 錦衣烏靴와 金鉤玉帶를 着하고 八尺長身이 昂然히 大
步하야 直히 鐘路西街로 走하니 人人마다 視하고 大驚하야 神人이라 하
며 모다 回避하거늘 李가 其 群衆 中에 身體가 長大하고 狀貌가 兇獰하야
勇力이 有한 者를 見하고 突前搏擊하며 又 脚을 飛하야 大踢하니 其 人이
一聲跌仆하다가 及히 起하야 逃走함애 追하야도 及치 못하거날 李가 慨

恨함을 不勝하야 又 衆中을 環視하야 勇力이 自己를 勝할 者가 或 有한가
하고 佇立睢盱함애 行動이 狂者와 如하니 目이 觸하는 바에 衆人이 모다
潰然히 逃走하야 街上에 一人도 無하니 李가 비록 人에게 打殺을 被하려
하얏스나 人이 도리혀 李에게 打殺을 當할가 恐하야 모다 避走함애 日이
已暮한지라 李가 甚히 恨嘆하다가 不得已 宿所로 歸하야 達夜토록 寢치
못하더니 又 自思하되 萬一 人이 內室에 入하야 其 妻妾을 戲狎하면 渠夫
의에 打殺을 被함이 無疑할지로다 하고 翌朝에 又 酒를 痛飮하고 大街를
遍歷하다가 路傍에 一 瓦家가 有하야 甚히 華麗하거날[4] 이에 大 踏步
로써 中門을 直入하니 一人도 阻當하는 者가 無하거늘 드대여 突然히 內
廳에 至하니 다만 二十餘 歲 假量된 一 少婦가 有하야 花容月態로 鏡을
對하야 眉를 畵하다가 李의 突入함을 見하고 別로 驚怪하는 色이 無히
다만 低聲으로 問하되 何姓 客子가 擅히 人의 內室로 突入하나뇨 李가
答치 아니하고 곳 廳에 上하야 女子의 手를 把하고 又 頭를 擁하며 吻을
接하니 女가 또한 甚히 牢拒치도 아니하며 又 傍에서 呵責하는 者도 無한
지라 李가 甚히 怪訝하야 問하되 汝夫가 何在하뇨 女가 對하되 我夫의
所在를 問하야 何를 爲하려하나요 世上에 엇지 如許한 事가 有하리오 醉
狂한 者를 足히 較計할 바ㅣ 아니나 法司가 自有하니 斯速히 出去하라
李 曰 何如間 汝夫의 在한 處를 言하라 我가 眞醉함이 아니라 다만 我의
事情이 有하야 不得已 此 事를 作하노라 女 曰 所謂 事情은 何이뇨 李가
이에 前後事實을 述하며 말하였다. 我가 就死하기로 意를 決하얏스나 自
死함을 得치 못하고 人에게 打殺을 被하기를 願하야 屢次 此等의 事를
作하얏스나 맛참내 下手하는 者가 無하더니 今에 또 汝夫가 無하니 死하
기로 極難한지라 奈何할고 하고 咄咄 不已하거늘 女가 聞하고 大笑하되
世에 엇지 死하기를 求하야 此 事를 作하는 者가 豈有하리오 公이 旣히
前日의 武班淸宦을 做하얏다 한 則如此 한 風骨로써 엇지 虛死하리오 我
가 또한 情事의 不得已한 者가 有하야 將次 他適코져 하는 터인대 忽然히

---

4) 원본에는 '날'이 누락되었다. 앞뒤 문맥으로 미루어 보하였다.

公으로 더부러 遇하얏스니 此가 卽 天定의 緣이로다 李가 其 情事를 問하니 女 曰 妾의 夫는 本來 譯官이라 正妻가 在室하것마는 妾의 容色이 美하다함을 聞하고 妾을 取하야 次室을 作한지라 旣히 四五年이라 初에는 一家에 並處케 하얏스나 正妻가 甚히 悍妬하야 風波를 屢起홈으로 夫가 此 家를 買하고 妾으로 此에 移居케 하얏는대 夫가 往來宿食하야 眷戀하는 意가 不無하나 其 妻의 妬悍을 畏하야 數月 後부터는 足跡이 甚 稀하고 다만 數個의 婢子로 더부러 此 家를 守하여 寡居하는 者와 無異하더니 昨年에 夫가 首譯으로서 北京에— 赴하야 맛참 事로써 燕京에 滯留한지 週年이 過하얏스되 尙히 歸치 아니하고 音聞이 渺然하야 歸期를 莫知하니 空房을 獨守한지 有年에 喫着은 비록 闕함이 無하나 萬事가 無心하고 世慮가 索然하야 春風秋月에 心은 悽하고 意는 傷하야 醫할 바를 不知하오며 婢子輩도 照檢하는 人이 無하야 次第로 去하고 다만 老婢를 相伴하야 生하니 夫도 또한 常常히 在家치 아니함으로 酸苦가 如此 하니 人生이 幾何이건대 夏之日과 冬之夜에 호을로 空閨에서 泣하야 此 靑春을 虛度하리오 如此 한 情事는 賊漢에 게 欺하야 自死하기를 求하는 者로 더부러 無異한지라 妾은 身이 士族으로 더부러 異하야 徒然히 浪死함이 不可함으로 將次 別圖코져 하얏더니 忽然 此 奇遇가 有하니 此는 分明히 皇天이 我 兩人을 衿憐하심이라 我는 從하기를 願하노니 公의 意는 如何하온지 願컨대 避棄치 말기를 望하노이다

27. 부유하였을 때 누가 경탄하는 소리를 부르짖을 줄 알리오 죽기 직전에 스스로 살 길을 만나다 (사)

그가 이 말을 듣고 처음에는 측은하고 불쌍해하다가 끝내는 흔연히 말하였다.

"그대의 말이 실로 이치가 있으나 나는 돌아갈 곳이 없소. 오직 한번 죽음 이외에는 아무것도 없다오."

여자가 말하였다.

"공은 장부가 아니군요. 이렇게 만난 인연은 우연한 일이 아닌데, 일이 되어가는 도리를 순순히 받아들일 수는 없겠습니까. 공의 몸을 자중자애하여 평생을 그르치지 마시기 바랍니다."

그러고는 좋은 술과 안주를 받들어 내와 친히 술을 따라서 권하였다.

그가 이미 그녀의 얼굴을 보고 기뻐하였고 또 그 말에 감동하여 권하는 대로 받아 마셨다. 이윽고 얼굴이 붉어지고 귀에 열이 나니 취흥이 도도함을 이기지 못하였다.

이에 손을 잡아끌고는 방에 들어갔다.

꽃을 그린 병풍에 비단이불과 꽃을 수놓은 방석, 비단 베개에 벌이 꿀을 탐하고 나비가 꽃을 찾듯 극히 잊혀지지 않을 사랑을 다하였다. 마른 풀이 비에 젖은 듯하고 꺼진 재에서 다시 불길이 이는 것 같으니 피차의 즐거움을 알만하였다.

그는 이후로부터 그 집에 머물러 살며 죽고 사는 문제를 오직 천공(天公)[1]에 맡기었다. 여자는 남편집과 아주 인연을 끊기 위하여 다시 두려워

---

1) 하늘.

하거나 꺼려하지 않았다. 다만 좋은 옷과 맛있는 음식을 만들어서는 날마다 그를 봉양할 뿐이었다. 이와 같이 한 지 몇 달 만에 그는 초췌하였던 안색이 날로 훤해졌다.

낮에는 나가 노닐고 밤에는 들어와 잠을 잤다.

이와 같이 하루하루를 엄부렁덤부렁 지내다보니 죽으려던 생각이 점점 없어지고는 오히려 생약(生藥)²⁾만을 더욱 찾게 되었다.

그러나 오래지않아 역관이 돌아오게 되자, 편지가 먼저 도착하였다.

여자가 그에게 몸을 피하게 하였으나 그는 고향으로 돌아가기를 부끄러워하여 머뭇거리며 결정을 못한 지 여러 날이 지났다. 역관은 이미 고양의 여관에 도착하였다. 그 가족들이 모두 나가 맞았으나 여자는 이곳에 참여하지 않았기에 역관이 그의 처에게 물었다.

"둘째 집은 무엇 때문에 오지 않았는가?"

처가 대답했다.

"둘째 집은 저대로 다른 사람이 있으니 당신이 무슨 상관이 있단 말이오."

역관이 그 까닭을 놀라 물으니 처가 전해들은 이야기를 자세하게 말했다.

역관은 노기가 치밀어 올라 급히 날랜 말을 타고 허리에 날카로운 검을 차고 질풍같이 내달려 성에 들어 왔다. 한 칼에 남녀 두 연놈을 모두 죽이려는 작정이었다. 대문을 발로 차 열어젖뜨리고 안방으로 내달아 곧장 들어가며 큰 소리를 질렀다.

"어떤 도적놈이 내 집에 들어와 내 처를 훔쳤느냐! 속히 나와서 내 검을 받아라!"

홀연 한 사람이 창문을 밀치고 문 앞에 나서는데 관복이 눈부시고 풍채가 신선 같았다. 옷깃을 열어젖히고 그 가슴을 드러내며 앞에 서서는 기

---

2) 생명을 보호하는 탕재.

쁜 듯이 웃으며 말하였다.

"오늘 내가 죽을 장소를 얻었구나! 너는 마땅히 나를 찔러라!"

그러고는 신비로운 기운이 얼굴에 편안하였다.

역관이 겨우 머리를 들다가 몹시 두려워 몸이 벌벌 떨리는 것을 깨닫지
못하고 기운이 위축되고 뜻이 막히어 감히 한 마디를 내지 못하였다. 다
만 몇 마디만을 "쩝쩝!" 하다가 홀연 검을 버리고 그에게 말하였다.

"그대는 나의 집과 처를 마음대로 하시오."

그러고는 민망하니 나가더니 다시 돌아오지 않았다.

이때에 여자는 벽장 안에 몸을 숨기고 있다가 이 모양을 보고 그에게
말하였다.

"공은 실로 담력이 큰 남아입니다. 그러나 이곳에서 오래 머물러 계실
수는 없습니다."

그리고 누각에 올라가 한 궤짝을 받들어 내어서는 은 삼백 냥을 주며
말하였다. 저의 친가도 전에는 부자였답니다. 제가 출가할 때에 아버지
께서 이 재물을 살림밑천으로 보내신 것입니다. 제가 이것을 깊이 감추
어 두었더니 지금 다행히도 그대를 보내며 이것으로 자본을 만들 수 있
게 되었군요."

그러며 또 한 상자를 꺼내어 열어보였다.

그 안에는 금, 옥, 구슬, 패물과 비녀와 갖가지 장식품을 부착한 노리
개, 비단에 수를 놓은 옷가지가 가득 들어 있었다.

여자가 말하였다.

"이것도 또한 수천 금의 값어치가 나갑니다. 진실로 이리저리 궁리하고
계획만 잘 한다면 어찌 재물을 모아 부자가 되지 못함을 근심하겠습니까."

그러고는 속히 종을 시켜 말에 싣도록 하였다.

다음날 아침 그가 두 노비와 두 마리 말에다 이것을 가득 싣고 여자를
그 위에 앉혔다. 그리고 그는 그 뒤를 따라서 곧장 고향인 봉산으로 돌아

가 처자를 상봉하였다. 슬픔과 기쁨이 뒤얽혔고 그는 앞뒤의 일을 처음부
터 끝까지 이야기하였다.

　그는 여자의 재물로 다시 많은 논과 밭을 사두고 또 곡식을 매매하여
몇 년 뒤에는 큰 부를 이루어 한 고을에서 손가락을 꼽을 정도의 자산가
가 되었다.

　그는 칠 년 후에 다시 서울에 올라가 벼슬을 구할 때 전의 일을 깊이
경계로 삼았다. 일을 처리하는데 두루 자세히 하더니 마침내 중요한 자리
에 있는 사람의 도움을 얻었다. 곧장 참외(參外, 7품 이하 계급)를 뛰어 넘어
6품직의 벼슬을 시작으로 차차 벼슬이 올라 웅진(雄鎭)[3]을 두루 거친 후에
절도사(節度使)[4]에 이르러 여자와 함께 부귀의 즐거움을 편안하게 누렸다
고 한다.

二十七. 富時誰知呼驚嘆, 絶處自有逢生路 (四)

　李가 其 言을 聞하고 初에는 惻然하다가 終에는 欣然하야 曰 君의 言이
實로 有理하나 願컨대 歸할 바가 無하니 我는 오즉 一死할 外에 無하오다
女 曰 公이 丈夫가 아니로다 此 邂逅의 연(緣)이 偶然의 事가 아니니 엇지
順便의 道가 無하리오 願컨대 其 身을 自重自愛하야 平生을 枉치 마소셔
佳酒美肴를 捧出하야 親히 酌하야 勸하니 李가 旣히 其 色을 悅하고 또[5]
其 言을 感하야 勸하는대로 隨하야 飮하니 旣而오 面이 紅하고 耳가 熟熱
함애 醉興함이 陶陶함을 不勝하야 이에 手를 携하고 室에 入하야 花屛衾
衿과 花茵繡枕에 蜂探蝶戀이 極히 其 繾綣함을 盡하얏슴애 枯草가 雨에
霑하고 死灰가 復燃함과 如하니 彼此의 歡喜를 可知할저라 此 後로부터

---

3) 웅대하고 강성한 변경의 진지.
4) 병마절도사와 수군절도사를 통틀어 이르는 말.
5) 원본에는 '쏘'로 되어 있다. 문맥을 고려하여 '쏘'로 바로 잡았다.

其 家에 留住하야 其 生其 死를 오즉 天公에 任하더니 女가 其 夫家와
永絶하기를 爲하야 更히 畏忌치 아니하고 다만 華衣美食을 治하야 日로
李를 奉養하니 如是한지 數旬에 憔悴하얏던 顔色이 日로 豊麗하야 晝에
는 出遊하고 夜에는 來宿하야 如斯히 一日을 奄過함에 死念이 漸消하고
生藥이 轉甚하얏더라 未幾에 譯官이 旋歸할세 書信이 先到하얏거날 女
가 李로 하야금 避身케 하니 李가 鄕에 歸하기를 恥하야 遲回未決한지
數日에 譯官이 旣히 高陽店에 到着함애 其 家屬이 모다 出迎하얏스되 女
는 此에 豫치 아니하얏더니 譯官이 其 妻에게 問하되 其 故를 驚聞한 바를
細述하니 譯官이 怒氣가 勃勃하야 急히 駿馬를 騎하고 腰에 利劍을 懸하
고 疾風과 如히 城에 入하야 將次 一劍으로써 男女兩人을 並殺하기로 하
야 大門을 蹴開하고 內廳으로 衝突直入하야 大呼하되 엇든 賊漢이 我室
에 入하야 我의 妻를 盜하얏나뇨 速히 出하야 我의 劍을 喫하라하니 忽然
一人이 窓을 推하고 戶에 當함애 冠服이 輝煌하고 風骨이 神仙과 如한지
라 衣衿을 披開하고 其 胸을 露하며 前에 立하야 怡然히 笑하며 曰 今日
에는 我가 死所를 得하얏도다 汝는 須이 我를 刺하라 하고 神氣가 安閑한
지라 譯官이 겨우 頭를 擧하다가 戰慄함을 不覺하야 氣가 縮하고 意가
阻하야 敢히 一言을 出치 못하고 다만 數 聲을 咄咄하다가 忽然 劍을 擲
하고 李다려 謂하되 君은 我의 家屋과 妻財를 任意로 爲하라 하고 憫然히
出去허여 更히 回顧치 아니하얏더라 此時에 女는 壁間에 藏身하얏다가
其 狀을 見하고 李다려 謂하되 公은 實로 大瞻의 男兒로쇼이다 그러나
此處에서 久住할 바ㅣ 아니라 하고 樓에 上하야 一櫃를 捧出하야 銀 三百
兩을 與하며 曰 妾의 親家도 前日에는 富豪이라 妾이 出嫁할 時에 父親이
此 財로써 資送하신 것을 我가 此를 深藏하얏더니 今에 幸히 君을 逢함애
此로써 資本을 可作할 것이라 하며 又 一箱 出하야 開示함애 其 中애 金
玉珠貝와 首飾雜佩와 錦繡衣服이 充滿한지라 女 曰 此 도 또한 數千 金
의 價値이니 苟히 運籌만 善히 하면 엇지 致富치 못함을 憂하리오 하고
速히 僕馬를 命하야 載케 하니 翌朝에 李가 兩奴와 兩馬로써 此를 滿載하
고 女를 其 上에 置한 後에 李가 後를 隨하야 直히 鳳山으로 歸하야 妻子

를 相逢한 後에 悲喜가 交集하고 前後事의 首末을 述하얏더라 李가 其
資金으로써 更히 多數의 田土를 買置하고 又 貿販買를 爲하야 數年 後에
巨富을 致하야 一鄕에 屈指하는 資産家가 되얏더라 七年 後에 更히 京城
에 上하야 仕를 求할새 前日의 深懲하야 處事하기를 周詳히 하더니 맛참
要路의 力을 得하야 直히 出六한 後에 次次로 昇差하야 雄鎭을 屢歷하고
後에 官이 節度師에 至하야 其 女로 더부러 富貴의 樂을 安享케 하얏다
云하니라

28. 남편의 원통함을 하소연하던 최씨 부인은 죽고, 아비의 죽음을 살려 낸 꼬마둥이 홍차기는 효도하다 죽다*

동자 홍차기(洪次奇)[1]는 충주(忠州) 노은동(孝隱洞) 사람이다.

뱃속에 있어 아직 낳기 전에 그 아비 선보(宣輔)가 잘못 살인범으로 죄에 연루되어 옥중에 매이게 되었다. 차기가 태어난 지 수개 월 후였다.

그 어미 최씨가 남편의 원통함을 하소연하기 위하여 서울에 갈 때 차기를 작은아버지 집에 부탁하여 기르게 하였다. 차기는 작은 아버지를 아버지라 부르고 그의 아버지가 선보인 줄은 알지 못하였다.

나이가 서너 살이 되자 여러 아이들과 함께 놀다가 갑자기 놀라 울며 먹지 않았다. 작은 어머니가 그 연유를 물어도 대답하지 않고는 울기를 그치지 않다가 한참 있다가 곧 그치기를 매 달 몇 차례씩이나 하니 집안 사람들이 심히 놀랍고 이상하게 여겼다.

그 뒤에 어떤 사람이 읍에서 와 차기가 놀라 울던 날을 짚어보니, 즉 관가에서 선보를 고문하던 날임을 알았다.

듣는 사람들이 모두 놀랍고 기이하게 여겼으며 집안사람들은 그가 하늘에서 내린 성품임을 알았다. 그래 그 마음을 상할까 두려워하고 더욱

---

* 『청구야담』에 '구부명홍동당고(救父命洪童撞鼓)'에는 '아버지를 살리려고 홍군이 북(신문고)을 울리다.'라는 제목으로 소개되어 있다. 내용은 거의 비슷하다.

1) 홍차기에 대한 기록은 여러 곳에 찾을 수 있다. 특히 풍산 홍씨의 여러 사적을 정리한 풍홍보감(豊洪寶鑑)과 홍양호의 「홍효자차기전」에 잘 나타나 있다.
   풍산홍씨 족보에 의하면 홍차기는 인보의 아들이고 족보에는 저한(著漢)으로 나온다. 홍차기의 어머니는 수원최씨였다. 이 집안은 현재에도 충주 노은면 가신리(佳新里)에 집성촌을 이루고 있다.
   1948년 감독, 주연 임운학, 각본 윤백남에 의해 누명을 쓰고 옥에 갇힌 아버지를 구해내는 효자의 이야기를 담은 한국영화인 「홍차기의 일생(洪次奇의 一生, The Life of Hong Cha Ki)」이 태양영화사에서 만들어지기도 할 정도로 유명한 이야기이다.

그 아비의 일을 감추었다. 차기가 열 살이 되었다.

선보의 나이는 이미 노쇠하였고 출옥 날짜는 아직도 감감하였다. 하루 아침에 목숨이 다하면 그 아들의 얼굴도 보지 못할까하여 집안사람을 시켜서 그 사실을 알리게 하고 옥문으로 데려 오게 하였다.

차기가 아버지를 안고는 크게 곡을 하고 드디어 읍에 머물며 집에 돌아가지 않았다. 옥중에 십 년 동안 음식을 집어넣느라 집의 재산은 모두 없어졌다. 작은 아버지 또한 가난하여 옥에 음식을 넣는 것이 어려웠다. 이에 차기가 나무를 져다가 쌀로 바꾸어서 아버지에게 음식을 넣었다. 이러한 지 여러 해가 지났다.

그의 어머니 최씨가 여러 차례 상언(上言)²⁾하다가 답을 받지 못하고 마침내 서울에서 병으로 죽었다. 차기가 서울에 올라가 그 어미의 시신을 모시고 돌아와 장례를 지내고 아버지에게 하소연하였다.

"어머니께서 아버지의 원통함을 호소하다가 그 뜻을 이루지 못하고 끝내 한을 품고 돌아가셨습니다. 또 장성한 자식이 없으니 소자가 비록 어리나 지금 서울에 올라가 이 원통함을 하소연하겠습니다."

아버지는 선보가 어리고 약함을 가련히 여겨 허락하지 않았으나 수일 후에 차기가 몰래 걸어서 서울에 들어가 신문고(申聞鼓)를 쳤다. 조정에서는 살피는 관리에게 명하여 해결하라 하였으나 응답이 없었다. 차기가 이 때문에 서울에 머물면서 돌아가지 않았다.

다음 해 여름이 되어 마침 큰 가뭄이 들었다. 임금이 나라 안팎에 유시(諭示)하기를 원통한 옥사와 죄의 유무를 판결하기 어려운 사건을 해결하라 하였다.

이때 차기가 대궐 문 밖에 엎드려 공경(公卿)이 조정에 들어가면 문득 울면서 아비의 원통함을 하소연하였다. 이와 같이 한 지 십여 일에 보는

---

2) 백성이 임금에게 글을 올리던 일.

자들이 모두 차기의 지성에 감동하였다. 그래 더러는 말로 위로하며 먹을 것을 주기도 하고 부녀자들은 혹 차기의 머리를 빗어 이를 없애 주기도 하였다. 또 새로운 의복을 주는 사람도 있었다.

형조판서 윤동섬(尹東暹, 1710~1795)[3]이 의옥(疑獄)[4]을 조사하다가 차기의 일을 듣고 즉시 선보의 원통한 정상을 상주하였다. 상이 들으시고 측은히 여기어 안찰사(按察使)에게 명령을 내려 자세히 조사하여 주문(奏聞)[5]하게 하였다. 안찰사가 옥사가 오래되었고 일에 어두워 사실을 올리기는 하였으나 명명백백하게 구술(具述)하지는 못하였다.

이보다 앞서 조정에서 안찰사에게 명을 내릴 때였다. 차기가 한더위를 무릅쓰고 300리를 달음박질하여 감영에 이르러 그 아비의 원통함을 하소연하였다. 안찰사가 이것을 조정에 아뢰니 차기가 또 빨리 서울에 도착하였다가 오가는 길의 중간에서 병이 나 움직이지 못하였다. 보는 사람들이 조금만 더 머물러갈 것을 권하니 차기가 이를 듣지 않고 자기의 몸을 두 사람이 마주 메게 하여 서울에 도착하였다.

조정에서 특별히 차기 아버지의 죽을 죄를 용서하여 영남으로 방축(放逐)[6]시켰다.

차기는 병을 얻은 채 대궐의 아래에 엎드려 있으니 두창(痘瘡, 천연두, 마마)이 크게 일어나 나흘 뒤에는 세상일을 살피지 못하였다. 때로 "내 아버지께서 살아 계신가?"라고 잠꼬대까지 하였다.

---

3) 본관은 파평(坡平), 자는 덕승(德升), 호는 팔무당(八無堂)이다. 일찍이 소과에 합격하고 대사간·도승지를 거쳐 충청도 관찰사가 되었으나 전결(田結)을 잘못 보고하여 사헌부의 탄핵으로 파직되었다. 그 뒤 대사헌·이조 참판·이조 판서를 역임하고, 1771년 진주부사로 재임 중에 청나라에 다녀왔으며 이해에 한성부 좌윤을 거쳐 이어 공조 판서·평안도 관찰사·우참찬·판의금부사를 거쳐 판중추부사로 치사하였다.

4) 죄상(罪狀)이 뚜렷하지 아니하여 죄의 유무를 판명하기 어려운 범죄 사건.

5) 임금에게 아뢰던 일.

6) 쫓아 냄. 가벼운 형벌로 방귀전리(放逐鄕里)라 한다. '방귀전리'란 벼슬을 삭탈하고 제 고향으로 내쫓던 형벌로 유배보다는 한 등급 가벼운 형벌이다.

그러다가 곧 사면이 내려졌다.

곁에 있는 사람이 차기를 불러 그 일을 알리니 차기가 놀라 깨어서는 말하였다.

"이것이 나를 위로하려는 것이 아닌가요?"

사람이 판결의 취지를 적은 글을 읽어 보여주니 차기가 그제서야 눈을 뜨고 손을 들어서 하늘에 축수하고 또 벌떡 일어나서는 춤을 추며 말하였다.

"아버지께서 살아나셨도다! 아버지께서 살아나셨도다!"

그러고는 엎어져 다시 말하지 못하고는 이날 밤 마침내 죽었다. 이때 나이가 열네 살이었다. 원근각처에서 이야기를 듣고 모두 눈물을 흘리지 않는 사람이 없었다.

외사씨가 말한다.

이에 대하여 대제학(大提學) 홍양호(洪良浩, 1724~1802)가 찬(贊)하여 말하였다.

"태어난 해에 아비가 옥에 들어가 죽은 해에 아비가 옥에서 나왔으니 하늘이 내신 것이 거의 우연이 아니로구나. 옛날에 효를 따라 죽은 자가 이와 같은 일이 있다는 것은 들어보지 못하였으니 슬프구나."라고 하였다.

나는 옛날 역사책을 살펴보니 아버지의 원통함을 하소연하여 죽음을 벗어나게 한 효자 효녀가 없는 것은 아니나 차기와 같은 어린 아이로 하늘이 낸 효자는 실로 듣지를 못하였다. 마땅히 하늘이 말없이 도우셔서 수명을 연장한 것이다. 마침내 효에 죽을 뿐이었으니 소위 '하늘의 속내를 알기 어렵고[7] 재판관은 믿음직한 사내를 만나기 어렵다'라 한 것이 이것이다.

---

7) 원문은 "天難諶斯"이다. 이 구절은 『서경(書經)』제3편 「상서편(商書篇)」'함유일덕(咸有一德)'에 보이는 "하늘을 믿기는 어렵고 하늘의 명은 일정치 않다(天難諶 命靡常)."에서 따온 말이다. 이 말은 이윤(伊尹)이 은퇴를 앞두고 그의 임금 태갑(太甲)에게 한 말로, 하늘을 믿지 말고 "덕에 늘 힘쓰면 임금 자리를 보전할 것이나 덕에 늘 힘쓰지 못하면 온 나라가 망할 것입니다(常厥德 保厥位 厥德匪常 九有以亡)."라고 하였다.

二十八. 訴夫冤崔婦身, 脫父死洪童殉孝

童子洪次奇는 忠州 孝隱洞 人이라 腹中에 在하야 生産하기 前에 其父 宣輔가 誤히 殺人犯에 坐하야 獄中에 繫置되얏더니 밋 次奇가 生한지 數月 後에 其 母 崔氏가 將次 冤을 訴하기 爲하야 京師에 詣할식 次奇가 仲父를 呼하야 父라 하고 기 父 宣輔의 子가 되는 줄은 不知하얏더라 年이 三四 歲에 至함애 群兒로 더부러 遊戲하다가 忽然히 驚啼하야 食치 아니하거늘 仲母가 其 故를 問하야도 應치 아니하고 號哭不已하다가 良久에 乃止하더니 如斯하기를 每月 數次 式함애 家人이 甚히 驚怪하더니 其 後에 人이 邑中으로부터 來함애 其 驚啼하든 日을 驗하니 卽 官家에서 宣輔를 栲問하든 日이라 聞 者가 모다 驚異하며 家人은 其 出天의 性임을 知하고 其 心을 傷할가 恐하고 더욱 其 父의 事를 諱하얏더니 十 歲에 至함애 宣輔가 年은 旣히 老衰하고 出獄의 期는 尙히 渺然함으로 一朝에 命이 盡하면 其 子의 顔面도 見치 못할가 慮하야 이에 家人으로 하여금 其 實로써 告케 하고 獄門에 携至케 하니 次奇가 父를 抱하고 大哭하며 드대여 邑中에 在하야 家에 歸치 아니하얏더라 獄中에 飮食을 供饋한지 十年에 家産이 盡敗하고 仲父가 또한 貧하야 供饋하기 難한지라 이에 薪을 負하야 米를 易하야 父를 供한지 數年이더니 其 母 崔氏가 屢屢히 上言하다가 報함을 得치 못하고 맛참내 京城에서 病沒한지라 次奇가 京城에 上하야 其 母를 返葬하고 父를 辭하야 曰 母가 父의 冤을 訴하다가 其 志를 遂치 못하야 맛참내 恨을 飮하고 沒하시고 또 長成한 子가 無하니 小子가 비록 幼稚하나 今에 京城에 上하야 此 至冤을 訴하겟나이다 宣輔가 其 幼弱함을 憐하야 許치 아니하얏더니 數日 後에 次奇가 身을 脫하고 潛行하야 徒步로 京城에 入하야 申聞皷를 撞하니 朝廷에서 按使에게 命하야 決理하라 하얏스나 또 報함이 無하거늘 次奇가 因하야 京에 留하야 歸치 아니하얏더니 明年 夏에 맛참 天이 大旱함애 上이 中外를 諭하야 冤獄과 疑獄을 決理하라 하시니 此時 次奇가 闕門 外에 伏하야 公卿이 朝에 赴하는 者를 遇하면 문득 泣하야 父의 冤을 訴하니 如是한지 十餘 日에 觀하는 者가 모다 其 至誠에 感動하야 往往 言으로써 慰하며 飯으로써 饋하고

婦女는 或 其 頭를 梳하야 虱을 去하며 又 新件衣服을 遺하는 者도 有하얏더라 刑曹判書 尹東暹이 疑獄을 査하다가 次奇의 事를 聞하고 卽時 宣輔의 冤狀을 奏하니 上이 聞하시고 惻然하스 按察使를 勅하야 詳查奏 聞케 하시니 按察使가 獄이 老하고 事가 眩함으로써 事實을 奏聞하되 明白함을 具치 못하얏거늘 朝廷에서 特히 其 死罪를 貸하야 嶺南으로 放逐하라 하얏는대 先是에 朝廷에서 按使에게 命을 下할 時에 次奇가 盛熱을 冒하고 三百里를 疾走하야 監營에 詣하야 其 父의 冤을 訴하니 按使가 此로써 朝廷애 奏聞하거날 次奇가 又 疾行하야 京城에 到하다가 中路에셔 疾이 作하야 起動치 못함애 見하는 者가 少留하기를 勸하니 次奇가 從치 아니하고 人으로 其 身을 擔舁하고 京에 到하야 病을 抱하고 闕下에 伏하니 痘瘡이 大發하야 四日 後에 人事를 不省하고 時로 夢語를 作하야 曰 我 父가 活하얏는가 하더니 及其 敎가 下함을 傍人이 呼하야 其 事를 告하니 次奇가 驚覺하야 曰 此가 我를 慰코져 함이 안인가 人이 이에 其 判辭를 讀하야 示하니 次奇가 眼을 開하고 手를 擧하야 天에 祝하고 又 躍然히 起舞하야 曰 父가 活하얏도다 父가 活하얏다 하고 드대여 仆하야 能히 言하지 못하더니 是夜에 맛참내 溘然하더니 時年이 十四이라 遠近의 聞者가 모다 流涕하지 안는 者가 無하얏더라

外史氏 曰 此애 對하야 大提學 洪良浩가 贊하야 曰『生於父入獄之年하야 死於父出獄之日하니 天之生之殆非偶然이라 古之殉於孝者ㅣ 未有若是其 然他ㅣ니 悲夫라 하얏도다』余는 古史를 按하건대 父의 冤을 訴하야 其 死를 脫케 한 孝子孝女가 無한 바는 아니나 次奇와 如한 小兒의 出天의 孝는 實로 未聞하얏노니 宜히 皇天이 默祐하야 其 壽를 延할 것이어날 맛참내 孝에 殉하고 已하얏스니 所謂 天難諶斯와 理莫信夫라 하는 것이 此를 謂함이로다

29. 아비를 구하려고 걸어서 육천 리를 가고 부모를 섬기느라 마흔까지 시집을 가지 않았다

이효녀(李孝女)는 평양사람 이화지(李華之)[1]의 딸이다.

순조(純祖, 1790~1834)[2] 갑신년(1824년)[3] 봄에 화지가 도둑을 잡는 영교(營校)[4]가 되었다. 큰 도둑을 잡았더니 도둑의 피붙이가 죄 없는 사람을 잡았다고 무고하여 오히려 화지가 반좌율(反坐法)[5]로써 옥에 갇혀 죽음에 처하게 되었다.

이때에 딸은 겨우 열두 살이었다. 외쳐 부르며 원통하게 울며 영부(營府)에 호소하였으나 원한을 풀지는 못하였다. 집이 가난하여 옥중에 음식 바라지를 하기 어려웠다. 거리를 떠돌아다니며 구걸하여 그 아버지에게 음식 드리기를 8년 간이나 하루도 빠지지 않았다.

딸이 늘 밥을 가지고 옥에 들어 갈 때에는 억지로 기쁜 빛을 지어 아버지의 마음을 위로하였다.

화지가 근심하며 분하게 여겨 먹지 않으니 딸이 거짓으로 위로하여 말하였다.

"방금 아무개 공께서 힘을 써 도와준다고 하였어요. 며칠 걸리지 않아 석방되실 것이니 걱정 마세요."

---

1) 『차산필담』에는 이지화(李之華)로 되어 있다.

2) 조선 제23대왕. 재위 1800~1834.

3) 원문에는 "철종(哲宗, 1831~1863) 갑신년"이라고 되어 있으나 철종 재위 기간(1849~1863)에는 갑신년이 없다. 따라서 『차산필담』의 이효녀전', 『일사유사』 권5, '이효녀'를 참조하여 바로 잡았다.

4) 수영의 장교.

5) 없는 사실을 거짓으로 꾸며 고발한 사람에게 고발당한 사람이 받은 처벌과 같은 형벌을 가하던 제도.

화지는 그 말이 실상이 아닌 줄을 알았다. 저도 모르게 웃음이 툭 터져 나왔으나 딸을 위하여 아침저녁으로 음식을 폐하지 않았다.

이 해 가을에 딸이 걸어서 서울에 가서 필로(蹕路)[6]에 종을 울렸다. 예전 법에 임금이 수레가 행차할 때에 종을 쳐 울며 원통함을 알리는 것이었으니, 아전들이 모두 그 정성에 감격하여 간곡히 끌어주었으나 조사가 명백하게 밝혀지지 못하였다. 이와 같이 한 것이 세 번이나 되었다.

신묘년(1831년)이 되자 조정에서 특별히 명을 내려 마침내 석방되어 함경북도 무산(茂山)에 유배하였다. 무산은 북쪽 궁벽한 곳으로 멀리 떨어져 있었다. 딸이 걸어서 따라가 봉양함에 힘을 다하였다. 무산의 사람들이 딸의 소문을 듣고 사랑하고 아끼지 않는 자가 없었다. 모든 처녀들로 하여금 딸을 좇아 함께 지내게 하며 그 아름다운 행동을 배우게 하였다. 딸은 그 처녀들과 만나는 것을 은혜와 의리를 갚는 듯이 하니 멀고 가까운 곳에서 먹을 것을 다투어 주어 굶주리지 않았다.

그렇게 살아간 지 5년에 비로소 놓여나게 되었다.

고향에 돌아올 때 딸은 평소에 사람들이 보내는 준 물건을 흩어서 인근 마을에 두루 주었다. 이러하니 칭송하는 소리가 길에 자자하고 전송하는 자가 구름 같이 모여 모두 눈물을 흘렸다.

13년 간 육천 리를 걸어 고향에 돌아온 것이니, 예전 도둑 잡는 영교 일은 허망한 것이 되고 먹고 살 길이 막막해졌다.

딸이 힘을 다하여 살림을 하니, 수년 후에 재산이 점점 풍족해졌고 자기 몸가짐도 법도 대로하니 구혼하는 자가 날로 많아졌다.

화지가 장차 사위를 골라 시집을 보내려 하니 딸이 간하였다.

"아버지께서는 아들이 없으시고 오직 소녀뿐입니다. 소녀가 만일 다른 사람에게 시집을 간다면 누가 부친을 봉양할 사람이 있겠습니까. 지금

---

6) 사람들의 통행을 막고 임금의 수레가 지나가던 길.

하늘의 도움을 입어 다행히 아버지께서 무사히 풀려나게 되었으니 만겁이나 되는 오랜 시간을 지나서 하루아침에 신선이 되신 것과 같은 것입니다. 가만히 생각하건대 지아비를 따르면 효를 상하고 아버지를 따르면 도리에 어긋나는 것입니다. 두 가지를 모두 겸하지 못한다면 차라리 도는 어길지언정, 효는 상하게 하지 못할 것입니다. 어떤 사내가 아내의 아버지를 자기 부친과 같이 할 자가 있겠습니까."

그리고 마침내 아비의 말을 따르지 않았다.

임인년(1842년) 가을에 감사(監使) 김익문(金益文, 1806~?)[7]이 조정에 이 이야기를 들려주니, 예신(禮臣)이 상소하였다.

"네 번을 울며 원통함을 호소하고 천 리를 따라가 봉양하였으니 참으로 지성이 아니면 어찌 이에 이르렀겠습니까. 마땅히 충신·효자에게 부역과 조세를 면해 주는 법을 베풀어 그 효행을 표창하게 하고 그 아비를 위하여 시집을 가지 않는 것은 비록 지극한 정에서 나왔다 할지라도 이것은 인륜을 폐함이니 관찰사로 하여금 타일러서 출가시키는 것이 좋을까 합니다."

임금이 윤허하셨다.

이에 평안관찰사와 평양서윤(平壤庶尹)[8]이 임금의 명으로 깨우치어 출가하기를 권하였다. 그러나 딸은 전에 하였던 자신의 주장을 고집하여 마침내 시집가지 않고 나이가 마흔에 이르기까지 홀로 생활하였다. 딸은 천품이 영리하고 행실이 단정하며 근면하여 힘써 일해 밤낮으로 재산을 일으켰다.

---

7) 본관은 청풍(淸風), 호는 취동(翠董), 자는 공회(公晦)로서, 이조 참의 김경선(金景善)의 아들이다. 헌종 4년(1838) 정시 문과에 병과로 급제하였고, 학문적 재능을 인정받았다. 1842년 평안도 암행어사로 임명되어 탐관오리를 적발하여 다스리고 민심을 수습하였다.

8) '서윤'은 조선 시대에, 한성부와 평양부에서 판윤과 좌우윤을 보좌하는 일을 맡아보던 종사품 벼슬.

그러나 제 몸을 받드는 데는 심히 박하게 하면서 아버지를 봉양하기는 화려하고 사치를 다하였으니, 주옥같은 능 비단과 깁 비단으로 옷을 지어 드리고 아주 좋은 음식으로 봉양치 못함을 한하였다.

어떤 사람이 이 일을 논하여 말하기를 "저의 행동은 취매(翠梅)[9]에 못 하지 아니하나 남에게 시집을 가지 않은 것은 큰 잘못이 아닌가."라고 하였다.

옥산(玉山) 장지완(張之琬, ?~?)[10]은 논하였다.

"옛날에 서중군(徐仲軍) 선생이 장년(壯年)에 이르도록 아내를 취하지 않으며 말하기를 '만일 그 사람이 아닌 자를 아내로 삼는다면 도리어 어머니의 병을 부르는 것이다'라고 하였으니, 딸의 뜻은 즉 중군 선생의 마음과 같다. 그 하늘이 낸 효는 역사책에서 구할지라도 그 짝은 드물게 보는 것이다."

나는 '부모 섬기기를 잘 하는 자는 이 효녀의 뜻을 알 것이다'라고 말할 수 있다.

二十九. 救父徒行六千里, 養親未嫁四十歲

李孝女는 平壤의 女라 哲宗 甲申 春에 華之가 罰捕 營校가 되야 大盜를 緝하얏더니 盜의 族黨이 非辜의 者를 捕捉하얏다는 事로써 誣告하야 華之가 反坐律로써 獄에 逮하야 死에 處하게 되얏는대 此時에 女는

---

9) 충청도 공주에 김성달(金聲達)이라는 아전의 딸 취매(翠梅) 이야기인 듯하다. 이 책의 25화 이야기이다.

10) 생몰년 미상. 조선 순조 때의 학자. 본관은 인동(仁同). 자는 옥산(玉山), 호는 침우당(枕雨堂). 인동 장씨는 두 계파가 있는데 인동의 옛 이름인 옥산(玉山)을 쓰는 가문은 장금용계(張金用系)이다. 장현광, 장만, 장지연 등이 이 파이다. 장지완은 과거에 뜻을 버리고 학문에 열중하였다. 양서(良書)를 찾아 만주와 요동지방을 두루 다니고 절승한 명구(名區)에 이를 때마다 시를 지어 유래와 경치를 읊었다. 헐벗고 굶주린 사람들을 돕고 마을 풍속을 교화하는 데 힘썼다.

僅히 二十歲라 呼處奔哭하야 營府에 訴하얏스나 伸寃함을 得치 못하고 家가 貧하야 獄中 供饋를 爲키 難함으로 市中에 行乞하야 其 父를 供하니 八年間을 一日도 缺함이 無하얏더라 女가 常히 飯을 持하고 獄에 入할 時에는 强히 喜色을 作하야 其 父의 心을 慰함애 華之는 憂憤하야 食치 아니하거날 女가 假意로써 慰하야 日 方今 某公이 力을 出하야 相助한다 하오니 不日間 放免함을 得할 것이온 즉 願컨대 憂慮치 마소쇼 함애 華之는 其 言의 無實함을 知하나 自然失笑함을 不覺하야 女를 爲하야 朝夕으로 飮食을 廢치 아니하얏더라 是歲秋에 女가 徒步로 京師에 赴하야 蹕路에 金을 鳴하니 古法에 御駕幸行 時에 擊錚鳴寃하니 胥吏의 輩가 모다 其 誠을 感하야 曲히 引導를 爲하얏스나 調査가 明白함을 得치 못하야 如是한지 三次에 至하얏더니 辛卯歲에 至하야 朝廷의 特旨로써 맛참내 放함을 茂山에 流配하니 茂山은 北鄙絶域에 在한지라 女가 徒步로 隨行하야 奉養함에 力을 竭하니 茂山의 人이 女의 風을 聞하고 愛慕치 안는 者가 無하야 모다 處 女로 하야곰 從遊케 하야 其 行을 學하니 女가 接하기를 恩義로써 함애 遠近으로부터 供養의 物을 爭致하야 匱乏함이 無하더니 居한지 五年에 비로쇼 放免을 蒙하야 鄕에 歸할세 女가 平日의 贈遺한 物을 散하야 隣里에 遍及하니 頌聲이 路에 載하고 餞送하는 者가 雲과 如하야 모다 淚를 揮하얏더라 十三年間에 六千里를 從行하고 及其 鄕에 歸함애 故業이 蕭然한지라 女가 盡力幹辦하야 數年 後에 資用이 稍裕하고 身을 持하기를 法이 有하니 此로 從하야 求婚하는 者가 日로 衆한지라 華之가 將次 婿를 擇하야 出嫁케 하려하니 女가 諫하되 父親이 子가 無하시고 오즉 小女뿐이라 小女가 萬一 人에 適하면 誰가 父親을 奉養할 者가 有하리잇고 今에 皇天 黙佑를 蒙하야 幸히 父親이 無事하게 되얏스니 萬劫을 經하야 一朝에 仙을 成한 것과 如한지라 竊想하건대 夫를 從하면 孝에 傷하고 父를 從하면 道를 違한 것이라 그러나 二者를 得兼치 못할진대 찰아리 道는 違할 지언정 孝에는 傷케 하지 못할지니 男子가 有하야기 婦翁을 視하기를 其 父와 如히 할 者가 有하리잇가 하고 맛참내 聽從치 아니하얏더라 壬寅秋에 監使 金益文이 朝에 聞하니 禮臣이 奏하되 四度

를 鳴冤하고 千里를 隨養하얏스니 苟히 至誠이 아니면 엇지 斯에 至하얏스리오 宜히 復戶의 典을 施하야 其 孝行을 表彰케 하고 其 父를 爲하야 從嫁치 아니함은 비록 至情에서 出하얏다 할지라도 此는 人倫을 廢함이니 道伯으로 하여금 曉諭하야 出嫁케 함이 可할가 하나이다 上이 允許하시니 於是에 平安觀察使와 平壤庶尹이 上命으로써 開諭하야 出嫁하기를 勸함애 女는 前日의 主義를 固執하야 맛참내 適人치 아니하고 年이 四十에 至하기ᄭ지 獨身生活을 爲하얏더라 女의 天品이 怜悧하고 性行이 端正하며 又 勤勉孜孜하야 日夜로 産業을 治하며 自奉하기는 甚薄하게 하야도 其 父를 奉하기는 華侈를 極하야 珠玉綾羅와 龍味鳳湯으로써 奉養치 못함을 恨하얏더라 或이 此 事를 論하야 曰 女의 行은 翠梅에 不下하나 人에게 嫁치 아니함은 此 太過함이 아인가 하얏는대 玉山張之琬은 論하되 昔에 徐仲軍 先生이 壯年에 及하도록 娶치 아니하야 曰 萬一 其 人이 안인 者를 娶하면 反히 母의 病을 致함이라 하얏스니 女의 志는 卽 仲軍 先生의 志이니 其 出天의 孝는 史籍에 求할지라도 其 儔를 罕見하다 할지로다 余 는 以爲하되 事親을 善히 하는 者는 可히써 此 孝女의 志을 知할 것이라 云云하니라

30. 재물에 맑고 공정한 김수팽이 하루아침에 민간의 폐해를 막다

조선은 자고이래로 사대부를 존숭하였다. 높은 벼슬아치를 많은 사람 가운데서 뽑아 쓰므로 맡은 직무를 게으르게 하고 교만 방자하여 자기집에 부귀만 취하고 영화로움이 빛남을 세상에 자랑할 따름이었다. 여항인물은 초개와 같이 천시하는 것이 한 커다란 병풍이 되었다.

영조 때에 김수팽(金壽彭)[1]은 여항인이었다.

풍채와 거동이 좋고 지식량이 있으며 또 뜻이 크고 기개가 굳세어 작은 일에는 얽매이지 않아 옛날 절개가 굳은 장부의 풍이 있었다. 일찍이 호조의 서리(아전)가 되어 청백으로 스스로를 지켜 시골의 공세(貢稅)를 상납할 때였다. 위로부터 아래에 이르기까지, 늘 대부분이 억지로 백성의 물건을 빼앗아 자기만 살찌우고 백성의 등골을 휘게 하는 풍토가 있었다. 시골의 군민이 한 사람 분의 보병목(步兵木)[2]을 해마다 국고에 한 필을 바치는 것이 정식으로 소위 인정목(人情木)[3]이라는 명칭이 있었다. 그런데 이 인정목이 매번 한 사람에게 35~36필을 더 바치게 하는 나쁜 전례가 있었기에 호조 관원은 제일 생기는 것이 많은 벼슬자리로 불리어졌다.

수팽은 이것이 민간의 큰 폐단임을 알았다. 백성들이 부자여야 나라가 강하거늘, 1년에 정식으로 정한 조세 이외에 30여필을 마구 징수하는 것은 궁벽한 백성으로 하여금 구렁텅이로 밀어 떨어지게 하는 것이라 여기고 이 악한 풍습을 막으려고 하였다. 그러나 판서 이하로 서리 수백 명의

---

1) 원문에는 '金壽彭'으로 되어 있다. 『호산외기(壺山外記)』, 『임하필기(林下筆記)』 등을 고려하여 '金壽彭'으로 바로 잡았다.
2) 보병의 옷감으로 백성이 바치던, 올이 굵고 거칠게 짠 무명.
3) 비공식적으로 아전들에게 주는 포목을 말함.

세력에 견제되어 개혁하기 불가능하였다. 그래서 여러 차례에 걸쳐 옳은 도리로 간하였으나 요구가 받아들이지 않았다. 그 후에 수팽이 사방에서 오는 군포(軍布)⁴⁾를 일절 거절하고 받지 않으며 말하였다.

"매월 정당한 격식의 요름(料廩: 녹봉)이 있는데 정례에서 벗어나는 방법으로 가난한 백성들의 고혈을 착취하여 이것을 나누어 먹으면 어찌 그 복을 누리겠는가."

이로 말미암아 상하의 관리에게 미움을 당하였으나 처신하기를 바르게 하고 일을 처리하기를 분명히 하여 부서 안에서 제일로 손가락을 꼽았다.

그 아우는 선혜청 서리로 봉직하였고 또한 월급도 넉넉하였다.

하루는 수팽이 그 아우의 집에 가니 동이가 뜰에 죽 늘어놓아졌고 무엇인가 걸러낸 검푸른 흔적이 있어, "이것이 무슨 물건이냐?"라고 물었다.

아우가 대답하기를 "집사람이 직염업(반물장사)⁵⁾을 한다고 합니다."라고 하였다.

수팽이 성을 내어 아우를 매질하면서 말하였다.

"우리 형제는 모두 많은 녹봉을 받고 있으면서 가난한 백성의 일을 뺏으면 저 백성들은 무슨 일을 하여 먹을 것을 얻겠느냐."

그러고는 동이를 모두 부숴버리라고 하여 파괴하였다.

탁지부(度支部)의 창고에 나라 보물로 저장한 금은 기자(碁子, 금바둑쇠 은바둑쇠)⁶⁾가 수백만 개가 있었다. 이것을 검사할 때에 판서가 한 개를 가져가거늘 수팽이 나아가 말했다.

"무엇에 쓰시려고 하십니까?"

판서가 말하였다.

---

4) 병역을 면제하여 주는 대신으로 받아들이던 베.

5) 반물을 들여 주는 직업. 짙은 검은빛을 띤 남색을 반물이라 한다.

6) 마고자에 다는, 바둑돌과 비슷한 단추. 기은(碁銀)이라고도 한다. 오늘날 재부부에 해당하는 호조(戶曹)의 창고에 대대로 깊이 감추어 두었다가 유사시에 쓰게 되어 있는 은(銀).

"어린 손자에게 주려고 한다."

수팽이 대답하지 않고는 금 기자 한 움큼을 취하여 소매에 넣으니 판서가 말하였다.

"무슨 연유로 이것을 그렇게 많이 가져가는 게냐."

수팽이 말하였다.

"소인은 내외 증손자가 많아서 각기 한 개씩을 주려한다면 이것도 부족할 것입니다."

그리고 다시 얼굴빛을 바로하고 말했다.

"이는 나라보물이라 미처 생각하지 못한 일에 대비하여 충당하려 대대로 전하는 것입니다. 대감이 손자에게 주신다하니 이것은 공적인 물건을 사적으로 사용하는 것입니다. 대감의 체통으로 크게 옳지 않은 일이며 또 대감이 한 개를 취하시면 참판이 또한 가져갈 것이요, 일부 관료가 각자 취할 것이요, 서리 수백 명이 또한 가져갈 것입니다. 이는 이른바 '법이 행해지지 않는 것은 위에서부터 범해서이다.'라는 것입니다. 가져가지 마시기를 바랍니다."

판서가 심히 낯빛을 붉히며 가져가려던 한 개를 도로 내 놓으니 수팽도 천천히 취한 한 움큼을 도로 꺼내 놓았다. 이를 보고 부서 사람들이 모두 숙연해하였다.

하루는 수팽이 공문서를 가지고 판서의 관저에 가서는 결재해주기를 청하였다. 판서가 마침 손님과 바둑을 두다가 다만 머리만 끄덕이고는 여전히 바둑 두기를 그치지 않았다. 수팽이 계단을 뛰어 올라가 손으로 바둑판을 쓸어버리고는 말하였다.

"죽을죄를 지었습니다. 죽을죄를 지었습니다. 이것은 국가에 한시라도 늦추지 못할 공문서인데 속히 결재하지 않고 여전히 바둑을 두시는 것은 크게 옳지 않습니다. 그리고 소인은 죄를 범하였으니 다른 관리에게 분부하여 시행하시고 소인은 대감의 처분을 기다리겠습니다."

그러고는 인사를 하고 가버리거늘 판서가 잘못을 사과하고는 그것으로 그쳤다.

그때에 민간의 처녀를 많이 취하여 궁의 나인으로 충당할 때였다. 수팽의 딸이 계년(笄年)[7]이 되었으므로 그 딸을 위하여 사위를 택하고 혼인할 날짜가 장차 박두하였는데 궁인으로 선발되었다.

수팽이 임금이 평소 거처하는 궁전의 문에 들어가 등문고(登聞鼓)[8]를 치고 글을 올려 '궁녀를 뽑으려면 반드시 액속(掖屬)[9]에서 뽑고 민간의 여자를 취하지 마소서' 하였다. 임금이 이 말을 들으시고 이로부터 정식 법으로 삼아 민간의 여자는 취하지 말게 하였으니 모두 수팽의 말을 따라서 민간의 폐단을 개혁한 것이었다.

수팽이 어렸을 때에 집안이 가난하여 그의 어머니가 바느질을 업으로 삼아 불 때고 밥 짓는 일을 몸소 할 때였다. 부엌에서 은 항아리를 발견하고 곧 이것을 도로 묻어두었다가 그 집을 판 뒤 비로소 집 사람들에게 말하였다.[10]

"졸부는 상서롭지 않은 것이요, 또 자손이 부를 믿고서 안일하면 그 재주를 이루지 못한다."

『호산외기(壺山外記)』[11]에 말하기를, "이 어머니가 아니면 이러한 자식을 낳지 못한다."라고 하였다.

---

7) 비녀 꽂을 나이로 15세를 이름.
8) 임금이 백성의 억울한 사정을 듣기위하여 매달아 놓았던 북. 태종 원년(1401)에 처음으로 두었다가 이후 '신문고'로 이름을 바로 잡았다.
9) 예전에, 액정서에 속하여 궁중의 궂은일을 맡아하던 사람을 통틀어 이르던 말.
10) 은 항아리를 발견하고 덮어버리는 것은 『일사유사』에선 '김학성 모(金鶴聲 母)'에 보인다.
11) 조선 후기 문인 조희룡(趙熙龍, 1789~1866)이 지은 여항전기류의 책이다. 1844년에 편찬된 이 책에는 다양한 인물의 이야기가 실려 있다.

三十. 淸白公正金壽彭[12], 一朝防杜民間弊

朝鮮은 自來로 士大夫를 尊尙하야 大官을 擢用함으로 恬嬉驕傲하야 自家에 富貴만 取하고 榮輝로써 誇世할 싸름이요 閭巷人物은 草芥와 如히 賤視함이 一大疾風을 成하얏도다 英祖 時 金壽彭은 閭巷人이라 風儀가 美하고 智量이 有하며 又 倜儻不羈하야 古烈丈夫의 風이 有하더니 嘗히 戶曹胥吏가 되야 淸白으로써 自守하야 外邑貢稅를 上納할 時에 自上達下로 每樣例外로 討索하야 肥己瘠民하는 風이 有함으로 外邑軍人이 一人分에 步兵木을 年例로 納함에 國庫에 一疋을 納하는 正式인대 所謂 人情木이라하는 名稱이 有하야 每 一人에 三十五六疋을 加納하는 惡例가 有함으로 戶曹官員은 第一 饒窠로 稱하는지라 壽彭은 此로써 民間의 大弊瘼임을 知하고 民이 富하여야 國이 强하거늘 一年 正稅 以外에 三十餘 疋을 濫徵함은 此가 窮民으로 하야금 溝壑에 推入함이라 하고 此 惡風을 防杜코져 하얏스나 判書 以下로 胥吏 幾百名의 勢力에 牽制되야 改하기를 不能함으로 屢次 規諫하되 不肯하거늘 其 後에 壽彭이 四方에서 來하는 軍布를 一切拒絶하야 受치 어니하야 曰 每月 正式의 料이 有하거늘 例外로 貧民의 膏血을 搾取하야 此를 分食하면 엇지 其 禍를 享하리오 하얏는대 此로 由하야 上下官吏에게 見忤하얏스나 行己하기를 直히 하고 處事하기를 明白히 함으로 部中의 第一로 屈指하얏더라 其 弟는 宣惠廳 胥吏로 奉職함에 쏘한 月給이 豊厚한지라 一日은 壽彭이 其 弟의 家에 至하니 盆盎이 庭에 列하고 黛痕이 灘灘하거늘 此가 何物이냐 問한 즉 其 弟가 對하되 妻가 織染業(반물쟝사)을 爲한다 하거늘 壽彭이 怒하야 其 弟를 撻하야 曰 吾 兄弟는 皆是厚祿이라 貧民의 業을 奪하면 彼貧民은 何業으로써 得食하리오 하고 盆盎을 命하야 모다 破壞하니라 度支庫에 國寶로 貯藏한 金銀碁子(金바둑쇠 銀바둑쇠)가 數百萬箇 有한대 此를 檢査할 際에 判書가 一個를 取하거늘 壽彭이 進前하야 曰 何에 用코자

---

12) 원문에는 '金守彭'으로 되어 있다. 『호산외기(壺山外記)』, 『임하필기(林下筆記)』 등을 고려하여 '金壽彭'으로 바로 잡았다.(이하 모두 같아 생략한다.)

하시나잇가 判書 曰 將次 稚孫에게 與하려 하노라 壽彭이 答치 아니하고 金碁子 一掬을 取하야 袖에 納하니 判書 曰 何故로 此를 多取하나뇨 壽彭이 曰 小人은 內外曾孫이 繁昌함으로 各히 一個式을 與할진대 此 도 不足할 것이외다 하고 更히 正色하야 曰 此는 國庫의 寶物이라 不處의 備에 充코져 함으로 世世 此를 相傳하얏거늘 大監이 孫子를 與하신다 하오니 此는 公物을 私用코져 함이라 大監의 體統으로 大히 不可할 것이며 且 大監이 一個를 取하시면 參判이 쏘한 取할 것이오 一部 官僚가 取할 것이오 胥吏 數百 名이 쏘한 取할 것이니 此는 이른바 『法之不行은 自上犯之』이니 願컨디 取치 마소셔 判書가 甚히 赧然하야 取한 바 一個를 還出하는지라 壽彭이 쏘한 徐徐히 取한 바 一掬을 還出하니 一部가 蕭然하더라 一日은 壽彭이 公牒을 持하고 判書의 邸에 至하야 署押하기를 請하얏는대 判書가 맛참 客으로 더부러 棋를 圍하다가 但히 點頭만 하고 如前히 撤치 아니하거늘 壽彭이 階를 歷하고 上하야 手로써 棋를 撤하야 曰 死罪 死罪로소이다 此는 國家에 一時라도 可緩치 못할 公牒이거늘 速히 署押치 아니하시고 如前히 棋를 圍하심은 此가 大히 不可하나이다 그리고 小人은 罪를 犯하얏스니 他吏에게 分付하야 施行하시고 小人은 監의 處分을 俟하노이다 하고 辭去하거늘 判書가 過를 謝하야 止하얏더라 時에 民間의 處女를 多取하야 宮人에 充할시 壽彭의 女가 笄年에 及하얏슴으로 其 女를 爲하야 婚를 擇하고 婚期가 將迫하얏는대 其 選에 入한지라 壽彭이 禁闈에 排入하야 登聞를 擊하고 書를 上하되 宮女를 選할진대 반다시 掖屬으로 하고 民間의 女를 取치 마소셔 上이 入聞하시고 此로부터 定式을 爲하야 民間의 女를 取치 말게 하시니 盖 壽彭의 言을 從하야 民間의 弊를 革함이더라 壽彭이 幼時에 家가 貧하야 其 母가 裁縫으로 業을 爲하고 炊爨의 事를 躬執할시 廚下에셔 銀甕을 發見하고 곳 此를 還座하얏더니 其 家를 賣한 後 비로소 家人에게 語하야 말하였다. 猝富가 不祥이오 且 子孫이 富를 藉하야 安逸하면 其 材를 成치 못한다 하니 壺山外記에 曰 此 母가 아니면 能히 此 子를 生치 못한다 하니라

31. 왕씨와 이씨 섬긴 배극렴이 얼굴을 붉히고 제나라와 초나라에 낀 등나라의 처신을 교묘히 넘긴 소춘풍

설매(雪梅)는 송경(松京)¹⁾의 명기였다.

용모가 아름답고 또 노래와 춤을 잘 추어 이름이 한 시대에 높았다.

개국공신 성산백(星山伯) 배극렴(裵克廉, 1325~1392)²⁾은 공민왕(恭愍王, 1330~ 1374)³⁾ 때에 집안 대대로 중요한 지위에 있어, 나라와 운명을 같이하는 신하로 벼슬이 문하시중(門下侍中)⁴⁾에 이르러 국권을 장악하였다.

부귀가 융성하며 혁혁하였고 은총이 특별히 두터웠다. 공양왕 임신년 (1392년)에 조준(趙浚, 1346~1405)⁵⁾, 정도전(鄭道傳, 1337~1398)⁶⁾ 등과 더불어 태조 이성계를 추대하여 공양왕(恭讓王, 1345~1394)⁷⁾으로 하여금 왕위를 물려주게 하여 드디어 고려를 망하게 하였다.

태조 이성계가 나라를 연 1392년에 임금이 궁중에서 재상들을 위한 잔치를 열어 줄 때였는데, 모두 고려 조정의 옛 신하들이었다.

설매에게 명하여 술을 따르게 하였더니 극렴이 술기운이 올라 취한 흥

---

1) 고려의 서울이던 개성(開城).
2) 고려 말 조선 초의 문신. 본관은 성산(星山, 지금의 星州). 자는 양가(量可). 공민왕 때 문과 출신으로 고려 말 왜구를 토벌했으며 조선 개국공신이기도 하다. 1392년에 문화시중이 되었다.
3) 고려 제31대 왕.
4) 고려 때, 문하부의 으뜸 벼슬.
5) 고려 말 조선 초의 문신으로 본관은 평양(平壤). 자는 명중(明仲), 호는 우재(吁齋) 또는 송당 (松堂).
6) 고려 말 조선 초 문신·학자·개국공신. 자는 종지(宗之), 호는 삼봉(三峰). 본관은 봉화 (奉化).
7) 1389년 이성계·심덕부(沈德符) 등에 의해 창왕이 폐위되자 왕위에 올랐다. 즉위 후, 이성계 일파의 압력과 간섭을 받아 우왕을 강릉에서, 창왕을 강화에서 각각 살해하였다. 1392년 조선이 건국되자 원주로 방치되었다가 간성군(杆城郡)으로 추방되면서 공양군(恭讓君)으로 강등되었고, 1394년 삼척부(三陟府)로 옮겨졌다가 사사되었다.

을 타서 설매의 손을 잡으며 희롱하였다.

"내가 들으니 네가 정조가 없는 화류계의 몸으로 봄바람과 가을달에 아침에는 동쪽 집에서 밥 먹고 저물녘엔 서쪽에서 잠잔다하니 오늘 밤에는 네가 이 늙은이를 위하여 동침하겠느냐?"

설매가 대답했다.

대감께서 전에는 왕씨를 섬기다가 지금에는 이씨를 섬기시니 제가 일정한 머무를 곳 없이 이리저리 옮겨 다니는 생활과 같습니다. 동쪽 집에서 밥 먹고 서쪽 집에서 잠자는 천한 기생으로 왕씨를 섬기고 이씨를 섬기는 정승을 시중드는 것이 어찌 마땅하지 않겠는지요."

극렴이 매우 얼굴빛이 붉어져 감히 한 마디도 책망하지 못하고 함께 앉아있던 여러 재상들도 모두 부끄러운 빛을 띠었다.

어떤 이가 이 일에 대해서 이렇게 말하였다고 한다.

"화류계의 천한 기생의 정조가 없음을 나무라는 것이 다른 사람들에게는 마땅하다고 할지 모르나 극렴에게 있어서는 그러할 수 없는 것이다. 절개 없는 자로서 남의 절개가 없음을 나무라는 것은 불효한 자가 남의 불효를 책망하는 것과 같은 것이다. 뛰어 나구나. 설매의 영리하고 지혜로운 한 마디의 답변은 이것이 천하에 절의를 잃은 선비에 대하여 부월(斧鉞)[8]보다도 엄하다."

성종(成宗, 1457~1494)께서 일찍이 문무대신에게 잔치를 내리실 때 기생 소춘풍(笑春風)[9]으로 하여금 술을 따르게 하였다. 소춘풍은 영흥(永興)[10]의

---

8) 출정하는 대장에게 임금이 주살(誅殺)을 허락하는 의미로 주던 도끼, 정벌, 군기(軍器), 형륙(刑戮)을 뜻함.
9) 조선시대 성종 때의 명기로. 3수의 시조를 남겼다. 생애·활동 등에 대한 자세한 내력은 알 길이 없다.
10) 함경남도 영흥.

명기로 용모와 가무가 장안에서 이름이 높았다.

이때에 소춘풍이 금술잔에 술을 가득 따라서 먼저 영상(領相)[11] 앞에 나아가 노래를 하였다.

"대순(大舜)[12]께서는 비록 계시나 지극히 천한 몸으로 임금을 짝하기는 불가능할 것이오.

고요(臯陶)[13]와 같은 이는 위로 천자를 바로잡고 아래로는 수많은 백성을 택하셨으니 덕이 높고 지위가 높고 공적이 뚜렷이 높으니 정히 나의 좋은 짝이 되리로다."

노래를 마치니 영상이 흔연히 술잔을 집었다.

이때에 무신으로 녹봉이 높고 병조판서의 직책을 맡고 있던 자가 생각하기를 '다음 술잔은 반드시 나에게 주겠지.' 하였고 이조판서로 전문형(典文衡)[14]한 자는 '영상의 다음에는 필시 나에게 주리라.' 하였다.

소춘풍이 과연 잔을 들고는 이조판서 앞에 나아가 노래하였다.

"널리 옛일을 아시고 지금에도 정통한 총명하고 사리에 밝은 군자이시라.

도덕과 문장이 한 시대를 덮을 만한 국가의 가장 중요한 대신을 어찌 멀리 물리치고 저 무부(武夫)[15]의 무지함을 취하리오."

이러하거늘 병판이 노하여 서운한 마음을 먹으니 춘풍이 또 술을 따라서 병조판서에게 주며 말하였다.

"앞에 한 말은 실없는 소리입니다. 무신이 아니면 어찌 나라를 연 창업이 있겠으며 문신이 아니면 어찌 나라를 지키는 수성이 있겠습니까. 그러

---

11) 의정부의 으뜸 벼슬인 영의정. 지금의 국무총리에 해당한다.
12) 중국 태고(太古)의 천자 '순(舜)'을 임금으로 받들어 이르는 말. 여기서는 태조 임금을 빗댄 것이다.
13) 중국 고대의 전설상의 인물. 순(舜)임금의 신하로, 구관(九官)의 한 사람이다. 법을 세우고 형벌을 제정하였으며, 옥(獄)을 만들었다고 한다. 여기서는 영의정을 빗댄 것이다.
14) '대제학'을 달리 이르는 말. 글을 심사하는 일을 맡는다는 뜻이다.
15) 한낱 용맹스러운 사내. 여기서는 병조판서를 가리킴.

나 창업 연후에 수성이 있는 것이지 세상에 어찌 창업이 없는 수성이 있단 말입니까. 아마도 창업이 어렵고 수성은 쉬울 것이니 무신이 앞에 서고 문신이 뒤에 있을 것입니다. 무신을 따르고자 합니다."

병조판서가 이에 화를 풀고는 술을 마시니 이조판서가 웃으며 말하였다.

"그러면 너는 나를 버리려느냐?"

춘풍이 또 웃으며 말하였다.

"제(齊)나라[16]도 대국이요, 초(楚)나라[17]도 또한 대국이라. 등(滕)나라[18] 같은 소녀가 제나라와 초나라 사이에 끼어 있으니 누구는 섬기며 누구는 버리겠습니까? 제나라도 섬기고 초나라도 섬기는 것이 등나라의 직분일 가 합니다."[19]

여러 재상들이 모두 그 영리한 말주변에 손으로 무릎을 치면서 감탄하였으며 임금이 또 크게 칭찬하고 상을 내렸다. 이때부터 소춘풍의 이름이 온 나라를 덮었다.

외사씨가 말한다.

"내가 이 글을 베끼다가 소춘풍이 끌어 말한 '제나라도 대국이요, 초나라도 또한 대국이니 제나라와 초나라 사이에 끼어 있는 등나라가 누구는 섬기며 누구는 버리겠습니까?'라는 구절에 이르러 실로 하늘이 낸 말재주를 제멋대로 가지고 논 것에 대하여 놀라 감탄하지 않을 수 없었다. 범채의진(范蔡儀秦)[20]이 다시 살아난다 하여도 이보다 낫지는 못할 것이

---

16) 중국 춘추전국시대(B.C. 771경~221)에 넓은 영토와 강대한 세력을 가졌던 나라.

17) 중국 춘추전국시대의 강성했던 열국(列國) 가운데 하나.

18) 중국 산동성(山東省) 등현(滕縣)의 서남, 문왕의 아들 숙수(叔繡)가 봉해진 나라.

19) 『맹자』, 「양혜왕하」에 보이는 구절의 인용이다.

　원문은 아래와 같다.

　"등문공이 물었다. 등나라는 작은 나라입니다. 제나라와 초나라 사이에 끼어 있으니 제나라를 섬겨야 하겠습니까, 초나라를 섬겨야 하겠습니까?(滕文公問曰 滕小國也 間於齊楚 事齊乎事楚乎)"

20) 전국시대 때 변설가인 범수(范雎), 채택(蔡澤), 장의(張儀), 소진(蘇秦)을 말함.

다. 우리 조선 여자 중에 말솜씨가 아주 능란한 사람을 칭한다면 마땅히 소춘풍으로 첫 번째 손가락을 꼽지 않을 수 없을 것이다."

三十一. 事王李首相赧顔, 間齊楚名妓巧辯

雪梅는 松京의 名妓라 容貌가 佳麗하며 又 歌舞를 善히 하야 名이 一世에 高한지라 時에 開國功臣 星山伯 裵克廉은 高麗 恭愍王 時에 喬木世臣으로 官이 門下侍中에 至하야 國權을 掌握하얏슴으로 富貴가 隆赫하고 恩寵이 特厚하더니 恭讓王 壬申에 趙浚 鄭道傳 等으로 더부러 太祖高皇帝를 推戴하야 恭讓王으로 位를 禪케 하여 드대여 高麗로 하야금 不祀케 함에 至하얏더라 太祖開國 元年에 上이 宮中에서 宰臣의 宴을 賜케 하실 시 皆 前朝의 舊臣 等이라 雪梅를 命하야 酒를 行케 하얏더니 克廉이 酒가 酣함인 醉興을 乘하야 雪梅의 手를 執하며 戲謂하되 我가 聞하니 汝가 貞操가 無한 花柳의 身으로 春風과 秋月에 朝에는 東家를 從하야 食하고 暮에는 西家를 從하야 宿한다 하니 今夜에는 汝가 쏘한 老夫를 爲하야 薦枕하겟나뇨 雪梅가 對하되 大監끠셔 前에는 王氏를 事하시다가 今에는 李氏를 事하시니 小妓의 朝東暮西와 同한지라 東家食西家宿하는 賤妓를 事王氏事李氏하는 政丞을 得侍하는 것이 엇지 宜치 아니하리잇가 克廉이 甚히 赧然하야 敢히 一言으로써 責치 못하고 其 同座하얏든 諸 宰臣도 모다 慙色을 帶하얏더라 或이 此 事를 論하야 曰 花柳賤妓의 貞操가 無함을 譏하는 것이 他에 在하야는 宜하다 할지라도 克廉에게 在하야는 不可하니 節이 無한 者로셔 人의 節이 無함을 譏함은 不孝한 者가 人의 不孝를 責함과 同한 것이라 奇하도다 雪梅의 怜悧明慧한 一言의 答辯은 此가 天下失節의 士에 對하야 斧鉞보다 嚴하다 云하니라

成宗끠셔 일즉이 文武大臣에게 宴을 賜하실시 妓 笑春風으로 하야금 酒를 行케 하시니 笑春風은 永興의 名技로 容貌와 歌舞가 長安에셔는 名이 高하얏더라 是日애 笑春風이 金杯로써 酒를 滿酌하야 먼져 領相의 前

에 至하야 歌하야 曰 大舜끠셔는 비록 在하시나 至賤으로써 至尊을 配하기 不能할 것이오 皐陶와 如하신 이는 相으로 萬의 君을 致하고 下으로億兆의 蒼生을 擇하시나니 德이 高하고 位가 高하고 功業이 高한지라 正히 我의 好逑가 되리로다 歌를 罷함이 領相의 欣然히 杯를 執하니 時에 武臣으로 秩이 高하고 兵判의 職을 現帶한 者가 意謂하되 次杯는 반다시 我에게 及하리라 하고 吏判으로 典文衡한 者는 領相의 次에는 必히 我에게 至하리라 하더니 笑春風이 果然 杯를 擧하야 吏判의 前에 進하고 歌하야 曰 博古通今한 名哲君子이시라 道德과 文章이 一世에 盖하시니 國家의 柱石大臣을 엇지 遐棄하고 彼武夫의 無知함을 取하리오 허거늘 兵判이 怒하야 憾義를 含하니 春風이 又 酒를 酌하야 兵判에게 進하야 曰 前言은 戱ㅣ라 武臣이 아니면 엇지 創業을 爲하얏스며 文臣이 아니면 엇지 守成을 爲하리오 그러나 創業한 然後애 守成이니 世에 엇지 創業이 無한 守成이 有하리오 아마도 創業이 難하고 守成을 易할지나 武臣이 先에 居하고 文臣이 後에 在할지로다 願컨대 武臣을 從하려 하나이다 兵判이 이에 怒를 鮮하고 酒를 飮하니 吏判이 笑하며 曰 그러면 汝가 我는 捨하려 하나요 春風이 又 酌하야 말하였다. 齊도 大國이오 楚도 또한 大國이라 滕國과 如한 小女가 齊楚間에 介在하얏스니 何는 事하며 何는 否하리잇가 齊도 事하고 楚도 事하는 것이 滕國의 職分일가 하나이다 諸宰가 모다 其 怜悧한 口辯에 節을 擊하야 嘆하며 上이 또 大히 稱賞하시나 此로 從하야 笑春風의 名이 一國에 冠하니라

　外史氏 曰 余가 此 書를 抄하다가 笑春風의 云云한 『齊亦大國이오 楚亦大國이니 間於齊楚한 滕國이 何事何否』리오 하는 句에 至하야는 實로 其 天辯을 逞하얏슴애 對하야 驚嘆치 아나함을 不得하얏노니 范[21]蔡儀奏이 復生하얏슬지라도 其 右에 出치 못할지라 我 朝鮮女子 中의 辯士를 稱할진대 宜히 笑春風으로써 第一 指를 屈치 아니치 못할지로다

---

21) 원문에는 '苑'으로 되어 있으나 내용으로 미루어 '范'이 맞아 바로 잡았다.

32. 경전을 암송한 구종직은 벼슬을 얻고 글씨와 글을 잘한 김규는 아비를 구하다

성종(成宗, 1457~1494)[1] 시절, 찬성(贊成)[2] 구종직(丘從直, 1404~1477)[3]이 아직 벼슬하지 않을 때였다.

어렸을 때 성균관에 들어가 학생들이 묵는 숙소에 있을 때였다.

생원과 진사 이십여 명이 한 유명한 점쟁이를 불러 평생의 화와 복을 물었으나 공은 한 귀퉁이에 있으면서 홀로 점괘를 묻지 않았다.

여러 사람이 공에게 권하여 길흉을 물으라고 하니 공이 대답했다.

"사람의 가난하고 영달하는 것은 각기 그 운수에 달려있는 것입니다. 물은 들 무슨 이익이 있단 말입니까."

이렇게 말했더니 점쟁이가 공에게 와서는 두 번 절하고는 말했다.

"공은 마땅히 지위가 일품에 이르고 수명은 칠순을 넘을 것이니 크게 귀하고 장수할 운수입니다. 여러 생도들은 미치지 못할 것입니다."

이러하니 여러 사람들이 모두 코웃음을 쳤다.

훗날 공이 과거에 급제하여 교서관(校書館)의 정자(正字)[4]로 궁궐에 들어가 숙직을 할 때였다.

경복궁 안에 있는 누각인 경회루의 경치가 뛰어나다는 말을 듣고는 한

---

1) 조선 제9대 왕.
2) 조선시대 의정부의 차관인 종1품 관직. 태종 초 의정부의 차관인 종1품 의정부 찬성사의 약칭 또는 의정부의 차관인 좌·우찬성의 통칭이다.
3) 본관은 평해(平海), 자는 정보(正甫)로 세종 26년(1444년) 식년문과에 정과(丁科)로 급제하여 성균관 학유(成均館學諭)에 제수되었다. 그 후 여러 벼슬을 두루 역임하고 좌찬성에 이르렀다. 문장이 뛰어나고 역학(易學)과 경학(經學)에 밝았다.
4) 교서관은 경서(經書)의 인쇄나 교정, 향축(香祝), 인전(印篆) 따위를 맡아보던 관아. 정조 6년(1782)에 규장각에 편입되었다. 정자는 교서관의 정 9품 관직.

밤중에 평상시에 입는 옷으로 누각의 아래까지 가 연못가를 서성거렸다. 잠깐 있으니 임금이 편한 수레를 타시고 후문으로 들어 와서는 이곳에 이르렀다. 이러니 공이 크게 놀라 미처 피하지 못하고 이에 수레가 지나는 길가에 엎드리니 상이 추궁하여 말했다.

"너는 어떠한 사람이며 또 무엇 때문에 이곳에 있는 게냐?"

공이 대답했다.

"신은 교서관의 정자인 구종직이라 하옵니다. 일찍이 경회루가 옥주요지(玉柱瑤池)[5]로 하늘 아래 신선 세상 같다는 말을 들었사옵니다. 시골의 천인으로 감히 훔쳐보았사오니 죽을죄를 지었습니다. 죽을죄를 지었습니다."

임금이 하교(下教)하셨다.

"네가 노래를 할 줄 아느냐?"

공이 대답했다.

"농촌에서 땅이나 치며 부르는 노래를 어찌 음악의 운율에 합당하오리이까?"

임금이 명하여 부르게 하시니 종직이 이에 높은 소리로 긴 곡조의 노래를 하였다.

그 소리가 청아하고 유량하였다.

임금이 좋게 여겨 다시 격려하고 "마음껏 불러보아라."라고 명하시고는 노래를 마치자 크게 기뻐하여 말하였다.

"네가 경전(經傳)[6]을 능히 암송할 줄 아느냐?"

대답했다.

"『춘추(春秋)』[7]를 암송하나이다."

---

5) 옥주는 옥으로 깎은 기둥, 요지는 중국 곤륜산에 있다는 못.
6) 유학의 성현이 남긴 글. 성인(聖人)의 글을 '경(經)'이라고 하고, 현인(賢人)의 글을 '전(傳)'이라고 한다.

상이 암송하라고 하였다.

일 권을 마치니 직접 술을 내리시며 칭찬하여 상을 주셨다.

다음날 특히 종직에게 벼슬을 내려 부교리(副校理)[8]로 삼으셨다. 삼사
(三司)[9]의 여러 신하들이 글을 올려 불가함을 지나치게 말하였으나 임금
이 따르지 않았다. 5~6일 뒤에 임금은 평상시에 거처하는 궁전으로 삼사
의 관료들을 모두 소집하시고 대사헌(大司憲)[10] 이하로 『춘추』를 암송하라
고 명하시었다. 한 사람도 한 구절을 능히 기억하는 자가 없었다. 임금이
종직을 불러 암송하라고 명하셨다. 종직이 읊는 소리가 물과 같아 터럭만
큼도 막히는 곳이 없으니 임금이 여러 신하들에게 일러 말하였다.

"경들은 한 구절을 외우지 못하여도 오히려 청반(淸班)[11]에 올랐거늘 하
물며 종직과 같은 자가 어찌 부당하리오."

그러고는 공을 뽑아 제수하여 벼슬이 찬성(贊成)[12]에 이르렀다.

성종께서 일찍이 경회루 가에서 친히 비가 내리도록 기우제를 지내실
때였다. 음악소리가 들려 물으셨다. 방주감찰(房主監察)[13]의 예를 갖추어
베푸는 잔치를 하는 것이라고 하니 임금이 노하시어 말하였다.

"하늘이 비를 내리지 않아 가을철에 곡식이 익는 것을 기대할 수 없어
내가 고기를 금하고 음악을 그만두고 이와 같이 밖에서 기도를 하는 것인
데 나라의 녹을 먹는 관리들이 감히 음악을 펼쳐 즐기고 노니 죄가 가볍

---

7) 유학에서, 오경(五經)의 하나. 공자가 노나라 은공(隱公)에서 애공(哀公)에 이르는 242년(B.C.
   722~B.C. 481) 동안의 사적을 편년체로 기록한 책으로 총 11권으로 되어 있다.
8) 조선시대 홍문관의 종5품 관직.
9) 조선 시대에, 임금에게 직언하던 세 관아. 사헌부, 사간원, 홍문관을 이른다.
10) 사헌부의 종이품 벼슬. 정사를 논하고 백관(百官)을 감찰하며 기강을 확립하는 따위의 업무
    를 맡아보았다.
11) 청환(淸宦). 조선 시대에, 학식과 문벌이 높은 사람에게 시키던 규장각, 홍문관 따위의 벼슬.
    지위와 봉록은 높지 않으나 뒷날에 높이 될 자리였다.
12) 조선 시대에, 의정부에 속한 종일품 벼슬. 좌찬성과 우찬성이 한 명씩 있었다.
13) 사헌부의 첫 자리인 감찰(監察).

지 않다."

그러고는 "모두 옥에 하옥하라."라고 하셨다.

열세 사람이 일시에 옥에 갇히자 그 아들들을 시켜서 소장을 올려 애걸하니 임금이 더욱 노하여 말하였다.

"경우가 너무 없어 죄에 떨어졌거늘, 또 자제들을 시켜 소를 올리니 더욱 악을 더하는구나."

그리고 글을 써 올린 자를 모두 잡아들이라 하시니, 무리가 모두 흩어져 도망가는데 유독 한 아이만이 도망가지 않고 잡혔다.

임금이 물으셨다.

"너는 조그만 어린아이로 어찌 도망하지 않았느냐?"

대답했다.

"소신이 아버지를 구하기 위하여 임금께 소장을 올린 것입니다. 비록 죄를 받는들 어찌 감히 도망가겠습니까?"

임금이 물으시었다.

"이 소장을 누가 지었느냐?"

"소신이 지었사옵니다."

"누가 썼느냐?"

"신이 썼습니다."

"네 나이가 몇이냐?"

"열세 살이옵니다."

임금이 물으셨다.

"네가 글을 짓고 쓸 수 있단 말이냐? 만약 속이는 것이라면 마땅히 벌을 줄 것이다."

"짓고 쓴 것이 모두 신의 손에서 나온 것이오니 원컨대 시험하소서."

임금이 명하시어, "'민한(憫旱, 가뭄을 걱정하며)'으로 제목을 삼아 글을 지어 보거라."

서서 붓을 잡고는 글을 쓰니 그 마지막은 이러하였다.

"옛날에 동해 과부도 오히려 삼년의 가뭄을 다스렸사오니
성스런 임금께서 이에 마음을 써 근심을 하신다면
성스런 탕임금 천리의 비를 다스리기는 어렵지 않으리."

이러하거늘 임금이 크게 칭찬하고 상을 더하시고는 또 물으셨다.
"네 아비가 누구이냐?"
"방주감찰 김세우(金世愚, 1486~1522)[14]로소이다."
"너의 이름은 무엇이냐?"
"규(虯, 1522~1565)[15]라 부르옵니다."
임금이 손수 그가 쓴 소장 쓴 말미에 써 넣었으니 이렇다.

"네가 글에 능하고 글씨에 능하니
네 글을 보고 네 아비를 석방하며
네 글씨를 보고 네 아비의 동료를 석방하니
네가 효(孝)를 충(忠)으로 옮길지어다."

그러시고는 곧 중관(中官)[16]에게 명하시어 금부(禁府)에 가서 죄인을 모
두 석방하라고 하였다.
훗날 규가 사마시(司馬試)[17]에 합격하고 명종(明宗, 1534~1567)조에 급제

---

14) 본관은 광산(光山). 자는 불민(不敏). 1513년(중종 8) 식년문과에 갑과로 급제하여 전적(典籍)을 역임하였으나, 명성이 높아지는 것을 두려워하는 동료들의 시기를 받아 적성현감으로 나갔다. 그 치세가 남달리 뼈어나 백성들의 존경을 받았다고 한다.
15) 본관 광산(光山), 자 몽서(夢瑞), 호 탄수(灘叟). 1543년(중종 38) 생원이 되고, 1546년(명종 1) 식년문과에 병과로 급제하여 정언(正言)·지평(持平)·이조정랑 등을 거쳐 전한(典翰)에 이르렀다.
16) 조정에서 근무하는 벼슬아치.

하여 벼슬이 판윤(判尹)[18]에 이르렀다.[19]

三十二. 誦經傳丘生得官, 善書賦金童救父

成宗朝에 贊成 丘從直은 草野人이라 少時에 舘에 入하야 齋에 居할세
生進 二十餘 人이 一名 卜을 遇하야 平生禍福을 問함이 公은 一隅에 在하
야 獨히 問치 아니하니 諸生이 公을 勸하야 休咎를 問하라 한대 公이 對하
되 人의 窮達은 各히 其 命이 有한지라 問하면 何益이 有하리오 하얏더니
卜者가 公에게 至하야 再拜하며 曰 公은 맛당히 位가 一品에 至하고 壽는
七旬을 踰하리니 大貴長壽의 命이라 諸生이 能히 及치 못하리라 하니 衆
이다 鼻笑하얏더라 其 後에 公이 登科하야 校書舘 正字로 入直할세 慶會
樓의 絶勝함을 聞하고 夜半에 便服으로 樓下에 至하야 池畔에서 散步하
더니 俄而오 上이 便輿를 하시고 後門으로 從하사 此에 至하시거늘 이
公 大驚하야 밋쳐 回避치 못하고 이에 輦路傍에 俯伏하니 上이 屬問하사
曰 汝가 何人이며 又 엇지 써 此에 至하얏나뇨 公이 對하되 臣은 校書正字
丘從直이옵더니 일직 慶會樓의 玉柱瑤池가 天下仙界와 如함을 聞하옵고
草野의 賤人으로 敢히 偸看하얏사오니 死罪死罪로소이다 上이 下敎하
대 汝가 歌를 能히 하나뇨 對하되 農村에셔 唱하는 擊壤의 謠가 억지 聲律
에 合하오릿가 上이 命하야 試唱케 하시니 從直이 이에 高聲으로 長歌함
이 其 聲이 淸雅嘹喨한지라 上이 善히 넉이사 更히 激厲高唱하라 命하시
고 聽罷에 大悅하사 曰 汝가 經傳을 能誦하나뇨 對하되 春秋를 能誦하나
이다 上이 命誦하사 一卷을 畢한 後에 御酒를 賜하시며 稱賞하시더니 翌
日에 特히 從直을 拜하야 副校理를 삼으신대 三司諸臣이 書를 上하야 其
不可함을 極論하거늘 上이 允치 아니하시고 五六日 後에 便殿에 御하사

---

17) 과거 제도의 하나인 소과(小科). 일종의 자격시험으로 생원과와 진사과가 있었음.
18) 한성부의 으뜸 벼슬. 정2품.
19) 사마시에 합격한 것은 중종 38년(1543년)이고 1546년에 과거에 급제하였다.

三司官僚를 盡召하시고 大司憲 以下로 春秋를 命誦하시니 一人도 一句를 能記하는 者이 無한지라 上이 從直을 召하야 命誦하시니 唱誦이 如流하야 小毫도 壅滯함이 無하거늘 上이 諸臣다려 謂하사대 卿 等은 一句를 能誦치 못하야도 淸班에 猶躡하얏거늘 하물며 從直과 如한 者가 엇지 此에 不當하리오 하시고 이에 公을 擢拜하야 官이 贊成에 至하니라

成宗끠셔 일즉 慶會 池 樓邊에셔 親히 禱雨하실시 樂聲이 聞하거늘 問하시니 房主監察의 禮宴을 行함이라 하는지라 上이 怒하사 曰 天이 不雨하사 秋成이 絶望함으로 予가 膳을 減하며 樂을 撤하고 此와 如히 露禱하거늘 食祿의 輩가 敢히 樂을 張하야 娛遊하니 罪가 輕小치 안타하시고 모다 獄에 下하시니 十三人이 一時에 就囚하야 其 子弟로 하야금 疏를 陳하시니 乞哀하니 上이 大怒하사 曰 渠輩가 無狀하야 罪에 陷하얏거늘 又 其 子弟로 疏를 陳하니 더욱 可惡하다 하시고 拜疏한 者를 모다 收捕하야 入하라 하시니 衆이 모다 散走하고 獨히 一兒가 去치 아니하고 被執하거늘 上이 問하시되 汝는 童稚로써 엇지 逃去치 아니하얏나뇨 對하되 小臣이 父를 救하기를 爲하야 上章하얏사오니 비록 罪를 受한들 엇지 敢히 逃去하잇가 上이 問하시되 此 疏를 誰가 作하얏나뇨 對하되 小臣의 所作이로소이다 誰가 書하얏나뇨 對하되 臣의 所書로소이다 汝年이 幾何이뇨 十三歲로소이다 上이 問하시되 汝가 書作을 果能하나뇨 欺罔하면 當誅하리라 對하되 作하고 書한 것이 모다 臣의 手에 出한 바이오니 願컨대 試하소셔 上이 命하사 『憫旱』으로 題하야 賦하라 하시니 立就하야 書하되 其 末에 曰『昔에 東海寡婦도 尙히 三年의 旱을 致하얏사오니 聖上이 此를 軫念하시면 成湯 千里의 雨를 致하기 不難』이라 하얏거늘 上이 大加稱賞하시고 又 問하시되 汝父가 誰이뇨 對하되 房主監察 金世愚로소이다 汝의 名은 何이뇨 對하되 虯라 稱하나이다 上이 御筆로 其 疏尾에 題하사 曰 爾가 能文能書하니 爾文를 見하고 爾父를 放하며 爾書를 見하고 爾父의 同僚를 放하나니 爾가 孝를 忠에게 移할 지어다 하시고 곳 中官을 命하사 禁府에 徃하야 罪人을 盡放하시니라 其 後에 虯가 司馬를 中하고 明宗 朝에 登第하야 官이 判尹에 至하니라

33. 염희도가 주은 재물을 주인에게 돌려주고 효녀가 몸을 바쳐 은혜를 갚다 (상)

묵재(默齋) 허적(許積, 1610~1680)은 현종(顯宗, 1641~1674) 때 사람이다.

영의정으로 있을 때에 한 따르는 종이 있었는데, 성은 염(廉)이요 이름은 시도(時道)¹⁾였다.

위인이 민첩하고 지혜로우며 또 정직하여 허적의 과실을 일일이 직언하였다. 허적이 심히 탄식하고 또한 의지하고 아끼어 옳지 않은 일은 보이지 못하였다.

하루는 희도가 밖에 외출하였다가 손에 한 커다란 묶인 물건을 가지고 와서 말하였다.

"이것은 길가에서 주은 물건인데 안에 600냥 은자가 있습니다. 어떤 사람이 길에서 잃어버렸는지 소인이 그 주인을 찾아서 돌려줄까 합니다."

공이 말하였다.

"네가 이미 주웠으니 곧 너의 물건이다. 또 너의 집안 처지가 가난하니 이것으로 생계를 꾸리는 것이 어떻겠느냐?"

희도가 얼굴색을 바로잡고 대답했다.

"옛사람의 말에 "이득이 생기면 나에게 그 이득이 나에게 의로운지 해로운지를 생각해야 한다.(견득사의, 見得思義)"라 하였습니다. 소인이 비록 구렁텅이에서 구를지언정 어찌 길에 떨어진 물건을 주어 제 것으로 만들 수 있겠습니까. 대감의 가르치심이 만만부당합니다."

공이 얼굴을 고치고는 사과하였다.

---

1) 원문에는 "시도(時道)"라고 되어 있으나 뒤의 문장에서는 모두 "희도(喜道)"로 되어 있다. "희도(喜道)"로 통일하였다.

다음날 희도를 불러 말하였다.

"어제 공석에서 병판(兵判) 청성(淸城) 김석주(金錫冑, 1634~1684)[2]가 육백 냥의 은자에 말을 팔았다고 하였는데 필시 이 돈인 듯하다. 혹 청성댁 사내종이 길에서 잃어버렸는지도 모르겠구나."

희도가 그 은자를 들고 청성댁에 가서는 배알한 후에 물었다.

"대감 댁에서 혹 말을 파시고 값을 받으셨는지요?"

청성이 말하였다.

"과연 이러한 일이 있네마는 아무개 종이 '오늘 드리겠습니다.' 하더니 지금까지 바치지 않고 있다만."

희도가 소매 속에서 은자를 꺼내어 주며 말하였다.

"소인이 어제저녁 길가에서 이 돈을 주었습니다. 들으니 대감댁에서 말을 파셨다고 하여 이것이 필시 댁의 종이 잃어버린 듯하여 가지고 온 것입니다."

청성이 놀랍고 이상스러워 즉시 그 종을 불러 물었다.

"네가 말 값을 오늘 바친다더니, 이 사람이 길에서 주었다는 물건이 그 말 값인 듯하구나. 네가 잃어버린 일이 없느냐?"

그 종이 고개를 숙이고 엎드려서는 머리를 땅에 조아리고 말하였다.

"소인이 과연 어제 값을 받을 때 흥성주(興成酒)[3]를 과음하고, 취기가 올라서는 메고 오다가 어느 곳에서 떨어뜨린 줄을 모릅니다. 눈앞의 잘못 저지른 책임을 면하기 위하여 오늘 드린다 하고 사방으로 두루 찾아다녀 도 끝내 찾지 못하여 지금 장차 자결을 하려던 차였습니다. 이렇게 물으

---

2) 본관은 청풍(淸風), 호는 식암(息庵), 절재(節齋), 지재(趾齋), 봉호는 청성부원군(淸城府院君)으로 과부(科賦)를 잘 지어 당대에 널리 이름을 널리 알렸다. 그가 지은 「이서대부종부(移書大夫種賦)」의 "가을바람 물나라에 불어오니 고향 생각 강해에 부는 구나(秋風動於水國 歸思滿於江海)"라는 구절은 당대 널리 알려졌다.

3) 흥정이 이루어진 뒤에 먹는 술인 듯.

시니 황공함을 이기지 못하겠습니다."

청성이 희도에게 말하였다.

"네가 길 위의 떨어진 물건을 얻어 주인을 찾아 돌려주려하니 그 청렴하고 성품이 꼿꼿함은 실로 마음속 깊이 존경하여야 할 것이다. 이 은은 내가 이미 잃어버렸고 네가 얻은 것이니, 즉 너의 재물이다. 그 반을 가져가는 것이 좋을 듯하구나."

희도가 머리를 흔들며 말하였다.

"소인이 만일 이 물건에 욕심이 생겼다면, 이것을 숨겨 모두 가질 것이지 어찌 본 주인을 찾아 주고 그 반을 얻겠습니까. 이 말씀을 감히 따르지 못하겠습니다."

그리고 곧 인사하고 물러나 문을 나오니 마침 그 종의 어미와 처가 앞을 막아서 거듭 절하며 고맙다는 뜻을 나타내고 말하였다.

"내 자식이 술을 먹은 뒤에 말 판 값을 잃어버렸고 빈손으로 돌아 왔지요. 상전의 성품과 도량이 엄격하고 준엄하신지라, 내일엔 반드시 여러 조치를 내릴 것이므로 지금 자결하려 하였답니다. 그런데 천만 뜻밖에 살아있는 부처를 만나 남은 목숨을 살리셨으니 그 은혜는 산과 같고 덕은 바다와 같아 몸을 가루를 만들고 뼈를 간다 할지라도 보답하기 어렵습니다. 은인께서는 잠깐 저희 집으로 가셨으면 합니다. 한 잔의 술이나마 감사의 뜻을 표하고자 합니다."

희도가 옳게 여기지 않고 말하였다.

"이것은 당연한 일이거늘 무슨 사례함이 있단 말이오."

사양하고 가려하니 그 종의 어미와 아내가 옷자락을 잡고는 놓지 않으며 여러 말로 간절히 애걸하였다. 희도가 어쩔 수 없이 그 집에 들어가 보니 술과 안주를 잘 차려놓고는 기다린 것이었다.

잠시 후였다.

열 서너 살쯤 된 얼굴과 옷차림이 단정한 계집아이가 두 번 절하며 감사의 말을 하였다.

"아버지를 살려주신 은혜는 보답하기 어려우니 소녀가 은인을 따라가
심부름하는 종이 되려 합니다."

희도가 좋은 말로 거절하고 곧 집으로 돌아왔다.

그 후 경신년(庚申年, 1680년)에 허적의 서자 견(堅, ?~1680)이 역모 사건으
로 죽임을 당하고 화가 장차 한 집안에 미칠 때였다.[4]

어떤 사람이 허적에게 '자살하라' 하니 공이 답하였다.

"내가 나쁜 자식을 두었으니 법에 당연히 연좌될 걸세. 현주(顯誅)[5]를
면하려고 자살하는 것은 임금의 명령을 공경하는 것이 아니지. 그리고
내가 지평(持平)[6]이 되었을 때에 길에서 한 나이 어린 자의 의복이 극히
사치스러웠음을 보고 이를 체포하여 다스리려 한 적이 있었다네. 이때

---

4) 남인(南人)이 대거 실각하여 정권에서 물러난 사건으로 경신대출척이라고도 한다. 경신년
   3월 당시 남인의 영수이며 영의정인 허적(許積)의 집에서 그의 조부 허잠(許潛)이 시호를
   받은 것을 축하하는 연시연(延諡宴)이 있었다. 이때, 병판(兵判) 김석주(金錫胄), 숙종의
   장인인 광성부원군(光城府院君) 김만기(金萬基)를 독주로 죽일 것이요, 허적의 서자(庶子)
   견(堅)은 무사를 매복시킨다는 유언비어가 퍼졌다. 김석주는 핑계를 대고 불참하고 김만기
   만 참석하였다. 그 날 비가 오자 숙종은 궁중에서 쓰는 용봉차일을 보내려고 하였으나 벌써
   허적이 가져간 뒤였다. 숙종은 노하여 허적의 집을 염탐하게 하였는데 남인은 다 모였으나
   서인은 김만기·신여철(申汝哲) 등 몇 사람뿐이었다. 이에 노한 숙종은 철원으로 귀양갔던
   김수항(金壽恒)을 불러 영의정을 삼고, 조정의 요직을 모두 서인으로 바꾸는 한편, 이조판
   서 이원정(李元禎)의 관작을 삭탈하였다. 다음 달인 4월 정원로(鄭元老)의 고변으로 허견의
   역모가 적발되었다. 이른바 '삼복의 변(三福之變)'으로, 인조의 손자이며 숙종의 5촌인 복창
   군(福昌君), 복선군(福善君), 복평군(福平君) 3형제가 허견과 결탁하여 역모하였다는 것이
   다. 그 내용은 허견이 복선군을 보고 "주상께서 몸이 약하고, 형제도 아들도 없는데 만일
   불행한 일이 생기는 날에는 대감이 왕위를 이을 후계자가 될 것이오. 이때 만일 서인들이
   임성군(臨城君)을 추대한다면 대감을 위해서 병력으로 뒷받침하겠소." 하였으나 복선군은
   아무 말도 없더라는 것이었다. 이들은 모두 잡혀와 고문 끝에 처형되었고 허견·복창군·복선
   군 등은 귀양갔다가 다시 잡혀와 죽고, 허견의 아버지 허적은 처음에는 그 사실을 몰랐다고
   하여 죽음을 면하였으나, 뒤에 악자(惡子)를 엄호하였다 하여 죽임을 당하였다. 이로써 남
   인은 완전히 몰락하고 서인들이 득세하기 시작하였다.
5) 죄인을 죽여서 여러 사람에게 보임.
6) 정치 시비에 대한 언론활동, 백관에 대한 규찰과 탄핵, 풍속 교정, 억울한 일을 풀어주는
   일 등을 하였다.

나를 꾸짖어서 욕하는 자가 있어 이를 잡아들인 일이 있었지. 그 소년의 처인데 또한 극히 사치하였기에 그 부부를 한 매에 때려서 함께 죽였더니 견을 낳던 밤에 한 노인이 와서 말했다네.

'네가 아무 해에 소년 부부 죽인 일이 생각나느냐? 어린 아이가 어찌 법의 이치를 알겠느냐? 그 사치한 한 가지 일로 죄를 주려면 그 부모를 벌주는 것이 마땅할 것이거늘, 외동아들과 외동딸을 모두 죽였으니 사람에게 악을 쌓는 것이 이보다 심한 것은 없다. 하늘이 너에게 벌을 내려 이 악한 아이를 낳게 하여 한 집안을 뒤집어 멸족케 할 것이다. 나는 그 외동아들의 아버지다. 원수를 갚을 날이 멀지 않으리라.'라고. 내가 깨닫고 심히 편치 않았으나 이를 허탄한 것으로 돌렸더니, 지금 과연 그 말이 들어맞았군. 이것은 내가 악을 쌓은 까닭이니 어찌 도망을 하겠는가."

三十三. 廉士獲財還本主, 孝女許身報舊恩 (上)

默齋 許積은 顯宗 時 人이니 領相으로 局에 當하얏슬 時에 一 從[7]이 有하니 姓은 廉이요 名은 時道[8]라 爲人이 敏慧하며 又 正直하야 許의 過失을 每每히 直言하니 公이 甚히 憚하며 又 依愛하야 是치 아니한 事로 示치 못하얏더라 一日은 喜道가 外에 出하얏다가 手에 一大封物을 持하고 來言하되 此가 路上에셔 得한 物이온대 內에 六百兩 銀子가 有한지라 何人이 路上에서 遺失하얏는지 小人이 將次 其 士를 尋하야 還付하려하나이다 公이 謂하되 汝가 旣히 得하얏스니 卽 汝의 物이라 且 汝의 家勢가 貧하니 此로 生計를 作함이 何如하뇨 喜道가 色을 正하고 對하되 古人의 言에 『見得思義』라 하얏스니 小人이 비록 丘에 轉할지언정 엇지 路上의

---

7) 원문에는 "從從"이라고 되어 있다. 문맥으로 보아 바로 잡았다.
8) 원문에는 "時道"라고 되어 있으나 뒤의 문장에서는 모두 "喜道"로 되어 있다. 문맥으로 보아 "喜道"로 통일하였다.

遺物을 拾得하야 己物을 作하리잇가 大監의 敎示가 萬萬不當하니이다
公이 容을 改하야 謝하고 翌日에 喜道를 招하야 謂하되 昨日 公座에셔
兵判 淸城(金錫胄)가 六百 銀子로써 馬로 賣한다고 云하더니 必是 此 物
인 듯 한대 或은 淸城宅 奴子가 此를 路邊에셔 遺失하얏는지 不知하얏도
다 喜道가 其 銀子를 袖에 納하고 淸城 門下에 往하야 拜謁한 後에 問하
되 大監 宅에셔 或 馬를 賣하시고 價를 捧하신 事가 有하니잇가 淸城 曰
果然 此 事가 有한대 某 奴가 今日에 納한다 하더니 尙今까지 捧受치 아
니하얏노라 喜道가 袖中으로부터 出하야 納하며 曰 小人이 昨暮路上에셔
此 物을 獲하얏는대 聞한 則 大監 宅에셔 鬣者를 賣하엿다함으로 此가
必是 宅 奴子가 遺失한 듯 하와 今에 此를 持來하얏나이다 淸城이 驚異하
야 卽時 其 奴子를 招하야 問하되 汝가 馬價를 今日에 納上한다 하더니
此 人이 路上에셔 獲得한 物이 此 인 듯 하니 汝가 遺失한 事가 無하뇨
其 奴子가 俯伏叩頭하야 曰 小人이 果然 昨日 捧價할 時에 興成酒를 過
飮하고 醉를 乘하야 負來하다가 何處에셔 落下한 줄을 不知하압고 目下
의 罪責을 免하기 爲하야 今日로써 對하고 四處로 遍尋하야도 맛참내 得
치 못하얏슴으로 今에 將次 自決[9]하려 際에 此 下問을 承하오니 惶恐함
을 不勝하노이다 淸城이 喜道다려 謂하되 汝가 路上의 遺物을 得하야 本
主를 訪還하려 하니 其 廉潔은 實로 欽服할 者이라 此 銀은 我가 旣히
失하고 汝가 旣히 得하얏스니 卽 汝의 財이라 其 半을 取去함이 可할지로
다 喜道가 掉頭하야 曰 小人이 萬一 此 物에 慾이 生하얏슬진대 此를 隱
蔽하야 全數히 取할 것이어늘 엇지 本主에게 納하야 其 半을 取하리잇가
此는 敢히 從命치 못하겟노이다 하고 곳 辭退하야 門에 出하니 맛참 其
奴子의 母와 其 妻가 前을 遮하고 百拜致謝하고 曰 吾子와 吾夫가 酒
後에 馬價를 失하고 空手로 歸하얏는대 上典의 性度가 嚴峻하신지라 明
日에는 必然 大擧 措에 出할 것임으로 今에 自決코져 하더니 千萬意外에
生佛을 逢하야 此 殘命을 活하시니 其 恩山德海는 粉身磨骨을 할지라도

---

9) 원문에는 "決"자가 결락되어 있다. 문맥으로 보아 이본을 참고하여 補하였다.

報答하기 難한지라 願컨대 恩人은 暫間 弊舍로 屈하시면 一盃의 酒로써 感謝의 意를 表코져 하노이다 喜道가 不肯하야 曰 此가 當然한 事이니 何謝함이 有하리오 하고 辭去코져 하니 其 奴의 母와 妻가 裾를 牽하고 舍치 아니하고 百般으로 懇乞하거늘 喜道가 不得已 其 家에 入한 則 酒肴를 盛備하야써 待하더니 俄而오 十三四歲된 一 女子로 容儀瑞正한 者가 有하야 再拜致謝하야 曰 活父의 恩은 報하기 難하니 小女가 願컨대 恩人을 從하야 使喚의 婢가 되려 하나이다 喜道가 好言으로써 拒하고 곳 辭歸하니라 其 後 庚申에 積의 庶子 堅이 謀逆의 事로써 被誅하고 禍가 將次 一門에 及할새 或이 公을 勸하야 自裁하라 하니 公이 答하되 我가 惡子가 有하니 法에 當然히 連坐될 것이라 顯誅를 免코자 하야 自裁하는 것은 君命을 敬함이 아니라 그리고 我가 持平이 되엿슬 時에 路上에 一 年少한 者의 衣服이 奢侈를 極하얏슴을 見하고 此를 逮捕하야 治하려할 際에 我를 詬辱하는 者가 有함으로 此를 拿入한 즉 卽 其 少年의 妻인대 쏘한 極侈하얏슴으로 其 夫妻를 一杖에 並殺하얏더니 堅이 生하든 夜에 一 老人이 來言하되 汝가 某年에 少年의 夫妻를 殺한 事를 思하나뇨 童稚의 輩가 엇지 法理를 知하리오 其 奢侈의 一事로써 罪를 加할진대 其 父母를 罰함이 可할 것이어늘 獨子獨女를 一杖에 並殺하얏스니 人에게 積惡이 此보다 甚할 者가 無한지라 天이 罰을 汝家에 降하야 此 惡子를 生케 하야 將次 汝의 家를 覆滅케 하리니 我는 卽 獨子의 父라 報仇할 日이 不遠하리라 함으로 余가 覺하야 甚히 不樂하얏스나 此를 虛誕으로 歸하얏더니 今에 果然 其 言에 符하니 此가 我의 積惡所致라 엇지 逃함을 得하리오 하얏더라

33. 염희도가 주은 재물을 주인에게 돌려주고 효녀가 몸을 바쳐 은혜를 갚다 (중)

이때에 허적이 희도에게 말하였다.

"네가 우리 집과 비록 사사로운 은혜는 없으나 세상 사람들이 모두 매우 가까운 시중꾼으로 보고 있다. 너에게 미칠 화가 미루어 헤아릴 수 없을 것이니 미리 몸을 피해라."

희도가 울면서, "소인이 이때를 당하여 어찌 차마 대감을 버리고 가겠습니까."

허적이 말하였다.

"그렇지 않다. 네가 죄 없는 사람으로 죽을 땅에 함께 들어가는 것은 심히 불가한 게야. 충주 목사(牧使)[1]가 나와는 가장 가까운 사이이니 글을 써 부탁하면 살아갈 방도를 세워줄 것이다. 너는 곧 충주로 내려가거라."

희도가 눈물을 흘리며 공손히 인사를 드리고는 충주에 도착하였다. 목사를 뵙고 글을 전하니 목사가 말하였다.

"이곳도 큰길가라 보는 눈이 많으니 너는 순흥(順興)[2] 부석사(浮石寺)[3]에 가서 몸을 숨기고 있도록 하거라."

그리고 여행에 쓰는 비용과 식량을 후하게 주었다. 희도가 어쩔 수 없이 부석사에 들어가 머무르게 되었다. 이러하니 서울 소식은 막연하여 듣지를 못하여 먹고 자는 것이 편안하지를 못하였다.

하루는 밤에 꿈을 꾸었는데 한 신령스런 사람이 나타나 말하였다.

---

1) 지방의 행정단위인 목(牧)에 파견되었던 장관.
2) 경상북도 영주시에 있는 지역.
3) 경상북도 영주시 부석면 북지리 봉황산(鳳凰山)에 있는 절.

"네가 월해암(月海庵)으로 가면 서울 소식을 들을 것이오, 또 앞날의 길흉도 알 수 있을 것이다."

희도가 놀라 깨어나 노승에게 물어 월해암으로 갔다.

월해암 부근에 이르러 물어보았으나 한 사람도 아는 사람이 없었다. 그때 한 노승이 지팡이로 가리키며 말하였다.

"이곳으로부터 육칠십 리를 가면 절벽의 꼭대기에 한 낡은 암자가 있을걸세. 이곳이 필시 월해암인 듯한데, 돌길이 험한 게 여간 높고 가파르지 않아 나는 새도 올라가지 못한다지 아마. 지금으로부터 한 30년 전에 들으니, 한 노승이 올라가서는 아직까지 내려오지 않았다고 하네. 반드시 죽은 지 이미 오래되었을 게야. 이 암자는 노승들이라도 가서 본 자가 없지."

이렇게 말하거늘 희도가 속으로 생각하였다.

'신세가 이미 이와 같이 되어 천지간에 용납지 못하게 되었으니, 만일 암벽의 사이에서 남모르게 죽은들 이 또한 달게 받아들일 것이지.'

그러고는 지팡이를 짚고 길을 찾아 나섰다.

담장이 넌출을 잡고 등나무를 붙잡고는 한 치 한 치 앞으로 나아갔다. 몇 리를 지나 한 곳에 이르렀다. 두 절벽이 마주 섰는데 그 아래는 몇만 길이 되는 지 알지 못하였다. 열서너 걸음쯤 되는 거리에 외나무다리가 있는데 오래되어 썩어 문드러져 발을 붙이고 서기가 어려웠다.

희도가 죽기를 작정하고 기어서 절의 문간에 도착해보니 문을 가로댄 나무에 과연 '월해암'으로 현판이 매달려 있었다.

희도가 속으로 '허참! 기이하네.' 하고 문안으로 들어갔다.

다 쓰러져가는 폐사로 중이 없는 절이었다. 다만 먼지가 쌓여있고 주지(住持)의 방에는 탁상이 놓여 있는데 한 노승이 눈을 감고 말없이 잠잠히 앉아 있었다. 모습이 마른나무 같았다.

희도가 탁상 앞에서 절하고 엎드려서 말하였다.

"저는 이 천지에서 몸을 둘 곳이 없는 궁박한 사람입니다. 엎드려 바라옵건대 살아있는 부처께서는 특히 자비를 베푸시어 앞날의 화복을 지시해 주십시오."

합장을 하고는 여러 번 절을 하였다.

얼마 있다가 생불(生佛)이 입을 열어 말하였다.

"나는 너의 오촌 증대부(曾大父)⁴⁾이다. 너와 헤어진 지 40년을 지난 지금 이곳에서 만났으니 어찌 다행으로 여겨 기뻐하지 않겠느냐."

희도가 놀랍고 기뻐 울며 말하였다.

"그러면 생불께서 전일 세속 이름이 아무개씨가 아니십니까?"

"그렇지."

대개 희도의 종증대부가 나이 열대여섯에 홀연 미친증이 나타나 한 번 집을 나간 후론 마침내 그림자조차 없더니 지금 생불이 곧 그 사람이었다.

희도가 말하였다.

"저는 돌아갈 곳이 없는 궁한 몸입니다. 다행히도 가까운 친족을 여기에서 뵙게 되었으니, 이후로 오랫동안 이곳에서 모시며 생을 마치겠습니다."

생불이 대답하였다.

"이 말은 부득이하다. 내가 너와 비록 가까운 사이라고는 하나, 가는 길이 이미 달라 머무르더라도 이익이 없단다. 그리고 너의 앞길은 번거롭지도 않다. 아무 곳의 아무 절에 아무 중이 있는데 이 사람은 나의 사촌 아우이다. 네가 이 절에 가서 물으면 길흉을 알 것이다."

그리고는 재촉하여 가라하니 희도가 말하였다.

"제가 올 때 거의 외나무다리에서 죽을 뻔 하였는데 지금 어찌 또다시 이곳을 밟고 간단 말입니까."

---

4) 증조할아버지뻘이 되는 촌수.

생불이 껍질을 벗긴 삼지팡이를 하나 주며 말하였다.

"이것을 짚고 가면 무사할 것이다."

희도가 어쩔 수 없이 그 지팡이를 짚고 문을 나섰다. 몸이 가벼워 걸음 걸이가 나는 것 같았다. 편안하게 외나무다리를 건넌 후에 속으로 생각하 기를 '이 지팡이는 신선을 만드는 기물이니 이것을 짚고 세상에 나가면 반드시 어려운 일이 없겠는 걸. 이것은 실로 인간 세상에는 없는 귀한 보물일 게야.' 하고 급히 동구 밖으로 나와 한 시내를 건널 때였다.

발이 미끄러지며 물 속에 빠지며 지팡이를 놓쳐버렸다. 그 지팡이가 꿈틀꿈틀 용같이 공중으로 떠오르더니 곧 월해암으로 향해 날아갔다.

희도가 이것을 멍하니 넋을 잃고 바라만 보았다.

三十三. 廉士獲財還本主, 孝女許身報舊恩 (中)

此時에 積이 喜道다려 謂하되 汝가 吾家에서 비록 恩私는 無ㅎ나 世人 이 모다 心腹의 僚으로써 目하니 汝에게 禍가 不測할지라 汝는 豫히 身을 避하라 喜道가 泣하되 小人이 此時를 當하야 엇지 참아 大監을 捨하고 去하리잇가 積이 曰 不然하다 汝가 無罪한 人으로써 死地에 同入하는 것 은 甚히 不可하니 忠牧이 我로 더부러 最히 親善한 터인즉 書를 作하야 托하면 可히써 接濟하리니 汝는 곳 忠州로 下去하라 喜道가 涕泣拜辭하 고 忠州에 到하야 牧使를 見하고 書를 傳한즉 牧使가 謂하되 此 地가 쏘 란 大路邊이라 耳目이 煩多하니 汝는 須히 順興 浮石寺에 徃하야 隱身하 라 하고 因하야 資糧을 厚給하거늘 喜道가 不得已하야 浮石寺에 入하야 留하니 此로 從하야 京中의 消息은 漠然히 無聞하야 寢食이 不安하더니 一日의 夜에는 夢에 神人이 來告하야 曰 汝가 月海庵으로 去하면 可히써 洛中의 消息을 聞할 것이오 且 前程의 吉凶도 知하리라 하거늘 喜道거 驚覺허여 寺僧에게 問하야 月海庵으로 徃할시 其 附近에 至하야 問한 즉 一人도 知하는 者가 無한지라 一 老僧이 有하야 杖으로써 指하야 曰 此로

부터 六七里를 徃하면 絶壁의 上에 一 廢庵이 有하니 此가 必是 月海인듯
한대 石徑이 峻急하야 飛鳥라도 可히 上去치 못할지라 距今 三十年 前에
聞한 즉 一 僧이 有하야 上去하얏는대 尙今ᄭ지 下來치 아니하얏다 한즉
必然 死한지라 此 庵은 老僧 等이라도 徃見한 者가 無하다 하거늘 喜道가
自量하되 身世가 旣히 如此하야 天地의 間에 容치 못하게 되얏스니 萬一
巖壁의 間에서 隱死하면 此 도 ᄯ한 感心할 바이로다 하고 드대여 杖을
扶하고 路를 尋하야 徃할세 蘿를 攀하고 藤을 捫하야 寸寸이 前進함이
數里를 過하야 一 處에 至한 則 兩岸이 對入하얏는대 其 下가 幾萬인지
知ᄭ치 못하고 十數 間되는 距離에 獨木橋가 有한대 年久朽敗하야 着足
하기 難한지라 喜道가 死로써 限하고 匍한 後에 山門에 到한 則 門楣에
果然 月海庵으로 懸額하얏거늘 喜道가 暗暗히 稱奇하고 門에 入한 則
匐하야 渡一破落한 廢寺이라 다만 塵埃가 堆積하고 上方卓上에 一 老僧
이 目을 瞑하고 默坐하고 形이 枯木과 如한지라 喜道가 卓前에서 拜伏하
야 曰 某는 此 天地의 間에서 容身할 處가 無한 窮迫한 人이니라 伏願하
건대 生佛은 特히 慈悲를 垂하사 前程의 禍福을 指示하고셔 하고 掌을
合하야 百拜하더니 旣而오 生佛이 口를 開하야 言하되 我는 卽 汝의 五寸
曾大父이라 汝를 別한지 四十年을 過한 今日에 此處에셔 相遇하니 엇지
欣幸치 아니하리오 喜道가 驚喜涕泣하야 曰 그러면 生佛이 前日 俗名으
로 某氏가 아니시잇가 答하되 然하도다 大盖喜道의 從 曾大父가 年이 十
五六歲 時에 忽然 狂疾을 發하야 一次 家를 出하야 去한 後로는 맛참니
形影이 無하더니 今에 生佛이 卽 其 人이라 喜道 曰 某는 歸할 處가 無한
窮人이온대 幸히 至親을 此에서 拜謁하게 되얏스니 此 後로 從하야 長久
히 卓下에서 侍하야 身을 終하겟나이다 生佛이 回謂하되 此는 不得하니
我가 汝로 더부러 비록 至親할지라도 道가 旣히 殊하야 留하야도 益히
無한지라 汝의 前程이 煩設치 아니하거니와 某處 某時에 某僧이 有하니
此가 卽 我의 從弟아러 汝가 此 寺에 徃하야 質問하면 可히써 吉凶을 知
하리 하고 促하야 出去하라 하니 喜道 曰 我가 來할 時에 거의 獨木橋에서
死할 번 하얏스니 今에 엇지 ᄯ다시 此 危地를 躡하리잇가 生佛이 去皮한

杖一枝를 與하야 曰 此를 杖하고 行하면 可히 無事함을 得하리라 喜道가 不得已하야 其 杖을 携하고 門을 出한즉 身이 輕하고 足이 健하야 行步가 飛함과 如하거날 平安히 獨木橋를 渡한 後에 自念하되 此 杖을 卽 成仙하는 器이니 此를 杖하고 世에 出하면 반다시 難事가 無할 것인즉 此가 實로 人間에 無한 絶寶일 것이로다 하고 及其 洞口를 出하야 一 溪를 渡할세 足이 滑하야 水中이 墮함애 因하야 杖을 放하얏더니 其 杖이 蜿蜿蜓蜓[5] 하야 空中으로 飛上하더니 곳 月海庵으로 向하야 去하는지라 喜道가 此를 見하고 茫然히 自失함을 不已하얏더라

---

5) 원본에는 '蜓蜓'으로 되어 있다. 문맥을 고려하여 '蜓蜓'으로 바로 잡았다.

33. 염희도가 주은 재물을 주인에게 돌려주고 효녀가 몸을 바쳐 은혜를 갚다 (하)

이때에 희도가 생불이 가르쳐준 곳으로 가서는 두루 찾아보니 정말 그 생불의 사촌 아우라는 스님이 있었다.

희도가 앞에 가서는 두 번 절하고 생불의 말을 전하니, 그 중이 말하였다.

"허씨(허적)는 그 사이에 이미 법에 의해 처형 되었고 한 사람도 남은 자가 없다. 또 너에게도 지금 재앙이 박두하여 뒤쫓은 포교가 장차 문에 이를 것이니 빨리 나가거라. 타고난 운수와 왕명을 거역하지는 못한다. 그러나 네가 지금 가 체포를 당한다하여도 반드시 한 귀인이 온 힘을 다하여 주선할 것이다. 모든 일이 그 귀인의 힘을 입어 자연히 무사하게 될 것이다. 차후에는 또 좋은 아내를 얻어 집안은 부요하고 자손은 번성할 것이다. 지금 가는 길이 흉은 적고 길함은 많으니 염려치 마라."

희도가 곧 행장을 꾸려 문을 나서니 서울서 온 포교가 과연 뒤를 따라와 있었다.

그리하여 희도가 스스로 나아가 포박을 당하여 경성으로 올라가게 되었다.

이때에 청성 김석주가 판금오(判金吾)[1]로 이 옥사를 담당하였다가 희도가 전에 말 값 은자 육백 냥을 길에서 주워 이것을 갖지 않고 본 주인에게 돌려 준 일을 낱낱이 임금에게 아뢰었다.

"희도의 청직한 지조가 이와 같사온 즉, 결코 흉한 역모에 간섭할 리가 없사옵니다. 용서하실 여지가 있사옵니다."

---

1) 판의금부사(判義禁府事). 의금부의 으뜸 벼슬. 품계는 종1품이다.

임금이 이에 희도를 용서하여 무죄석방하게 하였다.

희도가 옥을 나와 청성을 가서 뵙고 살려주신 은혜를 사례하니 청성이 말하였다.

"자네의 맑은 지조로 어찌 흉한 역모에 끼어들 리가 있단 말인가. 내가 자네를 힘써 구한 까닭은 자네의 특별한 지조에 감탄함이었네. 어찌 감사할 것이 있단 말인가."

그러고는 은자 이백 냥을 주어 살아가는 데 쓰게 하였다.

희도가 여러 번 사례하고 두 번 절하고 나와 그 은자로 물건을 사서 행상을 하며 팔도를 돌아 다녔다.

하루는 영남지방으로 내려가 한 곳을 지날 때였다.

한 크고 화려한 집이 있었는데 묻지 않아도 부잣집임을 알 수 있었다. 그 집 문 앞에 이르니 마침 한 어린 계집종이 나와서는 오도카니 서 있다가 희도를 보고는 물건을 사겠다고 말하였다. 그리고 인도하여 대문 안으로 들어가 또 중문으로 들어가기에 희도가 그 뜻을 알지 못하여 물으려 할 때였다.

열여덟 아홉쯤 되 보이는 아직 머리를 올리지 않은 처녀가 넘어질 듯 자빠질 듯이 급히 마루에서 내려와 맞으며 말했다.

"군자께선 제가 누구인줄 아십니까?"

희도가 의아하여 말하였다.

"나는 본래 경성 사람으로 행상하기 위하여 이곳에 온 것이거늘, 어찌 처녀를 알겠소."

그녀가 말했다.

"저는 김청성 댁의 계집종이옵니다. 아무 해 아무 달에 제 아비가 말 값을 길에서 잃어버린 것을 군자께서 습득하여 되돌려 주셨기에 제 아비가 다시 살아나실 수 있었지요. 제가 그 노복의 딸이랍니다. 그때에 서로 보지 않았습니까?"

희도가 깜짝 놀라 말하였다.

"그러면 처녀가 어떻게 하여 이곳에 사는 것이며, 또 어떻게 이처럼 부를 이룬 것이요?"

그녀가 대답했다.

"제가 그때에 군자를 따르려하였으나 그대가 완강하게 거절하셨기에 부득이 그쳤습니다. 그러나 다시 깊이 생각해보니 이 세상에서 군자께서 아비를 살리신 은혜를 갚으려면 특별한 계획을 세우지 않으면 안 되겠기에 바느질과 실을 뽑아서 천을 짜는 것을 업으로 삼아 번 값을 푼푼마다 저축하였지요. 요행히도 수백 금 되거든 이것을 드리고 또 달갑게 아내가 되려 한 것이지요. 그러나 한 번 허 상국 댁에 변란이 생긴 후로 군자의 종적을 알 길이 없어 이에 부득이 머리를 깎고 팔도를 두루 다니며 군자의 종적을 찾다가 끝내 모습이 없어 이곳에 머물러 방적으로 업을 삼았더니 오륙 년 사이에 재산이 늘어 오늘의 부요함을 이룬 것입니다. 이후로는 밤낮으로 하늘에 기도하여 군자 만나기를 빌었지요. 어젯밤에는 꿈에 신인이 나타나서 말하기를 '내일 아무 때에 네가 보고자하는 사람이 여차여차한 모양새로 문에 이를 것이다. 너는 이 기회를 잃지 말아라.'함으로 제가 아침부터 계집종을 시켜서 문에서 기다리게 하였더니, 과연 지금 상봉하게 된 것입니다. 어찌 하늘의 도움이 아니겠는지요."

그리하여 혼인을 하여 함께 살게 되었다.

희도가 늘 허적 가문이 망한 것을 슬퍼하여 재물로나마 가슴에 맺힌 원한을 풀어 버리려 하였다. 이에 전토를 팔아 서울에 올라가 수 천금을 뿌리고 백방으로 주선하였으나 마침내 뜻함을 얻지 못하였다.

그 뒤에 자손이 번성하고 집안 살림은 풍족하였으며 나이가 팔십에 이르러 삶의 끈을 놓았다. 훗날 안동 사는 김 아무개가 전(傳)을 지어[2] 풍원

---

2) 「염시도전」에는 경상북도 안동군에 사는 김경천(金敬天)이라고 되어 있다.

군(豊原君) 조현명(趙顯命, 1690~1752)[3]에게 보여주기에 풍원이 그 자손을
방문해보니, 그 자손 중의 한 사람이 장예원(掌隷院)[4]의 원역(員役)[5] 일을
보고 있었다고 한다.

三十三. 廉士獲財還本主, 孝女許身報舊恩 (下)

此時에 喜道가 生佛의 指示ᄒᆞ던 處로 徃하야 遍訪한 則 果然 其 生佛
의 從弟라는 僧이 有하거날 喜道가 이에 前에 進하야 再拜하고 生佛의
言으로써 告하니 其 僧이 謂하되 許氏는 其 間에 旣히 法에 伏하야 一人
도 遺한 者가 無하고 且 汝에게도 今에 禍機가 迫頭하야 跟捕의 校가 將
次 門에 及할 것이니 斯速히 出去하라 天數王命을 可히 逃치 못할지로다
그러나 汝가 此 行에 逮捕를 被할지라도 반다기 一 貴人이 有하야 極力으
로 周施할 터인즉 全혀 其 貴人의 力을 賴하야 自然히 無事한대로 歸할지
오 此 後에 又 佳耦를 得하야 家計가 富饒하고 子孫이 繁盛하리니 今의
此 行이 凶은 少하고 吉이 大할지니 疑慮치 말지어다 喜道가 곳 行李를
束하야 門에 出하니 京捕校가 果然 跟捕ᄒᆞ려 來ᄒᆞ거늘 因ᄒᆞ야[6] 捕縛에
自就하야 京城으로 上하얏더니 時에 淸城이 判金吾로써 此 獄에 當하얏
다가 喜道가 前日에 馬價 銀子 六百兩을 路上에서 拾得하야 此를 取치
아니하고 本主에게 歸한 事로써 一一히 榻前에 奏達하야 曰 喜道의 淸直
한 志操가 如此 하온즉 決코 凶逆의 謀에 干涉할 理가 無하오니 容貸할
餘地가 有하나이다 上이 이에 喜道를 原하야 白放케 하시니 喜道가 獄에
出하야 淸城을 徃見하고 其 救活한 恩을 謝한대 淸城 曰 汝의 淸白志操

---

3) 본관은 풍양(豊壤), 자는 치회(稚晦), 호는 귀록(歸鹿) 또는 녹옹(鹿翁)이다. 숙종 45년(1719)
  문과에 급제하여 영의정, 영돈녕부사 등을 지냈다.
4) 노비의 부적(簿籍)과 소송에 관한 일을 관장하던 정3품 관청.
5) 벼슬아치 밑에서 일하던 구실아치. 아전(衙前).
6) 원본에는 '야ᄒᆞ'로 되어 있다. 'ᄒᆞ야'로 바로 잡았다.

로써 엇지 凶逆에 叅涉할 理가 有하리오 我가 汝를 爲하야 力救한 바는 汝의 特別한 志操를 欽嘆함이니 엇지 足히 謝할 바ㅣ 有하리오 하고 因하야 銀子 二百兩을 與하야 衣食의 資를 作케 하니 喜道가 僕僕히 拜謝하고 出하야 其 銀子로써 物貨를 貿易하야 八道로 行商할식 一日은 嶺南으로 下하야 一 處를 過한 時 一大 華麗한 屋宇가 有한대 問아니하야도 可히써 其 富豪의 家임을 知하겟더라 其 門前에 到한 則 맛참 一 童婢가 出하야 佇立하얏다가 喜道를 見하고 物貨를 買하겟다는 言을 告하고 導하야 大 門의 內로 入하고 又 導하야 中門의 內로 入하어날 喜道가 其 意를 莫知 하야 將次 問하려 할 際에 十八九歲된 一 未筓의 處女가 顚之倒之하면서 急히 堂에 下ᄒ야 迎하야 曰 君子는 我가 誰某인줄 知하시나잇가 喜道가 訝하야 曰 我는 本來 京城의 人으로 行商하기 爲하야 此處에 至하엿거날 我가 엇지 處女를 知하겟나뇨 其 女 曰 某는 卽 金淸城 宅의 童婢이온대 某年某月에 我父가 馬價를 路上에서 遺失한 것을 某時 君子가 拾得하야 此를 返還하얏슴으로 我父가 再生함을 得하얏스니 我가 卽 其 奴子의 女 이라 伊時에 相面치 아니하야나잇가 喜道가 愕然하야 曰 그러면 處女가 如何히 하야 此處에서 居住하며 又 如何히 하야 此와 如히 富饒를 致하얏 나뇨 女가 對하되 妾이 其 時에 君子를 從하려하얏스나 君子가 頑拒하심 으로 不得已 中止하얏스나 更히 熟思한 則 此生 此世에 君의 活父한 恩을 報하려면 特別한 計畫을 立치 안히하야셔는 不可함으로 裁縫 其 他紡織 의 業으로써 分分마다 貯蓄하야 幸히 數百金이 되거든 此로써 納하며 又 箕箒의 妾을 甘作하려하얏더니 自許 相國宅에 變亂이 生한 後로 君子의 宗跡이 渺然함으로 이에 不得已 髮을 削하고 人道를 遍行하야 君子의 蹤 跡을 尋하다가 맛참니 形影이 無함으로 此 地에 到하야 紡績으로써 業을 爲하얏더니 五六年間에 財産이 繁殖하야 今日에 富饒를 致하얏는대 此 後로는 晝夜로 天에 禱하야 君子를 逢하기를 禱天하얏더니 昨夜의 夢에 神人이 來言하되 明日 某時에 汝의 見코져 하는 人이 如此 如此 한 樣子 로써 門에 至하리니 汝는 此 機를 失치 말나 함으로 妾이 早朝부터 婢子로 하여금 門에 候케 하얏더니 果然 今日에 相逢함을 得하얏스니 엇지 天이

아니리오 하고 因하야 作配居生하니라 喜道가 每樣 許家의 亡함을 悲痛
하야 財貨로써 伸雪하기를 圖하야 이에 田土를 賣하고 京城에 上하야 數
千金을 散하고 百方으로 周施하얏스나 맛참니 意와 如함을 得치 못하얏
더라 其 後에 子孫이 繁盛하고 家計가 豊足하며 壽가 八十에 至하야 終하
니라 其 後에 安東 金生某가 傳을 作하야 趙豊原顯命에게 示하니 豊原이
其 子孫을 訪問한 즉 其 子孫 中의 一人이 掌隷院 員役을 帶하얏다 云하
니라

34. 태수놀음을 한 다섯 처녀 시집을 가고 목사의 선정에 군에서 송덕비를 세우다 (상)

연원(延原) 부원군(府院君) 이광정(李光庭, 1552~1627)[1]이 경기도 양주(楊州) 고을의 목사일 때, 매 한 마리를 기르고 사냥꾼을 시켜서 늘 사냥을 나가게 하였다.

하루는 사냥꾼이 사냥을 나갔다가 매가 놓여 고을 밖에 사는 이 좌수(座首)네 문 밖 큰 나무 위에 앉았다. 사냥꾼이 그 집 문 앞에 가서 간신히 매를 불러 팔에 앉힌 후에 돌아오려고 하는데 갑자기 그 집 안에서 여러 사람이 시끄럽게 왁자지껄하는 소리가 났다.

사냥꾼이 울타리 틈으로 엿보니 그 집에 다섯 명의 처녀가 있는데 모두 아주 세차고 굳세어 건장한 사내와 같았다. 그 중에 한 처녀가 명령을 내렸다.

"오늘은 마침 조용하니 태수놀이를 하는 것이 어떠하냐?"

네 명의 처녀가 소리를 함께하여 응낙하였다.

서른 살가량 된 큰 처녀가 돌 위에 높이 앉아 태수의 모양새를 하고는 그 아래 여러 처녀는 각자 차례로 줄을 지어 혹은 형방(刑房)[2]이 되고 혹은 좌수(座首)[3]가 되고 혹은 급창(及唱)[4]이 되고 혹은 사령(使令)이 되어 얼굴

---

1) 본관은 연안(延安), 자는 덕휘(德輝), 호는 해고(海皐). 1590년(선조 23) 진사에 합격한 후 여러 관직에 올랐으며, 1604년 연원군(延原君)에 봉해졌고, 이어 보국숭록대부(輔國崇祿大夫)에 올라 부원군(府院君)에 진봉(進封)되었다. 1626년(인조 4) 개성부유수(開城府留守)가 되었으나 이듬해 정묘호란 때 강화에 들어가 병사했다. 「노파지오락(老婆之五樂)」과 같은 우언을 지어 세상을 풍자하기도 하였다.
2) 지방 관아에 속한 육방 가운데 형전(刑典)에 관한 일을 맡아보던 부서.
3) 지방의 자치 기구인 향청(鄕廳, 留鄕所 또는 鄕所)의 가장 높은 직임(職任).
4) 관아에서 부리던 사내종.

을 대하고 서서는 태수의 명이 내리기를 기다렸다.

태수처녀가 위풍이 늠름하며 높은 소리로 영을 내렸다.

"이 죄수를 즉시 잡아들여라."

형방처녀가 급창처녀를 불러 명령을 내리고 급창처녀가 사령처녀를 불러서는 분부하니 사령이 명령을 받들어 죄수처녀를 붙잡아서는 뜰아래에 무릎을 꿇렸다.

태수처녀가 노기를 띠어 높은 소리로 그 죄를 하나하나 따져 물었다.

"네가 네 죄를 아느냐?"

죄수처녀가 두려워 벌벌 떨며 겁이 나서 소리를 내지 못하고 숨을 죽여 대답했다.

"사또의 엄명을 아래에서 어찌 감히 속이겠습니까마는 소인이 어떠한 죄를 범하였는지 소인은 실로 자세히 알지 못하겠나이다."

태수처녀가 크게 성을 내어 말했다.

"사리에 어두운 상사람이 아직도 그 죄를 자복하지 않으니 심히 이상스럽고 놀랍구나. 대저 혼인이라 하는 것은 사람의 큰 윤리이다. 그러므로 남자로서는 아내 두기를 원하며, 여자는 그 가장 두기를 원하는 것 아니냐. 이것이 하늘의 이치요, 사람의 본성에 당연한 것이다. 그런데 너는 이미 다섯이나 되는 딸을 두고 그 막내딸이 이미 혼기를 지나쳤으니, 그 장녀 이하의 나이를 알만하구나. 네가 진실로 사람의 마음을 지닌 자라면 이와 같이 막중한 사람의 큰 윤리를 막지 말아야 하거늘, 다섯 딸들이 시집 갈 때를 놓치도록 아직도 사윗감을 택하지 않는단 말이냐?"

죄수처녀가 "예예!" 하며 죄를 순순히 인정하고 고개를 숙이고 엎드려 대답했다.

"제가 비록 불사(不似)하오나 어찌 인륜의 중함을 모르겠습니까. 그러나 제 딸아이가 한 둘이 아닌 이상 사방으로 혼처를 구하였으나 신랑감으로 마땅한 자가 없었습니다. 혹 뜻이 맞는 곳이 있다할지라도 집안 형편이 넉넉지 못하여 청혼하는 자가 없어 차츰차츰 세월이 흘러 오늘까지 미루게 된 것이지 제가 성의 없어서가 아닙니다."

태수처녀가 분부하였다.

"네가 감히 궤변을 마음대로 늘어놓는구나. 대저 혼인이라 하는 것은 이른바 '칭가유무(稱家有無)'[5]로 그 집안 형편이 어떠한가에 달린 것이다. 집안 형편이 어려우면 한 모금의 물을 떠 놓고 혼례를 치른다 할지라도 하등 불가함이 없거늘 네가 또 마땅한 신랑감이 없다고 하였으나 만약 정성을 다하여 널리 구한다면 이른바 '하늘 아래 짝 없는 것은 없다'란 격으로 어찌 마땅한 배우자가 없음을 걱정하겠는가. 내가 여기저기 알아본 바로는 아무 동리의 송 좌수(座首) 오 별감(別監)과 또 아무 곳의 정 좌수(座首) 김 별감(別監) 최 향장(鄕長)[6] 집에 모두 장성한 신랑감들이 있다하니 이들로 다섯 딸의 짝을 지어주거라. 저들은 너희 집과 지추덕제(地醜德齊)[7]하니 네가 성심으로 이 집안에 혼인할 뜻을 전한 후에 이어 네 다섯 딸을 출가시킨다면 자식의 부모된 자로서 직분을 다한 것이 아니겠느냐?"

좌수처녀가 대답했다.

"제가 마땅히 분부를 받들어 혼인할 뜻을 전하겠으나 반드시 제 집이 가난하여 기꺼이 따르지는 않을 성싶습니다."

태수처녀가 꾸짖었다.

"너의 정성이 어떠한가에 달려있는 것이지 어찌 뜻대로 안될 리가 있으며 또 아무 아무 곳에 청 들어주기를 부탁한다면 반드시 도움을 얻을 것이다. 그런데 너는 이런 행동엔 나서지 않고 다만 가난하다고만 핑계를 대고 있으니 네 성의가 없음을 알겠다. 네 죄는 마땅히 태형(笞刑)[8]감이나

---

5) 집의 형세에 따라 일을 알맞게 함.
6) 향청(鄕廳)의 우두머리. 고종 32년(1895)에 좌수(座首)를 고친 명칭이다.
7) 상대되는 두 집안의 문벌이나 덕망이 서로 같음.
8) 오형 가운데 죄인을 작은 형장으로 볼기를 치던 형벌.

아직은 너그럽게 용서하여 석방하니 속히 혼인을 정하여 예식을 치르도록 하라. 만약 그렇지 않으면 마땅히 엄한 형벌에 처할 것이다."

그러고 잡아서 끌어 낸 뒤에 다섯 처녀가 손바닥을 치며 깔깔대며 웃었다.

사냥꾼이 이것을 보고 돌아가 저러 이러한 내용을 연원 이광정에게 고하였다.

연원이 크게 웃고 호조의 아전을 불러 이 좌수의 내력을 자세히 물었다.

그러고는 가짜태수놀음으로 진짜태수의 일을 처리하기로 하였다.

三十四. 太守戲五女出嫁, 牧使政一郡頌德(上)

延原府院君 李光庭이 楊州 牧使가 되야슬 時에 鷹을 養하고 獵夫로 하야금 尙히 山獵을 行케 하더니 一日은 獵夫가 野에 出함애 鷹이 逸하야 邑外에 居하는 李座首 門外 大橋 上에 坐하얏거날 獵夫가 其 門前에 造하야 艱辛히 鷹을 呼하야 臂한 後에 將次 復路하려 하더니 忽然 其 家 籬內에셔 多數人의 喧囂하는 聲이 出거날 獵夫가 籬隙으로 偸視하니 其 家에 五個 處女가 有하야 豪健하기 모다 壯男과 如한지라 其 中에 一 處女가 令을 發하되 今日에는 맛참 從容하니 太守戲를 作함이 何如하뇨 其 下 四人의 處女가 聲을 齊하야 應諾하니 其 中에 三十歲 假量된 大 處女가 有하야 石上에 高坐하야 太守의 樣姿를 作하고 其 下 諸處女는 各히 次序로써 或은 刑房이 되고 或은 座首가 되고 或은 及唱이 되고 或은 使令이 되야 太守의 發令하기를 待하더니 旣而오 太守處女가 威風이 凜凜하며 高聲으로 令을 出하되 李座首를 卽刻으로 拿入하라하니 刑房 處女가 及唱處女를 呼하야 傳令하고 及唱處女가 使令處女를 呼하야 分付하니 使令이 令을 承하고 座首處女를 捉下하야 庭下에 跪케 하니 太守 處女가 怒를 帶하고 高聲으로 其 罪를 數하야 曰 汝가 汝罪를 知하나뇨 座首가 惴惴 屏息하며 對하되 使道嚴明의 下에 엇지 敢히 欺罔[9]하리잇가

마는 小人이 如何한 罪를 犯하얏는지 小人은 實로 不審이로소이다 太守
處女가 大怒하되 頑冥한 小民이 尙히 其 罪를 服치 아니하니 甚히 痛駭[10]
하도다 大抵 婚姻이라 하는 것은 人의 大倫이라 故로 男子로셔는 其 有室
하기를 願하며 女子로셔는 其 有家하기를 願하는 것이 此가 天理人情에
當然한 것이라 그런대 汝는 旣히 五個의 女를 有하야 其 季女가 旣히 婚
期를 過하얏슨 則 其 長女以下의 年을 可知할지라 汝가 苟히 人心을 有한
者이고보면 如斯히 莫重한 人의 大倫을 廢하야 汝의 五個 女兒로 하야금
過年失時하도록 尙히 擇嫁치 아니할 슈 잇겟나뇨 座首처녀가 唯唯이 服
罪하며 이에 俯伏하야 對하되 民이 비록 不似하오나 엇지 人倫의 重함을
不知하리잇가 그러나 民이 家計가 亦貧하야 婚具를 辦備할 道가 無하오
며 又 民의 女兒가 一二人이 아닌 以上에 四處로 求婚하오나 郞材가 쏘한
含意한 者가 無하며 合意한 處가 有할 지라도 家勢의 不贍[11]으로써 請[12]
婚하는 者가 無함으로 荏苒今日까지 延拖된 것이오며 民의 誠意가 無한
것은 아니로소이다 太守處女가 分付하되 汝가 敢히 詭辯을 逞하는도다
大抵 婚姻이라 하는 것은 所謂 稱家有無로 其 程度如何에 依할지니 汝의
家勢가 貧하다하면 勺水로써 成禮한다 할지라도 何等不可함이 無할 것이
며 汝가 又 郞材가 合意한 處가 無하다 하니 汝가 萬若 誠心으로써 廣求
할진대 所謂 天下에 無不對란 格으로 엇지 相當한 配偶가 無함을 憂할
것이리오 我의 探問한 바로써 하면 某里의 宋座首 吳別監과 又 某地의
鄭座首 金別監 崔鄕長家에 모다 長成한 郞材가 有하다 하니 此로써 汝의
五女의 伉儷를 可作할지라 彼等이 旣히 汝로 더부러 地醜德齊한 터인 則
汝가 誠心으로 此에 通婚한 後에 次第로써 汝의 五女를 出嫁케 할진대
一方으로는 汝가 人의 父가 된 本職을 盡함이 아니겟나뇨 座首가 對하되
民이 막참 當히 分付에 依하야 這這히 通婚하겟스오나 必然 民의 家貧으

9) 원본에는 '岡'으로 되어 있다. 문맥을 고려하여 '囧'으로 바로 잡았다.
10) 원본에는 '骸'로 되어 있다. 문맥을 고려하여 '駭'로 바로 잡았다.
11) 원본에는 '瞻'으로 되어 있다. 문맥을 고려하여 '贍'으로 바로 잡았다.
12) 원본에는 '評'으로 되어 있다. 문맥을 고려하여 '請'으로 바로 잡았다.

로써 肯從치 아니할가 하나이다 太守가 叱하되 汝의 誠意所在에 엇지 不
諧할 理가 有하며 又 某某處에 請囑을 爲할진대 반다시 其 援助를 得할지
니 汝가 此 擧에 出치 아니하고 徒히 家貧으로써 稱託함은 汝의 誠意가
無함을 可知라 汝罪가 當笞할지나 今에 尙히 十分 寬宥하야 放送하노니
斯速히 定婚하야 行禮하라 不然하면 當이 嚴刑에 處하리라 하고 因하야
拿出한 後에 五個 女가 이에 掌을 하고 大笑하는지라 獵夫가 此를 見하고
歸하야 其 狀으로써 延原에게 告하니 延原이 大笑하고 戶吏를 召하야 李
座首의 來歷을 詳問한 後에 將次 假太守戲로써 眞太守의 處置에 出하기
로 하얏더라

34. 태수놀음을 한 다섯 처녀 시집을 가고 목사의 선정에 군에서 송덕비를 세우다 (하)

이 좌수는 전 목사 때에 우두머리 향원(鄕員)을 일찍이 지낸 사람으로 나이 오십에 아들은 없고 다만 딸만 다섯을 두었다. 그러나 집이 가난하여 다섯 딸 모두 시집보내기에 알맞은 시기를 놓쳐버린 지가 이미 오래되었지만 아직도 혼인시키지 못하였다.

연원이 이에 예조의 아전에게 명하여 이 좌수를 불렀다.

오래지않아 이 좌수가 와서 뵙거늘 연원이 말하였다.

"그대가 전에 일찍이 좌수를 지냈기에 읍의 일에 관하여 상의하려 불렀다네."

그러고는 그 자녀의 수를 물으니 이 좌수가 대답했다.

"저의 운명이 기구하여 아들 하나 낳지 못하고 다만 쓸데없는 딸아이만 다섯을 두었나이다."

공이 물었다.

"이 딸아이 다섯은 모두 시집을 보내었소?"

대답했다.

"하나도 아직 혼례를 치루지 못하였나이다."

공이 거짓으로 놀라는 체하였다.

"금년에 각각 나이가 얼마나 하는데 아직도 시집을 보내지 않았단 말이오?"

대답했다.

"막내딸의 나이가 이미 때를 넘겼사오나 집안 형편이 빈한하여 아직까지 정혼치 못하였나이다."

공이 이에 사냥꾼에게 전해들은 대로 태수처녀가 신문하던 것처럼 똑

같이 물으니, 대답이 좌수처녀의 말과 털끝만큼도 차이가 없었다. 공 또한 태수처녀의 말과 같이 아무 동리, 아무 좌수, 별감의 아들을 죽 나열하며 말하였다.

"저 사람들은 모두 그대와 문벌이 서로 비슷하고 또 신랑감으로 취할만한데 어찌 이곳에 혼인을 청하지 않는 게요."

이 좌수가 대답했다.

"이것이 과연 저의 뜻에도 적합하오나 집안 형편이 몹시 가난함으로 저들이 받아들이지 않을 듯하여 감히 입을 열지 못하였나이다."

공이 말하였다.

"이 일은 내가 마땅히 중간에 서서 도끼자루[1]를 쥔 기세를 가질 것이오."

그리고 즉시 예방(禮房)의 구실아치로 하여금 다섯 곳에 사람을 급히 보내어 관청의 명령으로 다섯 명을 불러오게 하였다.

다섯 사람이 모두 명에 응하여 곧 도착하였다.

공이 각자 한 사람씩 이어 물었다.

"그대의 집에 신랑감이 있다는데 정말이며, 모두 혼례를 마쳤는가?"

다섯 사람이 대답했다.

"저희들의 아들이 과연 장가들 나이가 되었으나 아직 입에 맞는 떡이 없어 지금 사방으로 널리 구하는 중에 있나이다."

공이 말하였다.

"내가 들으니 아무 동리, 아무 좌수 집에 다섯 명의 딸이 있어 표매(標梅)[2]의 때에 미쳤다하네. 어찌 이곳과 소통하여 혼인을 시켜 두 집의 정의

---

1) "도끼자루" 운운은 원효가 요석공주를 맞이하기 위해 부른 설화에서 빌려 온 듯하다. 원효의 시는 다음과 같다.
  "누가 자루 없는 도끼를 빌려 주게 내 하늘을 떠받칠 기둥을 찍을 걸세(誰許沒柯斧 我斫支天柱)."
2) 잘 익어서 떨어진 매실이라는 뜻으로, 혼기가 지난 여자를 이르는 말.

를 맺지 않는 게요."

다섯 사람이 서로 돌아보며 주저주저하며 응낙의 빛이 보이지 않았다.

공이 이에 엄한 태도로 얼굴빛을 바로잡으며 말하였다.

"이쪽도 향족(鄕族)[3]이며 저쪽도 향족 아닌가! 집안이 서로 맞아 어느 쪽으로 저울대가 기우는 것이 없거늘, 그런데도 그대들이 저 집안과 혼인 하려하지 않는 것은 다만 빈부를 비교하여 그러함이라. 그대들이 어찌 '혼인에 재물을 논하는 것은 오랑캐 방법'[4]이라는 말을 듣지 못하였단 말인가. 대저 혼인을 맺음에 오직 신랑감과 아내의 덕이 어떠한가만 있을 것이오. 어찌 부한 뒤에라야 취하며 가난한 자라하여 버린단 말인가. 그러면 가난한 집의 딸은 장차 관례를 하기 전에 길게 땋아 늘어뜨린 머리 채로 늙어 죽어야 한단 말인가? 내가 이 일에 대하여는 도끼자루를 만들려하네. 이미 말을 꺼낸 터에 그대들이 어찌 감히 나의 말을 거역하겠단 말인가!"

다섯 사람이 이에 감히 한 마디도 반대를 하지 못하고 "예예!" 연원의 말에 순순히 따랐다. 공이 곧 종이를 꺼내서는 다섯 명의 앞에 놓으며 각기 그 아들의 사주(四柱)를 쓰게 한 후에 신랑감 나이가 많고 적음에 따라 처녀의 차례를 정하였다. 그리고 술과 음식을 대접하고 또 각자 모 시 한 필씩 주며 말하였다.

"이것으로 도포(道袍)[5]를 지을 비용이나 삼게나."

또 분부하였다.

"다섯 처녀의 혼수 비용은 관가 비용에서 지급할 것이니 이 좌수네는 염려치 마시게."

그리고 곧 좋은 날을 택하니 그 날이 며칠 사이에 있었다.

---

3) 좌수나 별감 따위의 향원(鄕員)이 될 자격이 있는 집안.

4) 『명심보감』 「치가편」에 보이는 문중자의 말이다. 원문은 "婚娶而論財 夷虜之道也"이다.

5) 예전에, 통상 예복으로 입던 남자의 겉옷. 소매가 넓고 등 뒤에는 딴 폭을 댄다.

베와 비단, 돈과 쌀을 보내어 혼수를 마련하게 하고 병풍과 늘어놓는 여러 가지 것들도 관가에서 마련하여 준 후에 공이 당일 친히 이 죄수 집에 갔다.

다섯 개의 탁자를 마당 한가운데 죽 벌여놓고, 다섯 신랑과 다섯 신부로 하여금 동시에 예를 행하게 하였다. 구경꾼들이 담을 친듯하였고 모두 이 목사가 좋은 일을 한 것을 두고 감탄하였다. 또 한 군의 사람들이 모두 그 덕을 칭송하며 모든 사람들이 그를 기리는 비를 세웠다.

옛사람의 이른바 '안으로 원망하는 여인이 없었다(內無怨女)'[6]는 정치라 하였으니, 실로 공이 바로 그러한 정치를 한 사람이라 하겠다.

三十四. 太守戱五女出嫁, 牧使政一郡頌德 (下)

李座首는 前 牧使 時에 首鄕을 曾經한 人인대 年이 五十에 子가 無하고 다만 五女를 有하얏스나 家가 貧함으로 五女가 모다 桃夭의 期를 失한 지 已久하도록 尙히 結婚치 못하얏더라 延原이 이에 禮吏를 命하야 李座首를 召하니 未幾에 李座首가 來謁하거늘 延原이 謂하되 君이 前日에 曾히 首鄕을 經하얏다 하기로 邑事에 關하야 相議할 事가 有하야 召하얏노라 하며 因하야 其 子女의 數를 問하니 李座首가 對하되 民의 命途崎嶇하야 一子도 育치 못하고 다만 無用의 五個 女兒를 有하얏나이다 公이 問하되 此 五女는 俱히 婚嫁를 하얏나요 對하되 一도 아즉 成婚치 못하얏나이다 公이 佯驚하며 問하되 今年이 各各 幾何이건대 尙히 出嫁치 못하얏나뇨 對하되 季女의 年이 旣히 時를 過하얏사오나 家勢의 貧寒으로 尙今까지 定婚치 못하얏나이다 公이 이에 頃者 獵夫의 傳하든 바에 依하야 太守

6) 『맹자』 「양혜왕」 하 제5장에 보이는 말로 태평시절을 말한다. 원문은 "그때에는 안으로 원망 하는 여인이 없었고 밖으로 홀아비가 없었던 것입니다(當是時也, 內無怨女, 外無曠夫)."라고 되어 있다.

處女의 訊問하든 體로 一一히 끄하니 答하는 바가 座首處女의 答하든 바와 小毫도 差異가 無한지라 공이 쏘한 太守處女의 言과 如히 某里 某座首 別監의 子를 歷數하며 曰 彼等은 皆君으로 더브러 門地가 旣히 相同하고 又 郎材가 可取할 만하니 엇지 此에 婚을 請치 아니하나뇨 李座首가 對하되 此가 果然 民의 意도 適合하오나 民의 家勢가 赤貧함으로 彼 等이 肯치 아니할 듯 하기로 敢히 口를 開치 못하얏나이다 公이 謂하되 此 事는 我가 맛당히 居間이 되야 柯斧의 勢를 執하리 하고 卽時 禮吏로 하야금 五處에 人을 馳하야 官令으로써 五人이 皆令에 應하야 卽 至한지라 公이 各히 一을 逐하야 問하되 君家에 郎材가 有하다 하니 果然이며 又 모다 成娶를 畢하얏나뇨 五人이 對하되 民 等의 子가 果然 冠年에 達하얏사오나 아즉 適口의 餠이 無하야 方今 四處로 廣求하든 中에 在하나이다 公이 謂하되 我가 聞하니 某 里 某 座首家에 五人의 女가 有하야 漂梅의 時에 及하얏다하니 엇지 此에 通하야 秦晋의 誼를 結치 아니하나뇨 五人이 相 顧躊躇하며 應諾의 色이 現치 아니하거날 公이 이에 嚴厲한 態로써 色을 正히하며 曰 此 도 鄕族이며 彼도 鄕族으로 門戶가 相適하야 權衡을 失함이 無하거날 君輩가 彼와 結婚하기를 不欲하는 바는 다만 貧富를 較하야 然함이라 君輩가 엇지 『婚姻에 財를 論함은 夷虜의 道』라는 言을 聞치 못하얏나요 大抵 婚姻을 結함에 오즉 郎材와 婦德의 如何를 取할 것이니 엇지 富한 者라야 此를 取하며 貧한 者라 하야 此를 捨하리오 그러면 貧家의 女는 將次 編髮로 老死함이 可할가 我가 此 事에 對하야는 作柯하려 하니 我가 旣히 發論한 터에 君 等이 엇지 敢히 我의 言을 逆하리오 五人이 此에 至하야 敢히 一言의 反對를 出치 못하고 唯唯히 服從하는지라 公이 이에 五幅簡紙를 出하야 五人의 前에 置하며 各히 其 子의 四柱를 書케 한 後에 其 年紀의 多少를 隨하야 處女의 次第를 定하고 因하야 酒食을 饋하고 又 各히 苧布一疋을 與하야 曰 此로써 道袍의 資를 爲하라 하고 又 分付하되 五處女의 婚具는 官費로써 支給할 터이니 本家는 慮치 말나하고 곳 吉日을 擇하니 期가 數日 間에 在한지라 이에 布帛錢을 送하야 婚具를 備케 하고 屛幛舖陳의 屬도 官으로부터 備給한 後에 公이 當日

에 親히 李座首 家에 詣하야 五卓을 庭中에 列하고 五郎五女로 하야금
一時에 行禮케 하니 觀者가 堵와 如하야 모다 李牧使의 積善한 事를 欽嘆
하며 又 一郡의 人이 모다 其 德을 頌하야 萬口가 碑를 成하얏는대 古人
의 所謂 內無怨女의 政은 實로 公으로써 其 人이라 謂하더라

35. 혼인날 큰 범이 문으로 들어오고 장가든 날 밤에 신랑을 구한 부인

그리 오래되지 않은 옛날 충청도에 한 선비가 있었다.

아들 혼사를 인근 읍 육십 리 되는 곳에서 치를 때였다. 신랑이 초례를 막 마치고 그날 밤에 신방에 들어가 신부와 마주 앉았다가 부부의 즐거움을 나누려 이불로 막 들어가려 할 때였다. 이때 시각은 꼭 한밤중 자정이었다.

사방은 적막하고 밤이 깊어 아무 소리 없이 아주 고요하였다. 갑자기 벼락 치는 소리가 나고 후문이 부서지며 돌연 한 커다란 범이 나타났다. 범이 포효하며 바로 눈앞에 당도하더니 신랑을 물고는 가버렸다.

신부가 크게 놀라 어찌할 바를 모르다가 급히 일어나서 범의 뒷다리를 잡고는 놓지 않았다. 그러나 범의 힘이 대단하여 털끝만큼도 굽힘없이 뒷산으로 치올라 가는데 마치 나는 듯 했다. 신부가 죽기를 각오하고 범의 다리를 잡은 그대로 매달려 갔다. 암벽의 위험스런 곳과 구릉의 높고 낮음을 헤아리지 않았으니, 옷이 찢어지고 머리카락이 풀어헤쳐져 온몸이 피를 뒤집어 쓴 듯 하였다. 흘러나오는 피가 흘러 흥건하였는데도 여전히 놓지 않고 몇 천리를 가니 범도 기운이 다하였는지 신랑을 풀언덕 위에 버리고는 달아났다.

신부가 겨우 정신을 수습하고 두 손으로 신랑의 몸을 문질렀지만 한식경이 지나도록 아직도 정신을 차리지 못하였다. 오직 명문(命門)[1]에만 따뜻한 기운이 있을 뿐인데, 캄캄한 산속에 인가도 찾을 도리가 없어 땅을

---

1) 또는 명치. 생명의 문(門) 또는 생명의 근본이라는 뜻으로, 오른쪽 콩팥을 이르는 말.

치고 통곡하면서 어찌할 바를 알지 못하였다. 홀연 바위 아래 숲 나무들 사이로 은은한 불빛이 희미하게 비치어 신부의 두 눈이 밝게 빛났다.

신부가 이곳에 인가가 있음을 알고 또 범이 이미 멀리 간 것을 헤아려, 곧 작은 길을 찾아서 내려가니 과연 사람 사는 집이 있었다. 바깥채에는 여러 사람이 이야기하는 소리가 들리거늘 신부가 뛸 듯이 걸음을 옮겨 급히 문을 밀치고 들어갔다.

마침 예닐곱 명이 마주앉아 술을 마시고 있는데 술안주와 과일이 어지럽게 흩어져 있었다. 갑자기 신부가 들어오는 것을 보니 몸에는 옷을 하나도 안 걸치고 머리카락은 어지럽게 흩어졌으며 온 얼굴에 칠한 분가루는 붉은 피로 변하여 사람도 아니요 귀신도 아니며, 또 사람도 같고 귀신도 같은지라 여러 사람이 크게 놀라 땅에 엎드렸다.

신부가 여러 사람을 일으키며 말하였다.

"나는 사람이오. 귀신이 아니니 여러분은 모두 놀라지 마십시오. 이 집 산 뒤에 범에게 화를 당한 사람이 지금 사생을 넘나들고 있습니다. 여러분께서 급히 이 죽으려는 사람을 살려 주시면 이 세상에서 응당 은혜를 꼭 갚겠습니다."

여러 사람들이 이 말을 듣고 바야흐로 정신을 추스르고 진정한 후에 모두 불을 들고는 급히 산에 올라가 보니, 과연 한 소년이 땅 위에 쓰러져 누워 있는데 유혈이 낭자하며 숨소리는 거의 다하였다.

즉시 이 사람을 짊어지고 내려와 주인집으로 들어가 구하려 할 때에 생긴 모양을 자세히 살펴보니, 즉 그 집 주인의 맏아들이었다. 주인 이하가 크게 놀라 급히 약이 되는 음식물을 써서 입에 흘려 넣으니 잠깐 있다가 비로소 숨을 돌리며 정신이 돌아왔다.

온 집안 식구들이 크게 기뻐하여 환호성을 지르니 온 집안이 떠들썩했다. 그 집은 과연 신랑 본가였다. 아버지가 아들을 처갓집으로 보내고 그 다음날 밤에 인근 동리에 있는 친한 벗들을 불러 술을 마시던 참이었다. 천만 뜻밖에도 그 아들이 범에게 물려가게 되었고 또 뜻밖에 아들을 구하게 된 것이다. 또 오륙십 리나 떨어진 혼인집에서 화를 만나, 다시 오륙십 리나 떨어진 친가에서 화를 면하게 된 것은 실로 기이한 가운데에도 기이한 일이다.

그 주인집은 비로소 그 여자가 신부임을 알고, 한편으론 놀랍고 다른한 편으로 기뻐하며, 집안으로 끌어들여 의복을 바꾸어 입히게 하고 약을 주어 몸에 난 상처를 치료한 후에 사건의 전말을 물어보았다.

신부가 처음부터 끝까지 세세히 이야기하니 그 시아버지와 시어머니 이하 일가 사람들이 모두 놀라고 탄식하며 또 이웃 마을의 여러 사람들이 그 신부의 지극한 정성과 높은 절개를 크게 외쳐 칭찬하지 않는 자가 없었다.

이때 신부의 집에서는 막연히 알지 못하다가 날이 밝은 뒤에야 비로소 대소동이 일어났다. 즉시 마을 안의 건장한 사내 수십 명을 뽑아 산속 탐색대를 편성할 즈음에 신랑 집에서 특별히 사람을 보내었다. 나는 유성처럼 회오리바람 같이 이르러 신랑신부가 탈 없이 잘 있음을 알리니 신부집 내외가 이에 크게 기뻐하였다. 두 집안이 모두 한 곳에 모여 큰 잔치를 열고 인근 마을의 여러 사람을 모아 기쁨을 다하고 잔치를 파하였다.

마을의 대표자는 이 일을 관가에 알리어 그 신부를 포상하였다.

三十五. 奠雁日大虎入門, 季禽夕新娘救夫

近古時代에 湖中에 一 士人이 有하야 子婚을 隣邑 六里되는 地에 行할세 新郎이 醮禮를 罷하고 當夜에 新房에 入하야 新婦로 더브러 對坐하얏다가 將次 雲雨의 衾으로 入하러 할 際에 此時는 正히 三更時分이라 四顧寂寥하고 萬籟가 俱寂한대 忽然 一聲霹靂에 後門이 破碎하며 突然히 一 大虎가 有하야 咆哮當前하더니 新郎을 噉하야 去하는지라 新婦가 大驚

하야 蒼黃히 急起하야 이에 虎의 後脚을 抱하고 舍치 아니하얏스나 虎가
力이 大하야 小毫도 屈치 아니하고 後山으로 上함애 其 行이 如飛한지라
新婦가 限死하고 虎脚을 抱한 그대로 隨去하야 巖壁의 危險과 邱陵의 高
下를 計치 아니하고 衣裳이 破裂하고 頭髮이 紛散하며 全身이 血을 被함
과 如하야 流血이 淋漓하되 尚히 止치 아니하고 幾十里를 行하더니 虎도
쏘한 氣가 盡하야 이에 新郎을 草岸의 上에 棄하고 走하는지라 新婦가
겨우 精神을 收拾하야 兩手로써 新郎의 身體를 按撫한지라 食頃에 尚히
人事를 省치 못하고 오즉 命門에 溫氣만 有할 뿐인대 半夜山中에 人家가
無하야 可救할 道가 無함애 地를 叩하고 痛哭하야 其 所措를 莫知하더니
忽然 岸下樹林의 間으로부터 隱然히 火光이 微露하야 新婦의 雙眼을 炯
然케 하는지라 新婦가 此에 人家가 有함을 知하고 又 虎行이 旣遠함을
度하고 곳 小逕을 尋하야 下한 則 果然 人家가 有하며 其 外舍애는 數人
의 談話하는 聲이 聞하거날 新婦가 躍然히 步하야 急히 門을 排하고 入한
則 맛참 六七人이 對坐하야 酒를 飮하며 肴核이 狼藉하더니 忽然 新婦가
入함을 見함애 體에는 全衣가 無하고 頭髮이 亂散하며 滿面脂粉은 赤血
로 化하야 人도 아니요 鬼도 안이며 又 人도 갓고 鬼도 갓흔지라 諸人이
大驚하야 地에 仆하니 新婦가 諸人을 起하며 曰 我는 人으로 鬼가 아니니
列位는 幷히 驚動치 마소셔 此 家 山後에 人이 虎患을 罹하야 方今 死生
을 未分하는 中에 在하니 列位는 急히 此 垂死의 人을 救하시면 此生 此
世에 맛당히 草를 結하겟노이다 諸人이 此 言을 聞하고 바야흐로 魂을
安하고 神을 鎭한 後에 一齊히 火를 擧하고 急히 山에 上한 則 果然 一個
少年男子가 地上에 僵臥하야 流血이 狼藉하며 氣息이 將盡한지라 卽時
此를 擔昇하고 下하야 其 主人 家로 入하야 救하려 할 際에 形貌를 審視
한 즉 卽 其 主人의 長子이라 主人 以下가 大驚하야 急히 藥餌等物로써
口에 灌下하더니 一 食頃 後애 비로소 呼吸을 通하며 精神이 甦하는지라
擧家가 이에 大喜하야 歡聲이 一家를 震하얏더라 其 家는 果然 新郎의
本家인대 其 父가 前日에 婚行을 治送하고 其 翌日 夜예 隣里에 在한
親友를 會하야 酒를 飮하든 時인대 千萬意外에 其 子가 虎에 噉한 바ㅣ

되고 又 千萬意外에 其 子를 救하게 되고 又 五六十里의 距離가 遠隔한 婚家에서 禍가 作호야 更히 五六十里를 距혼 親家에서 禍를 免하게 된 것은 實로 奇異한 中에도 奇異한 事이라 其 主人 家는 비로소 其 女子가 新婦임을 知하고 具驚具喜하야 內舍로 延入하야 衣服을 換着케 하고 藥料를 進하야 體의 傷痕을 治療한 後에 其 事의 顚末을 問함애 新婦가 一 遍을 細述하니 其 舅姑 以下 一 家人이 모다 驚嘆하며 又 隣里鄕黨이 其 新婦의 至誠高節을 嘖嘖히 稱揚치 안는 者이 無하얏더라

　此時 新婦의 本家에서는 漠然히 知치 못하얏다가 平明에 비로소 覺하고 大 騷動이 起하야 卽時 洞中의 健兒 數十 人을 發하야 山中 探索隊를 編成할 際에 新郞家로브터 專人의 飛星이 旋風에 如히 至하야 新郞新婦의 無恙함을 告하니 娘家의 內外가 이에 大喜하야 兩家 共通的으로 一 處에 會集하야 大慶宴을 排設하고 隣里鄕黨의 人을 會集하야 歡을 盡하고 罷하얏는대 洞中의 代表者는 此 事를 官에 告하야 其 新婦를 褒賞하니라

36. 만리타향에서 인연이 끊어지고 강가 정자 한 귀퉁이에서 향기로운 넋 사라졌네*

부흥군(復興君) 조반(趙胖, 1341~1401)[1]은 황해도 배천(白川) 사람이다.

고려 말에 고모가 원나라 승상 탈탈(脫脫)의 부인이 되었다. 그러므로 어렸을 때에 그 고모를 따라 탈탈씨에게 양육되었다.

20세가 되었을 때에 한 미인을 운 좋게 만나 인정어린 마음이 매우 돈독하였다. 두 사람 간에는 자연히 굳은 맹서가 있어 신의와 약속이 단단하였다.

오래지 않아 원이 망하고 탈탈도 무너지자 부흥이 이에 급하게 그 미인과 소관(小官)[2]을 데리고 길 떠날 채비를 서둘러하여 화를 피해 본국으로 가려할 때였다.

길을 가다 소관이 부흥에게 의논성 있게 말하였다.

"우리 세 사람이 호랑이 입에서 화를 벗어나 근근이 여기까지는 왔습니다. 만일 중도에 우리 일행의 행색을 의심하여 묻는 자가 있다면 그때에는 도마 위의 고기가 될 것입니다. 또 미인을 데리고 함께 가면 남의 이목을 해칠 것입니다. 오늘을 헤아려본다면 인정 어린 마음을 베어버리고 몸을 보전하는 것만 못합니다."

---

* 성현(成俔, 1439~1504)의 『용재총화』에는 충선왕과 이제현의 고사로 되어 있고 이야기가 짧다.

1) 고려 말 조선 초기의 문신으로 본관은 배천(白川). 12세 때 북경에 가서 한문과 몽고어를 배워 중서성역사(中書省譯史)가 되어 귀국. 여러 번 명나라에 다녀오고, 판중추원사, 상의문하부사, 참찬문하부사 등을 역임했다. 1392년 이성계의 개국에 공을 세워 개국공신 2등으로 부흥군(復興君)에 봉해졌다. 동대문구 전농동 272번지의 부군당(府君堂)에 주신(主神)으로 모셔져 있다.

2) 지위가 낮은 관리.

부흥이 달가워하지 않으며 말하였다.

"내가 저 여인과 이미 한 무덤에 들어가기로 약속을 하였고 또 머나먼 타국에서 어려움을 맞아 이곳까지 함께 왔거늘, 만일 두 사람 모두 온전치 못하면 한 번 죽음이 있을 뿐이다. 어찌 저 여인을 선뜻 내놓겠는가?"

이때 원래 영민한 미인이 두 사람이 머리를 맞대고 의논하는 말을 듣고는 일곱 여덟은 그 뜻을 파악하였다. 그래 앞에 가서는 말하였다.

"옛사람의 이른바 '물고기와 곰 발바닥을 모두 얻지 못한다.'[3] 하였습니다. 지금 첩 한 사람 때문에 세 사람이 동시에 나란히 화를 당하는 것은 가당치 않으니, 첩은 여기에서 이별하겠습니다."

그리고 이슬이 내리 듯 눈물을 흘리니 부흥이 이것을 보고 애간장이 끊어지는 것 같아 차마 손을 놓지 못하고 한숨을 지으며 눈물을 흘렸다.

소관이 발을 구르며 말하였다.

"세 사람이 함께 죽는 것보다 각각 살길을 찾아 후일을 기약하는 것만 못하니 공은 한때의 정으로 만 리 앞길을 그릇되게 하지 마십시오."

그러며 정을 떨쳐버리기를 재촉하였다.

부흥이 이에 부득이 작은 술자리를 강가에 있는 정자 한 귀퉁이에 벌여놓고 서로 이별의 술잔을 교환한 후에, 두 사람이 눈물을 흘리고 정자에서 내려와 손을 놓았다. 부흥이 한 발자국에 고개를 돌리고 세 발자국에 또 돌아다 보고하여 여러 시간을 주저하여 선뜻 가지 못하였다.

소관이 뒤에서 채찍을 휘둘러 말을 치니 그제야 말이 나는 듯하였다. 반 리 정도를 지나쳐 부흥이 돌아보니 저 멀리 강가의 정자가 눈동자 속

---

3) 『맹자(孟子)』「고자편(告子篇)」에 보인다. 원문은 아래와 같다.
"어물도 내가 원하는 바요, 웅장도 내가 원하는 바이지만, 이 두 가지를 겸하여 얻을 수 없을진대 어물을 버리고 웅장을 취하겠다. 삶도 내가 원하는 바요, 의도 내가 원하는 바이지만, 이 두 가지를 겸하여 얻을 수 없을 진대 삶을 버리고 의를 취하겠다.(魚, 我所欲也; 熊掌, 亦我所欲也. 二者, 不可兼得, 舍魚而取熊掌也. 生, 我所欲也; 義, 我所欲也. 二者, 不可兼得, 舍生而取義也.)"

으로 들어오며, 미인이 우두커니 서있는 모습이 아슴아슴하게 눈에 보였다. 은은히 미인의 곡성도 귓가를 울렸다.

부흥이 이에 가슴을 치고 크게 곡하여 거의 말에서 떨어지려하였다. 소관이 채찍을 멈추고 여러 가지로 그 마음을 위로하며 또 온갖 방법으로 위험한 말을 하여 그 마음을 두렵게 하였다. 그러한 후에 급히 말에 채찍질하여 밤낮으로 길을 달려 이틀 만에 사백 리를 갔다.

이때는 곧 가을이라. 바람 소리가 매우 쓸쓸하여 외로운 나그네의 마음을 부추겼다. 부흥이 길을 가다 말을 놓고는 조금 쉬고 있으니 홀연 미인 생각이 가슴 한복판을 흔들어 이런저런 슬픔과 한이 일시에 합쳐졌다. 애간장이 끊어지고 뼈가 부서지는 듯하여 몇 발짝 안 되는 걸음도 옮기지 못하였다. 그 마음은 그 미인을 따라 돌아가 다시 정을 펴고 싶었다.

소관이 위로하여 만류하지 못할 줄 알고 부흥에게 말하였다.

"공이 친히 갈 것이 아니라 제가 가겠습니다. 지금 하루밤낮 길을 가면 미인을 따라 잡을 수 있으니 공은 이곳에서 기다리십시오. 삼일 후에는 마땅히 되돌아오겠습니다."

부흥이 허락하니 소관이 말을 채찍질하여 이틀 후에 그 강가 정자에 도달하였다.

미인은 아직도 그 정자 위에 있다가 하늘을 원망하고 통곡하다 홀연 누각에서 떨어져서 죽었다. 소관이 가엾고 불쌍하여 한참을 있다가 가락지를 손가락에서 빼어서는 돌아가 부흥을 주며 말하였다.

"아녀자는 가히 믿을 게 못되는 것이 이와 같더이다. 내가 쫓아가서 저 여인이 있는 곳을 찾아 가보니 막 관원 두 사람과 함께 손을 잡고 함께 앉아 성대한 잔치를 차려놓고 잔을 주고받으며 연주에 맞추어 노래를 부르니 소리가 이르지 아니한 데가 없더군요. 나를 보고는 털끝만큼도 부끄러운 기색이 없이 다만 '잘 가시오, 잘 가시오.'라고만 하더이다."

부흥이 이 말을 듣고 아주 더럽게 생각하고 경멸하여 욕하였다. 이에 그 미인의 생각은 물이 흘러가듯 허무하게 돌아가 버렸다. 부흥은 마음이 안정되어 아무 걱정 없이 평온히 길에 올랐다.

압록강에 도착하자 소관이 비로소 미인이 누각에서 떨어진 일을 자세히 말하고 가락지를 꺼내어 주었다. 부흥이 이것을 보고 소리를 놓아 통곡하다가는 숨이 끊어졌다가는 다시 소생하였다. 소관이 여러 가지 방법으로 위로하여 경성으로 돌아 왔다.

경성으로 돌아온 후 부흥은 아내를 얻어 다섯 아들을 낳고[4] 조정에 들어가 개국공신으로 지위가 훈상(勳賞)[5]에 이르렀으나 종신토록 미녀를 애도하고 잊지 못하였다.

부흥은 항상 미녀의 기일이 되면 눈물을 흘리며 제사를 지냈다.

三十六. 萬里關山明鏡破, 一隅江亭香魂消

趙復興胖은 白川人이니 高麗 末에 其 姑가 元丞相 脫脫의 夫人이 되얏는 故로 幼時에 其 姑를 從하야 脫脫氏에게 養함을 蒙하더니 弱冠의 時에 一 美人을 幸하야 恩情이 甚篤함으로 兩人間에는 自然 山盟海誓가 有하야 信約이 旦旦하얏더라 未幾에 元이 亡하고 脫脫이 敗함애 復興이 이에 急急히 其 美人과 밋 小官으로 더부러 行李를 束하고 禍를 本國으로 避할 시 中路에셔 小官이 復興에게 謀하야 曰 吾三人이 此 虎口로부터 禍를 脫하야 僅僅히 此處에 至하얏는대 萬一 中途에셔 我 一行의 行色을 疑하야 問하는 者가 有하면 其 時에는 俎上에 肉을 作할 것이오 又 美人을 帶하고 同行하면 人의 耳目을 駭怪케 함이라 今日의 計는 恩情을 割斷하고 身을 保全함만 不如하다 하니 復興이 不肯하야 曰 我가 彼로 더부러

---

4) 장남 서로(瑞老)는 1405년 등과하여 관찰사로, 아우 서강(瑞康)은 1414년에 문과에 올라 이조참판을, 서안(瑞安) 역시 등과하여 함경도 관찰사를 지냈다.
5) 나라나 군주를 위하여 드러나게 세운 공로에 대한 상.

旣히 同穴의 約이 有하고 又 萬里山河에 難을 逃하야 此處까지 同伴하얏거날 萬一 兩全치 못하면 一死가 有할 뿐이라 엇지 割愛함을 得하리오 此時에 美人은 元來 英敏한 터이라 兩人의 凝議함을 見하고 七十分이나 其 意를 看破하고 이에 前에 進하야 曰 古人의 所謂 魚와 掌을 可히 兼得치 못할지니 今에 妾 一人의 故로써 三人이 一時에 騈首就禍함을 不可한지라 妾은 此에서 訣別하겟노이다 하고 泫然히 泣下하니 復興이 此를 見하고 腸이 斷함과 如하야 참아 手를 分치 못하고 虛欷流涕함애 小官이 頓足하며 曰 三人이 共死함보다 各各 生을 偸하야 後日을 期함만 不如하니 公은 一時의 情으로써 萬里의 前程을 誤치 마소서 하며 割恩하기를 追하니 復興이 이에 不得已 小酌을 一隅江亭에 設하고 相別의 盃를 交한 後에 兩人이 淚를 揮하고 亭에 下하야 手를 分한 後에 復興이 一步에 回顧하며 三步에 回顧하야 數時間을 趑趄하니 小官이 後에 在하야 鞭을 揮하야 馬를 驅함애 其 行이 如飛한지라 半里의 程을 過하야 復興이 回顧하니 遠遠히 其 江亭이 眸入하며 美人의 兀立한 景狀이 森然히 目에 在한대 隱隱히 美人의 哭聲이 耳朶를 動하는지라 復興이 이에 胸을 搥하고 大哭하야 거의 馬에 墮하려 함애 小官이 策을 停하고 百般으로 其 心을 慰하며 又 百般으로 其 意를 恐動케 한 後 急急히 馬를 策하야 晝夜로 程을 兼하야 二日에 四百里를 行하얏더라 此時는 正히 秋風이 瑟瑟하야 孤客의 懷를 助하는대 復興이 中路에서 馬를 放하고 憩하더니 忽然 美人의 思가 中情을 動하야 千愁萬恨이 一時에 集中됨애 腸이 斷하고 骨이 碎하는 듯하야 寸步를 進치 아니하니 其 意는 將次 其 美人을 追還하야 更히 情을 叙코져 함이더라 小官이 言語로써 可히 慰解挽止치 못할 줄 知하고 이에 復興다려 謂하되 公이 親往할 것이 아니라 今에 一晝一夜를 兼程하면 可히 彼를 追及할 지니 願컨대 公은 此 地에서 待하소서 三日 後에는 맛당히 追還하야 來하리이다 復興이 許하니 小官이 이에 馬를 驅하야 二日 後에 其 江亭에 到達하니 美人이 尙히 其 亭上에 在하야 遠天을 望하고 痛哭하다가 忽然 樓에 墮하야 死하는지라 小官이 惻然한지 良久에 其 指環을 解持하고 歸하야 復興에게 給하야 曰 兒女子의 可히 信치 못할 것이 如斯

하더이다 我가 追及하야 彼의 所在處를 尋하야 徃한 則 바야흐로 官員人으로 더부러 手를 携하고 同坐하야 盛宴을 設하고 酬酌唱和가 無所不至하며 我를 見하고 小毫도 羞愧의 色이 無하며 다만 好去好去하라 하더이다 復興이 此를 聞하고 唾罵하더니 이에 其 美人의 思念은 水流靈空으로 垣然히 路에 登하얏더라 及其 鴨綠江에 到하야 小官이 비로소 墮樓하든 事를 具道하고 指環을 出하야 與하니 復興이 此를 見ᄒ고 痛哭一聲에 氣가 絶하얏다가 復하는지라 小官이 萬端으로 慰하야 京城에 歸한 後에 復興이 婦를 娶하야 五子를 生하고 本朝에 入하야 開國功臣으로 位가 勳相에 至하얫스되 終身토록 悼念하야 每樣 忌日을 遇하면 涕를 流하며 祭를 致하니라

37. 씨 없는 노인 사흘 밤 태(胎)를 빌리고 20년 뒤 옛 자식이 아버지를 찾아오다 (상)

그리 오래되지 않은 옛날 서울에 한 벼슬을 하지 않은 선비가 있었다.

일 때문에 영남 등 지방에 여기저기 다니다가 태백산 중에 들어가서는 길을 못 찾아 방황하다가 날이 장차 어두워지므로 걸음을 돌려 한 시골집에서 투숙할 때였다. 그 집 안팎이 모두 고래 등 같은 기와집으로 얽은 짜임새가 굉장히 훌륭하였고 구조의 체계도 극히 웅장하고 화려하였다. 경성의 재산이 넉넉하고 세력이 있는 집에 비하여도 모자람이 없으니 묻지 않아도 필시 거만(鉅萬)의 부를 가지고 있는 사람이었다.

주인을 찾아 하룻밤 묵어가기를 청하였다. 그 주인은 차린 모습이 심히 훌륭하였고 구레나룻과 머리털이 반백이었다. 흔쾌하게 허락하고 저녁식사를 대접하더니 밤이 되자 주인이 물었다.

"올해 나이가 얼마이며 또 몇 명의 자녀를 두었는지요?"

선비가 대답했다.

"나이는 서른이 아직 안 되었으나 자녀는 거의 열 명이나 됩니다. 나는 보통 사람과 달라서 한 번 방사(房事)[1]를 하면 틀림없이 자식이 생기는 터라, 집안형편은 가난하고 자녀는 집에 가득하니 이른바 '자식이 많아 우환'이라는 것이 실로 나를 가리키는 것입니다."

주인이 이 말을 듣고 드러내놓고 부러워하는 기색이 있더니 길게 탄식하였다.

"어떤 사람은 이와 같은 복을 누리는 힘이 있는고."

---

1) 남녀가 성적(性的)으로 관계를 맺는 일.

선비가 웃으며, "집안이 가난하고 자식이 많은 것은 근심 중에 큰 근심 인데 어찌 이것을 '복을 누리는 힘'이라 부르겠소."라고 하였다.

그러나 주인이 탄식하였다.

"나는 나이가 예순이 지나도록 아직도 자식을 두지 못하였으니, 비록 석숭(石崇, 249~300)의 부[2]가 있은들 어찌 세상사는 맛이 있단 말이오. 나에게 만일 자식 하나만 있다면, 몹시 가난하여 아침에는 밥을 먹고 저녁에는 죽을 먹는다 하여도 여한이 없을 게요. 지금 객의 말씀을 들으니 어찌 부럽지 않겠소."

그 다음날 선비가 인사를 하고 떠나려하니 주인이 만류하고 닭을 잡고 개를 죽여서는 그 고기를 풍성히 주었다.

밤이 되자 좌우를 물러가게 하고 선비를 끌고는 좁은 방으로 들은 후에 조용히 말하였다.

"내가 마음의 깊은 속에서 간절히 드릴 말이 있소이다. 내가 부잣집에서 나고 자라 지금 늙어 머리가 하얘지도록 가난하고 군색함을 알지 못하니 무슨 한이 있겠소마는 다만 자궁(子宮)[3]이 몹시 궁하여 평생에 자식 하나를 기르지 못하였소. 널리 대를 잇기 위하여 외딴 방에 첩을 많이 두고는 기도하고 의약을 모두 써보지 아니한 것이 아니오만 모두 소용이 없었소. 평일 자식 잘 배는 의자(宜子)[4]의 딸이라도 임신을 하지 못하고, 상유(桑榆)[5]는 점점 박두하니, 마침내 고독한 신세가 될 것이오. 지금도 집에 3명의 첩을 두었지만 나이가 모두 이십여 세가 지나도록 또한 기쁜 소식이 없소. 비록 다른 사람의 자식이라도 '아버지'라고 부르는 소리만

<hr />

2) 중국 서진(西晉)의 부호. 자는 계륜(季倫). 형주자사를 지냈고, 항해와 무역으로 거부가 되었다.
3) 점술에서, 십이궁의 하나. 자손에 관한 운수를 점치는 별자리이다.
4) 임신이 쉽게 이루어지는 것. 또는 그러한 사람. 『전국책(戰國策)』「초책(楚策)」에는 "楚考烈
王無子, 春申君患之, 求婦人宜子者進之"라는 기록이 보인다.
5) 노년이나 만년을 비유적으로 이르는 말.

한 번 들으면 죽어도 눈을 감을 수 있겠소. 이제 객의 말이 한 번만 잠자리를 하면 곧 잉태한다 하니, 객의 복력에 힘입어 아이를 빌리는 방법을 취하였으면 하오. 부디 거절하지 말기를 바라오."

선비가 놀라 사양하여 말했다.

"주인은 어찌 이러한 말을 하시는 게요. 남녀 분별의 예법이 지극히 엄중하여 지아비가 있는 아녀자의 간통은 법률이 이것을 용서하지 않는 것이오. 비록 일평생 서로 알지 못하는 사이라도 감히 마음을 먹을 수 없는 것인데, 하물며 며칠 동안 주인의 두터운 은혜를 입었는데 어찌 이러한 말을 내는 게요. 또 나그네를 맞는 집의 천한 부인네라도 불가한데 하물며 사대부의 별실(別室)에 있어서리오. 이 말을 따르지 못하겠소이다."

주인이 말하였다.

"이것은 내가 이야기한 것이니 털끝만큼도 의심할 것이 없으며 또 밤이 깊고 사람의 자취가 고요하니 나중에 자식을 낳는다면 누가 이것을 알겠소? 이 말은 내 마음에서 우러나온 것이니 거짓이 조금도 없소이다. 다행히도 내 신세를 가련히 여겨 이 자식이 없는 궁한 늙은이로 하여금 자식을 낳았다는 기쁜 소식을 듣게 하면, 몇 번이고 거듭 되살아난다하여도 이 은혜를 어찌 보답하겠소. 이것이 객에게는 있어서는 막대한 적선이요, 나에게 있어서는 무궁한 은혜이니 양쪽이 지나칠 것이 없는 것이오. 어찌하여 굳이 사양하는 게요."

선비가 깊이 생각해보니 저 사람이 이미 간청하였으니 자기가 몰래 간통하는 것과는 다르고, 또 이것이 저 사람의 진정에서 나온 것이니 다른 염려는 없는 것이었다. 그러나 예법이 있기에 재삼 사양하다가 곧 말하였다.

"도리를 생각한다면 천부당만부당하나 주인의 정이 이처럼 간절하니 말씀대로 굽혀 따르겠소이다."

주인이 이에 크게 기뻐하여 손을 모으고 칭찬하였다.

"오늘 나그네의 후한 덕을 힘입어 나의 후사를 점지하리로다."

그러고는 그 사유를 세 첩에게 말한 후에 사흘 밤을 돌아가며 동침하게 하였다. 세 첩이 또한 반드시 자식을 낳을 것을 미리 헤아리고 선비의 성명과 거주하는 곳을 물어 마음속에 잊지 아니하였다.

선비가 사흘을 머무른 후에 작별 인사를 하니 주인이 후하게 물품을 선사하였으나 이것을 사양하고 산을 나와서는 경성으로 돌아갔다.

三十七. 三日夜老翁借胎, 廿年後古子還主 (上)

中古時代에 京城에 一 士人이 事로 因하야 嶺南 等地에 往ㅎ엿다가 轉ㅎ엿다가 轉ㅎ야 太白山 中에 入하야 迷路彷徨하더니 日色이 將晚함으로 步를 回하야 一 村家에 投宿할시 其 家 內外가 모다 脊如한 瓦屋으로 結構가 甚히 宏傑하고 制度가 極히 壯麗하야 京城의 富豪大家에 不讓할만한대 問치 아니하야도 必是 鉅萬의 富를 擁有한 人이더라 이에 主人을 訪하야 一夜寄宿하기를 請하니 其 主人은 儀容이 甚偉하고 鬚髮이 半白한지라 快히 許하고 夕飯을 饋하더니 夜에 至하야 主人이 問하되 今年이 幾何이며 又 幾個의 子女를 有하얏나뇨 士人이 對하되 年은 三十이 未滿하얏스되 子女는 殆히 十에 近하니 我는 人과 異하야 一次 房事를 經하면 문득 子를 生하는 터이라 家勢는 淸貧하고 子女는 滿堂하니 所謂 多子憂患이라는 것이 實로 我를 指함이로다 主人이 此를 聞하고 顯然히 羨慕하는 色이 有하야 長嘆하되 何 許人은 如許한 福力이 有한고 士人이 笑하되 家貧多子는 實로 憂患 中에 大憂患이니 엇지 써 福力으로 稱하리오 主人이 嘆하되 我는 年이 六十에 過하도록 尙히 産有치 못하얏스나 비록 石崇의 富를 有하얏슨들 엇지 人世의 況이 有하리오 我로 하야금 萬一 一 子만 有하고 朝飯夕粥만 爲하면 死하야도 餘恨이 無할지라 今에 客의 言을 聞하니 엇지 羨慕치 아니하리오 其 翌日에 士人이 辭去하려하니 主人이 挽止하고 鷄를 殺하고 狗를 磔하야 其 供饋를 豊盛히 하고 夜에 至하야 左右를 辭退하고 士人을 引하야 狹室로 入한 後에 從容히 謂하되 我가 衷曲으로 可告할 事가 有한지라 我가 富家에서 生長하야 今에 老白首에 至하도록 艱窘을 知치 못하니 何恨이 有하리오마는 다만 子宮이 奇窮하야 平生에 一 子를 育치 못하얏기로 廣히 嗣하기 爲하야 偏旁副室을 多畜하고 祈禱醫藥을 用極치 아니함이 無하되 平日 宜子의 女라도 妊娠함을 得치 못하고 桑楡는 漸迫함애 맛참내 孤獨의 身世를 作할지라 今에도 家에 三妾을 畜하야 年이 모다 二十餘에 過하도록 坴한 喜消息이 無ᄒ니 비록 他人의 子라도 呼爺하는 聲만 一聞하면 死하야도 可히 瞑目할지라 今의 客의 言이 一交하면 卽 孕한다하니 願컨대 客의 福力을 資하야 借胎의 方을 施코자 하노니 幸히 拒絶치 말나 士人이 驚謝하되 主人은 엇지 此 言을 出하나뇨 男女의 別에 禮法이 至重하야 有夫通奸은 法理가 此를 容치 못하나니 비록 一生 素昧의 間이라도 敢히 萌心치 못하겟거던 허물며 數日 主客의 誼에 엇지 此 言이 出하며 且 逆旅常賤의 婦라도 오히려 不可하거든 허물며 士大夫의 別室이 됨이리오 可히 聽從치 못하겟노라 主人 曰 此는 我로 더부러 發說한 것인즉 小毫도 嫌疑할 바가 無하며 且 夜가 深하고 人이 靜하니 日後 子를 生하면 誰가 此를 知하리오 言이 衷情으로브터 出하야 飾邪함이 毫無하니 幸히 此 漢의 身世를 垂憐하야 此 無子한 窮老로 하야금 生子하얏다는 喜報를 聞케 하면 生生世世에 此 恩을 엇지 報하리오 此가 客에게 在하야는 莫大한 積善이오 我에게 在하야는 無窮의 恩이니 事의 兩便이 此에 過할 바ㅣ 無한지라 엇지 固辭를 爲하나뇨 士人이 尋思한 즉 渠가 旣히 懇請하니 自己의 潛通과는 異하고 且 此가 渠의 眞情에셔 出하얏스니 他慮는 無한지라 그러나 禮法의 所在로써 再 三辭 拒하다가 乃 曰하되 道理에 揆하건대 萬萬 不可하나 主人의 情이 如斯히 懇摯하니 命대로 枉從하겟노라 主人이 이에 大喜하야 手를 攢하고 稱謝하야 曰 今에 客主의 厚德을 賴하야 我의 後嗣를 可占하리로다 하고 이에 其 事由를 諸妾에게 語한 後를 其 三妾에게 輪回同寢케 하니 三妾이 坴한 반다시 子를 生할 것을 度하고 士人의 姓名居住를 問하야 心中에 暗記하얏더라 士人이 三宿한 後에 因하야 告別하니 主人이 贈遺를 厚히 하거날 此를 謝却하고 因하야 山을 出하야 京城으로 歸하얏더라

37. 씨 없는 노인 사흘 밤 태(胎)를 빌리고 20년 뒤 옛 자식이 아버지를 찾아오다 (하)

그 후 선비는 자식이 많기 때문에 살아가는 정도가 더욱 곤란하여졌다.

아들 며느리와 손자까지 식구가 거의 서른 명이 꽉 차니 몇 칸 안 되는 집에 무릎을 움직일 곳조차 없었다. 삼순구식(三旬九食)[1]에 아침밥과 저녁밥을 잇지 못하여 이에 여러 아들들을 분산하여 처가살이를 시키고 다만 부부가 맏아들과 함께 평안하고 조용히 이십여 년을 보냈다.

하루는 무료하여 한가하게 앉아있는데 홀연 묘령의 소년 삼인이 각기 준마를 타고 잇따라 가볍게 와서는 문 밖에서 말을 멈추고 일제히 마루에 올라 절하는 것이었다. 선비가 의복의 화려함과 행동거지가 단정하고 우아함을 보고 황망히 답례하며 물었다.

"객들은 어느 곳에서 온 뉘신가? 한 번도 본적이 없는데 어찌 절하여 예를 표하는 겐가?"

세 소년이 대답했다.

"저희들은 모두 생원님의 아들입니다. 부친께서는 아무 해, 아무 곳에서 이러이러한 일을 기억치 못하시는지요. 소자들이 곧 이날 밤에 잉태한 아들입니다. 모두 같은 해 같은 달에 태어나고 날짜만 조금 앞뒤가 있으며, 올해 모두 열아홉이 되었습니다. 어렸을 때에는 다만 노인의 아들로만 생각하였는데 열 살이 되자 어머니께서 이렇게 된 사유를 자세하게 말씀해 주셔서 비로소 알았습니다. 그러나 부친께서 어느 곳에 사시는지도 알지 못하고 또 십여 년을 길러 준 은혜를 하루아침에 저버리기도 차

---

1) 곧 한 달에 아홉 번 밥을 먹는다는 뜻으로, 집안이 가난하여 먹을 것이 없어 굶주린다는 말.

마 못하였습니다. 그래 다만 노인이 돌아가신 후를 기다렸다가 가기로 계획을 세웠습니다. 열 다섯 되던 해에 각기 아내를 얻어 재작년 아무 달에 노인께서 여든 하나로 돌아가시자 염을 후하게 하고 좋은 땅을 택하여 섭섭하시거나 불만스러움이 남아 있지 않게 장례를 잘 모시고 삼년상을 입어 그 은혜를 보답하였습니다. 이제 그 상을 당한 기일이 모두 끝나 어머니의 기억에 의하여 삼형제가 말고삐를 나란히 서울에 들어 와 바야흐로 이제 와서 뵙는 것입니다."

선비가 이 말을 듣고 깜짝 놀라 깨닫고는 얼굴 모습을 찬찬히 살펴보니 과연 모두 너무나 비슷하였다.

그래 이 일의 전말을 처자식과 며느리들에게 말하고 각각 상면의 예를 하게 하였다. 그러한 후에 세 아들에게 각각 그 어미의 나이와 몸에 병이나 탈이 없는지를 물으니 모두 오십 미만으로 아직 늙지 않았다고 하였다.

선비가 너무나 기뻐하니 세 아들이 말하였다.

"부친의 집안 형편을 보니 실로 전혀 사리에 맞지 아니합니다. 길을 떠나서 마침 가지고 온 것이 있으니 이것으로 며칠간만 계옥(桂玉)[2]의 비용으로 충당하십시오."

그리고 그 행낭을 풀어서 돈 수십 냥을 꺼내어 쌀을 팔고 땔나무를 사들여서는 아침저녁을 잡숫게 하고 그날 밤에 세 아들이 조용히 말하였다.

"부친의 연세가 이미 높으시고 여러 형제들도 이른 나이에 배움을 잃어 과거를 보는 것도 바랄 수 없을 뿐 아니라, 송곳 꽂을만한 땅도 없고 작은 곡식섬조차 팔아 올 수도 없습니다. 맨손 밖에 아무것도 없는 상태로 스스로 살아가기 어려우실 겁니다. 어린아이들과 함께 고향으로 내려가 남으신 여생을 편안히 지내시는 것이 좋을 듯 합니다."

---

2) '계수나무보다 비싼 장작과 옥보다 귀한 밥'이라는 뜻으로, 장작과 식량이 귀하고 비쌈을 비유적으로 이르는 말.

선비가 탄식하였다.

"나도 이런 생각이 없는 것은 아니나 논밭과 종도 없으니 어쩌겠느냐."

세 아들이 대답했다.

"길러주신 노인께서 매우 많은 재산을 지닌 부호셨습니다. 돌아가신 후에 가까운 친척이 없어 그 재산 모두를 소자들에게 남기셨으니, 이것이면 부친의 평생 의식은 풍족할 것입니다."

선비가 크게 기뻐하여 집을 빨리 싼 값으로 팔아버리고 여러 아들, 며느리들을 모두 데리고 같은 날 길을 떠나 새로 얻은 세 아들과 함께 고향에 내려가 세 첩과 세 며느리를 보니 서로가 모두 기쁨의 정이 넘쳤다.

이후로 그 선비는 큰 집에 들어가 살고 세 아들은 각기 모친을 모시고 이웃집으로 분가하여 살았다. 정실이 낳은 아들과 함께 그 아버지를 효도로 봉양하고 선비는 또 처가살이를 하는 여러 아들들도 차례로 데리고 와 함께 살았다. 전후좌우 총 십 여 가구가 서로 잇닿았다. 또 세 첩의 집에 두루 머물며 옛날의 인연을 잇고 평생에 호의호식으로 안락한 가운데서 세월을 보내었다.

하루는 제물을 준비하여 부자 노인의 묘에 가서 곡하였고, 세 아들은 몸이 마치도록 노인의 제사를 끊지 않았다.

외사씨가 말한다.

진시황(秦始皇)이 황제가 됨에 여불위(呂不韋, ?~B.C. 235)는 사사(賜死)되는 최후를 마쳤고[3] 초왕이 임금이 되니 춘신군(春申君, ?~B.C. 238)은 멸족

---

3) 원래 양책(陽翟: 河南)의 대상인(大商人)으로 조(趙)나라의 한단(邯鄲)으로 갔을 때, 진나라의 서공자(庶公子)로 볼모로 잡혀 있는 자초(子楚)를 도왔다. 그의 도움으로 귀국한 자초는 왕위에 올라 장양왕(莊襄王)이 되었고, 그 공로에 의해 그는 승상(丞相)이 되어 문신후(文信侯)에 봉하여졌다. 장양왕이 죽은 뒤 『사기』에 여불위의 친자식이라고 기록된 태자 정(政: 始皇帝)이 왕위에 올랐다. 여불위는 최고의 상국(相國)이 되어 중보(仲父)라는 칭호로 불리며 중용되었으나, 태후(太后, 진시황의 모후)의 밀통사건에 연루되어 상국에서 파면, 압박에 못 이겨 마침내 자살하였다.

의 참화를 입었으니[4] 이것은 모두 그 친아들이 근본을 잊은 것이고 그 아버지를 죽인 것이다.

선비로 말하면 즉 진나라의 여불위요, 초나라의 춘신군이다. 그러나 그 근본을 잊지 않고 천리의 먼 거리와 이십 년의 오랜 세월에도 불구하고 그 근본 핏줄의 맥을 찾아 종신토록 효도로 봉양하였으니 저 진나라 황제와 초왕에 비하여 그 높고 낮음이 어찌 하늘땅만큼이나 매우 큰 차이가 나는 것이 아닌가.

三十七. 三日夜老翁石胎, 廿年後古子還主 (下)

其 後 士人은 多子한 故로써 調度가 더욱 困難하야 子婦與孫의 食口가 殆히 三十에 滿함애 數間 茅屋容膝할 處가 無하며 三旬九食에 饔飧을 繼치 못하야 이에 諸子를 分散하야 人에게 出贅하고 다만 夫妻가 長子로 더부러 同居하야 居然히 二十春秋를 過하얏더라 一日은 無聊히 閑坐하얏더니 忽然 妙少年 參人이 有하야 各히 駿馬를 騎하고 聯翩히 來하야 門外에 馬를 駐하고 一齊히 堂에 上하야 拜謁하는지라 士人이 衣服이 華麗함과 擧止의 端雅함을 見하고 慌忙히 答禮하며 問하되 客이 何處로브터 來한 誰인가 平日에 曾히 一面의 交가 無한 터에 엇지 拜禮를 爲하나뇨 參少年이 對하되 我 等은 皆生員 主의 子로소이다 父親이 某年某地에

---

4) 초나라 고열왕은 후계가 없어 춘신군이 걱정하자 조나라 이원(李園)이란 자가 누이를 춘신군에게 바쳐 잉태케 한 후에 누이와 일을 꾸며 춘신군이 왕에게 이원 누이를 추천토록 하였다. 몇 달 후 그녀가 아들을 낳아 태자가 되고 이원 누이는 왕후가 되어 이원이 정사에 관여하게 되자 이원은 춘신군의 비밀이 새어나갈까 두려워 춘신군을 죽이려 하였다. 이를 눈치 챈 신하 주영이란 자가 춘신군에게 이원을 죽일 것을 간언했으나 춘신군은 자신이 이원을 그토록 잘 대접해 주었는데 그럴 리가 없다며 받아주질 않았다. 결국 고열왕이 죽어 춘신군이 궁 안으로 들어서자 미리 숨어있던 이원의 병사들이 춘신군의 목을 베고 그 집안사람들을 모조리 죽였다. 춘신군의 총애를 받아 아이를 가진 뒤 초나라 왕에게 바쳐졌던 이원의 누이 동생이 낳은 아들은 왕위에 올라 유왕(幽王)이 되었다. 여기서 말하는 초왕은 이 '유왕(幽王)' 말함인 듯하다.

如斯如斯헌 事를 記치 못하시나잇가 少年 等이 卽 伊夜에 懷孕한 子이온
대 모다 同年同月에 生하고 日字는 稍히 先後가 有하야 今年이 各 十九歲
로소이다 幼時에는 다만 老人이 子로만 思하얏더니 十餘歲에 至하야 母
親이 事由의 曲折을 細言함으로 비로소 知하얏스나 父親이 何處에 居住
하시는지도 未知하압고 且 十餘 養育의 恩을 一朝에 背하기도 不忍하야
다만 老人이 下世한 後를 待하야 歸侍의 計를 爲하기로 하야 十五歲되던
時에 各히 婦를 娶하얏더니 再昨 某月에 老人이 八十一歲의 天으로 終하
심애 其 殯을 厚히 하고 吉地를 擇하야 遺憾이 無히 喪禮를 行하고 三年
의 喪을 服하야 其 恩을 報하얏삽는대 今에는 喪期가 已滿함으로 이에
母親의 暗記한 바를 據하고 兄弟 三人이 轡를 聯하고 京城에 入하야 今에
바야흐로 來謁하노이다 士人이 此를 聞하고 恍然히 大悟하야 其 顏貌를
細察하니 果然 모다 酷肖한지라 이에 此 事의 首末을 擧하야 妻子와 밋
子婦 等에게 言하고 各各 相面의 禮를 爲케 한 後에 三子다려 各各 其
母의 年과 無恙의 與否를 問하니 모다 五十 未滿에 아즉 衰老치 아니하다
하는지라 士人이 甚喜하더니 三人이 告하되 父親의 家計를 見하온즉 實
로 萬不成說이온지라 行中에 맛참 携帶한 者가 有하오니 此로써 數日 桂
玉의 費를 充하소서 하고 其 行囊을 解하야 錢 數十兩을 出하야 米를 買
하고 柴를 貿하야 朝夕의 供을 爲케 하고 當夜에 三子가 從容히 語하되
父親의 春秋가 已高하시고 諸兄도 쏘한 早年에 失學하야 科臣도 其 望이
無할 쑨 아니라 立錐의 地가 無하야 擔石의 儲가 無하오니 赤手白地에
資生키 難하실지라 小兒 等과 共히 鄕으로 下하야 餘年을 安過하심만 不
如하니이다 士人이 嘆하되 我도 意가 無한 바는 아니나 田土와 臧獲이
無하니 如何히 할고 三子가 對하되 養親되는 老人이 累鉅萬의 富豪로 棄
世한 後에 强近의 親이 無하고 其 財産全部를 小子 等에게 遺하얏사오니
此를 有하시면 父親 平生에 衣食이 豊足할 것이다 士人이 大喜하야 이
에 家舍를 斥賣하고 諸子諸婦를 同帶하고 同日에 起程하야 新子三人과
共히 鄕에 下하야 三妾三婦를 見하고 彼此가 共히 歡喜의 情이 充溢하얏
더라 此 後로 其 士人은 又 分贅한 諸子를 次第로 率來하야 分産同居함

애 前後左右 總히 十餘 家가 相連하고 又 三妾의 家에 周回輪宿하야 舊
日의 緣을 續하고 平生에 好衣好食으로 安樂窩 中에셔 渡了하더니 一日
은 祭物을 備하야 富翁의 墓에 徃哭하고 三子의 身이 終하도록 廢치 아니
하니라

　外史氏 曰 秦皇은 帝가 됨애 呂不韋는 賜死의 最後를 遂하고 楚王은
君이 됨애 春申君은 滅族의 慘禍를 被하얏스니 此는 皆 其 實子가 本을
忘하고 其 父를 殺함이라 士人으로 말하면 卽 秦의 呂不韋이오 楚의 春申
君이라 그러나 其 本을 忘치 아니하고 千里의 遠함과 二十年의 久함을
不拘하고 能히 其 本血의 脈을 尋하야 終身토록 孝養하얏스니 彼秦皇楚
王에 比하야 其 高下가 엇지 天淵의 相去가 아니라 하리오

38. 사람을 알아본 명기가 움집을 찾고 한미한 선비가 벼슬을 얻어 암행어사가 되다 (일)

상국(相國) 김우항(金宇杭, 1649~1723)[1]은 숙종 때 사람이다.

서른여덟에도 여전히 한 포의지사(布衣之士)로 벼슬길에 나아가지 못하니 자연 가세가 빈궁하여 황폐한 집은 달팽이 같고 생활하는 것은 거미와 같아 아침저녁을 겨우 꾸려나갔다.

딸이 셋 있었는데 나이가 모두 시집갈 때가 되었으나 아직도 보내지 못하고 있었다. 어떤 사람이 공의 딸에게 청혼을 하고 약혼을 하였다. 공이 속으로 생각해 보니 자기 몸 외에 쓸모 있는 물건이라고는 없고, 또 친척도 하소연할 곳도 없으니 혼수와 세간을 장만하여 보낼 길이 막막하였다.

그러다가 문득 그 일가붙이인 한 무관이 단천(端川)[2]부사로 현재 벼슬살이를 하는 것을 생각하였다. 그래 '이곳에 가 도움을 청하면 혼사를 치룰 수 있으리라.' 생각하고 사람들에게 이자를 준다는 조건으로 돈을 빌려 말 한 필과 종 한 명을 데리고 객지에서 많은 고초를 겪으며 천 리 길을 가서 간신히 단천읍에 도착하였다.

공이 부사를 청하여 뵙고자하니 문을 지키는 아전이 막으며 말했다.

"사또의 명에 의해 사람들이 제멋대로 들어오는 것을 금하오."

---

1) 본관 김해. 자 제중(濟仲). 호 갑봉(甲峰)·좌은(坐隱). 시호 충정(忠靖). 1669년(현종 10) 사마시에 합격, 1681년 식년문과에 을과로 급제, 승문원에 등용되었다. 이후 회양부사·전라도관찰사를 지내면서 선정을 베풀었고, 1713년 우의정을 거쳐, 1721년(경종 1) 중추부영사에 올랐다. 신임사화로 노론 4대신이 폐출되자 이의 부당함을 항소하고, 김일경(金一鏡)의 사친추존론(私親追尊論)을 적극 반대하였다. 평생을 청빈하게 살았으며, 사람들로부터 장자(長子)·완인(完人)이라 불렸다. 문집에 『갑봉집』이 있다.
2) 함경남도에 있는 고을.

그리고 들어가고 나오는 것을 막았다. 공이 간청도 하고 혹은 꾸짖어도 보았으나 일절 들어주지를 않았다. 서로 버틴 지 반나절 만에 하늘빛이 저물어 부득이 주막집으로 돌아가 하룻밤을 묵고는, 다음날 아침에 또 가서 문을 두드렸으나 역시 들여보내주지 않았다.

공이 분한 마음을 이기지 못하였으나 그렇다고 또 어찌하기가 어려웠다. 밤에는 주막에서 자고 낮에는 관청 문에 가서는 들어가기를 청하기를 거의 한 달이 되었으나 여전히 편의를 봐주지 않았다.

가지고 온 노자도 이미 다 떨어져 묵는 집 주인에게 빌린 돈도 많아져 주막집 주인이 공의 말을 담보로 잡기에 이르렀다. 공이 걱정하고 괴로워하기를 가슴이 방망이질하는 것과 같아 언제 갈지 말지를 몰랐다. 주인이 그 상황을 알고 공에게 말하였다.

"내일 부사께서 고을의 환곡(還穀)[3]을 저장하여 두는 곳집인 사창(社倉)에 가 조미(糶米)[4]를 친히 검사하신다더군요. 길이 우리 가게 앞으로 나있으니 이때에 길 옆에 기다리시면 반드시 면회할 기회를 얻을 것입니다."

공이 다음날 아침, 그 말과 같이 길에서 기다렸더니 부사가 과연 간편한 수레를 타고 나왔다. 관청의 하위직들이 에워쌌거늘 공이 꾸짖으며 헤치고 나갔다.

"내가 여기에서 체류한 지 여러 날이오이다."

그러며 그 가마 앞으로 성큼성큼 걸어가니 부사가 그 까닭을 물었다.

공이 이곳에 온 이유를 이야기하니 부사가 눈썹을 찡그리며 말하였다.

"방금 공사로 인해 이야기할 겨를이 없으니 때를 기다리라."

그리고 한 관노를 시켜 수령이 잡무를 보던 동각(東閣)으로 끌고 들어가게 하여 기다리라 하였다. 공이 빈 방에 따라 들어가 앉은 지 날이 기울도

---

3) 곡식을 사창(社倉)에 저장하였다가 백성들에게 봄에 꾸어 주고 가을에 이자를 붙여 거두던 일. 또는 그 곡식.
4) 쌀을 사들임.

록 밥을 주지 않아 굶주림을 견디기 어려웠다.

저녁 이후에야 부사가 들어오자 공이 말하였다.

"종일토록 먹지 못하여 정신이 어찔하오. 굶주린 배를 죽이라도 채우게 해주시오."

부사가 명하였다.

"술과 안주를 대접하라."

술을 관리하는 장주(掌酒) 관아(官娥)⁵⁾가 주둥이가 깨어진 조그만 호리병에 탁주를 내왔는데, 오직 미역 한 조각을 안주로 삼았다. 공이 날이 지나도록 굶주림을 감당하기 어렵던 차에 생각하기를 좋은 술과 안주로써 배불리 먹을 줄로 알았다가 급기야 이것을 보고는 저절로 노기가 발발함을 깨닫지 못하였다. 이에 상을 발길로 차 엎어트리고 부사에게 말하였다.

"사람 대하기를 이와 같이 박하게는 못 할 것이오."

부사도 노하여 말했다.

"내가 너보다 항렬이 높은데 내가 준 음식을 어찌 이와 같이 내친단 말인가!"

그리고 급히 관가 종에게 명하여 문 밖으로 쫓아내고 또 서리를 불러 일렀다.

"읍내 지역에 일러 만일 이 괴이한 귀신같은 늠을 재워주는 자가 있다면 마땅히 혹독한 벌을 줄 것이다."

공이 분함을 머금고 전에 묵던 주막으로 돌아가니 주인이 문을 막고 들여보내주지 않았다. 말도 또한 빼앗겼기 때문에 공이 어찌할 도리가 없어 다만 종과 함께 다른 주막에 가니, 여기에서도 또한 관가의 명령이 두려워 들이지 않았다. 무릇 백여 곳을 다녔으나 모두 이와 같았다.

날은 이미 저물고 발을 둘 곳이 없었다. 한참을 방황하다가 부득이 읍

---

5) 관기(官妓).

내 한 모퉁이에 이르러 수풀사이에서 잠시 쉬려고 하였다. 그 곁에 옹기를 만드는 굴이 있고 그 가운데를 명석으로 문을 가린 가난한 집이 있었으니, 즉 가죽신을 만드는 사람의 집이었다.

공이 주인에게 말하였다.

"날은 저물고 길은 다하였으니 하룻밤만 묵고 가게 해주게나."

갖바치가 막지 않았다. 이것은 대개 군색한 굴인 움막집이라 다른 집과 달리 관가의 명령이 미치지 않았기 때문이었다.

공이 요기를 한 후에 원통하고 분한 마음이 다시 일어 나 스스로를 억제하지 못하여 눈을 붙이지 못했다.

밤이 장차 이경(二更)[6]이 되니 달빛이 맑고 수정과 같은 빛이 사람을 비추는데 털끝이라도 능히 그 몸을 가리지 못할 만 하였다.

三十八. 訪窖穴名妓知人, 拜繡[7]衣寒士得官 (一)

金相國 字杭은 蕭宗 時 人이니 年이 三十八에 尙히 布衣를 守하고 又 家勢가 貧窮하야 荒舍는 蝸와 如하고 活計는 蛛와 如하여 朝夕을 難하더니 三女가 有하야 年이 俱히 笄年에 及하얏스되 尙히 出家치 못하고 一人 其 子를 爲하야 公의 女로 講婚成約하얏스나 自念하건대 身 外에 長物이 無하고 且 親戚이 無하야 控訴할 處가 無함애 資送할 計가 漠然하더니 忽然 其 親族의 一 武官이 端川府使를 現任한 것을 憶하고 此에 投하하 補助를 請하며 可히써 事를 濟하리라 하고 이에 人에게 貸息을 得하야 資斧를 備하고 一 匹馬와 一 蒼頭로 더부러 風餐露宿을 爲하면서 千有餘 里를 行하야 艱辛히 端川邑에 至하야 府使를 請見하니 閽吏가 阻하되 官 令에 人의 壇入을 禁한다하고 納入하기를 拒하는지라 公이 懇請도 하며

6) 밤 9~11시를 말함.
7) 원본에는 '綉'로 되어 있다. 문맥을 고려하여 '繡'로 바로 잡았다.

或은 叱咤도 하얏스나 一向 聽納치 아니함으로 相持한지 平日에 天色이
已晚한지라 不得已 旅舍에 回하야 一夜를 經宿하고 翌朝에 坯 徃叩하니
亦是 納入치 아니하는지라 公이 憤慨함을 勝키 難하나 坯한 奈何키 難하
야 夜에는 旅店에셔 宿하고 晝에는 官門에 詣하야 入하기를 請하기 殆히
一 朔近하도록 尙히 其 便을 得치 못하고 盤纏을 已竭하야 居停 主人에게
假貨함이 多하니 主人이 公의 馬로써 質을 爲하는지라 公이 憂悶하기 擣
함과 如하야 進退를 不得하더니 主人이 其 狀을 知하고 公다려 謂하되
明日에 知府가 社倉에 詣糴米를 親檢한다 하니 路가 店前으로 出할지라
此時에 路左에 候하면 반다시 面會할 機會를 得하리라 하거날 公이 翌朝
에 其 言과 如히 路에서 候하더니 府使가 果然 便輿로써의 出함애 皂卒이
呵擁하거날 公이 疾呼하되 我가 此에셔 滯留한지 多日이니이다 하며 기
便輿의 前으로 趨하니 府使가 其 故를 問하거날 公이 其 理由를 說破하니
府使가 眉를 蹙하며 謂하되 方今에 公事로 因하야 閑話할 暇가 無하니
아즉 幾時를 俟하라 하고 一 官로 하야금 公을 東閣으로 引入하야 待케
하라 하거날 公이 公堂에 隨至하야 坐한지 日이 昃하도록 飯을 供치 아니
함애 飢渴을 耐키 難하더니 夕後에 府使가 乃還한지라 公이 告하되 終日
토록 食치 못하야 神思가 昏暈하니 願컨대 飯饘으로 饋하소셔 府使가 命
하야 酒肴로써 饋하라 하니 掌酒官娥가 日 可缺한 一 小壺로 濁酒를 進하
고 오즉 海藿 一片으로써 壓酒의 物을 爲하거날 公이 竟日토록 饑餒를
不堪하든 際에 意하기를 美酒肥肉으로써 餉한 줄로 知하얏더니 及其 此
를 見함애 스사로 怒氣가 勃勃함을 覺치 못하야 이에 此를 蹴하야 地에
覆하고 府使다려 謂하되 人을 待하기를 如斯히 薄하게 못할 것이라 하니
府使가 坯한 怒하되 我가 汝의 尊行이니 我의 饋하는 바를 엇지 散히 如是
하리오 하고 急히 官를 命하야 門外로 驅出하고 又 吏胥를 呼하야 邑內
一境에 申命하야 萬一 此等 怪鬼를 寄宿케 하는 者이 有하면 맛당히 酷罰
을 被하리라 하얏더라 公이 憤을 含하고 舊店으로 歸한 則 主人이 門을
拒하야 納치 아니하고 馬도 坯한 被搶한지라 公이 奈何할 道가 無하야
獨히 蒼頭로 더부러 他店에 至하니 此에셔도 坯한 官令을 畏하야 納치

아니하고 무릇 百餘 處가 모다 如是한지라 日色은 已晚하고 足을 投할
處는 無하야 良久토록 彷徨하다가 不得已 邑內 一隅에 至하야 林莽의
間에셔 暫歇하려하더니 其 傍에 陶穴이 有하고 中에 席門이 有한대 卽
皮鞋匠의 所居이라 公이 主人다려 謂하되 日은 暮하고 途는 窮하니 願컨
대 一 宵를 借宿하겟노라 匠이 拒치 아니하니 此는 盖窰穴廬舍와 異하야
號令이 及치 못함의더라 公이 飯을 喫하야 飢를 療한 後에 怨憤의 心이
更新하야 自抑치 못하고 能히 交睫치 못하더니 夜가 將次二更에 至함애
月色이 晴朗하야 晶光이 人을 射하는대 秋毫의 末도 能히 其 體를 掩치
못할 만치 되얏더라

38. 사람을 알아본 명기가 움집을 찾고 한미한 선비가 벼슬을 얻어 암행어사가 되다 (이)

이때는 사방을 둘러보아도 사람이 없고 모든 소리도 적막한 때였다. 홀연 사람의 발자국 소리가 나더니 멍석으로 가린 문 밖에 와서 그쳤다.

공이 문틈으로 엿보니 한 묘령의 소녀가 보였다. 얼굴빛이 아주 뛰어나고 밝고 아름다운 자태가 달도 부끄러워 숨을만하였다.

여자가 문을 두드리며 물었다.

"이 움집 안에 혹 서울서 오신 나그네가 묵고 계시지 않나요."

공이 부사가 보낸 사람인가 의심하여 주인 갖바치를 불러서 감추어 숨겨달라고 하니 여자가 말하였다.

"어찌 나를 속이려하십니까?"

그리고 곧 문을 열어젖히고 들어오니 공이 피할 곳이 없었다.

여자가 공을 가리키며 말하였다.

"여기 계셨군요. 의심을 두지 마세요."

공이 그 연고를 물으니 대답했다.

"첩은 즉 읍내에서 술시중을 드는 기생입니다. 부사가 아직도 사람을 대함에 오직 보리막걸리와 미역을 내어 대접하더군요. 첩은 지금까지 부사가 재물에 인색하여 사람을 가벼이 대하는 것을 미워하였습니다. 그러나 음식상을 받는 자마다 이 음식을 달게 먹더군요. 저는 이를 보고 '모두 천한 장부네.'라고 뛰어난 기상이 없음을 비웃었답니다. 지금 공이 비록 굶주리어 고달프고 바짝 말라 버리셨으나 능히 일어나시어 차버리셨으니 그 기상은 실로 보통 분이 아닙니다. 이러한 뜻과 기상으로 어찌 부귀 누리지 못함을 근심하겠습니까?" 공이 몇 차례나 겸손하게 사양하였으나 잠시 뒤에 한 어린 여종이 큰 상을 들고 왔다. 기생이 곧 공에게 드리니 모두 진수성찬이었다.

공이 뱃속이 허전하든 차라 수저를 들어 순식간에 모두 먹어버리고는 극구 칭찬하니 기생이 말하였다.

"옛사람의 말에 '말은 참 주인을 만나야 울고 사람은 자기를 알아주는 사람을 위하여 죽는다.' 하였습니다. 공이 첩을 아신 것이 아니고 제가 공을 안 것이지만 공의 뜻과 기개를 보니 장래에 반드시 벼슬과 덕망이 높아서 이름이 세상에 드러날 것입니다. 제가 공을 위하여 말울음이 되고 자 합니다. 멀리 내치지 마시고 잠깐 제 집으로 가시어 피차 간곡한 정을 펴시기 바랍니다."

공이 기생의 말을 따라 그 집에 가니 푸른 칠을 한 창과 붉은 칠을 한 문, 하얗게 회를 바른 벽과 비단 커튼을 친 창이 극히 화려하였다. 자리를 잡아 앉은 후에 기생이 천 리 먼 길에 서울에서 시골로 내려온 이유를 물었다.

공이 그 사정을 갖추어 이야기 하니, 기생이 눈썹을 찡그리고 처량하여 슬픔을 이기지 못하였다. 그 사이 밤이 사경(四更)[1]으로 기울었다.

기생이 공을 끌어 당겨 이불속으로 들어가니 그 즐거움을 알만하다.

희미하게 날이 밝아 오는 빛이 영창문에 들자 기생이 먼저 일어나 상자 속에서 깨끗한 옷가지를 꺼내어 공에게 갈아입혔다.

이후로 공이 기생에게 정을 두어 머무른 지 몇 달이 지나도록 돌아갈 줄 잊어버렸다. 하루는 기생이 말하였다.

"공이 장차 만 리를 가야 할 멀고 먼 길에 오르실 처지에, 이곳에서 오래도록 머물러 계시려 하는 것입니까."

공이 이에 한숨을 쉬며 서글프게 탄식하였다.

"내가 어찌 원대한 계획이 없어 이곳에 머물겠는가. 집에는 처자가 헐

---

1) 새벽 1시에서 3시 사이이다.

벗어 몸이 얼어붙고 먹을 것이 없어 굶주리고 사내종들은 얼굴이 누렇게 떠 파리하여서는 나를 기다리다 오지 않아 눈이 모두 빠졌을 줄로 이미 생각하고 있소. 그러나 지금 빈손으로 집에 돌아가면 무슨 면목으로 처자를 대한단 말이오. 이 때문에 주저하고 있는 게요.”

기생이 또 탄식하였다.

“대장부는 마땅히 힘을 당세에 써볼 것입니다. 어찌 몸을 시골마을에 파묻혀서는 흘러가는 세월만 보내는 것입니까. 옛날 사람들도 시골에서 계획한 자가 있습니다. 제가 비록 일개 여자이나 어찌 공을 위해 앞뒤의 계책을 궁리하여 세우지 않겠습니까? 천 리를 가실 자부(資斧)[2]와 세 딸의 혼인 때 쓰는 여러 가지 것들을 제가 이미 준비한 것이 있습니다. 공은 서울로 돌아가신 후에 혼사를 마치시고 학업에 게으르지 않으시면 몇 년을 지나지 않아 벼슬길에 오르실 것입니다.

이때에 다행히도 저를 버리지 마시고 함께 무덤에 들어가자는 약속을 지키시기 바랍니다.”

공은 바라던 것보다 분수에 넘치는 것이기에 기뻐하였다.

다음날 아침에 두 마리 말이 밖에서 울음 울어 공이 이 까닭을 물으니 기생이 대답했다.

“제가 상공을 위하여 준비한 것입니다. 한 마리는 상공이 타시고 한 마리는 약간의 재화와 물품을 이별의 선물로 마련하여 뒷 수레에 실어 놓았습니다.”

그리고 길 떠나기를 재촉하니 공이 눈물을 흘렸다. 서로 손을 놓을 때 기생이 성심으로 맹세해 달라고 몇 번이나 거듭거듭 맹서하고 또 맥맥한 눈으로 공을 이별하였다. 공이 그 뜻에 감복하고 그 정성에 감동하여 중

---

2) 옛날 여행 때 지니고 다니던 것으로 산이나 들에서 잘 때에 가시나무를 베는데 쓰는 도끼. 여기서는 여비의 뜻으로 쓰임.

도에서 노상 북쪽을 바라보며 못 잊어 하였다. 집에 돌아와 가지고 온 재물로 혼수를 준비하여 후회 없이 혼사를 치루고 속히 과거에 나갈 준비를 하였다.

三十八. 訪窖穴名妓知人, 拜繡[3]衣寒士得官 (二)

此時는 四顧無人하고 萬籟가 俱宿한 時이라 忽然 人의 跫音이 有하더니 席 門外에 至ᄒᆞᆯ 야 止하거날 公이 門隙으로 窺視한 즉 一 妙小女子가 顏色이 絶人하야 明媚한 態가 月을 動하는지라 女子가 門을 叩하고 問하되 此 窖 中에 或 洛客이 投宿치 아니하시나뇨 公이 府使의 所使인가 疑하야 主匠을 呼하야 隱諱케 하니 女子가 謂하되 엇지 我를 瞞하나뇨 하고 곳 門을 排하고 入하니 公이 避할 處가 無한지라 女子가 公을 指하야 曰 這位가 是로다 願컨대 嫌치 마소셔 公이 其 故를 問하니 對하되 妾은 卽 邑中의 掌酒妓이온대 太守가 常히 人을 待함애 오즉 酒와 海藿으로 饋함을 見하고 妾이 常히 其 吝財輕人함을 憎惡하얏스나 此 饋를 受하는 者는 모다 此를 甘食함으로 妾이 此로써 모다 賤丈夫라 하야 그 奇偉의 氣象이 無함을 笑하얏더니 今實에 相公이 비록 飢困枯涸의 際에 在얏하시나 能히 起하야 蹴하시니 今 其 氣象은 實로 凡人이 아니라 此等 志氣로써 엇지 富貴를 享치 못함을 患하리잇가 公이 再三 遜謝하더니 小頃에 一 童婢가 大盒을 戴하고 至하거날 妓가 곳 公의 前에 進하니 모다 珍需盛饌이라 公이 肚裏가 正空하든 際에 箸를 下하야 頃刻에 食盡하고 妓를 對하야 極口 稱誦하니 妓가 公다려 謂하되 古人의 言에 馬는 眞主를 遇하야 嘶하고 人은 知己를 爲하야 死한다 하얏스니 相公이 妾을 知하신 것이 아니오 妾이 相公을 知한 것이지마는 相公이 志氣를 見하온즉 將來에 必然 顯達하실지라 妾이 將次 相公을 爲하야 嘶코져 하오니 幸히 遐棄치 마시고

---

3) 원본에는 '綉'로 되어 있다. 문맥을 고려하여 '繡'로 바로 잡았다.

暫間 弊廬로 屈하야 彼此 情曲을 伸하사이다 公이 從하야 其 家에 至하니 綠窓朱戶와 粉壁紗窓에 極히 華麗한지라 坐定한 後 妓가 千里遠程에 下來한 理由를 問함애 公이 其 狀을 具道하니 妓가 眉를 蹙하고 愀然함을 不已하더라 夜가 四更에 至함애 妓가 公을 攝하야 枕席에 就하니 其 樂을 可知할러라 黎明에 妓가 先起하야 箱中으로브터 粲衣襲을 出하야 公에게 換着허니 此 後로 公이 妓에게 留戀하야 滯留한지 數月에 歸한 줄을 忘하더니 一日은 妓가 謂하되 公이 將次 萬里의 鵬程에 登하실 터에 엇지 此 處에셔 久히 留連하시려 하나잇가 公이 이에 喟然히 嘆하되 我가 엇지 遠大의 計가 無히 此에 止하리오 家中에는 妻子가 凍餒하고 僮僕이 黃痩하야 我를 待하되 來치 아니함으로 望眼이 모다 穿하얏슬 줄로 我도 旣히 思한지라 已久한지라 그러나 今에 空手로써 家에 歸하면 무슨 面目으로써 妻子를 對하리오 此 故로써 趑하노라 妓가 또한 嘆하되 大丈夫가 맛당히 力을 當世에 致할 것이니 엇지 身을 退鄕에 浸淪하야 流年을 送하리잇고 古人도 桑下에 謀한 者가 有하니 妾이 비록 一個女流이나 엇지 相公을 爲하야 善後의 策을 講究치 아니하리잇가 千里의 資斧와 三女의 婚具는 妾이 旣히 理會하야 準備한 者가 有하니 公은 速히 身을 起하야 洛城으로 歸하신 後에 婚事를 畢하시고 學業을 怠치 아니하시면 幾年을 不出하야 靑雲을 立致하시리니 此時에 幸히 妾을 退棄치 마시고 同穴의 約을 負치 마시기를 望하나이다 公이 그 過望임을 喜하더니 翌朝에 二馬가 有하야 外에셔 嘶하거날 公이 此를 問하니 妓가 對하되 妾이 相公을 爲하야 辦備한 것이오니 一은 此를 騎하시고 一은 若干 貨物로 贐을 爲케 하오니 後車에 備하소셔 하고 登途하기를 促하니 公이 淚를 揮하고 셔로 手를 分할셰 妓가 丁寧한 信誓로써 再三 申囑하고 脈脈한 眼으로써 公을 別하얏더라 公이 其 義에 服하고 기 情에 感하야 中途에셔 恒常 北首戀하다가 家에 歸하야 小齎物로써 婚需를 辦備하야 餘憾이 無히 成親의 事를 畢하고 速히 科擧에 赴할 準備를 爲하얏더라

38. 사람을 알아본 명기가 움집을 찾고 한미한 선비가 벼슬을 얻어 암행어사가 되다 (삼)

이 해 가을에 공이 과연 괴과(魁科)[1]에 발탁 급제출신(及第出身)[2]으로 옥서(玉署)[3]에 들어갔다.

하루는 숙종(肅宗)[4]께서 당직을 서고 있는 유신(儒臣)[5]을 부르셨다.

공이 부름에 응하여 궁중에 들어가 임금을 알현하니 하교하였다.

"현재 북쪽 지방에 빈번히 가뭄이 들어 장마와 가뭄이 서로 이어지고 있다. 더욱이 지방이 너무 멀어 조정의 영이 행해지지 않고 수령들이 탐욕스러워 백성들의 고혈을 빨고 있다. 이제 너로 하여금 북도의 주(州)와 현(縣)을 순찰하며 수령을 규찰케 하니, 읍리에 몰래 가서 수령과 아전의 선악을 듣고 이를 남 몰래 기록하여 주문(奏聞)[6]하라."

공이 명령을 받아 곧 누더기 홑옷을 입고 함경도에 몰래 들어갔다. 마을을 돌아다니며 정치를 살피다가 하루는 단천에 이르렀다.

공이 기생의 옛 은혜를 감사히 생각하고 먼저 방문한 뒤에 그 뜻을 보고자 하였다. 날이 어두워지자 기생집의 문 앞에 이르러 소리쳤다.

---

1) 과거의 한 과(科). 문과 중에 갑과(甲科)를 말하며, 장원한 사람을 괴방(魁榜) 또는 장원랑(壯元郞)이라고 하였다. 문과(대과)에는 초시·복시·전시가 있었는데 3년마다 1회 실시하는 고등문과시험이다.

2) 과거에서 1·2등으로 합격한 자는 급제, 3등으로 합격한 자는 출신, 4등인 자는 동출신(同出身)이라 한다.

3) 홍문관(弘文館). 삼사(三司) 가운데 궁중의 경서, 문서 따위를 관리하고 임금의 자문에 응하는 일을 맡아보던 관아.

4) 조선 제19대 왕(1661~1720). 이름은 순(焞). 자는 명보(明普). 대동법을 확대 실시하고, 백두산에 정계비를 세워 국경을 확대하였다.

5) 홍문관(弘文館)의 관원.

6) 임금에게 아뢰는 글.

"걸인이 밥 한 술을 청하오. 없거든 한 푼이라도 주시오."

기생이 창문 너머로 공의 음성을 듣고 놀라 기뻐 구름 같은 머리채를 가다듬지도 못하고 급히 마당에 내려와 신발을 뀉 겨를도 없이 맨발로 문에 나와서 공을 맞으며 말하였다.

"공의 행색이 어찌 이와 같습니까?"

공이 길게 탄식하며 말하였다.

"내 몸이 참으로 기구하다네. 지난날 자네와 이별하고 길을 가다 도적을 만나서 노잣돈과 말도 빼앗겼다네. 그래 빈손으로 처자를 보기 부끄러워 집으로 돌아가지 못하고 길거리를 떠돌며 남은 목숨을 이어가니 의지할 데가 없더군. 그래 이 세상에 오직 바라볼 곳은 자네만한 사람이 없어 부끄러움을 무릅쓰고 이곳에 온 것일세."

기생이 초연한 안색으로 공을 위로한 후에 곧 저녁밥을 지어서는 음식을 바쳤다. 또 새로 옷 한 벌을 꺼내어 입히며 말하였다.

"제가 공을 위하여 이 옷을 지어놓고 가는 인편에 부치려고 하였습니다만 기러기는 날아가 버리고 물고기는 물속에 잠겨[7] 아직도 보내지 못하였습니다."

공이 다 떨어진 옷을 벗어 상 위에 묶어 두니 기생이 말하였다.

"너무 오래 묵은 누더기 옷으로 다 찢어져 쓸 데가 없으니 다시 입지는 못할 것입니다. 이것을 묶어 두어 어디에 쓰겠습니까."

그러고는 창문을 열어젖히고는 밖으로 던져버리니 공이 급히 마당에 내려가 이것을 주워 가지고 왔다. 기생이 또 빼앗아서는 던지니 공이 또 이것을 주워오는 것이었다. 이렇게 하기를 서너 차례하니 기생이 한참을 공을 쳐다보다가 왈칵 성을 내는 얼굴빛을 지으며 말하였다.

---

7) '기러기는 날아가 버리고 물고기는 물속에 잠겨'는 보낼 곳이 없다는 뜻이다. 물고기와 기러기는 편지나 통신을 이르는 말. 잉어나 기러기가 편지를 날랐다는 데서 유래한다.

"저는 성심으로 부자(夫子)[8]를 영접하였는데 부자는 도리어 거짓으로 허물을 숨기고 꾸미는 것은 무엇 때문입니까?"

공이 몹시 놀라며 말하였다.

"어찌 이러한 말을 하는 게냐."

기생이 말하였다.

"이미 새로운 옷을 입었는데도 불구하고 지극 정성으로 해진 옷을 버리지 않는 것은 장차 사용할 곳이 있음이 아닙니까? 필연 암행어사를 제수 받으셨군요. 어찌 저를 속이시는 거지요?"

그러고 이에 소매를 뿌리치고 일어서니 공이 웃으며 만류하며 말하였다.

"내가 과연 과거에 등과하여 이 직을 받았다. 그렇다고 내가 어찌 자네를 만나 자칭 암행어사라 할 수 있겠는가?"

기생이 이에 미심쩍었던 것을 풀며 공에게 말하였다.

"사또께서 장차 본 고을의 부사를 어떻게 처리하시려 하는지요."

공이 대답했다.

"글쎄다. 나도 이에 대해 아주 의심이 많이 간다만 결정하지 못하고 있다. 부사가 탐욕이 많고 포학하여 백성들을 매우 곤란한 지경에 빠뜨렸기에 그 죄가 가볍지는 않다만, 내가 만일 그 죄악을 적발하여 저 사람을 법에 의해 처리하면, 이것은 친척 간에 돈독하고 화목한 기풍이 없는 것이요, 또 만일 숨겨 감싸서 법의 조치에 따르지 않으면 이는 사적으로 공적인 일을 폐하는 게 아니냐. 두 가지 다 형편이 어렵구나. 어떻게 하면 좋을꼬."

기생이 말하였다.

"만약 이대로 조정에 아뢰어 중한 형벌에 조치하면 사람들이 필연 사또께서 전날의 분함을 품고 묵은 원한을 쌓았다가 이번 기회에 꺼냈다 할

---

8) 여기서는 남편의 높임말.

것입니다. 또 만일 이것을 불문에 부치시면 이는 사사로운 정에 끌려 나
랏일을 근심하지 않는 것이니 이는 단연코 안 될 일입니다. 지금 공적,
사적 두 가지의 계책을 취하려면 부사를 몰래 만나보시고 죄를 일일이
따져 저 사람이 스스로 사직하고 가게 하는 것이 두 가지 모두를 만족시
킬 것입니다. 제 계획이 어떠신지요."

공이 기뻐 말하였다.

"이 계획이 실로 공과 사 모두를 만족시키는 묘안일세."

기생이 이에 부사의 전후 불법 저지른 일들을 열거한 기록을 공에게
주니, 공이 이것을 가지고 동헌으로 들어가 부사를 만나보기로 하였다.

三十八. 訪窨穴名妓知人, 拜繡[9]衣寒士得官 (三)

是歲秋에 公이 果然 魁科에 擢하야 及第出身으로 玉署에 入하얏더니
一日은 肅宗끠서 在直儒臣을 召하심애 公이 命에 應하야 入對하니 上이
下教하사디 現今에 北路가 荐荒하야 水旱이 相仍한데 地方이 絶遠하야
朝令이 行치 아니함으로 守宰가 貪婪하야 人民의 膏血을 浚하니 今에 汝
로 하야금 北道를 按廉케 하노니 邑里에 潛行하야 守吏의 臧否를 藏列하
야 以聞하라 하시니 公이 命을 承하고 곳 懸鶉衣으로 北關에 微行하야
村間로 乞食하며 政績을 考察하도니 一日은 端川에 至하야 妓의 舊恩을
感하야 先訪한 後에 其 志를 觀코저 하더니 日이 暮함애 이에 其 門首에
至하야 呼하되 乞客이 一 飯을 請하노니 無하거든 一 錢을 與하소서 妓가
窓을 隔하야 公의 音聲을 聞하고 驚喜함을 不覺하야 雲蒙을 整치 못하고
急히 堂에 下하야 履를 穿할 暇도 無히 徒跣으로 門에 出하야 公을 迎入
하며 曰 相公의 行色이 엇지 如斯하시니잇고 公이 長嘆하되 我의 身命이

---

9) 원본에는 '綉'로 되어 있다. '綉'와 '繡'는 같은 글자이나 일반적으로 '繡'를 많이 쓰기에 바로
잡았다.

崎嶇하야 向日에 分別한 後로 中路에서 盜賊을 遇하야 盤費와 馬匹을 被奪하고 空手로 妻子를 見하기 羞하야 環家함을 得치 못하고 道路에서 飄蕩하야 殘喘을 延하며 依賴할 바가 無하니 悠悠한 此 世에 오즉 倚望할 바가 汝만 如한 者가 無함으로 羞愧함을 蒙하고 此에 至하얏노라 妓가 悄然한 顏色으로 公을 慰한 後에 곳 夕飯을 炊하야 供饋하고 又 新衣一襲을 出하야 衣케 하며 曰 妾이 相公을 爲하야 此 衣를 裁置하고 信便에 付코져 하얏스나 鴈이 飛하고 魚가 沈하야 尙히 送呈치 못하얏노이다 公이 弊衣를 脫下하야 案上에 束置하니 妓가 謂하되 敗絮殘布가 綻缺無餘하야 更히 着用치 못할지니 此를 束置하면 安用하리오 하고 이에 窓을 開하고 擧하야 外에 抛하니 公이 急히 堂에 下하야 此를 取하야 來하는지라 쏘 攫하야 投하니 公이 又 此를 拾取하야 如斯하기를 三次에 至하더니 妓가 良久토록 公을 注視하다가 勃然히 色을 作하야 曰 妾은 誠心으로써 夫子를 迎接하얏거날 夫子는 反히 假意로 粧撰하심은 何故이닛고 公이 愕然하며 曰 엇지 此 言을 出하나뇨 妓 曰 公이 旣히 新衣를 着하얏슴에 不拘하고 苦心血誠으로 敝衣를 棄치 아니하는 것은 將次 使用할 處가 有하심이니 必然 暗行御史를 拜하심이라 엇지 妾을 欺하시나잇가 하고 이에 袂를 絶하고 起하니 公이 笑하며 挽住하야 曰 我가 果然 第에 登하야 此 職을 拜하얏거니와 엇지 汝를 逢하야 我가 自稱 繡衣라 할 수 잇스리오 妓가 이에 釋然하며 公다려 謂하되 使道끠서 將次 本郡府使에게 如何히 處置하시려 ᄒ나잇가 公이 答하되 我도 此에 對하야 甚히 疑難不決하는 바이라 府使가 貪虐하야 民을 水火에 入하얏스니 其 罪가 輕少 치 아니하나 我가 萬一 其 罪惡을 摘發하야 彼를 法에 置하면 是는 同族間 敦睦의 風이 無한 것이오 又 萬一 隱忍 掩護하야 法에 置치 아니하면 此는 私로써 公을 廢함이니 其 勢가 兩難한지라 如何히 하면 可할고 妓 曰 萬若 此로써 天陛에 奏하야 重法에 置하면 人이 必然 使道로써 前憤을 含하고 宿怒를 畜하야 此 擧에 出하얏다 할 것이오 又 萬一 一此를 姑置不問하시면 此는 私情에 牽制되야 國事를 恤치 아니함이니 此는 斷然코 可行치 못할지라 今에 公私兩全의 計를 取하려면 府使를 潛見하고 罪戾로써 數

하야 彼로 하야금 職을 辭하고 去케 하는 것이 可謂兩得其 中이라할지니
此 計 如何하니잇고 公이 喜 曰 此 計가 實로 公私兩便의 妙案이로다 妓
가 이에 府使의 前後不法한 事를 列錄하야 公에게 與하니 公이 此를 收藏
하고 將次 東閣으로 入하야 府使를 見하기로 하얏더라

38. 사람을 알아본 명기가 움집을 찾고 한미한 선비가 벼슬을 얻어 암행어사가 되다 (사)

　그날 밤에 기생이 공을 인도하여 몰래 동헌에 들어갔다.

　부사가 앉아 있다가 공을 보고 크게 놀랐다. 대개 석갈(釋褐)[1]함을 이미 알았기에, 인하여 두려워 벌벌 떨며 말하였다.

　"귀하신 몸이 어찌하여 이곳까지 오셨는가?"

　공이 대답했다.

　"내가 임금의 명을 받들고 이곳에 와 마침 귀부(貴府)[2]에 도착하였기에 오늘밤에 몰래 안부를 여쭙는 것입니다."

　이때에 부사는 그 죄를 스스로 알고 또 전일 공에게 무례하게 대하였던 일을 생각하니, 어떠한 조치가 나올지 알 수 없어 두려워 떨리는 것을 어찌할 수 없었다. 손과 다리가 후들거렸다.

　공이 말하였다.

　"내가 귀부에 온 후로 다스린 공적을 살펴보니, 백성들의 원성이 길마다 깔리어 귀를 막아도 들리는 것을 막기가 어렵더군요. 피차의 불행이야 말할 것은 아니지만, 알 수 없군요. 왜 이러한 패악한 정치를 하여 이 지경까지 이른 겁니까?"

　부사가 머뭇거리다 선웃음을 치며 말했다.

　"하관(下官)[3]의 죄목을 분명하게 드러내 보여주소서."

　공이 그의 죄상을 기록한 것을 제시하니 부사가 간절히 말하였다.

---

1) 문과에 급제하여 처음으로 벼슬하던 일. 천민이 입는 갈의를 벗는다는 뜻에서 유래한다.
2) 높은 관리의 집을 이르던 말.
3) 아래 직위에 있는 벼슬아치가 상관에 대하여 자기를 낮추어 이르는 말.

"명백한 증거가 있는 이상에 변명하여 소용없는 일이오. 그러나 친척의 후의로 원하건대 나를 대죄(大罪)만은 면하게 해 주소서."

공이 말하였다.

"태수의 죄가 비록 가볍지 않으나 내 어찌 어지럽게 죄상을 열거하여 폐고(廢錮)[4]에까지 빠지게 할 수 있겠소이까. 그러나 내가 이미 도내 수령의 실정을 자세히 조사하여 살피는 임무를 맡고 온 이상에 나의 개인적 정의로 인하여, 한 군의 백성들로 하여금 도탄에 빠지게는 못할 것이오. 내일 아침에 곧 벼슬을 버리고 고향으로 돌아가시오. 그렇지 않으면 봉고파직(封庫罷職)[5]을 면치 못할 것이오."

부사가 거듭거듭 귀찮을 만큼 사례하였다.

"공의 어질고 너그러운 마음씨가 넓고도 커, 썩은 풀에게 봄을 이어주고 뼈만 남은 몸에 살을 붙여 주셨으니, 어찌 감히 명대로 아니하겠소."

다음날 아침에 곧 관인을 풀어놓고 고향으로 돌아갔다.

공이 다음날 길을 떠나려할 때 기생에게 말하였다.

"내 본래의 뜻은 자네를 데리고 돌아가 금옥(金屋)[6]의 인연을 다시 이으려 하였네만, 지금 있는 홍문관(弘文館) 벼슬은 그 맑기가 물과 같아야하는 걸세. 나중에 벼슬이 높아지고 녹봉이 많아지는 때를 기다려 일이 되어가는 형편과 재력이 좋아진 연후에 마땅히 다시 만날 날이 있을 것이네. 그때 다시 만나기를 기다리게나."

기생이 대답했다.

"제가 어찌 공에게 누를 끼치겠습니까. 삼가 높으신 뜻을 받아들이겠

---

4) 관리의 자격을 박탈함. 또는, 평생 관리가 되지 못하게 함.
5) 어사나 감사가 못된 짓을 많이 한 고을의 원을 파면하고 관가의 창고를 봉하여 잠그던 일.
6) '금옥저교(金屋貯嬌)'의 준말로 '배필로 맞아들이다'는 뜻이다. 한 무제(漢武帝)가 어릴 적에 자기의 고종매(姑從妹)되는 진아교(陳阿嬌)와 함께 놀면서 매우 친애하였다. 고모가 묻기를, "아교를 배필로 삼으면 어떻겠는가." 하니 무제가, "정말 아교와 배필이 된다면 금옥(金屋)에 감추어 두리라." 하였다. 과연 진아교는 후일에 황후가 되었다.

습니다."

그러고는 눈물을 흘리며 서로 이별하였다.

공이 공사를 마치고 돌아와 명령을 받고 간 일의 결과를 보고하였다.

이때 숙종임금께서 나이가 드시어 눈이 침침하고 몸이 편안하지 않았다. 매일 밤 당직을 서는 여러 신하들을 모두 불러서는 고금의 기이한 이야기를 하게 하였다. 또 이야기는 백성들이 모여 사는 마을의 속된 말까지 미쳐 기나긴 밤을 보내는 방법으로 삼으실 때였다. 여러 신하들이 각자 듣고 본 것을 말하고 듣고 하며 차례가 공에게 이르렀다. 공이 말씀 드릴 것이 없다고 사양하니 임금이 말씀하셨다.

"네가 이미 북쪽 지방을 순찰하고 왔으니 반드시 널리 돌아다녔을 것이다. 어찌 할 말이 없겠느냐?"

공이 고개를 숙이고 엎드려 대답했다.

"신이 친히 경험한 것이 없지는 않사오나 사건이 지나치게 비루하고 자질구레하여 감히 이야기를 펼쳐 놓지 못하겠나이다."

임금이 말씀하셨다.

"군신의 사이는 집안의 아비 자식과 같으니 비루하고 자질구레함을 어찌 싫어하겠느냐?"

공이 이에 단천의 일을 임금에게 말할 때였다.

움막에 들어가 기생을 만났다는 부분에 이르자 임금이 대나무로 만든 작은 부채를 들고 앉아 있던 탁자를 치셨다. 또 말을 준비하여 보내주었다는 정성에 이르자 또 무릎을 치시며 기이함을 잇달아 칭찬하시다가 다시 헌옷을 거두어 두는 것을 보고 어사인줄 알았다는 일에 이르러서는 임금이 크게 탄복하여서는 몹시 칭찬을 하였다. 그리고 마지막으로 밤을 타 부사를 본 것과 서울로 돌아 올 때에 기생과 뒷날을 약속하였다는 한바탕의 이야기를 듣고는 즉시 승지(承旨)[7]를 부르셨다. 그러고는 전지(傳旨)[8]를 함경감사에게 내리시어 "단천부의 장주(掌酒) 기생 아무개를 며칠

안으로 홍문관 관원인 김우항의 집으로 행장을 꾸며 보내라."라고 명하시
었다. 그러고는 또 "이 결과를 나에게 보고하라."고 하였다.

감사가 임금의 명에 의하여 수레와 말, 금전과 베를 후하게 주어 기생
을 공의 집으로 보내었다.

기생이 공에게 시집 온 후로 공이 지난날 자기를 구한 은혜와 보통이
넘는 사물을 보는 지혜에 감동하여 정이 날마다 두터워졌고 돌보아 사랑
함이 더욱 깊었다. 기생도 또한 공경하고 삼가며 매우 조심스럽게 공과
부인을 섬기는데 엄한 임금을 받들듯이 하였다. 또 종들을 부리는데도
사랑으로 하였으며 법도로써 자식을 가르쳤고 집안 살림을 잘 꾸려 궁핍
함이 없도록 하였다.

그 명민한 재주와 현숙한 덕은 한 시대에 널리 칭송하였다.

三十八. 訪窖穴名妓知人, 拜繡 衣寒士得官 (四)

當夜에 妓가 公을 引하야 暗히 東閣에 入하니 府使가 方坐하다가 公을
見하고 大驚하니 大盖釋褐함을 知함이더라 因하야 惴惴戰慄하며 曰 貴
駕가 엇지 하야 此에 至하얏나뇨 公이 對하되 我가 命奉을 하고 此에 至하
야 맛참 貴府에 到하얏기로 今夜에 潛來問候하노라 此時에 府使는 其 罪
를 自知하고 又 前日 公에게 無禮로써 待하얏든 事를 思함이 如何한 擧措
에 出할지 未知하야 恐懼莫措하며 手脚이 慌亂하더니 公이 謂하되 我가
貴府에 至한 後로 治績을 視察한 즉 人民의 怨聲이 路에 載하야 掩耳키
難하니 彼此의 不幸은 可言할 바이 아니어니와 未知케라 如何한 悖政을
行하야 此에 至하얏나뇨 府使가 囁嚅하야 曰 願컨대 下官의 罪目을 明示
하소셔 公이 其 罪錄으로써 提示하니 府使가 懇願하되 明證이 有한 以上

---

7) 왕명의 출납을 맡아보던 정삼품의 당상관.

8) 상벌 따위에 관한 임금의 뜻을 그 맡은 관아에 전달하던 일.

에 辨白하기 無路한지라 그러나 願컨대 同族의 誼를 願하야 我로 하야금
大罪를 免케 하소셔 公이 謂하되 太守의 罪가 비록 輕少치 아니하나 我가
엇지 刺口論列하야 廢錮의 科에 陷케 할 수 잇스리오 그러나 我가 旣히
按廉의 任이 有한 以上에 可히써 一郡의 人民으로 하야금 我의 私誼로
緣하야 塗炭에 陷케 못하지니 明日에 곳 職을 解하고 田里로 歸하라 不然
이면 封庫罷職을 免치 못하리라 府使가 이에 僕僕히 辭하되 公의 德量이
寬洪하야 腐草로 春을 續하고 枯骨로 肉을 得하게 하얏스니 엇지 敢히
命대로 行치 아니하리오 하고 翌朝에 곳 印을 解하고 鄕里로 歸하니라
　公이 翌朝에 將行할시 妓다려 謂하되 我의 本意는 汝를 帶하고 歸하야
金屋의 緣을 重續하려하얏스나 다만 我의 玉署 一啣이 其 淸이 水와 如한
지라 日後 官尊祿肥한 時를 待하야 事力이 稍한 後에 맛당히 會合이 有할
日이 有하리니 아즉 不回를 俟하라 妓가 對하되 妾이 엇지 累를 使道에게
貽하리잇가 謹히 尊旨를 一 聽하겟노이다 하며 淚를 揮하고 相別하얏더
라 公이 公事를 畢하고 還하야 命을 復하얏더니 此時 肅宗끠셔 春秋가
晩晩하야 眼眚으로써 不豫하신지라 每夜에 禁直諸臣을 悉召하사 古今의
奇譚을 話케 하시며 又 閭巷俚諺의 語꼬지 及하야 長夜消遣의 法을 爲하
실셰 諸臣僚가 各히 其 聞見한 바로써 奏聞하고 此 序가 公에게 及함이
公이 足히 仰奏할 것이 無함으로써 辭하니 上이 謂하사대 汝가 旣히 北方
의 巡廉하얏스니 반다시 踐歷한 바가 有할지라 엇지 語料가 無하다하나뇨
公이 俯伏하야 對하되 臣히 親히 經歷한 바가 不無하오나 事가 甚히 鄙하
야 敢히 敷陳치 못하겟노이다 上이 下敎하사대 君臣의 間은 家人父子와
同하니 鄙함을 엇지 嫌하나뇨 公이 이에 端川의 事로써 奏對할셰 陶穴에
入하야 妓를 遇하얏다는 事에 至하야 上이 竹角小扇을 擧하야 御案을 連
稱하시다가 更擊 하시고 又 馬를 備하야 送行하얏다는 一款에 至하야 又
節을 擊하시며 奇異함을 連稱 하시다가 更히 弊衣를 收함을 見하고 御史
인줄 知하얏다는 事에 至하야 上이 大히 嘆賞을 加하시고 最後에 夜를
乘하야 太守를 見한 것과 歸京할 際에 妓로 더부러 後約을 期하얏다는
事의 一을 聞하시고 卽時 承旨를 宣召하사 傳旨를 賜하야 咸鏡監司에게

命을 下하야 端川府 掌酒妓某를 不日 內로 儒臣 金宇杭[9] 家로 治送하라
하시고 又 此를 奏聞하라 하시니 關伯이 聖敎에 依하야 車馬와 錢帛을
厚贐하야 妓를 公의 家로 送致하얏더라 妓가 公에게 歸한 後로 公이 徃日
濟己의 恩과 過人의 識鑑에 感하야 恩情이 日篤ㅎ고 眷愛가 殊深하고
妓도 또한 洞洞屬屬하야 公과 밋 夫人을 事함이 嚴君과 如히 하고 婢僕을
御하되 恩愛로써 하며 子를 敎하되 法度로써 하며 又 産業을 治하야 匱乏
함이 無하게 하얏는대 其 明敏의 才와 賢淑한 德은 一世에 稱한 바ㅣ 되얏
더라

---

9) 원본에는 '李宇杭'으로 되어 있으나 '金宇杭'으로 바로 잡았다.

39. 불도를 버리고 부질없이 풍수설을 익히고 적선을 하니 스스로 명당의 보답함이 있다 (상)

성(星) 거사(居士)는 가산(嘉山)[1] 사람이다.

세속에서 성은 장(張)씨요, 이름은 취성(就星)이었다.

일찍이 아버지와 어머니를 잃고 15세에 출가하여 오대산(五臺山)[2] 월정사(月精寺)[3]에 입산하여 법사(法師)[4] 송운대사(松雲大師, 1544~1610)[5]의 제자가 되었다.

총명하고 영민, 민첩하여 여러 승려들 가운데서 뛰어났다. 대사가 지극히 사랑하여 늘 말하였다.

"의발(衣鉢)[6]을 마땅히 취성에게 전할 것이다."

그리고는 삼장(三藏)[7]과 불경의 글들을 가르치지 않은 것이 없었다. 그러나 오직 세 권의 책만은 상자 속에 넣어 두고 꺼내지 않았다.

하루는 대사가 금강산 유점사(榆岾寺)[8]에서 가사회(袈裟會)에 갈 때 취성

---

1) 평안북도 박천군에 있는 고을.
2) 강원도 강릉시·홍천군·평창군에 걸쳐 있는 산.
3) 오대산에 있는 사찰로『삼국유사』에 나타난 창건 유래에는, 자장(慈藏)이 당나라에서 돌아온 643년(신라 선덕여왕 12)에 오대산이 문수보살(文殊菩薩)이 머무는 성지라고 생각하여 지금의 절터에 초암(草庵)을 짓고 머물면서 문수보살의 진신(眞身)을 보고자 하였다고 한다.
4) 설법하는 중.
5) 유정(惟政). 호 사명당(泗溟堂/四溟堂). 속명 임응규(任應奎)로 임진왜란 때 승병을 모집, 휴정의 휘하로 들어갔다. 평양을 수복하고 도원수 권율과 의령에서 왜군을 격파했고 정유재란 때 울산의 도산과 순천 예교에서 전공을 세웠다. 일본과 강화를 맺고 조선인 포로 3,500명을 인솔하여 귀국했다.
6) 선원에서, 전법(傳法)의 표가 되는 가사와 바리때를 후계자에게 전하던 일에서, 스승으로부터 전하는 교법(敎法)이나 불교의 깊은 뜻을 이르는 말.
7) 불교의 경전. 즉 경(經)·율(律)·논(論).
8) 강원도 금강산에 있는 사찰로 유리왕 4년에 지었다. 임진왜란 때 사명당이 이 절에 계셨는데

에게 말하였다.

"내가 가는 곳은 왕복 반년의 세월이 소요될 것이다. 그 사이에 너는 모름지기 공부에 마음을 붙이고 상자 속에 넣어 둔 세 권의 책은 삼가 꺼내 보지 말도록 하라."

몇 번을 이렇게 부탁하고는 맡기고 갔다.

취성이 여러 제자들과 함께 절의 바깥문까지 따라가 전송하고 돌아와 마음에 아주 의아하였다. '사부께서 감추어 둔 세 권의 책이 어떠한 비서이기에 나에게 보지 못하게 하는 것이지.'

하루는 틈을 타서 찾아낸 뒤 펼쳐보니 불경이 아니고 지리서(地理書)였다. 상 권은 하락(河洛)[9]으로부터 하 권은 성력(星曆, 천문)에 이르러 오행음양(陰陽五行)[10]의 수와 구궁팔괘(九宮八卦)[11]의 법이 경지를 헤아릴 수 없는 미묘함이 모두 구비되었고 길하고 흉함이 모두 갖추어져 있었다.

실로 천고로부터 전해지지 않는 비결(秘訣)[12]이었다.

왜병들이 그의 도에 압도되어 잘 모셨다고 한다.

9) 하도낙서(河圖洛書)의 준말. 하도는 복희(伏羲)가 황하(黃河)의 용마 등에서 얻은 그림으로, 이것에 의해 복희는 역(易)의 팔괘(八卦)를 만들었다고 하며, 낙서는 하우(夏禹)가 낙수(洛水)의 거북 등에서 얻은 글, 위서(緯書)에 있는 하도낙서는 칠경(七經)의 위서와 함께 전한(前漢) 말에서 후한(後漢)에 걸쳐 만들어졌다. 출전은 『서경(書經)』이다.

10) 일체 만물은 음양(陰陽) 이기(二氣)에 의해 생장 소멸하고, 오행 중 목, 화는 양에, 금, 수는 음에, 토는 그 중간에 있어 이것들의 소장(消長)으로 천지(天地)의 변이, 재복, 길흉(吉凶)이 얽힌다는 설.

11) '구궁'은 『낙서(洛書)』에서 발전한 방위(方位)의 자리로 일백(一白)·이흑(二黑)·삼벽(三碧)·사록(四綠)·오황(五黃)·육백(六白)·칠적(七赤)·팔백(八白)·구자(九紫)의 구성(九星)에 중궁(中宮)과 건(乾)·감(坎)·간(艮)·진(震)·손(巽)·이(離)·곤(坤)·태(兌)의 8괘를, 휴(休)·사(死)·상(傷)·두(杜)·개(開)·경(驚)·생(生)·경(景)의 팔문(八門)에 배합을 하여, 그 운행하는 9방위의 자리를 이르는 말이다.

'팔괘'는 역(易)을 구성하는 64괘의 기본이 되는 8개의 도형(圖形). 건(乾:)·태(兌:)·이(離:)·진(震:)·손(巽:)·감(坎:)·간(艮:)·곤(坤:)을 말한다. 괘(卦)는 걸어 놓는다는 괘(掛)와 통하여, 천지 만물의 형상을 걸어 놓아 사람에게 보인다는 뜻으로, 그 구성은 음효(陰爻: - -)와 양효(陽爻: 一)를 1대 2, 또는 2대 1 등의 비율로 셋이 되게 짝지어 이루어진다.

12) 비밀히 하여 세상에 알려지지 않은 묘한 방법, 또는 미래의 세계를 암시하거나 장래의 길흉·

취성이 이것을 탐독하는 것에 점차 빠져들어 아예 불경을 전폐하고 이 책만을 오로지 공부하니 반년을 넘지 못해 그 묘한 이치에 정통하였다. 이에 산에 올라 시험을 하니 용맥(龍脈)[13]의 일어남과 엎드림, 풍수(風水)[14]의 모이고 흩어짐을 잘 아는 것이 손금을 보는 것과 같았다.

취성이 속으로 생각하기를, '내가 이미 세상에 없는 신묘한 술책을 얻었으니 인간의 부귀를 손바닥에 침을 뱉듯 쉽게 알 수 있을 게다.' 하고는 드디어 속세로 내려가려 마음을 먹었다.

하루는 홀연 스스로 깨달아 말하였다.

"석가의 가르침 공부는 마음을 바르게 하는 것이 최고이다. 내가 출가한지 십 년에 일찍이 조금의 삿된 생각이라도 없었다. 그런데 지금에 이르러 불도를 저버리고 사악한 마음이 갑자기 생겨나 스승의 가르침을 따르지 않고 풍수지리를 보는 방법이나 익히는데 깊이 빠졌으니, 어찌 마음을 바로 닦는데 두지 않겠는가. 이제 사부가 돌아오시면 무거운 꾸지람에서 벗어나지 못할 것이다."

그러고 스스로 단향에 향을 사르고 포단(蒲團)[15]에 책상다리를 하고 앉아 손으로 정주(頂珠)[16]를 굴리고 입으로는 염불을 외었다.

며칠 후에 대사가 돌아와 취성을 불러 땅에 엎드리게 하고는 책망하였다.

"네 죄를 아느냐?"

취성이 엎드려서는 대답했다.

"소자(小子)[17]가 사부를 모신 지 이미 10년의 세월이 지났습니다만 조금

화복을 비밀히 기록하여 얼른 보면 그 내용을 알 수 없도록 한 것.

13) 풍수지리설에서 말하는 산의 줄기.

14) 음양오행설에 바탕을 둔 집·무덤의 방위·지형 따위의 좋고 나쁨이 사람의 화복에 절대적 관계를 갖는다는 학설.

15) '부들'이라는 풀로 짜서 만든 둥근 방석.

16) 본래는 부처의 이마 가운데에 박은 구슬. 여기서는 염주.

도 불순한 행동은 없었으나 본디 성품이 우매하여 어쩌다가 이와 같은 죄를 범하였는지 알지 못하겠습니다."

대사가 크게 꾸지람을 하여 말하였다.

"수행의 공부는 그 눈이 셋이 있으니 몸과 마음과 뜻이다. 네가 불도를 저버리고 잡된 방술을 탐독하여 불가의 적멸(寂滅)[18]을 싫어하고 세속의 부귀를 사모하여 10년 공부를 하루아침에 무너뜨렸다. 그 죄는 이곳에서 한 시각이라도 머물지 못할 것이다. 썩 빨리 산을 내려가지 못할까!"

드디어 지팡이로 몹시 쳐서는 내쫓았다.

취성이 사문(沙門)[19]에 용납되지 못할 줄 생각하고 고향으로 돌아갈 때였다.

강릉으로부터 서울에 이르기까지 그 지나치는 길에 산천의 명당자리가 아주 많았다. 그래서 그 용절(龍節)[20] 좌향(坐向)[21]과 소사납수(消砂納水)[22] 등을 자세히 기록하여 행랑 속에 간직하였다. 곧 경성으로 들어가 점을 찍어 놓은 명당자리를 사람들에게 팔려고 하였다. 성안을 두루 돌아다니며 사람을 만나면 잡고 이야기를 하였으나 듣는 사람들이 모두 허황된 잠꼬대로 돌려버려 사고자하는 사람이 없었다.

거사(居士: 취성)가 가산에 도착하여 갈산 아래에 몇 칸의 초가집을 얽었다. 집 뒤에는 한 조그만 구멍이 있었는데 매일 아침 진언(眞言)[23]을 염불

---

17) 자기를 낮추어 이르는 일인칭 대명사.
18) 불교에서, 번뇌의 경지를 벗어나 생사의 괴로움을 끊음.
19) 부지런히 모든 좋은 일을 닦고 나쁜 일을 일으키지 않는다는 뜻으로, 불문에 들어가서 도를 닦는 사람을 이르는 말.
20) 산줄기가 자리 잡은 방향.
21) 묏자리나 집터가 자리 잡은 방향.
22) 혈의 형세가 약한 곳과 물을 빨아들이는 곳.
23) 진실하여 거짓이 없는 말이라는 뜻으로, 비밀스러운 어구를 이르는 말.

하고 구멍을 더듬으면 두 되가량의 쌀이 저절로 나와 이것으로 아침저녁을 지어서는 생계를 꾸려 나갔다.

그때에 숙천(肅川)[24) 백운산(白雲山)에 안(安) 씨 성을 가진 형제가 있었다.

일찍이 고아가 되어 부모 없고 나이 서른이 지나도록 가정을 꾸리지 못하였다. 생계를 꾸려가기가 너무나 어려워 형제가 모두 이웃집의 고용살이를 하였다. 하루는 거사가 백운산 아래를 지나칠 때였다. 마침 소나기를 만나 촌가에 들어가니 즉 안 수재(安秀才)[25)가 고용살이를 하는 집이었다.

거사가 문 앞에서 한참동안 비 개기를 기다렸으나 산 너머로 해가 이미 기울도록 비는 그치지 않아, 주인에게 하룻밤 머물기를 청하니 주인이 욕지거리를 해대며 허락하지 않았다.

안 수재가 마침 소에게 여물을 먹이다가 거사를 보고는 말하였다.

"이 집 뒤 오두막이 제 집이니 만일 누추하다고 허물치 않으시면 저와 함께 하룻밤을 지내시는 것이 어떠하신지요."

거사가 고마움을 표했다.

"비가 내리는 깊은 골짜기에 호랑이와 표범이 거리낌 없이 제멋대로 행동하니 밤에 만일 길에서 잔다면 화를 면하기 어려울 것이오. 다행히 어진 수재를 만나 함께 지내기를 청하니 가위 살아있는 부처님이오."

안 수재는 거사와 함께 그 집에 도착하여 자리를 잡고 앉은 후에 그 아우를 불러 저녁밥을 갖추어 차려오게 하여 정성껏 대접하였다.

사나흘이 지나도록 비가 그치지 않아 거사가 가지 못하였지만 안 수재의 접대는 처음부터 끝까지 똑같아 터럭만큼도 고민의 빛을 보이지 않았다.

---

24) 평안남도 평원군에 있는 고을.
25) 예전에, 미혼 남자를 높여 이르던 말.

三十九. 背道枉學堪輿術, 積善自有明堂報 (上)

星居士는 嘉山人이라 俗姓은 張이오 名은 就星이라 일즉히 怙恃를 失하고 十五에 出家하야 江陵 五臺山 月精寺에 入하야 法僧 松雲大師[26]의 弟子가 되얏는대 聰明穎悟하야 衆闍黎에 卓하니 大師가 極히 愛하야 常日하되 衣鉢을 맛당히 就星에게 傳하리라 하고 三藏經文을 敎授치 아니함이 無하되 오즉 三卷書가 有하야 箱中에 深藏하고 出示치 아니하더니 一日은 大師가 將次 金剛山 楡岾寺 袈裟會에 徃할세 就星다려 謂하되 我의 徃返이 半年의 歲月을 費하리니 其 間에 汝는 須히 工夫에 着心하고 篋中에 藏置한 三卷書는 愼하야 出見치 말나 再三付囑하고 去하니 就星이 衆弟子로 더부러 山門에 拜送하고 歸하야 心에 甚히 疑訝하되 師父의 藏한 바 三卷書가 何等의 秘書이기로 我로 하야금 一覽치 못하게 하는가 하고 一日은 間을 乘하야 搜出披閱한 則 佛經이 아니오 地理書라 上은 河洛부터 下로 星曆에 至하야 五行陰陽의 數와 九宮八卦의 法이 玄妙가 皆備하고 吉凶이 具著하니 實로 千古不傳의 秘訣이라 就星이라 此를 耽讀함이 漸次 沈惑을 加하야 아예 佛經을 全廢하고 此 書를 專攻하니 半年을 過하지 못하야 其 妙를 精通하얏더라 이에 踏山을 試하니 龍脉의 起伏과 風水의 聚散이 瞭然하기 指掌과 如한지라 自謂하되 我가 旣히 不世의 神術을 得하얏슨 則 人間의 富貴를 能히 唾手可得하리라 하고 드대여 退俗의 心이 有하더니 一日은 忽然 自悟하야 曰 釋敎의 工夫는 正心이 爲上이라 我가 出家한지 十年에 일즉이 半點의 邪念이 無하얏더니 今에 至하야 道를 背하고 邪心이 猝發ㅎ야 師의 敎를 遵치 아니하고 堪輿의 方術애 沈惑하얏스니 此에 엇지 正心修行함애 大害가 有치 아니하리오 且 師父가 知하시면 重譴을 逃치 못하리로다 하고 이에 스사로 檀香을 焚하고 蒲團에 趺坐하야 手로 頂珠를 轉하고 口로 佛偈을 念하더니 數日 後에 大師가 還歸하야 就星을 呼하야 地에 伏케 하고 數하야 曰 汝가 罪를 知하나냐 就星이 俯伏하야 對하되 小子가 師父를 服事한지 旣히 十 載 春秋를 閱하

---

26) 원본에는 '雲大師'라고 되어 있다. 문맥으로 보아 '松雲大師'로 바로 잡았다.

얏스되 小毫도 不順한 行動은 無하얏스나 素性이 愚昧하야 如何한 罪過를 犯하얏는지 不知하노이다 大師가 大責하야 曰 修行의 工은 其 目이 三이 有하니 身과 心과 意라 汝가 道를 背하고 雜方을 耽讀하야 佛家의 寂滅을 厭하고 世俗의 富貴를 慕하야 十年 工夫를 一朝에 壞了하니 其 罪는 此處에서 一刻을 留치 못할 것이라 火速히 下山하라 하고 드대여 重杖하야 逐出하니 就星이 沙門에 容치 못할 줄 自度하고 이에 故鄕으로 還할시 江陵으로부터 京城에 抵함에 其 所經山川의 明堂大地가 甚多한지라 이에 其 龍節坐向과 消砂納水의 類를 細錄하야 中에 藏하고 곳 都門에 入하야 그 所占處를 人에게 賣코져 하야 城市에 遍行하며 人을 逢하면 輒說하얏스나 聞하는 者가 모다 虛誑으로 歸하야 願買하는 者가 無한지라 居士가 이에 嘉山에 到하야 葛山의 下애 數間草屋을 搆하니 屋後山壁에 一 小孔이 有한지라 每朝에 眞言[27]을 念하고 孔中을 探하면 二 升米가 自出함이 此로써 朝夕飯을 炊하야 料生의 計를 爲하얏더라

時에 肅川 白雲山에 安姓人 兄弟가 有하니 早孤하야 親이 無하고 年이 三十에 過하도록 室家를 有치 못하야 資生하기 甚難함으로 兄弟가 俱히 人家의 雇傭이 되얏더니 一日은 居士가 白雲山下에 行過할세 맛참 急雨를 遇하야 村家에 投하니 卽 秀才의 入傭한 家이라 居士가 門前에 久立하야 雨가 霽하기를 待하다가 山日이 已暮하고 雨는 止지 아니함으로 居士가 主人에게 一夜寄宿하기를 請하니 主人이 叱辱하며 許치 아니하는지라 安秀才가 맛참 牛를 飼하다가 居士를 出見하고 謂하되 此 家後 小屋이 卽 我의 所居이니 萬一 薄陋함을 嫌치 아니하거든 我로 더부러 同宿함이 何如하니잇고 居士가 稱謝하야 曰 雨中 深峽에 虎豹가 橫行ᄒ니 夜에 萬一 露宿하면 禍를 免키 難할지라 幸히 賢秀才를 逢하야 同宿하기를 請하니 可謂 活人의 佛이로다 安生이 居士로 더부러 其 家에 至하야 坐定한 後에 其 弟를 呼하야 夕飯을 俱來케 하야 款待하더니 三四日이 過하도록 雨가 霽치 아니함으로 居士가 行함을 不得하고 安生의 接待는 終始가 如一하야 小毫도 苦悶의 色이 現치 아니하얏더라

---

27) 원문에는 '嗔'으로 되어 있으나 내용으로 미루어 '眞'이 맞아 바로 잡았다.

39. 불도를 버리고 부질없이 풍수설을 익히고 적선을 하니 스스로 명당의 보답함이 있다 (하)

대엿새 후에 거사가 길을 떠나려고 할 때였다.

안 수재의 후한 은혜에 감복하여 물었다.

"수재의 부친 묘는 어느 곳에 있소? 내 한 번 보았으면 하오만."

안 수재가 물었다.

"거사께서 능히 풍수지리의 술법을 통달하셨나보군요."

거사가 말하였다.

"대략 거칠게만 아는 게요."

안 수재가 곧 거사와 함께 선영을 가서 보았다.

거사가 먼저 무덤의 뒤쪽에 있는 산에 올라가 그 용세(龍勢)[1]와 수구(水口)[2]를 보았다. 다음에는 혈(穴)[3]이 있는 곳에 올라가서 입수(入首)[4]를 살피더니 안 수재에게 말하였다.

"산의 형국은 너무나 아름답지만 다만 혈을 잃었으니 어찌 가난함을 면할 수 있겠소. 이 혈이 지나치게 넓으니 이것은 흙을 휩쓸어서 없애버리는 형국이라. 이 혈에는 마땅히 한 가운데 무덤을 쓰는 것은 불가한 것이오. 한 가운데 묘자리를 쓰면 오목하고 흙이 텅 비어 무너지는 게 당연한 이치 아니겠소. 무릇 흙은 구석진 곳을 쓰는 것이니 구석은 화(化)라, 경서(經書)에 '화생토(火生土)'[5]라고 말하지 않았소."

---

1) 풍수지리에서, 산의 정기가 흐르는 산줄기.
2) 풍수지리에서, 좋은 묏자리가 되는 조건의 하나. 골짜기에서 흐르는 물이 멀리 돌아 흘러서 하류가 보이지 않는 땅의 생김새를 이른다.
3) 풍수지리에서, 산의 정기가 모인 자리.
4) 풍수지리에서, 산줄기가 혈로 이어지는 곳.

그러고는 다시 한 귀퉁이의 불룩 나온 곳을 점지하여 좌향(坐向)[6]을 정하고 길일을 택하여 묘를 쓰려고 구덩이를 팔 때 거사가 말하였다.

"수재의 소원 중에 어느 것이 가장 우선하오?"

안 수재가 대답했다.

"내가 사람의 자식이 되어 장가를 들지 못하는 폐륜을 하여 후손을 끊어지게 하였으니 불효가 큽니다. 짝을 얻는 것이 가장 급한 일이지요."

거사가 이에 상생법(相生法)[7]으로 혈을 따져 안장한 후 안 수재에게 말하였다.

"8월 아무 날에 뛰어난 미인이 천금을 가지고 스스로 와 짝이 될 것이니 이때부터 가난함을 벗어날 것이요, 십 년을 지나지 않아 자손이 마당에 가득하리다. 내가 십 년 후 다시 올 것이니 그 사이에 비록 수많은 점술에 정통한 사람들이 훼방을 놓아도 동요하지 마시오."

그리고 이어서 헤어졌다.

8월 아무 날이 되자 안 수재 형제가 함께 집에 있는데 과연 한 미인이 찾아왔다. 등에 한 개의 보따리를 지고 문에 들어와서는 안 수재에게 물었다.

"여기가 안 수재의 집인지요? 또 형제가 서로 의지하여 살고 있으며 아직까지 짝을 얻지 못하였소?"

안 수재가 대답했다.

"그렇소만, 왜 이것을 묻는 게요."

그 사람이 방 안으로 들어와서는 보자기를 풀어 놓고는 안 수재를 향하여 말하였다.

"나는 본 읍 좌수 곽 아무개의 딸이지요. 올해 나이는 스물인데 부친께

---

5) 불이 꺼지면 재가 되어 흙이 되니, 불이 흙을 만든다는 뜻이다.

6) 묏자리나 집터 같은 것의 등진 방위에서 정면으로 바라보이는 방향.

7) 서로 화합하고 살리는 법.

서 옆 마을의 오 아무개에게 혼인을 정하고 장차 며칠 후에 혼인을 행하기로 하였답니다. 그런데 칠 월 아무 날에 내가 꿈을 꾸었더니 한 신선이 와서 말하기를, '나는 백운산 신령이다. 너의 천생연분이 백운산 아래 안 아무개이다. 오직 형제가 서로 의지하여 아직 배필을 얻지 못하였다. 네가 안씨 집안에 가서 부부를 맺으면 평생 신세가 수명이 길고 재산이 많을 것이오, 만일 오 가와 성혼하면 너의 평생은 그릇될 것이다.'라고 하였답니다. 그래 내가 꿈을 깨고는 마음에 의아하였는데, 그 다음 날 또 이와 같았답니다. 이때부터 신령이 꿈에 나타나지 않는 날이 없어 속으로 생각해보았지요. '규중의 처자로 한 발자국도 문 밖에 나오지 못하였고 또 꿈속의 일을 부모에게 말씀드리기도 어려워 오늘까지 주저하였으나 며칠 후에는 오 아무개와 혼례를 올리지 않을 수 없게 되었구나. 신기한 꿈이 이같이 매우 정녕한 즉, 여러 번 되풀이되었는데 이것을 저버리는 것은 불가하다.' 그래서 한 꾀를 내어 남자의 복장으로 바꿔 입고 새벽을 틈타 나와 구르고 넘어지며 갖은 고생을 하여 간신히 이곳에 온 것입니다. 혼인의 연분은 중하고 한 때의 미움은 작은 까닭에 이렇게 바른 길을 버리고 권도(權道)[8]를 따른 것입니다. 중매를 기다리지 않고 스스로 왔으니 들까부는 메추라기꼴이라 나무람을 면키는 어려울 것이나 내치지 마시기를 바랍니다."

안 수재가 심히 놀랍고 기이하여 마음속으로 탄식하여 말하였다.

"거사는 실로 귀신같은 사람이로구나."

이에 곽씨 처자와 혼례를 치를 때, 형이 아우에게 사양하여 말하였다.

"나는 나이가 이미 늦었으니 네가 장가들도록 해라."

아우가 사양하여 말했다.

"형은 아직 마흔이 못 되었고, 또 아우가 먼저 장가를 들고 형이 나중이

---

8) 목적 달성을 위하여 그때그때의 형편에 따라 임기응변으로 일을 처리하는 방도.

라는 것은 도리에 맞지 않습니다."

형이 부득이 장가를 들기로 하고 날을 택하여 혼례를 치루니 그 기쁨을 알만하다. 사흘을 지나 곽씨가 가지고 온 보물을 차례로 꺼내 팔아 수천 금을 얻었다. 이때부터 집안 형편이 풍족하니 그 아우의 혼례는 색시를 구하지 않아도 스스로 왔다.

형제가 모두 아내를 얻어 자녀를 많이 낳으니 인근 사람들이 칭찬하지 않는 사람이 없었다. 하루는 거사가 그 집에 찾아 왔다.

안씨 형제가 거꾸러지듯이 뛰어나가 맞이하여 그 은혜에 감격하여 목 메어 우니 거사가 말하였다.

"이것은 그대들이 좋은 일을 많이 하여서이지 어찌 내 힘에 의해서겠소. 그대 형제가 이미 아내를 맞이하고 또 부유한 생활을 누리고 자녀를 많이 낳았으니 운이 틔어서 복이 아주 큰 것이라. 그러나 사람이 비록 부유하더라도 글이 없으면 천한 것이니 이제 다시 이장을 하여 문장을 내게 할 것이오."

그리고 한 혈을 앞 구덩이의 왼쪽 모서리에 점지하고 다시 예를 갖추어서 이장하게 한 후에 거사가 말하였다.

"이 이후로 대대로 뛰어나게 글을 잘 짓는 큰 인물이 많이 나올 것이고 높은 벼슬이 서로 잇달아 한 고을의 갑족(甲族)[9]이 될 것일세."

훗날 과연 드러난 결과가 딱 들어맞았다고 한다.

三十九. 背道枉學堪輿術, 積善自有明堂報 (下)
五六日 後에 居士가 將行할세 安生이 款待한 恩을 感하야 이에 問하되 秀才의 親山이 何處에 在하뇨 請컨대 一見하기를 願하노라 安生이 問하

---

9) 문벌이 아주 훌륭한 집안.

되 居士가 能히 堪興의 術을 通하나잇가 居士 曰 大畧 其 糟粕을 知하노라 安生이 곳 居士로 더부러 其 先塋을 徃見하니 居士가 먼져 主山에 上하야 其 龍勢와 水口를 觀하고 此에 穴處에 登하야 其 入首를 察하더니 安生다려 謂하대 局勢는 甚美하나 다만 失穴이 如此 하니 엇지 貧賤을 免하리오 大抵 此 穴이 甚廣하니 此 棄 掃蕩士[10] 體라 此 穴에는 當中하야 窆함이 不可하니 當中하면 凹하고 土가 空하며 陷하는 것은 理의 常이라 무릇 土는 其 角을 用하나니 角은 火이라 經에 火生土라고 云치 아니하얏나뇨 하고 이에 更히 一角의 頭를 占하야 坐向을 定하고 吉日을 擇하야 金井을 開할세 居士가 謂하되 秀才의 所願 中에 何者가 先에 居하나뇨 安生이 對하되 我가 人子가 되야 廢倫絶함에 至하얏스니 不孝함이 大한지라 得配가 最急이로소이다 居士가 이에 相生法으로써 穴을 裁하야 安葬한 後에 安生다려 謂하되 八月 某日에 맛당히 一代美人이 有하야 千金을 持하고 自來作配하리니 此로부터 可히 發貧함을 得할지오 十年을 不出하야 子孫이 堂에 滿하리라 我가 맛당히 十年 後에 復來할지니 其 間에 비록 千百術士[11]가 有하야 毀하라 할지라도 遷動치 말나하고 因하야 別去하니라 八月 某日에 至하야 安의 兄弟가 俱히 家에 在하더니 果然 一人이 有하야 背에 一 襁를 負하고 門에 至하야 安生다려 問하되 此가 安秀才의 家이며 又 兄弟가 相倚하야 尙今토록 得配치 못하얏나뇨 安生이 對하되 果然이어니와 엇지 此를 問하나뇨 其 人이 이에 房中에 入하야 其 襁를 解하고 安生을 向하야 曰 我는 本邑座首 郭某의 女이라 年今二十에 父親이 隣洞吳某에게 婚을 定하고 將次 數日 後에 行禮하기로 하얏는대 七月 某日에 我가 夢을 得하니 神人이 來謂하되 我는 白雲山 神靈이라 汝의 天緣이 白雲山下 安某에게 在하오니 오즉 兄弟가 相倚하야 오즉 配를 得치 못한지라 汝가 安家에 往하야 夫婦를 作하면 百年身世가 壽富和樂할지오 萬一 吳家로 더부러 成婚하면 汝의 平生을 誤하리라 하기로 我가

---

10) 원문에는 '士'로 되어 있으나 내용으로 미루어 '土'가 맞아 바로 잡았다.
11) 원문에는 '土'로 되어 있으나 내용으로 미루어 '士'가 맞아 바로 잡았다.

夢을 覺하고 心에 疑惑함을 마지 아니하얏더니 其 翌日에 又 如是하고 此로부터 現夢하지 안은 日이 無하야 自念하건대 閨中處子로 一步도 門外에 出하지 못하얏고 또 夢事로써 父母에게 告하기 難하야 今日찌지 趑하얏더니 數日 後는 吳某로 成禮치 아니치 못하게 됨이 神夢함이 이갓치 丁寧한 則 此를 背함이 不可함으로 이에 一計를 出하야 男服을 換着하고 曉를 乘하야 門을 出하야 十顚九倒하면서 間關히 此 地에 至하얏는대 三生의 緣은 重하고 一時의 嫌은 少한 故로 經을 捨하고 權을 從하야 媒를 待치 아니하고 自來하얏스니 鶉의 譏를 免키 難하나 幸히 退棄치 마소셔 安生이 甚히 驚異하야 心에 自嘆하야 曰 居士는 實노 神人이로다 하고 이에 郭處子로 다부러 婚禮를 成할세 兄이 弟에게 讓하야 曰 我는 年紀가 旣히 晩晩하니 汝가 作配하라 弟가 辭하되 兄은 四十이 未滿하시고 且 先弟後兄은 道理에 不可하니이다 兄이 不得己 配를 作하고 日을 擇하야 禮를 成하니 其 喜를 可知할너라 三日을 過하야 郭氏가 携帶한 寶物을 次第로 出賣하야 數千金을 得함이 此로 從하야 家計가 饒足하니 其 弟의 婚은 不求하야도 自至한지라 兄弟가 俱娶하야 子女를 多生하니 隣의 人이 稱賀치 안는 者가 無하얏더라 一日은 居士가 其 家에 至하니 安生兄弟가 顚倒出迎하야 其 恩을 感泣하니 居士가 謂하되 此는 君의 積善으로 由함이라 엇지 我力에 係함이리오 그러나 君의 兄弟가 旣히 娶하고 且 富饒하고 又 子女를 多生하얏스니 發福이 甚大한지라 그러나 人이 비록 富饒할지라도 文이 無하면 賤한 것이니 今에는 更히 選맞하야 文章을 出케 하리라 하고 一穴을 前壙의 左角에 占하고 다시 禮를 備하야 移葬케 한 後에 居士가 謂하되 此로 從하야 世世로 雄文巨擘이 多出하고 簪纓이 相繼하야 一鄕의 甲族이 되리다 하더니 其 後에 果然 應驗이 符節과 如히 合하얏다 云하니라

40. 늙은 신랑 아내를 얻어 늘그막에 복을 누리고 소년형 제는 한꺼번에 과거에 급제하여 일찍이 영화를 얻다 (상)

안동 권씨 아무개가 유교 경전에 대한 학문과 의로운 행실로 도천(道薦)[1])을 받아 휘릉(徽陵)[2])의 능참봉(陵參奉)[3])을 맡게 되었다.

이때 그의 나이 예순이었다.

가세는 아주 부유하였으나 막 아내의 상을 당하여 문 앞에는 찾아온 손님을 응대할 아이도 없고 밖으로는 1년 제사를 치러줄 가까운 친척도 없었다.

이때에 상국(相國) 김우항(金宇杭, 1649~1723)[4])이 휘릉의 별검(別檢)[5])이 되었다. 마침 능에 공사가 있어 그와 함께 숙직을 하게 되었다.

하루는 능을 지키는 군사가 능 안에 들어와서 땔나무를 한 자를 체포하여 끌고 왔다. 권 참봉이 마땅히 지켜야할 도리로 책망하고 태형(笞刑)[6])을 치려하였다. 땔나무를 한 사람은 노총각이었다. 하늘을 우러러 부르짖으며 울기에 권 참봉이 그 기색을 살펴보니 결코 보통 사내는 아니었다.

그래 씨족과 그 근본을 물으니 총각이 대답했다.

"저는 본시 잠영(簪纓)[7]) 후예로 일찍이 아비를 잃고 다만 노모만 있습니다. 어머니는 올해 나이가 일흔 둘이며, 또 한 누이가 있는데 나이 서른

---

1) 감사가 자기 도내(道內)의 학식이 높고 유능한 사람을 임금에게 추천하던 일.
2) 경기도 구리시에 있는 조선 인조의 계비 조 대비의 능.
3) 능을 관리하는 일을 맡아보던 종9품 벼슬.
4) 358쪽 각주 1) 참조.
5) 전설사의 종8품(從八品)의 벼슬.
6) 오형 가운데 죄인을 작은 형장으로 볼기를 치던 형벌.
7) 양반이나 지위가 높은 벼슬아치 또는 그 지위를 비유적으로 이르는 말. 높은 벼슬아치들이 잠영(簪纓, 관원이 쓰던 비녀와 갓끈)을 쓴 데에서 유래하였다.

다섯에 아직도 시집을 가지 못하고 있습니다. 저 역시 나이 서른이건만 아직 아내를 얻지 못하였습니다. 오직 저와 누이가 땔나무를 하고 물을 길어 봉양하였는데, 이제 날씨가 너무 추워 멀리 나무하러 가기가 어려워 마침내 무심결에 죄를 범하였으니 누구를 원망하겠습니까."

권 참봉이 이 말을 듣고 측은한 마음이 생겨 김우항을 돌아보며 말하였다.

"그 정황이 딱합니다. 특별히 죄를 사하는 것이 어떠한지요?"

김우항이 그 말을 따르니 권 참봉이 총각에게 말하였다.

"들어보니 너의 사정이 딱하여 특별히 용서해주는 것이니 이후에는 다시 이러한 죄를 범하지 말도록 하라."

그리고 또 한 말의 쌀과 한 쌍의 닭을 주며 말하였다.

"이것을 가지고 돌아가 늙으신 어미를 봉양하거라."

총각이 여러 번 감사하고 갔다.

그런데 며칠 후에 또 나무를 해가다가 붙잡혀 왔거늘 권 참봉이 크게 책망하니 총각이 목을 놓아 울면서 말하였다.

"성의를 저버렸으니 두 가지 죄를 모두 범했음을 모르는 것이 아니오나 집에 있어 늙으신 어머니께서 춥다고 하시는 것을 차마 보지 못하겠고 눈 쌓인 속에서 땔나무를 구할 곳도 마땅치 않아 재범을 하였습니다. 이제는 머리를 들어 몸 둘 데가 없습니다."

권 참봉이 또 측은한 마음이 생겨 태형치는 것을 차마 하지 못하니 김우항이 방에 있다가 싱긋이 웃으면서 말하였다.

"닭 두 마리와 한 말 쌀로도 능히 감화시키지 못하였으니 이제 좋은 방법이 있는데 내 말대로 하는 것이 어떻겠소."

권 참봉이 그 방도를 듣자하니 김우항이 말하였다.

"참봉의 나이가 부인을 잃은 터에 자식도 없으니 총각의 누이를 취하여 후실로 들이는 것이 어떠합니까?"

권 참봉이 수염을 쓰다듬으면서 말하였다.

"내가 비록 나이를 먹었으나 힘은 쓸 만하지요."

김우항이 그 뜻을 헤아리고 이에 총각에게 말하였다.

"저 권 참봉은 충후한 군자이시다. 집안은 풍족하나 아내를 잃고 자식이 없으니 네 누이의 용의 범절이 어떠한지는 알 수 없으나 권씨 문중에 후실로 들어가면 네 집이 의지할 곳이 생기는 것이니 어찌 다행스런 일이 아니겠느냐?"

총각이 대답했다.

"집에 노모가 계시니 제 멋대로 결정할 수 없습니다. 마땅히 가서 말씀드리겠습니다."

그리고 간 지 잠깐 후에 되돌아와 말하였다.

"노모에게 말씀드리니 노모의 말씀이 '우리 집안은 대대로 나라에 공로가 많은 명문가로서 높은 벼슬을 지낸 분이 많은 데 지금에는 극도로 영락하였으니 비록 앞 세대에는 행하지 아니한 일이나 시집을 못 가는 것보다는 낫지 않겠느냐.' 하시고 우시면서 허락하셨습니다."

김우항이 크게 기뻐하여 이에 권 참봉에게 힘써 권하여 좋은 날을 고른 후에 서둘러 혼례를 치렀다. 그 여인은 과연 명문가의 후예요, 여인 가운데 현명한 부인이었다.

권 참봉이 분수에 넘쳐 기뻐하며, 김우항을 와서 보고는 칭송하고 사례하였다.

"그대의 중매를 힘써 권하는데 힘입어 이러한 좋은 배필을 얻었소이다. 내 나이 이미 예순이라. 다시 무엇을 구하겠소. 관직을 내 놓고 고향으로 아주 내려가려고 이제 작별인사나 하려고 온 것이외다."

김우항이 잘됐다고 칭찬하고는 술을 따르고 서로 이별하였다.

그 뒤 25년 뒤에 김우항이 비로소 비옥(緋玉)[8]이 되어 안동을 다스리는 수령으로 가게 되었다. 관아에 부임한 다음날에 한 백성이 이름을 대고는 뵙기를 청하였다. 이 사람은 전 참봉 권 아무개였다. 공이 심히 놀랍고 기뻐 급히 나가 맞았다. 나이가 여든하고도 네댓 쯤 되어 보이는 얼굴이 어린 아이 같은 백발노인이 지팡이도 짚지 않고 몸놀림이 가볍게 들어오는 데 신선세계의 사람 같았다. 김우항이 손을 잡고 윗자리로 맞이하여 술을 차려 환대하였는데, 음식을 먹는 것이 전과 같았다. 권 노인이 김우항에게 감사하여 말하였다.

"제가 사또의 힘을 입어 좋은 배필을 얻은 후에 수년 사이에 두 아들을 잇달아 낳고 지금까지 함께 늙고 있습니다. 두 아들 모두 시문(詩文)을 배워 서울에 유학한 지 여러 해에 다행히도 잇달아 진사과에 발탁되었는데 내일이 집으로 돌아오는 날입니다. 사또께서 마침 이 안동부에 오셨으니 어찌 제 집에 오시지 않겠습니까."김우항이 한 편으로 놀랍고 한 편으로는 축하하며 흔쾌히 이를 허락하였다.

四十. 亨晚福老郎得配, 得早榮少年聯璧 (上)

安東 權氏 某가 經學行義로써 道에 登하야 徽陵參奉에 任하니 時年이 六十이라 家勢는 甚히 富饒하나 新히 其 耦를 喪하야 內에는 應門의 童이 無하고 外에는 朞功의 親이 無하얏더라 時에 金相國 宇杭이 本陵別檢이 되야 맛참 陵役이 有함으로 權으로 더부러 合直하더니 一日은 陵軍이 犯樵한 者를 捕하야 納하얏거늘 權이 道理로써 責하고 將次 笞罰하려 하니 樵人은 卽 老總角이라 天을 仰하야 呼泣하거늘 權이 其 氣色을 察하니 決코 常漢은 아니라 이에 其 氏族의 本을 問하니 老總角이 對하되 小童이 本是 簪纓의 後裔로 일즉이 父를 喪하고 다만 老母가 有하온대 今에 年이 七十二歲이며 又 娣姒 有하야 年이 三十五에 尙히 出嫁치 못하고 小童은

8) 비단옷과 옥관자라는 뜻으로, 당상관의 관복을 이르던 말.

年이 三十에 아즉 娶妻치 못하엿슴으로 오즉 弟娣가 樵汲을 爲하야 奉養
하더니 今에 天候가 極寒하야 能히 遠樵하기 難함으로 맛참내 無心中에
犯하얏사오니 엇지 誰를 怨하리잇가 權이 其 言을 聞하고 惻隱의 心이
自生히애 金公을 顧謂하며 曰 可矜하도다 其 情이여 特히 此를 赦함이
何如한고 金公이 從하니 權이 이에 總角다려 謂하되 聞하건대 汝의 情理
가 可矜함으로 特히 赦宥하니 此 後에는 更히 犯罪치 말나 하고 又 一斗
의 米와 一雙의 鷄를 與하야 曰 此로써 歸하야 老親을 奉養하라 하니 總
角이 僕僕히 感謝하고 去하얏더라 數日 後에 又 犯樵로써 見捉 하얏거늘
權이 大責하니 總角이 失聲涕泣하며 曰 盛意를 辜負 하얏스니 兩罪를
俱犯한 줄 知치 아임이 아니오나 家에 在하야 老親의 呼寒함을 忍見치
못하겟소 積雪中에 採樵할 處가 無함으로 罪에 再犯하얏사오니 今에 擧
頭하기 無地로소이다 權이 又 惻隱의 心이 生하야 苦治하기를 不忍호니
金公이 傍에 在하다가 微哂하고 曰 雙鷄斗米로도 能히 感化치 못한지라
今에 好個道理가 有하니 我 言에 依함이 如何하뇨 權이 其 方道를 聞하니
公 曰 參奉丈이 配를 喪하고 子가 無하니 總角의 娣를 娶하야 繼室을 作
함이 如何하뇨 權이 其 鬚을 自綽하며 曰 我가 비록 年老하얏스나 筋力은
足히 可爲할지로다 公이 其 意를 揣하고 이에 總角다려 謂하되 彼權參奉
은 忠厚君子人이라 家計는 饒足하나 耦를 喪하고 子가 無하니 汝娣의 容
儀凡節이 如何한지는 未知이나 權門에 繼室로 入하면 汝家의 倚託이 有
所하리니 엇지 幸치 아니하리오 總角이 對하되 家에 老母가 有하니 可히
擅行치 못할지라 맛당히 徃稟하겟노이다 하고 去한지 食頃 後에 返하야
告하되 老母에게 稟한즉 老母의 言이 吾家 世世 簪纓으로 今에 零替의
極에 至하얏스니 비록 前世에셔는 行치 아니한 事이나 廢倫하는 것 보다
는 愈치 아니하냐 하시고 泣하며 許하더이다 金公이 大喜하야 이에 權을
力勸하야 涓吉한 後에 急急히 成禮하니 果然 名家의 後裔이오 女中의
賢婦이라 權이 其 過望임을 喜하야 金公을 來見하고 稱謝하되 君의 柯斧
의 力을 賴하야 此 良配를 得하얏스니 我의 年이 旣히 六旬이라 何를 更
히 求하리오 今에 官을 解하고 鄕里로 永歸하겟기로 今에 來別하노라 金

公이 稱善하고 이에 酒를 酌하야 相別하얏더라

其後 二十五年에 金公이 비로소 緋玉을 得하야 安東에 出宰하얏더니 到官한지 翌日에 一 民이 有하야 刺를 通하고 謁하기를 請하니 此는 卽 前 參奉 權某이라 公이 甚히 驚喜하야 急히 邀見하니 年이 八十四五歲에 童顔鶴髮로 扶치 아니하고 飄然히 入함애 神仙中 人과 如한지라 公이 手를 握하고 上座로 邀하야 酒를 置하고 款待함애 飮啖이 如常한지라 權이 公에게 謝하야 曰 民이 城主의 力을 賴하야 良配를 得한 後로 數年間에 二子를 連生하고 至今토록 偕老하며 二子가 俱히 詩文을 學하야 京師에 遊한지 有年에 幸히 聯璧進士를 擢하얏는대 明日에 즉 到門하는 日이라 城主가 맛참 此 府에 莅하얏스니 엇지 降臨의 擧가 無하리오 公이 且驚且賀하며 快히 此를 許하얏더라

40. 늙은 신랑 아내를 얻어 늘그막에 복을 누리고 소년형제는 한꺼번에 과거에 급제하여 일찍이 영화를 얻다 (하)

다음날 김우항이 친히 기생과 악공들을 데리고 술과 안주를 준비하여 갔다. 그가 사는 곳은 계곡과 산세가 수려하였다. 꽃과 나무가 햇빛을 가리는 일산인 듯 하고 누대를 보니 크며 아름다웠고 장원이 넓어 재상이 사는 곳과 같았다.

주인이 섬돌아래에 내려와 맞이하니 멀고 가까운 곳에서 풍악이 울리고 손님들이 구름처럼 모여들었다. 잠깐 있으려니까 새로 과거에 급제한 두 아들이 도착하였다. 복두(幞頭)[1] 앵삼(鶯衫)[2]에 풍채가 사람들을 술렁이게 하였다. 말 앞에 두 백패(白牌)[3]를 세우고 쌍 젓대 소리가 맑고도 높으니 빙 둘러 보는 사람들이 담과 같았다. 모두가 권씨의 복력(福力)을 칭찬하고 탄미하지 않는 사람이 없었다.

김우항이 신은(新恩)[4]을 잇달아 불러 그 나이를 물으니 형은 스물 넷이요, 둘째는 스물 셋이었다. 권 참봉이 장가를 든 이듬 해와 또 그 다음 해에 두 아들을 잇달아 얻은 것이었다. 김우항이 말을 주고받으며 보니 난새와 고니 같고 문장은 아름다운 옥이니, 가위 누가 형이니 아우라 할 것도 없었다.

김우항이 공경하고 감탄하기를 그치지 못하니 늙은 주인의 기뻐함을 알 수 있다. 손님들이 흩어진 후에 잠시 틈을 타 권 참봉이 한 사람을

---

1) 과거에 급제한 사람이 홍패를 받을 때 쓰던 관. 사모같이 두 단으로 되어 있으며, 위가 모지고 뒤쪽의 좌우에 날개가 달려 있다.
2) 과거급제와 관례의 삼가(三加) 때 착용하던 예복.
3) 소과에 급제한 생원이나 진사에게 주던 흰 종이의 증서.
4) 과거에 급제한 사람.

불러 절을 올리게 하며 말하였다.

"사또께서 이 사람을 아시겠습니까? 이 사람이 바로 그 옛날 땔나무 범인이랍니다."

김우항이 그 나이를 헤아려 보니 쉰다섯이었다.

드디어 음악을 연주하고 즐거움이 극에 달하니 주인이 인하여 머물러 자고 갈 것을 청하여 말하였다.

"저의 오늘 경사는 모두 사또께서 내려주신 것입니다. 사또께서 마침 제 집을 찾아주신 것은 하늘이 주신 것이지 사람의 힘이 아닙니다."

김우항이 이에 하룻밤을 머무르며 정다운 대화를 따뜻하게 나누었다.

다음날 아침에 권 노인이 공에게 말하였다.

"늙은 처가 평일에 사또의 은혜에 감사하여 가슴깊이 새긴 것이 오래되었습니다. 이제 누추한 이곳까지 왕림하셨기에 늙은 아내 말이 한 번 존안(尊顔)을 뵙고 절이라도 드리면 지극한 원을 마칠 수 있겠다고 합니다. 여인의 체면을 돌보지 않고 다만 은혜에 감사드리려는 마음에서이니 괴이할 것이 없다고 여겨 주십시오. 원컨대 사또께서는 잠깐 내실로 들어가셔서 절을 받으시는 것이 어떻겠습니까. 또 사또께서 늙은 처에게 베푸신 덕은 중하고 은혜가 깊으니 무슨 혐의가 있단 말이겠습니까."

김우항이 사양하여 거절하지 못하고 어쩔 수 없이 안으로 들어갔다. 노부인이 앞으로 와서는 몸을 숙이고 두 번 절하며 말하였다.

"먼 시골의 천한 아낙이 사또의 산해와 같은 은혜를 입어 다행히도 오늘이 있게 된 것입니다. 그 막대한 은혜는 머리를 뽑아 신발을 짜 바친다 하여도 만에 하나를 보답하기 어려울 것입니다. 어찌 남녀 간 서로 혐의를 두는 예법에 구속되어 크나큰 은인을 찾아가 뵙지 않겠습니까."

공이 세 번 겸손하게 사양할 뿐이었다.

또 두 미인이 얼굴을 단장하고 옷을 화려하게 차려 입고 뒤를 따라 나와서는 절을 하니, 이들은 주인의 두 며느리였다. 세 부인이 한참을 모시고 앉았는데 웃어른을 소중하게 받드는 마음이 얼굴에 넘쳤다.

얼마 있다가 또 귀하고 맛있는 음식을 한상 가득 차려서는 내왔다. 권씨가 그 처와 두 며느리를 시켜서 돌아가며 술을 따르게 하여 즐거움을 다하였다. 술자리가 파한 후에 권 노인이 또 공을 인도하여 방으로 들어갔다.

방에는 예닐곱살 가량 되는 어린아이가 있었다. 칠흑 같은 머리카락이 헝클어져 있었는데 손으로 창문을 집고는 서 있었다. 모난 눈동자는 반짝였으며 가만히 사람을 보는데 정신이 있는 것 같기도 하고 없는 것 같기도 하였다. 권 노인이 손가락으로 가리키며 말하였다.

"사또께서는 이 사람을 아시겠습니까? 이 분은 나무를 하다 잡혀 왔던 사람의 어머니로 저에게는 장모되시지요. 올 해 연세가 아흔여덟이나 되십니다. 그 입으로 웅얼웅얼하는 소리가 있으니 사또께서 무슨 소리인지 가만히 들어보십시오. 이 소리는 다른 말이 아니라 '김우항에게 정승을 내려주소서. 김우항에게 정승을 내려주소서.' 하는 축언입니다. 25년간을 축원하는 것이 저토록 한결같아 이제까지 입에서 끊이질 않고 있습니다. 옛사람의 말에 '지성이면 감천이라' 하였으니 어찌 하늘이 감동치 않겠는지요. 멀지 않아 사또께서 재상의 높은 지위에 오르실 줄로 미리 점을 칩니다."

김우항이 이 말을 듣고 기쁘게 웃으면서 속으로 매우 즐거워하였다.

훗날 숙종 임금 계사년(癸巳年, 1713년)에 공이 과연 우의정(右議政)에 제수되어 영화로움이 한 시절에 빛남이 극에 달하였다.

하루는 약방 도제조(藥房都提調)[5]로 연잉군(延礽君)[6] 병문안을 갔다가 자기의 평생 벼슬내력을 이야기하다 말끝에 권 참봉의 일까지 이르게 되어

---

5) '약방'은 조선시대 내의원의 다른 이름. '도제조'는 내의원의 정 1품 벼슬.
6) 임금이 되기 전 영조(英祖, 1694~1776)의 칭호. 조선 제21대 왕. 재위 1725~1776.

그 전말을 자세히 이야기하였다. 영잉군은 영조가 아직 임금이 오르시기 전에 왕이 내려 준 호였다. 연잉군이 듣고는 그 이야기가 심히 기이함을 칭찬하였다.

영조가 왕위에 오른 후 식년과(式年科)[7]를 보고 과거 급제자를 발표하던 날에 우연히 방목(榜目)[8] 중에 안동 권 진사 아무개가 권 참봉의 손자임을 보시고는 특별히 하교하였다.

"옛 재상인 김우항이 일찍이 권 아무개의 이야기를 해서 매우 기이하다고 생각하였다. 그 손자가 또 사마시(司馬試)[9]에 합격하였으니 일이 우연이 아니구나."

그러고는 특별히 재랑(齋郞)[10]을 제수하여 그 할아버지를 벼슬을 잇게 하니 영남(嶺南)[11] 사람들이 모두 광영으로 생각하였다.

四十. 亨晚福老郎得配, 得早榮少年聯璧 (下)

翌日에 金公이 親히 妓樂을 携하고 酒饌을 備하야 往하니 其 卜居의 地에 溪山이 秀麗하고 花木이 翳如한대 臺觀이 輪換하고 莊院이 廣大하야 卿相의 所居와 如하더라 主人이 階에 下하야 迎하니 遠近이 風動하야 賓客이 雲集하고 俄而오 兩新恩이 來到함애 幞頭鶯衫에 風采가 人을 動하는지라 馬 前에 兩百牌를 立하고 雙笛이 嘹亮하니 觀하는 者가 堵와 如하야 모다 權의 福力을 稱美嘆美치 안는 者가 無하얏더라 金公이 新恩을 連呼하야 其 年齡을 問하니 伯은 二十四이오 季는 二十三이니 權이

---

7) 과거 보는 시기를 정한 해 보는 시험. 자(子), 묘(卯), 오(午), 유(酉) 등의 간지(干支)가 들어가는 해로서 3년마다 한 번씩 돌아온다.
8) 과거에 급제한 사람의 성과 이름을 적은 책.
9) 생원(生員)과 진사(進士)를 뽑는 소과(小科)로 초시와 복시로 나눔.
10) 참봉을 달리 이르던 말.
11) 조령(鳥嶺) 남쪽이라는 뜻에서, 경상남북도를 이르는 말.

績絃하는 翌年과 又 翌年에 雙玉을 連得함이더라 부러 酬酌하니 容貌는 鸞鵠이오 文章은 琬琰이니 可謂 難兄難弟라 公이 欽嘆하기를 不已하니 老主人의 歡喜함을 不知할저라 客이 散한 後에 少間의 時를 乘하야 權이 一人을 呼하야 進拜케 하야 曰 城主가 此 人을 知하시나잇가 此가 卽 昔 年의 犯樵人이니이다 其 年數를 計하니 五十五歲ㅣ라 드대여 樂을 設하고 歡을 極하니 主人이 因하야 留宿하기를 請하야 曰 民의 今日의 慶은 皆城主의 所賜이라 城主가 맛참 蓬蓽에 臨한 것은 天이 與하심이오 人力이 아니니이다 公이 이에 一夜를 留宿하며 情話를 穩討하더니 翌朝에 權이 公다려 謂하되 老妻가 平日에 城主의 恩에 感하야 肺腑에 銘한지 已久한지라 今에 陋地에 枉臨하심애 老妻의 言이 一次 尊顔을 拜承하면 至願을 畢한다 하니 婦人의 體面을 顧치 아니하고 다만 感恩의 心이 有한 것은 容或無怪이오니 願컨대 城主는 暫間 內室에 入하야 拜를 受하심이 何如하니 잇고 且 城主가 老妻에게 德이 重하고 恩이 深하니 何嫌이 有하리오 金公이 謝却치 못하고 不得已하야 內軒에 入하니 老夫人이 前에 來하야 躬을 鞠하고 再拜하며 曰 遐鄕賤婦가 城主의 山海의 恩을 蒙하야 幸히 今日이 有하얏스니 其 莫大한 恩을 髮을 擢하야 履를 編하야 獻할지라도 其 萬一 報答키 難하온지라 엇지 男女間 相嫌의 禮에 拘하야 恩人을 拜謁치 아니하리잇가 公이 再三 遜謝하더니 而已오 又 兩美人이 有하야 濃粧盛飾으로 後를 隨하야 出拜하니 此는 卽 主人의 兩少婦이라 三夫人이 良久토록 侍坐하야 其 愛戴하는 心이 顔色에 溢더니 其 有頃에 又 滿盤珍羞를 進하야 權이 其 及 兩婦로 하야금 輪回行酒케 하야 歡을 盡하고 酒를 罷한 後에 權이 又 公을 導하야 房에 入하니 房中에 六七歲 假量되는 稚兒가 有하야 髮이 黑鬖鬆하며 手로 窓闥을 執하고 立하야 方瞳이 塋然하며 黯黯히 人을 視하는대 其 精神이 若存若無한지라 權이 指하야 曰 城主가 此 人을 知하시나잇가 此는 小兒가 아니라 卽 犯樵人의 慈親이며 民의 外姑이니 今年이 九十八歲라 其 口中에 聲이 有하니 城主는 此를 細聽하소서 此는 他聲이 아니라 『金宇杭이 拜政丞하압소셔 金宇杭이 拜政丞하압소셔』하는 祝言이온바 二十五年間을 祝願이 如一하야 尙今토록 口에 絶치 아니하니 古人의 所謂 至誠이면 感天이라 엇지 天이 感치 아니하릿가 不遠하야셔 城主가 大宰의 高位에 登하실 줄로 豫卜하노이다 金公이 此를 聞하고 怡然히 笑하며 內心으로 甚喜하얏더라

其 後 肅宗 癸巳에 公이 果然 右議政을 拜하야 榮華가 一時에 極하더니 一日은 藥房 都提調로 延礽君患候를 慰問할셰 그 平生의 宦蹟을 說하다가 語가 權參奉의 事에 及하야 其 顚末을 叙하니 延礽君은 英祖潛邸 時의 封號이라 聞하시고 甚히 奇異함을 稱하시더니 登極하신 後에 式年唱榜日에 偶然히 榜目 中에 安東 權進士 權某가 權公의 孫이 됨을 見하시고 特히 下敎하사대 故相臣 金宇杭이 일즉 權某의 事를 說함애 甚히 稀奇하더니 其 孫이 又 司馬에 中하얏스니 事가 偶然치 안타하시고 特히 齋郎을 除授하야 其 祖를 繩武하시니 嶺南人이 모다 光榮으로 思하얏더라

41. 고금을 통달한 부인의 박학 시비를 분별한 부인의 밝은 지혜

유(柳) 부인은 본관이 전라남도 고흥(高興)인 유당(柳樘)의 딸로 율정(栗亭) 홍천민(洪天民, 1526~1574)[1]의 후부인이요, 학곡(鶴谷) 홍서봉(洪瑞鳳, 1572~1645)[2]의 어머니요, 어우 유몽인(柳夢寅, 1559~1623)[3]의 손위누이이다.

경술년(庚戌年, 1550년)에 태어나 수명이 나이 여든에 이르렀다. 어렸을 때에 남동생인 몽인이 수업 받는 것을 보고 곁에서 따라 속으로 암송하여 경서(經書)와 사기(史記)를 두루 통하고 문장이 컸다.

그러나 스스로 말하기를, '부인이 글을 읊는 것은 마땅치 않다.' 하여 세상에 전하는 시가 없다. 오직 "골짜기에 들어서니 봄빛을 뚫고 가고 다리를 건너니 물소리를 밟고 가는 구나(入洞穿春色, 行橋踏水聲)"한 구절만이 세상에 전한다.

그 남편인 율정이 죽은 뒤에 늘 삭망(朔望)[4]이면 반드시 제문을 들고

---

1) 본관은 남양(南陽), 자는 달가(達可), 호는 율정(栗亭)이다. 사마시에 합격하고, 명종 8년(1553) 별시 문과에 을과로 급제하여 검열(檢閱)이 되었다. 명종 10년(1555)에는 수찬(修撰)으로 사가독서(賜暇讀書)한 후 정언(正言)을 거쳤고, 이조 좌랑·예조 참의 등을 지냈고, 선조 5년(1572) 대사간이 되었다.

2) 자 휘세(輝世), 호 학곡(鶴谷). 시호 문정(文靖). 1590년(선조 23) 사마시에 합격, 2년 후 별시문과에 병과로 급제, 이조좌랑·교리 등을 역임, 1608년 사가독서를 하고 이듬해 문과 중시(重試)에 갑과로 급제하였다. 1612년 김직재(金直哉)의 무옥(誣獄)에 장인 황혁(黃赫)이 화를 입자 이를 변호하다 파직당하고, 1623년 인조반정에 가담하여 병조참의가 되었으며, 정사(靖社)공신에 책록, 익녕군(益寧君)에 봉해졌고 우의정, 영의정을 지냈다.

3) 호는 어우당(於于堂)·간재(艮齋)·묵호자(默好子), 자는 응문(應文). 문장이 뛰어나 1593년 세자시강원문학이 되어 왕세자에게 글을 가르쳤다. 1623년 인조반정으로 벼슬을 내놓고 전전하다가 역모로 몰려 아들 약과 함께 사형되었다. 설화문학의 대가였던 그는 『어우야담』·『어우집』 등의 문집을 남겼다.

4) 음력 초하룻날과 보름날을 아울러 이르는 말.

읽은 후에 술잔을 올리고 제사를 마친 뒤에는 곧 제문을 불살랐다. 율정의 아우 졸옹(拙翁) 홍성민(洪聖民, 1536~1594)[5]이 이것을 곁에서 들었는데 문장에 나타난 말이 더할 수 없이 비참하였다. 그러나 감히 이것을 보기를 청하지는 못하였다.

아들 학곡이 일찍이 아버지를 잃으니 부인이 친히 가르침을 주어, 일정한 시간에 공부해야할 과목의 내용과 분량을 엄히 세워서는 권하고 장려하는 것을 힘써하였다.

공부에 조금이라도 소홀함이 있으면 회초리를 쳐서 피가 흐르게 하고 비단 보자기에 회초리를 싸서는 상자 속에 깊이 넣어 두며 말하였다.

"아이의 부지런하고 게으름과 집의 흥하고 망하는 것이 오직 이 막대기에 달려 있으니 어찌 중하지 않겠는가."

그리하여 학곡이 학업을 마칠 때까지 회초리를 넣어 둔 것이 몇 상자나 가득 찼다. 매일 아침 인사를 받을 때에는 반드시 휘장을 치고는 들으며 말하였다.

"아이가 만일 잘 암송하면 내가 반드시 기쁜 빛이 있을 것이니, 아이가 이것을 보면 교태로운 마음을 먹기 쉬울 것이다. 이것을 휘장으로 감추어 아이가 나의 기뻐함을 보지 못하게 함이다."

부인이 나이가 들어 호당(湖堂)[6]을 지나다가 높은 곳에 올라가서 바라볼 때였다.

이곳을 지키는 노파가 전부터 내려오던 옥으로 된 술잔을 보이며 말하였다.

"선생이 아니면 이것으로 마시지 못하오."

---

5) 본관은 남양(南陽), 자는 시가(時可), 호는 졸옹(拙翁)이다. 대사간(1567)·호조 참판(1575)·부제학·예조 판서·대사헌을 역임했으며 1591년에 판중추부사에 이르렀다. 저서로는 『졸옹집(拙翁集)』이 있다.

6) 세종 때부터, 학문에 뛰어난 문관에게 특별 휴가를 주어 오로지 학업을 닦게 한 서재.

부인이 웃으며 말하였다.

"내 남편과 내 아들 내 남편의 동생과 여러 조카들이 모두 이 호당에 뽑혔다네. 내 어찌 이 술잔으로써 마시지 못하겠소?"

이 이야기를 들은 자가 전하여 미담(美談)을 만들었다.

부인은 일찍이 시를 볼 줄 알았다. 집 안의 아이들이 읊는 것을 보면 미리 그 빈궁하고 높이 됨을 점쳤다.

하루는 이웃집 아이가 시를 지었는데 "수탉이 담장 위에 올라 우네(雄鷄上墻鳴)"라 하고 한 아이는 "수탉이 울고 있네 담장 위에 올라(雄鷄鳴上墻)"라고 하였다. 그러자 부인이 이것을 보고는 평하였다.

"'담장 위에 올라 운다(上墻鳴)'라고 한 아이는 반드시 지위가 병조판서에 이를 것이요, '울고 있네, 담장 위에 올라(鳴上墻)'라고 한 아이는 반드시 요절할 것이다."[7]

후에 과연 그 말과 같았다.

또 종손(從孫)[8]인 홍명구(洪命耈, 1596~1637)[9]가 어린 아이 때 시를 지었는데 "꽃이 떨어져 온 천지가 붉네(花落天地紅)."라고 하였다.

그러자 부인이 이를 보고는 말하였다.

"이 아이는 반드시 일찍 신분이 높아지겠지만 수를 오래 누리지는 못할 게다. 만일 '꽃이 피어 온 천지가 붉네(花發天地紅).'라고 하였으면 복되고 영화로운 삶이 헤아릴 수 없을 것인데. '떨어지다(落)'라는 글자는 큰 행복의 기상이 없으니 애석하구나."

후에 또 결과가 증험되었다.

---

7) '담장 위에서 운다(上墻鳴)'는 '울명(鳴)'자가 '담장장(墻)'자 아래지만, '울고 있네 담장 위에서(鳴上墻)'는 '울명(鳴)'자가 '담장장(墻)'자 위에 있기 때문이다.
8) 형이나 아우의 손자.
9) 본관(本貫) 남양(南陽), 자(字) 원로(元老), 호(號) 나재(懶齋)로 통정대부(通政大夫) 등을 역임한 홍서익(洪瑞翼)의 아들로 평안감사(平安監司) 등을 지냈다.

한번은 선비를 모아 반궁(泮宮)10)에서 시험 볼 때였다.

'정중이 군사마(軍司馬)에게 삼가 사례하다(鄭衆拜謝軍司馬)'로써 글제를 삼았다. 시험에 응시한 만 여 명중, 태반이 내시 정중(鄭衆)으로 잘못 알아 시험에 실패하였다.

부인의 친정 조카 유광(柳洸, 1562~?)11)이 부인을 뵙고 글의 뜻을 설명하니 부인이 말하였다.

"후한에 두 정중(鄭衆)이 있으니 한 사람은 선비이고 한 사람은 내시이다. 여기서는 반드시 선비 정중(鄭衆)12)이어야 할 것이다."

유광이 놀라 말하였다.

"아주머니께서 오히려 이것을 아시는데 시험장에 가득 찬 선비들이 능히 알지 못하였으니 우리 숙모의 박학하심은 글 짓는 솜씨가 뛰어난 선비들도 미칠 수 없습니다."

광해군(光海君, 1575~1641)13) 때에 임해군(臨海君, 1574~1609)14)이 이미 죽고 사친(私親)15)의 묘는 봉할 곳이 없었다. 오직 효경전(孝敬殿)16) 문간에 붙어 있는 조그마한 방에 봉안하였더니 예관(禮官)17)이 "불가하옵니다."라

---

10) 성균관. 유학의 교육을 맡아보던 관아.
11) 자(字)는 무숙(武叔), 유몽사(柳夢獅)로 몽인의 조카이고, 조부가 유당(柳橖)이다. 1590년 생원시에 합격하고 현감(縣監) 등을 지냈다.
12) 후한(後漢) 사람. 대사농 벼슬을 했으므로 정사농(鄭司農)이리 히기도 한다.
13) 조선왕조 제15대 임금. 재위 1608~1623. 휘 혼(琿). 선조의 둘째 아들, 공빈김씨 소생. 장자인 임해군이 광포하고 인망이 없기 때문에 광해군이 세자로 책봉되었다.
14) 선조의 첫째 서자(庶子). 성질이 난폭하여 세자에 책봉되지 못했다. 1608년(광해군 즉위) 일부 대신들과 명나라에서 왕으로 즉위시킬 것을 주장하자 이를 불안해 한 광해군에 의해 영창대군·김제남과 함께 역모죄로 몰려 진도에 유배되어 사사(賜死)되었다.
15) 왕비가 아닌 후궁에게서 난 임금의 친어머니. 여기서는 공빈김씨를 말한다.
16) 성종의 계비(繼妃)이자 중종의 생모인 정현왕후(貞顯王后) 윤씨(尹氏)의 혼전(魂殿). 선조의 비인 의인왕후(懿仁王后) 박씨(朴氏)의 혼전(魂殿). '혼전'이란 임금이나 왕비의 국장(國葬) 뒤 삼 년 동안 신위(神位)를 모시던 전각을 말한다.
17) 예의·제향·교빙·과거 따위의 일 맡아보던 관아의 관리.

고 하였다.

부인의 친정 조카인 유일(柳溢)이 예랑(禮郞)[18]으로 여러 대신에게 두루 의견을 모을 때 먼저 부인을 뵙고 그 일을 죽 이야기 하니 부인이 말하였다.

"예로부터 임금이 자신의 친어머니를 봉하여 바른 지위에 올려놓지 않은 자가 없다. 한나라 문제(漢文帝)는 어머니를 박태후(薄太后)에 봉하였고 한나라 소제(漢昭帝)는 구익부인(鉤弋夫人)에 봉하였으며 한나라 애제(漢哀帝)는 공황후(恭皇后)를 봉하고 송나라 인종(宋仁宗)은 신비(宸妃)를 봉하여 모두 아름다운 이름을 세상에 뚜렷이 드러내는 호로써 추봉(追封)[19]하였다. 한나라 장제(漢章帝)가 유독 사친을 봉하지 않았는데 전사(前史)에 이것을 칭찬하였다. 이제 만일 사친을 봉하는 것을 옳다고 하면 이것은 옳지 않은 것에 가까운 것이요, 만일 배척하여 아니라고 한다면 반드시 사단(師丹)[20] 일의 빌미가 되는 화를 입을 것이다. 하물며 문간에 붙이 있는 방에 봉안하는 것을 두고 불가하다고 하는 것에 있어서는 어떻겠느냐. 너는 이 문제를 신중히 하라."

과연 그 뒤에 광해군은 어머니 공빈김씨의 묘를 성릉(成陵)으로 추봉하고 대비(大妃)[21]의 호를 덧붙였으니,[22] 하나하나가 부인의 말과 똑같았다.

---

18) 조선시대 예조(禮曹)의 당하관(堂下官) 관원을 합칭한 말.

19) 죽은 뒤에 관위(官位) 따위를 내림.

20) 한(漢) 제12대 애제가 즉위하자 애제의 생모인 정도공왕후(定陶共王后)를 황태후(皇太后)라 칭하자는 의논이 있었다. 이때 좌장군 사단(師丹)이 대사마 왕망(王莽)과 함께 '예가 아니다' 라고 반대하였다. 애제가 처음에는 그 말을 받아들였으나, 후일 생모인 정후를 공황후로 높였다. 낭중령(郎中令) 영포, 황문랑(黃門郞) 단유가 다시 아뢰어 번국명(藩國名)인 정도를 대호(大號)에 얹어 쓰는 것은 마땅하지 않다 하고 또 공황을 위하여 경사(京師)에 묘(廟)를 세우기를 청하매 사단이 또 반대하였으나 받아들여지지 않고 마침내 고향으로 내쫓겼다.

21) 왕조체제에서 전왕(前王)의 왕비이며 현왕(現王)의 어머니인 여성을 높여서 부르던 호칭. 왕대비, 대왕대비 등을 통틀어 대비로 일컫기도 했다.

22) '성릉(成陵)'은 광해군의 친어머니인 공빈(恭嬪)김씨의 봉호이다. 공빈 김씨는 선조의 총애를 받았으나 1577년 25세로 사망하였다. 광해군은 즉위하자 공빈김씨를 왕비로 올리고 어머니의 묘를 성릉으로 승격한 것이다. 인조반정 이후 성릉은 성묘(成墓)로 강등되었으며, 현재

부인이 사물을 널리 보고 앞날을 내다보는 지혜가 이와 같았다. 다만 집에 있을 때에 그의 아버지가 문자의 저술을 엄금하였기 때문에 짤막한 문구도 세상에 전하지 않는다.

외사씨가 말한다.

부인이 널리 아는 것도 어려운 일이지만 사물의 꿰뚫어 볼 줄 아는 식견과 앞날을 밝게 볼 줄 아는 선견을 갖기 또한 드문 것이다. 유부인은 이미 고금을 두루 통달하고 또 시를 보는 감식안이 뛰어나 미리 앞을 내다보는 지혜가 보통 사람보다 뛰어났다. 이것은 규중의 여인으로서 좀처럼 세상에 나타나지 않는 사람이라고 할 만하다.

四十一. 通古今閨門博學, 辨是非婦人明見

柳夫人은 高興 柳揬[23]의 女오 洪栗亭 天民의 後夫人이오 鶴谷瑞鳳의 母夫人이오 於于夢寅의 娣ㅣ라 庚戌에 生하야 壽가 八十에 至하니라 幼時에 其 弟夢寅의 受學함을 見하고 傍으로 從하야 暗窃記誦하야 書史를 博通하고 文章이 蔚然하얏더라 그러나 스사로써 하되 婦人이 吟詠함이 不宜하다 하야 詩로써 世에 傳함이 無하고 오즉 『入洞穿春色, 行橋踏水聲』句가 世에 傳하니라 其 夫 栗亭 沒한 後로 每朔望에 반다시 祭文을 操하야 讀한 後에 奠을 致하고 祭를 畢한 後에 곳 文을 焚함애 栗亭의 弟拙翁이 此를 傍聽한 則 文辭가 甚히 悲絶悽絶한지라 그러나 敢히 此를 請見하지 못ᄒ얏더라 其 子 鶴谷이 早孤함애 夫人이 親히 敎授하야 課程을 嚴立하고 勸獎을 쏘한 孜孜히 할 셰 小忽함이 有하면 문득 撻하야 血이 流하게 하고 錦袱으로써 苔를 하야 笥 中에 深藏하야 曰 兒의 勤怠와 家

경기도 남양주시 진건읍 송릉리에 위치해 있다. 광해군은 왕좌에서 쫓겨난 뒤 '어머니 발치에 묻어 달라'는 유언에 따라 공빈김씨의 무덤인 성릉 우측 2km 산 아래 묘를 썼다.
23) 원문에는 '柳揬'이라고 되어 있다. 문맥으로 보아 '유당(柳樘)'으로 바로 잡았다.

의 興替가 오즉 此와 係하얏스니 엇지 重치 아니하리오 하야 鶴谷이 學業을 卒할 時ㅅ지에 苔를 藏한 것이 數笥에 充溢하얏더라 每朝에 誦을 受할 時에 반다시 帳을 隔하야 聽하며 曰 兒가 萬一 善誦하면 我가 반다시 喜色이 有하리니 兒가 此를 見하면 驕怠의 心을 生하기를 易할 것임으로 此를 障蔽하야 兒로 하야금 我의 喜함을 見치 못하게 함이라 하얏더라

夫人이 晩年에 湖堂을 過하다가 登覽할세 守直하는 老嫗가 傳來하든 玉杯를 示하며 曰 先生이 아니면 此로써 飮함을 得치 못한다 하니 夫人이 笑하되 我의 家夫及家兒와 我의 夫弟及諸侄이 모다 湖堂에 選하얏스니 我가 엇지 獨히 此 杯로써 飮치 못하리오 함애 聞하는 者가 傳하야 美談을 作하니라

夫人이 일즉 詩鑑이 有하야 家內 兒少의 吟詠한 바를 見하면 豫히 其 窮達을 卜하더니 一日은 隣兒가 有하야 詩를 作하되 『雄鷄上墻鳴』이라 하고 又 一 兒는 『雄鷄鳴上墻』이라 하얏거늘 夫人이 此를 見하고 評하되 『上墻鳴』이라 한 者는 반다시 位가 兵判에 至할 것이오 『鳴上墻』이라 한 者는 반다시 夭折하리라 하더니 後에 果然 其 言과 如하고 又 從孫命耆가 兒 時에 詩를 作하되 『花落天地紅』이라 하얏거늘 夫人이 見하고 曰 此 兒가 반다시 早貴함을 得할지나 壽를 享치 못하리니 萬一 『花發天地紅』이라 하면 福祿이 無量할 것이나 落字가 退福의 氣象이 無하니 可惜하도다 하얏더니 後에 又 果驗하니라 時에 士를 泮宮에 試할세 『鄭衆拜謝軍司馬』로써 題를 爲하얏거늘 擧子 萬餘 人이라 太半이나 宦者 鄭衆으로써 旨를 失한지라 夫人의 侄洸이 夫人을 謁하고 題意를 述하니 夫人이 謂하되 後漢에 兩 鄭衆이 有하니 一은 儒者이오 一은 宦者이라 此는 반다시 儒者 鄭衆이 될 것이라 하니 洸이 驚하야 曰 婦人이 尙히 此를 知하거늘 滿場의 士가 能히 知치 못하얏스니 我 叔母의 博學은 能文의 士의 可히 及할 바ㅣ 아니라 하얏더라 光海朝에 臨海가 旣 死하고 私親의 廟는 奉할 데가 無하야 오즉 孝敬殿 廊底에 奉安하얏더니 禮官이 此로써 不可하다 한지라 夫人의 侄柳溢이 禮郎으로 諸大臣에게 歷議할세 먼져 夫人을 謁하고 其 事를 述하니 夫人이 曰 自古 帝王이 私親을 封하야 正位를 爲치

아니한 者가 無하니 漢 文帝는 薄太后를 封하고 漢 昭帝는 鉤弋夫人을 封하고 漢 哀帝는 恭皇后를 封하고 宋 仁宗은 宸妃를 封하야 모다 顯號로써 追封하얏스되 漢 章帝는 獨히 私親을 封하얏슴으로 前史에 此를 褒美하얏스니 今에 萬一 斥하야 非하다 하면 반다시 師丹의 禍가 有할 것이니 허믈며 廊底에 奉安도 尙히 不可하다 함에 在함이리오 汝는 此를 愼하라 하얏더니 果然 其 後애 成陵을 追封하고 大妃의 號로써 加하기를 一一히 夫人의 言과 如히 하얏더라 夫人의 博覽先見이 此와 如하되 다만 家에 在할 時에 其 大人이 文字의 著述을 嚴禁하얏슴으로 片言隻句가 世에 傳함이 無하니라

外史氏 曰 婦人의 博學도 難하랴니와 識鑑과 又 는 先見의 明이 有하기도 難한 것이라 柳夫人은 旣히 古今을 博通하고 又 詩鑑이 卓絶하고 先見의 明이 人을 過하니 此는 閨閤 偉人으로 可히써 世出치 못할 것이라 謂할진뎌

42. 씨름장에서 아내를 걸고 내기한 소년 똥구덩이에 빠져 죽은 흉악한 중 (상)

그리 오래되지 않은 옛날 곽운(郭雲)[1]이란 자가 있었다.

힘을 쓰는 것이 절륜하여 그때에 사람들이 '곽 장사'라고 불렀다.

곽운이 능히 일만 전(이때는 엽전을 사용하였는데 금의 오전이 엽전으로 오십 개였다. 만전의 수는 실로 많고 그 양도 무거워 보통 사람들은 들지도 못하였을 것이다)을 옆구리에 끼고는 수십 보의 깊은 연못을 뛰어 넘을 만큼 과감함이 있었다.

늘 스스로 그 힘을 믿고 행동하기를 즐겨 진중하지는 못하였다. 그리하여 혹 불평한 일을 보면 문득 완력에 의지하여 일신을 망각하곤 하였다.

하루는 연안(延安)[2]을 지나갈 때였다.

한 중이 있는데, 신장은 8척에 생김새와 체격이 장대하고 훌륭하였다. 어떤 주막의 문 밖에 두 다리를 뻗고 앉아서는 주막집 주인에게 빚 독촉이 성화같고 주막집 주인은 오직 '목숨만 살려줍시오' 하고 구걸하였다.

그때 마침 소를 잡는 자가 소를 막 도살하려고 하였다.

갑자기 줄이 끊어지더니 소가 달아 나 여러 길을 펄쩍 뛰어 오르며, 사람을 만나면 뿔로 들이받고 곧장 중의 앞으로 달려드는 것이었다. 그런데 중은 이것을 보고도 편안하게 앉았더니 주먹을 들어서는 그 머리를 쳐버리자 소가 그 자리에서 풀썩 넘어져 죽어 버리는 것이 아닌가.

곽운이 이것을 보고 혀를 내두르니, 곁에서 돗자리를 짜던 자가 있다가는 운에게 말하였다.

---

1) 『소재집(嘯齋集)』에 의하면 원봉(圓峯) 이자명(李子明)의 외손자라고 한다. 이자명은 이광사의 『원교집(圓嶠集)』을 보면 이름은 광철(光喆)인데, 나이가 들어 흉인의 이름을 피하기 위하여 제로(濟老)로 바꾸었다고 한다.

2) 황해도 연백군 연안면(延安郡).

"이것은 족히 말할 것도 없소. 아무 절에 한 커다란 돌이 길을 막았는데, 소 일곱 마리로 끌었지만 움직이지 않는 것을 이 중이 굴려버렸다오. 또 씨름 놀이를 좋아하는데 늘 세상에는 적수가 없음을 한탄한답디다."

운이 더욱 경탄할 뿐이었다.

여러 명의 촌사람들이 술과 안주를 가지고 와서 중에게 대접을 하였다. 이것은 모두 중에게 빚을 진 자들이 그 위세와 힘을 두려워해서였다. 중이 한창 마시고 싶은 대로 술을 실컷 마실 때였다.

마침 한 여자가 소를 타고 왔다.

여자는 장의(長衣)[3]로 머리를 가리고 뒤에는 한 소년이 따라오는데 몸이 약해 옷을 가누지도 못하는 듯하였다.

그 여자가 소에서 내려 주막에 들어 갈 때, 그 여인의 얼굴이 반쯤 드러난 것을 중이 보았다. 그 여인의 아름다운 얼굴과 몸맵시는 실로 나라 안에서 으뜸으로 칠만 하였다. 중이 멍하니 한참을 바라보더니 말하였다.

"어여쁘고도 교태가 있고 요염한 자태가 사람의 눈을 아찔하게 하니 이른바 이토록 즐거움을 줄만한 여인은 보기가 드물게야."

그러고는 그 소년의 약함을 업신여겨 손으로 소년을 낚아채며 말하였다.

"소를 타고 온 여인이 너의 누이냐? 처이냐?"

소년이 대답했다.

"내 처입니다."

중이 말하였다.

"내가 산 속에 살아 보는 것은 오직 산꽃과 들풀뿐이었는데 지금 네처가 내 혼을 빼버리는구나. 내가 300금을 너에게 보상할 것이니 네 여편네를 나에게 바치고 너는 이 돈으로 다시 좋은 여인을 구해보라."

---

3) 예전에, 여자들이 나들이할 때에 얼굴을 가리느라고 머리에서부터 길게 내려 쓰던 옷. 초록색 바탕에 흰 끝동을 달았고, 맞깃으로 두루마기와 비슷하며, 젊으면 청·녹·황색을, 늙으면 흰색을 썼다.

소년이 웃으며 말하였다.

"내 아내가 비록 나라를 뒤흔들만한 미인은 아니지만 능히 대사의 혼을 뺏다하니 300금이 너무 적지 않소?"

중이 눈썹을 찡그리며 "그러면 금년 추수할 곡물을 너에게 주겠다."라고 하며 시내 남쪽을 가리키며 말하였다.

"여기부터 아무 곳까지는 모두 내 땅이다. 이 마을에 스무 집이 추수한 뒤에는 각자 열 가마의 도지(賭地)[4]를 내니 이를 너에게 주겠다. 너는 두말하지 마라. 만약 내 말을 따르지 않으면 너를 죽여 버리겠다."

그러고는 채무를 진 여러 사람을 각각 불러서는 말하였다.

"내가 빌려 받을 금 300을 사흘 내에 이 꼬마신랑에게 주어라. 그렇지 않으면 너희들을 모두 가루로 만들어 버리겠다."

여러 사람이 감히 거역하지 못하고 "예예" 하고 복종하였다.

그러고는 중이 주막 안으로 들어와서는 그 미인을 데려가려하니 소년이 말하였다.

"나와 같은 자질구레한 사람이 감히 거역하지 못할 것이오. 그러나 혼인을 한 지 얼마 되지 않아 새로운 정이 막 합쳐졌으니, 지금 잠시 시간을 주어 손이라도 한 번 잡은 뒤에 이별하는 것이 어떠하오."

중이 웃으며 말하였다.

"이 말도 인정상 그러할 듯 하구나. 그러면 너에게 잠시 겨를을 줄 테니 한 마디 말로 이별하고, 행여 더디게 하지 말라."

이때에 곽운이 이것을 보고 호방한 의협심이 강하게 끓어오르나 또한 어찌하기가 어려웠다.

소년이 길게 숨을 쉬고는 말했다.

"늘 밤에 우리 부부가 씨름을 하여 방 안의 놀이를 삼곤 하였는데 이제

---

[4] 빌려 쓰는 논밭의 대가로 주는 금액. 도조(賭租).

는 다시 하지 못하겠네."

이 말을 듣고 중이 기뻐하며 말하였다.

"네가 능히 씨름을 할 줄을 아느냐? 알면 나와 한 번 붙어보는 것이
어떠하냐?"

소년이 답하였다.

"내가 잘한다는 것이 아니니, 원한다면 한 수 배우겠소. 그러나 씨름을
하며 내기를 하지 않으면 승부를 내기 어려운 게요. 내기를 하여 주위에
서 보는 사람들에게 웃음거리를 주기를 바라는데, 어떻겠소."

중이 즐거워하며 말하였다.

"그러면 무엇으로 내기를 할꼬?"

소년이 말하였다.

"대사가 만약 나를 이길 때에는 나에게 한 푼도 주지 말고 내 처를 갖으
시오. 만일 내가 대사를 이길 때에는 대사에게 한 푼의 금도 요구하지
않고, 다만 내 아내만 데리고 가겠소이다."

중이 크게 기뻐하여 말하였다.

"비록 어린 아이나 거 성품이 활달하구나."

그러고는 이어 재주를 시험하기로 하였다.

四十二. 角戲場少年賭婦, 糞窖中頑僧員殞命 (上)[5]

近古時代에 郭雲이란 者가 有하야 勇力이 倫에 絶함으로 時人이 呼하
야 郭壯士라 하얏더라 雲이 能히 一萬 錢 (此時는 葉錢을 用하얏나니 今
에 五錢이 葉錢으로 五十箇인즉 萬 錢의 數는 實로 多하고 量이 重하야

---

5) 원전은 조선 후기의 역관인 밀산(密山) 변종운(卞鍾運, 1790~1866)의 시문집인 『소재집(嘯
齋集)』에 실려 있는 「각저소년전(角觝少年傳)」이다.

普通人이 能히 擧치도 못할 것이라)을 挾하고 數十 步의 深淵을 超하는 勇이 有함으로 常히 스사로 其 力에 負하고 動하기를 喜하야 能히 靜을 守치 못하얏더라 그리하야 或 不平한 事를 見하면 문득 腕力에 訴하야 其 身을 忘하더니 一日은 延安地에 過할새 一 僧이 有하야 身長 八 尺에 形貌가 魁偉한 者가 엇던 店門 外에 箕踞하야 店主에게 債를 督함애 店主 는 오즉 命을 乞하더니 맛참 屠牛하는 者가 有하야 牛를 解하려 할 際에 忽然 索이 斷하고 牛가 逸하야 數 丈을 跳躍하며 人을 逢하면 곳 觸하고 直히 僧의 前으로 奔함애 僧이 安坐하기를 自若히 하고 곳 拳을 擧하야 其 額을 抵하니 牛가 곳 斃하거늘 郭雲이 此를 見하고 舌을 吐하니 傍에 織席하는 者가 有하야 雲다려 謂하되 此는 足히 道할 것이 無하니 某寺에 一 巨石이 有하야 途에 當하얏는대 七 牛로써 挽하되 動치 아니하는 者를 此 僧이 能히 轉하고 又 角觝의 戲를 好하야 常히 世間에 敵手가 無함을 恨한다 하거늘 雲이 더욱 驚嘆하더니 已而요 多數의 村民이 酒饌을 持하 고 來饋함이 此는 皆 僧의 債를 負한 者 等이 其 威力을 畏함이더라 僧이 바야흐로 縱飮헐 際에 맛참 一 女子가 牛를 騎하고 來하는데 長衣로 其 首를 蒙하고 後에는 一 少年이 隨하니 體質이 纖弱하야 衣를 勝치 못하는 者이라 其 女子가 牛에 下하야 店에 入할세 其 面을 半露함애 僧이 見하 니 其 花容月態는 實로 國色이라 僧이 惘然 良久에 娉婷嬌艷한 態가 人 의 目을 眩하니 所謂 這般可喜娘은 見하기 稀罕함이로다 이에 其 少年의 弱함을 欺하야 手로써 少年을 招하야 曰 牛를 騎한 者가 汝의 妹이냐 妻 이냐 少年이 對하되 我의 箕箒妻이니다 僧이 謂하되 我가 雲林 中에 處하 야 見하는 바는 오즉 山花野草뿐이더니 今에 汝의 妻는 我의 魂을 銷하는 지라 我가 三百金으로써 汝에게 償하리니 汝婦를 我에게 納하고 汝는 此 金으로써 更히 良家에 求하라 少年이 笑하며 曰 我婦가 비록 傾城의 色은 아일지라도 能히 大師의 魂을 銷한다 하면 三百金이 太히 寡少치 아니하 뇨 僧이 眉를 蹙하며 그러면 今年 秋收穀物을 汝에게 付하리라 하며 溪南 을 指하야 曰 此處로부터 某處에 至하기씨지는 皆我의 田庄이라 此 村中 에 二十戶가 秋熟한 後에는 各히 十石의 賭를 納하니 此로써 汝에게 償할

지라 汝는 再言치 말나 不肯하면 我가 汝를 殺하리라 하고 負債한 者 各人
을 招하야 謂하되 我의 債金 三百을 三日 內에 此 兒郎에게 移償하라 不
然이면 汝等을 모다 粉碎하리라 諸人이 敢히 違치 못하고 唯唯히 服從하
는지라 僧이 이에 店內에 入하야 其 美人을 取하려하니 少年이 謂하되
我와 如한 幺麼小子가 敢히 大師의 命을 違치 못할지라 그러나 結婚한지
未幾에 親情이 方洽하얏스니 今에 片時의 暇를 得하야 一次 握手한 後에
別하는 것이 何如하뇨 僧이 笑하되 此도 人情上 固然할 듯 하도다 그러면
汝에게 一刻의 暇를 與하노니 一言으로써 別하고 幸히 遲치 말나 此時에
郭雲은 此를 見하고 勃勃然 俠氣가 飛動하나 쏘한 奈何키 難한지라 少年
이 長嘆하되 每夜에 我 夫婦가 角觝를 爲하야 房中의 戲를 作하얏더니
今에는 復得치 못할지로다 僧이 欣然하야 曰 汝가 能히 角觝할 줄을 知하
면 我로 더부러 一戲함이 何如하뇨 少年이 答하되 我가 能하다 하는 것이
아니니 願컨대 學하려 하노라 그러나 角觝를 爲함애 賭를 爲치 아니하면
勝負를 別하기 難하니 願컨대 賭를 爲하야 傍觀의 一笑를 助함이 何如하
뇨 僧이 喜하야 曰 그러면 何로써 賭를 爲할고 少年이 曰 大師가 萬若
我를 勝하는 時에는 我에게 一金도 償치 말고 我의 妻를 取하고 萬一 我
가 大師를 傷하는 時에는 大師의 一文의 金을 要치 아니하고 다만 我 婦로
더부러 同歸하기를 望하노라 僧이 大喜하야 曰 비록 小子이나 性이 澗達
하도다 하고 이에 藝를 試하기로 하얏더라

42. 씨름장에서 아내를 걸고 내기한 소년 똥구덩이에 빠져 죽은 흉악한 중 (하)

중이 다시 소년에게 말하였다.

"내기는 내기다만, 네가 나를 적수로 한다는 것은 이른바 '적졸(赤卒, 고추잠자리)이 돌기둥을 흔드는 격' 아니냐?"

소년이 말하였다.

"대사는 다만 돌기둥일 뿐이니, 잠자리를 대해 근심할 게 뭐 있겠소."

중이 또 웃으며 말했다.

"씨름을 하기 전에 네 주둥아리로 먼저 승리를 다짐하니 영리한 아이로고."

이때는 딱 늦봄 음력 3월이었다.

날씨는 여러 날 계속해서 내리던 비가 처음으로 그쳐 온 길이 진창으로 변하였으나 오직 주막 앞 조그만 언덕만이 조금 넓고 그 위가 펑퍼짐하였다.

소년이 중과 함께 이 언덕에 올라가니 촌사람들이 많이 모여들고 곽운도 그 사람들 중에 끼었다.

언덕 아래에는 한 똥구덩이가 있었다. 이 마을의 똥을 저장해 두어 매년 논과 밭에 거름을 주려고 하는 것인데 어찌나 깊은지 알 수 없을 정도였다.

두 사람이 동쪽과 서쪽으로 나누어 서서 각기 그 윗도리를 벗었다.

중이 여러 사람들을 죽 둘러보며 말하였다.

"노승이 이 조그만 아이와 함께 노니 호랑이와 양이 서로 맞서는 것 같구나."

소년이 이에 오른쪽 다리를 꿇고 그 왼쪽 다리를 세우며 등허리를 활처

럼 휘게 하고 배에 힘을 딱 주었다. 또 오른 손으로는 중의 왼쪽 다리를
움켜쥐고 다시 왼손으로는 중의 등을 바짝 감싸 안아 허리를 세우게 하여
허리를 꽉 잡고는 중을 키처럼 가볍게 들었다.

그러나 중은 오히려 큰소리를 치면서 웃었다.

소년이 갑자기 큰 소리를 한 번 지르더니 돌연히 우뚝 일어나 중을 왼
쪽 어깨 위에 가로로 놓았다. 중은 두 손으로 허공을 젓고 두 다리는 공중
에서 춤을 췄다. 마치 사람이 파도 속에서 헤엄치는 모양새와 같았다.

소년이 인하여 빙빙 돌리는데 마치 대붕(大鵬)[1]이 곤줄박이[2]를 채가는
듯하였다. 중은 아직도 소년의 어깨 위에 가로 걸려 물레가 기구 틀을
따라 돌아가는 것과 같으니 영판 힘을 쓰지 못하였다.

이때에 소년의 한 쪽 어깻죽지는 높고 한쪽은 낮으니 왼편짝 손은 물이
가득한 소반 같고 오른편 손은 칼을 칼집에서 뽑는 것과 같았다.

소년이 홀연 중의 허리를 우지끈 꺾었다.

그러고는 중을 들어서는 똥구덩이 속으로 던져 버리니, 이것은 씨름
기술 중에서 이른바 '금강번신옥산도공(金剛飜身玉山倒空)'[3]의 형세였다.

중이 똥구덩이 속에서 한 번 떨어지니 별이 하늘에서 떨어지는 듯 하고

---

1) 하루에 구만 리를 날아간다는, 매우 큰 상상의 새.
2) 박샛과의 새. 머리와 목은 검은색, 등·가슴·배는 밤색, 날개와 꽁지는 잿빛 청색이며 뒷머리
에 'V'자 모양의 검은 무늬가 있다. 텃새로 야산이나 평지에 산다.
3) '금강번신'은 금강역사(金剛力士)가 몸을 뒤집고 술 취한 사람이 밀지 않아도 거꾸로 쓰러진
다는 뜻.
'금강역사'는 금강야차(金剛夜叉)라고도 한다. 사찰 문의 좌우에 서서, 승려들이 불도를 닦을
때에 쓰는 도구인 방망이인 금강저(金剛杵)를 손에 들고 불법을 수호하는 신.
'옥산도공'은 술에 취해서 몸을 가누지 못하는 것. 『세설신어(世說新語)』 용지(容止)에 "산공
(山公)이 말하기를 '혜숙야(嵇叔夜)의 사람됨은 외로운 소나무가 우뚝하게 서 있는 듯하며
술에 취하면 높은 옥산이 장차 거꾸러지려는 것 같다.'고 했다." 하였음. '산공'은 진(晉)나라
산도(山濤)의 별칭이고 '혜숙야'는 삼국 시대 위(魏)나라 혜강(嵇康)이다. 혜강은 죽림칠현의
한 사람으로 술을 즐겨했다. 산공은 이러한 혜강이 술에 취했을 때 흐느적거리는 모습이
마치도 옥산(玉山)이 무너지려 하는 것 같다고 한 것이었다.

물이 쏟아지는 듯 하였다. 그 기세를 막기 어려워 똥구덩이가 확 열렸다가
는 모아지니 가련한 청정법신(淸淨法身)[4]은 눈 깜빡할 사이에 열반(涅槃)[5]
하여 벌레 구더기가 들끓는 똥구덩이 속에 매장되어버리는 것이 아닌가.

이날 빙 둘러서서 보던 사람들이 무려 육칠백 명에 달하였다. 처음에
소년이 손 쓰는 것이 어린애 다루듯 하는 것을 보고 모두 두 눈이 휘둥그
레지더니, 급기야 그 중을 똥구덩이 속으로 던져 버리는 것을 보고는 모
두 깜짝 놀라며, 이어서 박수를 치고 큰 소리를 지르며 통쾌해 했다.

이때 중이 죽는 것을 보고 여러 사람들은 중의 죽음을 매우 기뻐하고
칭찬하였다. 하나는 중이 남의 처를 강탈하려하여 미워해서요, 또 한 가
지는 평소 촌사람들에게 악행을 하던 아픔을 증오하였기 때문이었다.

차음에 소년이 그의 아내를 하락하는데 어려운 기색이 없는 것을 보고
는 모두 소년을 위하여 불쌍하게 생각하였다가, 소년이 씨름 내기에 아내
를 거는 것을 보고는 또 소년을 위하여 위태롭게 여기고 두려워하였다.
그런데 이제 중의 죽음을 보았으니 흔쾌하게 여기고 소년의 힘씀을 사랑
치 않는 사람이 없게 된 것이었다.

그래서 어지러이 소년 앞으로 가서 성명과 나이와 고향 등을 물으니
소년이 대답했다.

"성은 이 씨(李氏)요, 나이는 열여섯이외다."

그리고 이름과 고향 마을은 알려주지 않았다.

여러 사람이 이어서 소년에게 말하였다.

"중의 채무는 과연 300금이 된다지만. 저쪽 소위 시내 남쪽의 밭은 서
울에서 경영하는 둔토(屯土)[6]일세. 제깐 놈이 어디 어찌 송곳 꽂을 땅이나

---

4) '청정'은 나쁜 짓으로 지은 허물이나 번뇌의 더러움에서 벗어나 깨끗해 지는 것이요, '법신'은
불법의 이치와 일치하는 부처의 몸을 이른다. 중의 악행을 꼬집는 반어적 표현이다.
5) 불교에서 일체의 속박에서 해탈한 최고의 경지인 죽음.
6) 둔전과 둔답을 아울러 이르는 말로 각 궁과 관아에 속한 토지. 관노비나 일반 농민이 경작하

마 있다던가?"

또 한 사람이 물었다.

"중이 씨름을 좋아한다는 것을 먼저 들은 일이 있는가? 어찌 그가 좋아하는 씨름을 이용해서 제압한 것이지?"

소년은 다만 싱그레 웃음을 머금고 대답하지 않았다.

그러고는 주막집으로 돌아가 사람들 시켜 악한 중의 채권을 거두어 들여서는 불사르고 그의 아내를 데리고 조용히 나가버렸다.

곽운은 기운이 중에게 뺏기고 담력은 소년에게 눌리어 집으로 돌아온 후로는 감히 다른 사람과 용기를 견주지 못하였다고 한다.

외사씨가 말한다.

옛사람의 말에 '말을 잘 타는 자는 말에서 떨어져 죽고 헤엄을 잘 치는 자는 물에 빠져 죽는다.'고 하였다. 중은 씨름을 좋아하다가 끝내는 씨름으로 인하여 죽었구나. 예로부터 자기가 능함으로써 그 능한 것 때문에 죽은 자가 몇 사람이며, 또 자기가 제 힘만을 믿고 '천하에 적수가 없다.'고 뻐기다가 모두 이 중과 같은 최후를 따른 사람이 또한 몇이던가. 깊은 생각 없이 혈기만 믿고 함부로 부리는 소인의 용기와 한 가지 재주가 있는 자는 마땅히 이 이야기를 살펴서 경계를 해야 할 것이다.

四十二. 角戲場少年賭婦, 糞窖中頑僧員殞命 (下)

僧이 更히 少年다려 謂하되 賭하기는 賭하겟스나 汝가 我를 對手로 함이 이른바 赤卒(잔자리)이 石柱를 撼함이 아니뇨 少年이 曰 大師는 다만 石柱가 될 뿐이니 엇지 蜻蜓[7]을 對하야 憂할 것이리오 僧이 又 笑하되

엿으며, 소출의 일부를 거두어 경비를 충당하였다.

7) 보통 잠자리를 '蜻蜓'이라한다.

角觝하기 前에 汝의 口角이 先利하니 怜悧한 兒이로다 時는 正히 暮春天氣에 宿雨가 初歇하고 道途가 泥濘으로 化하얏스되 오즉 店 前 一 小阜가 稍히 廣闊하고 其 上이 平衍한지라 少年이 僧으로 더부러 俱히 阜에 登하니 村人이 多數히 集會하고 郭雲도 坐한 其中에 在하얏더라 阜 下에 一 糞窖이 有하니 一村의 糞을 貯置하야 每年 田畓에 肥를 施하는 者인대 其 深이 底가 無한 것이더라 兩人이 東西로 分立하야 各히 其 上衣를 脫하고 僧이 諸人을 顧하며 謂하되 老僧이 此 小兒로 더부러 戲하니 虎와 羊이 相敵함과 如하도다 少年이 이에 其 右膝을 跪하고 其 左膝을 竪하며 其 背를 竉하고 其 腹을 實하야 右手로 僧의 左股를 扼하고 更히 左手로써 僧의 背를 循하야 堅하게 其 腰를 把握하야 僧을 帶하기를 箕와 如히 하되 僧은 오히려 詡詡히 笑하더니 少年이 忽然 大呼一聲에 突然 崛起하야 僧을 其 左肩 上에 橫着하니 僧이 兩手는 空을 爬하고 兩脚을 虛空에서 舞하얏 맛치 泅하는 者가 波濤 中에서 宛轉함과 如한지라 少年이 因하야 盤旋하기를 맛치 大鵬이 山雀을 搏함과 如하되 僧은 尙히 少年의 肩上에 橫掛하야 紡車[8]가 機를 隨하야 軋轉함과 如함애 能히 其 力을 施치 못하는 지라 時에 少年의 一 肩은 高하고 一 肩은 低하야 左手는 盤에 水를 盛함과 如히 하고 右手는 劒을 鞘에서 拔함과 如하더니 忽然 僧의 腰를 折하야 一擧에 僧을 糞窖 中에 擲하니 此는 角戲法의 所謂 金剛飜身玉山倒空의 勢이라 僧이 糞堆 上에 一 落함애 星이 天에서 隕함과 如하며 水가 瓶에서 瀉 함과 如하야 其 勢를 遏하기 難함애 糞이 開하얏다가 다시 合하니 可憐한 彼淸淨法身은 頃刻 涅槃하야 蟲蛆汚穢 中에 埋葬하얏더라 是日에 環立하야 觀하는 者가 無慮 六七百 人에 達하얏는대 初에 少年이 手를 運하기 小兒와 如히 하는 것을 見하고 모다 兩目이 瞠然하더니 及其 僧을 糞窖 中에 投함을 見하고 모다 吃驚하며 繼하야는 喝따치 안는 者이 無하얏더라 此時 衆人의 心理에 僧의 死함을 歡喜稱揚한 것은

---

8) 본문에는 '紡車'로 되어 있다. 『소재집(嘯齋集)』의 「각저소년전(角觝少年傳)」을 참조하여 '紡車'로 바로 잡았다.

一은 僧이 人의 妻를 强奪코겨함을 惡함이오 一은 平日에 在하야 村人에게 行惡하던 것을 痛憎하얏던 故이라 初에 少年이 其 婦를 許함에 難色함을 見하고 모다 其 少年을 爲하야 哀憐이 思하얏스며 又 少年이 角觝의 戲로써 其 婦를 睹함을 見하고 又 少年을 爲하야 危懼하얏더니 밋 此에 至하야는 僧의 死함을 欣快하고 少年의 勇力을 奇愛치 안는 者이 無하야 이에 紛紛히 其 前에 進하야 姓名 年齒 及鄕里를 問하니 少年이 答하되 姓은 李오 年은 十六이라 하고 名과 鄕里는 告치 아니하얏더라 諸人이 因하야 少年다려 謂하되 僧의는 債 果然 三百金이어니와 渠의 所謂 溪南의 田은 皆京營土이니 彼가 엇지 立錐의 地가 有하리오 하며 坐 問하는 者가 有하야 日 僧의 角觝를 好하는 것을 먼져 聞知한 事가 有한고 엇지 能히 그 好함을 利用하야 制하얏나뇨 少年은 다만 笑를 含하고 答치 아니하며 이에 店舍로 返하야 人으로 하야금 惡僧의 債券을 取하야 火에 焚하고 드대여 其 婦를 携하고 從容히 出去하니 郭雲의 氣가 僧에게 奪하고 膽이 少年에게 慴하야 歸家한 後로 敢히 人으로 더부러 其 勇을 較치 못하얏다 云하니라

　外史氏 日 古人의 言에 善騎하는 者는 墮하고 善遊하는 者는 溺한다 하얏스니 僧은 角觝를 善히 하다가 맛참내 角觝에 死하얏도다 古來부터 그 能함에 死한 者가 幾人이며 又 스사로 其 勇力을 恃하고 天下에 敵手가 無하다고 自詡하다가 皆 此 僧의 最後를 遂한 者가 坐한 幾人이뇨 匹夫의 勇과 一技의 能이 有한 者는 宜히 此에 鑑하야 戒할진뎌

43. 시서를 통달한 부인들의 박학, 문사를 잘하는 여인들의 절창 (일)

우리 조선 부인들 중 문장과 학술로 세상에 명성을 들날린 자가 많다. 그들 중 뚜렷한 자를 들면 홍율정(洪栗亭)의 부인 유씨(柳氏), 수찬(守撰) 이수정(李守貞, 1477~1504)[1]의 부인 신씨(申氏), 퇴우당(退憂堂) 김수흥(金壽興, 1626~1690)[2] 부인 윤씨(尹氏), 병사(兵使) 유준(柳濬)의 부인 이씨(李氏), 교리(校理) 이영행(李英行)의 부인 이씨(李氏), 찬성(贊成) 이계맹(李繼孟, 1458~1523)[3]의 부인 채씨(蔡氏), 봉원부(蓬原府)[4] 부인 정씨(鄭氏), 신광유(申光裕) 부인 윤지당(允摯堂) 임씨(任氏)[5], 박노촌(朴老村)의 부인 박씨(朴氏), 오리(梧

---

1) 본관은 광주(廣州). 자는 간중(幹仲). 24세의 나이로 생원시에 장원이 되었고, 그 뒤 홍문관에 들어가 부수찬·수찬을 역임하였다. 1504년 갑자사화가 일어나자 아버지가 성종 때 폐비 윤씨에게 사약을 가져간 형방승지였던 것이 화근이 되어 아버지를 비롯하여, 형들과 함께 참형을 당하였다.

2) 본관은 안동. 자는 기지(起之), 호는 퇴우당(退憂堂). 할아버지는 우의정 상헌(尙憲)이고, 아버지는 동지중추부사 광찬(光燦)이다. 영의정을 지낸 수항(壽恒)의 형이다. 부교리·도승지·호조판서·우의정을 두루 거치고 숙종이 서인을 물리치고 남인에게 정권을 맡기자, 장기에 유배되어 이듬해 그곳에서 죽었다.

3) 본관은 전의(全義), 자는 희순(希醇), 호는 묵곡(墨谷)·묵암(墨岩)이며 부여군수 이의(李宜)의 증손으로 현감 이대종(李大種)의 손자이며 이영(李穎)의 아들이다. 1489년 식년문과에 갑과로 급제하여 설서·정언·집의를 거쳐 좌승지에 올랐다. 그 후 평안도 관찰사와 호조·형조·예조 판서를 거쳐 좌찬성에 이르렀다.

4) 봉원부원군(蓬原府院君) 정창손(鄭昌孫, 1402~1487)이다. 본관은 동래(東萊). 자는 효중(孝仲). 중추원사(中樞院使) 흠지(欽之)의 아들이며, 좌참찬 갑손(甲孫)의 아우이다.

5) 임윤지당(任允摯堂, 1721~1793)이다. 본관은 풍천(豊川)이며, 함흥판관을 지낸 노은(老隱) 임적(任適, 1685~1728)의 딸이다. 그는 대성리학자였던 녹문(鹿門) 임성주(任聖周)의 여동생이며, 운호(雲湖) 임정주(任靖周)의 누님이었다. 8세 때 부친을 여의고 녹문에게서 유교 경전과 사서(史書) 등을 학습하였는데, 매우 총명하고 근면하였다. 윤지당은 학문에만 열중했던 것이 아니라, 어려서부터 효성이 지극하고 인정이 많았으며, 교양과 부덕을 쌓아 조금도 예의범절에 어긋나는 점이 없었다. 『윤지당유고(允摯堂遺稿)』라는 문집을 남겼다.

里) 이원익(李元翼, 1547~1634)[6]의 대부인(大夫人) 정씨(鄭氏) 등의 여러 부인은 모두 현숙하고 또 문장이 넉넉하였다. 그러나 문장과 시(詩)·부(賦) 등이 전한 것이 없다.

기타 여사(女史)[7]중 작품이 약간 전하는 것이 있기에 아래에 베껴 기록한다.

허난설(許蘭雪), 허경란(許景蘭)의 문집은 후세에 전하여 칭찬을 받으며 사람들의 입에 자주 오르내렸다.

사직(司直) 안귀손(安貴孫)의 부인 최씨(崔氏)[8]는 이조참판(吏曹參判) 치운(致雲)의 딸로 문경군(聞慶郡) 사람이다.

어릴 때부터 총명하고 뛰어나게 영리하여 시서백가(詩書百家)를 모두 섭렵치 않은 것이 없었다. 글을 짓는 재주가 탁월하였다. 남편인 귀손이 죽자 글을 지어 제사지냈는데 이렇다.

봉황이 날아올라 봉새에 화답하여 즐겼는데	鳳凰于飛 和鳳樂止
날아간 봉새 오지 않아 황새 홀로 우는 구나	鳳飛不下 凰獨哭止
걱정되어 하늘에 묻지만 하늘은 말이 없어	搔首問天 天默默止
하늘은 멀고 바다는 넓어 한은 그치질 않네	天長海濶 恨無極止

그 글에 나타난 뜻이 너무도 슬프고 처량하여 오늘날 우리들이 아직도 눈물짓게 할만하다.

윤씨(尹氏)는 장가(張家)의 부인으로 일찍이 과부가 되었다.

일찍이 글을 지어도 남에게 보이지 않았다. 병으로 누워 일어나지 못하자 한 구절을 읊었는데 이렇다.

---

6) 본관은 전주(全州). 자는 공려(公勵), 호는 오리(梧里). 태종의 왕자 익녕군 이치의 4대 손인 이억재와 어머니 동래군 부인 정씨의 아들로 1547년(명종 2년)에 태어났다. 선조(宣祖). 광해군(光海君). 인조(仁祖)의 3대에 걸쳐 네 번이나 영의정에 올랐다.

7) 사회적으로 이름 있는 여자를 높여 이르는 말.

8) 본관은 강릉이며 1417년 문과에 급제한 최치운(崔致雲, 1390~1440)의 딸로 아버지로부터 『시경』·『서경』·『효경』을 배웠다고 한다.

부용성(芙蓉城)⁹⁾ 안에서 들려오는 옥피리 소리　　芙蓉城裏玉簫聲

열 두 칸이나 되는 난간에는 아지랑이 피어오르고　十二欄干瑞靄生

총총히 고향 가는 꿈꾸는데 하늘이 막 밝으려하네　歸夢恩恩天欲曙

반쯤 열린 창에 다 져 가는 달 활짝 핀 꽃 비추네　半窓殘月映花明

　　군수(郡守)를 지낸 이상(李相)의 부인 심씨(沈氏)는 응교(應敎) 벼슬을 지낸 광세(光世)¹⁰⁾의 딸이요, 추포(秋浦) 황신(黃愼, 1560~1617)¹¹⁾의 외손녀이다.

　　황신이 일찍이 여러 아들을 가르칠 때였다.

　　심씨가 방에 있으면서 이것을 몰래 듣고는 외워버렸으며 한 번 들은 것은 모조리 기억하여 잊지 않았다. 공이 심히 기이하게 여기며 사랑하고 심씨에게 또한 글을 가르치니 10세에『소학』,『사략』,『시전』등의 책에 정통하고 시를 읊조리는 것도 맑고 뛰어났다.

　　광세가 일찍이 고성으로 귀양 가자 심씨가 집에서 절구 한 수를 부쳤다.

섬돌에 가을바람 쓸쓸히 일어나니　　　玉砌霜風起

창가에 달그림자는 차기도 찹니다　　　紗窓月影寒

기러긴 고향으로 울어 예며 가는데　　忽聞歸鴈響

머나먼 곳 아버지께선 어찌 계세요　　千里憶南關

---

9) 송나라 구양수의『육일시화(六一詩話)』에 보인다. 옛날 석만경(石曼卿)이란 이가 죽은 뒤에, 어느 때 친구가 그를 만나 보니 마치 꿈속같이 어렴풋한 곳에서 그가 하는 말이 "나는 지금 신선이 되어서 부용성(연꽃이 핀 아름다운 나라)의 주인 노릇을 하고 있다."고 하는 것이었다. 그래서 뒷날에는 '저승의 신선 나라'를 일컫는 말이 되었다.

10) 심광세(沈光世, 1577~1624)이다. 본관은 청송(靑松), 자는 덕현(德顯), 호는 휴옹(休翁)으로 1613년 문학을 거쳐 교리로 있을 때 계축옥사(癸丑獄事)로 경상도 고성(固城)에서 귀양살이를 하였다. 1623년 인조반정이 일어나 다시 교리가 되었고 응교(應敎)를 거쳤다. 그의「고성즉사(固城卽事)」라는 시와 상고시대부터의 역사를 노래한「해동악부 海東樂府」는 모두 귀양살이를 할 때 작품이다.

11) 본관은 창원(昌原). 자는 사숙(思叔), 호는 추포(秋浦). 1588년 문과장원하고 절충장군과 공·호조판서 등을 역임. 성혼(成渾)과 이이(李珥)의 문인이다.

군수(郡守) 벼슬을 지낸 정찬우(鄭纘禹)의 부인 정씨(鄭氏)12)는 동래(東萊) 정자순(鄭子順)의 딸로 문장이 넉넉하고 또 시를 잘 지었다.

스스로 감추어 밖에 드러나지 않았으나 한 번 지으면 반드시 비할 데 없이 기이하여 읊는 말마다 사람을 놀라게 하였다. 하루는 부인의 생질로 목사(牧使) 벼슬을 지낸 결(潔, 1572~?)13)이 시 주고받기를 한결같이 청하니 부인이 웃으며 말했다.

"풍월을 읊조리는 것은 결코 아녀자가 마땅히 할 일은 아니나 네가 진실로 청하니 어디 한 번 시합해 보자."

그리고는 「벽에 붙은 강태공14)의 낚시질하는 그림을 보고(壁上太公釣魚圖)」로써 제목을 삼고 시를 지었으니 이렇다.

백발을 흩날리며 낚싯대 던지는 나그네	鶴髮投竿客
그 초연함이 이 세상의 노인이 아니건만	超然不世翁
만일 서백(西伯)15)의 사냥이 아니었다면	若非西伯獵
오고 가는 저 기러기와 일생을 살았으리라	長伴往來鴻16)

뒷날 명나라 사신이 와서 우리나라의 시편을 구하기에 이 시를 보이니,

---

12) 정인인의 어머니이다. 정인인(鄭麟仁, ?~1504)의 본관은 광주(光州). 자는 덕수(德秀). 1498년 문과에 장원으로 급제하고 지평에 승진, 홍문관전한, 제주목사 등을 지냈다.

13) 본관은 서산. 1618년 문과에 급제. 이조반정 시 처참되었다. 정인홍의 종질이기도 함.

14) 중국 주(周)나라를 세울 때의 명재상. 낚시하다가 발탁되었다고 함.

15) 중국 은(殷)나라 말기의 정치 지도자인 주 문왕. 이름은 창(昌). 그 아들이 은의 주왕(紂王)을 쳐서 주(周)나라를 세움. 그 아들 발(發)을 무왕(武王)이라 하고 그 아버지인 창을 문왕(文王)이라 칭함.

16) 강태공은 나중에 문왕과 무왕을 도와 은나라를 멸하고 주나라를 창건하는데 크나큰 공을 세운 사람이다. 그러나 만약 서백의 사냥이 아니었다면 강태공은 부질없이 왕래하는 기러기와 벗하며 일생을 보냈을 것이다. 즉 강태공이 아무리 뛰어난 사람이었다 해도 자기를 알아보는 군주가 없었다면 평생 강가에서 낚시나 하는 늙은이로 살다가 일생을 마치고 말았을 것이라고 하는 뜻이다. 이 시는 아들인 정인인을 임금(연산군)이 등용해 달라는 뜻으로 해석하곤 한다.

명나라 사신이 놀라며 칭찬하기를 그치지 않았다. 그러고는 다시 깊이 음미하더니 한참 있다가 말하였다.

"이것은 장부의 시가 아니오. 필시 여인이 읊은 걸게요."

진사(進士) 최당(崔瑭)[17]의 부인 성씨(成氏)는 인재(仁齋) 성희(成熺)[18]의 딸이다.

시서를 두루 통하여 문장이 남다르고 뜻이 컸으며 시집이 있어 『열조시산』과 『대동시선』에 나란히 실려 있다.

그녀의 「어떤 사람에게 주다(贈人)」라는 시는 이렇다.

이웃집 찾아가 서너 번 부르니	步出隣家三四呼
어린애 달려 나와 주인 없다네	小童來報主人無
막대 짚고 꽃놀이 아니 갔으면	若非杖策尋花去
필시 거문고 안고 술벗 찾았지	定是携琴訪酒徒

종실인 숙천령(肅川令) 내자(內子)[19] 이씨(李氏)도 시에 능하였고 문을 잘 지어 이름이 높았다.

그녀의 「얼음 병(氷壺)」을 읊조린 시는 이렇다.

맛난 술 넣어 상위에 두는 것이 가장 제격	最是牀頭盛美酒
무엇하러 조그만 시냇가에 옮겨다 놓았는가	如何移置小溪邊
한낮인데 꽃 사이 비가 마구 뿌려 대니	花間白日能飛雨
비로소 병 속에 별천지 있음을 믿겠구나	始信壺中別有天

---

17) '최당(崔瑭)'으로 되어 있는 곳도 있다.

18) 본관은 창녕(昌寧). 자는 용회(用晦), 호는 인재(仁齋). 1450년에 문과 급제, 교리·부윤 등을 거쳤다. 1456년 5촌 조카인 삼문(三問) 등 사육신이 상왕인 단종의 복위를 꾀하다가 처형당할 때 연루되어 10여 차례나 극심한 고문을 받으면서도 끝내 입을 열지 않았다. 이 일로 마음에 병이 되어 공주에 은거하던 중 분사하였다.

19) 높은 벼슬아치의 본부인. 오늘날은 자기 아내를 부르기도 하고 남의 아내를 일컫기도 한다.

또 그녀의 「비를 읊조림(詠雨)」이라는 시는 이렇다.

옥 끈이 하늘에서 곧장 내려와 　　　　玉索連天直
은방울이 땅에 떨어져 모였어요 　　　　銀鈴落地團

또 선조가 행차하는 것을 보고 지은 시는 이렇다.

하늘 가운데는 새로운 해와 달뜨고 　　　天中新日月
수레 아래에는 오랜 관리와 백성들 　　　輦下舊臣民

또 같은 시절에 집의(執義) 박유년(朴有年)의 부인 이씨(李氏)는 대헌(大憲) 이중경(李重慶, 1517~1568)[20]의 딸이었다. 서사(書史)를 달통하였고 시율(詩律)을 잘하였으나 세상에 전하는 시가 없다.

봉사(奉事) 벼슬을 지낸 김호섭(金虎燮)의 부인 김씨(金氏)는 삼족재(三足齋) 김릉(金凌)의 딸이었는데 또한 문사(文詞)로 이름을 들날렸다.

남씨(南氏)도 남추(南趎)[21]의 누이로 또한 시사(詩詞)에 능하여 하루는 「눈(雪)」으로 시를 지었다.

땅에 떨어지매 소리는 누에가 푸른 잎 먹어버린 듯 　落地聲如蠶食綠
허공에 흩날리매 모양은 나비가 붉은 꽃 엿보는 듯 　飄空狀似蝶窺紅

四十三. 誦詩書婦人博學, 善文詞閨門絶唱 (一)

我 朝鮮婦人의 文章學術로써 世에 鳴한 者ㅣ 多하니 其 顯著한 者를

---

20) 본관 광주(廣州). 자 숙희(叔喜). 영부(英符)의 아들이며, 명종 때 장령을 지낸 수경(首慶)의 동생이다. 1538년 문과에 올라 직제학·대사간·이조참판·대사헌을 지냈다.
21) 본관 고성(固城). 호는 서계(西溪), 또는 선은(仙隱)이다. 곡성(谷城)에 살았으며, 1514년에 문과에 급제. 1519년 기묘사화때 조광조 일파로 몰려 남곤에게 추방당한 후, 영광(靈光)의 삼계(森溪)로 물러가 살았다. 나이 28세에 전적(典籍)으로 죽었다.

擧하면 洪栗亭의 夫人 柳氏, 李守撰 守貞의 夫人 申氏, 金退憂堂 夫人 尹氏, 柳兵使潗의 夫人 李氏, 李校理英行의 夫人 李氏 李贊成繼孟[22]의 夫人 蔡氏, 蓬原府 夫人 鄭氏, 申光裕 夫人 允摯堂 任氏, 朴老村의 夫人 朴氏, 李梧里의 夫人 鄭氏, 諸夫人은 모다 賢淑하고 又 文章이 贍富하되 詞章이 後世에 傳한 者가 無하고 其他 女史 中 若干의 流傳한 者가 有함으로 左에 抄錄하거니와 許蘭雪, 許景蘭의 文集은 後世에 傳하야써 汎히 人口에 膾炙하니라

安司直 貴孫의 夫人 崔氏는 僉判致雲의 女이니 聞慶郡人이라 自幼로 聰明穎悟하야 詩書百家의 語를 모다 涉獵치 안은 것이 無하야 藻思가 卓越하더니 其 夫 貴孫이 沒함애 親히 文을 作하야 祭하야 曰

鳳凰于飛, 和鳳樂止, 鳳飛不下, 凰獨哭止, 搔首問天, 天默默止, 天長海濶, 恨無極止라 하얏는대 其 文辭의 悽愴한 것은 今日 吾人으로도 尙히 淚를 零할만하더라

尹氏는 張家의 婦이니 早寡하야 일즉이 文辭人에게 見함이 無하더니 밋 病에 臥하야 起치 못함에 이에 一絶을 吟하야 曰

芙蓉城裏玉簫聲。十二欄干瑞靄生。歸夢忽忽天欲曙。半窓殘月映花明。

이라 하얏더라 李郡守相의 夫人 沈氏는 應敎光世의 女오 秋浦黃愼의 外孫女이라 黃公이 일즉 諸子를 敎할 時에 沈氏가 傍에 在하야 此를 竊聽記誦하며 一次 目에 過한 者를 遺忘치 아니하니 公이 甚히 奇愛하야 沈氏에게 또한 書를 敎하니 十歲에 小學史略 詩傳等書를 精通하고 詩의 吟咏도 또한 淸絶한지라 光世가 嘗히 固城에 在謫하더니 沈氏가 家에 在하야 一絶의 詩를 寄하되

玉砌霜風起。紗窓月影寒。忽聞歸鴈響。千里憶南關。

이라 하얏더라 鄭郡守鑽禹의 夫人 鄭氏는 東萊 鄭子順의 女이니 文章이 贍富하고 又 詩에 長하야 비록 스사로 韜藏하야 外에 現치 아니하나 發하

---

22) 원문에는 '李贊成繼猛'으로 되어 있다. 문맥으로 보아 '李贊成繼孟'으로 바로 잡았다.

면 반다시 奇絶하야 吐辭가 人을 驚하얏더라 一日은 夫人의 甥 牧使 潔이
酬唱하기를 固請하니 夫人이 笑하되 風月을 吟咏하는 것이 決코 婦女의
當爲할 事가 아니나 汝가 旣히 固請하니 一次 試하리라 하고 이에 『壁上
太公釣魚圖』로써 題를 爲하고 詩를 作하야 曰

　鶴髮投竿客。超然不世翁。若非西伯獵。長伴徃來鴻。

이라 하얏는대 其後에 明使가 來하야 本國의 詩篇을 求하거늘 此 詩로써
示하얏더니 明使가 嘆賞함을 不已하며 更히 沈吟 良久에 曰 此가 丈夫의
詩가 아니오 必是 閨女의 吟한 것이라 하니라

　崔進士 塘의 夫人 成氏 는 仁齋熺의 女ㅣ라 詩書를 博通하야 文章이
崎崛함으로 詩集이 有하야 列 朝詩刪 及 大東詩選[23]에 列轉하얏더라 其
贈人의 詩에 曰

　步出隣家三四呼。小童來報主人無。若非杖策尋花去。定是携琴訪酒
徒라 하니라 宗室肅川令内子 李氏는 쏘한 能詩善文으로써 名이 高하더
니 其 氷壺를 詠하는 詩에 曰

　最是[24]牀頭盛美酒。如何移置小溪邊。花間白日能飛雨。始信壺中別
有天。

이라 하고 又 詠雨詩에 曰

　玉索連天直。銀鈴落地團。

이라 하고 又 宣祖 行幸을 觀하는 詩에 曰

　天中新日月。輦下舊臣民。

이라 하얏더라 又 同時에 朴執義有年의 夫人 李氏는 大憲 李重慶의 女이
니 書史를 通하고 詩律을 善히 하나 詩로써 世에 傳한 者가 無하고 金奉
事虎變[25]의 夫人 金氏는 三足齋 金凌의 女이니 쏘한 文詞로써 鳴하고
又 南氏는 南趎[26]의 妹이니 쏘한 詩詞에 能하야 一日은 雪을 賦[27]하되

23) 원문에는 ‘大東詩林’으로 되어 있다. 문맥으로 보아 ‘大東詩選’으로 바로 잡았다.
24) 원문에는 ‘最今’으로 되어 있다. 문맥으로 보아 ‘最是’로 바로 잡았다.
25) 원문에는 ‘金奉事虎變’으로 되어 있다. 문맥으로 보아 ‘金奉事虎變’으로 바로 잡았다.
26) 원문에는 “◉”으로 표시되어 있다. 따라서 ‘南趎’를 補하였다.

落地聲如蠶食綠。舞[28]空狀似蝶窺紅。

이라 하니라

27) 원문에는 '賊'으로 되어 있으나 내용으로 미루어 '賦'가 맞아 바로 잡았다.
28) 원문에는 '舞'로 되어 있다. 문맥으로 보아 '飄'로 바로 잡았다.

43. 시서를 통달한 부인들의 박학, 문사를 잘하는 여인들의 절창 (이)

난설헌(蘭雪軒) 허 부인(許夫人)[1]은 양천(陽川) 사람이니 초당(草堂) 엽(曄)의 딸이다.

총명함이 뛰어나 여러 작가의 글을 모두 섭렵하였다. 또 시를 잘 지어 글을 짓고자 하는 생각이 물 솟는 샘과 같아 사람의 기운이 아니었다. 시랑(侍郞)을 지낸 김성립(金誠立, 1562~1593)[2]에게 시집을 갔다가 27세에 이승을 달리하였다.

평일에 저술한 시문이 한 칸을 충분히 채웠는데 죽으려고 할 때 불태워 버리고 다만 약간의 원고가 친정집에 남아있었다. 명나라 만력 연간에 주지번이 조선에 사신으로 왔다가 부인이 시를 적어 놓은 원고를 얻어 중국으로 돌아간 뒤에 이것을 간행하였다. 이때부터 판각이 성행하여 다행히 인구에 회자하였다. 허난설헌은 따로 문집이 있기에 이곳에 기록하

---

1) 허난설헌(許蘭雪軒, 1563~1589)은 조선 중기의 여류시인으로 본관은 양천(陽川). 본명은 초희(楚姬). 자는 경번(景樊), 호는 난설헌. 강릉출생. 엽(曄)의 딸이고, 봉(篈)의 동생이며 균(筠)의 누이이다. 아버지가 첫 부인 청주한씨(淸州韓氏)에게서 성과 두 딸을 낳고 사별한 뒤, 강릉김씨(江陵金氏) 광철(光轍)의 딸을 재취하여 봉·초희·균 3남매를 두었다. 8세에 이미 신동이라는 말을 들었다. 이달(李達)에게 시를 배웠으며, 15세 무렵 안동김씨(安東金氏) 성립(誠立)과 혼인하였으나 원만한 부부가 되지 못하였으며, 고부간에 불화하여 시어머니의 학대와 질시 속에 살았다. 사랑하던 남매를 잃은 뒤 설상가상으로 뱃속의 아이까지 잃는 아픔을 겪었다.
또한, 친정집에서 옥사(獄事)가 있었고, 동생 균마저 귀양 가는 등 비극적인 삶을 살다 27세의 나이로 생을 마쳤다.
2) 본관은 안동(安東). 자는 여견(汝見) 또는 여현(汝賢), 호는 서당(西堂). 노(魯)의 증손으로, 할아버지는 홍도(弘道)이고, 아버지는 교리 첨(瞻)이며, 어머니는 판서 송기수(宋麒壽)의 딸이다. 1589년 증광문과에 병과로 급제하고 홍문관저작(弘文館著作)에 이르렀으나, 1592년 임진왜란 때 죽었다. 김성립도 당대에 문명이 높았다.

기를 생략한다. 다만 「꿈에 광상산에 노닐다(夢遊曠桑山)」 한 수를 기록하면 이렇다.

푸른 바다 신선 사는 요지에 잠겨들고　　碧海侵瑤海
푸른 난새 아롱진 난새와 어울렸어요　　青鸞倚彩鸞
부용꽃은 스물하고도 일곱 송이인데　　芙蓉三九朶
서리 찬 달 아래에 붉은 빛 떨어졌다오　　紅墮月霜寒

난설헌이 27세에 요절하였으니 '스물일곱 송이 붉은 꽃이 떨어졌다(三九紅墮)'라는 말의 조짐이 과연 맞았다. 조선 부인네의 시로 중국의 시단에 들어 간 사람은 오직 난설헌 한 사람뿐이다.

허경란(許景蘭)의 호는 소설헌(小雪軒)[3]이니 난설헌을 공경하여 사모한다는 의미로 이름을 경난이라 짓고 호를 소설헌이라 한 것이다.

선조 때에 그 아버지가 중국에 흘러들어 가 명나라 여인을 취하여 경란을 낳았다. 경란은 천성적인 자질이 특이하게 잘나 재능과 기예가 여인들 중에 두드러지게 뛰어났으니 7, 8세부터 글을 짓는 솜씨가 탁월하였다.

부모가 모두 사망한 후에 외할아버지에게 양육되어 장성하였으나 시집가는 것을 완강히 거절하고는 늘 조선의 종자라 하고 고향산천을 보지 못하는 것을 한하였다. 비장한 소원을 비는 소리가 종종 시를 읊조리는 사이사이 흘러 나왔다.

만력(萬曆) 병오(丙午, 1606년) 간에 주지번(朱之蕃)[4]이 조선에 사신으로 왔다가 『난설헌집』을 얻어서 이를 간행하였다. 경란이 이것을 읽고는 사모하여 그 시집 전체에 들어 있는 시에 화답시를 썼는데, 그 기발하고 청초

---

3) 중국 청나라로 귀화한 조선 역관의 딸로 시재가 뛰어 났고 허난설헌을 평생 흠모하였다.
4) 선조 39년(1606)에 명나라 황제의 사신으로 황태자의 탄생을 알리는 조서를 가지고 조선에 왔던 자이다. 그는 장원급제를 한 사람으로 시문에 뛰어나 당시 조선의 조야 문인들의 이목을 끌었다.

함이 난설헌과 우열을 다툴만하였다.[5]

항상 자기의 몸을 어루만지면서 슬퍼하며 말하기를, "난, 난설헌의 후신이야."라고 하였다. 소설헌이 나이 27세가 되자 항상 의복과 수건을 깨끗하게 한 후에 문을 가리고는 향불을 사르며 시비에게 말하였다.

"금년에는 내가 반드시 세상을 떠날 거야."

이것은 아마도 난설헌이 '스물일곱(三九)'이라는 말을 예언하고 그 생을 마친 것과 같이 하려는 것이었다.

그러나 소설헌은 이 해를 아무 일도 없이 넘겨 버리자 크게 낙심하여 허탈해 하고 길게 탄식을 하며 말했다.

"나는 평범한 사람이구나."

그리고 드디어 광려산(匡廬山)에 들어가 그 내력을 알 수 없게 되었다.

부사 신순일(申純一)의 부인 이씨(李氏)는 연안(延安) 이정현(李廷顯)의 딸[6]이다.

글에 능하고 시는 공교하여 일찍이 시 한 수를 읊었으니 이렇다.

구름 숨긴 하늘은 물과 같은데	雲斂[7]天如水
높은 다락 곧 날아 오를 듯하네	樓高望似飛
기나긴 밤 비는 무단히 내리고	無端長夜雨
서방님 생각에 십 년이 가네요	芳草十年思

이씨는 천연한 자질이 그윽이 곧고도 맑으며 시문 외에 서예도 아울러 잘하였다. 몸소 『주역』과 『이백집』을 손으로 베껴 책상 위에 올려놓고는 항상 사랑하여 보듬었다. 늘 자제가 과거 시험장에서 돌아오면 그 초고를

---

5) 소설헌의 시도 중국에서 「해동란」이란 이름으로 시집이 간행되었다.
6) 허균의 『학산초담』에는 "순일(純一)은 충경공(忠敬公) 신점(申點)의 아들로 벼슬은 군수이다. 아내는 이씨니 군수 경윤(景潤)의 딸이다."로 되어 있다.
7) 허균의 『학산초담』에는 '險'으로 되어 있다.

살펴보고 미리 고하(高下)를 정하였다. 글이 좋지 않은데도 우연히 과거에 급제하는 자가 있으면 문득 탄식하였다.

"세상에 글 능한 사람이 없어, 이 정도를 가지고 과거에 급제하였구나."

일찍이 남편을 대신해서 편지를 보내면 보는 자가 부인의 필적인지 알지 못하였다. 이름이 궁까지 알려져 임금이 비단 여덟 폭을 하사하고 부인의 글씨를 구하였으니, 이때부터 글로써 이름이 한 시대에 높아졌다고 한다. 시집 한 권이 있었는데 난리통에 흩어져 잃어버렸고 남아 있는 것은 오직 20여 수에 불과하다.

춘소(春沼) 신최(申最)[8]의 부인 심씨(沈氏)는 교리(校理)[9]를 지낸 심희세(沈熙世, 1601~1645)[10]의 딸이다.

시의 격조가 맑고도 은근하였으며 글도 매우 재치가 있었는데, 막내딸이 죽자 지은 시는 이렇다.

슬픔은 뜨거운 태양처럼 일어나니	慘澹烈日
맑고도 쓸쓸한 바람만 불어오네	蕭瑟悲風
옥 같은 얼굴, 얼음 같은 마음씨	玉貌氷心
흩어진 연기, 구름 되어 허공으로	煙散雲空
옥으로 만든 비녀, 금으로 된 패물	玉釵金佩
텅 빈 무덤에 텅 빈 방이요	空埋空室
텅 빈 산에 떨어지는 나뭇잎	山空木落
푸른 강 물결은 서럽게 울음우네	江波嗚咽

---

8) 1619(광해군 11)~1658(효종 9). 본관은 평산(平山). 자는 계량(季良), 호는 춘소(春沼). 개성도사 승서(承署)의 증손으로, 할아버지는 영의정 흠(欽)이고, 아버지는 동양위(東陽尉) 익성(翊聖)이며, 어머니는 선조의 딸인 정숙옹주(貞淑翁主)이다. 문장에 능하였으며 특히 부(賦)에 뛰어났는데 시부(詩賦) 약간이 『해동사부 海東辭賦』에 전한다. 저서로는 『예가부설』·『춘소자집』이 있다.

9) 조선시대 집현전·홍문관·승문원·교서관 등에 둔 5품 관직.

10) 본관(本貫)은 청송(靑松), 자(字)는 덕휘(德輝). 인조(仁祖)17년(1639년), 식년시(式年試) 병과(丙科)에 합격하여 이조정랑(吏曹正郎)을 지냈다.

을씨년스런 백양나무   凄凄白楊

희고 흰 차가운 달빛   皎皎寒月

남은 한 아득히 머니   有恨悠悠

만년세월 영원하겠지   萬古不滅[11]

그 말이 너무나 아프고 슬퍼 사람들로 하여금 참고 읽어 내기가 어렵다.

분애(汾厓) 신정(申晸, 1628~1687)[12]의 며느리인 아무 여인도 능히 시를
잘 지었다. 일찍이 「달빛 아래 배꽃(月下梨花)」이란 시를 읊었다.

백락천의 「장한가」에선 양귀비의 원망이요[13]   樂天歌說楊妃怨

이백의 「궁중행락사」에선 백설의 향기라 했다지[14]   李白詩稱白雪香

이 모습을 더 잘 그려낼 말 없으니   最是風光難畵處

깊은 밤 푸른 하늘엔 밝은 달이라   碧空明月夜中央

그 운치에 있어 세상일을 마음에 두지 않고 태평한 것은 칠 척의 장부
라도 능히 미치지 못하였다.

---

11) 『일사유사』에는 8언 율시로 되어 있다. 송순기는 이 책에서 슬픔을 강조하기 위하여 4언으로
나눈 듯하다.

12) 본관 평산(平山). 자 백동(伯東). 호 분애(汾厓). 시호 문숙(文肅). 1648년(인조 26) 사마시(司
馬試)에 합격하고 2년 후 춘당대문과(春塘臺文科)에 병과(丙科)로 급제, 1667년 검열(檢閱)
로부터 여러 관직을 거쳐, 대사간(大司諫)·대사성(大司成)을 지냈다. 예조·공조·이조 등의
판서를 거쳐, 한성부판윤을 지내고 강화부유수(江華府留守)재임 중 죽었다. 시서(詩書)에
능하였다.

13) 백낙천(白樂天)이 지은 「장한가長恨歌」는 칠언(七言) 120구(句)로 되어 있는 장편 서사시로,
현종(玄宗)황제가 사랑하는 양귀비(楊貴妃)를 여읜 한을 읊은 시이다.

14) 이백(李白)이 지은 「궁중행락사(宮中行樂詞)」는 8수의 사로 현종의 부름을 받아 궁중 생활을
하던 어느 날 대취한 상태로 단숨에 써내려갔다고 한다.

四十三. 誦詩書婦人博學, 善文詞閨門絶唱 (二)

蘭雪軒 許夫人은 陽川이니 草堂曄의 女ㅣ라 聰明이 倫에 絶하야 百家의 書를 모다 涉獵하고 又 詩에 長하야 무릇 著作에 思가 湧泉과 如하며 煙火의 氣가 無하더니 金侍郎誠立에게 適하얏다가 年 二十七에 卒하얏더라 平日에 著述한 詩文이 一間에 充하얏는대 沒함에 臨하야 모다 燒却하고 다만 若干의 稿가 親家에 遺在하얏더라 明萬曆年間에 朱之蕃이 朝鮮에 使하얏다가 夫人의 詩稿를 得하야 歸國한 後에 此를 刊行하얏슴으로 此로부터 鏤가 盛行하야 大行히 人口에 膾炙하얏는대 別로히 文集이 有함으로 此에 錄하기를 省畧하거니와 오즉 其 夢遊廣桑山 詩의 一首를 記하건대 『碧海侵瑤海, 芙蓉三九朶, 靑鸞倚彩鸞, 紅墮月霜寒』이라 하얏는대 二十七에 夭하니 『三九紅墮』의 讖이 果驗하니라 朝鮮 婦人의 詩로 中國 列選에 入한 者는 오즉 蘭雪軒 一人이라 하얏더라

許景蘭의 號는 小雪軒이니 蘭雪軒을 景慕한다는 意味로 名을 景蘭이라 하고 號를 小雪軒이라 함이더라 宣祖 時에 其 父가 中國에 流入하야 明女를 娶하야 景蘭을 生하니 天姿가 異秀하고 才藝가 倫에 絶하야 七八歲로부터 詩文에 工 하더니 父母가 俱亡한 後에 外祖에게 養育을 被하고 長成함이 及하야는 適人하기를 不肯하며 常히 東土遺種으로 故國山川을 得見치 못함을 恨하야 悲怨의 聲이 徃徃吟詠의 間에 溢하더니 萬曆丙午間에 朱之蕃이 朝鮮에 使하얏다가 蘭雪軒集을 得하야 此를 刊行함이 景蘭이 讀하고 慕하야 이에 其 全集을 續和하얏는대 其 奇拔淸楚함이 蘭雪軒과 伯仲을 爭할만 하얏더라 常히 躬을 撫하며 自悼하야 曰 我가 蘭雪軒의 後身이라 하더니 年이 二十七에 至함이 每樣衣巾을 淨水한 後에 戶를 閉하고 香을 焚하며 其 侍婢다려 私謂하되 今年에는 我가 반다시 世를 謝하리라 하얏는대 大盖 蘭雪軒의 三九의 讖으로써 其 生終을 同히 하려 함이더라 是年에 無事히 安過하니 이에 憮然히 長嘆하되 我가 凡胎의 物이라 하고 드대여 匡廬山에 入하야 其 所終을 莫知하니라

申府使純一의 부인 李氏는 延安 李廷顯의 女ㅣ니 文에 能하고 詩에 工하야 일즉 一詩를 吟하야 曰

雲歛天如水, 樓高望似飛, 無端長夜雨, 芳草十年思

라 아핫더라 天姿가 幽閑貞靜하고 詩文의 外에 書法에 兼工하야 親히 周
易과 李白集을 手寫하야 案上에 置하고 常히 愛玩하며 每樣 子弟가 科場
으로부터 歸하면 其 草를 閱하고 豫히 高下를 定하더니 偶然히 參榜하는
者가 有하면 문득 嘆하되 世에 能文 者가 無하야 此輩도 能히 科選에 中
하얏도다 일즉 其 夫를 代하야 書簡을 酬하면 見하는 者가 婦人의 筆인줄
不知하더니 名이 大內에 徹하야 上으로 絹八幅을 下賜하고 夫人의 筆을
求하니 此로부터 書名이 一世에 高하니라 詩集 一卷이 有하더니 兵火에
散佚하고 遺傳한 者는 오즉 二十餘 首에 不過하니라

申春沼最의 夫人 沈氏는 沈校理熙世의 女ㅣ니 詩格이 淸婉하고 文도
쏘한 甚工한지라 그 亡女를 祭하는 文 曰

慘澹烈日。蕭瑟[15]悲風。玉貌永心。煙散雲空。玉釵金佩。空埋空室。
山空木落。江波嗚咽[16]。凄凄白楊。皎皎寒月。有恨悠悠。萬古不滅。

이라 하얏는대 其 辭가 甚치 凄楚하야 人으로 하야금 忍讀키 難하더라

汾厓 申最[17]의 子婦 某氏도 쏘한 能詩하야 嘗히 月下 梨花를 詠하
야 曰

樂天歌說楊妃怨。李白詩稱白雪[18]香。最是風光難畫處。碧空明月夜
中央이라 하얏는대 其 韻致의 飄逸한 것은 七尺丈夫의 能히 及할 바ㅣ
아니더라

---

15) 원문에는 '肅瑟'로 되어 있다. 문맥으로 보아 '蕭瑟'로 바로 잡았다.
16) 원문에는 '鳴咽'로 되어 있다. 문맥으로 보아 '嗚咽'로 바로 잡았다.
17) 원문에는 '汾崖 申冣'로 되어 있다. 문맥으로 보아 '汾厓 申㝡'으로 바로 잡았다.
18) 원문에는 '雲'으로 되어 있다. 문맥으로 보아 '雪'로 바로 잡았다.

43. 시서를 통달한 부인들의 박학, 문사를 잘하는 여인들의 절창 (삼)

사임당(師任堂) 신씨(申氏, 1504~1551)¹⁾는 진사(進士) 명화(命和)²⁾의 딸이요, 이율곡(李栗谷)의 어머니이다.

영리하고 슬기로워 재주가 두드러지게 뛰어나 어릴 때에 경사(經史)에 통달하고 서화(書畵)를 잘하였으며 또 바느질 솜씨도 뛰어났다. 일곱 살에 안견(安堅)³⁾의 산수도를 모방하여 능히 그려냈으며 또 포도를 그려 이때부터 세상의 칭찬을 받았다. 일찍이 대관령을 넘다가 자기의 친정집을 바라보며 시를 지었다.

사랑하는 어머니 흰머리 되어 강릉에 계시고	慈親鶴髮在臨瀛⁴⁾
이 몸은 서울로 홀로 가옵니다	身向長安獨去情
고개 돌려 어머니 계신 북촌⁵⁾을 바라보니	回首北村時一望
흰 구름 날아 내린 저문 산은 푸르기만 하네	白雲飛下暮山靑⁶⁾

---

1) 시·글씨·그림에 능하였던 조선시대의 대표적인 여류 예술가로 본관은 평산(平山). 외가인 강릉 북평촌(北坪村)에서 태어나 자랐다. 19세에 덕수이씨(德水李氏) 원수(元秀)와 혼인하여 율곡을 낳았다. 48세 여름 남편이 수운판관(水運判官)이 되어 아들들과 함께 평안도에 갔을 때 갑자기 세상을 떠났다.

2) 호는 송재(松齋). 진사 신명화는 순후하고 삼가며 효행이 있었다. 1516년(중종 11)에 진사가 되었으나 벼슬에는 나가지 않았으며, 기묘명현(己卯名賢)의 한 사람이었으나 1519년의 기묘사화의 참화는 면하였다.

3) 생몰년 미상. 조선 초기의 대표적 화가. 본관은 지곡(池谷). 자는 가도(可度) 또는 득수(得守), 호는 현동자(玄洞子) 또는 주경(朱耕). 그는 본성이 총민하고 정박(精博)하였다고 하며 안평대군(安平大君)을 가까이 섬기면서 안평대군이 소장하고 있던 고화(古畵)들을 섭렵함으로써 자신의 화풍을 이룩하는 토대로 삼았다. 산수화에 가장 특출하였다.

4) '임영(臨瀛)은 강릉의 옛 이름이다.

5) 지금의 동해시 북촌이다.

6) 이 시의 제목은 「대관령을 넘으며 친정을 바라보고(踰大關嶺望親庭)」이다. 널리 인구에 회자

또 「그리운 어머니(思親)」라는 시는 이렇다.

밤마다 달님보고 비옵나이다	夜夜祈向月
생전에 뵈올 수 있게 하소서	願得見生前

그 은근한 태도와 효성스런 마음이 편지에 넘쳤다. 연산군 갑자년에 태어나 신해년에 죽으니 병풍과 족자가 세상에 전하는 것이 많았다.

매헌(梅軒) 박씨(朴氏)는 선비 한(韓) 아무개의 처로 어머니는 일찍이 과부가 되었다. 여러 형제들이 독서하는 소리를 듣고 문득 암기하여 외우는데 잊어버리는 것이 없었다.

이때부터 문사(文辭)가 크게 진보하여 시를 지으니 문득 사람을 놀라게 하였다. 시집갈 나이가 되었지만 전혀 지체가 높고 귀하게 되려는 생각이 없고 한 방에서 고요하게 처하며 매화를 심어 이것으로 스스로 즐겼다. 그러므로 매헌(梅軒)이라고 호를 한 것이다.

이때에 백성들이 모여 사는 거리의 조씨(趙氏)의 딸 옥잠(玉簪)이 박씨의 이름을 듣고 찾아와서는 한 번 보고 뜻이 서로 맞아 아침저녁으로 서로 따르며 경사(經史)를 토론하며 시문을 주고받았다.

하루는 매헌이 시를 지었다.

한 쌍의 백로는 무슨 마음으로 날아와 다시 앉고	雙鷺何心飛復坐
조각구름 자취도 없는데 갔다간 다시 돌아오네	片雲無跡去還來

옥잠이 보고 말하였다.

"이 시의 뜻은 맑고 곱기는 하나 멀리 이르려는 기상이 없으니 너무나 애석하구려."

되었다.

얼마 되지 않아 매헌이 과연 낙태를 하여 죽었다. 옥잠이 심히 그녀의 죽음을 슬퍼하고 안타까워하여 다시는 이 세상에 뜻이 없었다. 늘 꽃 피는 아침, 달 밝은 저녁에는 한숨을 지으며 눈물을 흘리며 말했다.

"매헌의 예쁜 모습과 지혜로운 말을 다시는 듣지 못하니 내가 홀로 살아서 무엇하겠는가."

그리고 드디어 음식을 끊고 병을 얻어서는 죽었다.

선비 정문영(鄭文榮)의 아내 아무개씨도 또한 시에 능하였는데, 일찍이 그 남편을 대신하여 남에게 준 시가 있었다.

바람 불고 이슬 내린 열두 층 신선 산다는 요대에	風露瑤臺十二層
아롱진 구름 모롱이에 도사의 경 읽는 소리 끊겼네	步虛聲斷綵雲稜
소나무 숲은 새에게 그립단 말 부치려 하지만	松間欲寄相思字
병 많은 장경(長卿)이는 무릉에 누웠다네[7]	多病長卿臥茂陵

미암(眉巖) 유희춘(柳希春, 1513~1577)[8]의 부인 송씨(宋氏)는 여산(礪山) 송준(宋駿, 1564~1643)[9]의 딸이다. 글에 능하고 시를 잘 지어 사람들에게 칭찬을 들었는데 그 「새로 집을 지으며(新舍詩)」는 이렇다.

하느님은 삼신산의 오랜 삶을 보내 주시고	天公爲送三山壽
신령스런 까치 먼 훗날까지의 영화를 알려오네	靈鵲來通百世榮
만 이랑의 좋은 밭이 내가 바라는 바 아니거니	萬頃良田非我願

---

7) 장경(長卿)은 전한(前漢) 때의 문장가 사마상여(司馬相如)의 자. 그는 무제(武帝) 때에 효문원 영(孝文園令)을 지내다가 병(病, 소갈증)으로 사직하고 무릉(茂陵)에 들어가 살았다.

8) 본관은 선산(善山). 자 인중(仁仲). 호 미암(眉巖). 시호 문절(文節). 1538년 문과 급제. 여류 문인 송덕봉(宋德峯)의 남편. 1547년 벽서(壁書)의 옥(獄)에 연루되어 제주도에 유배되고, 1567년 선조가 즉위하자 사면되어 직강(直講) 겸 지제교(知製敎)에 재등용 된 뒤, 대사성·부제학·전라도관찰사·대사헌 등을 역임하였다. 경사(經史)와 성리학에 조예가 깊었다.

9) 본관은 여산(礪山). 자는 진보(晉甫). 호는 성암(省菴). 1594년 문과 장원하여, 부제학·충청 감사 등을 지냈다.

원앙처럼 온화하고 즐겁게 편안한 삶을 보내리　　　元央和樂過平生

미암이 전라감사가 되었을 때에 부인이 시로써 편지를 보냈는데 이랬다.

월녀의 한 번 웃음에 삼 년 동안 머물렀다던데[10]　越女一笑三年留
그대는 돌아올 생각 언제쯤 잡으시려나요　　　君之思歸豈圖乎

이러하니 미암이 답하였다.

월녀의 한 번 웃음에 삼 년 동안 머물렀다지만　越女一笑三年留
창려 선생께서 일찍이 마음 놓고 머물렀겠소　昌黎曾刺放心劉
평생동안 정주(程朱)[11]의 문 들어가길 원해　平生願入程朱戸
동문[12]을 나서다 잘못임을 알고 고개 돌린다오　肯向東門錯轉頭

또 생일을 기념하여 임금이 미암에게 사온서(司醞署)[13]에서 빚은 술을 내리자, 부인이 미암에게 시를 주었다.

하얀 눈 속의 흰 술 얻기는 정녕 어려운 일　雲中白酒猶難得
황봉(黃封)[14]을 임금이 내리니 이 무슨 행운　何幸黃封殿上來

---

10) 월녀(越女)는 월나라의 미인을 가리킨 것으로, 한유의 고시(古詩)에, "월녀의 한 번 웃음에 삼 년 동안 체류했다가, 남으로 횡령을 넘어 염주에 들어왔도다.(越女一笑三年留 南逾橫嶺入炎州)"라고 한 시를 차용하였다.

11) 중국 송나라의 유학자 정호(程顥)·정이(程頤) 형제와 주희를 아울러 이르는 말.

12) 한 대(漢代) 악부시(樂府詩)에 「동문행(東門行)」이 있는데, 가난한 사내가 굶주리는 가족을 보다 못해 칼을 빼들고 강도짓이라도 하려고 집을 나서는데, 그의 처가 옷자락을 부여잡고 죽이라도 먹으면서 그냥 이렇게 함께 살아가자고 말하는 내용이다. 이 시에서는 '빨리 돌아가고 싶다.'는 의미로 쓰였다.

13) 궁중에서 필요한 술과 감주를 바치는 일을 맡아보던 관청이다.

14) 임금이 하사한 어사주(御賜酒). 장원 한 사람에게 상품으로 내리는 술이기도 하다.

한 잔을 따라 드시니 얼굴이 온통 붉어지고　　　　自酌一盃紅滿面

그대와 함께 태평성대 하례를 되돌려 드리고져　　　與君相賀太平廻

한씨(韓氏)의 호는 영향당(影響堂)[15]이니 일찍이 과부가 되어「강가 신부
를 애처롭게 여기는 글(哀江上新婦詞)」을 지었는데 이렇다.

너 이 강 위에 뜬 배에게 묻노니　　　　　　　　　問爾江上水上船

예로부터 몇 번이나 시집간 새댁 실어 날랐느냐　　古徃今來載得幾個成親少年

신랑집　　　　　　　　　　　　　　　　　　　　新家郞

붉은 정문으로 들어가기도 전에 흰 가마가 뒤를 쫓아 와

　　　　　　　　　　　　　　　　　　　　　　　從來聞素轎隨後丹旌在前

홍안의 신부가 백골이 된 신랑을 맞았다네　　　　紅顔新婦白骨郞

강 위의 배야 더디 가지를 말으렴　　　　　　　　江上船歸莫遲

십 년 청상과부 있어 들어보니　　　　　　　　　聞有十年孀閨秀

고아를 기르는 어머니와 같단다　　　　　　　　　若養孤兒之萱堂

강 위의 배야 빨리 가지를 말으렴　　　　　　　　江上船歸莫速

꼬마신랑 혼령이 아직도 동쪽 마루에 있을지　　　小郞兒魂靈猶自倚東床

계집종은 뱃머리에서 곡하며 군시렁거리는데　　　侍婢船頭哭且語

저 강 건너 모래톱에는 원앙이 있어　　　　　　　彼洲渚有鴛鴦

안개 비 속을 쌍쌍이 날아가고 다시 와선　　　　煙雨裏兩兩飛去復來

으슥한 곳에서 만나겠지　　　　　　　　　　　　山之北水之陽

이 시는 『풍요속선(風謠續選)』[16]에 실려 있다.

해서(海西) 선비의 부인인 아무개씨 역시 문장을 대강 이해하였다.

---

15) 조선 말기를 살다간 인물인데 생몰년을 알 수 없다.

16) 조선 정조 때 간행된 위항시인(委巷詩人) 303인의 두 번째 공동 한시집(漢詩集). 역관(譯官)
　　출신의 시인 천수경(千壽慶)이 엮고, 장혼(張混)이 교정하여 1797년(정조 21)에 간행하였다.
　　1737년(영조 13) 이후 60년 간의 시 700여 수를 시인별로 엮고 각 체(體)를 혼용하여 읽기에
　　편하도록 하였다.

해서지방의 사또가 일찍이 백일장을 베풀고 도내 문인의 응모한 시를 직접 살펴보고 한 편을 뽑아 으뜸으로 삼았다. 그리고 그 시를 지은 자를 불러 한 구절을 면전에서 시험하였다. 하지만 그 사람은 생각 없이 멍하니 일구도 짓지를 못하였다. 해서 사또가 누가 글을 대신하여 지어 준 것이냐고 따져 물으니 자기 처가 지은 것이라고 하였다. 사또가 그 처를 불러서는, '태(太, '콩태(太)'로 대두(大豆), 즉 콩을 말함)'로 글제를 삼아 운(韻)[17]을 부르니 그 처가 소리 내어 읊었다.

콩은 글자로서도 천황씨 제일장 가장 앞에 있고	字在天皇第一章
크기를 따진다면 곡식 가운데 왕이지요	穀中此物大如王
시루에 길러서 가늘게 빼내면 밥상의 나물 되고	細抽朧甀盤增菜
봄 표주박에 불리면 솥에 양식이 절감되고요	潤入春瓢鼎減糧
알알이 모두 누런 것은 벌이 꿀을 바른 것 같고	個個全黃蜂轉蜜
둥글둥글하니 혹 검은 것은 쥐 눈알 같답니다	團團或黑鼠瞋眶
주나라 곡식 더럽다할 때 만약 콩이 있었다면	當時若漏周家栗
백이숙제가 수양산에서 굶주리지 않았겠지요[18]	不使夷齊餓首陽[19]

　이렇게 지어 내니 해서 사또가 크게 칭찬을 하고는 상으로 금과 비단을 두둑이 내렸다.

---

17) 각 시행의 동일한 위치에 규칙적으로 쓰인, 음조가 비슷한 글자. 이 시에서는 1·2·4·6·8구의 끝 글자를 말한다.
18) 이제(夷齊)는 은나라의 충신 백이와 숙제를 말한다. 그들은 주나라에 의해 은나라가 망하자 주나라 땅의 곡식을 먹지 않겠다면서 수양산에 들어가서 고사리를 캐먹다가 굶어 죽었다는 충신이다. 여기서는 콩을 먹었으면 백이와 숙제가 굶어 죽지 않았을 것이라는 뜻이다.
19) 김삿갓의 시로도 알려져 있다.

四十三. 通詩書婦人博學, 善文詞閨門絶唱 (三)

師任堂 申氏는 進士命和의 女丨오 李栗谷의 母夫人이라 穎悟가 倫에 絶하야 幼時에 經史에 通하고 書畵를 善히 하며 又 針線에 工하얏더라 七 歲時에 安堅의 山水圖를 倣하야 能히 繪하며 又 葡萄를 畵하야 此로 써 世에 見稱하니라 일즉 大關嶺을 踰하다가 其 親家를 望하고 詩를 作 하야 曰

慈親鶴髮在臨瀛。身向長安獨去情。回首北村時一望。白雲飛下暮山靑 이라 하고 又 思親詩에 曰

夜夜祈向月。願得見生前。

이라 하얏는대 其 婉愉의 態와 誠孝의 心이 臺翰에 溢하얏더라 燕山甲子 에 生하야 辛亥에 沒하니 其 梅軒 朴氏는 士人 韓某의 妻丨니 寡婦의 家 에서 生長하야 諸兄의 讀書하는 聲을 聞하고 문득 記誦하야 遺忘함이 無 함으로 此로부터 文辭가 大進하야 詩를 作함이 문득 人을 驚케 하더니 旣히 笄한 後로 全혀 榮貴의 思想이 無하고 一室에 靜處하야 梅를 種하고 此로써 自娛하며 因하야 梅軒이라 號하얏더니 時에 閭巷 趙氏女 玉簪이 朴氏의 名을 聞하고 來訪하야 一見에 意가 相合하야 朝夕으로 從遊하며 經史를 討論하며 詩文을 唱和하더니 一日은 梅軒이 詩를 作하되 『雙鷺何 心飛復坐。片雲無跡去還來』라 하니 玉簪이 見하고 曰 詩意는 淸麗하나 長遠의 氣像이 無하니 甚히 可惜하도다 하더니 未幾에 梅軒이 果然 墮胎 하야 沒함이 玉簪이 甚히 悲悼하야 更히 此世에 意가 無하고 常히 花朝月 夕에 嘘欷流涕하야 曰 梅軒의 婉貌慧語를 更히 得見치 못하니 我가 獨히 生하야 何爲하리오 하고 드대여 粒을 絶하고 病을 致하야 亡하니라

士人 鄭文榮의 妻 某氏도 또한 詩에 能하니더니 일즉 其 良人을 代하야 人을 贈하는 詩에 曰

風露瑤臺十二層。步虛聲斷綵雲稜。松間欲寄相思字。多病長卿臥茂陵 이라 하니라 柳眉岩希春의 夫人 宋氏는 新平 宋駿의 女丨라 能文善詩로 써 人에게 見稱하더니 其 新舍詩에 曰

天公爲送三山壽。靈鵲來通百世榮。萬頃良田非我願。元央和樂過

平生

이라 하얏더라 眉岩이 全羅監司가 되얏슬 時에 夫人이 詩로써 簡을 致하야 曰『越女一笑三年留。君之思歸豈圖乎』아 하니 公이 答하되『越女一笑三年留。昌黎曾刺放心劉。[20]平生願入程朱戶。肯向東門錯轉頭』라 하고 又 誕辰宣醞後에 夫人이 公에게 詩를 贈하야 曰

　雪中白酒猶難得。何幸黃封賜上來。自酌一盃紅滿面。與君相賀太平廻

　라 하니라 韓氏의 號는 影響堂이니 일즉 早寡하야 嘗히『哀江上新婦詞』를 作하야 曰

　問爾江上水上船。古徃今來載得幾個成親少年。新家郎。從來聞素轎隨後丹旌在前。紅顏新婦白骨郎。江上船歸莫遲。聞有十年孺閨秀。若養孤兒之萱堂。江上船歸莫速。小郎兒魂靈猶自倚東床。侍婢船頭哭且語。彼洲渚有鴛鴦。煙雨裏兩兩飛去復來。山之北水之陽

이라하니 此가 風謠續選에 載하니라

海西士人 妻 某氏는 또한 文章을 粗解하더니 海伯이 일즉 白日場을 設하고 道內 文人의 應募한 詩를 親히 考試할세 一 券을 擢하야 首를 爲하고 其 作者를 呼하야 一律을 面試하니 其人이 茫然하야 能히 一句를 作치 못하는지라 海伯이 誰某에게 借作한 것을 詰問하니 其 妻의 所作이라 對하거늘 海伯이 이에 其 妻를 召하야 太(太豆俗名)로써 爲題하고 韻을 呼하니 其 妻가 應聲하되

　字在天皇第一章。穀中此物大如王。細抽臘甑盤增菜。潤入春瓢鼎減糧。個個全黃蜂轉蜜。團團或黑鼠瞳[21]眶。當時若漏周家栗。不使夷齊餓首陽

이라 하니 海伯이 大히 稱賞하고 金帛으로써 厚賞하니라

---

20) 원본에는 '昌黎正刺放心侯'으로 되어 있으나 『미암집』에는 '昌黎曾刺放心劉'로 되어 있다. 문맥으로 보아 바로 잡았다.

21) 원본에는 '亡'으로 되어 있다. 문맥으로 보아 '瞳'으로 바로 잡았다.

43. 시서를 통달한 부인들의 박학, 문사를 잘하는 여인들의 절창 (사)

이원(李媛)[1]의 호는 옥봉(玉峯)이니 전주(全州) 사람이다. 군수(郡守) 이봉(李逢)의 딸로 운강(雲江) 조원(趙瑗, 1544~1595)[2]의 부실(副室)[3]이었다.

타고난 용모가 아름답고 고왔으며 총명이 보통 사람보다 뛰어났다. 일찍이 경서(經書)와 사기(史記), 자전(子傳)에 모두 정통하였고 문장이 넉넉하였다. 이때에 만죽(萬竹) 서익(徐益, ?~1412)[4]의 부실인 아무개씨[5]가 글씨를 잘 써서 '대(大)'자를 써 주니 옥봉이 시를 지어 감사를 표하였다.

마르고도 굳센 글씨 써내니 하늘 밖 형상	瘦勁寫成天外態
원화(元和)[6]의 옛 자취를 여기서 볼 수 있네	元和脚迹見遺蹤
해서(楷書)[7]는 바람 속 높이 나는 봉황같고	眞書翥鳳飄揚裏
큰 글씨는 혼을 숨긴 가운데 붕운(崩雲)[8]이라	大字崩雲眞密中

---

1) 이름은 숙원(淑媛). 그녀의 시는『가림세고 부록(嘉林世稿 附錄)』에『옥봉집(玉峰集)』이라 하여 32편이 실려 전하고 있으며, 중국에까지 알려져 옥봉의 시들을 뽑아서「열조시집(列朝詩集)」속에 싣고 '규수 옥봉 이씨(閨秀 玉峰 李氏)'라 칭하였다.『소화시평』에는 '이씨가 국조의 제일'이라고 칭송하고 있으며, 신흠도 난설헌과 더불어 조선 제일의 여류 시인이었다고 평하였다.

2) 본관은 임천(林川). 자 백옥(伯玉). 호 운강(雲江). 조식(曺植)의 문하생. 1572년 문과 급제한 이후 이조좌랑, 삼척부사, 승지 등을 지냈다. 저서로『독서강의(讀書講疑)』가 있다.

3) '첩'을 점잖게 일컫는 말, 소실(小室). 옥봉은 이봉의 서녀였기에 정실부인이 될 수 없었다.

4) 본관은 부여(扶餘)이고, 시호는 장양(莊襄)이다. 졸병에 지나지 않았으나 창(槍)을 능숙하게 잘 써서 우연히 태종의 눈에 띄어 태종의 충실한 심복이 되었다.

5) 이덕무는『청장관전서』「앙엽기」4에서 "그러나 이 여인의 성씨를 상고할 수 없는 것이 한스럽다. 역적 서양갑(徐羊甲)의 어머니가 아닌가 한다."라고 하였다.

6) 당나라 원화(元和) 연간에 성행하던 시의 한 체인데, 여기서는 왕희지의 글씨체를 말한다.

7) 한자 서체의 일종. '정서(正書)' 혹은 '진서(眞書)'라고도 한다. 예서의 왼삐침과 오른삐침을 없애고 방정한 체를 이룬 것으로, 옛날에는 예서에 포함되었으나 육조(六朝)시대에 이르러 정서 또는 진서의 명칭이 붙었다.

산 속의 서재에 걸어 두었더니 범이 뛰는 듯　　　拭掛山軒疑躍虎

잠깐 강가 누각에 두었더니 용이 날아오르는 듯　　乍臨江閣訝登龍

위부인[9] 필력이 바야흐로 건장한 줄 알거니와　　衛夫人筆方知健

소약란[10]의 재주만이 어찌 공교함을 독차지하리　蘇若蘭才豈擅工

몸은 마치 혜초 가지 같지만 생각은 씩씩하고　　　體若蕙枝思則莊

가녀린 파 대공같은 손으로 쓴 글씨 새로 웅장하여라　手纖葱玉掃新雄

정신적인 사귐은 만 리를 문묵(文墨)[11]으로 통하니　神交萬里通文墨

여의주와 백옥 같은 글로 보답하렵니다　　　　　　爲報明珠白玉章

또 그녀의 「영월로 가다가(寧越道中)」[12] 시는 이렇다.

닷새 거리 긴 고개를 사흘에 넘어서니　　　五日長關三日越

노릉[13]의 구름 속에 슬픈 노래도 끊어지네　哀辭唱斷魯陵雲

이 내 몸도 역시 왕손의 딸인지라　　　　　妾身亦是王孫女

이곳의 접동새 울음은 차마 듣기 어려워라　此地鵑聲不忍聞

---

8) 서체의 하나이다. 동내직(董內直)의 필결(筆訣)에, "형세가 붕운과 같다.(勢若崩雲)"하였다.

9) 왕희지의 스승인 위무의(衛茂猗). 그는 위관(衛瓘)의 딸이자 이구(李矩)의 아내임.

10) 이름은 혜(蕙). 부풍(扶風) 두도(竇滔)의 처인데, 첩 조양대(趙陽臺)를 둠으로 질투하여 사이가 나쁜데다가 전임(轉任)하면서 첩만 데리고 가고 소식이 없자 회한(悔恨)한 나머지 시 2백여 수를 지어 보내니, 도가 그 절묘함에 감복, 예를 갖추어 맞아갔는데, 그 시를 「선기도(璇璣圖)」라 함.

11) 문묵(文墨)은 시문을 짓거나 서화를 그리는 일.

12) 옥봉의 아버지 이봉이 왕실의 후예였으니 옥봉도 역시 왕손의 자손이라 생각하여 쓴 시이다. 옥봉의 나이 16세 작이라고도 하는데, 「노산묘시(魯山墓詩)」로도 알려져 있다.

13) '노릉(魯陵)'. 노릉은 강원도 영월군 군내면 여흥리에 있는 조선 제6대 왕(재위 1452~1455) 단종(端宗, 1441~1457)의 능. 문종의 아들로 어린 나이에 즉위하여 숙부인 수양대군에게 왕위를 빼앗기고 상왕이 되었다. 이후 단종 복위운동을 하던 성삼문 등이 죽음을 당하자, 1457년 상왕에서 노산군(魯山君)으로 강봉(降封)되어 강원도 영월(寧越)에 유배되었고, 수양대군의 동생이며 노산군의 숙부인 금성대군(錦城大君)이 다시 경상도의 순흥(順興)에서 복위를 도모하다가 발각되어 사사(賜死)되자, 다시 강등이 되어 서인(庶人)이 되었다. 이후 끈질기게 자살을 강요당하여 1457년(세조 3) 10월 24일에 영월에서 비극적인 죽음을 맞은 왕이다.

또 옥봉의 「여인네의 정을 읊은 시(閨情詩)」는 이렇다.

약조를 해놓고 어찌 이리 늦으시나　　　　有約郎何晚
마당가에 핀 매화 다 떨어 졌어요　　　　庭梅落已多
홀연히 나뭇가지 위의 까치 소리에　　　　忽聞枝上鵲
부질없이 거울보고 몸 단장만합니다　　　　虛畫鏡中娥

옥봉의 남편 운강은 일찍이 지방 장관이 되었다. 하루는 공적인 일로
서울에 갔는데 이때에 북방 오랑캐가 일어나 걷잡을 수 없었다. 옥봉이
걱정하는 마음을 시에 담았다.

전쟁에 종사함은 글하는 이와 다르지만　　　　干戈縱異書生事
나라 걱정에 오히려 머리가 세었겠죠　　　　憂國猶應鬢鬂蒼
적을 제압할 때는 곽거병[14]을 생각하고　　　　制敵此時思去病
오늘 작전에는 장량[15]을 품었겠지요　　　　運籌今日懷張良
경원성[16]의 피눈물로 산하가 붉었겠고　　　　源城泣血河山赤
아산보[17]의 어지러운 기운에 해와 달도 흐렸어라　阿堡迷氛日月黃
서울에선 좋은 소식 여전히 오지 않으니　　　　京洛音徽常不達
창호(滄湖)[18]의 봄빛도 쓸쓸하구나　　　　滄湖春色亦凄涼

또 운강에게 준 시가 있다.

---

14) 곽거병(霍去病, B.C. 140~B.C. 117)은 전한(前漢) 무제(武帝) 때의 장군으로 흉노 토벌의
　　공을 세워 관군후(冠軍侯)에 봉해졌다.
15) 장량(張良)은 전한(前漢)의 창업 공신. 자는 자방(子房). 소하(蕭何)·한신(韓信)과 함께 한
　　(漢)나라 창업의 삼걸(三桀)이라 이름.
16) 경원성(慶源城)은 오랑캐와 접경 지역에 있던 조선의 성. 육진(六鎭)의 오랑캐 두목 이탕개
　　(尼湯介)가 1583년 1월에 국경 지대에 침입하여 경원성과 아산보 등을 함락하고 노략질을
　　자행하였다.
17) 아산보(阿山堡) 역시 경원성에 인접한 조선의 성.
18) 『송계만록』 상에서 "창호란 옥봉이 살던 곳의 물 이름이다."라고 하였다.

버드나무 강 언덕에서 다섯 마리 말이 우는데 　　柳外江頭五馬嘶
술 깬 듯 아닌 듯 누각을 내려오며 시를 읊고요 　　半醒半醉下樓詩
시든 몸이지만 경대에 앉아 봄처럼 붉고파서 　　春紅欲瘦臨粧鏡
매화 꽃 핀 창가에 앉아 반달같이 눈썹을 그려요 　試畫梅窓半月眉

처음에 운강이 풍채가 좋고 문자에 나타난 말이 높았다.

그래서 옥봉이 그 풍채와 문장을 사모하여 첩이 되기를 자청하였으나
운강이 허락하지 않다가 장인인 신암(新庵) 이준민(李俊民, 1524~1591)[19]이
권하여 이에 부실로 맞아 들였다. 옥봉이 조씨 문중에 들어 간 뒤에도
여인들이 하는 길쌈을 하지 않고 오로지 시가나 문장을 숭상하여 시를
읊은 것이 아주 많았다.

하루는 인근 마을의 한 백성이 소를 훔친 죄로 연좌되어 감옥에 들어가
니 그의 아내가 변명하는 글을 옥봉에게 대신 지어달라고 하여 누명을
벗어나려 하였다. 옥봉이 시 한수를 지어 법을 담당하는 관리에게 바치게
하였으니 그 시는 이러하였다.

세숫대야 거울삼아 얼굴을 씻고 　　　　洗面盆爲鏡
물을 기름삼아 머리를 빗어도 　　　　　梳頭水作油
이내 몸이 직녀가 아닐진대 　　　　　　妾身非織女
낭군이 어찌 견우가 되오리까[20] 　　　郎豈是牽牛

법관이 시를 보고 크게 놀라고 기이하여 그 죄수를 석방하였다. 운강이
이 이야기를 들어 알고는 '시를 지어 사람의 죄를 면제해 주는 것은 부녀

---

19) 본관은 전의. 자는 자수(子修)이고 호는 신암(新庵)으로 1549년 문과 급제. 남명 조식의 생질
　　이며 조카로 성균관, 홍문관, 사간원, 사헌부 등에서 두루 벼슬을 지냈다.
20) '견우'는 '소를 끌다'의 뜻이기에 이를 끌어다 쓴 재기 넘치는 시이다. 소박한 삶을 사는 부부
　　이기에 내가 '직녀'가 아닌데 남편이 어찌 '견우', 즉 '소를 끌고 간 사람'이 되겠느냐는 내용의
　　시이다.

자가 할 것이 아니오.'라 하고 옥봉을 내치었다. 옥봉이 부득이 내쫓김을
당한 뒤에 친정에 가서 홀로 살며 운강이 마음돌리기를 기다렸다.
하루는 시를 지어 운강에게 부쳤다.

요즘 어떻게 지내시는지 안부 여쭙습니다	近來安否問如何
흰 달빛이 제 방 창에 비추니 한만 깊어요	月到紗窓妾恨多
만약에 꿈속의 혼이 다닌 자취가 남았다면	若使夢魂行有跡
문 앞 돌길은 반이나 모래가 되었을 거예요	門前石路半成沙

운강이 이 시를 보고 일시적으로 멍하였으나 끝내 다시 부르지는 않았
다. 옥봉이 이에 스스로를 '여도사(女道士)'라 부르고 홀로 이리저리 떠돌
며 시를 지어 문장에 마음을 붙이고는 즐겼다. 뒷날 임진란을 당하여 그
녀가 어찌 되었는지 알 수 없게 되었다.
『시가열조시선(詩家列朝詩選)』에 그녀의 시가 다수 실려 있는데, 그「죽
서루시(竹西樓詩)」에 이런 작품이 있다.

강물은 갈매기 꿈 스며들어 넓고	江涵鷗夢濶
하늘은 기러기 시름 들어가 멀다	天入鴈愁長

이 시를 상촌(象村) 신흠(申欽, 1566~1628)[21]이 보고 크게 칭찬하고 상을
내리며, "고금의 시인으로 이에 미치는 자가 없다고 할 것이다."라고 하
였다.
또 여강(驪江) 시의 "신륵사(神勒寺)[22]는 아지랑이 낀 수면의 절이요(神勒

---

21) 본관 평산(平山). 자 경숙(敬叔). 호 현헌(玄軒)·상촌(象村)·현옹(玄翁)·방옹(放翁). 시호 문
정(文貞). 아버지는 개성도사 승서(承緒)이며, 어머니는 좌참찬 송인수(宋麟壽)의 딸이다.
어릴 때 소인수와 이제민(李濟民)에게 학문을 배웠다. 1585년 진사·생원시에 합격, 이듬해
에는 별시문과에 급제하였다. 1592년 임진왜란이 일어나자 양재도찰방(良才道察訪)으로 삼
도순변사(三道巡邊使) 신립 장군을 따라 조령전투에 참가하였다.

烟波寺), 청심루(淸心樓)[23]는 눈 위 달의 누각이다(淸心雪月樓)" 등의 구가 모두 청신하고 기발하여 당나라 사람의 말투와 흡사하니 실로 천고의 절창이었다.

일찍이 운강에게 「시관(試官)[24]」을 맡아 서울로 떠나며 주는 시(試官出京詩)」를 주었는데 이러하였다.

연산(燕山)[25]의 저녁비 행장을 적시겠고	燕山暮雨行裝濕
밤엔 맑은 바람 부는 금수진[26]에 묵으리	夜泊淸楓錦水津
글로는 임 떠난 수심을 뽑아내지 못하여	詞章莫以餘波選
옥을 품고서도 도리어 우는 사람 있답니다	懷玉飜疑有泣人

옥봉이 지은 작품들은 모두 이와 같은 수준의 것들이었다.

현량(賢良) 유여주(俞汝舟, 1480~1538)[27]의 후실 김씨(金氏)는 의성(義城) 별좌(別坐) 김수천(金壽千)의 딸로 호는 임벽당(林碧堂)[28]이었다.

문장을 잘 지었고 서법이 높아 지은 시가 『열조시선』과 『명원시(名媛詩)』에 나란히 수록되었고 시집 한 권이 세상에 전한다.

그 중 「가난한 여인의 노래(貧女吟)」는 이렇다.

---

22) 경기도 여주군 북내면 천송리에 절로 경관이 수려하다. '신륵사의 저녁 종소리(神勒暮鐘)'는 여주 팔경(八景)의 하나.

23) 경기도 여주군 여주읍 창리에 있던 누각으로 1946년경 방화로 소실되었다. 지금의 여주초등학교 교사가 세워진 강변에 있었다.

24) 조선 때 과거의 시험관.

25) 충청북도 청원지역의 옛 지명.

26) 금수는 금강(錦江)으로 전라북도 장수군 장수읍의 신무산(神舞山, 897m)에서 발원하여 군산에서 황해로 흘러드는 강.

27) 본관은 기계(杞溪). 중종때 무과에 급제하였으나, 기묘사화 후 고향인 충청남도 서천군 비인(庇仁)으로 낙향하여 임벽당(林碧堂)을 짓고 독서와 서예로 일생을 마쳤다. 뛰어난 명필이었다.

28) 임벽당 김씨(林碧堂金氏, 1492~1549)의 본관은 의성(義城). 정리에서 김수천(金壽千)과 어머니 한양 조씨 사이에서 장녀로 태어나 할아버지 김축(金軸·司諫院 司諫)으로부터 글을 두루 익혔고 유여주의 계실이다. 묘는 충청남도 서천군 비인에 있다.

땅은 외져 찾는 이가 적고	地僻人來少
산은 깊어 세속 일 드무네	山深俗事稀
가난하여 한 말 술도 없어	家貧無斗酒
묵을 손님 밤에 되돌아가네	宿客夜還歸

이러한 시들이 여러 사람의 입에서 입으로 전해지며 외울 만큼 뛰어나다.

四十三. 誦詩書婦人博學, 善文詞閨門絶唱 (四)

李媛의 號는 玉峯이니 全州人이라 郡守逢의 女ㅣ라 趙雲江瑗의 副室
이라 天姿가 美麗하고 聰明이 人에 過하야 일즉 經史子傳을 모다 精通하
고 文章이 瞻富하더니 時에 徐萬竹益의 副室 某氏가 善書하야 그 寫한
바 大字로써 玉峯에게 贈하니 玉峯이 詩로써 謝하야 曰

瘦勁寫成天外態, 元和脚跡見遺蹤, 眞書翥鳳飄揚裏。大字崩雲眞密
中。拭掛山軒疑躍虎。乍臨江閣訝登龍。衛夫人筆方知健。蘇若蘭才豈
擅工。體若蕙[29]枝思則莊。手纖葱玉掃新雄。神交[30]萬里通文墨。爲報
明珠白玉章[31]

이라 하고 其 寧越道中 詩에 曰

五日長關三日越。哀歌唱斷魯陵雲。妾身亦是王孫女。此地鵑聲不
忍聞

이라 하고 其 閨情詩에 曰

有約來何晚。庭梅落已[32]多。忽聞枝上鵲。虛畫鏡中娥[33]

라 하얏더라 雲江이 일즉 百里宰가 되야 一日은 公事로써 京師에 赴하니

---

29) 원문에는 '燕'으로 되어 있으나 맞지 않아 허균의 『학산초담』에 따라 '蕙'로 바로 잡았다.
30) 원문에는 '父'라고 하여 '交'로 바로 잡았다.
31) 다른 글들은 '童'이되어 있다.
32) 원문에는 '己'라고 하여 '巳'로 바로 잡았다.
33) 『일사유사』에는 '蛾'라고 하였으나 문맥이 통하여 그대로 두었다.

時에 北虜가 猖獗한지라 玉峯이 詩로써 寄하야 曰

干戈縱異書生事, 憂國猶應鬢鬢蒼, 制敵[34]此時思去病, 運籌今日憶張良, 源城泣血河山赤, 阿堡迷氛日月黃, 京洛音徽尙不達[35], 滄湖春色凄凉이라 하고 又 雲江을 贈하는 詩애 曰

柳[36]外江頭五馬嘶。半醒半醉下樓詩。春紅欲瘦臨粧鏡。試畫梅窓半月眉

라 初에 雲江이 風儀가 美하고 文詞가 高함이 玉峯이 其 風采와 文章을 慕하야 妾이 되기를 自請하얏는대 雲江이 許치 안이 하더니 雲江의 外舅 李新庵俊民의 勸함을 被하야 이에 副室을 作하얏더라 玉峯이 趙門에 入한 後에도 女工을 事치 아니하고 오로지 詞藻를 尙하야 其 吟詠한 바가 甚多하더니 一日은 比隣에 一 民이 盜牛의 罪에 坐하야 牢囚를 被하얏는 대 其 妻가 辨白狀을 玉峯에게 借作하야 解하기를 더하거늘 玉峯이 一絶의 詩를 題하야 法官에 뫼케 하니 其 詩에 曰

洗面盆爲鏡。梳頭水作油。妾是非織女。郎豈是牽牛

리오 하얏더니 法官이 詩를 見하고 大히 驚奇하야 이에 其 囚를 釋하니 雲江이 聞知하고 以爲하되 詩를 作하야 人의 罪를 解함이 婦女의 可히 行할 바ㅣ 아니라 하고 이에 玉峯을 黜하니 玉峯이 不得已 被黜한 後에 親家에 獨在하야 雲江의 回心하기를 待하더니 一日은 詩를 作하야 雲江에게 뫼하야 曰

近來安否問如何。月到紗窓妾恨多。若使夢魂行有跡。門前石路半成沙

라 하니 雲江이 詩를 見하고 一時는 憮然하얏스나 맛참니 更畜치 아니하니 玉峯이 이에 스사로 女道士라 稱하고 獨히 遨遊賦[37]詩하야 文章으로써 自娛하더니 後에 壬辰亂을 値하야 其 所終을 莫知하니라 詩家列朝詩

---

34) 원문에는 '賦'라고 하여 '敵'으로 바로 잡았다.
35) 원문에는 '逵'이라고 하여 '達'로 바로 잡았다.
36) 원문에는 '卿'이라고 하여 '柳'로 바로 잡았다.
37) 원문에는 '賊'이라고 하여 '賦'로 바로 잡았다.

選에 多載하얏는대 其 竹西樓詩에 曰

　江涵鷗[38]夢濶, 天入鴈愁長

이라 하니 申象村이 見하고 大히 稱賞하야 曰 古今詩人으로 此에 及할 者가 無하다 하니라 又 驪江詩의 『神勒烟波寺。淸心雪月樓』等의 句가 모다 淸新奇拔하야 唐人의 口氣를 逼하니 實로 千古의 絶唱이러라 일즉 雲江에게 『試官出京詩』로써 贈하야 曰

　燕山暮雨行裝濕。夜泊淸楓錦水津。詞章莫以餘波選。懷玉飜疑有泣人

이라 하니 所作이 皆此와 類하니라

　兪賢良汝丹의 後室 金氏는 義城金別坐壽千의 女ㅣ니 號는 林碧堂이라 文章에 工하고 書法이 高하야 著作한 바 詩律이 列朝詩選及名媛詩에 列載되고 詩集 一卷이 世에 傳하니라 其 貧女吟에 曰

　地僻人來少。山深俗事稀。家貧無斗酒。宿客夜還歸

라 하니 此等의 詩가 可히써 傳誦에 堪할만 하니라

---

38) 원문에는 '鴎'로 되어 있다. 문맥으로 보아 '鷗'로 바로 잡았다.

43. 시서를 통달한 부인들의 박학, 문사를 잘하는 여인들의 절창 (오)

승지(承旨) 홍인모(洪仁謨, 1755~1812)[1]의 부인 서씨(徐氏)[2]는 감사(監司)를 지낸 형수(逈修)[3]의 딸이다.

경사(經史)에 능통하고 시문을 잘하여 『영수합고(令壽閤稿)』라는 문집이 있다. 이 문집에 시가 무릇 36편이요,[4] 또 도연명(陶淵明)의 「귀거래사(歸去來辭)」 한 편을 화답하였는데 사조(詞調)가 더할 수 없이 깨끗하였다.

이백(李白)의 「가을에 형문으로 내려가네(秋下荊門)」라는 시의 운자를 따서 지은 시도 있다.[5]

---

1) 본관은 풍산(豊山). 영의정 낙성(樂性)의 아들이다. 1783년(정조 7) 사마시에 합격한 뒤 문음(門蔭)으로 벼슬길에 나가 호조참의·우부승지 등을 역임하였으며 경사(經史)·제자백가서·음양·의약·복서 및 손오(孫吳)의 병법서, 노불(老佛)의 서적까지 박통하였다. 성격이 강직하고 권귀(權貴)를 싫어하여 비타협적이었으나, 자기보다 낮은 위치에 있는 사람이나 곤궁한 사람에게는 관대하고 포용적인 태도를 취하였다. 저서로는 『족수당집(足睡堂集)』 등이 있다.

2) 영수합 서씨(令壽閤徐氏, 1753~1823)는 시재(詩才)가 뛰어났으며, 아들 셋과 딸 둘을 두었다. 당대의 문장가로 이름을 떨친 홍석주(洪奭周)·홍길주(洪吉周)·홍현주(洪顯周) 등의 삼형제와 딸 둘 중, 유한당(幽閑堂) 홍원주(洪原周)는 규수시인(閨秀詩人)으로 문명을 떨쳤다. '영수합 서씨'를 '영수각 서씨'로 표기하는 책이 많은데 이는 잘못된 것이다. 영수합의 시가 실려 있는 남편 홍인모의 『족수당집(足睡堂集)』은 현재 한국학중앙연구원에 소장되어 있다. 이 책에 제 6권, 「부 영수합 고(附 令壽閤 稿)」라고 되어 있다. 여기에는 서씨의 시 191편과 사(辭) 1수, 홍석주가 쓴 행장, 홍길주와 홍현주의 발문이 실려 있다.

3) 서형수(徐逈修, 1725~1779)의 본관은 달성(達城). 자는 사의(士毅), 호는 직재(直齋). 현령(縣令) 명훈(命勳)의 아들. 김원행(金元行)·이재(李縡)의 문인으로 1751년(영조27) 별시문과(別試文科)에 병과(丙科)로 급제, 1757년(영조33) 정언(正言)으로서 윤시동(尹蓍東)을 신구(伸救)했다가 당쟁(黨爭)을 일삼는다 하여 흑산도(黑山島)에 유배, 1763년 풀려나왔다. 1767년 교리(校理). 1776년 정조가 즉위하자 강원도 관찰사·첨지중추부사(僉知中樞府事) 공조참의(工曹參議)를 거쳐 이듬해 승지(承旨)·대사간 등을 역임했다.

4) 36편이 아닌 191편의 시가 실려 있다.

5) 이백의 「추하형문(秋下荊門)」 시는 아래와 같다.

서리 내린 가을하늘 쓸쓸한 구름만 엷게   霜天寥落淡雲空
외론 배 돛을 올리고 바람타고 멀리가네   獨上孤丹萬里風
고기잡이 피리소리는 서글픔만 가득차고   漁笛數聲秋浦晩
오나라 산도 초나라 물도 석양에 잠겼어라   吳山楚水夕陽中

또 당나라 사람의 「은자를 찾았으나 만나지 못해(訪隱者不遇)」를 차운(次韻)[6]한 시도 있다.[7]

두메라 솔 숲이라 찾는 이도 썩 드물고   竹巷松蹊客到稀
원숭이 울고 날은 저문데 사립문은 닫혔네   猿啼日暮掩荊扉
뜬 구름과 같은 발자취 찾는 곳 없어   浮雲蹤跡無尋處
홀로 가니 맑은 산바람만이 옷깃에 가득하네   獨過靑山風滿衣

또 아들을 연경(燕京)에 보내며 지은 시는 이렇다.[8]

형문산에 서리 내려 강가 나무 앙상하니   霜落荊門江樹空
돛 달고 가을 바람에 흘러 내려가네   布帆無恙掛秋風
이 길은 농어회 생각 때문이 아니라   此行不爲鱸魚鱠
오직 명산 풍경 사랑해 섬중에 간다오   自愛名山入剡中

6) 남이 지은 시의 운자를 따서 시를 지음. 남윤수, 『한국의 화도사 연구』, 역락, 389~400참조.
7) 「은자를 찾았으나 만나지 못해(訪隱者不遇)」라는 시는 「尋隱者不遇」 혹은 「訪道者不遇」라고
 도 한다. 이 시는 당나라 시인 가도(賈島, 779~843)의 작품이다. 시는 아래와 같다.
소나무 아래에서 동자에게 물으니   松下問童子
스승은 약초 캐러 가셨다 하네   言師採藥去
아마도 이 산중에 계실 터인 데   只在此山中
구름 깊어 계신 곳 알 수 없다오   雲深不知處
8) 이 시는 맏아들인 연천(淵泉) 홍석주(洪奭周, 1774~1842)가 서장관이 되어 중국 연경에 사
 신으로 갈때 준, 「맏이를 보내며 양관 운자를 빌려 쓴다(送長兒用陽關韻)」이다.
 '양관 운자를 빌렸다'함은 당(盛唐) 때 대시인 왕유(王維, 699~759)의 「송원이사안서(送元二
 使安西)」라는 시의 운을 빌렸다는 뜻이다. 양관(陽關)은 중국 간쑤성(감숙성) 둔황현(鈍煌縣)
 의 서쪽에 있는 전한(前漢)시대의 관소(關所)로 당나라 때에는 서역으로 나가는 중요한 관문
 이었다. 「송원이사안서」는 이 양관을 떠나면 다시는 친한 친구가 없을 것이라며, 친구와의
 이별을 안타까워하는 작가의 심정을 나타내고 있다. 석별의 정을 표현할 때 왕유의 이 시를
 곧잘 차운하였다. 또 양관삼첩(陽關三疊)이라는 말도 있다. '양관곡(陽關曲)을 세 번 노래함'

어둑어둑 새벽 빛 얹힌 먼지 길 속으로 가니 　　蒼蒼曉色暗行塵
다락에서 슬피 바라보니 이별의 한 새로워라 　　悵望樓頭別恨新
정이 가장 극심하기는 농산9)의 달이라는데 　　多情最是隴山月
오늘 밤에는 분명 시름이 사람을 쫓아 오겠지 　　今夜分明遠趁人

　또 「계아동가(季兒東嘉)」(촌에서는 「십영(十詠)」이라 한다)를 차운한 시도
있다.10)

구름이 흩어지니 하늘이 씻어 낸 듯 　　雲散天如拭
한밤중에 달이 뜰에 가득 찼어라 　　中宵月滿庭
앉아서 소나무 그득한 숲을 즐기니 　　坐愛松林晚
시원한 그늘 일산되어 작은 정잘세 　　淸陰翳小亭

　부인은 세 아들을 두었는데, 장자 석주(奭周)와 둘째아들 길주(吉周)와
셋째 아들 현주(顯周)가 모두 문장으로 한 시대를 울렸다. 이것은 다 부인
에게 몸소 배운 힘 덕분이었다. 부인이 친히 여러 아들을 가르칠 때 공부
할 내용과 분량을 엄격히 세워 밤낮으로 게으르지 않았다. 혹 여러 아들
이 조금이라도 소홀함이 있으면 반드시 얼굴빛을 바로하고 꾸짖어 아들
들이 죄를 뉘우친 뒤에야 그쳤다.
　어릴 때부터 항상 「갈대(蒹葭)」11)와 「초라한 집(衡門)」12)이라는 시와 도

을 말하는데, 여기서 ‘양관’은 곡조명으로 「위성곡(渭城曲)」의 별명으로 왕유(王維)의 이 시
에서 연유한다.
「송원이사안서」는 아래와 같다.
위성의 아침 비는 가벼운 먼지 적시고, 　　渭城朝雨浥輕塵
객사의 푸르디푸른 버들 색이 새로워라. 　　客舍青青柳色新
권하노니 그대여 한 잔 더 드시게나, 　　勸君更進一杯酒
서쪽으로 양관을 나서면 벗이 있겠는가. 　　西出陽關無故人
9) 섬서성(陝西省)에 있는 농산(隴山)을 이르는데, 옛날에 행역(行役)나간 사람들이 모두 이
산에 올라 고향을 생각하며 슬퍼했다고 한다.
10) 이 시는 「차계아동가십영(次季兒東嘉十詠)」이다.

연명(陶淵明)의 「귀전원시(歸田園詩)」13)를 애독하였다. 늘 남편에게 권하여 과거를 보지 말기를 결심하게 하니, 홍공이 이로 인하여 다시는 과거를 보지 않았다.

훗날 맏아들 석주는 과거에 올라 이름을 세상에 높이 드러냈고 막내아들 현주는 공주를 짝하여 부마가 되었다. 부인은 항상 삼가기를 숨은 걱정거리라도 있는 것처럼 하였다. 둘째아들인 길주가 문장에 힘을 쏟아 장차 조석으로 과거에 급제하려 애쓰니 부인이 말하였다.

"우리 집안이 이미 성대하다. 그런데 네가 또 명예와 이익을 구하려하느냐?"

길주가 이 말을 따라서 과거에 응시하지 않고 음사(蔭仕)14)로 일생을 마쳤다.

봉래(蓬萊) 양사언(楊士彦, 1517~1584)15)의 자는 응빙(應聘)이니 세상에 보기 드문 뛰어난 인재로 문장가가 되어 시와 붓으로 이름을 떨쳤는데 그의 소실 또한 시를 잘하였다.

봉래가 일찍이 풍천(豊川)의 원이 되어 안악(安岳)에 갔다가 돌아오지 않으니 소실이 시에 자기의 마음을 실어 보냈다.

멀리 가신 임 한하며 사립문 닫지 않고	恨望長途不掩扉
깊은 밤 바람 이슬이 비단 옷을 적십니다	夜深風露濕羅衣
양산관16) 안에는 온갖 꽃이 피어 있어서	楊山舘裏花千樹

---

11) 『시경』「진풍(秦風)」에 있는 「蒹葭: 갈대」라는 시이다.

12) 『시경』「진풍(陳風)」에 있는 「衡門: 초라한 오막살이」이라는 시이다.

13) 도연명이 지은 「귀전원거」이다.

14) 과거(科擧)를 거치지 않고 다만 조상(祖上)의 혜택(惠澤)으로 얻던 관직(官職).

15) 그는 시(詩)와 글씨에 모두 능했다. 1546년 문과 급제 후에 평창·회양군수·강릉부사 등을 지냈다. 초서(草書)와 큰 글자를 잘 써서 안평대군(安平大君)·김구(金絿)·한호(韓濩) 등과 함께 조선 전기의 4대 서예가로 불렸다. 작품집에 『봉래시집(蓬萊詩集)』이 있고, 작품 중에는 많이 알려진 "태산이 높다하되 하늘 아래 뫼이로다…"는 그의 작품으로 볼 수 없다.

16) 양산관은 집 이름으로 양사언이 살던 집인 듯하다.

날마다 꽃 보느라 돌아오지 않고 계시는지   日夕看花歸未歸

또 「버림받은 여인의 시(閨怨詩)」는 이렇다.

서풍에 우수수 오동잎 가지 흔들리고   西風摵摵動梧枝
하늘은 캄캄한데 기러기는 더디 날아가네   碧落冥冥鴈去遲
창가에 기대어 임 생각에 잠 못 이뤄   斜倚綺窓人不寐
눈썹 같은 초승달만 서쪽 연못가에 내리네   一眉新月下西池

그 맑고도 놀라운 경지가 족히 당나라 사람의 어법과 거의 유사하였다.
임랑(林娘)은 사도서원(司導書員) 임(林) 아무개의 딸이었다. 재예와 바느
질 솜씨가 모두 오묘함에 이르렀고 능히 시문을 해석하였다. 장차 시집보
낼 곳을 정하려 할 때였다. 임 낭자가 달갑게 여기지 않고 시를 잘 짓는
자를 스스로 선택하여 시집을 간다하여 부모가 이를 허락하였다.
한 임랑이 종실(宗室)이 시가를 잘하며 또 호걸스런 기개가 있다는 말을
듣고 시를 지어서 매파를 통해 보내었다. 그러나 종실이 '남원(南原)에서
그 자색이 뛰어나지 못하다'고 하여 이를 허락하지 않자 임 낭자가 마침
내 다른 사람에게 시집을 가지 않고 시와 거문고로 스스로를 즐기다가
오래지 않아 요절하였다.
그녀의 시 중, 「그냥 부질없이 읊은 시(謾吟詩)」가 있다.

깊은 숲 검푸르죽죽 지붕과 처마를 덮고   深樹濃靑覆屋簷
숲에서 우는 까마귀 울음소리 희미하게 들리네   隔林啼烏語纖纖
시 읊는 곡조는 바둑 두는 소리와 짝을 이루고   吟餘樂譜棋經伴
술이 잔뜩 취해서는 맘 돌려 잠을 이루려 하네   醉後轉情睡事兼
꽃 그림자 어지러워 잠 못 이루니 이슬내림을 알고   花影亂睡知露重
대나무 그늘 맑고 깨끗하니 바람이 순한 게 보이네   竹陰淸淨見風恬

평생 세상에 다툴 마음 없으니	生平世路心無競
편안히 몸을 두는 곳마다 낫 하나면 족하여라	隨處安身足一鎌

그녀의 다른 율시(律詩)로 세상 사람들에게 널리 퍼진 것이 많고 필법에 풍류가 있고 종왕풍격(鍾王風格)[17]이 있었다. 그녀에 관한 아래와 같은 일이 구수훈(具樹勳)[18]의 『이순록(二旬錄)』에 기록되어 있다.

『수미청사(脩眉淸史)』[19]에 말하기를, "고양(高陽)의 한 촌 여인이 시의 율격에 능하였다. 일찍이 여자 친구가 시집가는 친구에게 보내는 시를 지었다.

보슬비 내리는 향불 아래서 맹서를 하고선	論心細雨香燈下
남들이 보지 않는 꽃풀 앞에서 손을 잡았지	聯袂閑花芳草前
시집가기 싫다고 마음아파 눈물 흘리지 마	子歸莫墮傷心淚
여인이 지아비 따르는 것이야 인정할 수 밖에	女必從夫認是天'

심히 그 정리가 간곡하였다."라고 하였다.

四十三. 誦詩書婦人博學, 善文詞閨門絶唱 (五)

洪承旨 仁謨의 夫人 徐氏는 監司逈修의 女ㅣ니 經史에 通하고 詩文을 善히 하야 令壽閣稿라는 文集이 有하니 詩가 무릇 三十六 篇이오 又 陶淵

---

17) 위(魏)나라의 종요(鍾繇)와 진(晉)나라의 왕희지(王羲之)의 격조를 말하는데, 두 사람은 모두 서예(書藝)에 능한 사람이다. 『진서(晉書)』「왕희지열전(王羲之列傳)」에 "희지의 자(字)는 일소(逸少)인데, 그는 늘 자칭하기를 '내 글씨를 종요에게 비기면 항행(抗行;대등함)이 될 만하고, 장지초(張芝草)에게 비기면 안항(雁行: 차이가 있음)이 될 만하다.' 하였다." 한다.

18) 영조 때 무신으로 무과에 급제, 함경도병마절도사고, 통제사 등 여러 직을 거쳐 수원부사로 나갔으나, 이 해 대흉년으로 인한 기민(飢民)의 구제를 태만히 하였다는 죄로 파직 당하였다. 문장에도 능하여 『이순록(二旬錄)』이라는 책을 지었다.

19) 19세기 전기, 시화사를 적어 놓은 책이다.

明의 歸去來辭 一 篇을 和하얏는대 詞調가 極히 淸絶하니라 李白의 秋下門을 次하는 詩에 曰

霜天寥落淡雲空。獨上孤丹萬里風。漁笛數聲秋浦晚。吳山楚水[20] 夕陽中

이라 하고 又 唐人의 『訪[21]隱者不遇』를 次하는 詩에 曰

竹巷松蹊客到稀。猿啼日暮荊扉。浮雲蹤跡無尋處。獨過靑山風滿衣

라 하고 又 其 子를 送하야 燕京에 赴하는 詩에 曰

蒼蒼曉色暗行塵。悵望樓頭別恨[22]新。多情最是隴山月。今夜分明遠趁人

이라 하고 又 『季兒東嘉』(村名)十詠』을 次하는 時에 曰

雲散天如拭。中宵月滿庭。坐愛松林晚。淸陰翳小亭

이라 하니라 夫人이 三子를 有하얏는대 長子奭周와 次子吉周와 三子 顯周가 俱히 文章으로써 世에 鳴하얏는대 此는 皆夫人에게 親煮한 力으로써 由함이더라 夫人이 親히 諸子를 敎授할세 課程을 嚴立하야 日과 夜로 怠치 아니하며 或 諸子가 小過가 有하면 반다시 正色 呵責하야 諸子가 罪를 服한 然後에 乃已하더라 少時로부터 常히 蒹葭衡門의 詩와 及 陶淵明의 歸田園詩를 愛讀하야 每樣 其 夫를 勸하야 決議廢科케 하니 洪公이 此로 因하야 更히 赴擧치 아니하얏더라

其後에 長子奭周는 第에 登하야 顯揚하고 季子 顯周는 公主를 尙하야 駙馬가 됨애 夫人은 恒常 蹙然하야 隱憂가 有함과 如하더니 仲子 吉周가 文辭를 治하기를 甚工하야 將次 朝夕으로 科第에 登하려 하니 夫人이 謂하되 我의 門戶가 旣히 盛大한지라 汝가 또한 名利를 求하려하나뇨 吉周가 此를 從하야 赴擧치 아니하고 蔭仕로써 終하니라

蓬萊[23]士彦의 字는 應聘이니 曠世의 逸才로 文章이 成하야 詩와 筆로

---

20) 원문에 '氷'라고 되어 있다. 문맥으로 보아 '水'로 바로 잡았다.
21) 원문에 '謗'이라고 되어 있다. 문맥으로 보아 '訪'으로 바로 잡았다.
22) 원문에 '限'이라고 되어 있다. 문맥으로 보아 '恨'으로 바로 잡았다.
23) 원문에 '褐來'라고 되어 있다. 문맥으로 보아 '蓬萊'로 바로 잡았다.

써 世에 名하고 其 小室도 또한 詩에 長하더니 蓬萊[24]가 일즉 豊川倅가
되야 安岳에 徃하얏다가 歸치 아니하거늘 小室이 詩로써 寄하되

　恨望長途不掩扉。夜深風露濕羅衣。楊山舘[25]裏花千樹。日夕看花
歸未歸

라 하고 又 閨[26]怨詩에 曰

　西風摵摵動梧枝。碧落冥冥鴈去遲。斜倚綺窓人不寐。一眉新月下
西池

라 하얏는대 其 淸警이 足히 唐人의 口氣를 逼할만하더라

　林娘은 司導書員 林某의 女ㅣ라 才藝와 女工이 俱히 其 妙에 逼하고
能히 詩文을 解하고 將次 擇嫁코져할새 林娘이 肯치 아니하고 能詩善律
하는 者를 自擇하야 從嫁코져함애 父母가 此를 許하얏더니 宗室이 詩歌
를 善히 하며 又 豪傑가 有함을 聞하고 詩를 作하야 媒를 送하니 南原에
其 姿色이 出衆치 못하다 하야 此를 許치 아니함애 林娘이 맛참내 他人에
게 適치 아니하고 詩琴으로써 自娛하다가 未久에 夭折하니라 其 謾吟詩
에 曰

　深樹濃靑覆屋簷。隔林啼鳥語纖纖。吟餘樂譜棋經伴。醉後轉情睡事
兼。花影亂睡知露重。竹陰淸淨見風恬。生平世路心無競。隨處安身足
一鎌

이라 하니라 其他詩律로 世人에게 贈炙된 者가 多하고 筆法이 翩翩히 鍾
王風格이 有하니 事가 具樹勳 二旬錄에 載하니라

　脩眉淸史에 云하되 高陽 一村 女가 詩律에 能하야 甞히 其 女伴의 新
嫁하는 娘을 送하는 詩에 曰

　論心細雨香燈下, 聯袂閑花芳草前, 子歸莫墮傷心淚, 女必從夫認是天
이라 하얏는대 甚히 其 情理를 曲盡하얏더라

---

24) 원문에 '來'라고 되어 있다. 문맥으로 보아 '萊'로 바로 잡았다.
25) 원문에 '楊山舘'으로 되어 있다. 문맥으로 보아 '楊山舘'으로 바로 잡았다.
26) 원문에 '闈'이라고 되어 있다. 문맥으로 보아 '閨'로 바로 잡았다.

43. 시서를 통달한 부인들의 박학, 문사를 잘하는 여인들의 절창 (육)

계생(桂生, 1573~1610)[1]은 전라북도 부안(扶安)의 이름난 기생이다. 성은 이(李)요 자는 천향(天香)이요, 호는 매창(梅窓)으로 시를 잘 짓고 노래와 춤을 잘 하였다.

계생은 한 태수와 몹시 사이가 가까웠다. 태수가 벼슬이 갈린 뒤 고을 사람들이 공덕비를 세워 그의 덕을 칭송하였다. 계생은 늘 달이 밝으면 가야금을 공덕비 곁에서 타고 긴 노래를 불러 그를 잊지 못하는 뜻을 보였다.

계생이 처음에 촌은(村隱) 유희경(劉希慶, 1545~1636)[2]의 첩이 되었는데

---

1) 계랑은 계유년(1573) 태생이기에 계생, 또는 계랑이라 하였으며, 향금(香今)이라는 본명도 가지고 있다. 계랑, 이매창은 1573년에 당시 부안현리였던 이탕종의 서녀로 태어났다. 아버지에게서 한문을 배웠으며, 시문과 거문고를 익히며 기생이 되었는데, 이로 보아 어머니가 기생이었을 가능성이 크다. 부안의 명기로 한시 70여 수와 시조 1수가 전해지고 있으며 시와 가무에도 능했을 뿐 아니라 정절의 여인으로 부안 지방에서 400여 년 동안 사랑을 받아오고 있다. 매창은 부안읍 남쪽에 있는 봉덕리 공동묘지에 그와 동고동락했던 거문고와 함께 묻혔다. 그 뒤 지금까지 사람들은 이곳을 '매창이뜸'이라고 부른다. 그가 죽은 후 몇 년 뒤에 그의 수백편의 시들 중, 고을 사람들에 의해 전해 외던 시 58편을 부안 고을 아전들이 모아 목판에 새겨『매창집』을 간행하였다. 매창에 대한 기록은『청야담수(靑野談藪)』,『기문총화 (記聞叢話)』류의 조선 후기 야담서들에서 찾을 수 있다.

2) 유희경은 중인으로 본관은 강화(江華), 자는 응길(應吉), 남언경(南彦經)의 문인으로 임란 때, 의병을 모아 관군을 도왔기에 통정대부(通政大夫)가 되고, 인조반정이 일어나자 절의를 포상하여 종2품의 가의대부(嘉義大夫)가 되었다. 후일 아들 면민(勉民)의 공으로 한성판윤에 추증되었다. 허균은『성수시화(惺叟詩話)』에서 그를 천인 신분으로서 한시에 능한 사람으로 꼽았다. 유희경과 매창은 스물여덟 살의 나이 차이가 난다. 그런데도 당대 최고의 명기(名妓) 였던 매창이 평생 지순한 사랑을 바쳤던 인물이다. 시대의 풍운아 허균(許筠, 1569~1618)은 여러 번 매창을 찾았으나 유희경에 대한 변치 않는 사랑에 굴복하여 우정으로 만족해야 했다. 소설가 정비석(鄭飛石) 같은 이는『부안기(扶安妓) 계생(桂生)』이라는 소설을 통해 극화하기도 하였다.

그가 귀경한 후에 행방이 감감하니 편지조차 끊어졌다. 계생은 희경을
생각하는 마음을 그치지 못하여 이에 노래를 지어 그 마음을 나타냈다.

> 배꽃 비처럼 흩날릴 때 울며 잡고 이별한 임이,
> 가을바람 떨어지는 낙엽에 임도 나를 생각할까,
> 천 리 밖의 외로운 꿈만이 오락가락 하는구나.[3]

계생이 한 시대의 이름난 선비들과 시를 주고받았는데, 시집 한 권이
세상에 전한다. 아래에 그녀의 시 두어 수를 기록한다.
「임에게 보냅니다(贈人)」시는 이렇다.

물가마을 조그마한 사립문에 찾아와보니	水村來訪小柴門
연꽃 떨어진 연못에는 국화조차 쇠했구나	荷老寒塘菊老盆
갈가마귀 떼 석양 고목에서 울어대고	鴉帶夕陽啼古木
기러기 떠날 때 알고 안개 낀 강 건너네	鴈含秋意度江雲
서울 사람 잘 변한다고 말하지 마오	休言洛下時多變
정녕 인간만사 듣고 싶지 않으니	我願人間事不聞
술잔 앞 한 마디 취한 말하지 마오	莫向樽前辭一醉
신릉군의 호기도 풀숲의 무덤이라네[4]	信陵豪氣草中墳

아래 시는 매창이 준 "배꽃 비처럼 흩날릴 때 울며 잡고 이별한 임이~,"라는 시조에 대한
유희경의 시이다. 몸은 한양에 머물고 있었지만 그의 마음은 늘 매창이 살고 있는 부안으로
달려갔음을 알 수 있는 시이다. 매창이 '이화우(梨花雨, 배꽃 비처럼 흩날릴 때)'라니 유희경
은 '오동우(梧桐雨, 오동잎에 비 뿌릴 제)'란다. 두 사람이 이별할 때 계절은 봄이었는데,
그 새 계절은 여름을 지나 가을로 바뀌었음을 알 수 있다.

그대의 집은 부안에 있고	娘家在浪州
나의 집은 서울에 있어	我家住京口
그리움 사무쳐도 서로 못 보니	相思不相見
오동잎에 비 뿌릴 제 애가 탄다오	腸斷梧桐雨

3) 이 시조는 계생이 지은 단 한 수의 시조이다.
4) 신릉군은 위 소왕(魏昭王)의 아들이다. 항상 식객(食客)이 3천 인이나 되었고 위엄과 명망이
천하에 떨쳤었지만 그 또한 죽었다. 세상 부귀영화의 덧없음을 비유한 말이다.

이 시의 압운 어구에서 기상이 아주 뛰어남을 알 수 있다. 일찍이 한 지나가는 나그네가 시를 지어 계랑에게 집적거리니 계생이 곧 운을 차운하여 화답하였다.

평생 않는 건 여기서 먹고 저기서 자는 짓	平生不觧食東家
다만 매화 창에 빗기는 달만 사랑했다오	只愛梅窓月影斜
그대는 남 깊은 뜻을 알지 못하고서	詞人未識幽閑意
행운[5]이라 손가락질하며 잘못 알고 있구려	指點行雲枉者嗟

그리고 또「술 취한 나그네에게 준 시(贈醉客)」가 있었다.

취한 나그네 내 옷을 휘어잡으니	醉容執羅衫
손길 따라 옷자락이 찢어 진다오	羅衫隨手裂
이깟 옷이야 아깝지 않소마는	不惜一羅衫
다만 그대와 의 상할까 두렵소	但恐恩情絶

또「봄을 원망하는 시(春怨詩)」가 있다.

대나무 둘린 집에 봄바람 가득하고 새들은 지저귀니	竹院春心鳥語多
화장 지운 얼굴엔 눈물을 지우고 드리운 발 걷고는	殘粧含淚捲窓紗
가야금을 끌어안고는 홀로 상사곡을 연주하니	瑤琴獨彈相思曲
꽃은 떨어지고 봄바람에 제비는 비껴나네	花落東風燕子斜

그 시의 운율이 일으키는 운치가 청초하여 읊는 사람들로 하여금 입 안에 향이 절로 생기게 한다.

---

5) '행운(行雲)'은『문선(文選)』송옥(宋玉)의「고당부(高唐賦)」에 "첩은 무산의 여자인데 아침에는 행우(行雨)가 되고 저녁에는 행운(行雲)이 되어 아침저녁마다 양대(陽臺)의 아래에 나타난다."라고 한 고사에서 인용.

명기 취선(翠仙)[6]의 호는 운창(雲窓)이다. 시문에 능하여 일찍이 백마강
(白馬江)을 건너다가 「회고시(懷古詩)」를 지어서는 읊었다.

저녁 늦게 고란사[7]에 배를 대고서   晚泊皐蘭寺
서풍 부는 망루에 홀로 기대 앉아   西風獨倚樓
나라 망해도 백마강 만 년 흐르고   龍亡江萬古
낙화암 꽃 져도 달은 천년 비쳐라   花落月千秋

추향(秋香)은 전라남도 장성군(長城郡)의 기생이었는데, 시에 능하였고
가야금을 잘 타 이름이 났다. 그녀의 「창암정(蒼岩亭)[8]에서 쓴 시」는 이
렇다.

노를 저어 푸른 강어귀에 이르니   移棹滄江口
잠 깬 해오라기 날아 사람을 놀래키고   驚人宿露鷀
산 빛 붉으니 가을의 발자췬데   山紅秋有跡
흰 백사장엔 달 발자국이 없어요   沙白月無痕

계월(桂月)[9]은 관서(關西)[10] 명기이다.
해백(海伯)[11] 이광덕(李光德)[12]이 가까이하여, 사랑하였다가 서로 이별을
할 때 시를 주었다.

---

6) 호는 설죽(雪竹) 김철손(金哲孫)의 소실.
7) 고란사(皐蘭寺)는 충청북도 부여 부소산 북쪽 백마강변에 있는 절.
8) 경상북도 안동군 풍천면에 있는 정자.
9) 이광덕의 애첩으로 시재(詩才)가 뛰어났다 한다.
10) 평안남북도와 황해도 북부 지역의 별칭.
11) 황해도 감사를 말함.
12) 본관은 전주(全州), 자는 성뢰(聖賴), 호는 관양(冠陽). 진사로서 1722년(경종 2) 정시문과에
    을과로 급제, 이듬해에 시강원설서로 임명되어 왕세제(王世弟, 뒤의 영조)를 보도(輔導)하였
    고 이후 대제학을 지냈다.

눈물을 머금은 눈에 눈물을 머금은 이 보이고　　含淚眼看含淚人
애간장 끊어지며 애간장 끊어진 임을 보내네　　斷腸人送斷腸人
일찍이 책 속에서는 그런 일 예사로 보았거늘　　曾從卷裏尋常見
오늘 이 내 몸에 닥칠 줄 어찌 알았으리오　　今日那知到妾身

일지홍(一枝紅)[13]은 평안남도 성천(成川) 기생이다. 시를 잘 지었는데 태천(泰川) 홍명한(洪鳴漢, 1736~1819)[14]에게 준 시가 있다.

강선루[15] 아래에 말을 세우고　　　　馬駐仙樓下
언제나 오시려우 은근히 묻네　　　　慇懃問後期
이별 자리에 술도 다하였으니　　　　離筵樽酒盡
꽃 떨어지고 새 슬피 울 땝니다　　　花落鳥啼時[16]

일지홍이 이 시를 지을 때에 잠시 생각하고는 붓을 당겨 지어냈다한다. 훗날 어사 심염조(沈念祖, 1734~1783)[17]가 성천을 지나가다가 이 시를 보

---

13) 성천 기생의 일지홍은 18세기 중엽, 기생으로 당대 명성이 널리 알려 졌다. 신광수(申光洙, 1712~1775)의 『관서악부(關西樂府)』에는 일지홍에 관한 두 편의 시가 보이니, 그 중 한 편은 아래와 같다. 이 시는 신광수가 일찍이 서울을 떠나 와 평양을 유람하다 지은 시이다. '삼백 리'는 서울에서 평양까지의 거리요, '교서랑(校書郎)'은 본래 책이나 문서에서 글자나 내용을 살피어 잘못된 것을 바로잡는 벼슬이름이다. 당(唐)의 기녀 설도(薛濤)가 교서의 일을 맡아본 데서 온 말로 '기녀(妓女)의 이칭'이 되었다.

　성도(成都, 성천)의 어린 기생 일지홍은　　成都小妓一枝紅
　마음씨는 비단결 말은 어쩌나 잘하는지　　錦繡心肝解語工
　나는 말에 타고서는 삼백 리를 달려오니　　飛馬馱來三百里
　교서랑은 곱고 고운 비단 속에 있구나　　校書郞在綺羅中

14) 본관은 풍산(豊山), 자(字) 공서(公舒). 명한은 초명으로 영조(英祖) 47년(신묘, 1771년), 정시 병과5에 급제하여 형조·예조판서, 지돈녕 부사 등을 역임하였다.
15) 강선루(降仙樓)는 성천(成川)에 있는 누각.
16) 원제는 「태천 홍아내에게 올리는 시(上泰川洪衙內詩)」이다.
17) 본관은 청송(靑松). 자는 백수(伯修), 호는 함재(涵齋). 1776년(영조 52) 별시문과에 을과로 급제하였다. 1777년(정조 1) 관서암행어사, 이듬해에는 강화어사, 1780년 함종부사·규장각 직제학·이조참의를 거쳐, 1782년 홍문관부제학으로 감인당상(監印堂上)에 임명되었으나, 대사간의 탄핵을 받아 홍주(洪州, 현재의 충청남도 홍천)로 유배되었다가 곧 풀려났다. 1783

고 일지홍에게 시 한 수를 주었다.

「고당부」¹⁸⁾ 같은 신기한 경지요 성당의 시체인데   高唐神境盛唐詩
선관의 명화 가운데 무르녹은 한 가지일세   仙舘名花艷一枝
조운¹⁹⁾에서 한림학사 만났다 이르지 마소   莫道朝雲逢內翰
노부는 재주 없어 감당할 수 없다네   老夫才薄不堪期

이 시에 대해 일지홍이 또한 시로 화답하였다.

서울 소식을 누구에게 물어 볼까요   洛陽消食憑誰問
밝은 달 발에 비칠 때 둘이 서로 생각하리   明月當簾兩地思

그리고 또 윤감사(尹監司)에게 올리는 시는 이렇다.

작년 서리 내리고 국화꽃 필 때였지요   前年降節菊花時
영예로운 제 몸 얼마나 행복했는지요   何幸榮名耀一枝
듣자오니 봄 순행길에 금방 북쪽으로 지나쳤다니   聞道春巡纔北過
어째서 이곳에 오신다는 약속을 어기셨나요   胡然仙駕此愆期

년 황해도관찰사로 있다가 임지에서 죽었다.

18) 『청장관전서』 제35권, 청비록 4, '일지홍(一枝紅)'에는 "어사(御史) 심염조가 순찰하다가 성
천에 이르러, 일지홍의 시를 보고 나서 종담(鍾譚)의 시를 읽도록 권하고 돌아갈 적에 지어
준 시"라고 하였다. 종담은 시로 명성이 높았던 명나라 종성(鍾惺)과 담원춘(譚元春)을 말한
다. 또 "성천에 십이무봉(十二巫峯)과 강선루(降仙樓)가 있었으므로 고당(高唐)과 선관(仙舘)
과 조운 등의 일을 인용하였다."라고 하였다.

19) 송옥(宋玉)의 '「고당부(高唐賦)」 서'에 "초 양왕(楚襄王)이 운몽대(雲夢臺)에서 놀다가 고당
(高唐)의 묘(廟)에 운기(雲氣)의 변화가 무궁함을 바라보고 송옥(宋玉)에게 '저것이 무슨 기
운이냐?'고 묻자 '이른바 조운(朝雲)입니다. 옛날 선왕(先王)이 고당에 유람왔다가 피곤하여
낮잠을 자는데, 꿈에 한 여인이 「저는 무산(巫山)에 있는 계집으로, 침석(枕席)을 받들기
원합니다.」라고 하였습니다. 드디어 정을 나누고 떠날 적에 「저는 무산 남쪽에 사는데 아침
에는 구름이 되고 저녁에는 비가 되어 늘 양대(陽臺) 아래 있습니다.」 했습니다.'고 하였다."
하였다.

또 일찍이 그 이름으로 제목을 삼아 절구를 지었다.

혹 남들이 꺾기 쉽다고 여길까 두려워　　或恐人易折
향기는 감춰 두어 짐짓 피지를 않지요　　藏香故不發

또 김진사(金進士)가 지은 시의 운자를 딴 시가 있다.

신선 배 막호(莫湖)[20]에 두둥실 원앙이 놀라　　仙舟莫湖驚鴛鴦
가고 오는 긴 물길만이 합쳐지네요　　任去任來肥水長
일지홍 이름 얻음이 부질없어 되려 부끄럽기만　　浪得花名還自愧
강마을 봄이 다하니 한스럽게 향기조차 없어라　　江城春盡恨無香

복랑(福娘)은 전라북도 부안의 기생이다.
시를 잘 지어 일찍이 한 구절을 읊었는데 이렇다.[21]

나직이 버드나무 가지 노래 부르노라니　　楊柳枝詞唱得低
이별 나온 정자에 꾀꼬리 울고 비오네　　離亭新雨早鶯啼
강가 갈대 짤막짤막 궁궁이는 파란데　　洲蘆短短江蘺綠
임 돌아올 땐 말 울음소리에 묻히리　　之子歸時沒馬啼

또 「비가 내려 기뻐 쓴 시(喜雨詩)」는 이렇다.

뭉게뭉게 검은 구름 먼 봉우리에 일더니　　數點玄雲起遠峯
하늘 가득 종일토록 넉넉히 내리는구나　　漫天終日十分濃

---

20) 중국 강남에 있는 능호(菱湖), 막호(莫湖), 유호(游湖), 공호(貢湖), 서호(胥湖)가 모인 오호
(五湖)의 하나. 막리산(莫釐山)의 서북으로 50리를 두른 것이 막호이다.
21) 『청장관전서』 제32권 「청비록」1 '복랑'에서는 "부안(扶安) 고을 기녀(妓女) 복랑이 승지(承
旨) 이모(李某)에게 준 시"라고 하였다.

잠간만에 인간세상 비를 만들어 내니	須臾化作人間雨
가을 온 들판에 농사꾼도 적시는구나	沾得三秋滿野農

연단(妍丹)은 성천의 기생이다. 그녀의 「낭군을 이별하며(別郞)」은 이렇다.

임도 나를 보내며 눈물지었고	君垂送妾淚
저도 눈물 머금고 돌아섭니다	妾亦含淚歸
양대에 비가 내리기를 바라며[22]	願作陽臺雨
다시 임의 옷소매에 눈물 뿌립니다	更灑郞君衣

채소염(蔡小琰)은 평안남도 양덕군의 기생으로 또한 시에 능통하였다. 그녀의 「여행(旅行)」시는 이렇다.

말 머리를 강동현[23]으로 돌리니	馬首江東縣
봄이 깊고깊어 꽃기운 떠다니고	春淡花氣浮
나루터는 평양으로 통하는데	津通箕子國
땅은 강선루[24]에 접해 있구나	地接降仙樓

또 절구 한 수를 지었으니 이렇다.

나그네 길 늘 일찍 일어나	客行常早起
어렴풋이 새벽빛이 개네	依微曉色晴

---

22) 무산(巫山)의 신녀(神女)가 초 회왕(楚懷王)을 그리는 것을 말한 것이다. 초 회왕이 고당(高唐)에서 놀다가 낮잠을 자는데 꿈에 어떤 여자가 와서 "저는 무산의 여자인데 침석(枕席)을 원합니다." 하므로 동침을 하였는데 떠나면서 "저는 양대의 아래에서 아침에는 구름이 되고 저녁에는 비가 됩니다."고 하였다는 고사에서 인용된 것이다. 472쪽 각주 19) 참조.

23) 강동현(江東縣)은 평안남도에 있는 고을.

24) 강선루(降仙樓)는 평안남도 성천에 있는 루.

촌닭은 내 마음을 아는지	村鷄知我意
꼬꼬댁 날 밝아라 우는구나	喔喔喚天明

그녀의 「죽은 이를 애도하는 시(輓人詩)」도 있다.

가장 가슴 아픈 것은 이 북망산[25]이라	傷心最是北邙山
사람이 한 번 가면 다시 돌아오지 못해	一去人生不再還
만약에 생사를 두고 부귀와 논한다면은	若爲死生論富貴
부귀영화가 어찌 무덤 사이에 있으리오	王侯何在夜臺間

四十三. 誦詩書婦人博學, 善文詞閨門絶唱 (六)

桂生은 扶安 名妓라 姓은 李요 字는 天香이오 號는 梅窓이니 詩에 工하며 歌舞를 善히 하얏더라 一 太守가 有하야 狎昵하얏더니 遞任한 後에 邑人이 碑를 立하야 其 德을 頌하거늘 桂生이 每樣 月明한 後에 琴을 碑側에서 彈하고 長歌로써 繼하야 그 不忘이 意로써 示하얏더라 桂生이 初에 劉村隱希慶의 聘한 바가 되얏더니 밋 劉가 歸京한 後에 杳然히 音信이 絶한지라 桂生이 思慕하기를 不已하야 이에 歌를 作하야 其 志를 示하얏는대

梨花雨 훗날 닐 際, 울며 잡고 離別한 임이, 秋風落葉에 임도 나를 生覺하는가, 千里의 외로운 쑴만, 오락가락하도다

하니라 桂生이 一代의 名士로 더부러 唱酬치 아니함이 無하야 詩集 一卷이 世에 傳하야는대 今에 其 一二를 錄하건대 其 贈人詩에 曰

水村來訪小柴門, 荷老寒塘菊老盆, 鴉帶夕陽啼古木, 鴈含秋意度江雲, 休言洛下時多變, 我願人間事不聞, 莫向樽前辭一醉, 信陵豪氣草中墳

---

25) 북망산(北邙山)은 중국 낙양현 북쪽에 있는 망산을 말하는데, 한(漢)나라 이후로 이곳이 유명한 묘지(墓地)이므로, 전하여 사람의 죽음을 뜻한다.

이라 하니 其 韻語가 甚히 飄逸하니라 일즉 一 過客이 有하야 詩로써 挑하니 桂生이 곳 韻을 次하야 和하되

平生不鮮食東家, 只愛梅窓月影斜, 詞人未識幽閑意, 指點行雲枉者嗟

라 하고 又 醉客을 贈하는 詩에 曰

醉容執羅衫, 羅衫隨手裂, 不惜一羅衫, 但恐恩情絶

이라하고 又 春怨詩에 曰

竹院春心鳥語多, 殘粧含淚捲窓紗, 瑤琴獨彈相思曲, 花落東風燕子斜

라 하니 其 韻響의 淸楚는 讀者로 하야금 牙頰에 香을 生케 하더라

名妓 翠仙의 號는 雲窓이니 詩文에 能하야 일즉 白馬江을 渡하다가 懷古詩를 作하야 曰

晩泊皐蘭寺, 西風獨倚樓, 龍亡江萬古, 花落月千秋

라 하고 秋香은 長城郡妓라 能詩善琴으로써 名이 有하더니 그 蒼岩亭에 題한 詩에 曰

移棹滄江口, 驚人宿鷺[26]翻, 山紅秋有跡, 沙白月無痕

이라 하고 桂月은 關西 名妓ㅣ니 海伯 李匡德[27]의 昵愛한 바이 되얏다가 相別함에 臨하야 詩로써 進呈하되 含淚眼看含淚人, 斷腸人送斷腸人, 曾從卷裏尋常見, 今日那知到妾身

이라 하고 一枝紅은 成川 妓ㅣ라 詩에 工하더니 그 洪泰川鳴漢에게 上하는 詩에 曰

馬駐仙樓下, 慇懃問後期, 離筵樽酒盡, 花落鳥啼時

라 하니라 一枝紅이 무릇 詩를 作함애 凝思한지 數瞬에 筆을 援하야 卽成하더니 其後에 御史 沈念祖가 成川에 巡到하얏더가 其 詩를 見하고 因하야 詩를 贈하되

高唐神境盛唐詩, 仙舘名花艶一枝, 莫道朝雲逢內翰, 老夫才薄不堪期

라 하니 一枝紅이 쏘한 詩로 和하되『洛陽消息憑誰問, 明月當簾兩地思』

---

26) 원문에는 '露'로 되어 있다. 문맥으로 보아 '鷺'로 바로 잡았다.
27) 원문에는 '李光德'으로 되어 있다. 문맥으로 보아 '李匡德'으로 바로 잡았다.

라 하고 又 尹監司에게 上하는 詩에 曰

　前年降節菊花時, 何幸榮名耀一枝, 聞道春巡纔北過, 胡然仙駕此愆期
라 하고 又 嘗히 其 名으로 題를 爲하야 絕句를 作하되 『或恐人易折, 藏香
故不發』이라 하고 又 金進士韻을 次하는 詩에 曰

　仙舟莫湖驚鴛鴦, 任去任來肥水長, 浪得花名還自愧, 江城春盡恨無香
이라 하니라 福娘은 扶安 妓ㅣ라 詩에 工하야 일즉 一絕을 吟하야 曰

　楊柳枝詞唱得低, 離亭新雨早鶯啼, 洲蘆短短江蘺[28]綠, 之子歸時沒
馬啼
라 하고 又 喜雨詩에 曰

　數點玄雲起遠峯, 漫天終日十分濃, 須臾化作人間雨, 沾得三秋滿野農
이라 하고 妍丹은 成川 妓ㅣ라 其 別郎詩에 曰

　君垂送妾淚, 妾亦含淚歸, 願作陽臺雨, 更灑郎君衣
라 하니라 蔡小琰은 陽德郡 妓니 또한 詩에 能한지라 其 旅行詩에 曰

　馬首江東縣, 春淡花氣浮, 津通箕子國, 地接降仙樓
라 하고 又 一絕에 曰

　客行常早起, 依微曉色晴, 村鷄知我意, 喔喔喚天明
이라 하고 其 輓人詩에 曰

　傷心最是北邙山, 一去人生不再還, 若爲死生論富貴, 王侯何在夜臺間
이라 하니라

────────────

28) 원문에는 '蘺'로 되어 있다. 문맥으로 보아 '蘺'로 바로 잡았다.

43. 시서를 통달한 부인들의 박학, 문사를 잘하는 여인들의 절창 (칠)

부용(芙蓉)¹⁾은 성천(成川, 어떤 이는 평양이라고 한다)의 명기이다.

호는 운초(雲楚)이니 문장으로 한 시대를 울렸다. 일찍이 소약란(蘇若蘭)²⁾의 직금회문체(織綿回文體)³⁾를 모방하여 회문상사시(回文相思詩) 36운을 지어 그녀가 정을 둔 남정네에게 주었다. 그 시가 한 자, 두 글자로부터 구를 쫓아서 한 글자씩 더하여 병려(倂儷)를 이루니 천하에 없는 절창이었다.

그 시는 이렇다.

---

1) 김부용(金芙蓉, 1820~1869)의 자(字)는 운초(雲楚), 호는 부용이다. 「부용집제발시(芙蓉集題跋詩)」를 보면 그는 무산(巫山) 12봉의 정기를 품고 성천에서 태어났다 한다. 부용은 가난한 선비의 무남독녀로 태어났다고 하는데, 네 살 때 글을 배우기 시작하여 열 살 때 당시(唐詩)와 사서삼경에 통하였다고 한다. 열 살 때 부친을 여의고 그 다음해 어머니마저 잃으니, 어쩔 수 없이 퇴기의 수양딸로 들어가 기생의 길을 걷게 되었고, 김이양(金履陽, 1755~1845)의 소실이 되었다. 김이양(金履陽)/김이영(金履永)의 본관은 안동(安東), 자는 명여(命汝)로서 김헌행(金憲行)의 아들이다. 초명은 김이영(金履永)이었으나 예종의 이름과 비슷하여 개명하였다. 생원을 거쳐 정조 19년(1795) 정시 문과에 을과로 급제하여 1812년 함경도 관찰사, 1815년 예조·이조·병조·호조 판서·홍문관 제학·판의금부사·한성부 판윤 등을 지냈다.
2) 진(晉)나라 때 장군(將軍) 두도(竇滔)가 사막(沙漠)에 강제로 옮겨지자, 그의 아내 소약란(蘇若蘭)이 비단을 짜면서 거기에 즉 전후 좌우로 아무렇게 보아도 다 말이 되는 매우 처절한 내용의 회문선도시(回文旋圖詩)를 지어 넣어서 남편에게 보냈던 데서 온 말인데, 그 시는 모두 8백 40자(字)로 되었다고 한다.
3) 직금회문체(織綿回文體)란 직면에 수놓은 회문시의 문체를 말한다. 그리고 회문시(回文詩)란 첫 글자부터 순서대로 읽어도(順讀) 뜻이 통하고, 제일 끝 글자부터 거꾸로 읽기 시작하여 첫 자까지 읽어도(逆讀) 뜻이 통하는 시를 말한다.

헤어짐

보고픔

길은 멀고

소식 더뎌

생각은 임께 있으나

몸은 여기에 머무네

수건과 빗 눈물에 젖었건만

가까이 모실 날은 기약 없어

향기론 누각 종소리 울리는 밤

연광정[4]에 달은 떠오를 때입니다

외론 베개 기대어 못 다한 꿈 놀라 깨

가는 구름 바라보니 먼 이별에 슬픕니다

만날 날만을 근심으로 손꼽아 기다리니

새벽마다 정 밴 글 펴들고 턱 괴곤 울어요

초췌한 얼굴로 거울 대하니 눈물만 흐르고

흐느끼는 노랫소리 기다리는 슬픔 머금었어요

은장도로 애간장을 끊어 죽는 것 어렵지 않으나

비단신 끌며 먼 하늘 바라보니 의심만 자꾸 늘고요

봄 지나 가을도 안 오시니 낭군은 어찌 신의가 없나요

아침저녁으로 저 멀리 바라보니 첩만 속는 게 아닌가요

대동강이 평지가 된 뒤에나 말을 몰고 오시려 하시는지요

장림이 바다로 변한 뒤 노를 저어 배를 타고 오시려는지요

전일 이별한 뒤 만날 길 막혔으니 세상일을 누가 알 수 있고

어찌 그리 끊어져 놀람을 그리 품었는지 하늘의 뜻 누가 알리

운우무산에 행적이 끊기었으니 선녀의 꿈을 어느 여인과 즐기시나요

월하봉대에 피리 소리 끊기었으니 농옥의 정을 어느 여인과 나누십니까

생각 말자해도 절로 생각나 자주 몸을 모란봉에 의지하니 젊은 얼굴 아깝구나

잊고자 해도 잊기가 어려워 다시 부벽루 오르니 외려 검은머리 꾸밈만 가련해라

외로이 잠자리에 누워 검은 머리 파뿌리 된들 삼생의 가약이 어찌 변할 수 있으며

홀로 빈 방에 누워 눈물이 비 오듯 하나 백 년을 정한 마음이야 어찌 바꿀 수 있으랴

낮잠을 깨어 창을 열고 화류소년을 맞아들이기도 하였지마는 모두 정 없는 나그네뿐

향내 나는 옷을 입고 옥 베개를 밀치고는 동년배와 가무를 해도 모두 가증한 사내뿐

천리 밖 임을 기다리고 기다림이 이토록 심하니 군자의 박정은 어찌 이토록 심하십니까

끼니때마다 문을 나가 바라보고 바라보니 슬픈 천첩의 외로운 심정은 과연 어떠하겠는지요

오직 너그럽고 인애하신 장부께서 결단을 내려 강을 건너와 머금은 정 촛불 아래 흔연히 대해 주세요

연약한 아녀자가 슬픔을 머금고 황천객이 되어 외로운 혼이 달 가운데서 길이 울지 않게 해 주세요

---

4) 연광정(練光亭)은 평양에 있는 정자.

別

思

路遠

信遲

念在彼

身留玆

巾櫛有淚

紈扇無期

香閣鍾鳴夜

練亭月上時

倚孤枕驚殘夢

望歸雲悵遠離

日待佳期愁屈指

晨開情札泣支頤

顏色憔悴開鏡下淚

歌聲嗚咽對人含悲

提銀刀斷弱腸非難事

躡珠履送遠眸更多疑

春下來秋不來君何無信

朝遠望夕遠望妾獨見欺

浿江成平陸伋鞭馬其來否

長林變大海初乘船欲渡之

前日別後日阻世情無人其測

胡然斷愕然懷天意有誰能知

一片香雲楚臺夜仙女之夢在某

數聲淸簫奏樓月弄玉之情屬誰

不思自思頻倚杜⁵⁾丹峯下惜紅顏色

欲望難忘更上浮碧樓猶憐綠鬢儀

孤處深閨頭雖欲雪三生佳約焉有變

獨宿空房淚下如雨百年定心自不移

罷晝眠開竹窓迎花柳少年摠是無情客

香衣推玉枕送歌舞同春莫非可憎兒

千里待人難待人甚矣君子之薄情如是耶

三時出門望出門望悲人賤妾之孤懷果何其

惟願寬仁大丈夫決意渡江含情燭下欣相對

人勿使軟弱兒女含淚歸泉哀魂月中泣長隨⁶⁾

5) 원문에는 '枚'라 되어 있다. 문맥으로 보아 '杜'로 바로 잡았다.

일설에는 이 시가 평양 기생인 죽향(竹香)이 지은 것이라고 한다.
또 아무개 어사에게 준 시가 있었다.

난새와 봉새 바람에 쏠린 그 자태 길거리에 두루 비치고	鸞鳳風姿映道周
좁은 길 낀 집집마다 발을 걷어 갈고리로 걷어 올렸다네	家家夾路捲廉鉤
북쪽지방에 설령 양주지방에서 나는 유자가 있다 한들	北方縱有楊州橘
멍하니 수레 먼지를 바라보며 감히 던지지 못하옵니다[7]	悵望車塵未敢投

같은 시대에 평양 기생 죽향(竹香)[8]이 있었는데, 호는 낭간(琅玕)이었다.
이 여인 또한 시를 잘하기로 이름이 났다. 그녀의 「난초 그림에 쓴 시(畵
蘭)」는 이렇다.

미인과 향긋한 풀 그리고 옛 맹서	美人香草舊盟寒
또 어찌 「이소경」[9] 책 속을 보나	還何離騷卷裡看

---

6) 이 시는 「부용상사곡」이다. 이러한 시를 '층시(層詩)'라고도 하고, 또 탑 모양으로 생겼다
   하여 '보탑시(寶塔詩)'라고도 한다. 운초가 김이양을 만난 것은 그녀의 나이는 겨우 19세였
   다. 당시 김이양의 나이는 77세였다. 부용의 시문을 통해 일찍이 김이양의 인품을 흠모해
   온 부용은 평양에 머물면서 김이양의 신변을 돌보아 드리라는 사또의 명에 기쁜 마음으로
   따랐으나 김이양이 처음에는 나이를 들어 거절하였다 한다.
   그러자 "뜻이 같고 마음이 통한다면 연세가 무슨 상관이겠습니까. 세상에는 삼십객 노인이
   있는 반면, 팔십객 청춘도 있는 법입니다."라고 하여 부용을 거두게 되었다. 이 시는 김이양
   이 호조 판서가 되어 한양으로 부임하게 되어 이별하게 되자 쓴 시라고 한다. 후일 김이양은
   직분을 이용하여 부용을 기적에서 빼내 양인의 신분으로 만들었다. 그런 다음 정식 부실(副
   室)로 삼고 평생을 해로하였다.
7) 두목(杜牧, 803~852)의 '술에 취해서 양주를 지나니 귤이 가득하다'라는 '취과양주귤만거(醉
   過揚洲橘滿車)' 고사를 인용하였다. 두목은 만당(晚唐)의 시인으로 자는 목지(牧之), 호는
   번천거사(樊川居士)로 뛰어난 미남이었다. 그가 기생으로 유명한 양주(楊洲)에서 근무했을
   때 술에 취해 수레를 타고 거리를 지나가면 기생들이 사랑의 표시로 귤을 던져 수레를 가득
   채웠다고 한다.
8) 생몰년 미상. 시와 그림에 뛰어난 기녀(妓女). 호는 낭간·용호어부(蓉湖漁婦). 평양에서 19
   세기 전반에 활동하였다. 그녀에 대한 언급은 신위(申緯)의 『경수당집 警修堂集』, 이만용의
   『동번집 東樊集』, 김정희(金正喜)의 『완당집 阮堂集』 등 여러 문집에 보인다.
9) 「이소경(離騷經)」은 초나라 대부 굴원(屈原)이 쫓겨난 뒤에 자신의 불우함을 노래한 글.

술과 먹 강남 두 곳은 바로 여기　　　酒墨江南兩處是
서풍에 애가 끊어진 마상란¹⁰⁾이라　　西風腸斷馬湘蘭

또 「강촌의 봄 경치를 읊은 시(江村春景詩)」가 있다.

천 가닥 만 가닥 늘어진 버들 문을 가리고　千絲萬縷柳垂門
짙푸름이 안개같아 마을을 볼 수 없구나　綠暗如煙不見村
언뜻 목동의 피리소리 스쳐 지나간 곳에　忽有牧童吹笛過
강엔 비바람 불어 저절로 날이 저무누나　一江風雨自黃昏

또 「봄 저녁(暮春詩)」란 시는 이렇다.

은빛 웅어 한창인 때 누에도 치는 철　鮂魚時節養蠶天
멀고 가까운 봄 산은 아지랑이 잠겨　遠近春山總似烟
병이 나 봄이 이미 저무는 줄 몰랐네　病起不知春已暮
창 앞에 복숭아꽃이 죄다 떨어졌네　桃花落盡小窓前

　이 시의 청려하고 뛰어나며 재치가 있는 것이 당나라 문단에 넉넉히 들어갈 만 하였다.
　또 여염집의 계집 종 가운데서도 시를 잘 짓고 글에 능한 여인이 많았다. 여기에 그 중 한 두 명만을 기록한다.
　취죽(翠竹)은 안동 권씨(權氏)의 가의 계집 종이었다. 재색이 있었고 시가를 잘 지었다. 그녀의 「돌 밭에 있는 옛 집을 찾은 시(訪石田古居詩)」는

---

10) 마상란(馬湘蘭)은 우리나라 김해의 마수진(馬守眞)이라는 기생으로 자는 월교(月嬌)요, 호는 상란(湘蘭)이었다. 젊었을 적에는 자못 재색이 있어 기생들 중 가장 뛰어 났다한다.
　　이옥(李沃)의 「마상란전(馬湘蘭傳)」을 보면 이 마상란이 늙어 안색이 초췌한 쉰 살의 늙은이가 되었는데 어느 향교의 소년이 몹시 사모하였다. 그래 소년이 스스로 마음을 진정하지 못하여 돈 삼백 냥을 가지고 강물을 가리켜 맹세하여 함께 부부가 되고자 하였으나 마상란이 받아들이지 않았다고 한다.

이렇다.

십 년 전 일찍이 돌밭에서 놀았거늘　　十年曾伴石田遊
양자강 머리에서 취해 몇 번이나 머물렀나　揚子江頭醉幾留
오늘은 홀로 찾아보니 사람은 가버리고　今日獨尋人去後
마름과 붉은 여뀌만이 가을 강에 가득하네　白蘋紅蔘滿江秋

동양위(東陽尉) 익성(翊聖)[11]의 궁비로 시를 잘 짓는 여인이 있었으니 그녀의 「상사시(相思詩)」는 이랬다.

떨어진 잎새는 바람 앞에 속삭이고요　落葉風前語
한가한 꽃은 비 온 뒤에 눈물집니다　閑花雨後啼
오늘밤을 상사몽으로 새우노라니　相思今夜夢
작은 누각 서녘엔 달빛만 하얗네요　月白小樓西(그 하나)

봄 단장 서둘러 끝내고 거문고에 기대니　春粧催罷倚焦桐
주렴에 붉은 햇빛이 가벼이 차오르네　珠箔輕明日上紅
밤안개 짙은 끝에 아침 이슬 흠뻑 내려　香霧夜多朝露重
조그만 동쪽 담장 아래 해당화 웁니다　海棠花泣小墻東(그 둘)[12]

또 그리 오래지 아니한 옛날에 한 박씨 성을 가진 선비가 영남에 갔다가 도망간 노비를 찾아서 돌아 올 때였다. 그 가운데에 한 계집종이 있는데 자색이 있었다. 박 선비가 한 번 보고는 마음을 두고 장차 데리고 돌아오려하니 그녀의 아비와 남편이 값을 높이 쳐 주기를 청하였다. 그러나 듣지를 않고 계집종을 데리고 돌아오는데 낙동강(洛東江) 가에 도착하여

---

11) 신익성(申翊聖, 1588~1644)의 본관은 평산(平山)이고, 자는 군석(君奭), 호는 낙전당(樂全堂)·동회거사(東淮居士)로 영의정 신흠(申欽)의 아들이며, 선조의 부마이다. 정숙옹주(貞淑翁主)와 혼인하여 동양위(東陽尉)에 봉해졌다.
12) 『청장관전서』 제33권 「청비록」 2 '시기(詩妓)'에서는 취선(翠仙)의 시로 되어 있다.

계집종이 울며 절구를 지었다.

위엄은 추상같고 믿음은 산과 같으니 　威如霜雪信如山
가지 못한다고도 간다하기도 어려워라 　不去爲難去亦難
고개 돌려 낙동강 푸른 물결 바라보니 　回首洛東江水碧
이 몸은 위험하지만 마음은 편하다오 　此身危處此心安

이 시를 읊고는 곧이어 몸을 날려 강에 뛰어드니 박 선비가 구하지 못
하고 마음 아파하고서는 돌아 왔다고 한다.

외사씨가 말한다.

우리 조선에 이름난 부인들과 재주 있는 여인들이 문장으로 이름 높은
자가 아주 많다. 이를 모두 기록하기 심히 번다하여 이 정도로 그치지만
서도 우리 조선 인물의 성대함이 어찌 칠 척의 수염 난 사내에게만 한정
하겠는가.

그러나 이상에 기록한 여인들 가운데도 한두 명을 제외하고는 그 이름
이 모두 세상에 연기처럼 사라졌으니 어찌 탄식하지 않겠는가. 재상가의
부인으로 글을 잘 짓고 시에 능한 여인도 희귀하다 하겠다. 그러나 이것
은 오히려 여염집의 계집종에게까지 문장에 정밀한 여인이 많음에 이르
러서는 실로 경탄할만하다.

만일 우리로 하여금 그때에 나란히 살았더라면 두 무릎을 저 여인들의
앞에 꿇지 않을 수 없었을 것이다.

四十三. 誦詩書婦人博學, 善文詞閨門絶唱 (七)

芙蓉은 成川(或曰平壤)名妓 ㅣ라 號는 雲楚 ㅣ니 文章으로써 世에 鳴하
니라 甞히 蘇若蘭의 織綿回文體를 倣[13]하야 回文相思詩 三十六 韻을 作
하야 其 情郎에게 寄하니 其 詩가 一字兩字로부터 句를 逐하야 一字式添

하야 騈儷를 成하니 千古의 絶調이라 其 詩에 曰

別, 思, 路遠, 信遲, 念在彼, 身留玆, 巾櫛有淚, 紈扇無期, 香閣鍾鳴夜, 練亭月上時, 倚孤枕驚殘夢, 望歸雲悵遠離, 日待佳期愁屈指, 晨開情札泣支頤, 顔色憔悴開鏡下淚, 歌聲鳴[14]咽對人含悲, 提銀刀斷弱腸非難事, 躡珠履送遠眸更多疑, 春下來秋不來君何無信, 朝遠望夕遠望妾獨見欺, 浿江成平陸倣鞭馬其來否, 長林變大海初乘船欲渡之, 前日別後日阻世情無人其測, 胡然斷愕然懷天意有誰能知, 一片香雲楚臺夜仙女之夢在某, 數聲淸蕭奏樓月弄玉之情屬誰, 不思自思頻倚牡[15]丹峯下惜紅顔色, 欲望難忘更上浮碧樓猶憐綠鬢儀, 孤處深閨頭雖欲雪三生佳約焉有變, 獨宿空房淚下如雨百年定心自不移, 罷晝眠開竹窓迎花柳少年摠是無情客, 香衣推玉枕送歌舞同春莫非可憎兒, 千里待人難待人難甚矣君子之薄情如是耶, 三時出門望出門望悲人賤妾之孤懷果何其, 惟願寬仁大丈夫決意渡江含情燭下欣相對, 人勿使軟弱兒女含淚歸泉哀魂月中泣長隨

라 하니 一說에는 此가 平壤妓 竹香의 所作이라 云하니라 又 某 御史를 贈하는 詩에 曰

鸞鳳風姿映道周, 家家夾路捲簾鉤, 北方縱有楊州橘, 悵望車塵未敢投

라 하니라 同時에 平壤 妓 竹香의 號는 琅玕이니 또한 善詩로 名이 有하니라 그 畵蘭에 題하는 詩에 曰

美人香草舊盟寒, 還何離騷卷裡看, 酒墨江南兩處是, 西風腸斷馬湘蘭

이라 하고 又 江村春景詩에 曰

千絲萬縷柳垂門, 綠暗如煙不見村, 忽有牧童吹笛過, 一江風雨自黃昏

이라 하고 又 暮春詩에 曰

魽魚時節養蠶天, 遠近春山總似烟, 病起不知春已暮, 桃花落盡小窓前

이라 하니 其 淸麗奇警함이 唐域에 優入하얏더라

---

13) 원문에는 '傲'라 되어 있다. 문맥으로 보아 '倣'으로 바로 잡았다.
14) 원문에는 '嗚'이라 되어 있다. 문맥으로 보아 '鳴'로 바로 잡았다.
15) 원문에는 '枚'라 되어 있다. 문맥으로 보아 '牡'로 바로 잡았다.

又 人家의 婢女쯔한 能詩善文하는 者이 多한대 此에는 다만 其 一二를 記하노라 翠竹은 安東 權氏의 家婢라 才色이 有하고 詩詞에 工하니 其 石田古居를 訪하는 詩에 曰

十年曾伴石田遊, 楊[16]子江頭醉幾留, 今日獨尋人去後, 白蘋紅蓼滿江秋 라 하니라 東陽尉翊聖의 宮婢로 工詩하는 者가 有하니 其 相思詩에 落葉風前語, 閑花雨後啼, 相思今夜夢, 月白小樓西(其一) 春粧催罷倚焦桐, 珠箔輕明日上紅, 香霧夜多朝露重, 海棠花泣小墻東(其二) 이라 하니라 又 中古에 一 朴姓 士族이 嶺南에 往하야 奴를 推할셰 中에 一 婢子가 有하야 姿色이 有한지라 朴이 一見에 意를 屬하고 將次 帶歸하려함에 其 父와 밋 其 夫가 重價로써 贖하기를 請하되 聽치 아니하고 率還하거니 洛東江 頭에 到하야 婢가 泣하며 一絶을 題하야 曰

威如霜雪信如山, 不去爲難去亦難, 回首洛東江水碧, 此身危處此心安 이라 하고 곳 身을 飜하야 江에 投하니 朴이 救치 못하고 悵失하야 歸하얏다 하니라

外史氏 曰 我 朝鮮名婦 才媛의 文章으로써 名이 高한 者ㅣ 其 數가 極多하야 此를 記錄하기 甚煩함으로 此에 止하거니와 我 朝鮮人物의 盛함이 엇지 七尺의 有髥丈夫에만 限하리오 그로나 以上에 記錄한 者 中에도 一二를 除한 外에는 其 名이 모다 世에 煙沒하얏스니 엇지 嘆惜할 바이 아니리오 卿宰家 夫人으로 善文能詩하는 者도 稀貴하다하겟지마는 此는 오히려 人家의 婢子에 써지 文章에 精한 者가 多함에 至하야는 實로 驚嘆할 者이라 萬一 吾人으로 하야금 其 時를 並하얏더면 雙膝을 其 前에 屈함을 覺치 못하얏슬지로다

---

16) 원문에는 '楊'이라 되어 있다. 문맥으로 보아 '楊'으로 바로 잡았다.

44. 낭자가 종군하여 나라 적을 토벌하고 부인이 앞일을 헤아려 금나라가 쳐들어 올 것을 근심함(상)

부랑(夫娘)은 평안도 자성(慈城)[1] 여자였다.

그녀의 선조는 본래 부여씨(扶餘氏)의 후손이니, 명나라 말에 건주위(建州衛)[2]로부터 자성에 옮겨 살게 되었다. 아버지가 목축과 수렵을 하여 생계를 꾸리니 부 낭자도 말을 타고 활을 쏘는 기술에 익숙하였다.

부 낭자가 어릴 때부터 무사 이야기를 좋아하여 늘 목장에 가서는 어린 아이들과 함께 군진(軍陣)의 대오를 설치하고 군대 진지의 모양을 만들었다. 그러고는 스스로 말을 타고 대장이 되어 나뭇가지를 꺾어서는 화살, 창, 칼 등을 만들어 여러 아이들에게 나누어 주고 호령이 엄하며 기율이 정돈되었다. 그러고는 소규모의 군대를 편성하여 매일 이렇게 노니 부모가 책망하였다.

"이것은 사내의 일이다. 너의 본분이 아니잖니. 여자가 무예를 익혀서 무엇에 쓰려하느냐?"

부 낭자가 대답했다.

"아버지께서 아들이 없고 오직 소녀가 있을 뿐입니다. 훗날에 만일 국가에 일이 있으면 소녀가 아버지를 대신하여 종군하려는 것이에요."

그녀의 부모가 그 말을 기특히 여겨 억지로 막지는 않았다. 낭자가 이때부터 무예를 익히는 틈틈이 서당에 가서 글자를 배우니 낮에는 무예를

---

1) 조선 세종 때 여진족을 막기 위해 압록강 상류에 설치한 여연(閭延)·자성(慈城)·무창(茂昌)·우예(虞芮) 등 4군의 한 곳이다. 이후 1455년 여연·무창·우예는 폐지되고, 1458년 자성군마저 폐지되었다. 지금의 평안도의 지역에 해당된다.
2) 중국 명나라 성조 때에 남만주 길림 부근에 여진족을 다스리기 위하여 설치했던 지방 행정 구역.

연마하고 밤에는 글을 익혔다.

이때에 평안병사 이괄(李适, 1587~1624)³⁾이 평안북도 영변(寧邊)에 진을 치고 크게 병사를 모았다. 이괄은 안으로는 다른 뜻을 속으로 품고는 겉으로는 북방 오랑캐를 방어한다고 거짓 핑계를 대었다. 그래서 각 고을에 영을 내려 병사를 모으는 한 편, 따로 건강하고 씩씩한 산포수를 여럿 모집하니 이것을 본 낭자가 아버지에게 청하였다.

"아버지께서는 연세가 이미 높으시고 소녀는 이미 장성하였습니다. 아버지를 대신하여 전쟁에 나가겠습니다."

아버지가 처음에는 허락하지 않았으나 낭자가 두세 번이나 고집스럽게 청하여 부득이 승낙하였다. 낭자가 이에 남자의 복장으로 바꿔 이괄의 진영에 이르렀다. 이괄이 낭자의 무예를 시험하여 보니 무예에 대하여 깊고 자세히 통하였으며 익숙함을 보고 크게 기뻐하여 직위를 내려 초장(哨長)⁴⁾으로 삼았다.

오래지 않아 이괄이 반기를 들고 군대를 크게 일으키려 하였다. 장차 3일 안으로 군사를 움직이려하는 것을 낭자가 비로소 이것을 알고는 그날 밤으로 날랜 말을 훔쳐 타고는 200리를 질풍같이 달려가 날이 밝자 안주성(安州城)⁵⁾에 도착하였다.

이때에 정충신(鄭忠信, 1576~1636)⁶⁾이 안주지방의 목사(牧使)⁷⁾였다.

---

3) 본관은 고성(固城). 자 백규(白圭). 무과에 급제하여 태안군수를 역임하고, 1622년(광해군 14) 함경도 병마절도사로 부임하기 직전, 인조반정에 가담, 작전지휘를 맡아 반정을 성공하게 했다. 후금(後金)과의 국경 분쟁이 잦자 평안도 병마절도사 겸 부원수(副元帥)로 영변(寧邊)에 출진, 성책을 쌓고 국경 경비에 힘썼다. 1624년(인조 2) 무능하고 의심 많은 공신들에 대한 적개심이 폭발, 난을 일으켰으나 실패하였다.
4) 초(哨)의 우두머리. 초는 약 백 명을 단위로 하던 군대의 편제.
5) 평안남도 북서쪽에 있는 성.
6) 본관은 금성(錦城). 자 가행(可行). 호 만운(晩雲). 시호 충무(忠武)로 도원수를 지낸 정지(鄭地, 1347~1391)의 후손이라 하는데, 아전과 계집종 사이에서 태어났다고 전해진다. 정충신은 임진왜란 당시 권율장군을 따라 종군하다가, 16세의 나이에 왜군의 포위를 뚫고 의주까지

낭자가 급히 명함을 디밀고는 아뢰기를 청하여 말하였다.

"서관(西關)에 급경(急警)이 있습니다."

정충신이 좌우를 물리치고 불러 보았다. 낭자가 이괄이 군사를 일으킨 거병한 사실을 이야기하니 충신이 크게 놀라 말하였다.

"이 일을 장차 어찌할꼬. 내가 이 적당이 모반할 줄은 미리 생각은 하였지만 지금에 갑자기 준비된 것이 없으니 어떻게 저 창을 당해내겠는가. 성중에 군졸이 겨우 천 명도 되지 못하니 막기가 불가능할 것이다. 혹 자네에게 선후 계책이 있거든 말해 보거라."

낭자가 대답했다.

"이제 적병이 아침저녁이면 반드시 성 밑에 박두할 것입니다. 상공께서 이곳에 있다가는 모두 죽을 뿐이요, 이익이 없습니다. 급히 글을 보내어 조정에 보고하시고 곧 평양으로 달아 나 도원수(都元帥)와 함께 일을 꾀하는 것이 옳을까 합니다."

정충신이 이 말을 따라 즉시 낭자와 함께 평양에 달려가 이르렀다.

이때에 도원수 장만(張晚, 1566~1629)[8]이 평양에 주둔하며 관서지방 병권을 쥐고 있었다. 어떤 이가 이괄의 일을 알고 장 원수(元帥)에게 "충신이

가서 권율장군의 장계를 선조임금에게 올렸다. 이러한 의기를 기려 백사 이항복이 그에게 충신이라는 이름을 지어 주었고 선조임금은 노비에서 면천을 시켜주었다고 한다. 1592년 무과 급제. 1623년(인조 1) 안주목사 겸 방어사가 됐다. 이듬해 이괄의 난 때 전부대장(前部大將)으로 황주(黃州)와 서울 안현(鞍峴)에서 싸워 이겨서 진무공신(振武功臣) 1등에 책록되어 금남군(錦南君)에 봉해지고, 이어 평안도병마절도사 겸 영변대도호부사(寧邊大都護府使)가 됐다. 조선시대 법규상 어머니가 종이면 아들도 종의 신분을 세습 받았다. 철저한 신분제 사회에서 본인의 의지와 노력으로, 천인 노비에서 위인이 된 입지전적인 인물이다.

7) 관찰사의 밑에서 지방의 목(牧)을 다스리던 정삼품 외직 문관. 병권(兵權)도 함께 가졌다.

8) 본관은 인동(仁同). 자 호고(好古). 호 낙서(洛西). 시호 충정(忠定). 1591년 문과 급제하고 이후 함경도관찰사, 지중추부사를 지냈다. 대북(大北)파의 남정을 보고 고향에 은거하다 인조반정(仁祖反正)으로 다시 등용되어 팔도도원수(八道都元帥)로서 원수부(元帥府)를 평양(平壤)에 두고 있다가, 이듬해 이괄(李适)의 난을 진압하여 진무(振武)공신으로 보국숭록대부(輔國崇祿大夫)에 올랐다. 문무를 겸비하고 재략이 뛰어났다.

이괄과는 사귐이 깊으니 적을 따를까 두렵습니다."라고 하니 장 원수가
말하였다.

"저 사람이 비록 이괄과 친하다 할지라도 어찌 임금을 배반하고 적을
따르겠는가. 오늘 내일 사이로 반드시 이곳에 올 것이다."

장만의 말대로 오래지않아 충신이 과연 도착한 것이다.

원수가 종사관(從事官)[9]에게 명하여 충신을 책망하였다.

"안주는 중요한 요충지이다. 마땅히 힘을 다하여 성을 지켜 적이 동쪽
으로 진군하지 못하도록 하는 것이 직책이거늘 멋대로 성을 버리고 이곳
에 왔으니 죄를 면치 못할 것이다."

충신이 대답했다.

"적의 뜻이 급박하기에 반드시 안주를 경유하지 않을 것입니다. 또 안
주를 거친다하더라도 군사 시설이나 장비가 아주 약하여 지켜내지 못합
니다. 다만 죽을 생각으로 원수의 막하에 와서 저들을 막을 수 있는 계략
을 의논하려 한 것입니다."

원수가 이 말을 듣고 충신을 용서하고 계책을 물으려 하였다.

낭자가 틈을 타서 좋은 계교를 내어 충신에게 알려주었다.

"이제 원수가 공을 불러서 반드시 적을 토벌할 계책을 물을 것입니다.
이 말대로 대처하시는 게 좋을 듯 합니다.……."

충신이 그녀의 말을 따라 잘 기억해 두었더니, 잠시 후에 원수가 과연
충신을 군막 안으로 불러 들였다.

四十四. 討國賊娘子從戎, 患金寇婦人料事 (上)

夫娘은 平安道 慈城 女子ㅣ라 其 先은 本 扶餘氏의 後이니 明末에 建

州衛로부터 慈城에 徙居하야 其 父가 牧畜과 狩獵을 業하더니 夫娘이 坕한 騎射의 術에 嫺熟하얏더라 夫娘이 幼時로부터 武事를 談하기를 好하야 每樣 牧場에 往하야 兒童으로 더부러 部伍를 設하고 戰陣의 狀을 作하야 스스로 馬를 跨하고 大將이 되야 樹枝를 折하야 弓矢鎗刀의 器械 等을 爲하야 諸兒를[10] 分與하고 號令이 嚴하며 紀律이 整하야 小規模의 軍隊를 編成하고 每日 此로써 常事를 作하니 父母가 責하되 此는 男子의 事이라 汝의 本分이 아이니 女子로 武藝를 習하야 何에 用코져 하나뇨 娘子가 對하되 父親이 일즉 子가 無하고 오즉 小女가 有할 뿐인대 他日에 萬一 國家에 事가 有하면 小女가 願컨대 父親을 代하야 從軍하려 하나이다 其 父母가 其 言을 奇特히 역여 强止치 아니하얏더니 娘子가 此로 從하야 武藝를 習하는 暇에 書堂에 赴하야 文字를 學하야 晝에는 武를 講하고 夜에는 文을 習하더니 是時에 平安兵使 李适이 寧邊에 鎭하야 大兵을 擁함야 內로 異志를 陰畜하고 外로는 北虜를 防禦한다 假託하고 各郡에 令하야 兵을 募하고 別로히 山砲 健兒를 多數히 募集하니 이에 娘子가 父에게 請하되 父親은 春秋가 旣高하시고 小女는 年이 旣히 長成하얏스니 願컨대 父親을 代하야 從戎하겟노이다 父가 初에는 許치 아니하다가 娘子가 再三 固請함으로 不得已 此를 諾하니 娘이 이에 男子의 服을 變着하고 适의 營에 至하니 适이 娘의 武藝를 試하야 그 精通嫺熟함을 見하고 大喜하야 哨長을 삼앗더니 未幾에 适이 叛旗를 擧하고 軍馬를 大發하야 三日 內에 將次 軍을 行하려 하거늘 娘이 비로소 此를 覺하고 當夜에 駿馬를 盜하야 跨하고 二百里를 疾馳하야 平明에 安州城에 抵[11]하니 時에 鄭忠信[12]이 安州 牧使가 된지라 娘이 急히 刺를 投하야 謁하기를 請하야 曰 西關에 急警이 有하다하니 忠信이 左右를 屛하고 召見하는지라 娘이 李适의 擧兵한 事를 述하니 忠信이 大驚하야 曰 事를 將次 如何히 할고

---

10) 원문에는 '를'로 되어 있다. 문맥으로 보아 '에'로 바로 잡았다.

11) 원문에는 유실되어 있다. 문맥으로 보아 補하였다.

12) 원문에는 '鄭忠臣'으로 되어 있다. 문맥으로 보아 '鄭忠信'으로 바로 잡았다.

我가 此 賊의 叛할 쥴은 料한 바이지마는 今에 倉卒間 軍備가 無하니 엇지
써 其 鋒을 當하리오 城中에 軍卒이 僅히 千人에 不滿한 則 守하기 不能
한지라 願컨대 君은 善後計를 言하라 娘이 對하되 今에 賊兵이 早暮에
반다시 城下에 迫하리니 相公이 此에 在하야는 徒死할 쑨이오 益이 無할
지라 急히 書를 馳하야 朝廷에 上報하고 곳 平壤으로 走하야 都元帥 張晚
이 兵으로써 平壤에 鎭하야 關西에 重鑰을 扼한지라 或이 張元帥다려 謂
하되 忠信이 李适로 더부러 交誼가 厚하니 賊을 從할가 慮하노라 元帥
曰 彼가 비록 彼로 더부러 善하다 할지라도 엇지 君을 背하고 賊을 從하리
오 今明間에 반다시 此에 至하리라 하더니 居無何에 忠信이 果至하얏더
라 元帥가 從事官을 命하야 忠信을 責하되 安州는 重鎭이라 宜히 力을
竭하야 城을 固守하야 賊으로 하야금 東進치 못하게 하는 것이 職責이거
날 擅히 城을 棄하고 此에 來하니 罪를 免치 못할지로다 忠信이 對하되
賊의 意가 疾趨하기에 在한 則 必然 安州로 由치 아니할 것이오 且 安州
로 由한다 할지라도 軍備가 薄弱하야 守함에 足치 못할 것이오 徒히 死할
쑨임으로 元帥 下에 來하야 方畧을 議하려 함이로다 元帥가 이에 忠信을
赦하고 計를 問하려할셰 娘이 間을 乘하야 謀計로써 忠信에게 語하야 曰
今에 元帥가 公을 召하야 必然 討賊할 計를 問하리니 願컨대 此 言에 依
하야 對하소셔 忠信이 從하야 其 言을 牢하얏더니 有頃에 元帥가 果然
忠信을 帳下로 召入하얏더라

44. 낭자가 종군하여 나라 적을 토벌하고 부인이 앞일을 헤아려 금나라가 쳐들어 올 것을 근심함 (중)

이때에 충신이 원수를 들어가 뵈니, 장만이 자리를 함께하고는 계책을 물었다.

"지금 적의 형세가 세차게 일어나 걷잡을 수 없이 퍼져 그 기세가 대단해 성문을 굳게 닫고 지킨다는 것이 어렵소. 그러나 적의 기세가 아무리 날카롭다 하더라도 그 계책을 쓰는 것이 마땅함을 얻지 못한다면 또한 족히 두려워할 것은 아닐 것이오. 지금 적이 어떠한 계책을 쓸지 혹 그대가 미루어 추측할 수 있겠소?"

충신이 부 낭자가 가르쳐 준 것을 잘 기억하고 있어 이 계략에 의지하여 대답했다.

"적이 세 가지 계책을 쓸 것입니다. 적이 만일 정예로운 군대만을 이끌고 한강을 건너 임금이 계신 곳까지 이르면 국가의 존망을 알지 못할 것이니 이것은 상책입니다. 황해도와 평안도에 걸쳐 점거하고는 모문룡(毛文龍, 1576~1629)[1]을 결박하여 좌우 양 날개의 명성과 위세를 아울러 만들면 관군의 힘으로 능히 이것을 막지 못할 것이니 이것이 중책이요, 서울이 텅 비기를 기다렸다가 샛길을 따라 서울로 질풍같이 들어와 빈 성을 차지하고 지킨다면 관군도 어찌 할 수 없으니 이것은 하책입니다.

괄이 비록 용맹하기는 하나 꾀가 없으니 반드시 하책을 쓸 것입니다."

원수가 말하였다.

"좋소이다."

---

1) 중국 명나라의 장군. 조선 광해군 14년(1622) 철산 가도에 진을 치고 우리 조정에 후금을 치도록 강요하여 외교상 큰 지장을 초래하던 중, 명 장수 원숭환(袁崇煥)에게 피살되었다.

얼마 후 적이 과연 샛길을 따라 경성으로 곧장 달려간다는 말을 듣고 부 낭자가 충신에게 권하였다.

"지금 적이 이미 샛길을 따라서 서울로 진격하면, 임금께서는 반드시 남으로 파천(播遷)[2]하실 겁니다. 그렇게 되면 안주는 어떠한 위험도 없게 되니, 장군께서는 스스로 선봉이 되어 저들이 제 자리를 찾기 전에 공격 하면 적을 깨뜨릴 수 있을 것입니다. 대장부로서 공을 세울 수 있는 기회 는 이때입니다. 이 기회를 놓치지 마십시오."

충신이 이 말을 듣고 원수에게 선봉이 되기를 자청하니, 장만이 허락하 여 충신을 선봉대장으로 삼고 남이흥(南以興, 1540~1627)[3]으로 후군장을 임 명하고는 각기 한 무리의 병사를 주어 가기를 재촉하였다.

충신이 드디어 낭자를 참모로 삼고 병사 1500명을 거느리고 적의 뒤를 쳐들어갈 때였다. 황해도 황주(黃州) 신교(新橋)에 이르러 적과 만났다.

적이 비로소 충신이 장만을 좇아서 선봉이 된 것임을 알고 무연히 매우 꺼리는 기색으로 말하였다.

"적을 가볍게 보아서는 안 된다."

그러고는 싸움을 하지 않고 빠르게 지름길로 진격하여 곧 서울에 도착 하였다.

그때에 인조께서는 이미 공주로 파월(播越)[4]하였다. 이괄이 서울에 들 어가 경복궁에 주둔하고 여안군(興安君) 식(湜)을 세워 자리를 참람하게 하 였다. 충신이 경기도 파주(坡州)에 나아가 이르니 마침 장만이 대군을 거

2) 임금이 도성을 떠나 다른 곳으로 피란하던 일.
3) 본관은 의령(宜寧). 자 자호(子豪). 호 성은(城隱). 시호 충장(忠壯). 무과(武科)에 급제하여 이괄의 난 때 도원수 장만의 휘하에서 관군을 이끌고 난을 평정, 연안부사가 되고 진무공신 1등에 책록, 의춘군에 봉해졌다. 평안도 병마절도사로서 영변 부사를 겸임하던 중 1627년 정묘호란 때 안주에 나가 후금군을 맞아 용전하다가 무기가 떨어져 승산이 없자 성에 불을 지르고 뛰어들어 자결하였다.
4) 도성을 떠나 피란함.

느리고 도착하여 여러 장수를 불러서는 계책을 꾸밀 때였다.

충신이 큰 소리로 말하였다.

"적이 경성을 범하고 임금께서는 도성을 떠나 피란하셨으니 우리가 마땅히 나랏일에 죽을 것이오. 승패를 논하지 말고 곧 도성으로 따라가 일전을 치릅시다."

장만이 이를 따라 경성으로 나아가 공격할 때였다.

충신이 낭자의 말에 힘입어 계책을 나아가 말하였다.

"먼저 북산을 점령하는 쪽이 승리할 것입니다. 지금에 안령(鞍嶺, 길마재. 즉 서대문 너머의 무악재)을 점거하여 진을 쳐, 도성을 내려다보고 누른다면 적이 싸우지 않을 수 없을 것이고 적은 쳐다보고 공격해야 하고 우리는 높은 지점에서 아래로 적을 공격하면 적을 반드시 격파할 수 있을 것입니다."

장만이 말하였다.

"좋소!"

충신이 이에 채찍을 휘둘러 질풍같이 갈 때였다.

낭자가 말 탄 군사 몇을 인솔하고 먼저 몰래 안령에 잠입하여 봉화를 올리는 병사를 잡고는 봉화 올리는 것을 전과 다름없이 하였다. 그 사이에 여러 장군이 차례로 도착하여 안령을 점령하고는 진을 쳤다. 그러고는 따로 정예로운 병사 수백을 보내어 상암(裳岩. 인왕산의 치마바위)에 매복하여 창의문(彰義門) 길을 막아버렸다.

다음 날 아침에 적이 비로소 깨닫고 문을 열고 병사를 내보내 두 길로 나누어 산을 포위하고 올라왔다. 그리고 적장 한명련(韓明璉)이 바로 앞진영으로 곧장 돌격해 들어왔다.

이때에 동풍이 급히 불어 적이 이 바람을 타고서 빠르게 공격하니 화살과 탄환이 나는 것이 비 같았다. 관군은 이미 산의 정상에 있었기에 모두 죽기로 싸워 물러날 수 없었다.

바람이 갑자기 휙 돌아 서북풍이 크게 일어나기 시작했다. 적은 바람의 아래에 있어 흙먼지가 얼굴을 때려 눈을 뜨지 못하였다.

관군은 용기백배하여 적진으로 짓쳐 들어갔다.

적장 이양(李穰)이 탄환에 맞아 죽었다.

남이홍이 바라보고는 크게 소리를 질렀다.

"괄이 패한다! 괄이 패해!"

이때에 적군이 크게 무너져 스스로 서로 짓밟으며 바위 계곡으로 떨어져 죽은 자가 수를 헤아릴 수 없었다. 혹 살아남은 잔당들이 마포(麻浦) 방면으로 달아났다. 관군이 승리의 기세를 타서 추격하니 괄이 도망하여 성으로 들어가자 충신이 군대를 거두었다.

밤이 되었다. 적이 몰래 무기를 끌고는 수구문(水口門)5)으로 나와 달아났다. 충신이 유효걸(柳孝傑, 1594~1627)6) 등을 이끌고 추격하여 경안역(慶安驛)7)에 도착하니 적이 풍채와 인망이 무너졌다.

다음날 적장 이수백(李守白, ?~1634)8)이 괄의 목을 베어와 항복하니 적이 모두 평정되었다.

---

5) 광희문(光熙門). 시구문(屍軀門)·수구문(水口門)이라고도 하였으며 서소문(西小門)과 함께 시신(屍身)을 내보내던 문이다.

6) 본관은 진주(晉州), 자는 성백(誠伯). 1618년 무과에 급제. 1623년 황주 목사로 있던 중 백성에 대한 착취가 심하다는 탄핵을 받고 의금부에 투옥되었다가, 1623년 인조반정으로 풀려나와 다시 기용되어, 북변 수비를 위해 장만(張晚)의 휘하에 들어가 별장(別將)으로 종군하였다. 다음해 이괄(李适)이 반란을 일으키자 좌협장(左協將)으로 출전하여, 도성을 향하는 반란군을 추격하여 길마재에서 대파하여, 그 전공으로 진무공신(振武功臣) 2등에 책록되고 진양군(晉陽君)에 봉하여졌다.

7) 지금의 경기도 광주시 경안동.

8) 1606년(선조 39) 경원판관을 역임하였고 1617년(광해군 9)에 포도청종사관으로 있었다. 1624년(인조 2) 이괄이 변을 일으키자 그의 부하로 난에 가담하였다가 기익헌(奇益獻)과 함께 이괄·한명련의 목을 베고는 항복하였다. 이 사실로 죽음을 특별히 면제받았으나 이괄의 난 때 희생당한 청흥군(靑興君) 이중로(李重老)의 아들 문웅(文雄)과, 풍천부사 박영신(朴榮臣)의 아들 지병(之屛)에 의하여 대낮에 서울거리에서 목이 베어 죽임을 당하였다.

四十四. 討國賊娘子從戎, 患金寇婦人料事 (中)

此時에 忠信이 元帥를 入見하니 張晩이 이에 坐를 共히 하고 計를 問하되 今에 賊勢가 猖獗하야 其 鋒을 嬰키 難한지라 그러나 賊이 鋒이 아모리 新銳하다 할지라도 그 用計하는 바가 其 宜를 不得하면 또한 足히 畏할 바ㅣ 아니니 今에 賊이 如何한 計를 用할는지 君이 或 揣度함이 有한고 忠信이 夫娘의 敎하든 바를 旣히 牢記하얏슴으로 此에 依하야 對하되 賊이 三策이 有하니 賊으로 하야금 萬一 精銳의 軍을 提하고 漢江을 渡하야 乘輿를 進逼하면 國家의 存亡을 可知치 못할지니 此는 上策이오 兩西에 跨據하야 毛文龍을 結하야 左右 兩翼의 聲勢를 作하면 官軍의 力으로 能히 此를 防禦치 못할지니 此는 中策이오 都城이 空虛함을 俟하야 間道로 從하야 京師로 疾趨하야 空城을 坐守하면 彼가 能히 爲치 못하리니 此는 下策이라 适이 비록 勇하나 謀가 無하니 반다시 下策에 出하리이다 元帥 曰 善하도다 旣而오 賊이 果然 間道로 從하야 京城으로 直趨함을 聞하고 夫娘이 忠信을 勸하야 曰 今에 賊이 旣히 間道를 從하야 京城을 進逼하면 軍駕는 必然 南으로 播遷하시리니 安州는 何等 危險이 無한지라 願컨대 스사로 先鋒이 되야 그 未定한 時를 乘하야 攻하면 可히 써 彼를 破하리니 大丈夫가 武를 奮하야 攻을 樹함이 正히 此時에 在한지라 機를 失치 아니할 것이니이다 忠信이 大喜하야 이에 元帥의게 先鋒되기를 請하니 張晩이 此를 許하야 忠信으로 先鋒大將을 삼고 南以興으로 後軍將을 拜하야 各히 一 枝兵을 與하야 行하기를 促하거날 忠信이 드대여 娘子를 署하야 叅謀를 爲하야 兵 一千五百을 率하고 賊의 後를 襲할세 黃州新橋에 至하야 賊으로 더부러 遇하니 賊이 비로소 忠信이 張晩을 從하야 先鋒됨을 知하고 憮然히 憚色이 有하야 曰 此는 可히 輕敵치 못할 것이라 하고 鋒을 交치 아니하고 疾馳 徑行하야 곳 京師에 抵하니 時에 仁祖끠셔는 旣히 公州로 播越하신지라 适이 京城에 入하야 景福宮에 屯하고 與安君瑎을 立하야 位를 僭하거늘 忠信이 坡州에 進至하니 맛침 張晩이 大軍을 統하고 繼至하야 諸將을 召하야 事를 計할새 忠信이 大言하야 曰 賊이 京城을 犯하고 君父가 播越하시니 吾輩가 맛당히 國事에 死할

지라 勝敗를 論치 말고 都城으로 趨하야 一戰을 決할 것이라 하니 晩이
此를 從하야 京城을 進攻할새 忠信이 娘子의 言에 依하야 策을 獻하야
曰 먼저 北山에 據하는 者가 勝하리니 今에 鞍嶺을 據하고 陣하야 都城을
俯壓하면 賊이 戰치 아니함을 不得하리니 賊은 仰攻하고 我는 高를 乘하
야 下로 攻하면 賊을 반다시 破하리이다 晩이 曰 善하도다 忠信이 이에
鞭을 揚하야 疾馳할새 娘子가 數騎를 率하고 먼저 潛行하야 嶺에 上하야
烽卒을 獲하야 擧火하기를 前과 如히 하고 諸軍이 此策으로 至하야 嶺을
據하야 陣하고 別로히 精兵 數百을 遣하야 裳岩에게 伏하야 彰義門을 防
하니 明朝에 賊이 비로소 覺하고 門을 開하고 兵을 出하야 兩路에 分하야
山을 包하고 上하더니 賊將 明璉이 前營으로 直迫하는지라 時에 東風이
急함이 賊이 風을 乘하야 疾攻하니 矢丸이 雨와 如한지라 官軍이 旣히
山頂에 處하얏슴으로 모다 死戰不退하더니 風이 忽然 反轉하야 西北風
이 大起함이 賊이 風下에 在하야 塵沙가 面을 撲함이 眼鼻를 開하치 못하
니 官軍은 勇氣가 百倍하야 賊陣에 衝突하니 賊將 李穧[9]은 丸에 中하야
死한지라 南以興이 望見大呼하되 适이 敗한다하니 於是에 賊軍이 大潰
하야 自相 蹂躪하며 岩谷에 墜하야 死한 者가 數를 不計하고 或 殘軍이
麻浦로 走하거늘 官軍이 勝을 乘하야 追擊하니 适이 走하야 城으로 入하
는지라 忠信이 軍을 收하더니 夜에 賊이 暗暗히 兵을 引하고 水口門으로
潛出하야 走하거늘 忠信이 柳孝傑 等을 率하야 慶安驛에 及하니 賊이 風
을 望하고 潰하는지라 明日에 賊將 李守白이 适을 斬하야 來降하니 이에
賊이 悉平하니라

---

9) 원문에는 '季穧'으로 되어 있다. 문맥을 고려하여 '李穧'으로 바로 잡았다.

44. 낭자가 종군하여 나라 적을 토벌하고 부인이 앞일을 헤아려 금나라가 쳐들어 올 것을 근심함 (하)

적을 평정한 후에 여러 장수들이 임금을 맞이하였다.

서울을 되찾은 후에 여러 장수들은 모두 서울에 머물렀는데 충신은 홀로 안주로 돌아가며 말하였다.

"내가 변방 고을의 대장으로 속히 모반한 적을 토벌하지 못하고 임금께서 난리를 피하여 가시게 하였으니 죄가 실로 가볍지 않다. 마땅히 옛 벼슬하던 곳으로 돌아가 명을 기다릴 것이다."

임금이 충신의 공이 큰 것을 아시고 친히 불러 만나 보셨다.

그러고는 상을 두둑이 주시고 일등(一等)의 공훈을 내려 금남군(錦南君)을 봉하시고 평안병사(平安兵使)로 승진시켰다.

충신의 공은 실상 부 낭자가 꾀를 낸 도움을 힘입은 것이었다. 충신이 이에 황금과 비단으로 부 낭자에게 주며 말하였다.

"오늘의 공은 모두가 그대의 덕일세. 이것으로 작은 정성이나마 표하네. 그리고 여기 머물러 나와 함께 모든 것을 함께 하기를 바라네."

부 낭자가 이에 얼굴빛을 바로 잡고는 말하였다.

"공이 벗으로 대해 준 은혜를 생각한다면 마땅히 죽고 사는 것을 명대로 하여야겠습니다만, 부모께선 연로하고 다른 사내가 없습니다. 부모를 공양할 자식이 없기 때문에 어렵사옵니다."

충신이 한결같이 만류하며 말했다.

"지금 나라에 일이 많아 변방에는 근심이 많소. 그대의 재주로써 나라를 지키는 임무를 맡는 것이 좋을 듯 하네. 내가 장차 조정에 추천할 것이니 고향으로 돌아가지 말게나. 양친은 이곳에서 봉양하면 되니 그대는 걱정하지 말게."

낭자가 묵묵히 한참을 있다가 말하였다.

"가르침이 이렇듯 하시니 다시 생각해보겠나이다."

부 낭자가 그날 밤에 틈을 내어 충신에게 말하였다.

"저는 사내가 아니옵니다. 늙으신 아버지께서 능히 종군하지 못하셔서 제가 부친을 대신하여 목란(木蘭)의 행동[1]을 한 것이지요. 다행히 공께서 제 의견을 받아들이셔서 금일에 이르는 것이에요. 멀리 내치지 않으시면 공을 위하여 목숨을 바치겠어요."

충신이 몹시 놀라 감탄하고는 "함께한 지 여러 달 동안 전혀 알지 못하였으니 나는 진실로 보는 눈이 없구나."라고 하였다. 그리고 다음날 여러 장수들을 불러 성대하게 잔치를 열어 즐겼다. 술이 한창 무르익자 충신이 친히 잔을 잡아 부 낭자에게 권하였다. 그러고는 여러 장수들에게 사실을 설명하고는 말하였다.

"오늘은 나에게 길일이오. 여러분들은 비단으로 속히 낭자의 옷차림을 꾸며 혼례를 성대히 치를 수 있도록 힘써주었으면 하오."

여러 장수들이 비로소 부랑이 여자임을 알고는 모두 놀라워하였다.

그 날 밤에 충신이 낭자와 혼례를 행하여 성대하게 혼인잔치를 치른 후에 군막 안에서 운우(雲雨)의 즐거움을 다하였다.

며칠 후에 낭자는 양친을 모셔 군영 안으로 옮겨 살게 하고 효도로 봉양하였다.

인조 임금 5년에 금나라(청국)가 침입해 왔다.

충신이 별장(別將)[2]이 되어 장 원수의 진영에 부임하니 임금이 특별히 명령을 내려 부원수를 제수하였다. 충신이 출발하기에 임하여서 낭자에

---

1) 목란(木蘭)이라는 여인이 늙은 아버지 대신 남장을 하고 그 아버지 이름으로 12년을 종군한 사실을 말하는 것임. 이 목란 이야기는 『고악부 목란사(古樂府 木蘭辭)』에 보인다.
2) 용호영의 종이품. 또는 용호영 이외의 각 영의 정삼품 벼슬.

게 계책을 물으니 대답했다.

"금나라 오랑캐가 비록 쳐들어 왔다 하여도 족히 근심할 것은 아니에
요. 오래지 않아 반드시 화의를 구하고는 물러날 것입니다."

충신이 이 말을 믿지 않았으나, 얼마 안가 과연 평화 약조를 맺고는
물러가 버렸다.

낭자가 일찍이 충신에게 말하였다.

"지금 금나라가 강성하여 천하를 석권할 형세가 있습니다. 조정의 뭇
신하들이 오직 척화(斥和) 논의에 끌려서 오랑캐의 마음을 몹시 거스르면
평화의 약조가 반드시 깨지고 화를 입을 것입니다."

과연 얼마 후 조정에서 김대건(金大乾)을 보내어 금나라와 화의를 끊었다.

충신은 탄식하였다.

"아아! 이것은 화를 재촉하는 방법이거늘."

그러고는 대건을 국경근처에 머무르게 지시하고 급히 체찰사(體察使)[3]
김시양(金時讓, 1581~1643)[4]과 함께 글을 올려 화친을 깨는 것은 되려 화가
될 것임을 힘써 간하였다.

그러나 임금이 크게 노하여 사형에 처하려하다가 전일의 공을 생각하
고 충남 당진(唐津)으로 유배하니 낭자가 또한 따라갔다.

얼마 오래지 아니하여 돌아 와 포도대장과 경상도 우병사를 제수 받았
으나 모두 병으로써 사양하였다.

낭자가 일찍이 조용히 충신에게 말하였다.

---

3) 외적이 침입하거나 내란이 일어난 비상시에 설정하는 임시 직책. 정1품이면 도체찰사(都體察
使), 종1품~정2품 정도면 체찰사에 임명되었다.

4) 본관은 안동. 자 자중(子仲). 호 하담(荷潭). 초명 시언(時言). 시호 충익(忠翼). 1605년(선조
38) 정시문과에 병과로 급제. 전라도 도사(都事)가 되어 향시(鄉試)를 주관할 때 왕의 실정(失
政)을 비유한 시제(詩題)를 출제하였다 하여 종성(鐘城)에 유배되었다. 1623년 인조반정으로
풀려나와 예조좌랑·교리(校理) 등을 지냈다. 이듬해 이괄(李适)의 난 때 도체찰사(都體察使)
이원익(李元翼)의 종사관이 되어 활약하고, 이어 경상도관찰사가 되었다.

"여러 해를 나오지 아니하였으니 이제 머잖아 금나라 병사가 반드시 크게 이를 것입니다. 그런데 조정에서는 전혀 화친하자는 논의를 배척하면서도 방비를 하지 않으니 상공이 다시 벼슬길에 나아가더라도 어쩔 수 없을 것입니다. 또 공이 그때의 일은 보시지를 못할 겝니다."

병자년(1636년) 여름이 되자 충신이 죽었다.

이 해 겨울에 금나라 병사들이 과연 크게 이르니 낭자의 말이 과연 들어맞았다. 낭자가 충신을 위하여 삼년상을 마치자 마침내 머리를 깎고는 중이 되어 묘향산(妙香山)⁵⁾에 들어갔는데, 그 뒤에 어떻게 되었는지는 알 수 없다.

외사씨가 말한다.

기이하구나. 부 낭자의 일이여. 옛날에 당나라 시소(柴紹)의 처⁶⁾는 적을 토벌하였으며 일본 신공황후(神功皇后)⁷⁾는 신라를 정벌하였으니, 이것은 곧 낭자로 종군한 것이다. 그 혁혁한 이름은 모두 역사책에 자세히 기록되었거니와 부 낭자의 일과 같은 것은 더욱 기이함에도 불구하고 정통적인 역사책에는 그 이름이 잃어버리게 되었고 다만 야승(野乘)⁸⁾에만 그 발자취가 보일뿐이니 어찌 애석하지 않겠는가. 우리 조선의 여성 호걸로는

---

5) 평안북도 영변군·희천군과 평안남도 덕천군에 걸쳐 있는 산.

6) 당나라 고종의 딸인 평양공주(平陽公主)이다. 오빠 이세민과 함께 수나라를 건설하는 대업을 이룬 중국의 여걸이다.

7) 신공황후는 소위 '임나일본부설(任那日本府說)'의 중심 인물이다. 이 설은 일본의 '야마토(邪馬臺 또는 大和)' 고대 왕국의 신공황후가 3세기 중엽 신라를 '정벌'하여 신라왕의 항복을 받았으며, 4~6세기에 야마토 왕국이 한반도의 낙동강과 섬진강 사이 6가라(加羅)를 정복하여 임나일본부라는 일종의 총독부를 두고 직할 식민지로 약 200년간 통치했다는 것. 그러나 임나일본부설의 주요 근거사료인 『일본서기』는 8세기 초에 일본왕가를 미화하기 위해 편찬된 책으로서, 원사료 편찬과정에 상당한 조작이 가해졌다. 특히 5세기 이전의 기록은 대체로 신빙성을 인정하기 어렵다.
일제치하 조선 지식인 송순기가 이러한 학설을 그대로 받아들였다는 점이 놀랍다.

8) 조선 중기 선조 때부터 영조 때에 이르기까지 역사학자들의 수필, 만록(漫錄), 야사 따위를 모아 엮은 책. 30권 30책.

응당 부 낭자를 첫 손가락으로 꼽을 것이다.

四十四. 討國賊娘子從戎, 患金寇婦人料事 (下)

賊을 旣平한 後에 諸將이 車駕를 迎하야 舊都로 復한 後에 諸將은 모다
京師에 留하얏는대 忠信은 獨히 安州로 還하야 曰 我가 邊邑의 將臣으로
速히 反賊을 誅치 못하고 乘興로 塵을 蒙케 하얏스니 罪가 實로 輕치 아니
한지라 맛당히 舊任에 還하야 命을 俟하리라 하더니 上이9) 忠信의 功이
大함을 知하시고 親히 引見하사 賞賜를 厚히 하시고 一等 勳을 策하시며
錦南君을 封하시고 平安兵使로 陞하시니 忠信의 功은 其實 夫娘의 贊劃
의 力이러라 忠信이 이에 金帛으로써 夫娘의게 謝하야 曰 今日의 功은
皆君의 所賜이라 此로써 微誠을 表하는 바이며 또 願컨대 幕 中에 留하야
我로 더부러 終始를 共히 하기를 望하노라 夫娘이 이에 愀然하야 曰 公의
知遇의 恩을 思하건대 맛당히 生死를 命대로 하겟스나 다만 父母가 年老
하고 다른 男子가 無하야 供養할 者가 無하오니 此로써 辭하겟노이다 忠
信이 固留하야 曰 今에 軍國에 事가 多하야 邊虞가 溢目하니 君의 才로써
干城에 任에 可居할지라 我가 將次 朝廷에 薦하리니 歸鄕치 말고 兩親은
此處에서 奉養함이 可하니 君은 憂치 말지어다 娘이 默然 良久에 曰 明敎
가 此에 至하시니 更히 熟思하겟노이다 하고 當夜에 間을 乘하야 謂하되
妾이 男子가 아니라 老父가 能히 從戎치 못할 터임으로 이에 親을10) 代하
야 木蘭의 行을 作하얏더니 幸히 公의 收用하심을 蒙하야 今日에 至하얏
스나 遐棄치 아니하시11)면 願컨대 公을 爲하야 效命하겟노이다 忠信이 驚
嘆하되 同居한지 數月에 漠然히 知치 못하얏스니 我는 眞實로 肉眼이로
다 하고 翌日에 諸將을 召하야 盛宴을 設하고 樂할새 酒가 酣함이 忠信이

---

9) 원본에는 '의'로 되어 있다. 문맥으로 보아 '이'로 바로 잡았다.
10) 원본에는 '을'자가 거꾸로 되어 있다. 문맥으로 보아 바로 잡았다.
11) 원본에는 '지'로 되어 있다. 문맥으로 보아 '시'로 바로 잡았다.

親이 酌을 執하야 夫娘을 勸하야 因하야 諸將의게 其 事를 述하며 曰 今
日은 我의 吉日이라 諸君은 錦繡로써 速히 娘子의 粧飾을 爲하야 花燭의
亟辦하라 하니 諸將이 비로소 其 女子임을 知하고 모다 驚嘆함을 不已하
얏더라 當夜에 忠信이 娘으로 더부러 禮를 行하야 成親에 帳中에셔 雲雨
의 樂을 盡하얏더라 數日 後에 娘이 兩親을 陪하야 營下에 移寓하고 孝로
써 奉養하더니 仁祖 五年에 金兵(淸國)이 入寇하거늘 忠信이 別將이 되
야 長元帥 營에 赴하니 上이 特旨로써 副元帥를 拜하셧더라 忠信이 臨發
할 時에 娘의게 計를 問하니 娘이 對하되 金虜가 비록 來할지라도 足히
憂할 바ㅣ 아니니 未久에 반다시 和를 乞하야 退하리이다 忠信이 信치
아니하얏더니 未幾에 果然 和約이 成하야 退하얏더라 娘이 嘗히 忠信에
게 語하되 今에 金虜가 强盛하야 天下를 席捲할 勢가 有하거늘 朝廷이
오즉 滿議에 牽制되야 虜心을 激忤하면 和事가 반다시 敗하야 禍됨이 淺
小치 아니하리라 하더니 밋 朝廷에서 金大乾을 遣하야 金에게 和를 絶함
인 忠信이 嘆하되 此는 禍를 促하는 術이라 하고 大乾을 境 上極에 留言
하고 體察使 金時讓으로 더부러 共히 書를 上하야 絶和의 禍됨을 極言하
니 上이 大怒하사 極典에 置하려 하시다가 前日의 功을 思하시고 唐津에
流配케 하시니 娘이 또한 從하얏다가 未幾에 還하야 捕溢大將과 慶尙道
右兵使를 拜하얏스나 모다 病으로써 辭하얏더라 娘이 일즉 從容히 忠信
에게 語하야 曰 數年을 不出하야 金兵이 반다시 大至할 것이어늘 朝廷이
專혀 斥和만 事하고 防備를 爲치 아니하니 相公이 出脚하실지라도 可能
치 못할 것이오 且 公이 其 時事를 及見치 못하리다 하더니 丙子 夏애
至하야 忠信이 卒하고 是年 冬에 金兵이 果然 大至하야 娘의 言이 果驗하
니라 娘이 忠信을 爲하야 三年喪을 終하고 드대여 髮을 祝하고 尼가 되야
妙香山에 入하야 其 所從을 莫知하니라

外史氏 曰 奇하도다 夫娘의 事여 昔에 唐柴紹의 妻는 賊을 討하얏스며
日本 神功皇后는 新羅를 伐하얏스니 此는 卽 娘子로 從軍함이라 其 赫赫
한 名은 俱히 史籍애 昭錄되얏거니와 夫娘의 事와 如함은 더욱 奇異함애
도 不拘하고 正史에는 其 名이 遺逸되고 다만 野乘에 出하야 其 蹟을 存하

얏슬 쑨이니 엇지 可惜할 바이 아니리오 我 朝鮮의 閨門의 豪傑로는 應當
夫娘으로써 第 一指를 屈할진더

45. 만 리 타향에서 부부가 서로 상봉하고 이십 년 뒤에 아비와 딸이 다시 만나다 (상)*

남원(南原)에 정생(鄭生)이란 사람이 있었다.

그는 젊었을 때부터 퉁소를 잘 불었고 노래도 잘했으며, 또 의기가 호탕해서 사사로운 예절에 얽매이지 않아 호방하고 의협심이 있었다.

같은 고을의 장씨(張氏) 집에는 홍도(紅桃)라는 규수가 있었다. 자색이 뛰어나게 아름답고 덕성이 현숙하였다.

정생이 홍도에게 청혼을 하여 혼인을 하기로 약조가 이루어졌다. 그런데 혼삿날이 다가오자 홍도의 아버지가 갑자기 혼인을 물리자고 하며, "정생이 어릴 때부터 글을 배우지 않고는 오직 노닐며 방탕을 일삼으니 혼인을 할 수 없다."라 하였다.

그러고는 혼인을 거절하는 글을 보내려하니 홍도가 이것을 알고는 크게 놀라 아버지에게 말하였다.

"혼인이란 것은 하늘이 정한 것이에요. 이미 혼인이 정해져 신랑 집에서 사주를 적어 보낸 종이를 받고 또 혼인 날짜까지 정한 마당에 이제 갑자기 이것을 어기면 남들에게 신뢰를 잃을 뿐입니다. 또 소녀는 이미 정씨 집안의 사람이 된 이상에 이를 등 돌리고 다른 곳에 시집간다면 이것은 두 번 혼인하는 것과 다를 것이 없잖아요. 차라리 죽을지언정 이러한 절개를 잃는 행동은 하지 못하겠어요."

그 아버지가 이 말에 감동하여 정생을 받아들여 사위로 삼았다.

여러 해 뒤에 정생이 사내아이를 낳아 이름을 몽석(夢錫)이라 하였다.

---

* 「신한민보」 1918년 8월 1일에 실린 작가미상의 「홍도」와 내용이 비슷하다. 「최척전(崔陟傳)」이라는 소설도 있다.

정유년(丁酉年, 1597년) 왜적의 침입을 당하자 생이 무예가 뛰어나다고 뽑히어 나라를 지키는 군관(軍官)[1]이 되었다. 이때에 명나라 총병(總兵)인 양원(楊元)[2]이 남원을 지키고 있었는데 생이 그 성 중에 배치되었다.

그러자 홍도가 남자 복장으로 갈아입고서는 남편을 따라 함께 부역을 하였으나 군대 안에서 아무도 아는 사람이 없었다.

이때 아들 몽석은 할아버지를 따라서 지리산에 들어가 난을 피하였다.

오래지 않아 남원이 함락되었다.

정생은 총병을 따라서 탈출하였으나 홍도와는 서로 잃어버렸다.

생이 속으로 생각해보니 반드시 명나라 군사를 따라서 간 듯하였다. 그래서 명나라 병사들을 허둥지둥 따라서 절강성(浙江省)으로 들어가 상점이 죽 늘어 서 있는 거리를 구걸하며 홍도를 급히 찾아 다녔다.

하루는 생이 아무개 병사를 따라서 강가에 이르러 배를 달빛 아래에 띄우고는 노닐 때였다. 한 밤중에 생이 마음을 누르기 어려워 이에 퉁소를 꺼내서 「임을 생각하는 노래(思君調)」 한 편을 불었다.

옆의 배에 있던 어떤 사람이 말하였다.

"이 피리 소리는 전에 들은 적이 있던 조선 사람의 곡조와 같구나."

생이 이 말을 듣고 심히 의심스러워 마음속으로 혼잣말을 하였다. '어찌 저 음성이 홍도와 같지? 홍도가 아니라면 어떻게 내 피리 소리를 안담.' 하고는 다시 전에 홍도와 함께 서로 주고받았던 노래를 부르니 그 소리가 너무나 슬프고도 맑아 물새가 모두 놀랄 정도였다.

곡을 마치지 못하여 그 사람이 부르짖어 울며 말하였다.

"이것은 필시 내 남편 정생이요. 어찌 이곳까지 오셨지요."

생이 한 편으론 놀랍고 한 편으로는 기뻐하며 쫓아가고자 하였으나 병

---

1) 조선시대 중앙과 지방의 군사기관에 소속되어 군사관계의 일을 맡아본 무관.
2) 정유재란(7년 전쟁)때 남원성을 지킨 양원(楊元)은 명나라 부총병(副總兵)이었다.

사가 만류하였다.

"저 배는 남쪽 오랑캐의 상선이요. 가면 반드시 해를 당할 것이니 내일 내가 마땅히 당신을 위하여 꾀를 내보리다."

날이 밝자 병사가 은 수십 냥을 꺼내어 상인에게 주고는 간절하게 요구하니 과연 홍도였다. 장생과 홍도가 서로 손을 잡고 우니 배 안의 사람들이 모두 놀랍고 괴이하게 여기지 않는 사람이 없었다. 울음을 멈춘 후에 생이 그간 겪은 일을 물으니 홍도가 울며 말하였다.

"남원이 함락 당했을 때에 왜병에게 사로잡혀 포로가 되어 일본에 들어 갔지요. 일본인들은 제가 남자 복장을 한 것을 보고 여자인줄 알지 못하였답니다. 그래서 남자 노예로 충당하였다가 대만 상선에게 팔아버렸어요. 제가 남자들이 하는 토목이나 건축 따위의 일을 감당하지 못하고 오직 잘하는 것은 배 젓는 일이므로 늘 이 일을 하게 되었답니다. 대만(臺灣)에서 절강(浙江)까지 온 것은 기회를 틈타 고국으로 돌아가려 했던 건데, 천만 뜻밖에도 당신을 이곳에서 만날 줄 어찌 알았겠어요."

그러면서 또 소리 없이 눈물을 흘리면서 슬피 울기를 그치지 못하였다. 정생도 마주 울며 배에서 내렸다.

그들은 임시방편으로 절강에서 살았다.

절강 사람들이 그들의 모양을 불쌍하고 가엾게 여겨 은돈과 쌀, 비단을 주어 가정을 꾸리도록 하였다.

이렇게 산 지 1년 남짓 되어 또 사내아이를 낳았으니 이름은 몽진(夢眞)이라 지었다.

나이 17세가 되자 중국 사람들에게서 혼처를 구하니 사람들이 모두 조선인이라 하여 거절하였으나 오직 한 여자가 몽진에게 시집가기를 원하며 말하였다.

"정유년에 제 아버지께서 왜를 치려 조선에 가셨다가 돌아오지 않았습니다. 제가 조선인에게 시집을 가서 조선으로 간다면 아버지께서 돌아가신 곳을 찾아 그 혼백이라도 불러 제사를 지내기를 원합니다. 다행히 제 아버지께서 돌아가시지 않았다면 마땅히 나라 안을 뒤져 급히 찾아 상봉한 후에 시아버지와 함께 모실 것입니다."

그리고 드디어 몽진에게 시집을 갔다.

四十五. 萬里域夫婦相逢, 廿年後父女重會 (上)

南原地에 鄭生이란 者가 有하니 少時에 吹簫에 工하고 歌唱을 善히 하며 又 意氣가 豪宕하야 小節에 不拘하야 俠客의 氣가 有하더니 同郡張氏 家에 紅桃라는 閨養이 有하야 姿色이 絶美하고 德性이 賢淑한지라 生이 張에게 婚을 求하야 婚約이 旣히 成立하얏는대 及其 吉日이 將迫함이 張이 忽然 辭退하되 鄭生이 幼時로부터 學치 아니하고 오즉 遊俠放蕩을 事하니 可히 結婚치 못할 것이라 하고 將次 絶婚書를 致하려하니 紅桃가 此를 知하고 大驚하야 其 父에게 言하야 曰 婚姻이란 것은 天이 定한 바이라 旣히 其 柱單을 受하고 又 吉日까지 定한 以上에 今에 忽然히 此를 背하면 人에게 信을 失할 뿐 아니라 又 小女는 旣히 鄭家의 人이 된 以上에 此를 背하고 他에 適하면 此는 再婚과 無異할지니 찰아리 死할 지언정 此等 失節의 行은 爲치 아니하겟노이다 其 父가 이에 此 言에 感하야 鄭生을 納하야 婿를 삼엇더니 數年 後에 鄭生이 一男을 得함이 名을 夢錫이라 하얏더라 後에 丁酉兵火의 亂을 值하야 生이 武藝로 被選하야 防守軍官이 되얏더니 時에 明總兵楊元이 南原을 守함[3]이 生이 其 城中에 在하니 紅桃가 男服을 裝하고 夫를 隨하야 共役함이 軍中이 知하는 者가 無하얏더라 其 子夢錫은 祖父를 隨하야 智異山에 入하야 禍를 避하더니 未幾에 南原이 陷落됨이 生은 總兵을 隨하야 得出하얏스나 紅桃와는 相失한지라 生이 自度한즉 必然 明兵을 隨하야 去한듯 함으로 이에 明兵을 踉하야

---

3) 원문에는 '할'로 되어 있다. 문맥을 고려하여 '함'으로 바로 잡았다.

浙江省4)에 轉入하야 市街로 行乞하며 物色으로 紅桃를 遍求하더니 一日
은 生이 某兵士를 隨하야 江上에 至하야 舟을 月下에 泛하고 遊할시 夜半
에 生이 心懷를 抑하기 難하야 이에 洞簫를 出하야 思君調 一를 吹하니
隣船에 人이 有하야 語하되 簫聲이 前日 朝鮮人의 曲調와 如하다 하거날
生이 聞하고 甚訝하야 心에 獨語하야 曰 엇지 그 語音이 紅桃와 如한고
且 紅桃가 아니면 엇지 能히 我의 簫音을 知하리오 하고 更히 前日에 紅桃
로 더부러 相和하던 歌를 唱하니 其 聲이 甚히 嘹亮하야 水이 皆驚하는지
라 曲을 終치 못하야 其 人이 號泣하야 曰 此는 必是 吾夫鄭生이라 엇지
此에 至하얏나냐 하거늘 生이 一驚一喜하야 往追코져하니 兵士가 止하되
彼는 南蠻商船이라 往하면 반다시 害를 遭하리니 明日에 我가 맛당히 君
을 爲하야 計하리라 하고 明에 兵士가 銀 數十兩을 出하야 商人에게 致하
고 懇求하니 果然 紅桃이라 셔로 手를 握하고 哭하니 舟中 人이 모다 驚
異한지 안는 者이 無하얏더라 哭을 止한 後에 生이 其 經歷한 바를 問하니
紅桃가 泣하며 曰 南原이 被陷한 時에 日兵에게 俘虜를 被하야 日本에
入하얏더니 日本人이 男服을 着함을 見하고 女子인줄 不知하야 男奴에
充하얏다가 臺灣商船에 賣하니 무릇 男丁에 事役을 堪能치 못함이 多하
되 오즉 善히 하는 바는 刺船事임으로 每日 此에 從役하얏는대 臺灣으로
브터 浙江에 至한 것은 機를 偸하야 故國으로 還하려함이더니 千萬意外
에 君子 此處에서 邂逅할줄을 엇지 知하얏스리오 하며 又 涕泣하기를 止5)
치 아니하지 鄭生이 또한 對泣하다가 船에 下하야 이에 臨時의 策으로
浙江에 寓居하니 浙江人에 其 情狀을 憐하야 銀錢米帛으로써 助하야 奠
接生活케 하얏더라 居한지 歲餘에 又 一男을 生하니 名은 夢眞이라 年
十七에 人에게 婚을 求하니 人이 모다 朝鮮人이라하야 拒絶하되 오즉 一
女子거 有하야 夢眞에게 嫁하기를 求하며 曰 丁酉의 歲에 我 父가 東征하
러 朝鮮에 往하얏다가 還치 아니하얏스니 我가 願컨대 朝鮮人에게 出嫁

---

4) 원본에는 '淅江省'으로 되어 있다. 문맥을 고려하여 '浙江省'으로 바로 잡았다.
5) 원본에는 '知'로 되어 있다. 문맥을 고려하여 '止'로 바로 잡았다.

허여 朝鮮으로 往하면 父의 死所를 訪하야 魂을 招하야 祭할 것이오 幸히
我 父가 死치 아니하얏스면 맛당히 國內에 遍求하야 相逢한 後에 夢眞의
父와 共事하리라하고 드대여 夢眞에게로 出嫁하얏더라

45. 만 리 타향에서 부부가 서로 상봉하고 이십 년 뒤에 아비와 딸이 다시 만나다 (하)

그 뒤 무오년(戊午年, 1618년) 요하(遼河)의 싸움에 정생이 유(劉) 제독(提督)[1] 군대에 징집되어 청나라를 정벌하는데 종군하였다.

제독이 패하여 오랑캐들이 명나라 병사를 크게 죽여 버렸다. 이렇게 되자 생이 큰 소리로 부르짖었다.

"나는 조선인이오. 잘못 명나라 병사를 따라서 이곳에 온 것이오."

오랑캐 금나라 사람이 죽이지 않고 풀어주고서는 조선으로 보내어 돌아가게 하였다.

생이 이렇게 죽음에서 벗어나 고국으로 돌아올 때, 홍도와 그 아들, 며느리와는 또다시 잃어버린 것이 되었다.

생이 홀로 남원의 고향으로 돌아오다가 도중에서 다리에 종기가 생겨 길을 가지 못하고 충청도 노성군(魯城郡)[2]에 이르렀다. 침술에 능한 명의가 있다고 소리를 듣고서 몸을 끌고는 그 집에 도착하여 찾아보니, 이 사람은 즉 전일 정유재란에 명나라 병사로 종군한 사람이었다.

여러 날을 머물며 각각 다른 땅에서 정처 없이 떠돌던 정황을 이야기하고 그 성명과 살던 곳을 물으니 다른 사람이 아니라 즉 그의 아들 몽진의

---

1) 유정(劉綎, ?~1619)으로 자 성오(省吾). 장시성(江西省) 출생. 무공을 쌓아 쓰촨부총병(四川副總兵)이 되었다. 1592년(선조 25) 임진왜란이 일어나자 이듬해 원병 5천을 이끌고 참전하였다. 1597년 정유재란 때 남원에서 졌다는 소식이 전해지자, 배편으로 강화도를 거쳐 입국하였다. 전세를 확인한 뒤 돌아갔다가, 이듬해 제독한토관병어왜총병관(提督漢土官兵禦倭總兵官)이 되어 대군을 이끌고 와서 도와주었다. 예교(曳橋)에서 왜군에게 패전, 왜군이 철병한 뒤 귀국하였다. 1619년(광해군 11) 조선·명나라 연합군이 후금(後金) 군사와 싸운 부차(富車)싸움 때 전사하였다.
2) 지금의 충청남도 논산군 노성면.

장인이었다. 생은 심히 기이하며 기뻐하고는 이에 그 사람의 딸을 며느리로 들인 사실의 전말을 이야기하였다. 그 사람이 슬픔과 기쁨이 교차하여 생을 잡고 소리죽여 울음 울기를 그치지 못하였다.

생이 그 사람과 함께 남원으로 돌아오니 그의 아버지는 이미 세상을 뜨시고 장자 몽석은 아내를 얻어 아들을 낳았으며 집안 형편도 전과 같았다. 생이 아들과 만나고 또 몽진의 장인과 함께 아침저녁을 함께하니 점점 마음이 풀렸다. 그러나 다만 홍도와 함께 두 번이나 헤어지는 슬픔을 당하였으니, 이때부터 자나 깨나 생각하고 생각함을 그치지 못하여 늘 바람 불고 달뜨는 저녁이면 술을 마시고 피리를 부는 것으로써 스스로를 위로하며 세월을 보냈다.

이때에 홍도는 절강의 시골집에 있었다.

그녀는 남편이 종군한 후에 살았는지 죽었는지를 알지 못하여 밤낮으로 슬픔에 잠겼다.

하루는 패잔병으로 요동에서 온 자가 정생이 죽지 않았음을 말해주었다.

홍도가 생각하기를, '내 남편이 죽지 않았다면 반드시 고국으로 돌아갔으리라.' 하고, 이에 몽진과 그 며느리에게 말하였다.

"나와 네 아버지는 원래 조선인이다. 또 네 아낙은 비록 이 땅 사람이나 며느리의 아버지께서 이미 조선에 가서 돌아오지 아니하니 그 생사를 찾는 것이 마땅할 것이다. 이곳에서 살아가는 것이 옳지 않으니 집을 버리고 조선으로 돌아가는 것만 못하다."

그러고는 집을 팔아 아들, 며느리와 함께 돌아 올 때였다.

각기 남복을 차려입고 중국, 일본, 조선 삼국의 복장을 준비하고 절강에서 바다를 타고 동쪽으로 향하였다. 명나라 사람을 만나면 명나라 사람이라 칭하고 일인을 만나면 일본 사람이라 하여 50여 일 후에 한 섬에 도착하였다. 이곳은 제주(濟州) 가가도(可佳島)[3]였다. 섬에 사람이 없고 식량도 모두 다 떨어져 홍도가 탄식하였다.

"우리가 굶어죽는 것보다 차라리 물에 몸을 던져 눈을 감는 것만 못한 것 같구나."

그러자 며느리가 만류하며 말하였다.

"우리들이 날마다 한 홉의 쌀만 익히면 족히 6일은 견딜 수 있습니다. 그리고 구름과 안개가 은은히 비치는 저곳에 반드시 산이 있을 것이니 밤낮으로 가면 어찌 큰 섬에 닿지 않겠습니까. 이때 가서 닿지 못하면 죽어도 늦지는 않을 것입니다."

홍도가 그 말을 따라 다시 배를 타고는 갔다.

홀연 구풍(颶風)[4]이 크게 일어나 다시 한 섬에 표류하여 도착하였으나 섬 안에는 또 사람이 없었다. 이에 육지에 올라가 어패를 캐서는 구워서 먹고 섬을 샅샅이 뒤져보니 한 곳에 오래된 부뚜막이 있었다. 그리고 솥과 그릇붙이가 있어 간수해 두었던 활과 칼을 꺼내어서는 새와 짐승을 사냥하여 먹고 살아갔다. 그러한 지 여러 날 만에 또 바다에 배를 띄웠으나 망망한 바다 위에서 먹을 것을 얻지 못하여 굶주림이 너무 심하였다.

그때 마침 한 커다란 배가 지나갔다.

이 배는 통제영(統制營) 사수선(斜水船)[5]이었다.

홍도가 크게 소리를 질러 "살려 주시오." 하니 뱃사람들이 심히 가련하게 여겨 홍도의 배를 순시선의 뒤에 매달고 먹을 것을 줘 끓여먹도록 하여 일행은 목숨을 구하게 되었다.

배는 매우 빠르게 달렸다.

---

3) 가가도는 제주도가 아니라 전라도 나주에 속해 있는 섬으로 우리나라의 최서남단 섬으로 목포에서 직선거리로 145km, 뱃길로는 126마일(233km) 가량 떨어져 있다. 일제 때는 '소흑산도'라는 이름으로도 불리었으며 현재는 가거도가 정식 명칭이다.

4) 맹렬한 폭풍. 늦여름 초가을 무렵 중국의 남쪽 해상에서 발생하여 회오리치며 북상하는 폭풍. 태풍(颱風).

5) 순찰하는 배.

하룻만에 순천(順天)6)에 닿아 땅에 올라서니 마치 만 길이나 되는 구덩이 속에서 나와 극락세계로 오르는 것과 같았다. 홍도가 이에 아들과 며느리를 이끌고 남원의 옛집을 찾아가니 남편과 그의 아들 몽석이 모두 있었다.

저쪽과 이쪽 모두 놀랍고 기뻐하며 꿈 속에서 서로 만난 것 같고 몽진의 아내는 또 그녀의 아버지와 만났으니 이것이 실로 천고의 기이한 인연이다.

당초 몽진의 아내는 태어난 지 얼마 되지 않아 아버지와 이별하였는데, 무릇 20년 후에 상봉한 것이었다. 온 집안이 아주 즐거워하여 큰 잔치를 차려서 인근 마을의 사람들을 초대하니 사람마다 그 기이함을 경탄치 않는 자가 없었다. 그 후 정생의 나이 80여세가 되자 조정에서 이 이야기를 듣고 불러 보신 후에 첨지중추(僉知中樞) 벼슬을 내렸다.

四十五. 萬里域夫婦相逢, 卄年後父女重會 (下)

其後 戊午 遼河의 役에 鄭生이 劉提督軍에 募入되야 北征에 從軍하더니 提督이 敗衄함이 胡兵이 明兵을 大殲하니 生이 이에 大呼하되 我는 朝鮮人이라 그릇 明兵을 隨하야 此에 至하얏노라 하니 金人이 釋하야 殺치 아니하고 朝鮮으로 送歸하거늘 生이 이에 脫함을 得하야 故國으로 還할시 紅桃와 밋 其子 其婦와는 更히 相失한지라 生이 獨히 南原 故里로 歸하다가 中途에셔 脚腫이 生하야 能히 行치 못하고 忠淸道 魯城郡에 至하야 鍼術에 能한 名醫가 有하다함을 聞하고 親히 其門에 造하야 訪하니 此는 卽 前日 丁酉의 亂에 明人으로 從軍하든 者이라 數日을 留宿하며 各各 其 異域에셔 流離하든 情況을 述하고 其 姓名과 住地를 詢하니 此는 別個의 人이 아니라 卽 其子 夢眞의 妻父이라 生이 甚히 奇喜7)하야 이에

---

6) 전라남도 동남부에 있는 시이다.
7) 원본에는 '奇喜'로 되어 있다. 문맥을 고려하여 '奇喜'로 바로 잡았다.

其 女를 子婦로 納한 事實의 顚末을 告하니 其 人이 悲喜交集하야 生을
扶하고 涕泣함을 不已하얏더라 生이 其 人으로 더부러 南原으로 同歸하
니 其 父는 旣히 世를 棄하고 長子 夢錫은 妻를 娶하고 子를 生하얏스며
産業도 舊日의 樣子와 如한지라 生이 旣히 子로 더부러 遇하고 又 夢眞의
妻父로 더부러 朝夕 共히 함애 稍히 心懷를 紓하나 다만 紅桃로 더부러
再次 破鏡의 悲를 當함이 此로써 寤寐의 間에 念念함을 不已하야 每樣
風月의 夕에 飮酒와 吹簫로써 自遣하얏더라

　　是時에 紅桃는 浙江村舍에 在하야 其 夫가 從軍한 後에 生死存亡을
知치 못하야 晝夜悲嘆하더니 一日은 敗兵이 遼로부터 至하는 者 有하야
鄭生의 死치 아니함을 言하거늘 紅桃가 思하되 我 夫가 死치 아니하얏스
면 반다시 故國으로 歸하얏스리라 하고 이에 夢眞과 其 婦다려 謂하되
我와 汝 父는 元來 朝鮮人이오 且 婦는 비록 此 士의 人이나 婦의 父가
旣히 朝鮮에 徃하야 歸치 아니하얏스니 其 生死를 探하는 것이 可할지라
此處에서 居生함이 不可하니 家를 撤하야 東歸할만 不如하다하고 이에
家를 鬻하야 其 子 其 婦로 더부러 歸할시 各히 男服을 裝하야 中日 鮮三
國服을 備하고 浙江으로부터 海에 浮하야 東으로 向할시 明人을 遇하면
明人이라 稱하고 日人을 遇하면 日人이라 稱하야 五十餘 日 後에 一 島에
泊하니 此는 濟州可佳島이라 島에 人이 無하고 糧이 쏘한 乏絶한지라 紅
桃가 嘆하되 我 等이 餓死함보다 찰아리 水에 投하야 目靖함만 不如하리
로다 其 夫가 挽止하야 曰 我 們이 每日 一合의 米만 煮하면 足히 六日을
支하니 彼雲霧映한 處에 必然 山이 有할지라 晝夜로 倂行하면 엇지 一
大島를 得치 못하리잇고 此時에 得치 못하거던 死함도 晩치 아니하니이다
紅桃가 其 言을 從하야 更히 船을 縱하야 行하더니 忽然 颶風이 大起하야
一 島에 漂泊 하니 島中에 쏘한 人이 無한지라 이에 陸에 登하야 魚貝를
採하야 煮食하고 島中을 遍搜하니 一 處 古竈가 有하며 又 鍋鐺器皿의
屬이 有한지라 藏置한 弓槍을 出하야 鳥獸를 獵하야 食하고 居한지 數日
에 又 洋中으로 舟行하니 茫茫한 大海上에 食을 得치 못하야 飢餓가 滋甚
한지라 맛참 一 大船이 過하니 此는 統制營鈄水船이라 紅桃가 大呼하야

活命하기를 求하니 船人이 甚히 憫憐하야 이에 紅桃의 乘한 바 船을 其船尾에 繫하고 糧을 與하야 炊케 하니 이에 一行救命함을 得하얏더라 駛行한지 一日에 順天境에 抵하야 陸에 上하니 맛치 萬仞坑塹 中에서 出하야 極樂界에 上함과 如한지라 紅桃가 이에 男과 婦를 携하고 南原舊居를 訪하니 其 夫[8] 及其 子 夢錫이 俱在한지라 彼此가 驚喜하야 夢中에서 相逢함과 如하고 夢眞의 妻는 又 其 父로 더부러 遇하니 此가 實로 千古의 奇緣이라 當初 夢眞의 妻는 生한 지 未 朞하야 其 父를 別하얏는대 무릇 二十 年 後에 相逢함을 得하얏더라 擧家가 歡樂하야 一大慶宴을 設하고 隣里鄕黨을 大會하니 人人마다 其 奇異함을 驚嘆치 안는 者이 無하얏더라 其後 鄭生의 年이 八十餘에 朝廷에서 此를 聞하고 召見한 後에 僉知中樞의 爵을 賜하니라

---

8) 원문에는 '婦'로 되어 있다. 문맥으로 보아 '夫'로 바로 잡았다.

46. 원수를 죽여 옛 주인의 은혜에 보답하고 함정에 빠뜨린 간악한 대신이 화를 만나다

유인숙(柳仁淑, 1485~1545)[1]이 죽은 뒤에 그의 공덕을 칭송하여 붙인 시호는 문정(文貞)이니 명종조(明宗朝)의 어진 재상이었다.

성품이 원래 굳세고 의지가 과감하였으며 말이나 행동이 바르고 점잖아 악한 것 미워하기를 원수 대하듯이 하였다. 마침내 여러 소인들의 모함에 빠져 을사(乙巳)의 옥(獄)[2]이 일어나자 화를 뒤집어쓰고는 여러 아들들과 함께 죽었고 처와 며느리들은 노예가 되었으며 재산은 모두 몰수당하였다.

그 노비와 논밭을 을사사화의 승리자인 공신에게 나누어 줄 때, 간신 정순붕(鄭順朋, 1484~1548)[3]이 으뜸공훈이 되어 유씨 집안의 노비를 가장

---

1) 본관은 진주(晉州), 자는 원명(原明), 호는 정수(靜叟)이다. 1510년 식년문과에 병과로 급제한 후 검열을 거쳐, 1515년 홍문관 부수찬, 전한을 역임하였다. 이때 사림파 박상(朴祥) 등이 단경왕후(端敬王后) 신씨(愼氏)의 복위를 주장하다가 유배되는 사건이 발생하였다. 이 사건은 단순한 신씨 복위문제를 넘어서 신구세력의 대립으로까지 발전하였는데, 유인숙은 사림파를 대표하여 박상 등의 치죄를 적극 반대하였다. 그 뒤 호조 참의가 되었으나 기묘당인(己卯黨人)으로 대간의 탄핵을 계속 받다가, 2년 뒤 신사무옥에 연루되어 기회주의자로 몰려 경주 부윤으로 좌천되었다가 다시 파면되었다. 1537년 다시 서용되어 대사간·형조·호조·이조·공조의 판서 등을 지냈다. 1545년 우찬성에 올랐다가 명종이 즉위하면서 일어난 을사사화 때 윤임(尹任), 유관(柳灌) 등과 함께 종사를 모의하였다는 죄목으로 무장(茂長)으로 귀양가던 도중 진위갈원(振威葛院)에서 사사되었다. 같은 해 9월 계림군(桂林君) 이류(李瑠)의 추대를 모의하였다는 죄목으로 능지처참 되고 아들 네 명도 모두 교살되고 재산은 몰수되었다가 선조 때 신원, 복관되었다.
2) 1545년(명종 즉위) 윤원형(尹元衡) 일파 소윤(小尹)이 윤임(尹任) 일파 대윤(大尹)을 몰아내어 사림이 크게 화를 입은 사건으로 을사사화(乙巳士禍)라 한다.
3) 본관 온양(溫陽). 자 이령(耳齡), 호 성재(省齋)로 헌납 정탁(鄭鐸)의 아들이다. 어려서부터 영특했다고 한다. 1504년(연산군 10) 문과에 급제. 1545년(인종 1) 대사헌을 거쳐 중추부지사로 있을 때 인종이 죽고 명종이 즉위하자 소윤(小尹)으로서 윤원형(尹元衡)·이기(李芑) 등과 함께 윤임(尹任)·유관(柳灌) 등 대윤(大尹)을 제거하는 데 적극 활약, 을사사화의 중심

많이 얻었다. 여러 계집종과 사내종들은 그 주인이 무고하게 죽어 간 것을 보고 처음 유씨 집안에서 정가네로 귀속될 때에 모두 통곡하여 몹시 슬프거나 서러워서 목이 메도록 흐느껴 울지 않는 자가 없었다.

그 중에 한 노비가 있었는데 나이는 겨우 열여섯이었다.

용모가 뛰어나 몹시 아름다웠는데, 이 처녀만이 유독 터럭만큼도 슬픈 기색이 없이 자랑스러운 듯이 스스로 마음에 흡족하게 여기는 얼굴상이었다. 오히려 여러 노비들을 돌아보며 꾸짖기까지 하였다.

"우리들이 옛 주인을 잃은 것은 하늘의 뜻이라. 사람의 힘으로 어찌하기 어려우니 누구를 섬긴들 주인이 아닌가. 이미 정씨에게 딸렸으니 마땅히 성의를 다하여 받드는 것이 좋지, 무엇을 그리 슬퍼한단 말이오."

그리고 이후부터 집 주인을 공손하게 받드는 예절과 일을 하는 제도에 있어 유독 정성을 다하여 부지런히 성심껏 하였다. 순붕이 이를 보고 꼭 믿고는 이 계집종으로 하여금 가깝게 두고 좌우에서 아침저녁을 떠나지 못하게 하였다.

이와 같이 한 지 여러 해가 지났건만 계집종은 성내어 꾸짖거나 매 맞을 만한 조그만 실수도 없었다.

하루는 순붕의 꿈에 귀신이 그 얼굴을 나타내[4] 가위에 눌려 놀라 깬 뒤로는 매일 밤 귀신 때문에 그러한 일이 반복되었다. 그러고는 마침내 병이 되어 일어나지 못하고 오래되지 않아 죽었다.[5]

인물이 되었다. 그 공으로 보익(保翼)공신이 되고 우찬성 겸 경연지사(經筵知事)에 승진, 온양(溫陽)부원군에 봉해졌으며 이 해 다시 우의정에 올랐다. 그러나 1570년(선조 3) 관작이 추탈(追奪)되었고, 임백령(林百齡)·정언각(鄭彦慤)과 함께 을사삼간(乙巳三奸)으로 불렸다. 원문에는 정순명(鄭順明)으로 되어 있어 정순붕(鄭順朋)으로 바로 잡았다.

4) 본문은 연결이 안 되어 문맥을 고려하였다.

5) 일설에는 정순붕이 을사사화의 공로로 유관(柳灌)의 가족들을 적몰하여 자기의 노비로 삼았는데, 그 중 갑이(甲伊)라는 여종이 있어 주인 유관의 원수를 갚기 위하여 염병을 전염시켜 죽게 하였다 한다.

이에 온 집안이 놀랍고 두려워 부인들이 신통한 점쟁이를 불러다가 점을 쳐 보았더니 점쟁이가 말했다.

"요사스러운 것이 베개 밑에 있다."

그래 베개를 보니 과연 그 베개 속에 사람의 뒤통수 한 가운데인 꼭뒤의 뼈가 있는 것이 아닌가. 모두가 유씨 집 계집종의 소행으로 수상쩍게 여겨 막 잡아다가 신문하려 할 때였다.

계집종이 앙연히 썩 앞으로 나서며 말했다.

"이것은 내가 한 짓이다. 나의 옛 주인께서 무슨 죄가 있다고 네 집안의 늙은이가 죄를 얽어 죽였으며 유씨 가문을 멸족시킨 것이냐? 내가 비록 여염집의 천한 노비이나 어찌 원수에게 복종할 이치가 있겠느냐. 내가 옛 주인을 위하여 한 번 죽음으로 보답하려 한 것이다. 그래, 기필코 원수를 갚기 위하여 마음을 썩이고 고통을 참은 지 지금까지 여러 해가 지났다. 다행히 배리(陪吏)[6]를 꾀어 서로 사귀어 친해져 굳게 맺은 정으로 근일에 와서 몰래 죽은 이의 꼭뒤의 뼈를 얻어 베개 속에 넣고는 밤낮으로 늙은 흉적이 죽기를 날마다 축수한 것이다. 하늘이 나의 지극한 정성에 감동하여 이제야 늙은 흉적의 명줄을 끊어 놓았으니 우리 주인의 원수는 이미 갚았다. 내 이제 원수를 갚은 이상 구차히 살기를 구할 사람이 아니니, 죽은들 무슨 한이 있단 말이냐. 속히 나를 죽여라."

그 말하는 기세가 심히 매서웠다.

순붕의 아들들이 드디어 그 아버지의 관 옆에서 종을 쳐 죽이고 그녀의 죽음을 감추고는 이 일이 새나가지 않게 하니 당시에 이 일을 아는 자가 없었다.

그 뒤 순붕의 아들 정작(鄭碏, 1533~1605)[7]이 나이 70을 넘어 창자 죽으

---

6) 지체 높은 양반이 출입할 때 모시고 따라다니던 아전이나 종.

7) 자는 사경(士敬)이며, 호는 고옥(古玉)이요, 수암(守菴) 박지화(朴枝華)의 문인. 형 정렴보다 27년이나 아래다. 정작도 이인(異人)으로 형을 좇아 수련하는 학문을 배워서 36년을 독신으

려할 때, 이에 관하여 사람들에게 일러 말하였다.

"우리 집이 아무 해에 이러이러한 일이 있었다. 지금에 이르기까지 그 사실을 꺼려 사람들에게 말을 하지 않았기에 세상에 아는 사람이 없다. 그러나 내가 평생에 그 의열(義烈)을 가상히 여겨 이 일을 묻어버리기 어렵기에 죽음이 임박하여 비로소 말하는 것이다."

순붕의 둘째 아들 북창(北窓) 정렴(鄭𥖝, 1506~1549)[8]은 몹시 어질어 군자의 모습이 있었다.

을사년 화가 얽매일 때에 울며 그 아버지에게 간하니 그의 아우가 말하였다.

"아버지와 처삼촌[9] 중, 누가 중하기에 이와 같이 어렵사리 간하시는 겁니까.(북창은 즉 유인숙의 조카사위였기에 하는 말이다.)"

북창은 여전히 괴롭게 간하여 말하였다.

"아버지께서 허물이 있는데 간하지 않고 따라 그 잘못을 내친다면 어찌 효도라 말하겠는가."

순붕이 을사사화를 만드니 북창이 적극적으로 벼슬에 나가 일하는 것에 뜻이 없어졌다. 그래 도교와 석가를 믿는 무리에 의탁하여서는 재주를 감추고서 일생을 마쳤다.

로 지내면서 여색을 가까이 하지 않았고, 술을 즐기며 시를 잘 지었으며, 또 의학에 깊어서 신통한 효험이 많았다. 나이 70세에 또한 미병(微病)으로 앉아서 죽었다.

8) 자는 사결(士潔). 북창(北窓)이라는 호로 많이 알려져 있다. 1530년(중종 25) 사마시에 합격하여 관직에 진출하였으며, 현금(玄琴)에도 정통하여 장악원(掌樂院) 주부가 되어 가곡을 지도하기도 하였고, 관상감(觀象監)·혜민서(惠民署) 교수를 겸임하였으며, 뒤에 포천현감(抱川縣監)이 되었으나 오래지 않아 벼슬을 버리고 양주 괘라리(掛蘿里)에 은거하여 세상과는 발을 끊고 연단화후(煉丹火候)하며 여생을 보냈다고 한다. 북창은 아버지 정순붕과의 갈등이 꽤 깊었던 것으로 여겨진다. 정순붕이 을사사화를 일으키려 하자 북창은 울며 만류하였으나 끝내 자신의 뜻이 받아들여지지 않자 30년 후에 반드시 패할 것을 예고했다고 전한다.

9) 북창 정렴은, 유인숙의 형인 유인걸의 사위였다. 따라서 정렴은 유인숙에게는 조카사위였고 유인숙은 처삼촌이다.

외사씨가 말한다.

유씨 집안 노비의 장렬한 의기는 비록 옛날의 충신열사라도 이보다 낫
지는 못할 것이다. 다만 그 일이 무당의 술수로 남을 저주하고 요사스런
주문에 가까운 것이 조금 바른 길에 부끄러울 정도이다. 만일 당당한 방
법으로 원수를 갚아 순붕으로 하여금 자기의 죄를 알고 죽게 하였더라면
그 의열(義烈)이 더욱 세상에 빛날 것이었다. 그러나 순붕에게 어진 아들
이 있어 마침내 유씨 집안의 계집종 이름이 사라지지 않았으니, 충성스런
노비의 혼을 위로할 것이다.

四十六. 報舊主忠婢殺仇, 陷大臣好人遭禍

柳仁淑의 諡은 文貞이니 明宗朝의 賢相이라 性이 元來 剛毅方正하야
惡을 嫉하기를 讎敵과 如히 함으로 맛참내 群少에게 搆陷한 바가 되야
乙巳의 獄이 起함애 禍를 被하고 諸子가 並死하고 妻婦는 孥가 되며 家産
은 모다 籍沒하얏더라 其 奴婢田宅을 功臣에게 分賜할셰 時에 奸臣 鄭順
朋[10]이 元勳이 되야 柳家의 奴婢를 最히 多得하얏는대 諸婢僕 等이 其
主의 無辜枉死람을 見하고 쳐음 柳家로부터 鄭家에 歸할 時에 모다 痛哭
哽咽치 안은 者가 無하얏스되 其中에 一 婢가 有하야 年은 僅히 二八에
姿容이 絶麗한 者가 獨히 一毫 悲痛의 色이 無하고 揚揚히 自得ᄒ는 狀
이 有하야 諸婢를 顧叱하야 曰 吾儕가 舊主를 失한 것은 此가 天이라 人
力으로 奈何키 難하니 何를 事하면 主가 아니리오 旣히 鄭氏에게 歸하얏
슨 즉 맛당히 誠意를 盡하야 奉事함이 可할 것이니 何를 足히 悲함이 有하
리오 하고 此後로부터 供奉의 禮와 執役의 節을 獨히 誠을 殫하야 勤懇히
하니 順朋이 此를 親信하야 이에 婢로 하야금 左右에 昵侍[11]케 하야 朝夕

---

10) 원문에는 '鄭順明'으로 되어 있다. 문맥으로 보아 '鄭順朋'으로 바로 잡았다.(이하 모두 같아
　　생략한다.)

을 離치 못하게 하야 如斯히 한지 數年에 譴怒楚笞의 失이 無하얏더라
一日은 順朋이 夢에 鬼가 其 頭面을 壓하야 驚覺한 後로 每夜에 此 鬼壓
을 遭하야 맛참내 疾을 成하야 起치 못하고 未幾에 死하니 이에 擧家가
慌懼하야 婦人 輩가 神卜을 聘하야 占하니 卜者가 言하되 妖가 枕中에
在하다하거날 이에 其 枕을 見하니 果然 枕中에 人의 顱骨이 有한지라
擧家가 柳家 婢의 所爲인줄 疑하야 將次 鞠問하려할 際에 婢가 昻然히
前進하야 曰 此는 我의 所爲이라 我의 舊主가 何罪가 有하건대 汝家의
老漢이 搆殺하얏스며 柳氏 家를 族滅하얏나뇨 我가 비록 人家의 賤婢이
나 엇지 讎敵을 服事할 理가 有하리오 我가 舊主를 爲하야 一 死로써 報
치 아니치 못할 것임으로 期必코 仇를 報하기 爲하야 心을 腐하고 痛을
含한지 于今 數年이러니 幸히 陪史로 더부러 謀를 通하야 情誼繼綣함으
로 近日에 至하야 暗히 死人의 顱骨을 得하야 枕中에 納하고 日夜로 老賊
의 亡하기를 祝禱하얏더니 星天이 我의 至誠에 感動하사 老賊으로 하야
금 今에 命을 殞케 하얏스니 我主의 讎를 已復한지라 我가 今에 仇를 報한
以上에 苟且히 生하기를 謀하는 者가 아니니 死한들 何恨이 有하리오 速
히 我를 殺하라 하며 辭氣가 甚히 厲하니 其 子弟가 드대여 其 父의 殯側에
셔 婢를 撲殺하고 其 死를 匿하야 맛참내 其 事를 洩치 아니하니 當世에
此를 知하는 者가 無하얏더라

其後 順朋의 子 碏이 年이 七十을 逾하야 將次 簀을 易할셰 이에 人에
게 語하야 曰 吾家가 某年에 如斯如斯한 事가 有한대 于今토록 其 事實을
諱하야 人을 向하야 說道치 아니하얏슴으로 世에 知하는 者가 無하나 余
가 平生에 其 義烈을 嘉尙히 넉여 此를 埋沒하기 難함으로 死에 臨하야
비로소 言한다 하니라

順朋의 二子 北窓은 甚히 賢하야 君子의 風이 有하더니 밋 乙巳 構禍의
時에 泣하며 其 父를 諫하니 其 弟가 謂하되 父와 妻叔이 誰가 重하기에
如斯히 苦諫하나뇨 (北窓은 卽 柳仁淑 姪婿임으로 云함이라) 北窓은 尙

11) 원문에는 '昵侍'로 되어 있다. 문맥으로 보아 '昵侍'로 바로 잡았다.

히 苦諫하며 曰 父가 過가 有하되 諫치 아니하고 從하야 其 非를 遂함이
엇지 孝라 謂하리오 하더니 밋 禍가 作함애 北窓이 進取하기에 意가 無하
야 道釋의 流로써 託하고 韜晦하야 終身하니라

　外史氏 曰 柳家 婢의 義烈은 비록 古의 忠臣烈士라도 此에 過치 못할지
로다 다만 其 事가 巫蠱妖呪에 近한 것이 稍히 正道에 愧함이 有할 것이라
萬一 堂堂한 道로써 仇를 報하야 順朋으로 하야금 罪를 知하고 死하게
하얏더면 其 義烈이 더욱 世에 彰할 것이로다 그러나 順朋으로써 賢子를
有하야 맛참내 柳婢의 名이 煙沒되지 아니하얏스니 可히써 忠婢의 魂을
慰할 것이로다

47. 삼문 밖의 열부 유방을 자르고 대궐에서 원통함을 하소연하다

염열부(廉烈婦)란 자는 경상도 초계군(草溪郡)[1] 상민의 딸이다.

나이 17세에 같은 군의 아무 씨에게 시집을 가 부인이 되었다. 염씨는 얼굴이 뛰어나 미인이라 불리었다.

그 인근 마을에 부잣집인 윤아무개가 있었다. 염씨를 보고 탐내기를 그치지 못하여 몰래 간범하려 하였지만 마땅한 꾀가 없었다. 이에 돈 수천 냥을 그녀의 남편에게 주어 이것을 자본 삼아 서울에 가 사업을 경영하게 하고 또 여러 번 돈과 곡식을 주어 염씨를 먹여 살렸다. 이렇게 되자 염씨 부부가 그 덕에 감동하여 윤아무개 보기를 친족과 같이 하였다.

하루는 윤아무개가 한밤중 사람이 없는 때를 타서는 염씨의 방에 들어가 화합하여 간통을 하려 하였다. 그러나 염씨가 준엄한 말로 항거하니 윤아무개가 폭력으로 겁탈하여 강간을 한 후에 여러 가지로 위협하고 꾀었다.

염씨가 정결하고 때 묻지 않은 몸으로 하루아침에 억세고 난폭한 욕을 입으니 그 애통하고 분함을 이기지 못하여 남편이 돌아 올 때를 기다려 처치하려 하였다. 10여일 후에나 남편이 돌아오자 염씨가 그 일을 이야기하고 처치하기를 청하니 그 남편이 탄식을 하였다.

"슬프구나. 내가 가난하고 곤궁하게 살고 또 형제가 없어 외로워 오직 윤아무개를 신뢰하여 생활을 맡기었더니 어찌 이토록 저버린단 말인가. 또 저 사람은 양반의 세력이 강하니 어찌 처치하겠는가. 차라리 불문에

---

1) 지금의 경상남도 합천군 초계면.

부치는 것만 못하겠소."

이렇게 주저앉은 지 일년 남짓 되자 윤아무개가 염씨를 빼앗아 자기의 소유로 만들려고 하였다. 그래 그녀의 남편을 꾀어 다른 여자를 다시 얻으라 하고 염씨를 양보해 달라 청하였다. 남편이 염씨에게 그 뜻을 말하니 염씨가 죽기를 맹서하고 따르지 않았다. 남편이 그 사실을 말하니 윤아무개가 사람들에게 소문을 퍼뜨려, "내가 염씨와 오래도록 정을 나누어 이제 나를 따르기를 원한다."라고 하였다.

염씨가 이 소문을 듣고 분함을 이기지 못하여 관가에 호소하여 윤아무개와 맞대면하여 잘잘못을 가릴 때였다. 윤아무개는 미리 뇌물을 바쳤기 때문에 관가에서 염씨의 소송은 패하였다. 염씨가 삼문(三門)[2] 밖을 나갈 때였다.

관가 노비 한 사람이 염씨의 젖을 어루만지며 희롱하자 염씨가 곧 자기의 유방을 베어버리고 자살해버렸다.

이 이야기를 듣는 사람들이 모두 너무나 놀라워하였다. 그 남편은 애통하고 분함을 이기지 못하였으나 원통함을 하소연할 곳이 없었다.

하루는 우승(郵丞)[3] 김태(金泰)[4]가 밤에 꿈을 꾸는데 한 여자가 와서 말하였다.

"서울에 가 원통함을 호소할 일이 있으니 말 한 마리와 종 한 사람을 빌려주기를 바라오."

우승이 꿈을 깬 뒤에 너무나 괴이하게 여겼는데, 매일 밤 똑같은 꿈을 꾸었다. 그래 역졸에게 말 한 필을 주어 끌고는 서울에 가게 하였더니 역졸과 말이 갑자기 죽었다가 여러 날 만에 다시 살아났다.

---

2) 관청 앞에 세운 세 문. 정문, 동협문, 서협문을 이른다.
3) 조선 후기에, 각 도의 역말에 관계되는 일을 맡아보던 외직 문관 벼슬. 또는 그 벼슬아치인 '역승(驛丞)'을 달리 이르던 말.
4) 『일사유사』에는 '김천(金泉)'으로 되어 있다.

영조 임금께서 바야흐로 일을 보시려 할 때였다.

완연히 한 여자가 손을 유방을 베어서는 유혈이 낭자하며 임금 앞에 울며 꿇어앉았다. 영조 임금이 크게 놀라 물으시니 동부승지(同副承旨)[5] 아무개가 모시고 섰다가 꾸짖었다.

"어찌 보잘 것 없는 천한 귀신이 감히 추하고 더러움으로써 지극히 존엄하신 임금을 능멸하려 드느냐."

그러나 여자는 물러가지 않고 원통한 마음을 호소하고 깊은 한을 풀어주기를 원하였다.

임금이 이에 곧 경상관찰사(慶尙 觀察使)에게 명하여 그 사실을 조사케 하니 정말 그 말과 같았다. 임금이 곧 윤아무개의 죄를 징벌하시고 그 문에 정려문을 세우시고 그녀의 집을 복원한 후에 다시 비석을 세워 그 일을 기록하게 하였다. 지금 초계군(草溪郡) 약면리(藥面里)에 염열부의 정려문과 비각이 아직도 있다.

이후로부터 윤씨 집에는 요괴가 많아 마침내 멸망함에 이르렀고 마을 안의 부녀자들은 그녀의 절개를 슬퍼하여 매년 새해가 되면 비각에 제사를 지내어 지금까지 없어지지 않았다.

하루는 한 술에 취한 사내가 그 비석을 지나다가 헐고 꾸짖고는 그 비각을 물에 던져 버리고 욕을 해댔다. 그러더니 갑자기 땅에 엎어져서는 중풍든 사람처럼 하다가는 얼마 후에 비로소 소생하여서는 자기의 망령된 행동을 후회하고 잘못을 고쳐서는 자비를 내어 그 비각을 다시 세웠다.

외사씨가 말한다.

옛 선인의 말에 "군자는 괴이한 것을 말하지 않는다(君子는 不言怪)"라고 하였으나 염열부의 일은 정말 기이하다. 염씨가 고을의 아주 천한 상민가

5) 동부승지는 6승지 중에서 최하위 자리로, 승정원의 공전(工典) 담당부서인 공방의 업무를 맡아보았다.

에서 자란 아녀자로서 큰 절개를 알고 만금의 값이 나가는 몸을 버려 욕을 씻었으니 어찌 그 매움이 이와 같은가. 대저 정조라 하는 것은 부인의 생명이다. 그렇지 않으면 생명으로 이것을 바꾸지 못할 것이다. 어떤 사람은 사대부의 딸로 정당한 혼인을 하였는데도 남편과 서로 겨뤄 몸을 움직였다면 이혼소송을 제기하는 자들에게 비하면 어찌 하늘과 땅의 차이가 아니겠는가.

四十七. 三門外義烈婦割, 九重闕冤女訴恨

廉烈夫란 者는 慶尚道 草溪郡 常民의 女이라 年이 十七에 同郡 某氏에게 出嫁하야 婦가 되얏더니 廉氏가 姿色이 有하야 美人의 名을 得하는 터이라 其 同隣에 富豪 尹某가 有하야 此를 見하고 垂涎하기를 不已하야 偸奸하려 하얏스나 其 計가 無한지라 이에 錢 數千 兩으로써 其 夫를 資하야 京師에 往하야 商業을 營케 하며 又 屢屢히 錢으로 廉氏를 饋하니 廉氏의 夫婦가 其 德에 感하야 尹家를 視하기 親族과 如히 하더니 一日은 尹이 夜半無人의 時를 乘하야 廉氏의 房에 入하야 和奸코져 하거날 廉氏가 峻辭로써 拒하니 尹이 이에 暴力으로써 劫奸을 爲한 後에 百般으로 脅誘하고 歸하얏더라 廉氏가 精潔無垢한 身으로 一朝에 强暴의 辱을 被함애 痛憤함을 不勝하야 其 夫의 歸함을 待하야 將次 處置하려 하얏더니 十餘 日 後에 其 夫가 歸한지라 이에 其 事를 道하고 處置하기를 請하니 夫가 嘆하되 噫 l 라 我가 貧寠하고 且 單子하야 오즉 尹을 賴하야 生活을 爲하니 엇지 可히 負하며 且 兩班의 勢力이 强하니 엇지 處置하리오 찰아리 隱忍하야 不問에 付함만 不如하다 하얏더니 居한지 歲餘에 尹이 廉氏를 奪하야 己有를 作코져하야 이에 其 夫를 喩하야 他女를[6] 更娶하고 其 妻로써 讓하기를 請하거날 夫가 廉氏에게 其 意를 語하니 廉氏가 誓死하

---

6) 원문에는 '률'로 되어 있다. 문맥으로 보아 '를'로 바로 잡았다.

고 從치 아니하는지라 夫가 其實로 辭하니 尹이 人에게 宣言하되 我가 廉氏로 더부러 久하도록 情愛가 有하야 今에 我를 從하기를 願한다하니 廉氏가 聞하고 憤함을 勝치 못하야 官에 訴하야 尹으로 더부러 對辨할세 尹은 豫히 賄賂를 行하얏슴으로 官이 廉을 落科에 置한지라 廉氏가 三門 外를 出할세 一 官隸가 廉氏의 乳를 撫하며 戲하거날 廉氏가 곳 乳를 割하고 自死함애 聞하는 者가 다 錯愕하고 其 夫는 痛憤함을 不勝하나 訴寃할 處가 無하얏더라

一日은 金泰郵丞이 夜夢에 一 女子가 來言하되 京師에 訴寃할 事가 有하니 一 馬와 一 僕을 贈[7]하기를 請하노라 郵丞이 覺한 後에 甚이 怪異히 녁엿더니 每夜에 夢이 如斯한지라 이에 郵 卒로 一 馬를 牽하야 京師에 赴케 하얏더니 卒과 馬가 忽然히 俱斃하얏다가 數[8] 日에 更甦하얏더라 此時에 英祖끠셔 바야흐로 事를 麗하실세 宛然히 一 女子가 有하야 手로乳를 斷하야 流血이 淋漓하며 榻前에 泣跪하거날 上이 大驚하야 問하시니 時에 同副承旨 某가 侍하얏다가 叱하되 엇지 公歷한 賤鬼가 敢히 醜汚로써 至尊을 蔑하나냐 함애 女가 尙히 退치 아니하고 寃情을 訴하고 幽恨의 伸雪을 願하거날 上이 이에 곳 慶尙觀察使에게 命하사 事實을 調査케 하시니 果然 其 言과 如한지라 上이 곳 尹의 罪를 懲治케 하시고 其 門에 旌하고 其 家를 復한 後에 更히 碑를 立하야 其 事를 紀케 하시니 今에 草溪郡 藥面里에 廉烈婦의 旌閭碑閣이 尙存하니라 此後로부터 尹氏 家에는 夭怪가 多하야 맛참내 滅亡함에 至하고 里中에 婦女 等은 其 節을 哀하야 每年 歲時에 閣에 祀하야 于今까지 廢하지 아니하니라 一日은 一 醉漢이 有하야 其 閭를 過하다가 毁罵하고 其 碑를[9] 溺하야 辱하얏더니 忽然 地에 仆하야 中風狀을 作하다가 數 食頃 後에 비로소 甦하야 其 妄을 悔하고 更히 資를 出하야 其 閣을 重修하니라

---

7) 원문에는 '僧'으로 되어 있다. 문맥으로 보아 '贈'으로 바로 잡았다.
8) 원문에는 '敦'로 되어 있다. 문맥으로 보아 '數'로 바로 잡았다.
9) 원문에는 '에'로 되어 있다. 문맥으로 보아 '를'로 바로 잡았다.

外史氏 曰 古人에 言에 『君子는 不言怪』라 하얏스나 廉烈婦의 事는 果然 奇異하도다 廉氏가 里巷 常賤家에셔 生長한 婦女로 能히 其 大節의 所在를 知하고 이에 萬金의 軀를 捐하야 辱을 洗하얏스니 엇지 그 烈함이 此와 如하뇨 大抵貞操라 하는 것은 婦人의 生命이라 否ㅣ라 生命으로써 此를 易치 못할 것이라 或은 士夫의 女로 正當히 結婚하얏던 것을 相對하야 動輒離婚訴訟을 提起하는 者 等에게 比하면 엇지 天淵의 相距가 아니리오

48. 칠 년 뒤 옛 인연을 다시 만나고 백 리 땅에 새로운 관직을 제수 받다 (상)

병사(兵使) 우하형(禹夏亨)[1]은 평산(平山) 사람이다.

집안이 몹시 가난하여 호경(呼庚)[2]의 탄식을 면하지 못하였다. 처음에 무과에 올라 관서 방어(關西防禦)의 직책을 맡아 가서는 근근이 한 몸을 지탱하였다.

하루는 강변을 순시할 때였다.

물을 길어가는 한 여인이 있었다.

용모와 자태가 단아하고 고왔으며 행동하는 것이 찬찬하였다.

하형이 불러 그녀의 사는 곳과 나이, 집안과 지체, 문벌 등을 물으니 여자가 대답했다.

"소녀는 이 고을 아무개씨의 계집종이었으나 지금은 몸값을 주고 노비의 신분이 풀리어 양민으로 홀로 살아가고 있지요. 집은 저 숲 속 초목이 무성 한 속에 있는 몇 번째 집이요, 나이는 올해 열아홉인데 아직 시집을 가지는 못하였나이다."

"나는 무관인 우 아무개라하오. 나도 천리 타향의 외로운 몸이요, 그대도 홀로 산다하니 나와 함께 짝을 맺는 것이 어떠하오?"

---

1) 생몰년 미상. 조선 후기의 무신으로 본관은 단양, 자는 회숙(會叔). 아버지는 군수 순필(舜弼)이다. 1710년(숙종 36) 무과에 급제하고 1728년(영조 4) 이인좌(李麟佐)의 난 때 곤양군수(昆陽郡守)로서 진주의 군사를 이끌고 거창에 이르러 선산부사 박필건(朴弼健) 등과 함께 난을 평정하였다. 1733년 황해도절도사, 회령부사 등을 역임하고 64세로 졸하였다.

2) '굶어 죽기 일보 직전에 놓여 있다'는 말이다. 옛날 춘추 시대 때에 군대의 식량이 다 떨어져 원조를 요청하자, 경계(庚癸)라고 부르면 곧바로 응하겠다(呼曰庚癸則諾)고 대답한 고사에서 유래한 것으로, 경(庚)은 서방(西方)으로 곡식을 상징하고 계(癸)는 북방(北方)으로 물을 상징하기 때문에 사용했던 은어(隱語)였다. 『춘추좌전(春秋左傳)』 애공 13년.

여자가 손으로 치마를 말고는 한참을 말끄러미 바라보다가는 허락하였다.

하형이 크게 기뻐하여 첩으로 맞아들여 한 집에서 살기 시작하였다.

하루는 여자가 하형에게 말하였다.

"이미 저를 첩으로 삼으셨는데 장차 무엇으로 의식의 밑천을 삼으려는지요."

하형이 한숨을 쉬며 말했다.

"내가 원래 집안이 가난하고 또 천리나 떨어진 지역에 주머니 사정도 넉넉하지 못하오. 수중에 쓸 만한 물건이 없으니 어찌 자네에게까지 줄 것이 있단 말이오. 다만 자네에게 바라는 것은 때가 낀 것은 깨끗이 빨고 해진 것은 잘 꿰매 입으라 할 뿐이네."

"저도 또한 알고 있는 지 이미 오래되었습니다. 제가 이미 몸을 허락한 이상에는 선달(先達)[3]의 의복 마련은 제가 마땅히 맡을 것이니 염려치 마세요."

"내 이것을 바란 것은 아니오만, 고맙구려."

여자가 그 뒤로 바느질과 옷감을 짜는 것을 부지런히 하여 먹고 입는 것에 부족함이 없었다. 오래지 않아 변경에 파견되어 수자리 사는 기간이 만료되자 하형이 장차 돌아가려 하니 여자가 말하였다.

"선달께서 돌아간 후에 장차 서울에 머무르며 벼슬을 구하려 하시려는지요."

하형이 답하였다.

"내가 빈손이고 또 친지나 벗도 없으니 어찌 객지에서 드는 비용을 변통하여 서울에 머무를 수 있단 말이오. 고향으로 돌아가 조상 무덤 아래에서 늙어 죽을까하오."

---

3) '선달'은 본래 과거(科擧)에 급제(及弟)하였으나 여기선 아직 벼슬하지 않은 사람을 가리킨다.

여자가 만류하며 말하였다.

"제가 선달의 모습과 기상을 보니 결코 초라한 인물이 아니요, 앞길이 양양하여 공명을 얻기가 어렵지 않을 거예요. 당당한 장부로 이미 할 수 있는 기회가 있거늘 어찌 수중의 돈과 재물이 없어 이 때문에 몸을 시골에 묻어두겠습니까. 제가 그 동안에 의식을 마련한 이 외에 따로 저축을 하여 지금 600냥 은을 상자 속에 넣어 두었지요. 이것은 제가 오늘을 위하여 준비해 둔 것이에요. 이제 이것을 모두 드릴 테니 노자를 삼아 말안장과 기타 여러 여행도구들을 준비한 후에 고향으로 돌아가지 마시고 곧 서울에 머물러서 벼슬을 구하세요. 십년을 기한 삼아 한다면 능히 할 방법이 있을 것이에요. 저는 천인이고 또 고독하여 의지할 곳이 없으니 선달을 위하여 절개를 지키기 어렵군요. 몸을 아무 곳에 의탁하였다가 선달께서 이 고을에 원이 되었다는 소식을 알면 마땅히 그 날로 나아가 뵙고 옛 인연을 다시 잇겠어요. 선달께서는 몸 편히 잘 계시기를 바랍니다."

하형이 여자의 곡진한 정에 심히 감명되고 또 많은 재물을 얻어 출세할 밑천이 마련되자 더욱 깊이 행복감을 느꼈다. 그러고는 여자와 눈물을 흘리며 이별을 하였다.

여자는 하형을 보낸 뒤로 읍내에서 홀아비로 살아가는 늙은 아전에게 몸을 의탁하였다. 늙은 아전은 그녀의 용모가 단아하고 아름다우며 인물이 영리함을 보고 분수에 넘치는 것임을 기뻐하며 드디어 배필을 삼아 함께 살았다. 가사 일체를 그녀에게 맡기니 늙은 아전의 집안형편은 자못 먹고 살만하여졌다.

여자가 늙은 아전에게 말하였다.

"이미 저에게 집안일을 일임한 이상에는 금전과 베, 곡식 따위의 셈을 분명히 해야 합니다. 이 앞 사람이 쓰고 남은 돈이 얼마이며, 곡식과 물건은 어떠하며, 베와 비단은 얼마이며, 가구 등 집기는 얼마나 되는지 명백히 문서에 죽 써서는 저에게 주시기 바랍니다. 제가 이것을 보관하려 합니다."

늙은 아전이 말하였다.

"부부 사이에 있으면 쓰고 없으면 다시 힘써 갖추면 될 것인데 무엇을 싫어하며 무슨 의심을 두어 이러한 일을 하려는 게요."

그러나 여자가 따르지 않고 간청하기를 그치지 않으니, 늙은 아전이 부득이하여 그 말에 의거하여 모든 내용을 써서 주었다. 여자가 이것을 상자 속에 잘 넣어 두고 집안 살림살이를 잘 돌보고 다스리기를 부지런히 하니 가세가 점차 부유해졌다.

하루는 늙은 아전에게 청하였다.

"제가 글줄을 거칠게나마 해석하여 서울의 관보(官報)[4] 읽기를 좋아하니 당신께서 매일 관가에서 빌려오는 것이 어떻습니까."

늙은 아전이 그 말대로 해줬다.

하루는 관보에 선전관(宣傳官)[5] 우하형이 부정(副正)[6]에 올라 평안도와 황해도 북부 지방의 풍요로운 고을을 제수 받아 아무 달 아무 날에 부임한다는 자세한 일까지 분명히 기록되어 있었다.

四十八. 七年後舊緣更續, 百里地新官得除 (上)

禹兵使 夏亨은 平山人이라 家勢가 甚히 貧寒하야 呼庚의 嘆을 免치 못하더니 初에 武科에 登하야 關西防禦의 任에 赴하야 僅僅히 一身을 資하더라 一日은 江邊을 巡視할세 一汲水의 女가 有하야 容姿가 端麗하고 擧止가 安詳한지라 夏亨이 招하야 其 住所年齡과 밋 氏族地閥을 間하니 女가 對하되 小女는 本郡 某氏의 婢子로서 今에 贖良하야 獨居하는 中이

---

4) 정부에서 법령, 고시, 서임, 사령, 그 밖의 일반에게 널리 알릴 사항을 발표하는 기관지.
5) 선전관청에 속한 무관 벼슬. 또는 그 벼슬아치. 품계는 정삼품부터 종구품까지 있었다.
6) 종삼품 벼슬.

오 家는 彼林이 蓊鬱한 中에 第幾家이오며 年은 方今 十九에 아즉 嫁치
못하엿나이다 夏亨이 謂하되 我는 武弁의 禹某이어니와 我도 千里他鄕의
單子한 身이오 汝도 쏘한 獨居한다하니 幸히 我로 더부러 作配함이 何如
하뇨 女가 熟視한지 良久에 欣然히 許諾하거날 夏亨이 大喜하야 妾으로
娶하야 同室居生하더니 一日은 女가 夏亨다려 謂하되 旣히 我로써 妾을
爲하엿슨 則 將次何로써 衣食의 資를 爲하리잇가 何亨이 嘆하되 我가 元
來 家가 貧하고 又 千里殊域에 客囊이 裕치 못하니 手中에 長物이 無한
以上에 엇지 汝에게까지 波及할 者가 有하리오 다만 汝에게 望하는 바는
垢한 者를 澣濯하고 弊한 者를 補綴하는 것 쑨이로다 女가 謂하되 妾도
쏘한 知한지 已熟한지라 妾이 旣히 身을 許한 以上에는 先達의 衣資는
妾이 맛당히 自當할 터이니 慮치 마소셔 夏亨이 曰 此는 望할 바가 아니
라 하더니 女가 其後로부터 針線과 紡績[7]에 勤하야 衣服과 飮食에 乏함
이 無하더니 未幾에 赴防의 限이 滿了됨애 夏亨이 將次 還歸하게 되얏는
지라 女가 謂하되 先達이 還歸하신 後에 將次 京城에 留하야 仕를 求하려
하나잇가 夏亨이 答하되 我가 赤手로써 쏘한 親知의 友가 無하니 엇지
客費를 辦하야 京師에 留할 수 잇스리오 將次 鄕으로 歸하야 先山의 下에
셔 老死하려하노라 女가 挽止하야 曰 妾이 先達의 容儀氣象을 見하니 決
코 草草한 人物이 아니라 前途가 洋洋하야 功名을 取하기 不難할지니 堂
堂한 丈夫로 旣히 可爲할 機가 有하거날 엇지 手中의 錢財가 無함으로
因하야 一身을 草野에 埋沒하리잇가 妾이 其間에 衣食을 資한 以外에 別
로히 貯蓄을 爲하야 今에 六百兩 銀子를 筒中에 藏하엿는대 此는 妾이
今日에 爲하야 豫備한 것이라 今에 此를 全數로써 納하오니 此로써 贐을
作하야 鞍馬와 其他 行資를 備하신 後에 幸히 歸鄕치 마시고 곳 京師에
留하야 仕를 求하고셔 十年으로써 限을 爲하면 可히써 能爲할 道가 有하
리이다 妾은 賤人이라 且 孤獨하야 倚할 處가 無하니 先達을 爲하야 節을
守하기 難한지라 身을 某處에 托하얏다가 先達이 本道에 作宰하얏다는

報를 接하면 맛당히 卽日로써 進謁하야 舊緣을 更續하려하나이다 願컨대
先達은 保重하소서 夏亨이 女의 繾綣한 情에 甚히 感銘되고 又 重財를
得하야 出身의 資를 爲함을 得함에 又 甚히 感幸하야 이에 女로 더부러
淚를 揮하고 手를 分하얏더라 女가 夏亨을 送한 後로 邑內 鰥居하는 某老
吏에게 身을 託하니 老吏가 其 容貌의 端麗함과 人物의 怜悧함을 見하고
其 過望임을 喜하야 드대여 配를 作하야 同處하고 家政을 一委하니 其
老吏의 家勢는 頗히 貧窶치 아니한지라 女가 老吏다려 謂하되 旣히 我에
게 家政을 一任한 以上에는 錢帛布의 數를 可히써 明白하게 하지 아니치
못할지니 前人의 用餘한 錢이 幾何이며 物이 幾何이며 布帛이 幾何이며
家具什物이 幾何인지 明白히 文書의 列記하야 我에게 給하기를 願하노
라 我가 將次 保管하려하노라 老吏 曰 夫婦 間에는 有하면 用하고 無하면
更히 辦備할 것이니 何를 嫌하며 何를 疑하야 此等의 事를 爲하려 하나뇨
女가 從치 아니하고 懇請허기를 不已하니 老吏가 이에 不得已 其 言에
依하야 此를 書給하니 女가 此를 笥中에 深藏하고 治産하기에 勤하야 家
勢가 漸次 富饒한지라 一日은 老吏에게 請하되 我가 文字를 粗解하야 洛
中에 官報를 讀하기를 好하니 君은 每日 衙中에서 借來함이 何如하뇨 老
吏가 其 言에 依하얏더니 一日은 官報에 官傳官 禹夏亨이 副正에 陞하야
關西의 腴邑을 得除하고 某月某日에 赴任한다는 事까지 歷歷히 記載되
얏더라

48. 칠 년 뒤 옛 인연을 다시 만나고 백 리 땅에 새로운 관직을 제수 받다 (하)

여자가 늙은 아전을 보고 말했다.

"제가 이곳에 온 것은 오래 머무르려고 한 것이 아닙니다. 잠시 동안 임시로 몸을 의탁하려 했던 것이니 이제부터 당신과는 영원히 이별하겠습니다."

늙은 아전이 놀래서는 그 까닭을 따져 물으니 여자가 이에 사정이 어찌할 수 없었던 이유를 죽 이야기하고 전에 깊이 넣어 두었던 물품목록을 꺼내어 말하였다.

"제가 칠 년 동안 당신의 아내가 되어 집안 재산을 관리하였습니다. 만약 터럭만큼이라도 전보다 빠지는 것이 있으면 떠나는 사람의 마음이 어찌 편안하겠습니까. 지난날에 비하여 가산이 다행히도 서너 배 불어났으니 제 마음에 부끄러움은 없습니다."

그리고 늙은 아전과 작별한 후에 남자의 복장으로 갈아입고 패랭이를 쓰고는 걸어서 하형이 부임한 고을에 도착하니, 하형이 벼슬자리에 나아간 지 겨우 하루를 지난 날이었다.

송사를 하는 백성이라 하고 관가의 뜰로 곧장 들어가 "소장을 낼 일이 있사오니 뜰에 올라 아뢰게 해주십시오."라고 하였다.

태수가 괴이하고 의아하여 처음에는 불허하다가 마침내 허락하니 또 마루에 오르기를 청하니, 태수가 더욱 괴이하여 허락하니 그 사람이 말하였다.

"관아의 주인께서는 혹 소인을 아시겠는지요."

태수가 말하였다.

"내가 새로 부임하였는데 이 고을 사람을 어떻게 알겠는가."

그 사람이 말하였다.

"사또께서 아무 해 아무 곳에서 부방(赴防)¹⁾할 때에 짝을 맺어 함께 살던 사람을 알지 못하십니까."

태수가 한참을 쳐다보다가 크게 놀라 급히 일어나 손을 잡고 방으로 들어가 물었다.

"여인이 어찌 이러한 모습을 하고 왔는가. 내가 부임하든 다음 날 자네가 이곳에 왔으니 실로 세상에 기이한 인연이며 기이한 만남이구려."

그러고는 두 사람 모두 기뻐함을 이기지 못하며 각자 그동안 막혀있던 회포를 풀었다.

이때 하형이 부임하기 전에 또한 아내를 잃었기에 그 여자로 하여금 관아의 안채에 들어가 거하면서 집안을 총괄하게 하였다. 그녀가 본처의 자식들을 어루만져 사랑하여 기르며 비복을 부리는 것이 모두 법도가 있으며 은혜와 위엄이 나란하였다.

그 뒤 하형은 차차 벼슬이 올라 지위가 절도사(節度使)²⁾에 이르렀다가 나이 일흔을 넘겨 타고난 수명을 제대로 다 살고는 생을 마쳤다.³⁾

여자가 예의를 다해 장례를 치를 때 성복(成服)⁴⁾날이 되자 본처의 자식들에게 일러 말하였다.

"돌아가신 영감께서 일개 시골의 무반 출신으로 지위가 아장(亞將)⁵⁾에 이르셨으니 벼슬이 이미 다하셨고 또 연세가 이미 70을 누렸으니 수명도 다하신 것이라. 또 나로 말하면 당초 빈한한 집안 형편으로 한마음으로

---

1) 조선 시대에 다른 지방의 병사가 서북 방면을 방비하기 위하여 근무를 하던 일.
2) 병마절도사와 수군절도사를 통틀어 이르는 말. 우하형은 1773년 황해절도사가 되었다.
3) 우하형은 64세로 졸하였다고 한다.
4) 초상이 나서 처음으로 상복을 입음. 보통 초상난 지 나흘 되는 날부터 입는다.
5) 포도 대장, 용호 별장, 도감 중군, 금위 중군, 어영 중군, 병조 참판 등을 통틀어 일컫던 말.

성실히 노력을 다하여 돌아가신 영감께서 벼슬을 구하는 방책을 도왔지. 다행히도 일이 마음처럼 서로 어긋나지 않고 영감께서 벼슬길에 올라 오늘에 이르렀으니 내 책임도 다한 것이지. 그리고 내가 서울에서 멀리 떨어진 지방의 미천한 신분으로 요행히도 돌아간 영감의 소실이 되어 종신토록 부귀를 누렸으니 나의 영화로움도 또한 다한 것이라. 지금에 죽은들 무슨 한이 있단 말인가. 평일에 영감이 살아계실 때 나로 하여금 가정을 꾸리게 하신 것은 그때에 상주가 너무 어리고 집안 살림 맡을 사람이 없었기에 부득이 이에 나를 내세운 것이오. 이제 상주께서 이미 처를 얻었고 또 이렇듯 장성하였으니 오늘부터 가정을 돌려주겠소."

그러자 본처의 자식과 며느리가 울며 말하였다.

"우리 집안이 오늘까지 오직 서모의 덕으로 가정이 이와 같이 정리된 것입니다. 어찌 나이가 어려 알지 못하는 저희들이 집안을 맡겠습니까."

그러나 여자는 여전히 듣지 않고 이날부터 본처의 자식과 며느리를 안채에 거하게 하고 자기는 한 조그만 방에 살며 말하였다.

"내가 이곳에 한 번 들어 온 이상은 다시 나가지 않겠다."

그러고는 문을 닫아걸고 곡기를 끊은 지 여러 날 만에 죽으니 본처의 자식들이 모두 슬프게 곡을 하며 말하였다.

"우리 서모(庶母)는 보통 사람이 아니라. 우리 집안이 오늘에 이른 것은 모두 서모의 힘이니 어찌 서모로써 대하겠는가."

이렇게 말하고는 초종(初終)[6]을 지난 후에 장례의식은 석 달을 기다렸다 하기로 하고 또 따로 사당을 세워 제사를 지내려 하였다.

이러는 사이에 하형의 장례일이 되었는데 관이 움직이지 않았다. 수십 명이 달라붙어도 옮기지 못하니 여러 사람이 모두 말하기를 "소실을

---

6) 상례의 한 절차로 사람이 병이 위독하여 숨을 거두기 직전부터 죽은 뒤 부고를 내기까지의 절차이다.

잊지 못하셔서 저러한 것이 아닌가?"라고 하였다. 그래서 그녀의 장례를
치러 함께 발인(發靷)[7]을 하니 하형의 관이 곧 움직였다.

지금 평산(平山)[8]의 대로변에 서향으로 장사지낸 것은 하형의 묘요, 그
오른쪽 10보쯤에 동향으로 장사지낸 것은 소실의 묘라고 한다.

四十八. 七年後舊緣更續, 百里地新官得除 (下)

女가 이에 老吏를 對하야 曰 我가 此에 來한 것은 久留의 計가 아니라
暫時 權變의 道를 行함이니 此로 從하야 君으로 더부러 永辭하겟노라 老
吏가 愕然히 其故를 詰하니 女가 이에 其 事情의 奈何치 못할 理由를 述
하고 前日에 深藏하얏던 物品目錄을 出하야 示하야 曰 我가 七年의 間에
人의 妻가 되야 家産을 理하다가 萬若 一毫하도 前者보다 耗損함이 有하
면 去하는 者의 心이 엇지 安하리오 往日에 比하야 家産이 幸히 三四 倍
의 增殖이 有하니 我心이 足히 無愧할지로다 하고 이에 老吏로 作別한
後에 男服으로 改着[9]하고 蔽陽子를 着하고 徒步로 夏亨의 赴任한 郡에
至하니 夏亨이 莅位한지 僅히 一日을 過한지라 訟民으로써 託하고 庭下
에 直入하야 呈訴할 事가 有하오니 願컨대 階에 升하야 白하겟노이다 太
守가 怪訝하야 初에는 不許하다가 終에 許하니 又 廳에 上하기를 請하거
날 太守가 더욱 怪訝하며 許하니 其人이 言하되 官司主끠셔 或 小人을
知하시나잇가 太守 曰 我가 新任한 初에 此 邑의 人을 엇지 써 知하리오
其人이 曰 官司가 某年某地 赴防 時에 作配同處하던 者를 知치 못하시나
잇가 太守가 熟視하다가 大驚하야 急히 起하야 手를 把하고 房으로 入하
야 問하되 汝가 엇지 此 樣子를 作하고 來하얏나뇨 我가 赴任하든 翌日에
汝가 또한 此에 來하얏스니 實로 世에 奇緣이며 事의 奇會이로다 하고

7) 장례를 지내러 가기 위하여 상여 따위가 집에서 떠남. 또는 그런 절차.
8) 황해도 중동부에 있는 곳.
9) 원문에는 '改暗'으로 되어 있다. 문맥으로 보아 '改着'으로 바로 잡았다.

彼此가 共히 欣喜함을 不勝하야 各히 中間의 相阻하얏든 懷를 叙하얏더라 時에 夏亨이 赴任하기 前에 쏘한 耦를 喪하얏슴으로 이에 其 女로 하야금 內衙에 入處케 하야 家政을 總攝케 하니 女가 嫡子를 撫育하며 婢僕을 指使하시를 俱히 法度가 有하며 恩威가 並行하얏더라 其後 夏亨은 次次 陞遷하야 位가 節度使에 至하얏다가 年이 七十을 踰하야 天年으로써 終하니 女가 禮로써 喪을 治할새 成服日에 當하야 其 嫡子다려 謂하되 先令監이 一個 武弁出身으로써 位가 亞將에 至하얏스나 位가 旣히 極하시고 又 年이 稀壽를 享하얏스니 壽도 쏘한 極하신지라 且 我로 말하면 當初 貧窶한 家計로써 一團의 誠力을 殫하야 先令監 求仕의 方을 贊助하얏든 바 幸히 事가 心으로 더부러 相違되지 아니하고 令監의 少室이 되야 終身토록 富貴를 享하얏스니 我의 榮華도 쏘한 極한지라 今에 死한들 何恨이 有하리오 平日에 令監이 在世하실 當時에 我로 하야금 家政을 主케 하신 것은 其 時에 喪主가 幼少하시고 內에 主饋할 人이 無하얏슴으로써 不得已 此에 出하얏거니와 今에 至하야는 喪主끠셔 旣히 室을 娶하시고 又 져럿틋 長成하셧스니 願컨대 今日로부터 家政을 還하노라 嫡子와 밋 嫡婦가 泣하며 曰 我家가 今日까지 오즉 庶母의 德으로써 家政이 如此히 整理되얏스니 엇지 沒覺한 年少夫妻의 能히 主張할 바리오 女는 尙히 聽치 아니하고 此日로부터 嫡子婦를 正堂에 處케 하고 自己는 一隅挾房에 處하야 曰 我가 此에 一入한 後에는 更히 出치 아니[10]한다 하고 因하야 門을 闔하고 絶粒한지 數日에 死하니 嫡子 等이 모다 哀哭하야 曰 我의 庶母는 尋常한 人이 아니라 吾家가 今日에 至한 것은 皆 庶母의 力이니 엇지 庶母로써 待하리오 하고 初終을 經한 後에 葬式은 三月 後를 待하야 行하기로 하고 又 別廟를 立하야 祀하려 하더니 밋 夏亨의 喪期[11]가 至함애 柩가 動치 아니하야 數十 人으로도 能히 遷치 못하니 諸人이 皆 曰하되 小室에게 係戀함이 有하야 然함이 안인가 하고 이에 其 小室의 喪을 治하

---

10) 원본에는 '나'로 되어 있다. 문맥으로 보아 '니'로 바로 잡았다.
11) 원문에는 '襄期'로 되어 있다. 문맥으로 보아 '襄期'로 바로 잡았다.

야 靷을 同發한 즉 夏亨의 柩가 곳 動하니라 今平山 大路邊에 西向으로
葬한 者는 夏亨의 墓이오 其 右 十步의 地에 東向으로 葬한 것은 小室의
墓라 云하나니라

49. 귀신같이 길흉을 점치니 인간의 운명을 도망가기 어렵구나

윤필상(尹弼商, 1427~1504)은[1] 성종조의 상국(相國)이었다.

일찍이 북경에 가서 점을 잘 치는 자를 방문하여 운명을 점쳐보니 한평생 길흉이 서로 꼭 들어맞았다.

다만 마지막 구절 "해가 삼림(三林)의 아래에서 떨어지니 일지춘(一枝春)을 영원히 이별하네(日落三林下 永別一枝春)"이라는 말뜻만 풀어내지 못하였다. 그 후 연산 임금 갑자사화 때(1504년)였다. 지난 성종시절 연산군의 생모인 윤비(尹妃)를 폐위시킬 때 참여한 일로 인하여 전라남도 진도(珍島)에 유배되었다.

어느 날 저녁에 인근 사람이 주인집에게 김매는 데 손을 빌려 달라고 청하며 공(公)에게 말하기를 "내일 아침 상림(上林)으로 와서 만나세나."라고 하여 공이 주인에게 물었다.

"어디를 상림이라 하는가."

주인이 대답했다.

"이곳에서 한 5리 쯤 가면 상림, 중림, 하림의 지명이 있지요."

공이 이에 '삼림'의 말뜻을 비로소 깨닫고 탄식하기를 그치지 못하였다. 그때 마침 자질구레한 일을 맡은 기생이 곁에서 머리를 빗고 있었다. 그래 이름을 물어보니 기생이 "일지춘(一枝春)이에요."라고 대답하였다.

공이 지붕을 쳐다보고 멍하니 즐겁지 않더니, 이날 사약을 내리는 명이

---

1) 본관은 파평(坡平). 자는 양좌(陽佐). 이시애의 난이 평정되자 공신에 책록되었으며, 중국 명나라 건주위 야인(野人)들의 정세를 탐지, 보고하여 성종 10년(1479) 우의정으로서 이를 토벌하였다. 뒤에 영의정에 올랐고 기로소에 들어갔으며, 갑자사화 때 연산군 생모의 폐위를 막지 못하였다 하여 진도에 유배되어 사약을 받았다.

있었다. 그 후 증손자 윤부(尹釜, 1510~1560)[2]가 또한 북경에 가 운명을 점쳐보니 마지막 구가 "두 개의 관리 도장을 차고 백운산 속에서 죽는다(官雙印綬 魂斷白雲中)"고 했는데 그 뜻을 풀이하지 못하였다.

훗날 부가 강원감사로 부임하며 병사(兵使)[3]의 직을 겸하였으니, 과연 두 개의 관리 도장을 찬 것이었다. 부는 오래지 않아 감영에서 죽었는데 감영은 곧 강원도 원주(原州) 백운산(白雲山)의 북쪽에 있었다.

조위(曺偉, 1454~1503)의 호는 매계(梅溪)이니 김종직(金宗直, 1431~1492)[4] 선생의 처남이었다.

성종께서 일찍이 종직이 지은 글을 모아 책을 엮으라고 하였는데, 공이 조의제문(弔義帝文)[5]을 수록하였다. 연산 임금 무오(戊午, 1495년)에 유자광

---

2) 자(字)는 자기(子器), 시호(諡號)는 청백리(淸白吏). 부(父)는 윤승홍(尹承弘)이고 증조부가 윤필상이다. 22세 때 사마시에 합격하고 28세에 급제하여 벼슬이 참판에 이르렀으며, 50세까지 살았다.

3) '병마 절도사'의 줄임말.

4) 본관은 선산(善山, 일선 一善), 자는 계온(季)·효관(孝盥), 호는 점필재(佔畢齋), 시호는 문충(文忠)이다. 경남 밀양에서 태어났다. 1453년(단종1) 진사가 되고 1459년(세조5) 식년문과에 정과로 급제, 이듬해 사가독서(賜暇讀書)를 했으며, 정자(正字)·교리(校理)·감찰(監察)·경상도병마평사(慶尙道兵馬評事)를 지냈다. 성종의 특별한 총애를 받아 자기 문인들을 관직에 많이 등용시켰으므로 훈구파(勳舊派)와 반목과 대립이 심하였다. 그가 생전에 지은 조의제문(弔義帝文)을 사관(史官)인 김일손이 사초(史草)에 적어 넣은 것이 원인이 되어 무오사화(戊午士禍)가 일어났다. 이미 죽은 그는 부관참시(剖棺斬屍)를 당하였으며, 그의 문집이 모두 소각되는 비운을 맞이하였다.

5) 조선 성종 때 세조의 왕위찬탈을 풍자해 김종직(金宗直)이 지은 글. 김종직이 1457년(세조3)에 밀성(密城)에서 경산(京山)으로 가는 길에 답계역(踏溪驛)에서 자다가 꿈에 의제(초나라 회왕)를 만났는데 여기에서 깨달은 바가 있어 조문(弔文)을 지었다고 한다. 단종을 죽인 세조를 의제를 죽인 항우(項羽)에 비유해 세조를 은근히 비난한 내용으로 되어 있다. 이 글은 김종직의 제자 김일손(金馹孫)이 사관(史官)으로 있을 때 사초(史草)에 기록해 "김종직이 「조의제문」을 지어 충분을 은연중 나타냈다."고 하였다. 또 사관 권경유(權京裕)·권오복(權五福)은 김종직의 전을 지어 사초에 싣고 "김종직이 「조의제문」을 지어 충의(忠義)를 분발하니 보는 사람이 모두 눈물을 흘렸다."라고 하였다. 1498년(연산군 4) 『성종실록』을 편찬할 때 당상관 이극돈(李克墩)이 김일손이 기초한 사초에 삽입된 김종직의 「조의제문」이라는 글이 세조의 찬위를 헐뜯은 것이라고 하여 총재관(總裁官) 어세겸(魚世謙)에게 고하였다. 그러나 어세겸이 별다른 반응이 없자 이를 유자광(柳子光)에게 고하였다. 유자광은 김종직

(柳子光, 1439~1512)⁶⁾이 이 조의제문으로 모함하여 죄가 되었다. 공이 이때에 하정사(賀正使)⁷⁾로 북경에 갔다.

연산이 명하여 "국경을 넘어 오거든 즉시 베라." 하였다.

공의 일행이 사신의 일을 마치고 돌아 올 때 요동에 이르러 이 소식을 들었다. 공의 아우인 조신(曺伸, 1450~1521경)⁸⁾이 점쟁이 정원결(鄭源潔)에게 길흉을 물으니 원결이 한 마디도 하지 않고 다만 두 구의 시를 써 주었다.

과 사감이 있었고, 이극돈은 김일손과 사이가 좋지 못하였다. 유자광은 이 사실을 세조의 총신(寵臣)이었던 노사신(盧思愼)에게 고해 그와 함께 왕에게 아뢰어 "김종직이 세조를 헐뜯은 것은 대역무도(大逆無道)"라고 주장하였다. 연산군이 유자광에게 김일손 등을 추국하게 하여 많은 유신들이 죽임을 당하고 김종직은 부관참시된 무오사화의 원인이 되었던 글이 「조의제문」이다.

6) 본관은 영광(靈光), 자는 우복(于復)으로 부윤 유규(柳規)의 서자이다. 갑사(甲士)로서 건춘문(建春門)을 지키다가 세조 13년(1467) 길주의 호족 이시애(李施愛)가 반란을 일으키자 자원하여 종군하고 돌아와서 세조의 총애를 받아 병조 정랑이 되었다. 1468년 병조 정랑으로 온양별시 문과에 갑과로 급제하였으며, 예종이 즉위하자 남이(南怡)·강순(康純) 등이 모반한다고 무고하여 익대공신(翊戴功臣) 1등으로 책정되고 무녕군(武寧君)에 봉해졌다. 천성이 음험하면서 재능이 있어 자기보다 더 임금의 총애를 받는 이가 있으면 모함하기를 일삼았다. 연산군 4년(1498) 연산군이 사림(士林)을 싫어함을 기화로 『성종실록(成宗實錄)』을 편찬할 때 김일손의 사초(史草) 가운데 '조의제문(弔義帝文)'이 있음을 트집 잡아 연산군을 충동하여 그를 추국케 하였다. 또한 김종직의 문집에 실려 있는 '조의제문(弔義帝文)'을 추관(推官)들에게 보이고 '이것은 세조를 가리켜 지은 것인데, 김일손의 악한 것은 모두 김종직이 가르쳐 만든 것이다'라고 말하고, 스스로 주석을 달아 연산군에게 설명하고 김종직이 세조를 비방하고 헐뜯으니 그가 지은 글은 모두 없애야 한다고 건의하자 연산군이 이를 받아들였다. 이것이 연산군 4년(1498)에 사초 사건과 관련하여 김종직 문하의 사림파를 탄압한 무오사화(戊午士禍)이다. 이 일로 유자광은 권세의 정상에 올라 숭록대부(崇祿大夫)가 되었다. 연산군 12년(1506) 9월에 대왕대비의 명으로 연산군을 폐하자 이듬해 대간·홍문관·예문관의 거듭되는 탄핵으로 훈작을 삭탈당하고 관동으로 유배되었으며, 다시 경상도의 변군으로 이배되었다가 눈이 먼 뒤 몇 해만에 비참하게 죽었다.

7) 해마다 정월 초하룻날 새해를 축하하러 중국으로 가던 사신. 동지와 정월이 가까이 있으므로 동지사(冬至使)가 정조사를 겸하였다.

8) 자는 숙분(叔奮). 호는 적암(適庵). 문장과 어학에 능하여 사역원정(司譯院正)으로 발탁되었고, 『이륜행실도』를 편찬하였다. 저서에 『적암시집』, 『소문쇄록』 따위가 있다.

천 층이나 되는 풍랑 속에서 몸을 돌려 빠져 나오고　千層浪裏翻身出

모름지기 바위 아래에서 사흘 밤을 지새운다　　　也須岩下宿三宵

공이 말하였다.

"첫 구는 화를 면할 듯한데, 아래 구절의 뜻은 풀기가 어렵구나."

그러고 공이 압록강(鴨綠江)에 도착하자 금오랑(金吾郎)[9]이 강가에 와서 기다리고 있었다. 공이 바라보고는 놀라 얼굴빛이 달라져 마주 보고는 오열을 하였다.

강을 건너가 들으니 대신 이극균(李克均, 1437~1504)[10]이 힘써 구하여 다행히도 사형을 면하고 다만 잡혀 죄를 문초 당한 뒤에 평안남도 순천군(順天郡, 順川郡이라고도 함)으로 유배가게 되었다고 하였다. 공이 유배지에 갔다가 그 뒤에 병으로 이승을 달리하여 경상북도 금산(金山, 지금의 금천군) 고향땅에 반장(返葬)[11]하였다.

갑자사화에 전 죄를 추가하여 기록하고는 부관참시(剖棺斬屍)[12]를 당하였고 묘 앞 바위 아래에서 사흘을 함부로 두니 귀신같은 점괘를 비로소 깨닫고는 탄식하고 한탄하기를 그치지 않았다.

김안로(金安老, 1481~1537)[13]가 어렸을 때에 중국의 점쟁이에게 운명을

---

9) 의금부에 속한 도사(都事)를 이르던 말.

10) 자는 방형(邦衡). 훈구대신으로 김종직의 조의제문을 유자광에게 알려 무오사화의 원인을 제공했던 이극돈(李克墩, 1435~1503)의 아우이다. 성종 3년(1472) 동지중추부사로 사은부사(謝恩副使)가 되어 명나라에 다녀왔다. 연산군 10년(1504)에 좌의정에 이르렀으나, 갑자사화로 인동(仁同)에 귀양 가서 사사(賜死)되었다.

11) 객지에서 죽은 사람을 그가 살던 곳이나 그의 고향으로 옮겨서 장사를 지냄.

12) 무덤을 파고 관을 꺼내어 시체를 베거나 목을 잘라 거리에 내거는 형벌.

13) 본관은 연안(延安). 자 이숙(頤叔). 호 희락당(希樂堂)·용천(龍泉)·퇴재(退齋). 1506년(중종 1) 별시문과(別試文科)에 갑과로 급제한 뒤, 사가독서(賜暇讀書)를 하고 대사간을 지냈다. 1519년 기묘사화 때는 조광조(趙光祖) 등과 함께 유배되었다. 1522년에 부제학(副提學)이 되고, 1524년에는 대사헌을 거쳐 이조판서가 되었다. 아들 희(禧)가 효혜공주(孝惠公主)와 혼인한 뒤부터 권력 남용이 잦았다. 정적(政敵)에 대해서는 종친(宗親)·공경(公卿)이라 할지라도 이를 축출하여 살해하는 등 무서운 공포정치를 한 끝에, 문정왕후(文定王后)의 폐위를

점쳤는데 점쟁이가 이런 글을 써 주었다.

"극히 부귀하나 다만 갈(葛)에서 죽는다(極富極貴 但死于葛)"

그 뒤에 안로가 과연 국권을 장악하여 부귀가 높아 빛났으나 '갈에서 죽는다'는 뜻을 깨닫지 못하였더니, 그 뒤 중종(中宗) 16년 정유년(丁酉年, 1537년)에 문정왕후(文定王后, 1501~1565)[14]를 도모한 죄로 사헌부(司憲府)와 사간원(司諫院)에서 죄과를 논하여 유배지로 갈 때 진위갈원(振威葛院)[15]에 도착하여 사약을 받아 그곳에서 죽었다.

홍계관은 명종 때 사람이다.

점을 잘 치기로 유명하였는데 일찍이 그 운명을 계산해 보니 아무 해, 아무 달, 아무 날에 뜻밖의 사고를 당하여 제명대로 살지 못하고 죽을 운수였다. 죽음에서 목숨을 구할 방책을 찾아보니 임금이 정무를 볼 때 앉던 용상(龍床) 아래에 숨으면 면할 수 있었다. 이 뜻을 임금에게 말씀드렸더니 상이 특별히 허락하였다.

그 날이 되자 홍계관이 용상 아래에 숨어 엎드려 있는데, 쥐 한 마리가 마루를 지나갔다. 그러자 임금이 물으셨다.

"지금 쥐가 지나가는데 몇 마리이냐? 너는 점쳐 보아라."

계관이 대답하였다.

"세 마리이옵니다."

상이 황당한 말에 놀라서 즉시 형벌을 담당하는 관리에게 죄인을 압송

도모하다가 중종의 밀령을 받은 윤안임(尹安任)과 대사헌 양연(梁淵)에 의해 체포되어 유배, 이어 사사(賜死)되었다. 허항(許沆)·채무택(蔡無擇)과 함께 정유삼흉(丁酉三凶)으로 일컬어진다. 저서에 『용천담적기(龍泉談寂記)』가 있다.

14) 본관은 파평(坡平)이며, 아버지는 영돈녕부사(領敦寧府事) 윤지임(尹之任)이다. 조선 중종의 계비로서, 중종 12년(1517) 왕비에 책봉되었으며, 명종의 모친이다. 1545년 명종이 12세의 나이로 왕위에 오르자 8년간 수렴청정을 하였는데, 이 동안 동생인 윤원형(尹元衡)을 신임하여 소윤(小尹) 일파에게 정권이 돌아갔다.

15) 진위는 현재 경기 평택시 북동부의 지명이며 갈원은 현재의 경기 송탄시 이충동 부근.

하라고 명령하여 목을 베라고 하였다.

이때 죄인을 참수하는 사형장이 당고개[16] 남사강가에 있었다.

계관이 형장에 도착하여 한 괘를 다시 짚어 보고 형을 집행하는 관리에게 간절하게 말하였다. 지금부터 한 식경만 법의 집행을 지연하면 내가 살 도리가 있으니 조금만 기다려 주기를 바라오.

형관이 이를 허락하였다.

상이 계관을 압송한 후에 사람들을 시켜서 그 쥐를 잡아 배를 갈라보니 두 마리의 새끼가 들어 있는 것이었다. 상이 놀랍고 기이하여 내시에게 명하여 급히 형장으로 말을 달려가서 사형을 멈추도록 하였다. 내시가 급히 달려가 당고개 마루에 올라서 바라보니 막 형을 집행하려고 하였다.

이에 큰 소리로 멈추라고 하였으나 소리가 미치지 못하였다. 그래 손을 휘저으며 멈추라는 뜻을 보내었다.

형을 집행하는 사람이 도리어 명령을 재촉하는 소리인지 잘못 착각하고 목을 베어버렸다. 내시가 이러한 사정을 돌아와서 아뢰니 상이 "아차차!" 하고 탄식을 그치지 못하였다. 그러고는 형장을 당고개로 옮기게 하시니 그때 사람들이 당고개를 바꾸어 아차고개(呀嗟峴)라 하였다.

四十九. 神卜豫算吉凶機, 人間命數難可逃

尹弼商[17]은 成宗朝의 相臣이라 일즉 北京에 赴하야 善卜하는 者를 訪하야 命을 推하니 一生吉凶이 相符치 아니함이 無하되 다만 末句에 『日落三林下, 永別一枝春』이라는 語義를 觧치 못하얏더니 其後 燕山甲子에 成宗朝 廢妃 當時에 僉議한 事로 因하야 珍島에 流配되얏더니 一夕에

---

16) 원본에는 당현(堂峴)으로 되어있다. 지금의 서울 용산구 원효로 2가 만초천(蔓草川)변의 옛 이름.

17) 원본에는 '尹弼相'으로 되어 있다. 문맥으로 보아 '尹弼商'으로 바로 잡았다.

隣人이 主家의 耘手를 倩하며 曰 明朝에 上林으로 來會하라 하거늘 公이 主人다려 問하되 何를 上林이라하느뇨 主人이 對하되 此를 距하기 五里 許에 上林 中林 下林의 地名이 有하니이다 公이 이에 三林의 語를 始悟하고 嗟嘆不已할 際에 맛참 差備 妓가 傍에 在하야 頭를 梳하거늘 公이 其 名을 問하니 妓가 一枝春이라 對하거늘 公이 屋을 仰하고 憮然히 樂치 아니하더니 是日에 賜死의 命이 下하니라 其後 曾孫 釜가 쪼한 北京에 赴하야 推卜하니 末句에 云하되 『官雙印綬, 魂斷白雲中』이라함이 其 意 를 解치 못하얏더니 其後에 釜가 江原監司로 赴任하야 兵使의 職을 兼하 야 果然 兩印을 佩하고 未幾에 監營에서 沒하니 監營은 卽 原州 白雲山 北에 在하니라

曹偉[18]의 號는 梅溪이니 金宗直 先生의 妻弟라 成宗끠셔 일즉 宗直의 所著한 文을 纂集하라하심이 公이 弔義帝文을 首錄하얏더니 燕山朝 戊 午에 柳子光[19]이 此로써 謀陷하야 罪가 成立된자라 公이 時에 賀正使로 北京에 赴하얏더니 燕山이 命하야 越江하거던 즉 斬하라 하얏는대 公의 一行의 使事를 畢하고 還할세 遼東에 至하야 此를 聞하고 公의 弟伸이 卜者 鄭源潔에게 吉凶을 就問하니 源潔이 一言을 出하지 아니하고 다만 二句의 詩를 書付하야 曰『千層浪裏翻身出, 也須岩下宿三宵』라 하얏거 늘 公이 謂하되 初句는 禍를 免할 듯하나 下句의 義는 解하기 難하다 하고 鴨綠江[20]에 行到함이 金吾郞[21]이 江邊에 來候하거늘 公이 望見失色하고 相對嗚咽하더니 江을 渡하야 聞한 즉 大臣 李克均의 力救를 因하야 幸히 死刑을 免하고 다만 拿推하야 順天郡에 流配하게 되얏다 한지라 公이 配 所에 往하얏다가 其後에 病으로 卒하야 金山 故鄕에 返葬하얏더니 甲子 士禍에 前罪를 追錄하야 剖棺斬屍를 爲하고 墓前 岩下에 三日을 暴置하 니 伸이 占辭를 始悟하고 嗟嘆不已하니라

---

18) 원문에는 '曺偉'로 되어 있다. 문맥으로 보아 '曹偉'로 바로 잡았다.
19) 원문에는 '獨에 卿子光'으로 되어 있다. 문맥으로 보아 '柳子光'으로 바로 잡았다.
20) 원문에는 '鴨綾江'으로 되어 있다. 문맥으로 보아 '鴨綠江'으로 바로 잡았다.
21) 원문에는 '金五郞'으로 되어 있다. 문맥으로 보아 '金吾郞'으로 바로 잡았다.

金安老가 少時에 中國 卜者에게 命을 推하니 卜者가 書與하되『極富極貴하나 但死于葛이라』하얏더니 其後에 安老가 果然 國權을 掌握하야 富貴가 軒赫하얏스나 死葛의 意를 曉치 못하더니 其後 中宗朝 丁酉에 國母謀廢한 罪로 兩司의 論劾을 被하야 配所로 向할시 振威葛院에 行到하야 賜死의 命을 奉하고 其 地에서 因死하니라

洪繼寬은 明宗朝 人이라 神卜으로써 有名하더니 일즉 其 命을 算한 즉 某年月日에 非命橫死의 數이라 死中求生의 計를 推한 則 龍床 下에 匿하면 可免할 道가 有함으로 此 意를 上聞하얏더니 上이 特許하심으로 其 日을 當하야 龍床 下에 隱伏하얏더니 맛참 一鼠가 軒前에 過하거늘 上이 問하시되 今에 過하니 幾首이녀 汝는 試卜하라 繼寬이 對하되 三首로소이다 上이 그 妄言함을 怒하사 卽時 刑官에 押付하야 斬에 處케 하시니 是時에 罪人의 刑場이 堂峴南沙江邊에 在한지라 繼寬이 刑場에 到하야 一卦를 更算하고 刑官에게 懇告하되 今으로부터 一食頃만 遲延하면 可生할 道가 有하리니 小待함을 請하노라함이 刑官이 此를 許하얏더라 上이 繼寬을 押送한 後에 人으로 하야금 其를 捕하야 腹을 剖視한 則 兩雛가 入하얏는지라 上이 驚異하사 中使를 命하야 急히 現場에 馳往하야 行刑을 停止케 하시니 中使가 疾行하야 堂峴 上에 至하야 望見한 則 將次行刑하려 하거늘 이에 大喝停止케함이 聲이 及치 못하는지라 이에 手를 揮하야 停刑의 意를 示하니 刑官이 此를 見하고 反히 促令인줄 誤認하고 斬하얏더라 中使가 其由를 歸奏한대 上이 呀嗟不已하시고 드대여 刑場을 堂峴으로 移케 하시니 時人이 堂峴을 改稱하야 呀嗟峴이라 하니라

50. 실절한 부인이 전 남편을 위하여 수절하고 시집안 간 여인이 짝사랑하다 죽은 사람을 위해 시집가지 않다

영동(嶺東)에 한 평민 부부가 서울의 아무개 부자 친척집에 얹혀서는 고용살이를 하였다. 하루는 주인집 아이가 『사기(史記)』[1]를 읽을 때였다. "충신은 두 임금을 섬기지 아니하고 열녀는 두 지아비를 섬기지 않는다(忠臣不事二君, 烈女不更二夫)"라는 글귀에 이르러 글방선생이 그 뜻을 해석하였다. 여자가 마침 수탉을 안고는 왔다가 글방선생에게 말하였다.

"방금 그 글 뜻을 다시 자세히 가르쳐 주시면 고맙겠어요."

그래 선생이 자세히 설명하였더니 여자가 나가서 그 남편에게 말하였다.

"내가 오늘에야 비로소 사람답게 살아가는 방법을 알았어요. 지금 이후부터 그대와 이별하겠어요."

그때 그녀는 남편이 죽은 뒤 다른 이에게 개가한 여인이었는데, 현재 어린아이도 있는 터였다. 그래 남편이 이 말을 듣고 너무 놀라 그 까닭을 물으니 여자가 대답했다.

"내가 전에 당신을 따를 때에는 다시 시집가는 것이 모두 그러한 것인 줄 알았답니다. 그런데 오늘 '두 지아비를 섬기지 않는다'라는 말을 들었으니 지금부터 마땅히 몸을 깨끗이 스스로를 지켜 죽은 남편을 따를 것입니다. 당신의 아들은 어려 나를 떠나기 어려울 겁니다. 몇 해를 기다렸다 데려가면 이것으로 족히 당신에게 은혜갚음이 될 것입니다."

남편이 화가 나서 그것이 불가하다고 책망하였으나 여자는 끝내 듣지 않았다. 그래서 혹 때려도 보고 혹 백방으로 달래도 보았으나 말을 굳게

---

1) 한나라 사마 천이 황제로부터 무제까지의 역대 왕조의 사적을 기전체로 적어, 전한 초 때 완성해 130권으로 펴낸 역사책.

지켜 거두지 않고는 아예 주인집 안으로 들어가 숨어 버렸다. 이후로는 출입할 때 반드시 길을 피하니 그 차갑기가 물과 같았다.

남편도 어찌할 수 없어 포기하니 여자는 종신토록 그 전 남편을 위하여 수절을 하였다고 한다.

어떤 칭찬 하는 자가 말하였다.

"이 부인이 처음에 절개를 버리고 다시 남편을 얻은 것은 알지 못해서였기 때문이요, 뒤에 이를 안 뒤 후회하고는 현 남편을 버리고 전 남편을 위하여 절개를 지켰으니 이것은 보통 절부보다 더욱 열녀라고 할 수 있다."

서울에 분을 파는 할미(賣粉嫗)라는 사람이 있었다.

어렸을 때에 자색이 있어 동리의 한 소년이 정을 주니 여자가 말하였다.

"유장천혈(踰牆穿穴)[2]을 하지 못하겠어요. 부모가 계시니 만일 나를 버리고 싶지 않거든 나의 부모에게 정식으로 구혼하세요. 부모가 허락하면 일이 화합해질 것이에요."

소년이 이 말을 듣고 물러나와 매파를 보내었더니 그녀의 부모가 받아들이지 않았다. 소년이 이 뒤로 생각하면 답답하고 슬퍼 오래지 않아 죽어버렸다. 여인이 이 이야기를 듣고는 울면서 말하였다.

"내가 저 사람을 죽인 것이야. 내가 비록 저에게 몸을 허락하지는 않았지만 이미 마음을 주었으니 죽었다 하여 어찌 마음을 바꾸리오. 저 사람이 나를 사모하여 죽었거늘. 이것을 저버리면 개, 돼지만도 못해."

그러고는 시집을 가지 않겠다고 속으로 맹서하고는 분을 파는 것을 생업으로 삼아 늙어 죽을 때까지 시집을 가지 않았다.

황진(黃眞)은 개성 황진사의 서녀(庶女)이니 송도삼절(松都三色)[3]의 하나

---

2) 담에 구멍을 뚫는다는 뜻으로, 재물이나 여자를 탐내어 남의 집에 몰래 들어감을 이르는 말.

이다.[4] 진이의 어미인 진현금(陳玄琴)이 병부교(兵部橋) 아래에서 물을 마시고서 갑자기 느낌이 있더니 황진을 임신하였다. 아이를 낳았는데 방안에 이상한 향기가 나더니 여러 날을 흩어지지 않았다. 황진이 성장함에 외모가 빼어나게 아름답고, 서책에 능통하였다.

나이 열 예닐곱 살 때 이웃에 한 소년이 살았는데, 황진을 엿보고는 기뻐 사모하여 사사로이 정을 통하고자 하였다. 그러나 이루지 못하고 결국 이로 인해 병이 되어 죽었는데 발인할 때 관이 황진의 집 문에 이르자 말이 슬피 울며 나아가질 않았다.

이보다 앞서 그 소년의 병이 위중하였을 때, 황진에 대한 이야기를 들어 알고 있었다. 그래서 사람을 시켜 황진에게 간청하여 그녀에게 저고리를 얻어 관을 덮은 연후에야 말이 갔다. 황진이 크게 느껴 마음 아파하여 다른 사람에게 시집을 가지 않고 창기가 되어 나라 안의 이름 난 산과 경치 좋은 곳을 두루 돌아 다녔다. 그러고는 누대와 산수, 슬픔과 기쁨이 성하고 쇠함의 틈에 의기가 북받쳐 원통하고 슬프면 시가를 지어 불렀는데 그 시가 세상에 많이 전해 내려온다.

그 뒤 임종할 때에 집 사람들에게 부탁하였다.

"내가 천하남자를 위하여 스스로를 사랑치 못하고는 몸을 이 지경에 빠뜨렸다. 내가 죽은 뒤에 이부자리와 관을 갖추지 말고 시체를 옛 동문 밖 백사장에 버려서 땅강아지, 개미, 까마귀, 솔개가 내 육신을 파먹게 하여 천하 여자들로 하여금 나로써 경계하게 하라."

그때 한 사내가 황진의 시신을 거두어 묻어 주었다.

지금 장단(長湍)[5] 우물고개 남쪽에 황진의 묘가 있다.

---

3) 송도(개성)의 서경덕(徐敬德)·황진이(黃眞伊)·박연폭포(朴淵瀑布)를 일컫는 말.
4) 김택영(金澤榮, 1850~1927)의 「황진전(黃眞傳)」과 유사하다.
5) 경기도 장단군.

五十. 失節婦爲夫守節, 未嫁女爲人不嫁

嶺東에 一 常民의 夫妻가 京城 某貴戚家에 寄傭하더니 一日은 主家의 兒가 史記를 讀할세 『忠臣不事二君, 烈女不更二夫』라는 文句에 至하야 塾師가 其 義를 解釋하니 女가 맛참 長卓을 奉하고 來하얏다가 塾師다려 告하되 今에 書意를 願컨대 更히 詳敎하소서 師가 委細히 說明하얏더니 女가 出하야 其 夫다려 謂하되 我가 今日에 비로소 爲人의 方을 知하얏스니 願컨대 此로써 從하야 君을 辭하겟노라 大盖 其 女는 夫가 死한 後에 人에게 改嫁한 者이오 現에 乳兒가 有한 터이라 夫가 此 言을 聞하고 愕然히 其 故를 語하니 女가 對하되 我가 昔者君을 從할 時에는 오즉 改適함이 常事인줄 知하얏더니 今日에 『不更二夫』라는 言을 聞하얏스니 今으로 從하야 맛당히 潔身自守하야 亡夫를 追報하리라 君의 子는 幼하야 我의 懷를 移키 難하니 數年을 待하야 取去하면 此로써 足히 君을 酬함이로다 夫가 怒하야 其 不可함을 責하얏스나 聽치 아니하고 或 毆打[6]도 하며 或 百方으로 誘說하얏스나 堅辭로써 不回하고 主家內室로 走匿하야 此 後로 出入에 반다시 路를 避하야 其 冷이 水와 如하니 夫가 쏘한 不得已 此를 棄함이 女는 終身토록 其 前夫를 爲하야 節을 守하얏다 云하니라 讚[7]하는 者가 有하야 曰 此 婦가 初에 失節한 것은 其 未學함으로 因함이오 後에 此를 知한 後에 悔하야 現夫를 棄하고 前夫를 爲하야 追報하니 此는 並通節婦보다 더욱 烈한 者라 하니라

京城에 賣粉嫗라는 者가 有하니 少時에 姿色이 有하야 同隣의 一 少年이 情을 挑하니 婦가 謝하되 蹂墻穿穴을 可爲치 못할지라 父母가 在하니 萬一 我를 捨치 아니하거든 我의 父母에게 求하라 父母가 許하면 事가 可히 諧하리라 少年이 이에 退하야 媒를 送하얏더니 其 父母가 聽치 아니하든지라 少年이 此後로 思念悒하야 未幾에 疾로써 卒하니 女가 聞하고 泣하야 曰 我가 彼를 殺하얏도다 我가 비록 彼에게 沾身하지는 아니하얏

---

6) 원문에는 '歐打'으로 되어 있다. 문맥을 고려하여 '毆打'로 바꿨다.

7) 원문에는 '贊'으로 되어 있다. 문맥을 고려하여 '讚'으로 바꿨다.

스나 我가 旣히 心許하얏스니 彼가 死하얏슬지라도 엇지 心을 改하리오 大抵人이 我를 慕하야 死하얏거늘 此를 負하면 狗彘만 不如하다하고 이에 不嫁하기로 自誓하고 賣粉으로 業을 爲하야 老死함에 至하도록 改치 아니하니라 黃眞은 開城 黃進士의 庶女이니 松都三色의 一이라 其 母陳玄琴이 水를 兵部橋下에셔 飮하다가 忽然 感이 有하야 眞을 孕하얏더니 밋 分娩함이 室 中에 異香이 有하야 數日을 散치 아니하얏더라 眞娘이 旣長함이 姿色이 絶美하고 書史를 博通하얏는대 年이 十六七의 同隣의 一 少年이 有하야 娘을 窺하고 悅慕하야 私交코져 하얏스나 果치 못한지라 드대여 此로 緣하야 病을 成하야 死하니라 柩가 發하야 眞娘의 門前에 到함이 馬가 悲鳴하며 行치 아니하니 先是에 其 少年이 病重할 時에 其家가 頗히 其 事를 聞하얏슴으로 이에 人으로 하야금 眞에게 懇請하야 其 襦를 得하야 柩 上에 覆 한 後에 馬가 乃行하니 眞娘이 大히 感傷하야 이에 人에게 出嫁치 아니하고 娼이 되야 國內名山勝地를 徧歷하고 樓臺山水悲歡盛衰의 際에 慷慨한 詩歌로써 發하야 其 詩가 世에 多傳하니라 其後 臨終의 時에 家人에게 囑하야 曰 我가 天下男子를 爲하야 能히 自愛치 못하다가 身을 陷하야 此에 至하얏스니 我가 死한 後에 衾棺을 俱치 말고 屍를 古東門 外沙水가 交하는 處에 하야 螻蟻鳥鳶으로 我肉을 食케하야 天下女子로 하야금 我로써 戒를 作하라 하니라 當時에 一 男子가 有하야 眞娘의 屍를 收하야 瘞하얏는대 今長湍井峴南에 黃眞墓가 有하니라

51. 재앙의 기미를 안 재주있는 여인 일을 꾸미고 나랏일을 꾀한 현명한 부인의 책략

허부인(許夫人)은 충정공(忠貞公) 종(琮)[1]의 누이요, 감찰(監察)인 고암(孤庵) 신영석(申永錫)의 부인이다.

부인이 경사(經史)에 널리 통하며 사물의 이치에 숙달하고 사물을 볼 줄 아는 능력이 있어 일을 헤아리는 것이 귀신같았다.

충정공 형제가 조정에 들어간 지 40여년에 국가에 큰 논의가 있으면 반드시 그 누이에게 먼저 물었다.

성종께서 즉위하시고 후궁 윤씨가 원자(연산)를 낳으니 이에 윤씨를 임금의 명으로 왕후를 삼았다. 윤씨가 총애를 믿고서 여러 비(妃)와 빈(嬪)을 투기하고 임금 앞에서 불손한 행동을 하였다. 임금이 크게 노하여 윤씨를 왕후에서 폐하시고 또 장차 사약을 내려 죽이려 여러 대신들을 불러 궁궐에서 회의를 할 때였다.

임금의 위엄이 심히 무겁기에 감히 간하는 자가 없었다.

이때에 허종은 지의금(知義禁)[2]이고 그 아우 허침(許琛, 1444~1505)[3]은 형

---

1) 허종(許琮, 1434~1494)의 자는 종경, 종지. 호는 상우당. 호조판서를 거쳐 우찬성, 이조판서 등을 지내고 양천부원군에 진봉되었다. 성종 때 청백리에 녹선되었고, 시호는 충정공이다.

2) 지의금부사(知義禁府事). 조선시대 의금부에 설치한 정2품 관직. 1414년(태종 14) 의용순금 사(義勇巡禁司)를 의금부로 격상, 개편하면서 둔 정2품 제조(提調)를 뒤에 지사(知事)로 고쳐 지의금부사로 부르게 된 것이다.

3) 본관 양천(陽川). 자 헌지(獻之). 호 이헌(頤軒). 시호 문정(文貞). 1462년(세조 8) 진사가 되고, 1475년(성종 6) 알성문과(謁聖文科)에 을과로 급제, 감찰·전적(典籍)·예문관부수찬·부교리 (副校理) 등을 거쳐 지평(持平)이 되었다. 1482년 진현시(進賢試)에 병과로 급제, 세자시강원 필선(世子侍講院弼善)이 되고 경상도관찰사·대사헌·예조참판·직제학(直提學)·좌승지(左 承旨)를 두루 거쳐, 1504년 우의정, 이어 좌의정에 올랐다. 성종이 윤비(尹妃)를 폐하려 할 때 이를 반대했으므로 갑자사화에 화를 면했고, 말년에는 늘 연산군의 폭정을 바로잡으

방(刑房)의 승지(承旨)가 되어 모두 임금의 뜻을 받드는 직책을 맡고 있었다.

두 형제의 집은 모두 서울 종로 사직동(社稷洞)에 있었는데 모두 위패를 앞세우고 대궐에 들어가려고 할 때였다. 부인이 속으로 생각하기를 '폐위된 왕후의 아들이 이미 태자가 되었으니 금일 임금의 뜻을 받든 여러 신하들은 뒷날에 반드시 큰 화를 받을게야.'라 하고 급히 사람을 시켜 중간에서 기다렸다 데려오게 하였다. 두 동생이 들어와 부인을 뵈니 부인이 말하였다.

"인가의 노복이 상전의 명령을 어기지 못하여 안집 주인을 함께 죽였다면 뒷날 안집 주인의 아들을 섬길 때에 재앙과 환난이 없을까?"

이 말을 듣고 공들이 깨닫고는 계책을 물으니 부인이 앞의 다리에서 떨어져 몸을 다쳤다고 거짓말을 하고 대궐에 가지 못하게 하였다. 공들이 이 말을 따라 다리를 지나다 거짓으로 다리 아래로 떨어져 다리가 부러졌다 하고는 부름에 나아가지 않았다.

이러하여 이극균(李克均, 1437~1504)[4], 이세좌(李世佐, 1445~1504)[5] 숙질간이 이 임무를 대신하였다.

그 뒤에 연산이 즉위한 후에 어머니를 위하여 복수한다 하고 당시 회의에 참여하였던 여러 신하들을 모두 살륙하고 이씨의 숙질도 모두 참화를 입었으나 오직 허씨네는 무사하였다. 뒷날 사람들이 그 다리를 '종침교(琮琛橋)'라 이름 하였으니 곧 허종이 떨어졌던 다리라는 의미인데 지금의

려고 노력하였다. 학문이 깊고 문장이 뛰어나 『삼강행실도』를 산정(刪定)하기도 하였다.

4) 본관(本貫) 광주(廣州). 자는 방형(邦衡). 훈구대신으로 김종직의 조의제문을 유자광에게 알려 무오사화의 원인을 제공했던 이극돈(李克墩, 1435~1503)의 아우이다. 성종 3년(1472) 동지중추부사로 사은부사(謝恩副使)가 되어 명나라에 다녀왔다. 연산군 10년(1504)에 좌의정에 이르렀으나, 갑자사화로 인동(仁同)에 귀양 가서 사사(賜死)되었다.

5) 자(字)는 국언(國彦). 이극균의 동생인 극감(克堪)의 아들. 성종(成宗)8년(1477년), 춘당대시(春塘臺試) 갑과(甲科)로 등제하여 첨정(僉正), 판중추부사(判中樞府事) 따위를 지냈다. 연산의 모친인 윤씨(尹氏)가 자결할 때에 이세좌가 형방 승지(刑房承旨)로서 왕명을 받들고 왕래하였던 까닭에 갑자사화 때 죽음을 당하였다.

사직동에 재하고 또 아직도 그 이름을 쓰고 있다.

　조부인(趙夫人)은 풍옥헌(風玉軒) 조수륜(趙守倫, 1555~1612)[6]의 셋째 딸이
요, 창강(滄江) 조속(趙涑, 1595~1668)[7]의 윗누이요, 첨지중추부사(僉知中樞府
事)를 지낸 이후재(李厚載, 1580~1661)[8]의 부인이다.

　부인의 재주와 식견이 총명하고 민첩하였으며 뜻과 행실도 단정하고
깨끗하였다.

　대여섯 살 때부터 『내훈(內訓)』[9] 등 여러 책을 읽어 예로 몸을 바로 잡았
으며 부모와 시부모를 섬기는데 효도를 다하였고 또 바느질에도 민첩하
였다.

　첨추의 성품이 엄격하고 발라 온화한 기운은 적으나 늘 현명한 부인이
라고 부르고 그녀의 식견과 생각이 사내들보다 낫다고 하며 일을 만나면
반드시 물어보았다.

　시부모도 그녀가 일을 처리하는 것에 통달한 것을 알고 일찍이 집안을

---

6) 본관은 풍양(豊壤). 자는 경지(景至), 호는 풍옥헌(風玉軒)·만귀(晩歸). 성혼(成渾)의 문하에
　서 수학하였으며, 1579년(선조 12) 사마시에 합격하여 진사가 되고, 이후 경기전참봉·호조
　좌랑·평택현감 등을 지냈다. 1612년 신율(申慄)이 황혁(黃赫)과의 오랜 원한으로 역옥(逆獄)
　을 일으켰는데 이에 연루되어 옥중에서 죽었다. 성혼의 문하에서 단아한 행실로 인해 명성을
　얻었으며, 경학에도 조예가 있어 그가 집무하는 관아에서 여러 동문들과 함께 『우계집 牛溪
　集』을 편집, 출간하였다. 병조참판에 추증되고, 서천의 건암서원(建巖書院)에 제향되었다.
7) 자는 희온(希溫), 경온(景溫). 호는 창강(滄江), 창추(滄醜). 인조반정 때에 공을 세웠으나
　벼슬을 사양하고 경서(經書)와 서화에만 전심하였다. 영모(翎毛), 매죽(梅竹)을 잘 그렸다.
　작품에 「쌍금도(雙禽圖)」, 「묵매도(墨梅圖)」 따위가 있다.
8) 자는 내유(大有)이고 아버지는 봉산 군수를 지낸 욱(郁)이다. 1623년 인조반정에 참여하여
　정사공신(靖社功臣)이 되어 이어 종부시·사옹원·전생서의 주부가 되었다. 곡성현감에 제수
　되었으나 나가지 않았고, 평시서·사직서·종묘서의 영(令)을 지냈으며, 여러 관아의 첨정(僉
　正)과 부정(副正)을 두루 지냈다. 노인을 우대하는 은전으로 첨지중추부사에 승진되었다.
9) 조선 성종의 어머니 한씨가 「소학」, 「명심보감」, 「열녀」 따위에서 역대 후비의 말과 행실을
　본될 만한 것을 모아 지은 책. 성종 6(1475)년에 한글로 옮겨 펴냈는데, 궁중말과 존댓말
　연구에 큰 도움이 된다.

맡기는 등 크게 환심을 얻었다.

광해(光海)[10] 임금이 여러 번 큰 옥사를 일으켜 무고한 사람을 베어버리더니 임자년(壬子年, 1612년) 옥사에 그녀의 아버지 풍옥헌에게도 사악한 해가 미쳤다.

부인이 뜻밖의 죽음을 애통해 하다가 숨이 끊어졌다가 다시 살아났으나 물을 입에 넣지 않은 지 이레 만에 크게 부르짖으며 우니 보는 사람들이 불쌍히 여겨 눈물을 흘렸다. 삼년상을 마치도록 애통함이 처음과 같아 피눈물로 적신 옷소매가 모두 썩어 버렸다.

부인이 마음이 아프고 간장이 썩어 공적으로는 어지러운 조정을 바로잡고 사적으로는 아버지의 원수를 갚으려고 이에 그 아우 창강(滄江)과 함께 비밀히 모의를 꾸미고 또 남편의 동생 완남군(完南君) 이후원(李厚源, 1598~1660)[11]을 시켜서 김승평(金昇平), 이연평(李延平) 등 여러 사람을 비밀히 모아 옳지 못한 임금을 폐위하고 새 임금을 세워 나라를 바로잡을 계획을 돕게 하였다.

부인이 또 몰래 집안의 사당에 들어가 몸소 군복 100여벌을 만들어 이것을 창강과 완남에게 주어 마침내 어지러움을 바로잡는 공을 세웠다. 계해반정(癸亥反正)[12] 후에 여러 공훈을 받은 재상들이 매번 일을 꾸밀 때 문득 물으면, 조부인이 이것을 알며 또 "이와 같이 하세요."라고 하였다.

이와 같이 부인을 추앙하였는데, 이것은 계해반정 때에 창강과 완남의

---

10) 서적 편찬, 사고 정리 등 내치에 힘쓰고 명과 후금 두 나라에 대한 양단(兩端) 정책으로 난국에 대처하였다. 당쟁에 휩쓸려 임해군과 영창 대군을 죽이고 인목 대비를 유폐하였으며, 뒤에 인조반정으로 폐위되었다.

11) 본관은 전주(全州). 자는 사심(士深). 호는 우재(迂齋). 인조반정의 공으로 완남군(完南君)에 봉해졌다. 병자호란 때 척화(斥和)를 주장하였으며, 효종 8년(1657)에 우의정이 되어 북벌(北伐) 계획을 추진하였다. 송준길, 송시열을 추천하는 따위 인재 등용에도 힘썼다.

12) 조선 광해군 15년(1623)에 이귀·김류 등 서인(西人) 일파가, 광해군 및 집권파인 대북파(大北派)를 몰아내고 능양군(綾陽君)인 인조를 즉위시킨 정변. 흔히 인조반정(仁祖反正)이라 부른다.

계획이 모두 부인에게서 나온 까닭이었다.

부인이 일찍 남자아이를 낳았는데 이름이 이형(李逈, 1603~1655)[13]이었다.

부인이 하루는 창강에게 물었다.

"이 아이가 훗날 장성하면 능히 가문을 지키겠느냐?"

창강이 대답했다.

"다만 집안을 지킬 뿐이 아니라 훗날에 복록이 무궁할 겁니다."

부인이 말하였다.

"그러면 내가 마땅히 더 이상 아이를 낳지 않을 것이다."

그러고는 평민집의 지씨(池氏)와 나씨(羅氏)를 택하여 첨추의 부실을 만들어 주었다. 훗날 형이 장성하여 여덟 명의 아이를 두니 지씨와 나씨의 공이 많았다.

五十一. 識禍機名媛料事, 謀國事哲婦畫策

許夫人은 忠貞公琮의 娣이오 監察孤庵 申永錫의 夫人이 夫人의 經史에 博通하며 事理에 鍊達하고 知鑑이 有하야 事를 料하는 것이 神과 如하니 忠貞兄弟가 朝廷에 立한지 四十餘 年에 國家에 무릇 大議가 有하면 반다시 其 娣에게 先咨하야섯더라

成宗끠셔 卽位하시고 後宮 尹氏가 元子(燕山)을 生하거늘 이에 尹氏를 冊立하야 王后를 삼앗더니 尹氏가 寵을 恃하고 諸 妃嬪을 妬忌하야 上의

---

13) 자(字)는 여근(汝近), 호(號)는 성재(省齋). 첨지중추부사 증 이조판서 후재(厚載)의 외아들이다. 약관 20세에 인조반정에 참여, 정사훈종 1등 공신에 책봉되어 정6품직을 받고 1630년(인조 8)에 진사시(進士試)에 합격하고 사헌부(司憲府) 감찰(監察)·의금부(義禁府) 도사(都事)·정언(正言)·헌납(獻納)·필선(弼善)·장령(掌令) 등을 역임하였다. 한때 바른말로 직간하다가 모함을 받아 경성판관으로 척출되기도 하였다. 외아들로 효성이 깊었으나 52세에 이승을 달리 하였다. 그 때, 아버지 후재는 76세였으니 사람들이 안타깝게 여겼다한다.

前에 不遜하는지라 上이 大怒하사 后를 廢하시고 坐 將次 賜死하시려 諸 大臣을 召하사 殿庭에셔 會議하실세 天威가 甚重함으로 敢히 諫하는 者 가 無하더니 時에 許琮은 知義禁이 되고 其 弟 琛은 刑房承旨가 되야 俱 히 傳旨의 任을 當한지라 二公이 家가 社稷洞에 在하더니 共히 牌를 承하 고 闕에 赴할세 夫人이 自念하되 廢后의 子가 旣히 太子가 되얏스니 今日 傳旨의 諸臣은 他日에 반다시 大禍를 受할 것이라 하고 急히 人으로 하야 금 中路에 邀케 하니 二公이 入謁하거늘 夫人이 謂하되 人家의 奴僕이 上典의 令을 違치 못하야 主母를 共殺하얏스면 他日 主母의 子를 服事할 時에 禍患이 無할가 公이 悟하야 計를 問하니 夫人이 勸하야 前橋에셔 佯墜하야 身을 傷함으로 假託하고 闕에 赴치 못하게 하니 公이 此를 從하 야 橋를 過하다가 거짓 橋下에 墜하에[14] 足疾로써 託하고 召에 赴치 아니 하니 이에 李克均, 李世佐 叔侄이 其 任을 代한지라 其後에 燕山이 卽位 한 後에 母를 爲하야 復讎한다하고 當時 會議에 叅列하얏던 諸臣을 모다 殺戮하고 李氏의 叔侄도 並히 慘禍를 被하얏스나 오즉 許氏는 無事하얏 더라 後人이 其 橋를 名하야『琮沈橋』[15]라 하니 즉 許琮이 沈하얏던 橋라 는 意味인대 今에 社稷洞에 在하고 又 尙히 其 名을 用하나니라

　趙夫人은 風玉軒 趙守倫의 女이오 滄江 趙涷[16]의 姊이오 僉樞 李厚載 의 夫人이라 夫人의 才識이 明敏하고 志行이 端潔하야 髫齔의 時로부터 內訓諸書를 讀하야 禮로써 躬을 持하며 父母 舅姑를 事하기를 孝로써 하 며 又 女工에 敏한지라 僉樞의 性이 嚴正하야 溫和의 氣가 少하나 常히 賢婦의 稱하고 그 識慮가 丈夫보다 勝하다 하야 事를 遇하면 반다시 諮하 며 舅姑가 그 通達鮮事함으로써 일즉 家政을 委하야 大히 歡心을 得하얏 더라 光海主가 屢屢히 大獄을 起하야 無辜를 芟刈하더니 壬子獄에 其 父 風玉軒이 坐한 枉害에 逮한지라 夫人이 其 非命임을 痛恨하야 氣가

---

14) 원문에는 '하에'로 되어 있다. 문맥으로 보아 '하야'로 바로 잡았다.
15) 원문에는 '琮沈橋'로 되어 있다. 문맥으로 보아 '琮琛橋'로 바로 잡았다.
16) 원문에는 '趙涷'으로 되어 있다. 문맥으로 보아 '趙涷'으로 바로 잡았다.

絶하얏다가 復甦하며 水漿을 口에 入치 아니한지 七日에 大히 叫하며 號哭하니 見하는 者가 모다 愍然히 淚를 下하얏더라 三年을 終하도록 哀痛함이 一日과 如하야 血淚가 沾한 處에 衣袖가 盡腐하얏더라 夫人이 痛心腐臟[17]하야 公으로는 朝廷을 肅淸하고 私로는 父讎를 報코져하야 이에 其 弟 滄江으로 더부러 秘密히 謀議를 凝하고 又 夫 弟 完南 李厚源으로 하야금 金昇平, 李延平 諸公을 陰結하야 反正의 謀를 協贊케 하고 夫人이 又 暗히 家廟 中에 入하야 親히 軍服 百餘 件을 製하야 此를 滄江과 完南에게 付하야 맛참니 撥亂의 功을 遂하니라 밋 癸亥反正의 後에 諸勳宰가 每樣 一事를 做할 時에는 문득 問하되 趙夫人이 此를 知하며 又如何하다하나뇨 하야 如斯히 夫人을 推仰하얏는대 此는 反正 時에 滄江 完南의 計劃이 모다 夫人에게로부터 出함인 故로 夫人이 일즉 一男을 生하니 名은 逈이라 一日은 滄江다려 謂하되 此 兒가 他日에 長成하면 能히 家門을 守成하겟나냐 滄江이 對하되 다만 守成만 할 뿐이 아니라 後來에 福祿이 無窮하리라 하니 夫人이 曰 그러면 我가 맛당히 斷産을 爲하리라 하고 良家의 女 池氏 羅氏를 擇하야 逾樞의 副室을 作하얏더니 後에 逈이 長하야 八人의 子를 生함이 池氏 羅氏의 保有한 功이 多하니라

---

17) 원문에는 '痛心腐腸'으로 되어 있다. 문맥으로 보아 '痛心腐臟'으로 바로 잡았다.

52. 미침증이 있었으나 그 사람됨은 허물이 없으니 이것은 때를 못 만난 강개지사여서라

최북(崔北, 1712~1786(?))¹⁾의 자는 칠칠(七七)²⁾이니 그 조상을 알 수 없다. 그림을 잘 그렸으며 한쪽 눈이 먼 애꾸라 늘 안경을 꼈다. 화첩을 펼쳐 놓고 붓을 잡아 휘두르면 신기한 경지에 다다랐다. 술을 즐기고 산수를 좋아하여 일찍 금강산 구룡연(九龍淵)에 들어가 크게 취하여 소리 높여 울다웃다 하다가는 말했다.

"천하명산에서 죽을 것이로다."

그러고는 곧 몸을 날려 연못에 떨어졌으나 구하는 자가 있어 죽지 않았다.

술을 마시는데 하루에 늘 예닐곱 되를 먹으니 집안 형편은 더욱 빈곤해졌다. 평양과 동래 등 도회지를 떠돌아다니면 부호와 글깨나 한다는 선비들이 비단을 가지고 오는 자들로 문에 발꿈치를 서로 잇댔다.

산수화를 구하는 자가 있으면 문득 산을 그리나 물을 그리지 않았다. 사람들이 그 까닭을 물으니 칠칠이 붓을 홱 집어 던지고는 일어났다.

"이런 제기랄! 종이 밖이 다 물 아니냐!"

---

1) 조선 후기의 화가로 많은 일화를 남긴 진경산수화의 대가로 자기만의 예술에 대한 끼와 꾼의 기질을 발휘, 회화 발전에 크게 이바지하였다. 출신 성분이 낮았던 최북은 직업 화가였다. 그림 한점 그려서 팔아 술을 마셨다는 기록이 있을 정도로 술을 좋아했고 돈이 생기면 술과 기행으로 세월을 보냈기 때문에 말년의 생활은 곤궁했고 비참했다. 또한 삶의 각박함과 현실에 대한 저항적 기질을 기행과 취벽 등의 일화로 남겼다. 최북의 작고 연도는 정확치 않다. 1712년 출생하여 49세인 1760년 설과 75세인 1786년 설이 있는데 1786년을 주장하는 학설이 많다.

2) 호를 '칠칠(七七)'이라 함은 '북(北)'자를 좌우로 파자(破字, 한자의 자획을 풀어 나눔)하여 이른 것이다. 만약 1712년에 작고하였다면 공교롭게도 칠칠(7×7=49)이란 호대로 이 세상에 머문 햇수가 마흔아홉 해로 같다. 남공철(南公轍)은 『금릉집(金陵集)』에 「최칠칠전」을 남겼다.

칠칠이 스스로 부르기를 호생자(毫生子)³⁾라 하였는데, 이때 '호생자'라는 이름이 온 나라에 떠들썩하였다. 다만 그의 그림만을 얻으려는 것이 아니라, 그 의기가 복받치는 씩씩한 기상과 굳은 지조를 사고 싶어서였다.

칠칠은 성품이 뻣뻣하고 오만하였다.

일찍이 서평공자(西平公子)⁴⁾와 바둑을 두게 되었는데 백 냥의 금으로 내기를 걸었다.

칠칠이 막 이기려고 하니 서평이 한 수 물리기를 청하였다. 칠칠이 끝내 검은 돌, 흰 돌을 뒤섞어 바둑판을 엎어버리고 물러나 앉아 서평에게 말했다.

"바둑은 본래 사람들이 희롱하는 놀이요. 만일 한 번 물러주는 것을 쉽게 하면 세월이 다 가도록 한 판도 끝내지 못할 겁니다."

그리고 그 뒤에 다시는 서평과 바둑을 두지 않았다.

칠칠이 일찍이 서울에 머무를 때에 하루는 아무개 귀한 사람의 집을 방문하였다. 문지기가 칠칠의 이름을 부르기를 꺼려, 들어가 "최 직장(直長)이 왔습니다." 하니 칠칠이 성을 내며 말했다.

"너는 왜 정승이라 부르지 않고 직장이라 부르는 겐가?"

국가 조직에 직장은 음관의 8품직이요, 정승은 영의정을 부르는 것이라, 문지기가 웃으면서 말했다.

"아, 언제 정승이 되셨나이까?"

"그러면 내가 어느 때에 또 직장이 되었나? 만일 헛 직책을 빌려서 나를 부르려면 정승과 직장이 같은 것이거늘, 하필이면 높은 자리를 놔두고

---

³) '호생자'란 붓 끝으로 먹고 산다는 의미이다.
⁴) 이요(李橈)로 조선 후기의 종실. 선조의 왕자인 인성군 공(仁城君珙)의 증손이며, 화춘군 정(花春君淨)의 아들이다. 종실이면서도 서민적인 성격이었으며, 학문이 깊고 달변이었다. 왕으로부터 많은 포상을 받았으나 왕의 신임이 두터워지자 점차 교만해져서 부정한 방법으로 재산을 모아 사치를 하여 대간의 탄핵을 받기도 하였다.

왜 낮은 것을 취한단 말이냐."

그러고는 드디어 집 주인을 보지도 않고 돌아왔다.

칠칠은 성품이 호방하여 작은 일에 얽매이지 않고 술친구를 만나면 나이를 잊었으며 만일 자기와 뜻이 여상(如常)하지 않은 자를 만나면 높은 귀족이라도 배척하고 욕을 해댔다. 늘 노래를 읊조리는 것으로 강개불우한 소리를 만드니 세상 사람들이 부르기를 어떤 이는 "호방한 선비"라하며 어떤 이는 "미친 나그네"라고 하였다.

그러나 그가 말하는 것은 이치에 들어맞았고 세상 사람을 풍자하는 말이 많았다.

임희지(林熙之, 1765~?)[5]의 호는 수월도인(水月道人)이다. 그는 사람됨이 호방하고 옳지 못한 일에 대하여 의분을 느끼고 탄식하였으며 굽힐 줄 모르는 기개와 절조가 있었고 술을 즐겨 여러 날을 술에서 깨어나지 못하였다. 그림을 잘 그렸는데 대나무와 난초 그림이 세밀하였으며 또 생황을 잘 불었으나 집이 가난하여 쓸모 있는 물건이라곤 없었다.

일찍이 한 계집종을 기르며 말하였다.

"나에게 꽃을 기를 동산이 없으니 이 계집종을 '꽃 한송이(花一朶)'로 부르리라."

그가 사는 집은 두어 서까래로 얽은 것에 불과하며 빈 터는 반 이랑도 되지 못하였다. 이곳에 연못 하나를 뚫어 놓으니 사방 몇 자 정도였다. 샘을 파지 못하여 쌀 씻은 물을 모아 부었다. 그러고는 늘 그 못가에서

---

5) 본관은 경주, 자는 경부(敬夫), 호는 수월헌(水月軒). 1790년 역과에 급제한 한역관(漢譯官) 출신으로 벼슬은 봉사를 지냈으며, 중인 출신 문인의 모임인 송석원시사(松石園詩社)의 일원으로 활약했다. 임희지는 키가 8척이나 되고 깨끗한 풍모를 지녔던 일세의 기인이었다. 특히 생황을 잘 불었고, 대나무와 난초를 잘 그려 묵란과 묵죽은 명성이 높았다. 유작으로 패기와 문기(文氣)가 넘치는 「묵죽도」·「묵란도」등이 여러 점 전한다.

노래를 읊조리며 말하였다.

"내 물과 달의 뜻을 저버리지 않으니 달이 어찌 물을 택하여 비치겠는가."

일찍이 배를 타고 교동(喬洞)에 가다가 중양(中洋)에 이르러 풍랑이 세차게 일어나 배가 뒤집어질 것이라 하였다. 배 안의 사람들은 모두 얼굴빛을 잃고 부처님을 찾았다. 희지가 홀연 크게 웃으며 검은 구름 흰 물결이 치는 데서 일어나 춤을 춰댔다.

얼마 후 바람이 멎고 풍랑이 잠잠해져 무사히 물을 건넌 후에 사람들이 아까 일을 물으니 희지가 말했다.

"죽음이란 사람이 면치 못할 것이니, 늘 있는 일일세. 허나 바다에서 풍랑이 크게 일어나는 것을 늘 만나는 것은 아니란 말이지. 그러니 어찌 춤을 주지 않겠나."

늘 달빛이 밝은 밤에는 거위의 털을 묶어 옷처럼 두르고 두 갈래로 머리를 묶고는 맨발로 생황을 불며 다녔다.

보는 사람들이 모두 "귀신이다!" 하고는 달아나 버리니, 그 세상을 희롱하고 광탄함이 이와 같았다.

외사씨가 말한다.

최북과 임희지는 연조비가(燕趙悲歌)[6]의 선비들과 같은 부류이며, 또 높은 선비로 세상에 영락하여 때를 만나지 못한 사람이다. 이런 까닭으로 그 일을 행하는 데 왕왕 미친 듯한 모습에 가까운 것이다. 이것은 마음에 울적함이 쌓여 강개하고 불평한 기운이 밖으로 나와 그러한 것이니, 어찌 당시 세상의 한 미친 사람으로만 볼 것인가.

---

6) 연나라와 춘추전국시대 조나라 선비들이 나라를 근심하는 우국의 충성이 깊었다. '연조비가'는 이러한 비분강개한 슬픈 노래를 읊은 당시의 우국지사를 가리켜 일컫는 말이다.

五十二. 莫以狂誕咎其人, 此是慷慨不遇士

崔北의 字는 七七이니 其 族系는 未詳이라 畵에 工하며 一目이 眇하야 常히 眼鏡을 帶하고 帖에 臨하야 筆을 揮함에 其 神趣를 得하엿더라 酒를 嗜하고 山水를 好하야 일즉 金剛山 九龍淵에 入하야 轟飮大醉하고 或哭 或笑하다가 이에 大呼하야 曰 天下의 不遇名士가 맛당히 天下名山에셔 死할 것이로다 하고 곳 身을 飜하야 淵에 投하니 救하는 者가 有함애 死치 아니 하니라 酒를 飮하되 一日에 常히 六七 升을 傾하더니 家貲가 더욱 困하야 平壤 東萊 等 都會의 地에 客遊하니 富豪及文士 等이 絹綾을 持 하고 門에 踵하는 者가 相續하고 山水畵를 求하는 者가 有하면 문득 山을 畵하고 水를 畵치 아니하니 人이 其 故를 問한대 七七이 筆을 擲하고 起하 야 曰 紙 以外는 皆水이라 하더라 七七이 自號하야 毫生子라 稱하니 是時 를 當하야 毫生子의 名이 一國이 噪하니 다만 其 畵를 取함이 아니라 쏘한 其 慷慨한 氣節을 取함이더라 性이 亢傲하야 일즉 西平公子로 더부러 碁 를 圍하야 百金을 賭할세 七七이 바야흐로 勝勢를 操함이 西平이 一 子 退易하기를 請하니 七七이 드대여 黑白全局을 散하고 退坐하야 西平다려 謂하되 碁는 本是 人의 戲具이라 萬一 退易하기를 不已하면 歲를 終할지 라도 一局을 了치 못하리라 하고 其後에는 更히 西平으로 더부러 局을 對치 아니하얏더라

七七이 일즉 京城에 留할 時에 一日은 某 貴人을 訪問하니 閽者가 呼 名[7]하기 難하야 入告하되 崔直長이 至하얏다 하니 七七이 怒하되 汝가 엇지하야 崔政丞이라 稱치 아니하고 直長[8]이라하나뇨 官制에 直長은 蔭 官八品職이오 政丞은 上相의 稱이라 閽者가 笑하되 何時에 政丞을 拜하 얏나잇가 七七이 曰 我가 何時에 쏘 直長이 되얏나냐 萬一 虛啣으로써 我를 稱할진대 政丞과 直長이 同一한 것이니 何必 高한 것을 捨하고 卑한 것을 取하나냐 하고 드대여 貴人을 見하지 아니하고 歸허니라 性이 豪放

---

7) 원문에는 '斥名'으로 되어 있다. 문맥으로 보아 '呼名'으로 바로 잡았다.

8) 원문에는 '眞長'으로 되어 있다. 문맥으로 보아 '直長'으로 바로 잡았다.

不羈하야 酒를 遇하면 年을 忘하며 萬一 意와 不如한 者가 有하면 公侯라
도 斥辱하며 每樣 嘯歌로써 慷慨 不遇의 聲을 作함이 世人이 稱하기를
或은 豪放의 士라 하며 或은 狂誕의 客이라 하나 그 言하는 바가 理에
合하야 世人을 諷刺하는 語가 多하더니라

林熙之의 號는 水月道人이니 爲人이 豪放慷慨하야 氣節이 有하고 酒
를 嗜하야 屢日토록 醒치 아니하며 畵에 工하야 竹蘭에 精하며 又 吹笙을
善히 하더니 家가 貧하야 長物이 無하고 嘗히 一 婢를 畜하야 曰 我가
養花할 園圃가 無하니 此 婢를 맛당히 『花一朶』로써 名하리라 하고 其
所居의 家屋이 數椽에 不遇하며 隙地는 半畝가 되지 못하되 此에 一 池를
鑿하니 方이 數尺이라 泉을 得치 못하야 常히 淅米水를 集하야 注하더라
每樣 其 池畔에서 嘯歌하야 曰 我의 水月의 意를 負치 아니함이니 月이
엇지 水를 擇하야 照하리오 하더라 일즉 舟를 乘하고 喬洞에 至히디기
中洋에 到하야 風浪이 洶湧함이 船이 覆하리라 하니 舟中 人이 모다 色을
失하고 佛을 呼하거늘 熙之가 忽然 大笑하며 雲黑浪白한 間에서 起舞하
더니 俄而오 風이 定하고[9] 그 浪이 息하야 無事히 得渡한 後에 人이 其
故를 問하니 答하되 死는 人의 勉치 못할 바인즉 此가 常事어니와 海中에
서 風浪이 奇壯한 것은 常得키 難함이니 엇지 舞치 아니하리오 하더라
每樣 月色이 明한 夜에는 鵝의 毛를 編하야 衣를 爲하고 雙髻와 跣足으로
笙을 吹하며 行함이 見하는 者가 모다 鬼라 하야 모다 走避하니 그 玩世狂
誕함이 此와 類하얏더라

外史氏 曰 崔北과 林熙之는 此가 燕趙悲歌의 士와 類한 人이며 又 高
士로써 世에 落拓하야 遇치 못한 人이라 此 故로 그 行事라는 바가 徃徃
狂誕에 近한 것은 此가 中에서 積한 慷慨不平한 氣의 所發이니 엇지 時俗
狂客으로써 目할 것이리오

---

9) 원문에는 '하'로 한 자가 빠져 있다. 문맥으로 보아 '하고'로 바로 잡았다.

53. 만고에 사람이 지켜야 할 도리를 지킨 삼부자 다섯 성의 비바람을 막아 낸 한 사내

정시(鄭蓍, 1768~1811)[1]의 자는 덕원(德圓)이요, 호는 백우(伯友)이다.

정조(正祖) 임금 때 무과에 올라 선전관(宣傳官)을 지내고 평안북도 가산 군수(嘉山郡守)[2]를 제수 받으니 아버지 노(魯)를 모시고 근무할 곳에 부임 하였다.

토적(土賊) 홍경래(洪景來, 1771~1812)[3] 등이 군사를 일으켜 군대의 세력 이 창궐하며 주군(州郡)을 돌아가며 위험에 빠뜨렸다. 아버지 노가 아들에 게 말하였다.

---

1) 본관은 청주(淸州). 자는 덕원(德圓), 호는 백우(伯友). 1799년(정조 23) 무과에 급제하고, 선전관을 거쳐 훈련원주부·도총부경력 등을 역임했으며, 1811년 가산군수로 임명되었다. 이때 홍경래의 난이 일어났는데, 홍경래가 통솔하는 남진군은 선봉장 홍총각(洪總角)을 필 두로 그 날로 가산에 진격, 군리(郡吏)들의 내응으로 쉽게 읍내를 점령하였다. 당시 평안감사 이만수(李晚秀)의 장계에 따르면, "그 날 난리가 일어난다고 민심이 흉흉하고 군내가 떠들썩 하며 백성들이 피난가려 하자, 그는 홀로 말을 타고 군내를 돌아다니면서 백성들을 효유하여 피난 가는 것을 중지시켰다. 그러나 봉기군 50여 명이 관아에 돌입하여, 살고 싶으면 인부(印 符)와 보화를 내놓고 항복문서를 쓰라고 하자, 그는 '내 명이 다하기 전에는 항복할 수 없다. 속히 나를 죽여라.' 하고, 그들의 대역무도함을 꾸짖다가 칼에 맞아 죽었다. 그의 아버지 역시 그대로 적의 칼을 받았다."고 하였다. 순조는 그의 의로운 죽음을 기리는 뜻에서 병조참 판·지의금부사·오위도총부부총관을 추증하고, 관(棺)을 하사하였다. 관찰사의 진상보고를 다시 접한 순조는 그 충렬을 찬탄하고 병조판서 겸 지의금부사·오위도총부도총관을 가증(加 贈)하였다. 그리고 살아남은 동생과 수청기생에게도 관직과 상품을 내렸다. 1813년 왕명으 로 정주성 남쪽에 사당을 세워 당시 싸우다 죽은 6인과 함께 제사를 지내도록 하니, 이를 7의사(七義士)라 한다. 정주사람들은 또 오봉산(五峰山) 밑에 사당을 세워 7의사를 모셨는 데, 왕은 '표절(表節)'이라는 현판을 내렸다. 시호는 충렬(忠烈)이다.
2) 가산(嘉山)은 지금의 박천군(博川郡) 가산면임.
3) 순조 때의 민중 혁명가. 1798년에 평양의 향시에 합격하고 사마시에 응하였으나 지방을 차별 하는 폐습 때문에 낙방하자 이에 불만을 품고 1811년에 평안북도 가산에서 군사를 일으켜 혁명을 꾀하다가 이듬해 정주에서 패하여 죽었다.

"만일 우리의 힘으로 적을 세력을 대적하지 못하여 성을 지키지 못하는 날에는 마땅히 토지신을 섬겨 죽는 것이 너의 직분이니 행여나 나를 염려하지 말거라."

이때 적이 아침저녁으로 성 밑까지 쳐들어오려는 급박한 상황이었다.

공이 그 아우 질(耋)과 함께 마을을 돌아다니며 사람으로서 마땅히 지켜야 할 큰 의리로써 백성들을 깨우쳐 죽음으로써 성을 지킬 뜻을 보이니, 백성들이 이것을 보고 감격하여 감히 흩어지지 못하였다.

얼마 되지 않아 적의 대 부대가 성을 무너뜨리고 들어왔다. 성을 지키던 군사는 수비가 약하여 능히 막아내지 못하고 성이 함락을 당하니, 공이 그 아버지에게 울며 말하였다.

"변란이 이미 이곳까지 이르렀습니다. 관직을 지켜 죽는 바른 뜻은 이미 명을 받았습니다만, 아버지와 아우 질은 관리로서 직책이 없으니 죽을 의로움이 없습니다. 급히 화를 피하십시오."

이 말을 듣자 아버지 노가 소리를 질러 꾸짖어 말하였다.

"사람이 의리에 죽는 것이거늘, 어찌 관직이 있고 없고를 따지느냐. 또 내가 너에게 죽기를 가르쳤는데 내가 어찌 홀로 산단 말이냐!"

이때 적이 문을 부수고 들어오니 공이 의관을 바로하고 관아에 단정히 앉아 화를 기다리며 외숙인 박인양(朴寅陽)[4]을 돌아보며 말했다.

"조카는 이제 죽을 것입니다. 외숙께서는 먼저 피하시어 제 유해를 거두어 주십시오."

그러고는 또 사랑하던 기생 홍련(紅蓮)을 다른 곳으로 피하게 하였다.

잠시 후에 적의 무리가 난입하여 검을 뽑아들고는 큰 소리로 "군수는 급히 마당에 내려와 우리들을 맞으라." 하니 공이 꼿꼿이 앉아 움직이지 않고 적을 꾸짖었다.

---

4) 부여현감 등을 지냈다.

"너희 무리가 비록 효경(梟獍)[5]의 무리이나 또한 우리 임금의 백성이다. 어찌 감히 병사를 일으켜 관을 침범하는 것이냐!"

적이 곧 검으로 위협하고 급히 항복하는 글을 올리고 또 인부(印符)[6]를 내 놓으라며 꾸물거리면 죽인다고 하였다. 공이 소리 높여 크게 꾸짖으며 말하였다.

"인부는 임금에게 받은 것이니 내 목숨이 다하기 전에 어찌 적에게 주겠는가."

이때 공의 아버지 노가 외쳤다.

"내 아들은 내가 있다고 목숨을 구걸하지 말라!"

적이 크게 소리치며 공에게 "무릎을 꿇어라."라고 하니 공이 소리 높여 말했다.

"내 무릎이 어찌 적에게 굽히겠는가. 이것이 끊어질지언정 굽히지 못하리라."

적이 크게 성을 내며 칼로 무릎을 치니 다리가 끊어졌다. 그러나 공이 외다리로 서서 끝내 무릎을 꿇지 않으니 또 적이 한 다리마저 쳐 끊어버리니 공이 땅에 고꾸라지며 꾸짖는 말이 그치지 않았다. 또 인부를 손으로 꽉 움켜쥐고 있어 그 손을 잘라버리니 관인이 떨어졌다. 공이 급히 오른 손으로 관인을 잡으며 말하였다.

"내 머리는 자를지언정 이 관인은 주지 못한다."

공은 마침내 죽음을 당하였다.

공이 죽음에 임하여 동생 질의 손을 잡으며 말했다.

"삼부자가 적의 칼 아래 함께 죽는 것은 예로부터 없는 일이다만, 우리가 사람에 자식이 되어 효도를 다하지 못하였으니 이것이 지극히 원통한

---

5) 어미 새를 잡아먹는다는 올빼미와 아비를 잡아먹는다는 짐승이라는 뜻으로, 배은망덕하고 흉악한 사람을 비유적으로 이르는 말. 효파경(梟破獍).

6) 인장(印章)과 병부(兵符).

일이로다."

아버지 노가 적에게 잡혔다.

적이 그의 아들인 공을 가르쳐서 순절케 한 것을 미워하여 이에 칼을 목에 대고는 크게 꾸짖었다.

"너도 항복하지 않겠느냐?"

노가 꾸짖었다.

"역적은 속히 나를 죽여라."

그리고 입에서 꾸짖는 소리가 끊이지 않았다. 질이 아버지 앞을 양손으로 가로 막으며 곡하며 "원컨대 나를 죽이고 아버지를 살려 달라."고 하였으나 적이 듣지 않고 칼날이 어지러이 내려 마침내 해를 입었다.

질이 온몸에 여덟 군데나 칼에 찔려 숨이 끊어졌는데 적이 죽은 줄 잘 못 알고 관아 문 밖으로 끌어다 버렸다.

이날 밤 서너 시쯤에 의기(義妓) 홍련이 공이 "너는 빨리 도망가라." 한 말을 좇아 달아나다가 되잡아 다시 돌아왔다.

시체를 버린 곳에 가 살펴보니 아버지 노와 정시는 사지가 잘려 나뉘어졌으나, 동생인 질의 시체는 온전하였으며 또 가슴에 따뜻한 기운이 있었다. 그래 원채(元采)를 시켜 등에 업어서는 그녀의 집에 몰래 감추고 정성을 다하여 환자를 잘 보살펴 상처의 회복을 빠르게 하였다.

질이 몇 개월 후에 다시 살아나니, 세상에서 이 여인을 '의기(義妓)'라 불렀다.

이러한 사건이 임금에게 들리니 매우 슬퍼하여 관을 보내어 제사를 치르게 하시고 병조판서를 내리고 시호를 충렬(忠烈)이라 하였으며, 아버지 노에게 이조판서를 내리셨다.

공에게는 타던 말이 있었는데, 평소에 그 말을 심히 사랑하였다.

공이 해를 당한 뒤에 적이 빼앗아 공훈을 세운 자가 이 말을 탔다.

송림(松林)의 싸움에서 적이 패하여 돌아갈 때였다.

말이 홀연 "히힝" 울음 울며 관군의 중앙으로 달려 돌아가니 적장이
놀라 떨어져 아군에게 죽임을 당하였다. 세상 사람들이 이 말을 '의마(義
馬)'라고 불렀다. 정만석(鄭晚錫, 1758~1834)[7]이 가산군수 정시의 죽음을 애
도하는 시에 이렇게 말했다.

만고에 사람이 지켜야 할 도리를 지킨 삼부자　　萬古綱常三父子
다섯 성의 비바람을 막아 낸 한 사내　　　　　　五城風雨一男兒

五十三. 萬古綱常三父子, 五城風雨一男兒

鄭蓍의 字는 德圓이오 號는 伯友이니 正祖朝에 武科에 登하야 宣傳官
을 歷하고 嘉山郡守를 拜함이 其 父 魯를 奉하고 任所에 茌 하얏더니 土
賊 洪景來 等이 兵을 起하야 軍勢가 猖獗하며 州郡을 運陷하는지라 魯가
蓍다려 謂하되 萬一 勢가 賊을 敵치 못하야 城을 守치 못하는 日에는 宜히
土事에 死함이 汝의 職이니 幸히 我로써 念치 말나 是時에 賊이 早暮에
城下를 迫하려함이 公이 其 弟 蓍로 더부러 坊曲을 巡하며 大義로써 民을
論하야 死로써 守城할 志를 示하니 民이 此에 感하야 敢히 離散치 못하얏
더라 未幾에 賊의 大隊가 城을 毁하고 入함이 守備가 薄弱하야 能히 防禦
치 못하고 城이 陷을 被함이 公이 其 父에 泣告하야 曰 變이 旣히 此에
至하얏스니 職에 死하는 義는 旣히 命을 聞하얏거니와 大人과 蓍弟는 官
守가 無한 則 可死할 義가 無한지라 急히 禍를 避하소서 魯가 聲을 厲[8]하
야 曰 人이 義에 死함에 엇지 官職의 有無를 論하며 且 我가 汝에 死하기

---

7) 본관 온양(溫陽). 자 성보(成甫). 호 과재(過齋)·죽간(竹磵). 시호 숙헌(肅獻). 1780년(정조
4) 사마시에 합격, 1783년 문과에 급제하고 자여도찰방(自如道察訪)·전적(典籍)·대간직(臺
諫職)을 역임하고 여러 차례 암행어사로 나갔다. 1805년 동래(東萊)부사·형조참판·우승지·
1829년 우의정 등을 지냈다. 홍경래의 난 당시에는 평안감사를 지냈는데, 피폐화된 민생을
잘 수습하여 생사당(生祠堂)이 세워졌다.
8) 원문에는 '勵'로 되어 있다. 문맥으로 보아 '厲'로 바로 잡았다.

를 敎하얏슨 則 我가 엇지 獨히 生하리오 時에 賊이 門을 斬하고 入함이 公이 衣冠을 整하고 政堂에 端坐하야 變을 待할세 內舅 朴寅陽을 顧하야 曰 侄이 今에 死할지니 舅氏는 先避하야 我 骸骨을 收하소셔 하고 又 愛妓 紅蓮을 揮하야 出避케 하얏더니 俄而오 賊徒가 亂入하야 劍을 拔하며 大叫하야 曰 郡守는 急히 堂에 下하야 我等을 迎하라 公이 堅坐不動하고 賊을 喝하야 曰 汝輩가 비록 梟獍의 徒이나 또한 我 主上의 赤子이라 엇지 敢히 兵을 擧하야 官을 犯하나뇨 賊이 곳 劍으로 脅하되 急히 降書를 上하고 또 印符를 納하라 遲하면 死하리라 公이 高聲大罵하야 曰 印符는 君에게 受한 것이니 我 命이 盡하기 前에 엇지 賊을 與하겟나뇨 時에 其 父魯가 呼하야 曰 吾兒는 我가 在함으로써 苟活하지말나 하니 賊이 大喝하며 公으로 膝을 跪케 하니 公이 聲을 厲하야 曰 我의 膝이 엇지 賊에게 屈하리오 此가 斷할지언정 可히 屈하지 못하리라 賊이 大怒하야 劍으로 膝을 擊하니 脚이 斷하는지라 公이 集脚으로 立하야 맛참내 跪치 아니하니 賊이 又 集脚을 擊하야 斷함이 公이 地에 顚하며 罵가 口에 絶치 아니하고 又 印符를 手로 堅握하니 賊이 곳 手를 斬함이 符가 落하는지라 公이 急히 右手로 符를 取하야 曰 我의 頭는 可히 斫할지언정 符는 可히 與치 못하리라 하고 드대여 害를 被하얏더라 公이 死에 臨하야 鏊의 手를 握하며 曰 三父子가 賊鋒 下에 同死함은 千古에 未有한 事인대 我가 人子가 되야 孝를 終치 못하니 此가 至慟한 事이로다 魯가 賊에게 執한 바ㅣ 됨이 賊이 其 子를 敎하야 殉節케 한 것을 惡하야 이에 劍을 頸에 加하고 大罵하되 汝도 또한 降치 아니하겟나뇨 魯가 叱하되 逆賊은 速히 我를 殺하라 하며 罵가 口에 絶치 아니하니 鏊이 前을 翼蔽하며 哭하야 曰 願컨대 我를 殺하고 父를 活하라 賊이 聽치 아니하고 鋒刃이 亂下함이 竟히 害를 被하얏더라 鏊이 身에 八劍을 被하고 氣가 絶하얏는대 賊이 死한줄 認하고 官門 外에 曳出하더니 是夜 五更에 義妓 紅蓮이[9] 引으로 擧行하든 元采로 더부러 屍體를 棄한 處에 來하야 檢視한 즉 魯와 鏊는 四肢가 分解되

---

9) 원문이 유실되어 문맥으로 보아 '이'를 보(補)하였다.

얏스나 尸의 體는 全하며 且 胸部에 溫氣가 有한지라 이에 元采로 하야금 背에 負하야 其 家에 潛匿하고 至誠으로 調護하야 數月 後에 蘇生함을 得하니 世에셔 此를 義妓라 稱하니라 事가 聞함에 上이 震悼하사 官을 遣하야 祭에 致하시고 兵曹判書를 贈하시며 諡[10]을 忠烈이라 하시고 魯 는 吏曹參判을 贈하시니라 公의 所乘馬가 有하야 平日에 甚히 愛하더니 公이 害를 遇한 後에 賊에게 掠한 바ㅣ 되야 賊의 有功한 者가 此를 乘하 얏더니 枢林[11]의 役에 賊이 敗歸할세 馬가 忽然 咆哮하며 官軍의 中으로 走還함이 賊將이 驚墮하야 我軍에게 殺한 바가 되니 世人이 此를 義馬라 하니라 鄭晩錫의 鄭嘉山을 輓하는 詩에 曰『萬古綱常三父子ㅣ 五城風雨 一男兒』라 하니라

<hr>

10) 원문에는 '謚'으로 되어 있다. 문맥으로 보아 '諡'로 바로 잡았다.
11) 원문에는 '枢林'으로 되어 있다. 문맥으로 보아 '松林'으로 바로 잡았다.

54. 의기남아 천금으로 창기를 속량해 주고 요조숙녀가 3년 만에 보답을 하다*

당성군(唐城君) 홍순언(洪純彦)은 선조(宣祖) 때에 이름난 역관(名譯)이었다. 명나라 만력(萬曆)1) 초에 일찍이 연경(燕京)2)에 들어 창관에서 어슬렁거릴 때였다.

어떤 사람이 말했다.

"아무 곳에 한 창기가 있는데 그 꽃 같은 용모와 달 같은 자태는 당시 창기 중에 제일입디다. 그런데 다만 하룻밤에 천금이 아니면 잠자리를 함께하지 못한다더군요. 그래 함께 간 상인들이 그 값이 지나치게 높다하고는 창녀와 정을 통한 자가 없답디다."

순언이 이 말을 듣고 걸음을 돌려 그 창관으로 가보니 정말 그러한 여인이 있었다.

여자는 꽃다운 나이 16세에 용모가 수려하였다. 순언이 이에 천 금(千金)으로 하룻밤 동침하기를 청하니, 여자가 순언을 보고는 흐느껴 울었다.

"제가 하룻밤을 동침하는데 천금이나 되는 높은 값을 매겨놓은 것은 결코 금전을 탐해서가 아닙니다. 기실은 정조를 훼손치 않으려는데 있습니다. 제가 생각하건대, '천하의 남자가 모두 쩨쩨하여 하룻밤에 천 금을 손해보고 화류계의 풍정을 탐할 자가 없으리라.' 하고 마음 속으로 헤아려 이로써 잠시 동안 욕을 면하려 함이었습니다. 그러한 가운데 천하의 의기남아를 만나, 혹 나를 속량하여 첩을 삼을 자가 있기를 바라서였지

---

* 연암(燕巖) 박지원(朴趾源)의 『열하일기(熱河日記)』「옥갑야화」에도 이 이야기가 실려 있다.
1) 중국 명나라 신종의 연호(1573~1619).
2) 중국 '베이징(北京)'의 옛 이름.

요. 제가 몸을 팔아 창관에 들어 온 지 십 여일에 감히 천 금의 값을 치른 자가 없었습니다. 그런데 다행히 오늘 공과 같은 천하의 의기남아를 만났습니다. 천 금을 아끼지 않으시니 그 의로우신 기상에 실로 감탄합니다. 하지만 공은 타국분이시기에 법리상으로 첩을 속량(贖良)³⁾하여 조선으로 데리고 돌아가기는 어려울 것이요, 다만 이 몸은 더럽혀질 뿐입니다. 만일 제가 공에게 한번 몸을 허락하게 되면 다시 몸을 씻어내지 못할 것이니, 형세가 이러지도 저러지도 못하겠군요."

순언이 이 말을 듣고 측은한 마음이 들어 그 몸을 팔아 창관에 들어온 이유를 물으니 여자가 대답했다.

"첩은 남원(南原) 지방의 호부시랑(戶部侍郎) 아무의 딸이옵니다. 부친께서 일찍이 관리로서 뇌물을 받은 죄에 얽혀 제가 부득이 몸을 스스로 팔아 그 돈으로 부친의 죽음을 대신하고 이달 초에 이 창관에 들어왔지요. 부친께서 다시 살아난 것은 천만만행이라 하겠으나 제 스스로 원하여 문벌이 높은 집안의 딸로 몸을 청루(靑樓)에 던졌고 이제 제 힘으로는 돈을 치르고 벗어날 도리가 없으니 오직 죽을 밖에는 다른 방법이 없습니다."

그러며 구슬 같은 눈물이 비가 쏟아지듯 하였다.

이러하니 순언이 크게 놀라 말했다.

"나는 이와 같은 사유를 알지 못하였소이다. 내 지금 누이를 위하여 몸값을 치러주겠소. 당초에 몸값이 얼마요?"

여자가 대답했다.

"이천 냥 금이옵니다."

이리하여 곧 순언이 이천 냥 금을 꺼내어 주고 몸값을 치르라 한 후에 이별하니 여자가 백배고마움을 표현하며 '은혜로운 아버지(恩父)'라고 불렀다.

---

3) 몸값을 받고 노비의 신분을 풀어 주어서 양민이 되게 하던 일.

순언이 다시는 이 여인을 마음속에 두지 않고는 돌아왔다.

삼년이 흘렀다.

홍순언이 또 역관 일로 중국에 가게 됐다.

황성과의 거리가 수십 리 밖에서부터 도로 좌우에 연하여 사람이 서서는 홍순언이 왔는지 안 왔는지를 묻는 것이었다. 그래 순언이 마음속으로 심히 괴이하고 의아스럽게 여겼다. 황성(皇城)이 가까워지자 들어가는 길 왼쪽에 장막을 성대하게 설치해 놓고 여러 사람이 나와서는 순언을 맞이하였다.

순언이 그 까닭을 물으니 대답했다.

"지금 석 노야(石老爺)⁴⁾께서 공을 맞이하여, 곧 관저로 왕림해 주시기를 바라나이다."

순언이 더욱 의아하여 자기를 받들어 맞이하는 이유를 알지 못하였다.

순언이 도착하자 석 상서(石尙書)가 대청 아래에 내려와 맞이하여 절하며 말했다.

"나의 '은혜로운 장인(恩丈)'께서 오셨구려. 공의 따님이 공을 기다린 지 이미 오래되었소이다. 지금 다행히도 서로 만났으니 이것은 하늘이 좋은 편의를 빌려주시는 거요."

순언은 멍하니 그 뜻을 이해하지 못하여 물으려 하니, 상서가 웃으며 말했다.

"자, 내실로 들어가면 알 것이니 번거로이 묻지 않아도 되오이다."

그러고는 순언의 손을 잡고 안으로 들어가니, 상서 부인이 화려한 화장을 하고 마루 아래에 내려와 절을 하였다. 순언이 심히 황공하여 그 까닭

---

4) 석성(石星, ?~1597). 중국 명나라의 문신으로 자는 공신(拱宸), 호는 동천(東泉). 병부 상서를 지냈고, 임진왜란 때는 원군을 조선에 파병하여, 일본과의 화의를 추진하였다. 중국의 인명사전 '석성'조에 "왜가 조선을 침입하자 조선에 원군을 보내자고 간청하였다.(倭入朝鮮朝鮮乞援.)"라고 적혀 있다.

을 알지 못하였다.

그러자 상서가 웃으며 "아, 장인께서는 그토록 자기의 딸을 잊으셨소."
하여, 순언이 눈을 들고는 한참을 바라보니 그 부인은 곧 삼 년 전에 이천
금을 주고 창관에서 몸값을 속량시켜 주었던 여인이었다. 부인이 손을
잡고는 거듭거듭 고마움을 표하고는 말했다.

"소녀에게 오늘이 있는 것은 모두 부친의 커다란 은혜 덕분이니 실로
산처럼 높고 바다같이 깊습니다. 소녀가 그때에 몸을 속량한 후에, 석
상서께서 저를 멀리 내치지 않고 거두어 주셔서 그 은덕을 입어 후처가
되었답니다. 그 뒤로 밤낮으로 하늘에 기도하여 은혜로운 아비(恩夫)와
상봉하기를 바랐지요. 또 연도에 사람을 두어서는 은부께서 입국하시는
소식을 탐문하였더니 다행히 오늘에서야 어르신의 얼굴을 삼가 받들게
된 것입니다. 이것이 어찌 하늘의 도움이 아니겠습니까."

그리고는 부인과 상서가 정성을 다하여 대우를 극진히 하였다.

순언이 귀국하게 되자 부인이 '보은(報恩)'이라 수놓은 비단 수백 필과
기타 비단과 금은 등을 수레에 한가득 실어 길을 떠나는 노자로 주었다.
'보은'이라 수놓은 비단은 부인이 3년 동안 친히 자기 손으로 짠 비단인데
모두 '보은'이란 두 글자를 수놓은 것으로 순언의 은혜에 보답하려는 것
이었다.

그 후 임진의 난리를 당하여 석성이 조선을 위하여 특히 군사를 보낼
것을 힘써 주장하였으니, 모두가 이러한 일 때문이었다.

五十四. 意氣兒千金贖娼, 窈窕女三年報恩

唐城君 洪純彦은 宣祖 時에 名譯이라 明萬曆 初에 일즉 燕京에 一入하
야 娼館에 遊할새 人이 言하되 某處에 一 娼이 有하야 其 花容月態가 當
時 娼家 中에 第一이나 다만 一夜에 千金이 아니면 合歡함을 得치 못함으

로 都中의 人士들이 其 價가 太高함으로 娼女와 情을 交한 者가 無하다 하거늘 純彦이 이에 步를 轉하야 該娼館으로 赴한 則 果然 一女가 有하야 芳年[5] 二八에 容貌가 殊麗 한지라 純彦이 이에 千金으로 一夜 薦枕하기를 求하니 女가 純彦을 對하야 涕泣하며 曰 妾이 一夜에 薦枕함에 千金의 高를 索하는 것은 決코 金錢을 耽코져함이 아니라 其實은 貞操를 毁치 아니하려함이니 妾이 思하건대 天下의 男子가 모다 慳吝하야 一夜에 千金을 損하고 花柳에 風情을 耽할 者가 無하리라고 忖度하야 此로써 斯須의 辱을 免하려함이오 或者 其中에 天下의 義氣男兒를 遇하야 或 我를 贖하야 箕箒의 妾을 作할 者가 有하기를 望하얏더니 妾이 身을 鬻하야 娼館에 入한지 十餘 日에 敢히 千金으로써 來하는 者가 無하온지라 幸히 今日에 公과 如한 天下의 意氣男子를 遇하야 千金을 惜치 아니하시니 其 意氣는 實로 感嘆하는 바이나 그러나 公은 外國人이 되시기 씬문에 法理 上으로 妾을 贖하야 朝鮮으로 引歸하기는 難할 것이오 徒히 此身을 汚染 할 쑨이니 萬一 妾이 公에게 一次 汚染한 바이 되면 更히 浣[6]함을 得치 못할지라 其 勢가 兩難하도소이다 純彦이 此를 聞하고 惻隱의 心이 生하 야 이에 其 身을 鬻하야 娼館에 入한 理由를 問하니 女가 對하되 妾은 南原戶部侍郎 某의 女이라 父親이 일즉 贓罪로써 此를 被하게 됨이 妾이 不得已 身을 自賣하야 父親의 死를 贖하고 今月 初에 娼館에 入하야섯는 대 父親의 再生함을 得한 것은 萬幸이라 하겟스나 自願하건대 妾이 士族 의 女로서 身을 靑樓에 投하야 自贖할 道가 無하니 오즉 死할 外에 他道 가 無하니이다 하며 玉淚가 滂沱하거늘 純彦이 大驚하야 曰 我는 如此한 事由를 知치 못한 것이라 今에 맛당히 妹를 爲하야 身을 贖케 하리라 當初 의 身價가 幾何이뇨 女가 對하되 二千金이니다 純彦이 이에 곳 二千金을 出하야 與하고 自贖하기를 囑한 後에 더부러 訣別하니 女가 百拜 稱謝하 며 恩父라고 呼하얏더라 純彦이 更히 女 意中에 置치 아니하고 還하얏더

5) 원문에는 '方年'로 되어 있다. 문맥으로 보아 '芳年'으로 바로 잡았다.
6) 원문에는 '涴'으로 되어 있다. 문맥으로 보아 '浣'으로 바로 잡았다.

니 三年 後에 洪이 又 事로 因하야 中國에 赴하게 됨이 皇城을 距하기
數十 里 以外에셔부터 沿道 左右에셔 人이 有하야 洪純彦이 來否을 探하
는지라 洪이 心中에 甚히 怪訝하더니 밋 皇城에 近함이 入하는 路左에
供帳을 盛設하고 多數의 人이 出하야 洪을 迎하는지라 洪이 其 故를 問하
니 出迎하는 者가 對하되 今에 石老爺(卽 石星이니 神宗朝의 兵部尙書가
되니라)끠셔 公을 奉邀하니 곳 其 官邸로 枉駕하기를 望하나이다 洪이
더욱 疑하야 其 奉邀하는 意를 莫知하더니 밋 石尙書가 堂에 下하야 迎拜
하며 曰 我의 恩丈이 來하시는도다 公의 女가 公을 待한지 已久한지라
今에 幸히 相逢하니 此는 天이 好便을 借하심이로다 洪이 茫然히 其 意를
解치 못하야 問하려하나 尙書가 笑하며 曰 內室로 入하면 可知할 것이니
煩問치 말나하고 곳 手를 握하고 內舍로 入하니 尙書 夫人이 盛粧으로
堂에 下하야 拜 하는지라 洪이 甚히 惶恐하야 其 所爲를 莫知 하나 尙書
가 笑 하되 丈人이 그다지 乃女를 忘하얏나뇨 洪이 目을 擧하야 熟視하니
其 夫人은 卽 三年 前에 二千金을 與하야 娼館에셔 贖身캐 한 女이라 夫
人이 手를 又하야 百拜稱謝하야 曰 小女가 今日의 有한 것은 此가 父親의
大恩이니 實노 山이 高하고 海가 深하니이다 小女가 其 時에 身을 贖한
後에 石尙書를 遲棄치 아니함을 蒙하야 그의 繼室이 되엿고 晝夜로 天에
壽하야 恩父와 相逢하기를 願하고 又 畿內 沿道에 人을 置하야 恩父에
入國하시는 消息을 探하얏더니 幸히 今日에 尊顔을 拜承하오니 此가 엇
지 天이 아니릿가 하며 夫人과 尙書가 誠을 殫하야 遇待를 極히 하더니
밋 洪이 歸國하게 됨이 夫人이 報恩緞 數百疋과 其他 錦繡金銀의 屬을
車馬에 滿載하야 裝送의 資를 爲하니 報恩緞은 夫人이 三年의 間에 親히
自手로써 織한 錦인대 모다 報恩의 兩字로써 織成하야 此로써 洪의 恩을
報코져함이더라 其後 壬辰의 亂을 値하야 石星이 朝鮮을 爲하야 特히 出
兵에 力을 主홈은 盖此로써 以홈이더라

55. 일신과 집안을 다스린 군자 법도가 있고 사당에 나아 가도록 신부가 예법을 가르치다*

황고집(黃固執)은 평양 사람이니 이름은 순승(順承)이다.[1]

그의 선조는 을구(乙耇)[2]로 고려 때에 제안군(齊安君)을 봉하여 황주(黃州)에 벼슬을 하였다가 후에 평양으로 옮겨 살았다. 씨족이 아주 번성하여 세상에서 부르는 이른바 '외성 황씨가 평안도의 명칭이 되었다'[3]함이 이것이다.

순승은 성품이 강직하여 말이 반드시 믿음직스러우며 행동함에 결단성이 있어 일을 만나면 털끝만큼도 꺾이는 법이 없었다. 그래서 그때 사람들이 황고집이란 별명을 붙여주었다.

이로부터 어린아이에서 어른, 남녀 없이 모두 황고집이라 불렀으나 순승은 기꺼운 마음으로 그 별명을 받아들여 조금도 마음 쓰지 않았다. 그러고는 인하여 집암(執菴)이라 스스로를 불렀다.

그가 사는 마을의 가장 중요한 길에 다리를 만드는 자가 오래된 무덤의

---

* 임창택(林昌澤, 1682~1723)의 「황고집전(黃固執傳)」이 있다. 임창택의 자는 대윤(大潤), 호는 숭악(崧岳)으로, 1711년에 진사에 급제하였다. 성품이 대단히 효성스럽고 시문(詩文)에 능하였으며 일찍이 김창흡(金昌翕)을 따라 놀았다고 한다. 저서로는 『숭악집(崧岳集)』 몇 권이 있으며 「임장군전(林將軍傳)」이 있다. 이러한 기록은 이덕무의 『청장관전서』에 보인다.

1) 본관은 황주(黃州). 자는 득운(得運). 호는 집암(執菴)으로 대요(戴堯)의 아들이라고도 한다. 벼슬은 참봉(參奉)이었는데, 세상에서 황고집이라 칭하였다.

2) 호는 계로(季老)로 조선 태종을 보좌하여 개국공신이 되어 제안(齊安)에 봉해져서 제안군이라 부름. 제안은 황해도 황주의 옛 이름.

3) 외지에서 들어 온 성씨인 황씨의 족친이 평안도에 널리 퍼졌다는 의미이다. 황씨 시조는 후한의 유신 이었던 황락(黃洛)으로 28 년, 교지국(交趾國, 현재 베트남 북부)에 사신으로 가던 도중, 풍랑을 만나 표류 하다가 신라 평해(平海)로 왔다고 『조선씨족통보(朝鮮氏族通譜)』에 나와 있다.

횟가루를 파서 쌓았다.

순승이 이를 두고 말하였다.

"아무리 옛 무덤의 흔적만 남은 것에서 채취한 것이라도 이것은 사람 무덤의 물건이다. 그러니 짓밟지 못할 것이다."

그러고는 늘 다리를 피하여 물을 건너 다녔다.

하루는 밤에 돌아 올 때였다.

도둑이 다리 곁에서 기회를 엿보다가 칼로 위협하여 옷가지를 뺏으려 하였는데, 순승이 다리를 두고 물을 건너는 것을 보고 도둑들이 서로 소곤소곤 말하였다.

"이 사람은 황고집일세. 범하지 못할 사람이야."

그러고는 숨을 죽이고 순승이 지나가기를 기다렸다고 한다.

순승이 일찍이 사적인 일로 인하여 서울에 상경하였다가 마침 서울에 사는 벗이 죽었다는 말을 듣고는 동반한 사람이 함께 가서 조문하자고 하였다. 그러자 순승이 그 말을 따르지 않고는 말하였다.

"내가 오늘 서울에 온 것은 벗의 조상을 하려는 것이 아니거늘 어찌 편리함만 좇아서 조문하겠는가. 이것은 벗에 대한 성의가 아닐세."

그리고 드디어 고향으로 돌아왔다가 후에 다시 혼자 가서는 벗을 조문하니, 그 행동하는 것이 모두 이와 같았다.

일찍이 밭을 갈다가 해충을 인근 밭에 던지자 밭주인이 성을 내니 순승이 말하였다.

"어찌 그 해충을 내 밭에 도로 던지지 않소. 내가 던지고 당신이 던지더라도 다만 저 해충이 농사를 상하게 하지는 못할 것이오. 왜 반드시 생물을 죽여야 마음이 시원하겠소이까."

혹 관가의 청을 받아 잔치에 가면 한 번도 기생과 음악에 곁눈질을 흘리거나 귀를 기울이지 않았다. 그래 사람들이 시험하려고 억지로 술에 취하게 하려하였으나 또한 이루지 못하였다.

늘 아버지와 할아버지의 제삿날이 되면 종들을 시키지 않고 손수 제수
품목을 사는데, 아무리 높은 가격을 부르더라도 깎지 않았고, 속여서 비
싸게 팔아도 다투지 않고는 말했다.

"조상을 받드는 뜻이 중하거늘 어찌 상인과 값의 높고 낮음을 다투며
제수를 살 것인가."

일찍이 아들이 장가를 들어 아내를 데리고 왔다.

다음날 아침 장차 시부모에게 예를 드릴 때였다.

순승이 일찍 일어나 의관을 정제하고 내당에 들어가 방에 앉았는데 한
참이 지나도록 새며늘아이가 여전히 나타나지 않았다. 순승이 괴이하여
이에 계집종을 불러 며느리가 낯을 씻었는지 아닌지를 물었다. 그러자
계집종이 말했다.

"밝기 전에 벌써 머리를 빗고 낯을 씻는 것을 마쳤어요."

순승이 말했다.

"그러면 어찌 나를 나와 보지도 않는단 말이냐?"

계집종이 대답했다.

"노야께서 사당에 가셔서 조상님을 뵈온 후에나 나온다고 하였습니다."

공이 너무나 놀랍고 감탄하여 말했다.

"옳구나. 며늘아기의 말이. 매일 아침 사당에 나가 뵙는 것이 예이거
늘, 내가 이를 행하지 않았구나. 며느리의 말대로 오늘부터 이것을 행할
것이다."

그러고는 윗옷을 갖추어 입고는 집안의 사당에 나가 절을 한 연후에
신부가 나와서 절하고 뵈었다.

순승이 기뻐하여 말하였다.

"신부가 능히 예절로써 나를 가르쳤으니 실로 우리집안의 며느리이다."

이때부터 순승은 더욱 그 며느리를 애지중지하였다.

순승이 만년에 이르러 더욱 독서하기를 좋아하여 경서의 뜻을 익힌 지

여러 해에 자못 깨달은 것이 많았다. 또 자식을 가르치는 방법을 두었고 집안을 다스리는 규범이 있으니, 한 집안이 찬찬하니 조정과 같았다.

그는 자손이 심히 많아 모두 가정에서 수업을 받아 곧 할아버지와 아버지의 풍채가 있었다. 그의 손자 염조(念祖)에게 와서 또한 문학으로써 세상에 이름을 드날렸다.

재상인 심 아무개[4]가 어렸을 때에 일찍이 염조에게 수업을 받을 때였다.

재상 심 아무개가 자기의 아버지[5]와 염조(念祖)라는 이름이 같아, 염조의 이름을 바꿀 것을 청하였다. 그러자 염조가 꾸짖어 말했다.

"어찌 제 아버지와 이름이 같다고 어른에게 개명하기를 요구하는 게냐."

심 아무개가 이것을 이유로 하여 곧 인사를 하고는 갔다.

심 아무개가 후에 평안도에 관찰사의 임무를 맡게 되자 염조에게 죄를 얽어 때려죽이니 평안도 사람들이 이것을 원통하게 여겼다 한다.

五十五. 治身家君子有法, 現祠堂新婦敎禮

黃固執은 平壤 人이니 名은 順承이오 其 先을 乙耆이니 高麗 時에 齊安君을 封하야 黃州에 貴하얏다가 後에 平壤으로 徙居하야 氏族이 甚히 繁衍하니 世에서 稱하는 所謂 外城 黃氏가 關右의 名稱이 되얏다함이 是이라 順承의 性이 剛直하야 言이 반다시 信하며 行이 반다시 果하야 事를

---

4) 심상규(沈象奎, 1766~1838)이다. 본관은 청송(靑松). 초명은 상여(象輿). 자는 가권(可權)·치교(穉敎), 호는 두실(斗室)·이하(彛下). 정조의 지우13(1789)년 문과(文科)에 급제(及第), 벼슬이 평안도관찰사 등을 거쳐 영의정에 이르렀는데, 실지 심염조에게 그러했는지는 알 수 없다. 문장(文章)과 글씨에 뛰어나 당대에 유명(有名)하였으며 1만여 권의 책을 수집(蒐集)한 장서가(藏書家)였다.

5) 심염조(沈念祖, 1734~1783)이다. 염조의 자는 백수(伯修), 호는 함재(晗齋)로 1776년(영조 52) 별시문과에 을과로 급제, 이후 강화어사·규장각직제학·이조참의를 거쳐, 황해도관찰사로 있다가 임지에서 죽었다. 심염조가 황염조를 죄를 물어 죽였는지는 알 수 없다.

遇함애 小毫도 回撓치 아니함으로 時人이 黃固執이란 別名을 附하얏는대
此로 從하야 少長과 男女가 無히 모다 黃固執이라 呼할세 順承이 欣然히
其 別名에 安處하야 小毫도 介慮치 아니하고 因하야 執菴이라 自號하얏
더라

그 所居村舍 要路에 橋를 架設하는 者가 舊塚의 壙⁶⁾灰를 堀하야 築하
얏더니 順承이 以爲하되 아모리 古墳의 跡에서 採取한 者이라도 此가 人
의 墓物인즉 可히써 踐踏치 못할 것이라 하고 每樣 橋를 避하야 水를 涉하
야 行하더니 一日은 夜에 歸할세 盜가 有하야 橋傍에 伺하얏다가 衣服을
劫搶하려 하더니 順承의 橋를 捨하고 徒涉하는 것을 見하고 盜가 셔로
縮舌하야 曰 此는 黃固執이로다 可히 犯치 못할 것이라 하고 息을 屛하야
順承의 過함을 俟하얏더라 일즉 私事로 因하야 京城에 上하얏다가 맛참
京中 友人의 死함을 聞하고 同伴의 偕往하야 致弔하기를 要하니 順承이
從치 아니하야 曰 我의 今日 西笑의 行은 友人의 喪을 爲함이 아니니 엇지
便을 因하야 弔하리오 此는 友人에 對한 誠意가 아니라 하고 드대여 鄕으
로 還하얏다가 後에 更히 專行하야 來弔하니 其 所行이 모다 此와 類하더
라 일즉 田을 耘하다가 害虫을 隣田에 投하니 田主가 怒하는지라 順承이
謂하되 엇지 此를 我田에 反投치 아니하나뇨 我가 投하고 爾가 投할지라
도 다만 彼로 하야금 稼를 傷케 아니할 뿐이니 엇지 반다시 生物을 殺하여
야 心에 快하리오 하더라 或 官府의 邀請을 被하야 宴會에 赴하면 一次도
妓樂에 眄을 流하고 耳를 傾치 아니하니 或이 試코져하야 强히 沉酣케
하려하나 또한 得치 못하얏더라 每樣 父祖의 忌日을 當하면 婢僕을 使치
아니하고 親히 祭品을 買하되 高價를 唱할지라도 削치 아니하며 賺價를
爲하야도 爭치 아니하야 曰 奉先의 義가 重하니 엇지 商人과 價의 高下를
爭하야 祭品을 買할 것이리오 하더라 일직 子를 爲하야 婦를 娶하야 來하
얏는대 明朝에 將次 舅姑의 禮를 行할새 順承이 早起하야 衣冠을 整하고
內堂에 入하야 堂에 坐한지 良久에 新婦가 尙히 出치 아니하거날 順承이

---

6) 원문에는 '鑛'으로 되어 있다. 문맥을 고려하여 '壙'으로 바로 잡았다.

甚訝하야 이에 婢子를 呼하야 新婦의 洗梳與否를 問하니 對하되 未明에 발서 洗梳를 罷하얏다 하는지라 그러면 엇지 我를 出見치 아니하나뇨 對하되 老爺께서 祠堂에 現謁하신 後에 出現한다 하더이다 公이 竦然히 驚嘆하되 是하도다 新婦의 言이여 每朝에 祠堂에 現謁하는 것이 禮이어날 我가 能히 行치 못하얏스니 今日로 爲始하야 此를 行하리라 하고 곳 上服을 具하야 家廟에 就拜한 然後에 新婦가 바야흐로 出하야 拜謁하는지라 順承이 喜하야 曰 新婦가 能히 禮로써 我를 敎하니 實로 我 家의 婦이로다 하고 此로써 從하야 더욱 其 新婦를 愛重하얏더라

順承이 晩年에 至하야 더욱 讀書하기를 好하야 經義를 講究한지 有年에 頗히 所得이 多하고 又 敎子하기에 術이 有하며 齊家하기에 法이 有하야 一 門의 內가 斬斬 然이 朝廷과 如하얏더라 其 子孫이 甚히 繁衍하야 모다 家庭에서 受學하고 乃父乃祖의 風이 有하더니 其 孫 念祖에게 至하야 쏘한 文學으로써 世에 稱하얏더라 沈相某가 少時에 일즉 念祖에게 受業할새 其 父의 同名으로써 念祖의 名을 改하기를 請하니 念祖가 責하되 엇지 乃父의 同名으로써 長者에게 改名하기를 要하나뇨 沈이 此를 御하야 곳 辭去하얏더니 沈이 後에 平安道에 按節하게 됨애 念祖를 罪에 搆하야 杖殺하니 西人이 此로써 冤하다 하니라

56. 미물도 감동한 하늘이 낸 효성 효자에게 조정에서 정려문을 세워 표창하다

김여택(金麗澤)은 경상북도 고령(高靈) 사람이다.

효도로 그 부모를 섬겼는데, 부모가 모두 돌아가셔 6년 간 시묘살이를 할 때였다.

움막의 곁에 샘이 없어 늘 먼 시내에 가서 물을 길어 오고는 하였다.

하루는 호랑이가 와서는 땅에 꿇어앉자 갑자기 물이 솟아서 샘이 됐다. 그래 이 후부터는 물을 긷는데 편하였다.

하루는 또 흰 개가 와서 노상 옆에서 받들며 잠시라도 떨어지지 않았다. 어떤 때는 이 개를 집에 보내어 일을 시키는데 정녕 비복과 같았다.

하루는 장맛비가 연일 이어져 양식이 떨어지자 한 떼의 쥐가 들의 곡식을 물고 와 놓고는 돌아가서는 곧 다시 왔다. 이렇게 하기를 얼마 지나지 않아 이미 여러 되박이 쌓이게 되어, 이것을 가지고 끼니를 때웠다.

또 하루는 시골사람이 불을 놓아 바람을 타고 퍼지니 산이 환할 정도였다. 불길은 뜨겁게 타오르고 바람은 모질고 사납게 불어대니 그 형세를 막아내기가 어려워 여택이 불을 향하여 울부짖었다. 그러자 갑자기 바람이 도리어 불을 꺼버리는 것이었다.

하루는 여택이 꿈을 꾸니 전에 와서 무릎을 꿇었던 호랑이가 울며 말했다.

"제가 지금에 장기현(長鬐縣)[1]에 있는 함정에 빠져 있습니다. 살려주시옵소서."

---

1) 지금의 경상북도 포항시 남구 장기면 일대.

그래서 여택이 꿈을 깬 뒤에 심히 괴이하여 급히 그 곳에 가보니 마을 사람들이 막 호랑이를 쏘려고 하는 것이 아닌가. 여택이 급히 구덩이에 들어가 호랑이를 가리고 곡을 하니 마을 사람들이 크게 놀라 그 이유를 물었다.

여택이 이러이러 그 사유를 갖추어 이야기하니 모두 놀라 감탄하며, "이 사람은 정말 하늘이 낸 효자일세. 지극한 정성이 미물까지 감동시켰어." 하고는 그 호랑이를 풀어 주고는 그 일을 관가에 보고하였다.

이 일이 조정에까지 들려 영조 임금 병자년(丙子年, 1756년)에 호조 정랑(戶曹正郎)을 내리시고 그 마을에 정려문을 세우니 지금도 울산(蔚山) 서웅천(西熊川)에 김효자 정려각(旌閭閣)이 있다.

강천년(姜千年)은 진주(晉州)[2] 사람이다.

벽란강(碧瀾江) 위에 대대로 살아 효성으로 부모를 잘 봉양하였다.

천년이 일로 서울에 왔다가 어머니가 위독하다는 급보를 받고 다급히 출발하여 집으로 돌아갈 때였다. 중도에서 날이 저물었으나 밤길을 가는데 한 커다란 호랑이가 숲속에서 나와 길을 막아섰다.

천년이 호랑이에게 말했다.

"병드신 어머니를 한번 뵌 후에 내 몸을 너에게 주겠다."

그랬더니 호랑이가 머리로 땅을 두드리며 죄를 청하는 것 같은 모양을 짓더니, 곧 뒤로 몸을 피해버렸다.

천년이 돌아와 정성을 다하여 약을 달여 올린 지 열흘 남짓에 어머니의

---

2) '진주'는 경상남도 남서부의 지명. '벽란강'은 송도에 인근에 있는 예성강의 지류이다. 『신동 국여지승람』에는 '개성부(開城府)' 사람이라고 하며 "강천년(姜千年) 어머니가 몹쓸 병이 들자 손가락을 잘라서 피를 술에 타서 드리니 병이 나았다. 후에 병이 재발하자 역시 전과 같이 하니 병이 영원히 나았다. 돌아가시자 묘 곁에 여막을 짓고 채소나 과일과 소금과 간장을 먹지 않으며 매일 조석으로 상식을 올리기를 마치고 나서 반드시 아버지를 뵙고 돌아왔다. 이 일이 나라에 들려 여문을 세웠다."라는 기록이 보인다.

병세가 점점 나아졌다. 어머니가 병중에서 수박을 생각하거늘 천년이 밖으로 나와 사방으로 구하려 하였으나 수박이 익기에는 아직 때가 아니라 얻기가 어려웠다.

한 밭에 이르니 오직 한 개의 열매가 막 새로 맺혔는데, 크기가 콩만 하였다. 그래 다른 밭에 가서 구하나 역시 얻지 못하고는 다시 새로 열매를 맺혔던 데로 왔다. 그 사이에 새로 맺힌 열매가 크기가 한 말 들이 만해져있었다.

밭주인도 심이 기이하다 여기고는 따서 천년에게 주며 값을 받지 않았다.

그 뒤 어머니가 돌아가시고 3년 간 시묘살이를 하며 우니 곡하는 소리가 그치지 않았다. 천년은 이 때문에 목구멍이 막혀 소리를 내지 못하게 되었다.

천년이 원래 피리 불기를 잘하였다.

그래 피리를 불어 슬픔을 나타냈는데, 한 높은 벼슬아치가 지나가다가 듣고는 시묘살이를 하는 사람임을 들어 알고는 크게 성을 내고는, 사람을 시켜 피리를 뺏어 오게 하여 부숴 버리니 피리관 속에서 피가 나왔다. 높은 벼슬아치가 크게 놀라서 천년에게 가서 자기의 죄를 빌고 다시 피리를 만들어서 주었다.

임응(林應)은 충청남도 비인(庇仁)[3] 사람이다.

품성이 지극히 효성스러워 그 부모를 잘 모셨다. 그 아버지가 돌아가신 후에 소릉산(昭陵山) 가운데에 장례하고 묘 곁에다 여막을 지었다.

늘 아침저녁으로 집에 계신 어머니를 살피기 위하여 가고 돌아올 때에는 늘 호랑이가 함께 가니 마을 사람들이 '호랑이를 탄 효자(騎虎 孝子)'라

---

3) 현재 충청남도 서천군 비인면(庇仁面)이다.

고 불렀다.

훗날 어머니가 또 병으로 누우시니, 옷을 벗지 않고 밤낮으로 정성을 다하여 병구완을 하였다. 이때 밤에는 항상 어머니의 목숨을 살려달라고 북두칠성님께 기도하였다. 기도할 때에는 늘 두 호랑이가 와서는 꿇어 앉아 있었다.

고을의 관리가 그 효행을 듣고 조정에 아뢰어 정려문을 내려 표창하니 지금 개성(開城) 북리(北里) 길 곁에 임 효자의 비가 아직도 있다.

또 시 두 수를 남겨 놓았는데 모두 임금과 어버이를 사모하는 내용이었다. 평생에 나라에 초상이 나거나 근심을 만나면 반드시 반찬이 없는 밥을 먹고 몸과 마음자리를 깨끗이 하여 몸을 마치도록 태만하지 않았다.

五十六. 感徵物誠孝出天, 褒孝子朝廷旌閭

金麗澤은 高靈人이라 孝로써 其 父母를 事하거니 밋 二親이 沒함애 六年을 盧墓할세 盧側에 泉이 無하야 常히 遠澗에 往하야 水를 汲하더니 一日은 虎가 來하야 地에 跪함애 忽然 水가 湧하야 泉을 成함으로 此後부터는 汲水의 便宜를 得하얏고 一日은 又 白犬이 來하야 恒常 左右에 伏侍하야 斯須의 間을 離치 아니하고 或是를 其 家에 傳하야 指使하기를 婢僕과 如히 하며 一日은 霖雨가 連綿하야 糧이 乏함애 群鼠가 野穀을 含來하야 旋徃旋來[4]함애 數時를 過치 못하야 旣히 數升을 積한지라 이에 此로써 食을 炊하고 又 一日은 野人이 火를 失하야 風을 乘하야 山이 燎함애 火는 烈하고 風은 猛하야 勢를 可遏키 難한지라 麗澤이 火를 向하야 號哭하더니 忽然 風이 反하야 火를 滅하얏더라 一日은 麗澤이 夢에 前日에 來跪하얏든 虎가 跪泣하며 曰 我가 今에 長鬐縣 陷穽에 陷하얏스니 救活하기를 望하나이다 하거날 麗澤이 驚覺한 後에 甚히 怪異하야 急히 其

---

4) 원문에는 '旋徃旋來'으로 되어 있다. 문맥을 고려하여 '旋徃旋來'으로 바로 잡았다.

地에 徃하니 村人이 將次 虎를 射하려 하거날 麗澤이 急히 穽에 入하야 虎를 背하고 哭하니 村人이 大驚하야 其 故를 問하는지라 麗澤이 이에 其 事由를 具道하니 村人이 모다 驚嘆하되 此人은 實로 出天의 孝子이라 至誠이 物을 感하얏도다 하고 虎를 釋하고 其 事를 官에 報하니 事가 朝廷에 聞하야 英祖 丙子에 戶曹正郎을 贈하고 其 閭에 旌하니 今에 蔚山 西態川에 金孝子 閭가 有하니라

姜千年은 晉州 人이라 碧瀾江 上에 世居하야 誠孝로써 父母를 善事하더니 千年이 事로 因하야 京師에 來하얏다가 其 母의 病報를 接하고 蒼黃히 出發하야 家로 歸할새 中途에서 日이 暮함으로 夜를 乘하고 來하더니 一 大虎가 樹林의 中으로부터 出하야 道에 當하거날 千年이 虎다려 謂하되 請컨대 病母를 一見한 後에 我의 身으로써 汝에게 許하리라 虎가 頭로써 地를 叩하야 請罪함과 如한 狀을 作하더니 곳 退避하는지라 千年이 歸하야 誠을 盡하야 侍湯한지 旬餘에 病勢가 稍히 痊可함에 至하얏더라 其 母가 病中에 西瓜를 思하거날 千年이 出하야 四處로 求할새 時에 瓜候가 尙早하야 得하기 難한지라 一園에 至하니 오즉 一顆가 바야흐로 新結하얏든 瓜가 大하기 斗와 如한지라 園主가 甚히 奇異하다 하야 곳 摘하야 千年에게 與하며 價를 受치 아니하얏더라 其後에 母가 沒함애 三年을 廬墓하며 哭泣을 撤치 아니하더니 此로 因하야 喉가 嘎하야 能히 聲을 出치 못하게 된지라 千年이 元來 吹簫하기를 善하는 터임으로 이에 簫를 吹하야 哀를 洩하더니 一 達官이 過하다가 聞하고 守墓者임을 聞知하고 大怒하야 人으로 하야금 簫를 取來하야 破碎하니 管中에 血이 出하는지라 達官이 이에 大驚하야 千年에게 就하야 其 罪를 謝하고 更히 簫를 制하야 與하니라

林應은 庇仁 人이니 性이 至孝하야 其 父母를 善事하더니 其 父母가 沒한 後에 昭陵山 中에 葬하고 墓 側에 廬居하더니 每樣 朝夕에 其 母를 省하기 爲하야 徃返할 時에 常히 虎가 有하야 陪行하니 村人이 騎虎 孝子라 稱하니라 其後에 母가 또 寢疾함애 衣帶를 脫치 아니하고 晝夜로 誠을 盡하야 扶救할새 夜에는 恒常 命을 北斗에 禱하더니 禱할 時에 常히 兩虎

가 來하야 跪하더라 州官이 其 孝行을 聞하고 朝廷에 奏達하얏 곳 旌褒를
行하니 今 開城 北里 路傍에 林孝子의 碑가 尙存하고 又 遺詩 二首가
有하니 모다 君親을 慕하는 言이더라 平生에 國恤과 國忌를 遇하면 반다
시 素食하고 齋戒하야 身을 終하도록 怠忽치 아니하니라

『기인기사록』 상·하권 분류와 원천문헌 관련 양상

『기인기사록』 상권

화	화소명	중심인물	분류
1	明見千里婦人智 功成一世丈夫榮	김천일	현부담(명장)
2	爲主報讐忠義婢 代人殺仇義俠女	동계 정온	징치담(취첩)
3	奇遇分明前生緣 悍婦不敢生妬忌	안동인 진사 권모	취첩담(엄부, 투부)
4	夕陽窮途亡命客 托身賤門配淑女	이 교리	성혼담(현부, 피화)
5	十年新婦五十郎 長壽富貴又多男	해풍군 정효준	성혼담(몽조)
6	三個女娘事一人 此是人間天定緣	경성인 유모	취첩담, 우애담
7	靈卜能知鬼所爲 邪孼不敢犯正人	백사 이항복	명복담, 연명담(명관)
8	人間命數難可逃 死後精靈亦多異	감사 김치(백곡김득신의 부)	예지담, 혼령담(반정, 연명)
9	野老豈是盡愚夫 一代名將喪氣魄	이여송과 일노옹	이인담
10	一代名士沈一松 天下女傑一朶紅	일송 심희수	연애담(현부)
11	君子獨處遠其色 淫婦行奸喪厥身	남파 홍우원	피화담(음부)
12	尹家娘子徹天恨 人間必有報復理	윤씨 남원부사	귀신담, 복수담
13	豪傑豈是終林泉 名妓元來識英雄	옥계 노진	연애담(치사)
14	一國首相非所望 但願天下第一色	이여송과 김 역관	결연담(구인, 보은)
15	夫人明鑑勝於龜 言人窮達如合符	문곡 김수항의 부인 나씨	지인담(성혼)
16	可憐豪傑終林泉 十年經營一朝非	정익공 이완	명장담(실의)
17	積善家中必有慶 投以木桃報瓊救	강릉 김씨 일 사인	보은담
18	見得思義是君子 聞善感化亦不俗	경성 김씨 성	개과담
19	燕雀安知鴻鵠志 可惜豪傑老林泉	경성 묵적동의 허생	이인담(치부, 실의)
20	外愚內智誰能識 料事如見柳痴叔	서애 유성룡의 치숙	이인담(피화)
21	早榮早敗南將軍 天於偉人不假壽	남이	귀물담
22	志操非凡洞庭月 微賤出身李起築	명기 동정월/이기축	명기담
23	人生莫作人間惡 禍福無門惟所召	종암 김대운	고승담(변신)
24	早窮晩逢非偶然 神聖豫言亦不誣	영조때 김씨	기인담, 예지담
25	莫以兒捍咎其人 忠奴言立世罕有	남원인 윤진의 노비 언립	충복담(용력)
26	處高驕人非君子 出乎爾者反乎爾	기천 홍명하	보수담(지인, 박대)
27	初爲成生灸其肉 後以李將斷其指	강계 기생 무운/이경무	연애담(열녀)

* ( ): 화소는 비슷하나 내용은 다른 경우
* 「   」: 일부의 내용과 문장이 거의 동일한 경우
* 「   」 표시가 없는 것은 내용이 동일한 경우
* 오백:『오백년기담』, 동상:『동상기찬』, 기문:『기문총화』, 실사:『실사총담』, 청구:『청구야담』

오백	동상	기문	실사	청구	기타
		301		193	
		295			
	5권15	304			
	3권2	292			
		289	권2,(1)		
	2권9	214	「38」	175	
		198	「58」		
		294			
		300			
	2권11	290			
		291			
영남루윤낭자」					
	2권10	302		176	
기우」	(3권 11)	256		247	
	1권 9	207	「50」		
		306			
		251	「51」		
궁한 경성의 김씨가 은 세봉을 습득하고 돌려주는 가운데 의형제를 맺고 도둑을 개과시킨 이야기					알수없음
		249	(12)	289	
		298			
粉鬼爲媒」	1권3	569			
生年作名」		(196)		52	
			「165」(권2)		
			151		
	1권16	427			
	1권10				
	5권14	237	75		

화	화소명	중심인물	분류
28	天下異人不常有 可惜郭生終林泉	현풍인 곽사한	방사담(초혼)
29	一朝洗盡千古恨 人間報復天理昭	김상국 모	해원담(혼령)
30	申公識鑑如蓍龜 平日豫言如合符	한죽당 판서 신임	지인담(성혼)
31	妬婦斷却婢子水 少年能作黑頭相	취춘당 상국 송질	귀신담, 복수담
32	膽力絕倫朴松堂 識鑑過人俞夫人	송당 박영/임식의 계실 유씨	피화담
33	出身成名伊誰力 師僧恩德不可忘	그리 오래되지 않은 옛날 합천수 이모	고승담(치사, 피화)
34	婦人識見勝丈夫 華使不敢逞其慾	금남 정충신	현부담, 명장담
35	大膽男兒不畏死 凶賊不敢肆其凶	정익공 이완	담대담, 보은담
36	片言能回元帥志 後妻反爲正室人	상국 홍윤성	지략담(성혼)
37	兩個姊妹不相下 書生權謀亦不俗	안동지방의 강녹사	경쟁담(치사, 보은)
38	三年不解一字人 誰知他日文章家	김안국	기인담
39	再嫁烈婦谷山妓 女中豫讓世罕有	곡산 기생 매화	연애담(열녀)
40	人間窮達元無常 苦盡甘來果不誣	성종시절 공주 땅에 이 진사	급제담
41	三日新婦求婢厄 一穴明堂報主恩	안동땅의 한광근	구인담, 보은담
42	十年工夫阿彌佛 松都三絕世所稱	진랑은 개성 맹녀의 소생	명기담
43	一飯受報朴童子 處事明快朴御史	영성군 박문수	중매담
44	千古偉人姜邯贊 抱懷濟世經國才	문헌공 강감찬	기인담
45	窮鄕前日捆屨夫 朱門今朝宣傳官	양산인 오모	결연담, 현부담
46	接神通道徐花潭 佛經一偈能活人	서화담 경덕	거유담, 구인담(변신)
47	驅邪役鬼宋尙書 此是秉忠立節人	상서 송광보	기인담
48	富貴不能奪其志 佳人才子兩相得	평양의 명기 일지매	명기담
49	男女婚約重千金 信義嘉尙兩夫婦	신라 진흥왕 년간 백운과 제후	결연담
50	君王豈識公主志 城南乞夫爲駙馬	온달과 평강공주	결연담
51	男兒何處不相逢 以德報德君子事	통제사 유진항	구인담(보은)

오백	동상	기문	실사	청구	기타
		240	「61」		
		252	「24」		
	1권11	212			
	1권17				
	1권20/1권18	580			
		213	39		
「이포대은」	1권23	244	(48)		
	1권24	307			
	2권3	567			
	2권4	260	72		
	2권12				
	5권12	230	9(권2)	195	
	3권1				
		253	「25」	260	
「송도삼절」		334			
	3권7	271	(43)		
		(377) (380)	(146) (권2)		
	5권9				
		189			
고려말 사람 송광보가 한 노옹의 제가된 구미호를 물리치고 마을을 폐허로 만든 악귀를 쫓고 과거에 급제해서는 대의열절을 지켜 태조의 부름에도 응하지 않았다는 이야기					알수없음
			「28」		
					삼국사절요 권6, 진흥왕27년조. 동사강목권1
					(삼국사기 권145) (삼국사절요 권7, 평원왕32년조)
「이덕보덕」		285		226	

일러두기

* ( ): 화소는 비슷하나 내용은 다른 경우
* 「 」: 일부의 내용과 문장까지 거의 동일한 경우
* 「 」 표시가 없는 것은 내용이 동일한 경우
* 오백:『오백년기담』, 동상:『동상기찬』, 일사:『일사유사』, 기문:『기문총화』, 실사:『실사총담』, 구:『청구야담』

『기인기사록』 하권

화	화소명	중심인물	분류	오백
1	致誠三日夢黃龍 易賣當夜騎異獸	참판 이진항/ 허 상국 허목	급제담(몽조)	「초룡주장」/ 「이모취서」
2	勇冠三軍金德齡 可憐最後杖下死	김덕령	용력담, 실의담	「석저장군」
3	生前忠義宋府使 死後精靈慶將軍	함흥 명기 김섬/ 이경류	충신담, 열녀담/혼령담	「김섬」 「효귀투귤」
4	處事明哲權夫人 一朝防杜淫祀風	우재 이후원	현부담(퇴치)	
5	假新郎爲眞新郎 此是人間天定緣	동악 이안눌	악한담, 피화담(반정)	
6	山中隱逸是異人 平日豫言皆合符	우복 정경세	이인담	
7	縱令沈氏悍妒性 名物之前亦無奈	상국 조태억의 처 심씨	명기담(한인, 피화)	
8	見得思義眞君子 賢妻一言萬戶窠	일포수	현부담	
9	兩度夢事甚奇異 吉婦不愧貞女名	영변인 길정녀	열녀담(남녀이합)	
10	名雖無學實有學 解得異夢又定都	태조와 무학대사	몽조담(신인)	「무학해몽/삼인봉/ 枉尋/伐李」
11	發奸摘伏李趾光 吏民莫不服其神	이지광	명관담(송사)	「罰紙覓紙」
12	重義輕色誠君子 弄假成眞莫非緣	판서 송반	지인담(취첩)	
13	棄暗投明丈夫志 能文兼武英雄才	모하당 김충선	충신담(항왜)	
14	伐槐斬蛇修大樑 一代神勇張兵使	대장 장붕익	호협담	

동상	실사	일사	기문	청구	기타
				(204)이진항	
					동야휘집(22)
	71		(71) 이경류 (415)김섬		
2권8					원문에는 이원후로
4권4	(76)			32	
	「95」				
5권8				188	
	「42」				
2권13				80	
				49	
				125	
판서 송반이 젊은 시절 과부의 유혹을 거절하고 나이 들어 형리의 딸 매희라는 소녀를 별실로 맞아들이게 된 이야기					알수없음
					『모하당실기』,『병세재언록』(우예록, 김충선조)
				(217) (275)	알수없음

화	화소명	중심인물	분류	오백
15	狗峴下一壺靑絲 半空中兩道白虹	감사 박엽	예지담(명장)	
16	半夜避難騎白虎 百年佳約配紅娘	중고때에 한 재상의 동비	충비담	
17	千里關山續舊緣 九重宮闕拜新恩	중고때에 한 재상의 아들	연애담(부자이합)	
18	雖知弄假竟成眞淑 女原來配君子	봉래 양사언의 부	취첩담	
19	愛物遠色君子志發 奸摘伏良吏政	참판 김니	기인담	
20	十年恩情同父子一 穴明堂昌子孫	상서 김모	명당담(지인, 보은)	
21	黜太子骨肉相殘 還舊都君臣重會	태종대왕	충신담	「咸興差使/子馬諷諫/僞 盟成讖/大木爲柱」
22	誤入冥府遷陽界 死而復生權尙書	판서 권적	명부담(환생)	
23	有何神童來相濟 一個輪圖致萬金	안동인 이생원	기인담(치부)	
24	練光亭上蛾眉落 蠡石樓下香魂飛	평양명기 계월향/논개	명기담(충절)	「연광정 계월향」/ 「촉석루 논개」
25	救死父小女陳情 釋罪囚老伯感義	공주인 김성달의 딸	효자담(효녀)	
26	醮禮後新郎奔喪 葬奉日新婦得標	중고때에 한 선비	현부담	
27	富時誰知呼驚嘆 絕處自有逢生路	황해도 봉산 이씨 성의 무변	결연담(담대, 치사)	
28	訴夫寃崔婦隕身 脫父死洪童殉孝	동자 홍차기	효자담(신령)	
29	救父徒行六千里 養親未嫁四十歲	평양 이효녀	효자담(효녀)	
30	淸白公正金壽彭 一朝防杜民間弊	김수팽	충신담	
31	事王李首相叔顔 間齊楚名妓巧辯	송경 명기 설매/소춘풍	명기담	(설중매) 「소춘풍」

동상	실사	일사	기문	청구	기타
	「55, 56」				
4권6					
3권10					
3권4	241				
잉어를 구해주고, 자신을 붙따르는 기생들을 콩을 이처럼 꾸며 쫓고, 혀 잘린 소에게 한 사람씩 물을 먹이게 하여 범인을 잡는 등의 유당 김니가 기지를 발휘한 이야기					알수없음
	「28」(권2)				
			311		
	「32」(권2)				
			(64)/논개	(252) 논개	
		「권5, 취매담」			
2권14					
5권16				54	
				25	
		「권5, 이효녀전」			『차산필담(此山筆談)』의 「이효녀전」과도 동일
		「권2, 김수팽」			
			(515) 설중매 602 소춘풍		

화	화소명	중심인물	분류	오백
32	誦經傳丘生得官 善書賦金童救父	찬성 구종직	현군담(급제)	「투간 경회루」
33	廉士獲財還本主 孝女許身報舊恩	묵재 허적	강직담, 성혼담(이승)	
34	太守戲五女出嫁 牧使政一郡頌德	연안부원군 이광정	중매담(작희)	
35	奠雁日大虎入門 委禽夕新娘救夫	그리 오래되지 않은 옛날 일사인	성혼담, 현부담	
36	萬里關山明鏡破 一隅江亭香魂消	백천인 부흥 조반	연애담(지략)	
37	三日夜老翁借胎 卄年後古者還生	그리 오래되지 않은 옛날 경성 일 사인	특이 (대신 아이를 낳아 줌)	
38	訪窖穴名妓知人 拜繡衣寒士得官	상국 김우항	지인담, 취첩담(원조, 치사)	
39	背道枉學堪輿術 積善自有明堂報	가산인 성거사	명풍담(성혼)	
40	享晚福老郎得配 得早榮少年聯璧	안동권씨 모	중매담(보은)	
41	通古今閨門博學 辨是非婦人明見	고흥 유당의 딸 유 부인	현부담	
42	角戲場少年賭婦 糞窖中頑僧殞命	그리 오래되지 않은 옛날 곽운	용력담	
43	通詩書婦人博學 善文詞閨門絕唱	홍율정의 부인 유씨 등/허난설헌/신사임당/ 유희준 부인 송씨/이옥봉/홍인모부 인 서씨/부안명기 계생/성천명기 부용	현부담	
44	討國賊娘子從戎 患金寇婦人料事	평안도 자성 여자 부랑	충신담	
45	萬里域夫婦相逢 卄年後父女重會	남원 정생	남녀이합담, 부자이합담	

동상	실사	일사	기문	청구	기타
4권9(염희도, 염시도로 되어 있음)					
3권6					
2권15					
5권10	61				
4권10					
3권5				67	
4권7				65	속성은 장취성
3권9					
		「권6, 유부인」			
용력을 자랑하던 곽운이, 힘으로 악행을 일삼던 중을 조그만 소년이 씨름으로 제압하고 채권을 빼앗아서는 백성들에게 돌려주는 것을 보고 다시는 힘자랑을 하지 않았다는 이야기					원전은 조선 후기의 역관인 밀산(密山) 변종운(卞鍾運, 1790~1866)의 시문집인『소재집(嘯齋集)』에 실려 있는 「각저소년전(角觝少年傳)」이다.
		「1, 권6. 최부인, 윤부인, 심부인, 정부인, 성부인, 이부인/2, 권6. 허씨난설, 이부인, 심씨, 3, 권6. 신사임당, 정문영의 처, 해서사인, 4권6, 이옥봉」			
		「권6, 부랑」			
		「권6, 정생처 홍도」			「신한민보」 1918년 8월 1일자, 작가미상의 「홍도」와 비슷.

화	화소명	중심인물	분류	오백
46	報舊主忠婢殺仇 陷大臣奸人遭禍	문정 유인숙	충비담	
47	三門外烈婦割乳 九重闕寃女訴恨	경상도 염열부	열녀담	
48	七年後舊緣更續 百里地新官得除	병사 우하형	열녀담, 현부담	
49	神卜豫算吉凶機 人間命數難可逃	상신 윤필상/ 조위/홍계관	명복담	「삼립일지/ 낭과출암하숙/아차현」
50	失節婦爲夫守節 未嫁女爲人不嫁	영동의 일상민 부부/경성 賣粉嫗/황진이	열녀담, 명기담	
51	識禍機名媛料事 謀國事哲婦畫策	충정공 허종의 부인/조부인/	현부담	
52	莫以狂誕咎其人 此是慷慨不遇士	최북(최칠칠)/임희지	이인담	
53	萬古綱常三父子 五城風雨一男兒	덕원 정기	충신담(의기, 의마)	
54	意氣兒千金贖娼 窈窕女三年報恩	당성군 홍순언	구인담, 보은담	
55	治身家君子有法 現祠堂新婦敎禮	평양 황고집	이인담	
56	感微物誠孝出天 褒孝子朝廷旌閭	高靈人 김려택/晉州人 강천년/庇仁人 임응정	효자담 (이호담)	

동상	실사	일사	기문	청구	기타
		「권5, 柳家忠婢」			
		「권5, 염열부」			
5권13			296	149	
	(387)				홍계관은 알수없음
		「권5, 영동의부/ 賣粉嫗」			
		「권6, 허부인」			
		「권3, 최북/임희지」			
		「권1, 정기」			
			(89)	(114)	
		「권1, 황고집」			
~고령 사는 김려택이란 효자가 호랑이의 도움을 받고 도와 준 이야기 ~진주 사는 강천년이란 효자가 서울에 갔다가 모친이 위독하다는 급보를 받고 호랑이의 도움으로 돌아온 이야기 ~비인 사는 임응정이란 효자가 여막살이를 하는데 호랑이가 배행하여 '기호효자'라 불린 이야기					알수없음

찾아보기

ㄱ

고전독작가(古典讀作家) 간호윤(簡鎬允)

순천향대학교(국어국문학과), 한국외국어대학교 교육대학원(국어교육학과)을 거쳐
인하대학교 대학원(국어국문학과)에서 문학박사학위를 받았다. 그는 연암 선생이 그렇
게 싫어한 사이비 향원(鄕愿)은 아니 되겠다는 것이 소망이다.

『기인기사록(奇人奇事錄)』 下

2014년 6월 30일 초판 1쇄 펴냄

지은이 송순기
옮긴이 간호윤
펴낸이 김흥국
펴낸곳 도서출판 보고사

책임편집 권송이
표지디자인 이준기

등록 1990년 12월 13일 제6-0429호
주소 서울특별시 성북구 보문동7가 11번지 2층
전화 922-5120~1(편집), 922-2246(영업)
팩스 922-6990
메일 kanapub3@naver.com
http://www.bogosabooks.co.kr

ISBN 979-11-5516-266-8 94810
ISBN 979-11-5516-265-1 94810(세트)
ⓒ 간호윤, 2014

이 도서의 국립중앙도서관 출판예정도서목록(CIP)은 서지정보유통지원시스템 홈페이지
(http://seoji.nl.go.kr)와 국가자료공동목록시스템(http://www.nl.go.kr/kolisnet)에서 이
용하실 수 있습니다.(CIP제어번호: CIP2014017581)